Susanne Wittpennig

# Time Travel Girl: 1989



www.fontis-verlag.com

Meine Zeit steht in deinen Händen

Susanne Wittpennig

# Time Travel Girl 1989

fontis
BRUNNEN BASEL

Infos über die Autorin und über
«Maya und Domenico»
sowie «Time Travel Girl» gibt es auf:
www.schreibegern.ch

**Bibliografische Information der Deutschen Nationalbibliothek**
Die Deutsche Nationalbibliothek verzeichnet diese Publikation in der Deutschen Nationalbibliografie; detaillierte bibliografische Daten sind im Internet über www.dnb.de abrufbar.



Umschlag: Susanne Wittpennig
Fotos Umschlag: nizas (Mädchen); Kuzma (Junge) / Shutterstock
Foto Innenteil (Uhren): Shutterstock / Black Moon
Satz: InnoSet AG, Justin Messmer, Basel
Druck: Finidr
Gedruckt in der Tschechischen Republik

ISBN 978-3-03848-108-9

# Inhalt

# Prolog

Sie wusste nicht, wie ihr geschah, und fühlte nur noch, wie sie durch einen Strudel gezogen wurde. Es war wie auf dem Drehkarussell, auf dem sie damals, als sie Kinder waren, die Zentrifugalkraft getestet hatten. Alles um sie herum rotierte wie in einem Wirbelsturm, und sie hatte längst den Überblick verloren, was oben und unten, links und rechts, vorne und hinten war.

Von allen Seiten zerrten unsichtbare Kräfte an ihr und schienen sie in Stücke reißen zu wollen. Die Luft um sie herum bestand ganz offensichtlich nur noch aus elektrischer Ladung. Sie hatte mittlerweile keine Ahnung mehr, ob alle ihre Körperteile noch an ihr dran waren oder nicht. Alles vibrierte, zitterte, bebte. Ein einziges Flimmern und Flackern, dazu eine dröhnende Geräusch-Kulisse ohne Anfang und Ende, ein Flirren ohne Unterlass. Katapultartige Schübe in immer neue Kraftfelder hinein. Fast zu viel für so eine kleine Menschenseele.

«Zac …», presste sie hervor. «Zac … Hilfe!»

Aber Zac war nicht mehr da.

Und auch Momo hatte sie verlassen. Momo, der ihr so viel bedeutet und den sie in einem einzigen Moment verloren hatte. Momo, für den sie ja überhaupt erst angefangen hatte, durch die Zeit zu reisen …

Sie hielt die Kette mit dem kleinen Uhrenanhänger fest, die sie von ihrer Mutter geerbt hatte – ihrer Mutter, die schon lange in einer anderen Zeitdimension war.

Mitten in all dem, was innerhalb weniger Augenblicke auf sie einprallte, nahm sie immerhin noch wahr, wie *Chronos,* die Zeitlinie, in atemberaubender Geschwindigkeit an ihr vorbeizog. Ihr Körper fühlte sich an, als würde er gar nicht mehr zu ihr gehören. Vielleicht war sie ja bereits ins *Äon,* in die Ewigkeit, hinübergetreten? Vielleicht würde sie bald ihre Eltern treffen? Vielleicht war sie nun tatsächlich gestorben?

Aber dann hätte sie doch nicht diese brennende Qual in ihrem Herzen gefühlt, oder? Diesen unendlich tiefen Schmerz darüber, dass derjenige, den sie doch mehr liebte als alles andere und für den sie alles gegeben hätte, sie verlassen hatte. Dabei hätte sie mit ihm doch für alle Ewigkeit durch Raum und Zeit tanzen wollen, mit ihm noch so viele Abenteuer und Geschichten erleben wollen. Sie hätten *alles* füreinander sein können. Sie hätten einander beschützen und stärken können. Sie hätten einander das geben und schenken können, was sie beide in ihrem Leben bisher so vermisst hatten.

Aber er war aus ihrem Leben getreten.

Im *Äon* gibt es kein Leid, das hatte Doc Silverman ihr mal gesagt. Doch wenn das wirklich stimmte, warum war dann dieser Schmerz in ihrem Herzen so viel realer als alles andere?

War sie am Ende doch noch am Leben, nur in einer anderen Dimension? Oder … in einer anderen Zeit?

Einen Moment lang fühlte sie sich komplett schwerelos.

# Wie fast alles begann

*13. Juni 1979*

Sie stand in einer Kartonschachtel auf der Wiese neben dem Haus und wollte ihre Reise ins einundzwanzigste Jahrhundert antreten. Am Tag davor war sie noch in der Vergangenheit gewesen. Heute hingegen wollte sie mal schauen, wie es in der Zukunft so aussehen würde. Aber irgendwie hatte sie das Gefühl, dass noch etwas fehlte. Sie schaute sich um. Die Zielzeit war eingestellt. Der Tank war gefüllt. Und ihren Proviant, den sie mit in die Zukunft nehmen wollte, hatte sie auch dabei. Wer wusste denn, ob es dann noch Äpfel und Erdbeeren geben würde?

Gerade als sie mit ihrer Zeitmaschine abheben wollte, trat ein kleiner Junge mit braunen Locken und Latzhose zu ihr. Er schaute sie mit großen schokoladebraunen Augen an. Auf seiner linken Wange war ein kleiner Leberfleck. Er hatte ihr vermutlich schon eine ganze Weile aus der Ferne zugesehen, und sie hatte es nicht bemerkt.

«Waf mascht du denn da?», fragte der Junge.

«Ich reise in die Zukunft», sagte sie und wunderte sich, ob er etwas im Mund hatte, weil er so komisch redete.

«Daff ich mitkommen?»

Sie sah ihn an und überlegte eine Weile, dann entschied sie, dass er das war, was ihr noch gefehlt hatte.

«Ja», sagte sie. «Du darfst mitkommen.»

Der Junge strahlte sie an wie ein kleiner Engel.

«Dann musst du aber jetzt einsteigen! Wir haben nicht mehr viel Zeit.»

«Wohin reischen wir denn?»

Sie stemmte ihre Hände in die Hüfte und blickte streng auf ihn hinunter. «Die Frage ist nicht, *wohin* wir reisen. Die Frage ist, nach *wann* wir reisen.»

«Ach fo. Dann reischen wir nach *wann.*»

Sie sah, dass er nichts im Mund hatte, sondern wirklich so komisch redete.

Sie machte ihm Platz, und er stieg zu ihr in die Kiste. Er stellte sich ganz dicht zu ihr und schlang seine kleinen Arme um ihren Bauch. Sein Körper fühlte sich ganz warm und weich an. Und von dem Moment an wusste sie, dass sie Freunde waren. Obwohl er mindestens einen halben Kopf kleiner war als sie. Aber das machte nichts. Dafür roch er gut, fand sie. Nach Tannenzapfen.

«Wie alt bist du denn?», fragte sie.

«Schünsch. Und du?» Er presste sein Kinn an ihre Brust und guckte mit seinen Schokoaugen zu ihr hoch.

«Fünf? Ich bin auch fünf. Aber bald sechs.»

«Du bift aber gosch für schünsch.»

Sie beschloss, dass sie einfach nicht mehr darauf achten wollte, dass er nicht alle Buchstaben richtig aussprechen konnte.

Sie fand, dass es vielleicht angebracht war, sich vorzustellen.

«Ich bin Captain Lambridge», sagte sie und reichte ihm die Hand. «Und wie ist Ihr werter Name?»

Der Junge ließ sie los, nahm ihre Hand und musterte sie.

«Kann ich auch ein Caftain schein?», fragte er.

«Aber klar doch. Wir können beide Captain sein. Also, wie ist Ihr werter Name, Captain?»

Der Junge schaute stumm zu ihr hoch.

«Dein … Name? Wie heißt du?»

«Momo.»

«Und wie weiter?»

«Wie heift *du* denn?»

«Lisa. Ich heiße Lisa Leonor Lambridge. Und du? Du heißt doch nicht nur Momo?»

Er schüttelte den Kopf und lächelte sie an.

«Wie denn noch?»

Statt einer Antwort zeigte der Junge auf das große weiße Haus am Ende der Straße.

«Du wohnst in dem Haus dort?»

Der Junge nickte.

«Dann heißt du Kendall.» Sie wusste das, weil ihre Tante immer mit Mrs. Kendall zusammen einkaufen fuhr. «Du heißt Momo Kendall.»

Der Junge nickte wieder.

«Gut. Dann bist du also Captain Kendall!»

«Ja!» Der Junge strahlte. «Und du bift Ischa?»

«Lisa. Mit L.»

«Ischa.»

«Llllisa.»

Doch er schüttelte nur betrübt den Kopf.

«Macht nichts.» Sie streichelte vorsichtig seine schönen braunen Locken, die sich anfühlten wie Seide.

«Fiegen wir jescht nach *wann?*»

«Ja», sagte sie. «Wir starten jetzt die Zeitmaschine.» Sie drückte mit dem Zeigefinger auf die Kartonschachtel und machte mit ihren Lippen ein brummendes Geräusch. Er schaute sie an und fing an zu lachen, weil das so lustig klang. Er konnte gar nicht mehr aufhören zu lachen, und das war der Moment, in dem sie den Jungen für immer in ihr Herz schloss.

«Fiegen wir jescht?», fragte er, als er aufgehört hatte zu lachen.

«Wir fliegen doch schon lange!»

«Wo ift denn *wann?*»

Sie überlegte. «Im Jahr 2000.»

«Fo weit?» Er riss seine Schokoladenaugen auf.

«Ja.»

«Gibt es dort A…au…f…sch?» Er sah sie fragend an und konnte das Wort nicht aussprechen.

«Außerirdische?», half sie ihm.

Er nickte wieder und lächelte.

Sie überlegte erneut. «Ja. Dort gibt es bestimmt Außerirdische», beschloss sie. «Und wir müssen gegen sie kämpfen.»

«Boah!» Er schlang wieder fest seine Arme um sie und schmiegte seinen Kopf an ihre Schulter.

«Also, Captain Kendall, wir setzen an zur Zeitverschiebung. Halten Sie sich gut fest!»

Es gab einen Überschallknall, und die Zeitmaschine landete im Jahr 2000.

Von diesem Nachmittag an kam der Junge jeden Tag zu ihr und klingelte an ihrer Haustür, um mit ihr zu spielen.

# Kapitel 1
# Verhasster Donnerstag

*Donnerstag, 31. August 1989*

Der Wecker rasselte, und Lisa schrak auf. Sie brauchte eine kleine Weile, um sich zurechtzufinden. Sie hatte wieder mal so intensiv geträumt. Wie so oft. Immer denselben Traum. Sie war irgendwann in der Zukunft, fünfundzwanzig oder dreißig Jahre in der Zukunft. Aber irgendwie hatte dort alles fast genauso ausgesehen wie heute. Also keine Wolkenkratzertürme oder Roboter, die durch die Straßen gingen. Oder Autos, die wie Raketen aussahen. Dafür, wie war das nochmals gewesen? Alle Menschen waren mit so einem Taschencomputer rumgerannt. Ein Taschencomputer, der tatsächlich so klein war, dass man ihn in die Handtasche oder Jeanstasche stecken konnte. So was Verrücktes!

Immer noch benommen, schob sie ihre Füße aus dem Bett und stellte sie auf den Boden. Vom Poster an der Wand gegenüber erinnerte sie ein nervöser Marty McFly, der breitbeinig vor einem brennenden Auto stand und erschrocken auf seine Uhr starrte, daran, dass sie ebenfalls Ärger bekommen würde, wenn sie sich nicht sputete und schleunigst wieder zurück in die Gegenwart kam. Die grünen Leuchtziffern auf ihrem Digitalwecker zeigten «Donnerstag, 31. August 1989».

Donnerstag.

Der katastrophalste Tag der Woche, ihrer Meinung nach. Von ihr aus konnte man alle Donnerstage einfach aus dem Kalender streichen. Sie hatten ihr nichts als Scherereien gebracht. Schließlich war es auch ein Donnerstag gewesen, an dem ihre Eltern ums Leben gekommen waren, damals, am 21. August 1975, kurz nachdem sie zwei Jahre alt geworden war.

Doch es blieb ihr nichts anderes übrig, als diesen Tag einfach hinter sich zu bringen. Eine Zeitmaschine zu besitzen, mit der sie die Donnerstage spielend überspringen könnte, wäre manchmal wirklich praktisch gewesen.

Sie drückte die Play-Taste ihres Kassettenrekorders, und «The Look» von Roxette schepperte durch ihr Zimmer. Sie hatte wochenlang darum gekämpft, das Lied endlich in fast voller Länge auf Kassette aufnehmen zu können.

Sonntag für Sonntag hatte sie mit dem Kassettenrekorder vor dem Radio ausgeharrt, hatte die Charts von Anfang bis Ende durchgehört und Zeige- und Mittelfinger in Bereitschaftsposition gehalten, um exakt in der richtigen Sekunde die Record- und Playtaste zu drücken. Und wenn sie es dann mal geschafft hatte, hatte garantiert der Moderator mitten ins Lied gequatscht. Erst nach vier Wochen hatte es endlich geklappt. Aber wenn das Taschengeld nun mal nicht für Singles reichte, musste man sich eben mit mittelmäßigen Kassettenaufnahmen begnügen.

*What in the world can make a*
*Brown-eyed girl turn blue?*

*When everything I'll ever do*
*I'll do for you*
*And I go la la la la la …*

*She's got the look!*

Sie trällerte den Song leise mit, während sie ihre Schuluniform anzog. Sie hatte so ziemlich genau die Schallgrenze gefunden, mit der sie ihre Musik laufen lassen konnte, um Thomas und seine Freundin Fanny nicht zu wecken und keinen Rüffel einzufangen. Fanny musste entweder vor ihr oder nach ihr aufstehen, je nachdem, ob sie Frühschicht oder Spätschicht hatte. Sie arbeitete nämlich als Krankenschwester im Saint Claire's Hospital im Stadtzentrum.

Lisa machte sich im Bad fertig. Sie brauchte nie lange. Ihr Haar war in fünf Minuten erledigt, und auf Make-up verzichtete sie. Das war ihr zu kompliziert.

Bevor sie ihr Zimmer verließ, zog sie rasch die Kiste unter ihrem Bett hervor und steckte das kleine Game&Watch-Donkey-Kong-Spiel ein. Thomas wusste nicht, dass sie in der Kiste heimlich ein paar Spielsachen aufbewahrte, obwohl sie ihm hoch und heilig versprochen hatte, alles wegzuschmeißen und endlich erwachsen zu werden. Dabei wünschte sie sich sehnlichst einen Gameboy, aber das konnte sie sich mit dem mickrigen Taschengeld an den Hut stecken. Also musste sie sich mit ihrem uralten Donkey-Kong-Spiel begnügen, das sie mittlerweile mit verbundenen Augen hätte spielen können.

Und dann kehrte sie noch ein letztes Mal zurück, um ihren Eltern, die ihr von dem Foto auf dem Nachttisch aus zulächelten, eine Kusshand zuzuwerfen. Sie hätte gerne gewusst, wie sie ausgesehen hatten, wenn sie ernst waren oder zornig oder belustigt oder traurig – oder wenn sie mit ihr geschimpft hätten, wie normale Eltern das tun. Und überhaupt, wie ihre Stimmen geklungen hatten. Aber sie kannte nur dieses eine Lächeln, das jeden Tag dasselbe war und sich seit vierzehn Jahren nicht geändert hatte. Nur manchmal im Traum, da glaubte sie, die Stimme ihrer Mutter zu hören. Vielleicht schlummerten in ihr drin immer noch tief verborgene Baby-Erinnerungen.

«Bye-bye, Mom und Dad», flüsterte sie. «Wünsch euch einen schönen Tag!»

Eine Zeitmaschine zu haben, so wie Marty McFly aus «Zurück in die Zukunft», und in die Vergangenheit reisen und ihre Eltern kennen lernen zu können – das wär's wirklich gewesen!

Und dann musste sie ruckzuck die Beine in die Hand nehmen.

Während sie über die Straße lief, schob sie ihre Halskette unter die Bluse. Die Kette war ein Erbstück ihrer Mutter, und sie hasste es, mit Fragen bombardiert zu werden, woher sie diesen schönen smaragdgrünen Uhrenanhänger mit dieser fein verarbeiteten Goldfassung hatte. Ihre Familientragödie ging keinen was an.

Die Busstation war ganz am Ende der Straße. Es war eine dieser einfachen, langweiligen Reihenhausstraßen mit den schmalen Backsteinhäusern, in denen die Leute lebten, die sich nichts Besseres leisten konnten. Aber so war es nun mal, wenn man bei seinem vier Jahre älteren Bruder wohnte, der noch in Ausbildung war. Sie hatten vorher zwar in einer besseren Gegend gewohnt, doch Lisa waren die ständigen Streitereien zwischen ihrer neurotischen Tante Sally und ihrem griesgrämigen Onkel Bob – Streitereien, die sich natürlich meistens um Geld gedreht hatten, was denn sonst? – so auf den Wecker gegangen, dass sie zehnmal lieber mit einem etwas bescheideneren Heim vorliebnahm und dafür ihre Ruhe hatte. Na ja, einigermaßen Ruhe wenigstens …

Sie hörte den Bus kommen und legte einen Endspurt hin. Sie erreichte gerade noch die hintere Tür, bevor die sich mit einem Knirschen und Zischen wieder schloss.

Die Stadt Tomsborough hatte kürzlich etwa sechs neue Busexemplare für die Linie 16 angeschafft, aber es war selten, dass Lisa mal das Glück hatte, einen dieser modernen Busse zu erwischen. Meistens musste sie sich mit einem jener rumpelnden und schnaufenden Oldtimer abfinden, die teilweise noch aus den Fünfzigerjahren stammten.

Sie war eine der wenigen in der Schule, die im Stadtteil East River lebten, was bedeutete, dass sie den längsten Schulweg hatte. Immerhin kam sie dadurch in den Genuss einer fast freien Sitzplatzwahl, und sie wählte immer den gleichen Sitz: hinten links, von wo aus sie alles, was sich im Bus abspielte, im Blick hatte.

Bis zum Stadtzentrum Tomsborough Square reichte es normalerweise gerade, um die ersten zwei Songs ihrer Lieblingskassette durchzuhören, doch gerade heute hatte sich das Band der Kassette wieder mal im Walkman verfangen. Sie seufzte ungeduldig und versuchte es vorsichtig aus dem Laufwerk zu lösen, ohne es zu beschädigen. Sie holte einen Bleistift aus ihrer Schultasche, steckte ihn in eine der Spulen und drehte ihn so lange herum, bis das Band wieder aufgewickelt war. Sie beneidete ein paar ihrer stinkreichen Schulkameraden, die sich CDs und Discmans ohne Ende leisten konnten und für die das Problem «Bandsalat» der Vergangenheit angehörte.

Da wohl mit Musikhören dieses Mal nichts war, nahm sie ihr Donkey-Kong-Spiel hervor und drückte Game B.

Beim Tomsborough Square war die Ruhe dann vorbei. Der Bus wurde auf einen Schlag von mindestens fünfzig, sechzig Schülern gestürmt, die alle wie Lisa auf die Tomsbridge School gingen. Allen voran stampfte die fast einen Meter achtzig große Carol Sanders mit ihren langen Haxen, die ungefähr den Gang eines Pferdes und eine ebensolche Stimme hatte.

«Hier ist noch frei», wieherte sie und winkte ihrer Freundin, Beatrice Evans, zu. «Schnell!»

«Stress doch nicht so!», feixte Beatrice, die dicht hinter ihr folgte. Auch sie war recht groß, hatte ungefähr die Stimme eines Brecheisens, fast so breite Schultern wie ein Mann und stand auf harte Kerle. Sie rauchte auch wie ein Kerl.

Carol und Beatrice ließen sich auf einen freien Viererplatz plumpsen. Carols braune Pudelmähne war so wuchtig, dass ihre Haare auf der einen Seite die Fensterscheibe und auf der anderen Seite Beatrices Schultern berührten. Sie streckte ihre große Papageiennase Richtung Tür, um genau zu kontrollieren, wer alles in den Bus einstieg. Lisa hatte einmal zu ihrer eigenen Belustigung festgestellt, dass Carol insgesamt drei Tiere mit P vertrat: Pudel, Pferd und Papagei. Aber das war ihr privater Witz, den sie für sich behielt.

Drei blonde Mädchen mit perfekt zurechtgemachten Frisuren gesellten sich zu ihnen und quetschten sich zu dritt auf einen Zweiersitz gegenüber von Carol und Beatrice, indem die Dickste von ihnen die Kleinste auf den Schoß nahm. Lisa hatte die drei insgeheim das *Blondie-Trio* genannt, weil sie sich alle drei blonde Strähnchen ins Haar hatten machen lassen.

«Na, seid ihr alle wieder hübsch geföhnt?», frotzelte Beatrice mit ihrer kratzigen Stimme. «Bin ja gespannt, ob der Kendall sich heute wieder aus dem Bett bequemt.»

«Muss er ja, wenn er nicht noch mehr Ärger kriegen will», spottete Carol. «Hab gehört, seine Noten stehen jetzt schon arg auf der Kippe. Der muss echt seinen Hintern hochkriegen, wenn er die nächste Versetzung schaffen will.»

«Er kann doch nichts dafür, dass er so oft krank ist», entgegnete Sandy, die Niedlichste des Blondie-Trios, die mit den meisten platinblonden Strähnchen im Haar. Sie hatte volle Lippen, die sie gern zu einem spitzen Schmollmündchen formte, wenn die Dinge nicht nach ihrem Geschmack liefen.

Aber da lachte Beatrice so gellend auf, dass ihr ganzer Körper wackelte.

«Ach, komm schon. Der ist doch einfach nur zu faul, um sein Bett zu verlassen.»

Kimberley, die die zierliche Sandy auf ihrem Schoß hatte, begann zu kichern – was sich eher wie ein grunzendes Schwein anhörte –, als wäre das das Lustigste, was sie je gehört hatte. Sie trug ihre Haare in einem Pagenschnitt und hatte sie am Pony zu Stacheln aufgerichtet. Nur Camilla, die dritte Blondine, mit einer braven pinkfarbenen Schleife im Haar, schwieg und zuckte teilnahmslos mit den Schultern, während sie ihren Blick durch das Fenster hinaus zu den vorbeiziehenden Straßen und Häusern schweifen ließ.

«Apropos!», dröhnte Carols Marktweiberstimme wieder durch den Bus. «Findet jetzt die Party bei den Kendalls am Samstag eigentlich statt oder nicht?»

«Ja», sagte Sandy, und Camilla nickte bestätigend.

«Ja und? Sind wir eingeladen?» Carol sah die drei Blondinen herausfordernd an.

«Keine Ahnung. Das musst du Morgan selber fragen. Es ist ja eigentlich sein Bruder, der die Party veranstaltet.» Sandy räkelte sich auf Kimberleys Schoß, um bequemer zu sitzen, was Kimberley dazu veranlasste, ein erneutes Grunzen von sich zu geben.

«Der große Steven Kendall!» Beatrice warf lachend ihre dunkelblonde Löwenmähne zurück, die sie mit einem grünen Stirnband in Schach hielt. «Der beste Rugby- und Hockey-Kapitän ever! Dass sie dem nicht noch ein Denkmal bauen, wundert mich! Mal sehen, ob wir der Durchlauchten Hoheit cool genug sind. Aber ich vermute mal, der will meinen Freund Ross auch einladen, schließlich kennen die sich ja schon lange.»

Der Bus näherte sich der Station Westhill Mall und verringerte seine Fahrtgeschwindigkeit. Westhill Mall war das große Einkaufszentrum am Anfang des Nobelviertels Westhill. Sandy und Camilla strafften zusehends ihre Körper, während Kimberley auf dem Sitz herumrutschte und weitere grunzende Laute von sich gab.

«Herrje, das wird noch ein Drama geben», schmunzelte Beatrice amüsiert.

«Drama?» Sandy starrte Beatrice mit ihren großen Puppenaugen verwundert an. «Ich verstehe nicht, was du meinst?»

«Na, der Herbstball natürlich. Oder hat Klein-Kendall sich nun endlich entschieden, welche von euch drei Schönheiten er zur Tanzpartnerin wählen will?»

«Ah, der Herbstball!» Sandy brauchte offenbar eine Weile, um zu kapieren, dass Beatrice das Thema von der Party zum Herbstball gewechselt hatte. Sie tauschte einen ratlosen Blick mit Kimberley und Camilla. Offenbar konnte keine der drei Beatrice die Frage beantworten.

«Hoho!» Beatrice klopfte sich amüsiert auf den Oberschenkel. «Ich seh schon, Klein-Kendall kann sich wieder mal nicht entscheiden, welches Spielzeug er wählen soll. Armer verwöhnter kleiner Bengel!»

Carol wieherte laut.

«Spielzeug?» Sandy runzelte verständnislos die Stirn.

«Ach, zum Glück habe *ich* dieses Problem nicht! Ich hab wenigstens einen *festen* Freund», meinte Carol.

«Ich gehe sowieso mit Ross Gallagher zum Ball», warf Beatrice ein. «Zum Glück dürfen wir auch Ehemalige einladen. Ich brauche einen *richtigen* Kerl. Der was im Kopf hat und etwas mehr spricht als nur zwei Silben am Tag.»

Sandy rümpfte nur die Nase. Ross Gallagher war vor langer Zeit mal auf die Tomsbridge School gegangen. Mittlerweile war er fünfundzwanzig Jahre alt und damit längst erwachsen. Er hatte einen richtig starken Bartwuchs und musste sich laut eigenen Aussagen zweimal täglich rasieren. Der Altersunterschied zwischen ihm und Beatrice betrug neun Jahre, und das war Beatrices Ansicht nach genau richtig so.

Lisa hatte das alles über ihr Donkey-Kong-Spiel hinweg genau mitverfolgt. Von dieser Party, die am Samstag bei Kendalls stattfinden sollte, hatte sie bis jetzt nur vage gehört, und an den blöden Herbstball wollte sie gar nicht erst denken.

Es war das erste Mal, dass ihr Jahrgang an dem alljährlichen Herbstball nächsten Monat teilnehmen durfte, weil er erst ab der Oberstufe auf der Agenda war, und die Wahrscheinlichkeit, dass jemand sie fragen würde, lag ja sowieso nur bei nullkommanulleins Prozent. Zumal sie sogar größer war als viele der Jungs in ihrer Schule …

Der Bus fuhr bei der Westhill Mall ein und hielt an. Lisas Atem ebenfalls. Ihre Finger begannen zu beben, und Donkey Kong Junior verlor sein erstes Leben. Das Blondie-Trio setzte sich noch steifer hin. Carols Papageiennase drehte sich neugierig Richtung Tür.

Drei gutaussehende Jungs in dunkelblauen Schuluniformen betraten den Bus und schlenderten mit lässigen Schritten den Mittelgang entlang. Der Hübscheste von ihnen, ein schlaksiger Typ mit dunkelbraunem, lockigem Haar, das ihm fast bis zu den Schultern fiel, einem engelsgleichen Gesicht und einem kleinen Leberfleck auf der Wange, drehte sich zu den Mädchen um und nickte ihnen zu. Seine beiden Kumpel, beide ein Stück größer als er und beide mit blonden Fönfrisuren, hielten sich dicht hinter ihm und begrüßten die Mädchen mit einem freundlichen «Hi».

Die drei Jungs stellten sich in die einzige noch freie Stehnische und hielten sich an den Griffen fest. Der Braunlockige sah aus, als wolle er am liebsten gleich wieder einschlafen.

«He Kendall! Kriegst du nicht mal mehr den Mund auf für eine anständige Begrüßung?», stichelte Beatrice in seine Richtung, doch er gab ihr keine Antwort.

«Wieder mal krank gewesen, hä?», gackerte Carol. «Wie oft warst du jetzt eigentlich diesen Monat krank, Kendall?»

Lisa verfolgte die Szene mit angehaltenem Atem. Morgan Kendall, der Junge, der für eine Menge schlafloser Nächte und Herzklopfen verantwortlich war, drehte sich zu Carol um und musterte sie mit einem genervten Blick.

«Stimmt das jetzt, dass dein Bruder am Samstag eine Party schmeißen will?», fuhr Carol nahtlos mit ihrer Fragerei fort.

«Ja», gähnte Morgan.

«Geht's noch ausführlicher?»

«Hoffentlich hat er noch genug Wörter übrig für den Rest des Tages», höhnte Beatrice.

«Sind wir auch eingeladen?», fragte Carol hoffnungsvoll.

Morgan sah offenbar ein, dass mit Dösen nichts war und dass Carol ihn so lange nerven würde, bis sie bekam, was sie wollte.

«Weiß nicht. Muss Stevie fragen.»

«Mensch, kannst du auch mal mehr als zwei Sätze am Tag sprechen, Kendall? Oder ist es besonders cool, so wortkarg zu sein?»

«Wir sind halt *Männer,* Carol! Und Männer reden nun mal nicht so viel wie Frauen», grinste Nathan Fletcher, einer der beiden blonden Jungs. Er war der größte und kräftigste des Trios und trug seine blonden Locken vorne kurz und hinten lang. «Vokuhila» eben.

Paul Stewart, der Dritte im Bund und der Schmächtigste von allen, nickte zustimmend. Sie gehörten alle drei nicht zu den Gesprächigsten der Schule, wenn auch Morgan mit Abstand der Schweigsamste von allen war. Sie waren bekannt dafür, dass sie immer mal wieder einen kleinen Skandal in petto hatten, wie zum Beispiel Alkohol auf Schulpartys schmuggeln oder ab und zu ein paar Schulstunden schwänzen und sich stattdessen im Sommer auf der verbotenen Dachterrasse sonnen.

Der Bus holperte über irgendeine Erhebung, so dass Lisas Finger verrutschten. Boing! Donkey Kong Junior war schon wieder vom Krokodil gebissen worden und verlor ein weiteres Leben. Die kleine Spielkonsole kündigte das mit einem hässlich grellen Laut an.

Carol starrte belustigt in Lisas Richtung. «Die spielt tatsächlich *immer noch* mit diesem Schrott!»

«Die ist sowieso nicht ganz dicht», kommentierte Beatrice. «Mit sechzehn sollte man doch endlich mal über dieses Alter hinaus sein.»

Lisa hob kurz ihren Blick und streckte Beatrice die Zunge raus. Sie hatte schon vor langem aufgehört, sich darum zu kümmern, was die anderen von ihr dachten. Es war ja eh zwecklos. Sie hatte längst rausgefunden, dass sie nicht in deren Schema passte, und beschlossen, sich einfach damit abzufinden. Sie hatte sogar eine Liste in ihrem Kopf angefertigt mit allen Punkten, die bei ihr *nicht normal* waren.

Erstens: Sie hieß Lisa Leonor Lambridge. Mit drei L am Anfang. Einige fanden das sehr lustig, besonders Maddox Cox, der Klassenidiot.

Zweitens: Ihre Eltern waren bei einem Missionseinsatz in Vietnam ums Leben gekommen.

Drittens: Sie war mit Zac Silverman befreundet, dem zerstreuten Wissenschaftlerjungen, der schon seit Jahren versuchte, eine Zeitmaschine zu erfinden.

Viertens: Sie hatte nur eine einzige Freundin und hing sonst lieber mit Jungs herum.

Fünftens: Sie trug kein Make-up.

Sechstens: Sie hatte auch keine Dauerwelle, keinen Stufenschnitt und keinen vernünftig geschnittenen Kurzhaarschnitt. Und sie benutzte auch kein Gel oder Spray, um ihr Haar vorne zu einer Löwenmähne hochzutoupieren.

Siebtens: Sie wollte nicht zu den Pfadfindern.

Achtens: Sie wollte nicht in einen Musikverein.

Neuntens: Sie wollte in überhaupt keinen Verein.

Zehntens: Sie wollte stattdessen Informatik studieren.

Elftens: Sie spielte immer noch Donkey Kong.

Zwölftens: Sie mochte immer noch den Hit «Never Ending Story» von Limahl. Den Song, der seit fünf Jahren out war und den man gemäß Carol und Beatrice nur hören durfte, wenn man unter zwölf Jahren alt war.

Dreizehntens: Sie fuhr lieber Skateboard statt Fahrrad.

Und Vierzehntens: Sie war, seit sie etwa fünf Jahre alt war, unsterblich in Morgan Kendall verliebt.

# Kapitel 2
# Zeitmaschinen und Wurmlöcher

Der Bus fuhr bei der Tomsbridge School ein. Weil die Schule etwas außerhalb der Stadt lag, hatten die Schüler den Bus noch einmal kurz nach der Westhill Mall wechseln müssen.

Die meisten Schüler, die auf diese Privatschule gingen, kamen aus recht wohlhabenden Familien. Es gab einige, die waren sogar *ziemlich* gut betucht. Und dann gab es die Wenigen, die aus dem bescheidenen East River stammten – so wie Lisa. Ihr Schulgeld wurde einerseits von Stipendien und andererseits von dem Erbe ihrer verstorbenen Eltern bezahlt, das ihre Tante und ihr Onkel verwalteten. Es war nicht viel, aber es reichte immerhin für eine gute Schulbildung.

Von der Bushaltestelle bis zum Schulgebäude war es noch ein Stückweit zu gehen. Der viktorianische Gebäudekomplex stand auf einer kleinen Anhöhe und hatte einen großen Turm in der Mitte. An dem Turm prangte eine imposante Uhr mit schweren kupferbeschlagenen Zeigern, die stets fünf Minuten vorging und die Schüler zur Eile antrieb. Vor dem Eingang war ein weiter gepflasterter Vorhof mit Parkplätzen und einem verschnörkelten Brunnen. Die Schüler, die mit dem Bus kamen, mussten erst eine lange Treppe hinaufgehen, während die Glücklichen, die mit dem Auto hergebracht wurden, bequem die Seitenstraße hinauf direkt vor das Gebäude gefahren werden konnten.

Schüler strömten von allen Seiten heran. Brittany Webster, genannt Britt und Lisas beste und einzige Freundin, wartete wie üblich oberhalb der Treppe am Brunnen auf sie.

«Hast du es mitgekriegt, Lee?», fragte Britt aufgeregt und wedelte mit ihrem Aufgabenheft.

«Was denn?» Lisa hatte keine Ahnung, was so spektakulär sein konnte, dass es ihre sonst eher nüchterne Freundin in eine solche Begeisterung versetzte. «Etwa, dass Morgan Kendalls Bruder am Samstag eine Party schmeißen will?»

«Sicher nicht das», winkte Britt desinteressiert ab. «Dieser verpennte Langweiler interessiert mich nicht die Bohne. Nein, dass sie die Prüfungen dieses Jahr zwei Wochen später ansetzen wollen. Das heißt, wir haben endlich Gelegenheit, unsere Noten aufzubessern.»

Nein, davon hatte Lisa keinen Schimmer gehabt. Das war so ein Ding mit Britt: Sie interessierte sich vorwiegend für die praktische Seite des Lebens und nicht, wie Lisa, für irgendwelche unerreichbaren Hirngespinste.

«Lee, sag mal, informierst du dich denn gar nicht?» Britt lachte und strich sich eine schwarze, widerspenstige Haarlocke hinters Ohr, die sich immer wieder löste und ihr ins Gesicht fallen wollte. Mit ihrer Brille und dem Pagenschnitt sah sie ein bisschen aus wie eine Lehrerin, und sie war auch fast einen ganzen Kopf kleiner als Lisa.

Die beiden Freundinnen waren sowohl innerlich wie auch äußerlich verschieden wie Tag und Nacht. Lisa bezweifelte, dass überhaupt eine Freundschaft entstanden wäre, hätten sie sich nicht schon im Kindergarten kennen gelernt. Aber nach all den Jahren kannten sie sich immerhin in- und auswendig, und auch wenn Britt nicht immer mit Lisas Gedankengängen einverstanden war (und umgekehrt auch nicht!), so wusste Lisa doch, dass sie sich auf ihre beste Freundin verlassen konnte.

In diesem Augenblick fuhr ein dicker schwarzer Mercedes vor und stoppte direkt an der Pforte.

«Oh nein», stöhnte Lisa. «Unsere zwei Oberprotze.»

Die beiden hinteren Wagentüren gingen synchron auf, und rechts und links stiegen zwei strohblonde Jungs mit sorgsam frisierten Haartollen aus. Die Cox-Zwillinge waren die Söhne des stinkreichen Modeschöpfers Armand Cox und glichen sich wie ein Ei dem anderen. Sie waren vorher in einem horrend teuren Internat gewesen, dann aber von der Schule genommen und an die Tagesschule versetzt worden, weil ihre Mutter es vor Sehnsucht nach ihren Jungs nicht mehr ausgehalten hatte. Nun durfte sie der Chauffeur jeden Tag zur Schule kutschieren und hinterher wieder abholen.

Maddox und Louie Cox machten jedes Mal ein Riesenszenario aus ihrer Ankunft. Vor allem Maddox. Er grinste und winkte sämtlichen Anwesenden zu, als wäre er der große Star und als hätten alle nur auf ihn gewartet. Er war äußerlich von seinem Bruder Louie darin zu unterscheiden, dass er sich ungefähr die doppelte Menge Gel ins Haar schmierte und am linken Ohr einen Ohrring mit einem langen Anhänger trug. Lisa fand, dass er von Glück reden konnte, dass sein Haar strohblond war und nicht schwarz, sonst hätte man sich vielleicht noch glatt in dieser Menge an Haarpomade spiegeln können.

Louie benahm sich dagegen eher wie ein gesitteter Mensch und folgte seinem Bruder in gebührendem Abstand.

Ein anderer Mercedes fuhr vor, aber kein schwarzer, sondern ein cremefarbener, der auch um einiges älter und rostiger war als der von den Cox-Zwillingen.

«Da ist Zac!» Britt winkte in Richtung des Jungen, der sich gerade mit seinen langen Gliedmaßen aus der Autotür zwängte und gleich mal über seine großen Füße stolperte. Er landete direkt vor Maddox auf dem Kopfsteinpflaster und verlor das Heft, das er in seinen Händen gehalten hatte.

«Oh nein», seufzte Britt. «Sein Schnürsenkel ist offen.»

«Hehe. Bruchlandung, Professor?», gackerte Maddox und stellte sofort seinen Fuß auf das Heft, das nun etwa einen halben Meter vor Zac auf dem Boden lag.

«Zeig mal. Was hast du denn da Schönes?» Er bückte sich und hob es auf. Zac starrte ihn mit einem erschrockenen Ausdruck in den Augen an und streckte verzweifelt seine Hand danach aus.

Sofort hetzte Lisa wie eine Furie los und entriss Maddox das Heft.

«Du wagst es nicht, Cox!»

«Miss Lollipop!» Maddox sah Lisa mit seinen hellblauen Augen an, als wäre sie Madonna höchstpersönlich. «Was für eine Ehre!» Er verbeugte sich vor ihr.

«Hör auf, mich Miss Lollipop zu nennen.» Lisa schlug mit dem Heft nach Maddox, während Britt zu Zac ging und ihm beim Aufstehen half.

«Aber das bist du doch?» Maddox richtete sich wieder auf und tätschelte Lisas Schopf, bevor sie ihm entweichen konnte. «So ein richtig süßer Lollipop. Mit drei L und Haaren wie ein Soufflé.»

«Igitt. Nimm deine Gelpfoten weg», fauchte Lisa, die bis zum heutigen Tag nicht verstand, was ihre Haare mit einem Soufflé zu tun hatten. Wenn jemand ihr gehörig auf den Sender ging, dann war es Maddox Cox mit seinen manchmal merkwürdig verdrahteten Gehirnwindungen. Sie zog ihm sicherheitshalber nochmals das Heft über den Schädel und ging davon.

Louie gab ein grunzendes Geräusch von sich, das irgendwie klang, als hätte er ein Stück Zwiebel im Nasenloch.

«Dumm gelaufen, Kleiner. Mit ihr legst du dich besser nicht an.»

Louie machte immer eine Riesensache daraus, dass er genau zehn Minuten älter war als Maddox. Gemäß Lisas Auffassung mussten es allerdings ziemlich lange zehn Minuten gewesen sein, wenn man den Reifegrad der beiden in Betracht zog.

Sie gesellte sich wieder zu Britt und Zac. Britt klopfte gerade Zacs staubige Hosenbeine ab und zog ihm das Hemd gerade. Zac war so lang, dass es keine Schuluniform gegeben hatte, die für seine Größe passte. Das Hemd war zu kurz und rutschte ständig aus dem Hosenbund, und die Hosenbeine hörten über den Knöcheln auf. Doch Zac war das ziemlich egal. Er bekam sowieso nicht immer so viel davon mit, was außerhalb seines Kopfes vorging. Zachary Matthew Levi Silverman, wie er mit vollem Namen hieß, war nämlich der Sohn eines hoch angesehenen Wissenschaftlers und hatte einen IQ von 178.

Leider mussten just in diesem Augenblick Carol und Beatrice an ihnen vorbeirauschen.

«Oh wie süß, muss Mummy dem Professor wieder die Kleider richten», frotzelte Carol auch prompt und bedachte Britt mit einem herablassenden Blick.

«Steck deine Papageiennase besser in deine eigenen Angelegenheiten», konterte Lisa an Britts statt. Sie hätte gern noch was von Pferd oder Pudel hinzugefügt, ließ es dann aber. Carol warf ihr einen weiteren hochnäsigen Blick zu und trollte sich dann zum Glück.

«Dumme Weiber», stöhnte Britt. «Lee, ich glaub, du hast da was an den Haaren …»

«Bäh», machte Lisa, als Britt ihr ein zerklumptes Stück Haargel aus der Frisur fischte. Wusch sich Maddox eigentlich nie die Finger?

«Tja, Lee», lachte Britt. «Du scheinst wirklich eine starke Anziehungskraft auf Idioten zu haben.»

«Tja. Bloß leider nie auf den richtigen.» Lisa verdrehte die Augen.

«Sieh es so rum: Maddox ist *stink*reich.»

«Ja. Und *stinkt* nach Haargel.»

Es gab noch einen weiteren, fünfzehnten Punkt auf Lisas «Nicht-normal»-Liste: Sie war sechzehn und hatte noch nie einen Freund gehabt. Gemäß Carol und Beatrice war das alles andere als normal, und sie hatten schon eingehende Nachforschungen angestellt, was denn mit Lisa verkehrt war. Es nützte nichts, dass Lisa ihnen ungefähr siebenhundertmal erklärt hatte, dass sie sich einfach nicht in jeden beliebigen Hinz oder Kunz verlieben konnte und dass die Liebe für sie etwas Besonderes war, das man nicht einfach irgendjemandem schenkte.

Und außerdem brauchte niemand zu wissen, wem ihr Herz insgeheim schon seit über zehn Jahren gehörte …

Zac strahlte überglücklich, als Lisa ihm das Heft wieder in die Hand drückte.

«Lee! Ich glaub, ich hab's nun!» Zac hatte wieder mal nicht so richtig mitbekommen, was sich um ihn herum abgespielt hatte. Er blätterte eifrig in seinen Notizen und streckte Lisa strahlend eine Seite mit lauter exakten Skizzen und abstrusen Formeln unter die Nase.

«Was denn?»

«Den Time Transmitter!»

Lisa starrte verständnislos auf das Gekritzel und die Zeichnungen. Darauf waren eine Brücke zu sehen und ein Felsen und eine seltsam aussehende Maschine, die irgendeinen Strahl auf die Brücke warf.

«Time Transmitter?», fragte sie kopfschüttelnd. Zac kam manchmal wirklich auf Ideen …

«Die Zeitmaschine! Na ja, ich nenne sie eben Time Transmitter. Weil ich damit einen Zeitstrahl in das Wurmloch sende …»

«Wurmloch?»

Lisa sah zu ihrem besten Freund hoch, und sie musste ziemlich weit hochsehen, da Zac fast zwei Meter groß war. Er war nicht unbedingt das, was man attraktiv nennen konnte. Nicht nur, dass er eine Bohnenstange war, auch seine Nase, seine Ohren und sein Kinn waren ziemlich lang geraten. Sein cremefarbenes Haar hing ihm bis auf die Schultern und war oben auf dem Kopf schon ziemlich schütter. Vermutlich würde er wie sein Vater bald eine Halbglatze bekommen. Dafür hatte er unwahrscheinlich blaue Augen, fast wie zwei funkelnde Saphire.

«Ja, Wurmloch. Oder von mir aus Zeitportal. Mit dem richtigen Einfallswinkel kann ich nämlich mit Hilfe von Photonen unter der Brücke ein Zeitportal öffnen und Informationen hineinsenden, wie viel Zeit vergehen soll, weißt du, und diese Informationen enthalten unter anderem eine genaue Berechnung der …»

Lisa hörte nur mit halbem Ohr hin. Sie hatte sich längst daran gewöhnt, dass Zac voller verrückter Ideen steckte. Er redete schon so lange von einer Zeitmaschine. Seit sie sich kannten, um genau zu sein. Und um noch genauer zu sein, war es sogar Lisa selbst gewesen, die ihn damals auf diese Idee gebracht hatte, eine Zeitmaschine zu erfinden. Allerdings glaubte sie im Gegensatz zu ihm nicht mehr so richtig daran, dass das je in der Praxis funktionieren würde. Aber Zac hatte den Traum nie aufgegeben.

«Das Tomsbridge Valley ist nämlich prima geeignet dafür», schloss Zac seine Erklärung. «Dort herrschen die idealen Bedingungen!»

Das Tomsbridge Valley war ein wildes kleines Tal mit einem kleinen Fluss, glitschigem Schilfgras und einer Menge Felsvorsprüngen. Es befand sich direkt hinter der Tomsbridge School und war für die Schüler verbotenes Gebiet. Das steil abfallende Gelände war deswegen auch mit einem Maschendrahtzaun abgesperrt.

Der Fluss wurde von einer alten Gewölbebrücke aus Basaltsteinen überspannt, die irgendwann im neunzehnten Jahrhundert erbaut worden war und unter Denkmalschutz stand, weil ihr innerer Bogen so präzise ausgearbeitet war, dass er mit seinem Spiegelbild im Wasser zu einem perfekten Kreis verschmolz.

Es war hochgefährlich, diese Brücke zu betreten. Es war schon zu mehreren Unfällen gekommen, einige davon hatten sogar tödlich geendet. Deswegen war die Brücke mittlerweile abgesperrt und wurde im Volksmund oft «Todesbrücke» genannt.

Außerdem rankten sich viele mysteriöse Legenden um das Tomsbridge Valley. Legenden, denen zufolge Menschen auf unerklärliche Weise verschwunden und nicht mehr aufgetaucht waren. Einige behaupteten, dass es im Fluss unterirdische Wesen gab, die die Verschwundenen in Erdlöcher zogen, während andere darüber fantasierten, dass jene Menschen durch Wurmlöcher in andere Zeiten verschwunden seien.

Vielleicht waren diese Gerüchte dadurch entstanden, dass in dem Gebiet um das Tomsbridge Valley herum merkwürdige Witterungsverhältnisse herrschten und es erstaunlich oft zu Gewittern kam. Viele Wissenschaftler hatten schon daran herumgeforscht, aber eine richtige Erklärung für diese Wetterphänomene hatte bisher niemand liefern können.

Natürlich glaubte Lisa nicht wirklich an diese Märchen, doch sie war schon immer ziemlich neugierig gewesen, was es mit dieser Brücke und dem verbotenen Gelände auf sich hatte. Wie die meisten hielt sie sich jedoch an die Anweisung. Sie hatte sowieso schon ständig genug Ärger und wollte sich nicht noch mehr aufhalsen.

Die Schulglocke klingelte. Ihr aufdringliches Rasseln fuhr Lisa besonders an Donnerstagen durch Mark und Bein. Sie, Britt und Zac setzten sich in Bewegung. Während sie die Treppen in den ersten Stock hinaufstiegen, wo der Geschichtsunterricht stattfinden sollte, hörte Zac nicht auf, Lisas und Britts Ohren mit physikalischen Formeln vollzulabern.

Britt winkte nur lachend ab. Die Idee einer Zeitmaschine war für sie sowieso weit jenseits ihrer Gedankenwelt.

Lisa hielt sich so dicht hinter Morgan, wie es nur ging, als sie direkt hinter den Jungs ins Klassenzimmer schlenderten. So dicht, dass sie an seinem seidigen, braunen Haar schnuppern konnte, das nie aufgehört hatte, nach Tannenzapfen zu riechen.

Wie gern hätte sie auch nur eine einzige Locke davon berührt, so wie damals, als sie noch als Captain Kendall und Captain Lambridge mit ihrer Zeitmaschine aus Karton in ferne Zeiten und Welten gedüst waren. Sogar zum Raumschiff in den unendlichen Weiten des Alls hatten sie den Karton in ihrer Fantasie werden lassen! Wie gern hätte sie jetzt die Arme um Morgan gelegt und ihn an sich gedrückt, ihren kleinen Momo, der nun zwar ein ganzes Stück gewachsen war, aber immer noch etwa fünf Zentimeter kleiner war als sie.

Wie gern hätte sie ihn wieder einmal lachen gehört, so wie in ihren gemeinsamen unschuldigen Kindertagen, als es noch erlaubt war, frei zu sein und zu spielen, und als es nur sie und Momo gegeben hatte, sie beide und ihre eigene kleine Welt, die sie sich gemeinsam erbaut hatten.

Bevor andere Menschen, Geld und Pflichten in diese Welt eingedrungen waren und angefangen hatten, sie nach und nach zu zerstören.

Bevor Momo weggezogen war, weil sein Vater im «Bonzenviertel» Westhill ein noch größeres und luxuriöseres Haus gekauft hatte.

Bevor er aufgehört hatte, mit ihr zu spielen, und angefangen hatte, erwachsen zu werden und lieber im Zentrum Tomsborough Square mit seinen Kumpels rumzuhängen, anstatt jeden Nachmittag bei ihr zu klingeln.

Bevor sein einst so niedliches Kindergesicht schmal und spitz geworden und sein Lachen ganz verschwunden war.

Bevor seine Lippen diesen aufmüpfigen Bogen gekriegt hatten und sein Gesicht diesen herablassenden Ausdruck.

Und bevor andere Mädchen angefangen hatten, durch sein Haar zu wühlen, wie Kimberley es gerade tat, die keinen Hehl daraus machte, dass sie auf ihn stand, und Lisa dabei fast auf die Füße trat.

Und bevor er angefangen hatte, sie gänzlich zu übersehen und nun stattdessen grinsend Kimberleys Nacken kraulte und nicht mal bemerkte, dass Lisa dicht hinter ihm stand und alles dafür gegeben hätte, nur mal wieder ein einziges kleines Lachen von ihm zu hören.

Und Lisa konnte nichts anderes tun, als die Distanz zu wahren, die er zwischen ihnen geschaffen hatte. Sie hätte es eher gewagt, den Mount Everest zu besteigen, als mit einem falschen Wort das letzte bisschen Hoffnung zu ruinieren, das sie noch in sich trug, nämlich dass ihre Wege eines Tages doch wieder zueinander finden würden.

Doch vorläufig gingen sie getrennte Wege, und der seine führte genau auf die gegenüberliegende Seite des Unterrichtszimmers, wo er zwischen seinen Freunden und dem Blondie-Trio Platz nahm, während Lisa sich zu Britt und Zac setzte.

Sie war unendlich froh, dass die Donnerstage mit Geschichtsunterricht starteten und die Klasse eine Stunde Zeit hatte, sich auf die mentale Folter vorzubereiten, die danach losgehen würde.

Mr. Teuber, der Geschichtslehrer, war ein alter Veteran deutscher Abstammung, der nie über den Zweiten Weltkrieg und die Berliner Mauer hinweggekommen war. Er hatte unter anderem bei einem Bombenangriff auf Berlin seinen linken Fuß verloren und trug seither eine Prothese. Wenn er unterrichtete, setzte er sich immer erst auf den Stuhl, zog seine Schuhe aus, nahm seinen künstlichen Fuß ab und stellte alles säuberlich neben sich. Dann fing er an, wie ein Buch Jahreszahlen herunterzuleiern.

Da er sich nicht so rasch bewegen konnte, hatten die Schüler angefangen, in seinem Unterricht zu treiben, was sie wollten. Obwohl einige sich beschwerten, dass man für das teure Schulgeld eigentlich besseren Unterricht bekommen sollte, schmiss die Schulleitung Mr. Teuber nicht raus, da er kurz vor der Rente stand. Die Schule warb zwar damit, die Lehrer mit dem besten Fachwissen des Landes vorweisen zu können, allerdings konnten deren pädagogische Fähigkeiten damit nicht Schritt halten.

Lisa nutzte den Geschichtsunterricht jeweils, um ihre Physikaufgaben mit denen von Zac zu vergleichen. Immerhin wollte sie auf die Katastrophe so gut wie möglich vorbereitet sein. Britt saß währenddessen da und häkelte in aller Seelenruhe an ihrem Schal. Ihr war es ziemlich egal, dass die Hälfte der Klasse sich deswegen über sie lustig machte. Sie hatte es nie darauf angelegt, irgendwo im Mittelpunkt zu stehen, und war froh, wenn sie sich möglichst wenig an Klassenaktivitäten beteiligen musste.

Zac saß über sein Heft gebeugt da und kritzelte hektisch an seinen Formeln rum. Sein ganzer Körper war dabei so in Aufregung, dass er seine langen Beine und insbesondere seine Knie immer wieder an der Tischkante anschlug. Hier und da zeigte jemand in seine Richtung und machte sich über ihn lustig, was Lisa jedes Mal mit einem zornigen Blick quittierte.

Zac hätte eigentlich auf eine Schule für Hochbegabte gehört, aber sein Vater, Doc Silverman, wollte seinen Sohn so normal wie möglich aufwachsen lassen. Wobei es so was wie *normal* in Zacs Leben noch weniger gab als in dem von Lisa …

Morgan hingegen benutzte den Geschichtsunterricht jeweils einfach zum Weiterschlafen. Er saß genau gegenüber von Lisa auf der anderen Seite der hufeisenförmig angeordneten Schulbänke. Nathan und Paul trugen ein Papierkügelchenduell gegen Maddox und Louie aus, das natürlich Maddox angezettelt hatte.

Carol und Beatrice blätterten in der neusten Ausgabe von «Smash Hits». Carol riss ein Poster von Jason Donovan heraus und band damit ihr Geschichtsheft neu ein. Joey Logan, dessen fusselige und ungewaschene Hardrocker-Mähne offen auf den Tisch hing, saß mit weit aufgesperrtem Mund da und bohrte gedankenverloren in der Nase. Kimberley lehnte sich mit ihrem üppig ausgestatteten Körper weit über den Tisch und warf Morgan ein Zettelchen zu, das sein Ziel allerdings verfehlte und auf Nathans Pult landete. Nathan tippte seinen Kumpel an und reichte ihm den Zettel weiter. Morgan gähnte und öffnete ihn träge. Er grinste Kimberley zu, während er ihn las, und legte ihn dann beiseite, um weiterschlafen zu können.

Lisa kaute an ihrer Lippe herum, während sie die kleine Szene beobachtete. In einem hatte Britt leider schon recht: Aus ihrem einst so lebendigen kleinen Momo war tatsächlich ein ziemlich verpennter und auch verwöhnter Langweiler geworden.

Je näher die Stunde sich dem Ende näherte, umso nervöser wurde die Klasse. Zwei Stunden Physikunterricht standen nun auf dem Plan, und Lisa wusste nicht, was schlimmer war: Professor Ash oder der Besuch in einem Leichenmuseum.

# Kapitel 3
# Horrorstunde Physik

«Ich wünschte, Professor Ash wäre nur ein einziges Mal in seinem Leben krank», seufzte Lisa, als sie an ihren Spinden vorbeikamen. Britt verstaute gerade ihre Häkelsachen darin, während Lisa ihr den Rücken zugewandt hatte, um ihr Zahlenschloss zu öffnen. Britt brauchte nicht zu sehen, dass sie als Zahlenkombination 279 gewählt hatte – Morgans Geburtstag.

Aber Professor Ash war leider so gesund wie ein Fisch im Wasser, auch wenn er einem Gespenst nicht unähnlich sah.

«Du musst einfach die Klappe halten, Lee», riet Britt. «Dann lässt er dich in Ruhe.»

Zac wühlte verzweifelt in seinem Spind, in dem ein heilloses Durcheinander herrschte. Er stopfte das Geschichtsbuch in den einzig noch freien Leerraum zwischen dem Englisch-Wörterbuch und dem Erdkunde-Atlas, was zur Folge hatte, dass drei andere Bücher rausfielen und das schwere Wörterbuch ausgerechnet auf Lisas großem Zeh landete.

«Autsch! Zac, bist du nicht ganz dicht?!» Lisa hüpfte eine Weile mit dem Fuß in ihrer Hand herum, bis der Schmerz verklungen war, und half dann Zac, die Bescherung wieder aufzuräumen.

Auf dem Weg hinunter zu den Naturwissenschaftsräumen, die sich im Kellergeschoss befanden, plapperte Zac unentwegt weiter und fütterte Lisas und Britts Ohren mit Einsteins Relativitätstheorie und einer Einstein-Rosen-Brücke (Lisa hatte nicht gewusst, dass es eine Einstein-Rosen-Brücke in der Stadt gab) sowie Gravitationskräften und elektrischen Ladungen in der Luft und gebündeltem Licht und Photonen, mit denen man gemäß seiner Theorie irgendwas mit der Raumzeit anstellen konnte.

«Okay, Zac, es reicht», stöhnte Lisa. «Wir schnallen das eh nicht, aber ich glaub dir, dass du etwas ganz Großartiges rausgefunden hast.»

«Verstehst du denn wirklich nicht, Lee?» Zac blieb stehen und schaute schon beinahe verzweifelt zu den Mädchen runter. «Ich mach keine Witze! Ich hab wirklich die Lösung für eine Zeitmaschine gefunden! So, wie wir es uns immer gewünscht haben.»

Lisa sah Zac zweifelnd an.

«Tja, manchmal wäre es ja wirklich schön, eine Zeitmaschine zu haben», schmunzelte Britt. «Zum Beispiel jetzt. Dann könnten wir Physik einfach überspringen. Aber leider fürchte ich auch, dass das wohl nur eine Utopie bleibt. Tut mir leid, Zac …»

«Nein! Das ist keine Utopie! Ich hab nämlich tatsächlich rausgefunden, wie man Wurmlöcher erstellen kann!» Zacs Stimme hallte von den dunklen Wänden wider. Hier im unterirdischen Stockwerk war das Licht gedämpft. Nur wenig Tageslicht drang durch die kleinen Erkerfenster herein. Die Neonröhren gaben ein flackerndes, fahles Licht ab. Lisa fand es hier unten unheimlich und gruselig.

«Okay Zac … können wir vielleicht etwas leiser sprechen?», zischte sie, da sie gerade von Morgan, Nathan und Paul überholt wurden. Das hatte man davon, wenn man mit dem größten Freak der Schule befreundet war: Man musste auf alles, was als cool galt, verzichten.

Der Physik- und der Chemieraum lagen so ziemlich im hintersten Winkel des Kellergeschosses, ausgerechnet dort, wo es am dunkelsten war. Die anderen aus der Klasse waren schon fast vollzählig und saßen wartend vor der verschlossenen Tür. Morgan ließ sich neben Sandy nieder und legte einfach seinen Kopf auf ihre Schulter, um seinen Schlaf fortzusetzen.

Lisa, Britt und Zac nahmen etwas abseits von ihnen auf dem kalten Linoleumfußboden Platz.

«Miss Lollipop!» Maddox winkte ihr eifrig mit seinem Physikheft zu. «Kann ich deine Hausaufgaben abschreiben?»

«Sicher nicht», knurrte Lisa nervös. «Und wenn du mich noch einmal Miss Lollipop nennst, kannst du was erleben!»

«Miss Lisa Leonor Lambridge.» Maddox faltete seine Hände und verneigte sich vor ihr. «Komm schon. Sei ein liebes Mädchen. Rette mich vor dem Untergang. Ich geh dann dafür auch mit dir zum Ball.»

«Nein, danke.» Mit Maddox zum Ball zu gehen war so ziemlich das Allerletzte, was sie wollte.

«Tja, Bruder, warum schreibst du nicht einfach *meine* Aufgaben ab?», schlug Louie grinsend vor. «Dann geh *ich* mit dir zum Ball.»

«Blödmann. Du kapierst Physik doch gar nicht.»

«Aber ich hab sie wenigstens gemacht, im Gegensatz zu dir.»

«Lee!» Zac zerrte schon wieder an Lisas Ärmel. «Nun glaub mir doch! An der Brücke kann man tatsächlich Wurmlöcher herstellen!»

«Hä? Wurmlöcher? Von was faselt dieser Professor da?» Maddox reckte neugierig seinen Hals.

«Psst, Zac. Leise», mahnte Lisa. Wenn Zacs Kopf auf Hochtouren arbeitete, dann war es fast unmöglich, ihn zu stoppen, auch wenn das jetzt der denkbar ungünstigste Zeitpunkt war. Sie senkte ihre Stimme zu einem Flüstern. «Von welcher Brücke redest du denn? Von dieser Einstein-Rosen-Brücke?»

«Nein, das ist doch gar keine Brücke. So wurden Wurmlöcher ursprünglich genannt. Ich rede von der Tomsbridge. Durch die bei Gewitterbildung herrschenden Voraussetzungen im Tomsbridge Valley, die zu einer erhöhten Ansammlung von Elektrizität in der Luft führen, kann man mit Hilfe eines Zeitstrahls die Gravitationskräfte so steuern, dass die Raumzeit gekrümmt wird und ein Wurmloch entsteht.» Leider war Zacs Stimme um keine Spur leiser geworden, und sämtliche Köpfe drehten sich nun belustigt nach ihm um.

«Soso. Ein Wurmloch», sagte eine kalte, schnarrende Stimme über ihnen.

Lisa hatte das Gefühl, dass sich gerade so ein Wurmloch unter ihrem Allerwertesten auftat. Sie hob vorsichtig den Kopf und blickte in ein aschfahles Gesicht mit eingefallenen Wangen, einer spitzen Nase und zwei flaschenbodendicken Brillengläsern, das im kalten Neonlicht noch totenkopfähnlicher wirkte, als es das bei Tageslicht getan hätte – falls man es je bei Tageslicht gesehen hätte.

Lisas Magen krampfte sich fürchterlich zusammen. Sogar Zac verstummte.

Professor Ash hatte sich in seiner ganzen Größe über ihnen aufgebaut und starrte auf sie runter, als hätte er noch nie so etwas Widerwärtiges gesehen. Er machte seinem Namen alle Ehre: Alles an ihm war grau wie Asche, sogar seine Haut. Es hieß, dass er nie ans Tageslicht ging, sondern hier im Untergeschoss hauste wie ein Mull in einem Erdloch.

«Rein mit euch», schnauzte er. Er stieß mit einem Schuh grob an Morgans Füße. «Los, aufwachen, Faulpelz!»

Morgan rappelte sich träge auf und trabte direkt hinter Lisa in den Unterrichtsraum. Einmal mehr hätte sich Lisa einfach umdrehen und ihm Hallo sagen können, aber sie brachte es nicht über sich.

Außerdem musste sie sich darauf konzentrieren, die Luft anzuhalten, bevor der ekelerregende Geruch nach verwesender Ratte und «Marmite»-Gewürzpaste ihr den Magen umdrehte.

Sie hatte sich schon ein paarmal gefragt, warum es in diesem Raum so übel roch. Es gab Gerüchte, dass Professor Ash heimlich Experimente an Leichen betrieb und dass vermutlich unter dem Boden ein paar verweste Menschenkörper steckten, aber Britt meinte, das sei nur den Köpfen einiger besonders fantasievoller Mitschüler entsprungen.

Was immer auch der Grund für diesen üblen Geruch war, der Physikraum gehörte mit zu den ältesten Zimmern der Schule. Er war so alt, dass Tische und Stühle am Boden angeschraubt waren und der Platz zwischen Stuhl und Tisch so eng war, dass einige Schüler ziemlich ins Schwitzen kamen. Es gab Pläne zur längst überfälligen Renovierung, die in den nächsten Jahren umgesetzt werden sollten, aber es hieß, dass Professor Ash sich vehement dagegen wehrte.

«Dick darf man hier nicht sein», murmelte Britt.

«Und allzu groß auch nicht», meinte Lisa und sah zu, wie Zac sich mit seinen langen Gliedmaßen regelrecht hineinzwängen musste. Auch die großgewachsene Carol hatte ziemliche Probleme.

Professor Ash las wie immer zuerst die Namensliste vor. Erst wenn ein Schüler aufgerufen wurde, durfte er sich setzen. Für diejenigen, die am Schluss des Alphabets standen, war das eine ziemliche Tortur, da man in dem engen Raum zwischen Bank und Pult kaum aufrecht stehen konnte. Aber Professor Ash schien geradezu ein Vergnügen daran zu haben, seine Schüler zu foltern, so oft es nur ging. Er war der einzige Lehrer, bei dem sich keiner getraute, die Stunde zu schwänzen.

Lisa war froh, dass sie ungefähr in der Mitte drankam, und sie kam direkt nach Morgan Kendall. Zac Silverman hatte es da alles andere als leicht. Britt Webster, die Letzte im Alphabet, musste zwar bis zum Schluss stehenbleiben, doch da sie die Kleinste der Klasse war, passte ihr Körper genau in den engen Zwischenraum.

Professor Ash nahm sein Lineal und schlug damit auf den Tisch, um die Schüler mit diesem peitschenden Geräusch erst mal gründlich zu erschrecken.

«Da sich hier einige unter euch offenbar außerordentlich fleißig mit Wurmlöchern beschäftigen, bin ich überzeugt, dass ihr mir eine Erklärung für dieses Phänomen liefern könnt.» Ein listiges Lächeln kräuselte seine dünnen Lippen. Er fixierte Zac durch seine dicken Brillengläser hindurch und trat einen Schritt näher zu ihm hin. Zac hatte sein Heft ausgerechnet auf der Seite mit den Skizzen zu seinem Time Transmitter aufgeschlagen. Professor Ash zog das Heft mit der Kante des Lineals näher zu sich heran und drehte es um hundertachtzig Grad.

«Time Transmitter, soso», las er. «Erstaunlich präzise Zeichnung. Wenn Sie nur halbwegs so gut darin wären, Sachen zu erfinden, wie sie zu zeichnen, dann könnten Sie morgen der berühmteste Mann der Welt sein.»

Zac starrte Professor Ash verständnislos an.

«Was ich damit sagen will: Sie mögen zwar ein Genie sein, Silverman, aber Ihre Erfindungen wuchern zu sehr ins Uferlose. Theorie und Praxis sind zwei verschiedene Paar Schuhe. Hören Sie auf zu träumen und werden Sie erwachsen! Zeitreisen sind nur in der Theorie möglich, nicht aber in der Praxis. Das, mein junger Silverman, sollte Ihnen als Sohn des hochgenialen Professor Doktor Levi Silverman eigentlich klar sein! Und das, was Sie da produzieren wollen, ist reine Science Fiction!»

«Nein, Sir!», widersprach Zac treuherzig. «Zeitreisen sind wohl auch in der Praxis möglich! Ich werde es Ihnen beweisen. Im Tomsbridge Valley sind nämlich ...»

«Nein, Zac!», zischte Lisa und schlug schnell das Heft zu. «Sag kein Wort mehr!»

«Soso, Miss Lambridge!» Professor Ash sah mit einem hinterhältigen Grinsen auf sie herab. «Allerliebst, wie Sie sich immer für Ihre Freunde einsetzen. Sie wissen genau, dass Silverman und ich hier ein paar ziemlich divergierende Ansichten haben. Das hier ...», er tätschelte mit seiner Hand und dem Lineal das geschlossene Heft, «... ist Nonsens. Absoluter Nonsens! Und ob Ihr Vater der berühmte Nobelpreisträger Levi Silverman ist oder nicht, interessiert mich herzlich wenig. Diese Erfindung hier, Silverman Junior, taugt jedenfalls nichts! Absolut nichts! Nehmen Sie sich das zu Herzen!»

Zac hielt auf Lisas Anraten hin tatsächlich die Klappe. Und zum Glück verzichtete Professor Ash auf weitere Diskussionen. Er richtete seine Aggressionen lieber auf ein anderes Opfer, und sein Lieblingsopfer saß in einer der hintersten Schulbänke.

«Kendall! Aufwachen! Los, erklären Sie mir Einsteins Theorie über Wurmlöcher. Wie heißen diese in der Fachsprache?»

Lisa wandte sich auf dem Stuhl um und sah, wie Morgan kaum merklich zusammenzuckte. Langsam erhob er sich von seinem Platz.

«Na, wird's bald, Sie lahme Ente?», bellte Professor Ash.

Morgan stellte sich so aufrecht hin, wie es in diesem engen Zwischenraum möglich war, und sagte sehr langsam: «Ich weiß es nicht, Sir.»

«Er weiß es nicht!» Professor Ash schlug mit dem Lineal auf den Tisch. «Ha! Er weiß es nicht. Schlafen Sie mir beim Reden ja nicht auch noch ein, Kendall!»

«Aber Sir, das *kann* er doch gar nicht wissen!», protestierte Lisa. «Das haben wir ja nie durchgenommen.»

«Psst, Lee», flüsterte Britt warnend.

«Durchgenommen oder nicht, aber man dürfte ja wohl erwarten, dass ihr auch ein bisschen mehr als das Notwendige tut. Immerhin könnte sich Kendall ja in der Glotze mal zur Abwechslung einen Dokumentarfilm über Naturwissenschaften anschauen, anstatt sich nur törichte Videoclips reinzuziehen! Also, was ist nun? Können Sie mir wenigstens erklären, was ein Wurmloch ist, wenn Sie nicht mal den Fachbegriff kennen?»

«Keine Ahnung, Sir.» Morgan zuckte mit den Schultern und wollte sich wieder setzen.

«Stehen bleiben!» Professor Ash peitschte mit dem Lineal wieder auf den Tisch, der an der Kante schon eine Menge Kerben hatte. Morgan richtete sich gehorsam wieder auf.

«Haben Sie wenigstens den klitzekleinen Anflug einer Idee in Ihrem Erbsenhirn, was ein Wurmloch sein *könnte?*»

«Nein, Sir.»

«Na los. Denken, Kendall, denken! Fällt Ihnen gar nichts ein?»

Morgans Augen flackerten. «Ich … denke … es … hat was mit Äpfeln zu tun.» Er betonte dabei jedes einzelne Wort, als ob er den Satz genau einstudiert hätte.

Ein paar Mitschüler kicherten verhalten.

«Mit Äpfeln? Ha! Das ist ja das Dümmste, was ich je gehört habe. Mir scheint, Sie haben eher ein Wurmloch im Hirn, Kendall! Fernsehen und Alkohol töten übrigens die Hirnzellen ab, falls Sie das nicht gewusst haben.»

Morgan zuckte nur die Schultern und setzte sich. Sein Gesicht verriet nicht den geringsten Anflug einer Gefühlsregung. Es verging keine Physikstunde, ohne dass Professor Ash ihn nicht zur Schnecke machte.

«Hehe, Wurmloch im Hirn! Der ist gut!», gackerte Maddox los, der das offenbar für einen gelungenen Witz hielt.

«Halt den Rüssel», zischte Louie. Lisa hatte blitzschnell ihren Radiergummi gepackt und ihn zornig Richtung Maddox abgefeuert. Er traf ihn genau zwischen den Augenbrauen.

«Au!» Maddox rieb sich die Stirn. «Geht's noch?»

«Hören Sie auf, mit Radiergummis um sich zu schmeißen, Lambridge! Und Sie mit der ekelhaften Pomadenfrisur, nehmen Sie sich den Rat Ihres Bruders zu Herzen und halten Sie Ihre vorlaute Klappe! Und Sie! …» Professor Ash richtete das Lineal wie ein Gewehr auf

Joey Logan, der wieder mal genüsslich in der Nase bohrte. «Schreiben Sie mir eine Karte, wenn Sie mit Ihrem Finger oben in Ihrem Hirn angekommen sind!»

Joey Logan zuckte zusammen und nahm sofort den Finger aus dem Nasenloch.

«Herrschaft noch mal, was seid ihr für ein Haufen Idioten!»

Keiner wagte sich mehr zu rühren.

«Und Sie, Kendall, ich habe nicht gesagt, dass Sie sich hinsetzen können!» Wieder sauste das Lineal auf den Tisch. «Ich bin noch nicht fertig mit Ihnen. Aufstehen!»

Morgan schloss die Augen und stand wieder auf.

«Können Sie mir wenigstens die Relativitätstheorie von Einstein erklären?»

«Nein, Sir. Tut mir leid.» Morgans Stimme klang nun sehr, sehr leise.

«So? Ist das etwa auch zu viel für Ihr träges Hirn?»

Morgan sagte nichts. Auch in der Klasse herrschte Totenstille.

*Wehr dich, Captain Kendall!,* dachte Lisa und ballte die Fäuste unter dem Tisch.

Professor Ash blieb stehen und wog das Lineal mit der Kante in seiner offenen Handfläche, als wäre es ein Säbel. Dann knallte er es mit solcher Wucht auf die Tischkante, dass es in der Mitte entzweibrach und der abgebrochene Teil klirrend auf den Boden aufschlug. Der andere zitterte in Ashs Hand vor sich hin. Die Schüler zuckten zusammen.

«Wissen Sie, was ich nicht verstehe? Wie Steven Kendall, der einer meiner besten Schüler war, so einen Versager als Bruder haben kann!»

Wieder zuckte Morgan nur mit den Schultern.

«Seien Sie ruhig weiter so faul, Kendall. Dann können Sie sich auf eine jämmerliche Zukunft gefasst machen. Ohne Schulabschluss gibt es kein College, ohne College gibt es keinen Job, und ohne Job werden Sie ganz jämmerlich scheitern. Da hilft Ihnen dann auch Ihr reicher Vater nicht. Und sagen Sie nicht, ich hätte Sie nicht gewarnt.»

Morgan richtete seinen Blick an die Decke.

Und ehe Lisa es sich versah, schoss sie von ihrem Stuhl hoch und schlug dabei prompt ihren Oberschenkel an dem blöden Tisch an.

«Reicht das jetzt nicht langsam, Sir?» Dann biss sie die Zähne zusammen, um nicht vor Schmerz aufzujaulen. Erst der Zeh, jetzt das Bein, dieser Donnerstag fing wieder mal gut an!

«Lambridge! Ich habe Sie nicht aufgerufen. Setzen Sie sich gefälligst wieder hin!»

«Nein. Sie … autsch! Sie haben kein Recht, so … auf Mr. Kendall herumzuhacken!»

«Lee!» Britt zerrte verzweifelt an ihrem Ärmel. Aber Lisa blieb stehen.

«Wie ich meinen Unterricht gestalte, ist allein meine Sache, Lambridge!» Professor Ash kam drohend einen Schritt näher. «Hier wird keiner mit Samthandschuhen angefasst! Ihr Jugendlichen von heute seid sowieso viel zu verhätschelt. Eine harte Hand tut euch nur gut! Ihr werdet mir eines Tages alle dankbar sein dafür.»

«Wohl kaum! Und ich werde mich bei der Schuldirektion beschweren!» Lisa zwang sich, das unheimliche Totenkopfgesicht mit festem Blick anzuschauen.

«Aber gern. Nur wird Ihnen das leider nichts nützen.»

Lisa wusste, dass Professor Ash recht hatte. Er unterrichtete seit über zwanzig Jahren an dieser Schule und war aufgrund seiner Kenntnisse ein Glücksgriff für die Tomsbridge School. Die Schuldirektion würde ihn nie und nimmer verwarnen oder gar suspendieren, das war ihr klar. Sein enormes Fachwissen würde nicht so schnell zu ersetzen sein. Zu seinem derben Umgang mit den Schülern hieß es nur, dass man darüber hinwegsehen und stattdessen fleißig lernen sollte.

«Es ist im Übrigen wirklich ganz allerliebst, wie Sie Kendall immer verteidigen», fuhr Professor Ash mit einem heimtückischen Lächeln fort. «Auf wissenschaftlicher Basis betrachtet, könnte man da durchaus von einer chemischen Anziehungskraft sprechen. Allerdings kann ich nicht verstehen, was Sie an so einem Waschlappen interessiert. Und ich würde mich an Ihrer Stelle vorsehen. Sie haben schon sechs Verweise von mir erhalten.»

Lisa biss sich auf die Lippen. Sie wusste ganz genau, dass sie sich mit diesen Aktionen in Schwierigkeiten brachte. Und Britt hatte durchaus recht, wenn sie meinte, dass Lisa am gescheitesten einfach die Klappe hielt.

«Nun denn, wenn Sie glauben, dass Sie so schlau sind, Lambridge: Warum erklären *Sie* mir dann nicht die Relativitätstheorie und das Prinzip eines Wurmlochs?» Professor Ash zog ein neues Lineal aus der Schublade seines Tisches und hielt es einsatzbereit in seiner Hand.

Lisa versuchte, ruhig zu atmen, während sie in ihrem Kopf abrief, was sie über Wurmlöcher und die Relativitätstheorie wusste. Immerhin hatte sie, Zac sei Dank, ja vor wenigen Minuten nochmals eine unfreiwillige Repetition darüber gehabt.

«Wenn man in einem sich schnell bewegenden Objekt sitzt, also zum Beispiel einem Flugzeug, vergeht die Zeit langsamer, als wenn man still auf der Erde steht. Die Theorie besagt also, dass im Bereich der Materie der Raum gekrümmt ist, auch wenn wir ihn selbst als gradlinig wahrnehmen …»

«Genau», murmelte Zac.

«Na los. Weiter!», forderte Professor Ash ungeduldig.

«Also: Je schneller ein Objekt sich bewegt, umso langsamer vergeht für dieses Objekt die Zeit. Wenn man die Raumzeit nun so weit krümmen könnte, dass man an einem gewissen Punkt eine Abkürzung durch die Raumzeit nehmen kann und entweder in einem anderen Raum oder in einer anderen Zeit landet, redet man von einem Wurmloch.»

«Streber», vernahm sie Carols Stimme deutlich hinter sich.

Professor Ash starrte sie an.

«Sie wissen erstaunlich viel, Lambridge. Für eine sechzehnjährige junge Frau … wirklich unwahrscheinlich viel.»

«Und?» Lisa versuchte nach wie vor, diesem unheimlichen Blick standzuhalten. Das war sicher nicht als Lob gemeint. Professor Ash verteilte so gut wie nie Lob.

«Wenn ich Ihnen einen guten Rat geben darf: Sie sollten sich besser vorsehen. Stecken Sie Ihre Nase nicht in Angelegenheiten, die nicht für Sie bestimmt sind.»

«Na, dann …» Lisa wollte sich setzen.

«Ich habe nicht gesagt, dass Sie sich hinsetzen können!»

Sofort stand Lisa wieder auf.

«Finden Sie sich besser mal damit ab, dass Sie als Frau … nicht viel zu sagen haben in wissenschaftlichen Angelegenheiten. Das ist immer noch Männersache! Und was nun Ihre Ambitionen betrifft, möchte ich Ihnen einfach nur wärmstens ans Herz legen …»

Wärmstens, dachte Lisa. Wie konnte so ein eiskalter Typ einem überhaupt irgendwas *wärmstens* ans Herz legen?

«… auf dem Boden der Realität zu bleiben und sich der Rolle zu fügen, die Ihnen als Frau zugedacht ist.»

Ein Raunen ging durch die Klasse. Lisa ballte wieder die Fäuste. Professor Ash tat alles, aber auch wirklich alles, um einen so richtig runterzuziehen.

«Kurz gesagt: Hören Sie auf zu träumen! Halten Sie sich von Wissenschaft und von Technik fern! Lernen Sie lieber einen richtigen Frauenberuf.»

Jetzt fing der auch noch damit an! Es reichte, wenn Tante Sally und Fanny ihr das schon andauernd predigten!

«Das werden wir noch sehen. Wir leben immerhin im zwanzigsten Jahrhundert.»

«Und da haben Sie auch zu bleiben», bellte Professor Ash.

«Sir, in elf Jahren werde ich wie jeder andere Mensch ins einundzwanzigste Jahrhundert überwechseln.»

«Lee!», zischte Britt.

«Haha, wie lustig», schnaubte Carol hinter ihr.

Professor Ash war während des Disputs immer näher gekommen, zerbrach nun das Lineal mit seinen Händen und brachte sein Totenkopfgesicht so nah an Lisa heran, dass sie seinen faulen Atem riechen und seine winzigen Augen durch die dicken Brillengläser sehen konnte.

«Merken Sie sich eins, Fräulein: Das Leben ist kein Vergnügungspark. Hier muss sich jeder anpassen. Wer sich nicht ins System einfügt, wird ganz einfach ausselektiert.»

«Ich glaube sowieso nicht an Ihr System. Kann ich mich jetzt endlich setzen?»

Ein weiteres, schadenfrohes Lächeln erschien auf Professor Ashs Lippen. Er ging zu seinem Pult zurück und holte ein neues Lineal aus der Schublade.

«Sie können sich meinetwegen setzen. Aber Sie erhalten Ihren siebten Verweis und werden morgen früh noch vor der ersten Stunde bei mir zum Nachsitzen erscheinen. Sie – und Kendall! Beide zusammen! In meinem Büro.»

Lisa vergaß beinahe, sich zu setzen. Sie hätte Professor Ash am liebsten gebeten, die letzten Sätze nochmals zu wiederholen, um sich zu vergewissern, dass sie richtig gehört hatte.

Professor Ash rieb sich zufrieden die Hände. Er ging an Zac vorbei und warf einen kurzen Blick auf das Heft, das geschlossen vor diesem auf dem Tisch lag. Wieder tippte er es mit seinem Lineal an.

«Eure Hausaufgaben, bitte!»

Die Schüler öffneten raschelnd die Hefte.

«Ich habe nichts davon gesagt, dass ihr sie öffnen sollt!», schnarrte der Professor. «Ich will sie haben!»

«Wie bitte?», fragte Carol schockiert.

«Ihr habt recht gehört. Ich will sie einsammeln. Ich werde eure Hausaufgaben benoten. Zur Strafe für Miss Lambridges Aufsässigkeit in meinem Unterricht. Pech für alle, die sie nicht gemacht haben!»

Die Schüler stöhnten auf.

«Dumm gelaufen, Bruderherz», feixte Louie.

«Das ist mein Ende», jammerte Maddox.

«Mann, Lisa, kannst du nicht einfach mal die Klappe halten?», zischte Carol wütend in Lisas Ohr.

«Tja, das hat die Klasse nun dank Ihnen davon, Lambridge. Und Ihnen, Kendall, wird ja nun ein weiteres U sicher sein. U wie ‹ungenügend›, Kendall, Sie verstehen? Damit können Sie sich Ihre Versetzung langsam aber sicher an den Hut stecken.»

Widerwillig gaben die Schüler die Hefte ab. Lisa meinte, ein paar böse Blicke in ihrem Nacken zu spüren. Die Hälfte der Klasse war nun wütend auf sie, das war ihr schon klar. Aber lieber nahm sie den Zorn der Klasse in Kauf, als ständig mitansehen zu müssen, wie Professor Ash Momo vor allen bloßstellte.

«Blöder, verbitterter alter Bock», grollte Lisa, als sie nach der Doppelstunde ihre Sachen zusammenpackten und diesen Raum des Schreckens verließen. Sie mochte gar nicht daran denken, wie das erst werden würde, wenn sie im nächsten Schuljahr auch noch Chemie bei Professor Ash haben würden. Zweimal eine Doppelstunde mit ihm, das würde doch keiner überleben!

«Lee, ich hab's dir doch gesagt», seufzte Britt. «Es hat keinen Zweck.»

«Sorry, Britt, aber ich kann einfach nicht anders.»

«Lee!» Britt blieb stehen, packte ihre Schultern und sah der Freundin fest in die Augen. «Sieh doch endlich ein, dass deine Freundschaft zu Morgan der Vergangenheit angehört. Ihr habt als Kinder zusammen gespielt, aber das war's. Er interessiert sich doch gar nicht mehr für dich. Oder hat er dir nur ein einziges Mal dafür gedankt, dass du ihn bei Professor Ash dauernd in Schutz nimmst? Er sagt ja nicht mal Hallo zu dir. Ehrlich, ich glaube, das kratzt den alles herzlich wenig. Und faul ist er nun mal, das wissen wir doch alle. Faul und verwöhnt.»

Lisa verstummte. Leider hatte Britt mehr als recht. Trotzdem …

«Außerdem wäre ich an deiner Stelle lieber vorsichtig. Du weißt, dass Professor Ash so ziemlich alles durchschaut. Er könnte deine Vorliebe für Morgan eines Tages ausnutzen.»

«Wozu? Wie soll er sie ausnutzen?»

«Man kann nie wissen. Du weißt ja, er hat seine Augen überall. Du musst bei ihm auf alles gefasst sein. Drum rat ich dir ja: Halt einfach die Klappe.»

Wenn das nur so einfach wäre, dachte Lisa bei sich.

Als sie später zu dritt über den Innenhof und um das Biotop herumschlenderten, das außer für den Biologieunterricht auch zur Erholung genutzt werden konnte, wurden sie von Carol und Beatrice überholt.

«Schönen Dank auch, Lisa», meckerte Carol im Vorbeigehen. «Ich stand in Physik eh schon auf der Kippe. Nun werde ich wegen dir ungenügend sein.»

«Tut mir leid», entgegnete Lisa. «Aber für deine schlechten Noten kann ich auch nichts.»

«Für Kendalls Noten aber auch nicht», bemerkte Beatrice, und Lisa war unsicher, wie sie diese Aussage deuten sollte. Sie hörte nur, dass eine Prise Spott darin lag.

Sie sah sich nach Zac um, der stehengeblieben war und Löcher in die Luft starrte.

«Zac? Kommst du?»

«Mein Heft!»

«Was ist mit deinem Heft?»

«Das hat Professor Ash!»

«Zac! Sag bloß, du hast deine wichtigen Formel-Seiten in deinem Physikheft dringelassen?» Lisa schalt sich, dass sie in dem Moment, in dem sie die Hefte hatten abgeben müssen, nicht aufgepasst hatte. Aber als Professor Ash sie zusammen mit Morgan zum Nachsitzen verknurrt hatte, war sie ziemlich aus der Fassung geraten …

«Nein, oder?» Britt blieb der Mund offen stehen.

Zac starrte Lisa und Britt abwechselnd an. «Doch! Doch! Genau das hab ich gemacht!» Er knetete verzweifelt seine langen Hände und fing an, hin und her zu rennen wie ein wild gewordenes Huhn.

«Zac!» Britt stoppte ihn sanft. «Hör auf, hier so herumzurennen. Lass uns mal vernünftig nachdenken.»

Zac hielt inne und ließ seine Arme sinken.

«Also», sagte Britt. «Deine Formeln sind bei Professor Ash. Was kann im schlimmsten Fall passieren? Hast du sie im Kopf?»

«Ja», sagte Zac.

«Alles?»

«Ja, glaub schon.»

«Könntest du sie im schlimmsten Fall nochmals aufzeichnen?»

Zac nickte.

«Und könnte Professor Ash irgendwas damit anfangen?», fuhr Britt fort und wechselte einen Blick mit Lisa.

«Wohl kaum», meinte diese. «Er hat sich ja lautstark genug darüber geäußert, dass das Nonsens ist.»

«Was wäre dann der schlimmste anzunehmende Fall?» Britt sah nacheinander Zac und Lisa an.

«Dass Professor Ash sich über Zac lustig macht», meinte Lisa.

«Das macht er ja so oder so. Was noch?»

«Dass Zac ein U in Physik kriegt, weil er Dinge in sein Heft geschrieben hat, die nichts mit dem Unterricht zu tun haben.»

«Und wäre das ein Unglück?»

Lisa begann allmählich zu begreifen, worauf Britt hinauswollte.

«Nein, da Zacs Notendurchschnitt eh bei A+ steht.»

Zac nickte bestätigend.

«Also, wenn dem so ist, dann ist es ja vielleicht gar keine Katastrophe», schlussfolgerte Britt. «Professor Ash wird sich kurz über Zacs Formeln amüsieren, ihm vielleicht eine schlechte Note verpassen – und damit war's das. Hauptsache, du hast alles im Kopf, Zac.»

«Das hab ich», versicherte Zac.

«Ich kann ja morgen beim Nachsitzen mal danach Ausschau halten», bot sich Lisa an. «Vielleicht hat Professor Ash die Hefte irgendwo im Büro bei sich rumliegen, und vielleicht fällt mir irgendein Grund ein, wie ich deins wiederkriegen könnte.»

«Wenn du meinst», erwiderte Britt. «Ansonsten kriegen wir die Hefte ja bestimmt nächsten Donnerstag wieder.»

Einigermaßen beruhigt setzten sie ihren Weg fort.

«Mögt ihr nach der Schule zu mir ins Labor kommen?», fragte Zac die Mädchen. «Ich will euch unbedingt den Time Transmitter zeigen. Ich will doch, dass ihr mir endlich glaubt! Ich hab wochenlang dran gebastelt, und jetzt bin ich so weit. Nun brauche ich nur noch ein Gewitter ...»

Lisa und Britt schauten sich kurz an. Ob sie nun tatsächlich daran glaubten, dass Zac eine Zeitmaschine erfunden hatte oder nicht, spielte im Moment keine wesentliche Rolle. Die technikinteressierte Lisa war immerhin neugierig genug, um erfahren zu wollen, was es mit diesem Time Transmitter auf sich hatte, während Britt aus reiner Solidarität versprach, mitzukommen.

## Kapitel 4
# Der Time Transmitter

Pünktlich um drei wartete der cremefarbene Mercedes vor der Schule, um Zac wieder abzuholen. Weil Zacs Vater momentan wieder in der Schweiz war und dort in einem physikalischen Forschungsinstitut an einem wichtigen Projekt mitarbeitete, wurde Zac von Vaters Chauffeur zur Schule gebracht und von einem Kindermädchen betreut.

Während die drei Freunde ins Auto stiegen, stolzierten gerade Morgan, Nathan und Paul aus der Pforte. Vermutlich waren sie wie meistens nach der Schule auf dem Weg zum Tomsborough Square, um dort abzuhängen, denn sie hatten ihre Schuluniformen bereits ausgezogen und in ihre Schultaschen gestopft. Stattdessen trugen sie nun alle drei ihre ausgewaschenen Designerjeans und weiße Nike-Turnschuhe. Morgan hatte zudem seine legendäre Jeansjacke mit den vielen Buttons an, für die er im ganzen Schulhaus und vielleicht auch in der halben Stadt bekannt war. Auch Lisa fand die Jacke cool, aber Britt hatte dafür nur ein müdes Lächeln übrig.

«Wenn er genauso viel Wert auf seine schulische Leistung legen würde wie auf seine Klamotten, dann hätte er wohl auch nicht immer so viel Ärger in Physik», meinte sie altklug.

Lisa fand den Kommentar ihrer Freundin ausnahmsweise ziemlich überflüssig, schwieg aber.

«Ihr werdet staunen», versprach Zac, der sich mit seinen langen Beinen auf den Beifahrersitz zwängte, während die Mädchen hinten Platz nahmen.

«Bin ja mal gespannt», sagte Lisa.

Etwa zehn Minuten später hielt das Auto vor einer sehr alten Villa. Sie gehörte schon seit Generationen der Familie Silverman und hätte schon seit Jahren mal wieder renoviert werden sollen, aber Doc Silverman, Zacs Vater, hatte dafür meistens keine Zeit.

Die Fassade war ziemlich alt und morsch, und zwischen den Backsteinen spross sogar hier und da ein wenig Moos hervor. Die Villa war mit runden Bogenfenstern bestückt, von denen einige Scheiben zerbrochen und durch bunte Glasfenster ersetzt worden waren. Zwei große Laternen standen links und rechts neben der Eingangstür, wobei seit Ewigkeiten nur noch eine dieser Laternen funktionierte.

Die Gartenbäume waren überwuchert mit Efeu und ließen kaum noch Sonnenlicht durch. Das war wohl mit ein Grund, warum im Innern der Villa meistens Licht brannte.

Für Lisa war die Villa ein einziger Abenteuerpark. Seit Momo aufgehört hatte, mit ihr zu spielen, hatte sie dort die meisten Stunden ihrer Freizeit verbracht. Aber Zac hatte eben nicht so gut spielen können wie Momo. Dafür hatte Zac ihr so ziemlich alles beigebracht, was sie heute über Computer und Technik wusste.

Britt kam ab und zu mit ins Labor und fand es auch recht interessant, ließ sich aber längst nicht so mitreißen wie Lisa.

Zacs Kindermädchen, Rachel, nahm ihnen die Blazer ihrer Schuluniformen ab und eilte sofort hinauf in die Küche, um ihnen einen kleinen Imbiss zuzubereiten. Rachel war eine freundliche Südafrikanerin in ihren Sechzigern. Nachdem Zacs Mutter an einer Lungenembolie gestorben war, war sie bei Silvermans geblieben und hatte sich bis auf den heutigen Tag um den zerstreuten Wissenschaftlersohn gekümmert, wenn sein Vater von Berufs wegen auf Reisen war.

Aber Zac hatte überhaupt keinen Sinn fürs Essen. Es sah aus, als hätte er den ganzen Tag darauf gewartet, endlich in sein Labor zurückkehren zu können.

Britt und Lisa folgten ihm. Was im unteren Stockwerk vor langer Zeit mal eine Küche und ein Wohnraum gewesen war, war irgendwann in eine Art Labor-Werkstatt umfunktioniert worden, die allerdings eher einem Schrottplatz glich. Die Wohnräume, in denen sich Zac und sein Vater nur sehr selten aufhielten, befanden sich in den oberen Stockwerken.

Die Arbeitstische im Labor versanken unter alten Computern, Kabeln, Werkzeugen, Fahrzeugteilen und sonstigen Gerätschaften. So ziemlich jedes Computermodell, das je auf den Markt gekommen war, befand sich in Silvermans Labor, von einem alten Atari 400 von Anfang der Achtziger bis hin zu einem weißen, tragbaren Macintosh-Computer, der noch nicht mal richtig auf dem Markt war und um den Lisa Zac glühend beneidete. Aber Doc Silverman brachte Zac fast jedes Mal das neuste Modell mit, wenn er wieder einmal nach einem längeren Auslandsaufenthalt nach Hause kam.

Kein Wunder, dass Zac nicht nur in Physik ein Genie war, sondern auch, was Computer anging. Er hatte sie alle miteinander verbunden, so dass Lisa am einen Ende des Raumes sitzen konnte und Zac am anderen und sie via Computer miteinander kommunizieren konnten.

Zac konnte einfach einen Text eingeben, und ein paar Sekunden später erschien derselbe Text auf Lisas Bildschirm. Zac konnte sich via Telefonleitung und Akustikkoppler sogar in Systeme und Verzeichnisse von Forschungsinstituten einhacken. Er hatte so schon eine ganze Menge Wissen von diesen Einrichtungen abgezapft. Lisa fand das unheimlich faszinierend, doch Doc Silverman pflegte immer wieder zu sagen, dass der Zugriff auf unterschiedliche Archive schon bald für alle Menschen alltäglich sein würde.

«Es wird nicht mehr lange dauern, und dann wird dies für alle zugänglich sein. Das ganze Wissen der Welt wird per Knopfdruck für jedermann abrufbar sein. Unsere Computer werden so klein wie Taschenrechner sein, und wir werden sie überallhin mitnehmen und miteinander kommunizieren, unabhängig davon, wo wir gerade sind: auf der Straße, im Café, in der Schule, zuhause, überall. Wir werden in Echtzeit mit Menschen kommunizieren können, die gerade in China oder Afrika sind. Und das alles wird gar nicht mehr lange dauern.»

Lisa fand es nur schon faszinierend, wenn Doc Silverman von seinem Autotelefon aus anrief. Sich vorzustellen, dass man mit einem Taschencomputer durch die Straße gehen und mit jemandem kommunizieren konnte, der gerade in China war, war geradezu eine utopische Vorstellung. Das kannte sie nur aus Science-Fiction-Filmen.

Britt war von all den Dingen nicht ganz so begeistert wie Lisa. Von ihr aus konnte die Technik da stehen bleiben, wo sie war. Sie fand die Vorstellung, dass eines Tages alles von Computern gesteuert werden sollte, einfach grauenhaft.

«Zum Schluss übernimmt noch der Computer das Häkeln und Stricken für mich. Nein, danke», sagte sie.

Aber Doc Silverman wusste noch über viel mehr als nur über technische Dinge Bescheid. Er wusste überhaupt enorm viel. Er vertiefte sich auch gern in die Sagen und Legenden der Antike. Er erzählte oft von alten Mythen und Geheimnissen und über die verschiedenen Vorstellungen von Zeit, also *Chronos,* die Zeit an sich, *Kairos,* der rechte Zeitpunkt, und *Äon,* die Ewigkeit, und über die Sehnsucht nach Unendlichkeit, die tief in jedem Herzen eines Menschen verborgen läge. Und über das Buch der Bücher, in dem alle diese Geheimnisse drinstanden.

Manchmal glaubte Lisa, dass Doc Silverman einfach alles wusste, obwohl er immer wieder beteuerte, dass dem nicht so sei.

Zudem war der Doc ein leidenschaftlicher Sammler von Lampenschirmen. Das ganze Labor war sozusagen ein Museum von Lampenschirmen, und zwar so ziemlich in allen denkbaren Formen und Größen und Farben und Materialien. Es gab welche aus Stoff, Glas, Porzellan, Kunststoff, Metall, Holz und sogar Papier; es gab große moderne Deckenfluter, alte, klobige Erbstücke von der Großmutter, chinesische Papierlampen, winzig kleine Tischleuchten und dazu einen monumentalen Kronleuchter aus echtem Kristall, der majestätisch an der hohen Decke thronte.

Doc Silverman hatte sogar alle Lampen so miteinander verkabelt, dass sie mit nur einem einzigen Lichtschalter angemacht werden konnten. Man musste allerdings erst über ein zerfleddertes antikes Sofa kraxeln und über mehrere Kabel und Gerätschaften steigen, um zum Lichtschalter zu gelangen.

Genau das tat Lisa jetzt, und mit nur einem einzigen Knopfdruck leuchteten alle Lampenschirme auf, so dass der Raum in ein mehrfarbiges Licht getaucht wurde.

Das fand sogar Britt faszinierend. Die Mädchen hatten sich oft gewundert, dass noch nie jemand in diese Villa eingebrochen war und sich all dieser Dinge bedient hatte. Aber vielleicht hielt die heruntergekommene Fassade die Einbrecher davon ab.

Rachel kam und brachte ihnen einen Teller voller Sandwiches mit Schinken, Käse und Früchten. Lisa und Britt suchten sich zwei Stühle und einen Tisch, auf dem möglichst wenig Schrott lag, und setzten sich.

Zac lief inzwischen zu einem seiner Computer und machte ihn an. Er tippte ein paar Befehle ein und ließ die Kiste starten. Dann raste er in die nächste Ecke und brachte einen komischen Apparat mit, der wie ein ziemlich wuchtiger Kassettenrekorder aussah. Unter den Arm hatte er zwei lange Antennen geklemmt.

«Seht! Das ist mein Time Transmitter!», sagte er ganz stolz und hievte das seltsame Gerät vor die beiden staunenden Mädchen auf den Tisch.

«Sieht aus wie ein seltsames Radio. Oder wie ein Kassettenrekorder. Oder wie ein ...», Lisa begutachtete das Ding von allen Seiten, «... ein Projektor?»

«Ganz richtig. Ich hab die Linse meines alten Projektors genommen und zwei Leuchtdioden eingebaut. Daraus kommt dann gebündeltes Licht. Damit sende ich die Photonen mit den Zeitinformationen durch das Portal. Es entsteht dann dabei so eine Art ..., na, so eine Art Raumzeit-Wirbel.»

Zac begann, etwas umständlich die beiden Antennen in die dafür vorgesehenen Öffnungen zu schrauben.

«Moment mal», unterbrach Britt. «Du willst uns verklickern, dass dieses Ding hier eine Zeitmaschine sein soll? Ein *Kassettenrekorder?*»

«Na ja, aus *irgendwas* musste ich ja schließlich die Zeitmaschine bauen», sagte Zac kleinlaut. «Ich hab halt einfach meinen Ghettoblaster als Gehäuse genommen. Ich musste einiges an Computer-Hardware einbauen. Schließlich muss ich ja die Zeit genau berechnen und die richtigen Mengen an Photonen senden.»

Er zeigte auf zwei mechanische Zähler mit je einem achtstelligen Ziffernblatt. «Da, schaut. Das hier ist der Zeitzähler. Der wird vom Kassettenlaufwerk gesteuert. Damit kann man das Zieldatum und die genaue Uhrzeit bis zur Hundertstelsekunde eingeben. Dann berechnen die Computerteile, die ich da drin eingebaut hab, alles selber und regeln die Stärke der Lichtdioden, so dass das Wurmloch entsprechend geöffnet wird und man genau in die Zeit reist, die man eingegeben hat.»

«Klingt ja wie ‹Zurück in die Zukunft›», meinte Britt kopfschüttelnd. «Aber Zac – ich weiß nicht so richtig. Bist du wirklich sicher, dass das funktionieren wird? Und was sind Photonen überhaupt?»

«Das sind ganz winzig kleine Teilchen, die Elementarteilchen des elektromagnetischen Feldes sozusagen. Oder das, woraus Licht besteht. Man kann damit auch Informationen übertragen. In diesem Fall übertrage ich damit Zeit. Vermutlich wird das sogar die Technologie der Zukunft sein.»

«Oh.» Britt guckte ziemlich verständnislos aus der Wäsche. Lisa war schon klar, dass ihre Freundin keinen Augenblick ans Zeitreisen glaubte und sich nur ziemlich vorsichtig ausdrückte, um Zac nicht zu verletzen. Sie selbst hatte auch immer noch Mühe, sich das wirklich vorzustellen. Zwar hatte Zac schon so manche Dinge erfunden, die tatsächlich funktioniert hatten. Aber eine Zeitmaschine – das war nun wirklich ein anderes Kaliber.

«Glaub mir, das funktioniert wirklich», sagte Zac und sah Britt mit seinen blauen Augen an. «Ich werde es dir zeigen.»

«Jetzt gleich?», fragte Britt.

«Äh … nein», sagte Zac verlegen. «Dazu müssten wir schon zur Tomsbridge gehen.»

«Du meinst tatsächlich die Todesbrücke?» Lisa hatte bis zu diesem Augenblick noch nicht ganz verstanden, warum Zac schon den ganzen Vormittag von dieser Brücke gefaselt hatte.

«Es ist verboten, dorthin zu gehen», gab Britt zu bedenken. «Man nennt sie ja nicht umsonst Todesbrücke.»

Doch Zac ging gar nicht groß darauf ein. «Weil es eben gerade nur dort möglich ist, ein Wurmloch zu erstellen. Die Tomsbridge ist durch diese unglaublich präzise Krümmung ihres Bogens und wegen ihrer geografischen Lage das Zentrum von immer noch teils unerforschten Wetterphänomenen», erklärte er. «Gemäß meiner Theorie entstehen dort in ganz seltenen Fällen sogar von selbst Wurmlöcher. Aber mit dem Time Transmitter lassen sich diese stabilisieren und genau berechnen und sogar künstlich herstellen – unter der Voraussetzung natürlich, dass die richtigen Wetterbedingungen herrschen.»

Die Mädchen wechselten einen Blick. Zac war entweder ein Genie oder einfach komplett verrückt.

«Aber braucht man dabei nicht enorme Mengen an Energie?», fragte Lisa. «Du kannst das Teil draußen doch nirgends an den Strom anschließen.»

«Das ist es ja eben. Darum rede ich von den richtigen Wetterbedingungen. Ich brauche nämlich die Energie eines Blitzes», gab Zac kleinlaut zu. «Das ist der einzige Haken an der ganzen Geschichte. Deswegen die Antennen hier. Das sind Energie-Absorber, die ziehen die Energie von Blitzen aus der Luft.»

«Also doch ‹Zurück in die Zukunft›», meinte Britt.

«Nicht ganz.» Zacs Augen leuchteten auf. «Ich muss nicht darauf warten, dass der Blitz in der genau richtigen Millisekunde einschlägt. Der Time Transmitter kann die Energie der Blitze speichern. Allerdings nur für ein paar Sekunden … höchstens eine Minute … außerdem muss ich ziemlich pünktlich sein, um das Wurmloch im richtigen Moment öffnen zu können …»

«Aha.»

«Nur …» Zac senkte seinen Blick. «Leider weiß man selten, wann das nächste Gewitter kommt.»

«Tja, das ist natürlich ein Problem.» Lisa begutachtete die zwei langen Antennen, die Zac befestigt hatte. Sie wirkten etwas wackelig. Etwas «unprofessionell», sozusagen.

«Wie sollen wir das denn je testen?»

«Tja, ich muss noch einen Weg finden, wie ich das Wetter ganz genau vorausberechnen kann, aber das kann noch ein paar Jahre dauern. Vorläufig muss ich mich nach den hiesigen Wetterprognosen richten, und die sagen mit siebzigprozentiger Wahrscheinlichkeit voraus, dass es morgen Nacht hier in der Gegend ein Gewitter geben wird.»

Zac starrte ein paar Sekunden lang gedankenversunken in die Luft, dann raste er auf einmal in eine Ecke und holte eine große Metallzange.

«Aber ich kann es euch schon mal simulieren.»

«Wie das?» Britt runzelte die Stirn.

«Wartet hier. Ich bau schnell was auf!» Zac nahm den Time Transmitter und brachte ihn in den hinteren Teil des Labors zu einem der Arbeitstische. Er wischte mit seinem Unterarm einfach ein paar Schrottteile zur Seite und stellte das Gerät auf den freigewordenen Platz. Er befestigte die Metallzange mit einem Draht und eilte zwischen dem Arbeitstisch und der Steckdose hin und her, um irgendwelche Kabel zu verbinden.

Dann stellte er genau gegenüber dem Projektor einen Stuhl hin und holte den alten Wandspiegel, der an einem Besenschrank hing. Er legte ihn flach auf den Stuhl und riss einen der Lampenschirme vom Ständer. Danach entfernte er den Überzug und brach das Lampengestell entzwei, bis er zwei halbmondförmige Metallteile in der Hand hielt. Er nahm einen der Bögen, stellte ihn auf den Spiegel und klebte ihn mit Panzerband so an, dass er sich mit seinem Spiegelbild zu einem ganzen Kreis schloss.

«Ihr müsst euch nun einfach vorstellen, dass das hier die Tomsbridge ist», meinte er. «Und der Spiegel ist der Fluss.»

«Ich hoffe nur, sein Vater kommt nächste Woche wieder nach Hause», murmelte Britt, während die Mädchen Zacs eifrigen Bewegungen zusahen. «Ich weiß nicht, ob es so gut für ihn ist, immer allein zu sein. Vielleicht hat er jetzt doch ein bisschen zu viele Hirngespinste …»

«Mag sein», meinte Lisa. «Aber Doc Silverman muss nun mal arbeiten.»

«Warum? Die haben doch genug Geld, scheint mir. Warum kann er nicht einfach aufhören zu arbeiten und zuhause bei seinem Sohn sein?» Britt warf Lisa durch ihre Brillengläser einen vorwurfsvollen Blick zu.

Aber darauf hatte Lisa auch keine Antwort.

«Seid ihr bereit?» Zac winkte den Mädchen mit strahlendem Gesicht und hielt die Metallzange in die Höhe. «Es geht los!»

«Was passiert jetzt eigentlich?», wollte Britt wissen.

«Ich simuliere den Blitz, und dann sollte der Photonenstrahler einen gebündelten Zeitstrahl direkt durch die Brücke hindurch generieren. Damit sollte dann theoretisch das Wurmloch geöffnet werden.»

«Wenn das nur gutgeht ...», murmelte Britt.

Zac hielt die Metallzange an die oberste Stange der Antenne. Ein paar Funken stoben hervor, und mit einem lauten Knall schoss ein blauer Lichtstrahl aus der Projektorlinse, direkt auf den Spiegel und den Halbkreis zu und mitten hindurch.

Für einen Moment sah es aus, als schwebe ein perfekter blauer Vollmond über dem Stuhl. Die Mädchen rissen verblüfft die Augen auf. Doch auf einmal gab es eine Explosion, und der Lichtstrahl erlosch abrupt wieder. Zac stand da mit einem losen Kabel in der Hand und rabenschwarzen Wangen.

«Mist», brummte er.

«Oh nein!» Die Mädchen stürmten auf ihn zu.

«Ist dir was passiert, Zac?», fragte Britt und stellte sich auf die Zehenspitzen, um einen Blick auf sein Gesicht zu werfen. «Ach, du meine Güte. Du bist ja überall schwarz. Bück dich mal!»

Zac beugte sich runter zu Britt, und sie untersuchte seine vom Ruß geschwärzten Wangen und den Haaransatz.

Lisa begutachtete inzwischen den Time Transmitter. Irgendwo

hatte es offenbar einen Kurzschluss gegeben, aber immerhin sah Zac noch ganz intakt aus. Von außen jedenfalls …

«Warte, ich wisch dir mal das Gesicht sauber.» Britt rannte zum Spültisch und versuchte, zwischen Reagenzgläsern, Bunsenbrennern und Büchsen mit Chemikalien einen sauberen Lappen zu finden. Sie benetzte ihn mit Wasser und rannte zu Zac zurück, der nun mit dem Time Transmitter auf dem Boden saß und den Apparat von allen Seiten inspizierte. Er verzog sein Gesicht zu einer Grimasse, als Britt ihm mit dem nassen Lappen im Gesicht herumwischte. Doch Britt war erst zufrieden, als der Lappen rabenschwarz und Zacs Gesicht dafür wieder sauber war.

«So. Und nun solltest du wirklich was essen, Zac.»

«Essen …» Zac war viel zu sehr mit dem Time Transmitter beschäftigt, als dass er an so etwas Banales wie Essen denken konnte. Ohne Rachel hätte er wohl in der Tat vergessen, sich zu ernähren.

«Bis morgen Abend hab ich den wieder repariert …», murmelte er mehr zu sich selbst.

Im selben Augenblick klingelte irgendwo in einer Ecke das Telefon. Oben nahm Rachel den Hörer ab, sprach ein paar Worte und ließ dann wieder unten klingeln.

«Lisa, es ist für dich», rief sie die Treppe runter. «Dein Bruder!»

«Oh nein.» Wenn Thomas sie von seiner Arbeit aus anrief, verhieß das selten was Gutes. Sie suchte das Telefon zwischen Computerschrott und Kabeln und hob den Hörer ab.

«Ja?»

«Lisa! Hast du Fanny nicht versprochen, Milch einzukaufen?» Thomas' Stimme überschlug sich fast.

«Ach, du Schreck.» Bei all der Aufregung um Wurmlöcher und Time Transmitter hatte sie die blöde Milch komplett vergessen!

«Fanny wollte gern Pfannkuchen machen und hat sich darauf verlassen, dass du ihr nach der Schule Milch mitbringst. Sie hat dich eigentlich jetzt zuhause erwartet, um ihr zur Hand zu gehen. Ich werde später erscheinen, weil ich noch Badminton habe.»

«Okay. Okay. Ich geh gleich nach Hause.»

Thomas wollte vermutlich noch was sagen, doch Lisa hatte den Hörer schon auf die Gabel geknallt.

«Ich muss los», sagte sie atemlos zu Britt und Zac.

«So plötzlich?»

«Fanny hat sich offenbar bei meinem Bruder beschwert, dass ich vergessen hab, Milch einzukaufen. Sie wollte Pfannkuchen machen. Ich sollte eigentlich längst zuhause sein!» Lisa sah sich nach ihrer Schultasche um, von der sie vergessen hatte, wo genau zwischen den Apparaturen sie die hatte fallen lassen.

«Kann sie denn nicht selber Milch kaufen gehen?», wunderte sich Britt.

«Nein. Sie beschwert sich lieber bei meinem Bruder.» Lisa fand die Schulmappe endlich zwischen ein paar alten Autoreifen.

Britt seufzte und warf erst einen Blick auf ihre Armbanduhr und dann auf Zac.

«Ich muss leider auch los. Ich hoffe, er kommt klar.»

«Bestimmt. Rachel ist ja auch noch da.»

«Trotzdem.»

Britt wirkte ein wenig kleinlaut, als die beiden Mädchen später auf dem Weg zur Bushaltestelle waren. Fast so, als fühlte sie sich schuldig, dass zuhause ihre Eltern mit einem schönen Abendessen auf sie warteten, während weder Zac noch Lisa eine richtige Familie hatten. Sie wünschte Lisa viel Glück mit Fanny und den Pfannkuchen und dem Nachsitzen am nächsten Morgen.

Lisa konnte ein Erröten nicht verhindern. Langsam machte sich da so ein aufregendes Kribbeln in ihrem Magen breit. Zum ersten Mal nach all den Jahren allein mit Morgan! Irgendetwas würde ja passieren müssen.

# Kapitel 5
# Fanny weiß alles besser

Die ganze Wohnung duftete nach frisch aufgezogenen Böden, als Lisa nach Hause kam. Die Freundin ihres Bruders hatte heute ihren freien Tag gehabt und ihn natürlich mit lauter nützlichen Dingen gefüllt und erst mal kräftig saubergemacht. Lisa hatte sich immer noch nicht daran gewöhnt, dass Fanny so gut wie eingezogen war bei ihnen und sogar ihren eigenen Schlüssel hatte.

«Hallo Lisa», grüßte Fanny sie lächelnd. «Na, hast du einen schönen Schultag gehabt?»

«Wunderschön.» Lisa stellte ohne weiteren Kommentar die Milch in den Kühlschrank. Bis vor wenigen Wochen hatte sie noch geglaubt, das Paradies sei ausgebrochen. Endlich weg von der hysterischen Tante Sally und dem launischen Onkel Bob, selbst wenn das bedeutet hatte, in diese etwas schäbige Gegend hier zu ziehen. Aber mehr an Miete hatten Tante Sally und Onkel Bob nicht lockermachen wollen, und sie waren auf deren finanzielle Unterstützung immerhin angewiesen, solange Thomas noch in Ausbildung war. Doch das war ihr ziemlich egal. Viel wichtiger war ihr gewesen, dass sie geglaubt hatte, nun endlich tun und lassen zu dürfen, was sie wollte, ohne dass ständig jemand meckerte.

Doch weit gefehlt! Nach nur wenigen Wochen war Thomas' Freundin Fanny auf den Plan getreten und hatte das Ruder übernommen, und da hatten die Probleme erst richtig angefangen! Und natürlich war Fanny der Ansicht, dass die Probleme auf Lisas rebellisches und unangepasstes Verhalten zurückzuführen waren.

Thomas war noch in seinem Sportverein. Thomas Theodor Lambridge, Lisas Bruder, der alles richtig machte. Der zweimal in der Woche nach der Arbeit in seinen Badminton-Verein ging und sogar zum Vorsitz gehörte. Einem Musikverein oder einem Sportverein angehören oder zu den Pfadfindern gehen – eine von diesen normalen Freizeitbeschäftigungen sollte Tante Sallys Meinung nach jeder normale Mensch ausfüllen, um gesellschaftstauglich zu sein.

Aber Lisa Leonor Lambridge war eben kein normaler Mensch. Anstatt Geige oder Querflöte zu spielen oder den Badminton-Schläger einzupacken, tüftelte sie lieber an ihrem Computer herum, den sie von Doc Silverman bekommen hatte.

Sie drückte sich schnell an Fanny vorbei in ihr Zimmer, um sich von der langweiligen karierten Schuluniform zu befreien und sich in ihre Lieblingsjeans zu stürzen. Das war ihrer Meinung nach viel bequemer als dieser Faltenrock, der ihr ständig um die Beine schlingerte.

Doch schon nach zwei Minuten klopfte Fanny an ihre Zimmertür. Lisa öffnete widerwillig.

«Hast du nicht Lust, mir zu helfen? *Gemeinsam* macht es doch viel mehr Spaß!» Fanny stand da und schaute Lisa mit einem provozierenden Lächeln an, das zwei tiefe Grübchen in ihren Mundwinkeln formte.

*Gemeinsam* war eines von Fannys Lieblingswörtern.

«Na gut.» Lisa wusste, dass sie kaum eine andere Wahl hatte, und folgte Fanny in die Küche.

«Du könntest vielleicht den Fußboden fegen», schlug Fanny vor. «Damit alles schön sauber ist, wenn dein Bruder kommt.»

«Okay», sagte Lisa, während sie den blitzblanken Fußboden vergeblich nach irgendwelchen Krümeln absuchte. Hatte Fanny nicht heute schon gewienert? Oder was roch hier denn so frisch?

Fanny schob Lisa sanft zum Besenschrank.

«Danke, ich kann allein gehen», schnaubte Lisa.

Sie schnappte sich den Besen und begann, irgendwelche nicht existierenden Krümel und Staubreste zusammenzukehren.

Doch da stand Fanny schon hinter ihr und nahm ihr den Besen aus der Hand.

«Nicht so. Schau, ich zeige dir, wie man es korrekt macht», sagte sie. «Man hält den Besen so rum, die obere Hand im oberen Drittel und die andere Hand etwa hier. Dann geht es viel leichter und effektiver.» Sanft nahm sie Lisas Finger und legte sie um den Stiel, wie es ihrer Meinung nach richtig war.

Lisa unterdrückte einen Brechreiz.

«Spielt das eine Rolle?», brummte sie. «Hauptsache, der Fußboden ist nachher sauber.»

«Aber es geht schneller, und dann hast du mehr wertvolle Zeit für was anderes. Zum Beispiel, um hier auf der Fensterbank noch ein wenig sauberzumachen.»

Lisa linste zur Fensterbank und fragte sich, ob sie sich wohl allmählich eine Brille kaufen musste, da sie auch auf der Fensterbank nicht das geringste bisschen Schmutz entdecken konnte. Sie schwankte zwischen der Entscheidung, sich einfach wortlos zu fügen und das zu tun, was Fanny ihr auftrug, oder zu protestieren. Leider gewann Letzteres die Oberhand.

«Wozu soll ich eigentlich etwas saubermachen, das eh schon sauber ist? Ich könnte meine *wertvolle* Zeit für etwas anderes verwenden, nämlich für meine *Hausaufgaben.*» Bei dem Wort «Hausaufgaben» *musste* Fanny doch anbeißen, nicht?!

«Ach, Lisa. Es ist so schade, dass du immer gleich pampig wirst. So können wir nicht zusammenarbeiten. Wir wohnen doch jetzt unter einem Dach und wollen miteinander auskommen. Und dazu gehört doch, dass man sich *gemeinsam* um den Haushalt kümmert.» Fanny warf Lisa einen demonstrativ betrübten Blick zu.

*Na klar. Indem ich nach deinen Regeln tanze,* hätte Lisa fast gesagt, doch sie konnte es sich gerade noch verkneifen. Jedenfalls hatte sie keiner gefragt, ob sie bereit war, mit Fanny unter demselben Dach zusammenzuleben …

Nur einen Augenblick später hörte sie, wie der Schlüssel im Schloss umgedreht wurde. Thomas kam nach Hause.

«Lisa.» Er knallte seine Sporttasche in eine Ecke und schritt mit gestrafftem Rücken in die Küche.

«Ja?» Lisa hielt die Luft an. Thomas war ziemlich sauer, das sah sie ihm sogleich an.

«Du hast heute einfach mitten im Gespräch den Hörer aufgelegt. Ich wollte noch etwas *Konkretes* mit dir besprechen. Ich habe *schon wieder* einen Anruf von der Schuldirektion empfangen.»

«Ach ja?»

Na, das war ja zu erwarten gewesen, dachte Lisa.

Thomas' Stirn war so gerunzelt, dass seine Brille zur Nasenspitze runterrutschte. Seine Haare waren im Gegensatz zu Lisas hellem

Haar dunkelbraun und lagen in einer perfekten Welle um seine Ohren herum. Seit Fanny ihm die Haare schnitt, sah er viel strenger und älter aus als zuvor. Seine großen Brillengläser fügten seinem Aussehen noch ein paar Jahre hinzu.

«Und zwar mitten ins Geschäft», fügte er hinzu, als könne er sich nichts Schlimmeres vorstellen.

Ein Telefonanruf. *Mitten ins Geschäft?* Wäre das alles nicht so ernst gewesen, hätte Lisa lachen müssen. Ihr Bruder, der sich zwar nach Leibeskräften bemühte, erwachsen zu wirken – und deshalb mit Fremdwörtern nur so um sich warf –, hatte oft keine Ahnung, wie er seine geschwollenen Ausdrücke richtig platzieren musste.

«Ich war gerade in einer *wichtigen* Sitzung», kam noch dazu.

Wichtige Sitzung. Thomas war fast jeden Tag in irgendeiner wichtigen Sitzung. Lisa fragte sich, was die immer so Wichtiges zu sitzen hatten. Sie wünschte sich inständig, dass Thomas aufhören würde, so krampfhaft erwachsen zu werden, und wieder er selbst würde.

«Ich war völlig *konsterniert,* als ich vernahm, was du dir heute bei Professor Ash wieder geleistet hast.» Thomas runzelte seine Stirn noch mehr, falls das überhaupt ging, und seine Brille rutschte noch ein Stück weiter nach vorn. Bevor er sein Finanzstudium angefangen hatte, hatte er nie so eine bitterernste Miene aufgesetzt. Aber vielleicht war das Teil des Studiums, weil man sich jetzt immerhin mit seriösen und ernsthaften Dingen wie Geld und Anlagen beschäftigen musste.

«Man hat mich darüber informiert, dass du schon den siebten Verweis von Professor Ash erhalten hast. Was hast du mir dazu mitzuteilen?»

Lisa hätte Thomas zu gern die richtige Version *mitgeteilt,* nämlich wie fies Professor Ash auf gewisse Mitschüler losging; sie unterließ es aber. Thomas hatte, genau wie Lisa, von Tante Sally und Onkel Bob eingetrichtert bekommen, dass Lehrer immer und unter allen Umständen recht hatten. Doch im Gegensatz zu Lisa glaubte er das auch.

«Du sollst morgen früh zum Nachsitzen erscheinen. Professor Ash erwartet dich Punkt sieben Uhr in seinem Arbeitszimmer.»

«Ich weiß.» Lisa stellte fest, dass ihre Stimme ungewohnt heiter klang. Es war immerhin das erste Mal, dass ihr das Nachsitzen geradezu gelegen kam.

«Lisa! Ich bin wirklich äußerst perplex, dass du der Sache überhaupt keinen Ernst beimisst. Wir haben doch darüber gesprochen, dass sich das ändern muss.»

«Ich nehm es ja ernst.» Lisa bemühte sich wirklich, ihrer Stimme einen betrübten Klang zu geben. «Aber dann sollte man Professor Ash auch mal mitteilen, dass er Schüler nicht ständig fertigmachen darf.»

«Ich hatte nie Komplikationen mit ihm, als ich in seine Klasse gegangen bin», sagte Thomas. «Ich gebe ja zu, dass seine Methode zu unterrichten etwas forsch ist, aber man kann durchaus eine Menge von seinem Wissen profitieren. Man muss sich eben bei ihm anpassen und nicht aufbegehren, so wie es die Schulleitung empfiehlt.»

Lisa seufzte. Thomas hatte sich wirklich extrem verändert in den letzten Jahren. Von ihrem Bruder, der früher für sie da gewesen war und sie beschützt hatte, war nicht mehr viel übrig. Aus dem einst so aufgeschlossenen Jungen mit dem Wuschelhaar war ein steifer, nervöser Spießer mit gescheiteltem Haar und Hornbrille geworden.

Und zwar genaugenommen, seitdem diese Fanny in sein Leben getreten war …

«Ehrlich, Lisa, manchmal frage ich mich wirklich, auf welchem Planeten du lebst. Und sowieso solltest du dich nicht so viel in der Gesellschaft von diesen Silvermans aufhalten. Die tun dir nicht gut. Tante Sally sagt das ja schon seit Jahren. Dieser Doc Silverman hat zu viele Hirngespinste im Kopf. Das sieht man ja auch an deinem Freund Zachary, der sich nicht mal selber die Schuhe binden kann.»

«Sei doch froh, dass ich Freunde habe. Du predigst mir ja dauernd, ich soll mir mehr Freunde suchen.»

«Lass mich das machen, Thomas», mischte sich nun Fanny ein, die sich ganz ruhig dem Kochtopf gewidmet, aber selbstverständlich alles genau gehört hatte. «Von Frau zu Frau geht das besser.»

Thomas seufzte und ließ sich auf den Küchenstuhl fallen.

Lisa rollte mit den Augen. *Oh Hilfe.* Was kam jetzt?

«Wir meinen *richtige* Freunde, Lisa.» Fanny trat auf sie zu und sah ihr in die Augen. «Oder besser gesagt, *Freundinnen,* wie sie *jedes* Mädchen in deinem Alter hat. Freundinnen, mit denen du zum Beispiel am Wochenende ausgehen kannst. Oder mit denen du dich auch etwas mehr über *Frauenthemen* unterhalten kannst. Das ist so *unglaublich wichtig* in deinem Alter.»

Frauenthemen! Sollte sie nun über Babys, Stricken und Häkeln reden? Sie, die nicht mal eine Nähmaschinen-Nadel ordentlich einfädeln konnte und es einfacher fand, einen Computer zu bedienen? Das letzte Mal im Handarbeitsunterricht hatte sich der Faden so komplett in ihrer Nähmaschine verheddert, und beim Rettungsversuch hatte sie das Gestänge so verbogen, dass die Nähmaschine in die Reparatur hatte geschickt werden müssen. Außerdem hatte sie doch eine Freundin, nämlich Britt. Reichte das denn nicht?

Und überhaupt, was waren eigentlich «Frauenthemen»?

«Du kannst doch nicht ständig nur … über Computer sprechen. Du solltest ein bisschen mehr … Na ja, du weißt schon … *weiblicher* werden.»

«Ja, was denn? Soll ich einen Rock anziehen? Reicht die Schuluniform nicht?» Lisa kam mit Fannys Vorstellungen nicht ganz klar.

«Zum Beispiel mal eine hübsche Bluse statt dieser ausgeleierten T-Shirts und ein paar *anständige* Jeans.» Fanny sah kritisch auf Lisas Flickenjeans mit den Löchern an den Knien. «Die wären wirklich mal reif zum Wegschmeißen.»

Wegschmeißen? Nie im Leben! Lisa hatte schließlich Stunden damit verbracht, all diese schönen Sticker auf ihre Jeans zu nähen – ohne Nähmaschine natürlich. Sie konnte sich eben keine Markenklamotten leisten, wie Morgan das konnte, der in seiner Freizeit fast nur Nike, Levis, Mustang und Lacoste trug.

«Schau, was ich eigentlich meine, ist dies: Du bist eine ziemliche Einzelgängerin. Aber *ich* zum Beispiel treffe mich einmal in der Woche mit meinem Girlsclub. Wir machen ganz viele tolle Sachen miteinander. *Gemeinsame* Fahrradausflüge, *gemeinsam* kochen oder ganz einfach kommunikative Gesellschaftsspiele. Es wird wirklich Zeit, dass du anfängst, dich deinem Alter entsprechend zu verhalten.»

Na toll. Fanny war nur zwei Jahre älter als Lisa, aber tat dauernd so, als sei sie schon fünfunddreißig.

«Und mit wem, bitteschön, soll ich so einen Girlsclub gründen? Etwa mit den Zicken in der Schule?» Lisa stellte sich gerade vor, wie sie mit Carol, Beatrice und dem Blondie-Trio in der Runde saß und Strickmuster austauschte. Schon nur der Gedanke ließ sie schaudern.

«Liegt das nicht auch ein bisschen an dir? Wie kommt es denn, dass du mit den meisten Mädchen in deinem Alter nicht zurechtkommst? Das liegt ja wohl kaum an ihnen. Außerdem muss es ja nicht in deiner Klasse sein. Du würdest sicher viele gute Freundinnen in einem Pfadfinderverein finden.»

Pfadfinderverein. Da kam es wieder. Fanny hatte natürlich ihr halbes Leben bei den Pfadfindern verbracht. The perfect girl scout.

Fanny wechselte einen Blick mit Thomas.

«Sollen wir es ihr jetzt sagen?», fragte sie.

Thomas nickte.

Um Himmels willen, was kam jetzt?

Fanny trat nun mit einem besonders zuckersüßen Lächeln noch einen Schritt näher zu Lisa.

«Thomas und ich haben etwas Besonderes für dich ausgeheckt. Wir dachten, dass es doch schön wäre, wenn du etwas mehr … Nun ja, wenn man etwas mehr von deinem Gesicht sehen würde. Wir dachten, dass wir dir sehr gerne einen Friseurbesuch finanzieren würden.»

Lisa starrte Fanny entgeistert an. *Wie bitte?*

«Es wäre doch nett, wenn man deine Augen sehen würde. Du hast nämlich so wunderschöne Augen. Und dazu ein sehr hübsches Gesicht. Außerdem könntest du mal was Neues ausprobieren. Es gibt so viele tolle Haarschnitte.»

Fannys klare Augen ruhten auf ihr und forderten eine Antwort. Lisa wäre ihnen gern ausgewichen, aber das war ein Ding der Unmöglichkeit. Fanny predigte laufend, dass man den Leuten *offen* in die Augen sehen musste und Probleme *offen* auf den Tisch legen musste. Und sie legte eine Menge Probleme offen auf den Tisch.

Fanny lächelte kokett. «Weißt du, ein guter Haarschnitt hilft dir auch, ein bisschen effektiver mit jungen Männern zu flirten. Immerhin bist du doch jetzt sechzehn.»

Fanny war eines jener Mädchen, die Männer wie ein Magnet anzogen. Bevor sie mit Thomas zusammengekommen war, hatte sie schon zahlreiche Verehrer gehabt. Lisa war es ein Rätsel, wie Fanny das anstellte. Wie eine Flirtkanone à la Kimberley sah sie nun nicht gerade aus, und so ausgesprochen hübsch war sie auch wieder nicht. Vielleicht standen die Jungs auf ihre niedliche Stupsnase und ihre mädchenhafte Stimme und darauf, dass sie klein und quirlig war. Lisa hatte Fannys Trick noch nicht rausgefunden.

Oder war es am Ende doch der Haarschnitt? Fannys schicker, energischer Kurzhaarschnitt saß natürlich immer perfekt und war dazu noch mit goldenen Strähnchen versehen, die sie einmal im Monat auffrischen ließ. Kein Wunder, dass sie jeweils mindestens eine Stunde im Bad brauchte, um ihre Frisur herzurichten.

Lisas Mundwinkel mussten ziemlich schief ausgesehen haben, denn Fannys Miene verlor zusehends ihren positiven Hoffnungsschimmer.

«Na, was sagst du dazu, Lisa?»

«Was ich dazu sage? Nein, danke.»

«Warum bist du nur so stur, Lee?», mischte sich Thomas ein. «Warum lässt du nicht zu, dass Fanny dir hilft?»

«Weil ich keine Hilfe brauche. Hallo? Ich trage mein Haar so, weil ich es genau so und nicht anders tragen will und weil ich es lang haben möchte.»

«Aber deine Spitzen sind ganz ausgefranst», sagte Fanny entsetzt und zog an einer von Lisas Haarsträhnen.

Lisa wich sofort einen Schritt zurück. «Dann sind sie eben ausgefranst.» Obwohl es ganz verlockend gewesen wäre, kurze Haare zu tragen, so dass Maddox nicht ständig daran ziehen und sie «Soufflé» nennen würde. Aber diesen Triumph wollte sie Fanny natürlich nicht gönnen.

«Spätestens, wenn du in gut zwei Jahren auf dem College bist, kannst du jedenfalls nicht mehr so rumlaufen», sagte Fanny, nun eine Spur strenger. «Und schon gar nicht mit diesen zerlöcherten Jeans ...»

«Das sehen wir dann. Ich will ja Informatik studieren, da ist man lockerer drauf.»

«Lisa, wir haben doch nun schon oft darüber diskutiert. Das ist nichts für ein Mädchen. Damit hast du keine Zukunftschancen.» Thomas stand nun auf. «Tante Sally und Onkel Bob sind ja auch dieser Meinung.»

Lisa seufzte. Manchmal konnte man wirklich meinen, Thomas, Fanny, Tante Sally und Onkel Bob lebten irgendwann in den Fünfzigerjahren, wenn nicht im Mittelalter.

«Wir leben im zwanzigsten Jahrhundert, und in zehn Jahren wird jeder einen Computer zuhause haben», sagte sie.

Thomas schnaubte. «Natürlich, diesen Floh hat dir dieser Doc Silverman eingetrichtert ...»

«Tja ...» Lisa war froh, dass es für Floh kein Fremdwort gab.

«Ach, Lisa», unterbrach Fanny mit betrübter Stimme. «Lerne doch lieber einen feinen Beruf. Etwas, mit dem du auch anderen was Gutes tun kannst. Krankenschwester zum Beispiel. Das ist ein wunderschöner und sehr erfüllender Beruf. Du kannst nicht immer nur an dich denken. Du musst auch an andere denken und sollst ein nützlicher Teil der Gesellschaft werden.»

Lisa merkte, dass der Siedepunkt nun erreicht war. Bevor Fanny gekommen war, hatten Thomas und sie es wirklich gut miteinander gehabt. Aber Fanny war nun mal da, und *wie* sie da war!

«*Du* hast mir überhaupt nichts zu sagen!», entfuhr es ihr. «Du bist schließlich *nicht* meine Mutter.»

Und schon war Lisa aus der Küche gestürmt. Sie flüchtete sich ins Bad und riegelte die Tür ab.

«Lisa! Wir essen doch gleich!», rief Fanny ihr hinterher.

«Keinen Hunger!», brüllte sie zurück.

Sie lehnte sich an die Tür und schloss einen Moment die Augen. Sollte das jetzt die nächsten zwei Jahre so weitergehen? Manchmal wünschte sie sich wirklich ganz weit weg von hier. Am besten gleich in eine andere Zeit.

Durch die geschlossene Tür konnte sie Thomas und Fanny diskutieren hören.

«Sie war nie einfach», klagte Thomas. «Sie konnte sich schlicht nie anpassen. Tante Sally und Onkel Bob haben permanent Komplikationen mit ihr gehabt.»

«Nun ja, es ist ja auch schwierig, mit zwei Jahren seine Eltern zu verlieren. Es ist doch nur verständlich, dass sie da ihre Ausbrüche hat.» In Fannys Stimme schwang dieses unangenehme Mitleid, das Lisa immer so rasend machte.

«Aber ich habe meine Eltern genauso verloren. Und trotzdem habe ich mich angepasst.»

«Dazu kommt, dass *ich* nun noch in dein Leben getreten bin. Es ist klar, dass sie das durcheinanderbringt», fuhr Fanny fort. «Sie ist ja ein Mädchen. Ich meine, sechzehn, das ist ja noch mitten in der Pubertät. Klar hat sie da ihre Ausbrüche.»

«Aber du bist doch nur zwei Jahre älter als sie und bist schon wie eine Vierundzwanzigjährige. Und du hast mit sechzehn deine Pfadfindergruppe geleitet und warst in dem Vorstand des Musikverein-Orchesters. Doch Lisa? Sie macht gar nichts, außer sich bei diesen Silvermans im Labor herumzutreiben und an ihrem Computer herumzuwerkeln. Aber es ist ja nicht nur das. Sie wird immer gleich ausfallend, wenn es nicht nach ihrem Kopf geht. Sie reagiert despektierlich gegenüber dem Lehrpersonal, wenn sie sich ungerecht behandelt fühlt oder wenn sie das Gefühl hat, sie muss jemanden verteidigen.»

«Ihr mangelt es halt an guten Freundinnen», sagte Fanny. «Sie hat ja nur eine einzige, soweit ich weiß. Was sie bräuchte, wären gesunde Gruppenaktivitäten. Sie ist ja so eine Einzelgängerin.»

«Tja, sie hat halt immer nur mit diesem Kendall-Jungen gespielt damals. Mit dem ist sie ganze Nachmittage lang um die Häuser und in den Wäldern umhergezogen. Der hat fast jeden Tag bei uns geklingelt und sie zum Spielen rausgeholt. Aber irgendwann ist er dann weggezogen. Sie war furchtbar traurig deswegen, aber so ist halt das Leben. Damit muss man sich eben abfinden.»

«Sie muss unbedingt mehr mit Frauen zusammen sein», sagte Fanny. «Vielleicht müssten wir deswegen mal mit deiner Tante und deinem Onkel zusammensitzen. Es geht immerhin um ihre Zukunft.»

Lisa seufzte und ließ sich zu Boden sinken. Sie lehnte ihren Kopf an die Tür und saß einfach da. Thomas und Fanny hatten aufgehört zu reden. Stattdessen hörte sie Geschirr klappern. Nun hatten sie offenbar mit dem Essen begonnen.

«Lisa!», hörte sie Thomas' Stimme wieder. «Möchtest du nichts essen?»

«Lass sie», sagte Fanny. «Es bringt nichts, sie zu zwingen.»

Lisa erhob sich wieder. Sie hatte nun durchaus Hunger, aber lieber ertrug sie ihn, als sich weiterhin Fannys Belehrungen antun zu müssen. Einen Moment lang wünschte sie sich wirklich, dass Zacs Zeitmaschine funktionieren würde. Dann könnte sie einfach in eine andere Zeit abhauen. Oder vielleicht sogar in die Vergangenheit reisen und ihre Eltern kennen lernen …

Sie trat zum Waschbecken und betrachtete sich im Spiegel. Ihre Wangen waren hochrot, und ihre Augen glänzten. Sie strich sich das blonde Haar ein wenig zur Seite, um sich ein bisschen eingehender unter die Lupe zu nehmen.

In einem hatte Fanny ja recht: Sie hatte wirklich ein hübsches Gesicht. Und schöne blaue Augen. Das fand Lisa sogar selbst. Nicht, dass sie sich für die absolute Schönheit hielt, aber sie musste zugeben, dass sie durchaus ein attraktiveres Gesicht als Fanny, Carol oder Beatrice hatte. Zumindest gab es nichts, über das sie sich aufregen musste, wie zum Beispiel abstehende Ohren oder eine krumme Nase. Sie konnte sich höchstens darüber ärgern, dass ihr Haar eine Spur zu dünn war. Oder dass sie ein paar Zentimeter zu groß war.

Aber Fannys Idee, ihr die Haare zu schneiden …! Was fiel der eigentlich ein? Lisa wollte nun mal keinen affigen Haarschnitt und schon gar keine von diesen lächerlichen Strähnchen haben. Sie wollte sich auch keine Tonnen von Gel oder Spray ins Haar pappen. Sie wollte, dass ihr die Haare ins Gesicht fielen und ihre Augen verdeckten, weil sie einfach nicht jedem in die Augen schauen wollte.

Ja, sie wusste, dass sie eine ziemliche Einzelgängerin war. Aber so war es nun mal. Warum durfte sie das nicht sein? Warum wollte man ihr ständig irgendwelche Gruppenaktivitäten aufzwingen?

Sie wusch sich ihr Gesicht mit eiskaltem Wasser und verließ dann das Badezimmer, um schnurstracks in ihr Zimmer zu flüchten. Sie ließ sich auf ihr Bett fallen und starrte das Planeten-Mobile an, das von ihrer Decke baumelte und über das sich Fanny immer ärgerte, weil es ihr beim Putzen in die Quere kam.

Es war noch ein Überbleibsel aus ihrer gemeinsamen Zeit mit Momo. Sie hatten es zusammen während einer längeren Regenperiode aus verschieden großen Styroporkugeln angefertigt und mit Wasserfarben bunt angemalt. Lisa hatte nämlich die Idee gehabt, den Weltraum für ihre Astronauten-Spiele mit echten Planeten auszustatten. Doch zu dieser Zeit war Momo bereits nicht mehr jeden Tag zu ihr gekommen, weil er manchmal lieber nach der Schule mit seinen anderen Freunden im Stadtzentrum herumhing. Und irgendwann hatte er das Interesse am Spielen ganz verloren.

Doch Lisa hatte das Planeten-Mobile durch all die Zeiten hindurch vor Tante Sallys Aufräumaktionen gerettet und es mitgenommen, als sie und Thomas in diese kleine Wohnung gezogen waren. Sie hätte so viel dafür gegeben, wenn Momo wieder einen Fuß in ihr

Zimmer gesetzt hätte und sie es ihm hätte zeigen können, aber das würde wohl in alle Ewigkeit nur noch Wunschdenken bleiben.

Aus Momo war nun schließlich einer der ganz Coolen geworden, der sich nicht mehr mit gewöhnlichen Leuten wie ihr abgab.

Würde er morgen beim Nachsitzen überhaupt mit ihr sprechen? Oder würde er sie auch da weiterhin wie Luft behandeln, wie er es die ganze Zeit getan hatte, seit sie zusammen in einer Klasse waren? Dass ausgerechnet der Lehrer, den sie am meisten verabscheute, ihr nun die Chance gab, wieder mit ihm zusammenzutreffen, war ja geradezu grotesk …

Der einzige Haken war: Würde Morgan *überhaupt* zum Nachsitzen auftauchen? Oder würde er krank sein, wie so oft?

Lisa ging zu ihrem Schreibtisch und schaltete den Computer an, einen alten Commodore 64. Zac hatte ihr den eingerichtet, doch mittlerweile konnte sie eine Menge auch selber. Sie hatte angefangen, mit ihren Basic-Grundkenntnissen ein einfaches kleines Spiel zu programmieren.

Eines Tages so richtig spannende und bunte Computerspiele zu produzieren, in denen man alles machen konnte und Millionen Farben zur Verfügung hatte, das war ihr großer Traum. Spiele, in denen man viel mehr Möglichkeiten hatte, als nur über Hindernisse zu hüpfen und ein paar Punkte zu sammeln und Feinde abzuschießen oder ein paar lausige Rätsel zu knacken. Aber das war jenseits all ihrer Vorstellungen. Vielleicht würde so was in einer fernen Zukunft mal möglich sein, doch dazu brauchte sie ja auch weit mehr Programmierkenntnisse.

Vorläufig musste sie sich mit ein paar sich bewegenden Punkten in sechzehn Farben begnügen. Oder mit den paar wenigen Spielen, die sie besaß.

Sie legte eine Floppydisc ein und wartete, bis auf dem Bildschirm READY erschien. Dann gab sie LOAD und die dazugehörigen Befehle ein und wartete. Es dauerte lange, bis wieder READY erschien. Sie gab ein paar weitere Befehle ein, tippte RUN und sah dann zu, wie der Bildschirm vor ihren Augen flimmerte und alles durchratterte, bis er das Spiel endlich mit einem fröhlichen Dudeln startete.

Wie wohl die Computer der Zukunft aussehen würden? Ob es wirklich so sein würde, wie Doc Silverman es immer voraussagte? Dass man nur den Namen einer Person eingeben musste, und der Computer lieferte einem dann per Knopfdruck alle Informationen, sogar mit Bildern? Oder dass man einfach die Adresse einer Person eingeben konnte und dann bis zu ihrem Haus zoomen und sehen konnte, was sie gerade machte?

Zugegeben, dieser Gedanke war ziemlich unheimlich. Aber Lisa hätte zu gern gewusst, was Morgan gerade machte. Vielleicht konnte sie ja in der Zukunft zumindest mal so mit ihm telefonieren, dass sie dabei sein Gesicht auf einem Bildschirm sehen würde.

Irgendwann, in einer fernen Zukunft.

Vorausgesetzt, er würde jemals wieder mit ihr reden.

# Kapitel 6
# Nachsitzen mit Folgen

Lisa rannte mit klopfendem Herzen die Treppenstufen zum Schulgebäude hoch, das um diese ungewöhnlich frühe Uhrzeit noch still und menschenleer war. Die Sonne begann gerade hinter dem Uhrenturm hervorzulugen. Es versprach ein wunderschöner Spätsommertag zu werden. Wenn Zac sich tatsächlich auf die Wetterprognosen verlassen wollte, die heute Nacht Gewitter angekündigt hatten, dann mussten sich die Wolken aber beeilen!

Die Uhr zeigte fünf vor sieben, aber Lisa wusste, dass sie noch etwa fünf Minuten mehr Zeit hatte, da die Uhr ja vorging. Morgan war nicht im Bus gewesen, genau wie sie befürchtet hatte! Es wäre ja auch fast zu schön gewesen, um wahr zu sein. Nun musste sie sich ganz allein in die Höhle des Löwen wagen, und diese grauenhafte Vorstellung jagte ihr einen Schauer nach dem anderen über den Rücken.

Sie war noch nie in Professor Ashs Büro gewesen. Es war eigentlich seltsam, dass er sie zum Nachsitzen dorthin bestellt hatte, denn normalerweise ließ er die Schüler im Labor ihre Strafaufgaben schreiben. Sein Büro war, genau wie der Physik- und der Chemieraum, ganz unten im Kellergeschoss.

Professor Ash erwartete sie schon. Lisa war sich sicher, dass er bereits durchs Schlüsselloch gelinst hatte, denn als sie nur noch zwei Meter von der Tür entfernt war, öffnete sie sich fast wie von selbst. Das Licht, das durch den Spalt kam, warf besonders furchterregende Schatten auf Professor Ashs Totenkopfgesicht.

«Da sind Sie ja. Wo ist Kendall?»

«Ich weiß es nicht, Sir.» Es blieb Lisa nichts anderes zu sagen übrig als das.

«Dieser vermaledeite Faulpelz. Wenn er in fünf Minuten nicht auftaucht, kann er seine Versetzung vergessen. Dann ist ihm ein U in Physik sicher. Rein mit Ihnen! Wir fangen gleich an!»

Lisa schickte ein inständiges Gebet zum Himmel, dass Morgan auftauchen möge. Sie folgte dem Professor in das Arbeitszimmer, das genauso abgestanden roch wie der Physikraum. Sie hätte sich nicht gewundert, wenn hinter der nächsten Ecke eine verwesende Leiche gelegen hätte.

Aber dem war zum Glück nicht so. Professor Ash schritt mit aufrechtem Gang zu seinem Schreibtisch, nahm ein Lineal in die Hand und deutete damit auf ein sehr kleines Pult mit zwei Stühlen, das zwischen den Bücherregalen stand und auf dem bereits zwei leere Blätter und zwei Filzstifte nebeneinander bereitlagen.

«Setzen!», befahl er.

Lisa gehorchte und nahm auf dem rechten Stuhl Platz. Es würde ziemlich eng werden, zu zweit an diesem Pult zu sitzen. Sie packte ihr Physikbuch aus, während sie einen ängstlichen Blick auf die monumentalen Bücherregale warf, die aussahen, als würden sie demnächst drohend über ihr zusammenstürzen. Schwere Wälzer über Physik, Chemie und Biologie waren in mehreren Schichten übereinandergestapelt, und es waren bestimmt ein paar hundert, wenn nicht gar tausend.

«Was starren Sie so eingeschüchtert? Haben Sie etwa Angst vor meinen Büchern?», schnaubte der Professor.

Lisa schüttelte hastig den Kopf. Professor Ash baute sich hinter seinem mächtigen Schreibtisch auf, und da Lisa nicht wusste, wo sie ihre Augen lassen sollte, heftete sie sie schnell auf den Bilderrahmen vor ihm auf dem Tisch. Der Bilderrahmen enthielt ein Schwarzweiß-Foto einer jungen und sehr hübschen Frau mit einer Frisur aus den Fünfzigerjahren.

Komisch. Was machte das denn hier? Und wer diese Frau wohl sein mochte? Seine Schwester vielleicht? Seine Frau ja wohl kaum.

Es war etwas schwierig, sich vorzustellen, dass Professor Ash je verliebt gewesen sein könnte – oder vor allem: dass jemals jemand sich in ihn verliebt haben könnte. Außerdem sah diese Frau zu glücklich aus, um die Frau eines solch kaltherzigen Griesgrams zu sein. Dieses Foto passte jedenfalls hier auf diesen Schreibtisch wie die Faust aufs Auge.

«Aha, und jetzt wollen Sie wissen, wer die Frau auf dem Foto ist, hab ich recht?», erriet Professor Ash ihre Gedanken.

Wieder beeilte Lisa sich, den Kopf zu schütteln. Sie nahm sich vor, am besten überhaupt nichts mehr anzugucken.

«Sie beantworten die Aufgaben drei bis zehn auf Seite 174 in Ihrem Physikbuch, Lambridge. In einer halben Stunde liegt Ihr Blatt hier auf meinem Tisch.» Er polterte mit dem Lineal auf die Tischfläche. «Sollte ja für ein Genie wie Sie kein Problem sein. Und nun …» Professor Ash sah auf die große Wanduhr neben seinem Schreibtisch und begann, das Lineal im Takt des Sekundenzeigers auf die Tischkante zu schlagen. «Nun werden die nächsten Minuten über Kendalls Schicksal entscheiden! Wenn ihm sein Leben was wert ist, soll er gefälligst seinen lahmen Hintern aus dem Bett bewegen!»

Lisa verzichtete auf eine Antwort und blätterte durch ihr Buch, bis sie die richtige Seite gefunden hatte. Die Aufgaben waren zumindest machbar, wenn auch eine halbe Stunde kaum ausreichen würde. Außerdem machte sie das Geklatsche mit dem Lineal ganz nervös!

Sie hatte die Hoffnung längst aufgegeben, dass Morgan noch auftauchen würde. Stattdessen begann sie sich mit dem Gedanken zu befassen, dass sie vielleicht mal unauffällig nach Zacs Heft mit den Formeln Ausschau halten sollte. Sie hatte es ihm ja immerhin versprochen.

Doch dann, vier Minuten später, klopfte es an die Tür, und Morgan schlich mit verschlafenem Blick und seinen Discman-Kopfhörern auf den Ohren herein.

«Hi», murmelte er.

«Sie sind zu spät, Kendall», polterte Professor Ash und ließ das Lineal auf den Tisch sausen. «Und es heißt ‹Guten Morgen, *Sir.*› Herrschaft noch mal, was soll ich nur mit so einem notorisch faulen Sack wie Ihnen machen? Hinsetzen!»

Morgan zuckte nur mit den Schultern und schlurfte gehorsam Richtung Pult. Lisa hielt den Atem an und rutschte etwas zur Seite, um ihm Platz zu machen. Er setzte sich auf den freien Stuhl neben sie und kramte sein Physikbuch aus der Schultasche. Er knallte es auf den Tisch und rückte mit dem Stuhl etwas dichter an Lisa heran. Sie waren einander nun so nah, dass ihre Schultern sich berührten.

Der vertraute Tannenzapfengeruch stieg ihr in die Nase. Sein lockiges Haar sah aus, als hätte es heute überhaupt noch keine Haarbürste gesehen, und das Hemd hing ihm auch halb aus der Hose.

«Hi Morgan», sagte Lisa leise. Sie traute sich nicht, Momo zu ihm zu sagen.

«Hi Lisa ...», murmelte Morgan abwesend und zog den Kopfhörer von seinen Ohren.

«Sie lösen die Aufgaben auf Seite 13 im Physikbuch, Kendall», sagte Professor Ash mit einem gemeinen Lächeln. «Das sind die kinderleichten Aufgaben für die Loser. Vielleicht kriegen Sie das ja gerade noch hin, was ich allerdings bezweifle.»

Lisa wollte schon wieder wütend die Fäuste ballen, doch Morgan zeigte überhaupt keine Reaktion und schlug gelangweilt sein Physikbuch auf.

Professor Ash erhob sich und richtete das Lineal auf Lisa und Morgan. «Ich bin in genau fünfundzwanzig Minuten wieder da. Bis dahin erwarte ich, dass Sie beide mit den Aufgaben fertig sind, sonst gibt es ein U für alle beide.»

Damit verließ er mit dem Lineal in der Hand das Büro und schloss die Tür hinter den beiden ab.

Und nun war Lisa zum ersten Mal seit vielen Jahren mit Morgan ganz allein. Und gleichzeitig dachte sie verzweifelt an das Versprechen, das sie Zac gegeben hatte. Ein paar Sekunden lang fühlte sie sich zwischen zwei wichtigen Entscheidungen hin- und hergerissen.

Morgan schielte vorsichtig zu ihr rüber. «Hi», sagte er nochmals.

«Hi», antwortete sie. «Wir ... äh ... haben nicht dieselben Aufgaben.» Eigentlich war das weit entfernt von dem, was sie wirklich sagen wollte, aber es war gar nicht so einfach, nach all den Jahren ein Gespräch zu beginnen.

«Welche hast du denn?», fragte er und beugte sich etwas näher zu ihr.

«Seite 174. Er hat mir die … äh … schwereren gegeben.»

Er klappte resigniert sein Heft zu. «Was soll's.»

Lisa zögerte. Ihr war eben eine Idee gekommen, eine ziemlich gewagte Idee. Doch das bedeutete, dass sie die Mission mit Zacs Heft ein für alle Mal fallenlassen musste. Und die tickende Uhr erlaubte es ihr nicht, ihre Entscheidung lange hinauszuzögern. Doch sie konnte nicht zulassen, dass Morgan wieder eine schlechte Note bekam, wenn sie die Möglichkeit hatte, ihm zu helfen.

«Gib mir dein Buch», forderte sie ihn auf.

«Warum?» Morgan sah sie mit seinen schönen Augen direkt an, als lägen überhaupt keine Jahre der Trennung zwischen ihnen.

«Ich löse dir die Aufgaben. Schreib, was ich dir diktiere.»

«Wie bitte?» Und dann fügte er etwas zögernd hinzu: «Du … musst dich doch erst um deine kümmern.»

«Spielt keine Rolle. Ich steh in Physik nicht gerade auf der Kippe. Du brauchst eine gute Note dringender als ich. Schreib jetzt.»

Er runzelte die Stirn und setzte seinen Filzstift an. Lisa las vor: «In drei Flaschen werden je 100 Gramm Benzin, 100 Gramm Öl und 100 Gramm Wasser gefüllt. Die Flüssigkeitsspiegel haben alle eine unterschiedliche Höhe. In welcher Flasche steht die Flüssigkeit am höchsten und warum?»

«Keine Ahnung», sagte Morgan leicht trotzig.

«Okay, schreib auf: Die Masse aller Flüssigkeiten ist die gleiche, aber die Dichte ist unterschiedlich. Darum nimmt die Flüssigkeit mit der größten Dichte den kleinsten Raum ein: Zuerst das Wasser, dann das Öl und dann das Benzin.»

Morgan kritzelte hin, was sie ihm diktierte. Ihre Köpfe waren einander ganz nah, so dass sein Haar ihre Stirn berührte. Während er sorgfältig alles aufschrieb, was sie ihm vorsagte, betrachtete sie ihn. Sein für einen Jungen ungewöhnlich zartes Gesicht. Seine dunklen Augenbrauen und seine langen Wimpern. Und seinen kleinen, dunklen Leberfleck auf der linken Wange. Kein Wunder, dass außer ihr noch so viele andere Mädchen ihn hübsch fanden …

«Und wenn er merkt, dass du mir geholfen hast?», fragte Morgan später, als sie fertig waren.

«Und wenn schon. Beweisen kann er es nicht.» Lisa blickte auf die Uhr. Noch fünf Minuten Zeit für ihre eigenen Aufgaben.

Morgan lehnte sich zurück und streckte seine Füße von sich. Er schaute ihr zu, während sie die ersten drei Antworten der fünf Fragen in Sekundenschnelle aufs Papier kritzelte. Sie hatte das alles mit Zac und Doc Silverman schon durchgenommen, daher fiel es ihr nicht schwer. Sie spürte, dass Morgan etwas sagen wollte, sich aber offenbar nicht traute.

Professor Ash kam pünktlich auf die Sekunde wieder und riss ihr buchstäblich das Blatt unter der Nase weg.

«So so, nicht fertig geworden, Lambridge? Wie enttäuschend.»

«Es war zu schwer», log Lisa.

«Zu schwer – oder haben Sie Ihre Zeit etwa mit etwas *anderem* vergeudet?», fragte er lauernd, wartete jedoch keine Antwort ab.

«Raus mit euch!», bellte er.

Morgan war mit drei Schritten beim Ausgang. Ganz offenbar konnte er es kaum abwarten, von hier wegzukommen. Lisa erging es ebenso, doch gerade als sie an Professor Ashs Schreibtisch vorbeihetzen wollte, stutzte sie. Da, ganz hinten auf einem Stapel, entdeckte sie die Hefte, und Zacs Heft lag sogar zuoberst! Fast, als hätte es nur auf sie gewartet. Sie erkannte es an dem bekritzelten Einband. Es wäre ein Leichtes gewesen, es zu holen, wenn sie sich nur vorher darum gekümmert hätte. Doch nun war es zu spät. Sie hatte sich stattdessen entschieden, Morgan zu helfen …

Lisa rechnete damit, dass dieser bereits über alle Berge war, doch als sie durch die Tür trat, drehte er sich nach ihr um und hielt an, um auf sie zu warten.

«Danke», sagte er etwas zögernd, als sie ihn eingeholt hatte.

«Gern geschehen … Momo …»

Lisa war es, als ob ein winzig kleines Lächeln auf seinen Lippen erschien, als sie seinen Spitznamen aussprach. Zusammen gingen sie die Treppen hoch ins Erdgeschoss. Sie überlegte beim Laufen, ob es wirklich so schlimm war, dass er einige Zentimeter kleiner war als sie, und verlangsamte ihre Schritte. Sie wollte doch diesen Augenblick mit ihm allein so lange wie möglich auskosten!

Morgan passte sich ihrem Tempo ohne Widerrede an.

«Wir haben nie mehr miteinander geredet», wagte sie einen Versuch.

«Ja, ich weiß …» Er blieb nun ganz stehen und musterte sie, als täte es auch ihm leid, wie sich die Dinge entwickelt hatten.

«Es ist schade, dass wir uns plötzlich nicht mehr gesehen haben», fügte sie hinzu.

«Tja. Wir wurden halt erwachsen …» Er zuckte mit den Schultern, und sein Lächeln wirkte etwas hilflos.

«Wir hätten trotzdem Freunde bleiben können», sagte sie vorsichtig. Sie wollte ihm keinen Vorwurf machen, alles andere als das.

Er schaute sie an und dachte kurz nach.

«Unsere Interessen gingen eben auseinander», sagte er sehr langsam, und Lisa wunderte sich, wie reif und erwachsen er klang. Ihr wurde klar, dass sie ihn so gut wie gar nicht mehr kannte.

«Und es ist alles sehr lange her», fügte er hinzu, fast in entschuldigendem Tonfall. «Ich fürchte, ich weiß das alles nicht mehr so genau …»

*Nicht?,* dachte Lisa enttäuscht. Hatte er sich überhaupt keine Erinnerungen aufbewahrt? Er hatte die Spiele doch auch gern gespielt!

Doch dann meinte er: «Nur das mit der Zeitmaschine weiß ich noch. Das fand ich lustig.»

«Echt? An die Zeitmaschine erinnerst du dich?»

Er nickte und lächelte sie wieder auf seine vorsichtige Art an, fast schon, als hätte er Angst, auch nur ein Wort zu viel auszusprechen. Er strich sich die dunklen Locken aus dem Gesicht, um Lisa einen weiteren Blick aus seinen warmen, braunen Augen zu schenken. Sie erinnerte sich wieder daran, wie gern sie ihn als Kind immer geknuddelt hatte, als er noch so klein gewesen war, dass er ihr nur bis zur Nasenspitze gereicht hatte.

«Du kannst mich ja mal wieder besuchen», meinte sie.

Er nickte wieder, allerdings etwas zögernd. «Klar.»

Da waren sie auch schon bei den anderen angelangt, die auf die erste Stunde wartend vor dem Unterrichtszimmer saßen. Sie hatten heute wieder eine Stunde Geschichte. Kimberley winkte Morgan stürmisch zu, und er löste sich von Lisa und ging zu ihr und seinen anderen Freunden. Lisa gesellte sich zu Britt und Zac, die ihr erwartungsvolle Blicke zuwarfen.

«Lee! Können wir uns heute Nacht bei der Tomsbridge treffen?», sprudelte Zac ohne Umschweife los. «Ich hab den Time Transmitter gestern Abend wieder repariert, und es soll heute mit neunzigprozentiger Wahrscheinlichkeit ein Gewitter geben! Das haben sie heute früh in den Nachrichten gesagt!»

Britt presste beide Hände fest auf Zacs Mund, um ihn zum Schweigen zu bringen.

«Psst, Zac. Nicht so laut.»

Lisa ließ sich neben Britt zu Boden sinken und sah hinüber zu Morgan, der seinen Kopf dieses Mal zum Schlafen auf Kimberleys Schulter gelegt hatte. Ach, wie sehr wünschte Lisa sich, dass er *ihre* Schulter benutzt hätte …

«Wie ist es gelaufen?», flüsterte Britt. «Konntest du Zacs Heft zurückholen?»

Lisa schüttelte kleinlaut den Kopf. Sie wollte Britt nicht sagen, dass sie stattdessen eine andere Rettungsaktion gestartet hatte. Sie wusste nicht, ob die Freundin ihr verziehen hätte, dass sie Morgan quasi Zac vorgezogen hatte.

«Lee, was ist nun mit heute Nacht?», fing Zac wieder an.

«Heute Nacht … ah …»

«Können wir die Sache testen?»

«Bist du sicher, dass *wirklich* ein Gewitter kommt?» Lisa hatte irgendwie alles andere als Lust darauf, in dieser Nacht irgendein verrücktes Experiment zu starten.

«Ich hab doch gesagt: mit neunzigprozentiger Wahrscheinlichkeit. Natürlich werde ich irgendwann selbst mal einen präzisen Wetterkalkulator erfinden, aber vorläufig muss ich mich auf die aktuellen Wetterprognosen verlassen.» Zacs Stimme hatte schon wieder alarmierende Lautstärke angenommen. «Aber anders kann ich leider kein Wurmloch herstellen.»

«Sagt mal, was labert ihr hier eigentlich ständig von eurem Wurmloch?» Carol, die sich offenbar langweilte, streckte ihre Papageiennase Richtung Lisa, Zac und Britt.

«Nichts, das dich etwas anginge», sagte Lisa.

«Wurmloch?» Jetzt war auch Maddox aufmerksam geworden und reckte wie ein Schwan seinen Hals.

«Ganz ruhig, Bruder.» Louie tätschelte Maddox' Hinterkopf. «Du hast nichts verpasst.»

«Zac, könntest du das Wort ‹Wurmloch› hier nicht mehr in aller Lautstärke erwähnen?», bat Lisa zähneknirschend.

«Ich bin immerhin Klassensprecherin», bemerkte Carol mit schriller Stimme. «Wenn ihr irgendwas Dummes ausheckt, dann werde ich es melden *müssen*.»

«Keine Angst, wir hecken *nichts* Dummes aus», versicherte ihr Lisa, obwohl sie selbst ein wenig daran zweifelte.

Carol schmollte noch ein wenig, doch als sie einsah, dass weder Lisa, Britt noch Zac im Sinn hatten, ihre Neugier zu befriedigen, wandte sie sich einem anderen Thema zu und stieß Morgans Fuß mit ihrem Schuh an.

«He! Kendall!»

Morgan blinzelte träge und hob seinen Kopf. Kimberley, die nun ihre Schulter wieder frei bewegen konnte, kicherte und wühlte ihm einfach durchs Haar. «Na, ist mein Engel mit den Schokoaugen wieder wach?»

Er kraulte kurz Kimberleys Nacken und wandte sich dann mit fragendem Blick Carol zu, ohne auch nur ein Wort zu sagen.

«Was hat Steven nun gesagt?», drängelte sie. «Sind wir morgen Abend zu der Party eingeladen? Kann ich meinen Freund auch mitbringen?»

«Klar», antwortete Morgan nur.

«Party? Wo? Wann? Davon weiß ich ja gar nix!» Maddox verdrehte seinen Hals in alle Richtungen. «Bin ich auch eingeladen?»

«Kaum», brummte Louie.

Morgan zögerte.

«Ich würde sagen, nein!», antwortete Carol an seiner statt. «Du und Kendall, ihr seid ja nun wirklich nicht gerade die besten Freunde.»

Maddox zog einen Flunsch.

«Außerdem würde eure besorgte Mummy euch doch gar nicht zu so einer wilden Fete gehen lassen», säuselte Beatrice. «Klein-Maddox könnte ja etwas ganz Schlimmes zustoßen.»

Maddox schnaubte beleidigt.

«Kein Problem», meinte Louie würdevoll. «Ich bin eh nicht scharf auf die Party. Nur mein kleiner Bruder hier, der …»

In dem Moment kam ein Lehrer vorbei.

«Tut mir leid, aber Geschichte fällt heute leider aus. Mr. Teuber hat sich gestern das Bein gebrochen. Wir müssen erst mal einen Ersatz finden. Bis dahin habt ihr eine Freistunde.»

«Hurra!», jubelte Maddox prompt, ehe der Lehrer sich wieder entfernt hatte. «Welches Bein hat er sich denn gebrochen? Das richtige oder das falsche?»

Einige lachten.

Louie haute ihm eins über den Schädel. «Jetzt benimm dich doch mal. Menno, Bruder, man muss sich ja schämen mit dir.»

«Seltsam», meinte Britt, als sie später ein wenig durch den Innenhof wanderten. «Normalerweise sind die doch extrem schnell darin, einen Ersatzlehrer zu finden. Das wäre ja die Schule ihrem Ruf eigentlich auch schuldig.»

Lisa hörte nur mit halbem Ohr hin. Sie war in Gedanken bei dieser Party von Steven Kendall, die am nächsten Abend stattfinden sollte. So, wie es aussah, waren Carol, Beatrice, das Blondie-Trio und natürlich Paul und Nathan eingeladen. Und sicher noch einige andere aus der Schule, die sie nur flüchtig kannte. Sie überlegte, ob Morgan sie auch eingeladen hätte, wenn sie ihn einfach gefragt hätte.

«Lee, hörst du mir überhaupt zu?» Britt stieß sie in die Seite.

«Äh … ja? Sorry … was sagtest du eben?»

«Dass die Schule es ihrem Ruf eigentlich schuldig wäre, schnell einen Ersatzlehrer zu finden», wiederholte Britt geduldig. «Die haben in letzter Zeit wirklich extrem nachgelassen. So etwas dürfte im Grunde genommen an einer Schule wie dieser nicht passieren!»

Lisa zuckte nur mit den Schultern. Für Britt war so was wichtig, für sie eben nicht. Hauptsache war doch, dass irgendwann wieder ein Lehrer kommen würde, und wenn nicht, war es ihrer Meinung nach auch nicht so schlimm.

Erst recht nicht, als ihnen Morgan, Nathan und Paul entgegenkamen, und zwar ausnahmsweise ohne das Blondie-Trio. Mit ihrem federnden Gang und den dunkelblauen Schuluniformen sahen sie aus wie die drei Schlossherren vom Dienst.

Lisa konnte gerade noch Zac am Hemd packen, der in einen vollgekritzelten Notizblock vertieft neben ihnen herging, weitere Formeln ausbrütete und um ein Haar ins Biotop gefallen wäre, als die drei «Schlossherren» sie überholten. Lisa wollte so tun, als würde sie sie einfach nicht beachten, doch zu ihrer Überraschung blieb Morgan stehen. Nathan und Paul stoppten ebenfalls.

«Äh …» Morgan wandte sich eindeutig an Lisa. «Magst du … magst du am Samstagabend auch zur Party kommen?»

«Ich?», stotterte Lisa, zu überwältigt, um zu kapieren, wie dumm sie sich gerade anhörte.

«Ihr natürlich auch», fügte Morgan schnell hinzu und sah Britt und Zac an.

«Danke, nein», lehnte Britt höflich ab. «Ich hab schon was vor.»

Auch Zac schüttelte den Kopf. Eine Party mit vielen Leuten war für ihn sowieso der Horror.

«Danke … ich … äh … ja, ich komme gern.» Lisa versuchte, das Rotwerden zu unterdrücken.

«Okay.» Morgan lächelte leicht und wollte weitergehen, doch Lisa packte ihn schnell an der Schulter.

«Warte! Was muss ich anziehen?»

Zu spät merkte sie, dass sie schon wieder ins Fettnäpfchen getreten war. Jeder normale Mensch wusste doch, wie man sich für eine Party anzog. Punkt sechzehn auf ihrer *Nicht-normal*-Liste: Sie war noch nie auf einer richtigen Party gewesen. Schulpartys ausgenommen.

Doch Morgan nahm ihre Frage offenbar ernst. Er dachte kurz nach. «Zieh einfach an, was du für die Disco anziehen würdest», meinte er, ohne ihr auch nur im Geringsten den Eindruck zu vermitteln, dass ihre Frage daneben war. Lisa gefiel seine ruhige Art zu antworten. Und die Wärme, die in seiner Stimme lag und ihr ein Gefühl der Geborgenheit gab. Sie hatten sich auch damals so gut wie nie gestritten. Momo war immer extrem geduldig mit ihr gewesen, auch wenn sie mit ihrem Temperament mal über die Stränge geschlagen hatte.

«Du weißt ja, wo ich wohne», setzte er noch hinzu. «Westhill Avenue 14. Das erste Haus beim Hügel. Ab etwa acht fängt es an.»

«Okay. Vielen Dank.» Sie bemühte sich, ihrer Stimme einen etwas lässigeren Ton zu geben. «Ach, soll ich was mitbringen oder so?»

«Brauchst du nicht. Mein Bruder besorgt uns die Drinks.»

Drinks? Sollte das eine von Steven Kendalls berüchtigten und skandalösen Partys werden, von denen Lisa schon so einiges gehört hatte? Egal, sie würde hingehen, so oder so. Immerhin sah es ja nun so aus, als ob Morgan den Faden der Freundschaft wieder aufnehmen wollte.

«Alles klar», sagte sie, und Morgan, Nathan und Paul nickten zufrieden und gingen ihres Weges.

«Seit wann redet ihr wieder miteinander?», wunderte sich Britt.

«Seit heute früh», antwortete Lisa wahrheitsgemäß.

«Hmm.» Britts Blick verfinsterte sich ein wenig. Irgendwas schien ihr nicht ganz zu behagen. Sie warf einen Blick auf Zac, der im Kreis herumging, eifrig in seinen Notizblock kritzelte und dabei irgendwas vor sich hinbrabbelte. Er war dem Biotop schon wieder gefährlich nah gekommen.

«Und du willst allen Ernstes zu dieser Party hingehen?», fragte Britt, während sie Zac hinten am Hosenbund packte.

«Ja», sagte Lisa schlicht. «Du könntest ja mitkommen …»

«Ich?» Britt sah Lisa an, als könne sie sich nichts Schlimmeres vorstellen. «Also ganz sicher nicht. Das ist nichts für mich.»

Auf dem Weg zur Englischstunde herrschte vorwiegend Schweigen zwischen ihnen. Lisa war schon klar, dass es Britt ganz und gar nicht gefiel, dass sie wieder mit Morgan angebandelt hatte. Britt war schon damals immer ein bisschen eifersüchtig gewesen, weil Lisa mehr Zeit mit Momo verbracht hatte als mit ihr. Aber Britt war ja auch von ihren Eltern in lauter Vereine gesteckt worden und hatte viel weniger Zeit gehabt als Momo, der sich ohne Lisa meistens gelangweilt hatte.

«Ich fass es einfach nicht, Lee. Willst du dir das wirklich antun?», fing Britt kurz vor der Englischstunde wieder an.

«Er hat mich eingeladen … uns», korrigierte Lisa.

«Ich weiß. Aber mal ehrlich, der hat mich doch nur aus Höflichkeit eingeladen, oder denkst du, der will mich und Zac im Ernst dabeihaben? Außerdem … weißt du, ich fürchte einfach, dass das Ganze eine ziemliche Enttäuschung für dich sein wird. Oder glaubst du im Ernst, Morgan wird sich auf der Party ausgerechnet um dich kümmern? Der hat doch seine Blondinen um sich herum.»

Lisa schwieg. Leider hatte Britt vermutlich wieder mal recht. Sie würde dort zweifellos das fünfte Rad am Wagen sein. Sie war sich nämlich nicht mal sicher, ob Morgan nicht nur Britt und Zac, sondern auch sie nur aus reiner Höflichkeit eingeladen hatte.

Trotzdem begann sie zu überlegen, was sie anziehen sollte. Was hatte Morgan gesagt? Sie sollte anziehen, was sie für die Disco anziehen würde?

Das Dumme war nur, dass Lisa noch nie in einer Disco gewesen war. Punkt siebzehn auf ihrer Liste also …

## Kapitel 7

# Tomsbridge Valley

Zac hatte so lange gebettelt, bis Lisa einwilligte, ihn gegen Mitternacht bei der Tomsbridge zu treffen, um den Time Transmitter zu testen. Wie sie sich allerdings davonschleichen sollte, ohne dass Fanny und Thomas es mitkriegen würden, war ihr ein Rätsel.

Lisa packte ein paar Dinge in ihren Rucksack plus eine Taschenlampe, da sie nicht sicher war, ob Zac an so praktische Sachen denken würde. Eigentlich war sie in Gedanken schon viel mehr bei Morgans Party, und sie hatte wenig Lust, ausgerechnet jetzt ein Zeitreise-Experiment zu starten. Zu welchem Zeitpunkt Zac auch immer reisen wollte, sie wollte am nächsten Tag, am 2. September 1989, jedenfalls wieder zurück in der Gegenwart sein. Falls es denn wirklich funktionieren würde …

Lisa wartete, bis Thomas und Fanny sich gegen halb elf Uhr schlafen gelegt hatten. Fanny hatte zum Glück nun eine Woche lang jeden Tag Frühschicht, so bestand schon mal nicht die Gefahr, dass sie abends länger im Bad blieb als nötig.

Als alles still war im Haus, nahm Lisa ihren Rucksack, ihre Schuhe und ihr Skateboard. Sie verstand schon, warum Marty McFly aus «Zurück in die Zukunft» immer mit dem Skateboard unterwegs war.

Bei derartigen nächtlichen Zeitreise-Experimenten musste man ja irgendwie wieder nach Hause kommen, wenn keine Busse mehr fuhren.

Sie zog ihre Jacke an. Sachte drehte sie den Schlüssel im Türschloss um, das ein leises Klacken von sich gab. Sie hielt die Luft an, aber im Schlafzimmer regte sich nichts. Ganz vorsichtig öffnete sie die Tür, schlüpfte ins Treppenhaus und schloss sie ebenso geräuschlos wieder. Um ein erneutes Klacken des Schlosses zu vermeiden, verzichtete sie darauf, wieder abzuschließen. Die Wahrscheinlichkeit, dass ausgerechnet in dieser Nacht ein Einbrecher kommen würde, war eher gering.

Um ja keinen weiteren Lärm durch ihre Schuhe zu verursachen, lief sie in ihren Socken aus dem Haus und bis zum Ende der Straße. Zum Glück kam gerade niemand hier entlang, der sich gewundert hätte, was ein Teenager um diese Uhrzeit in Socken, mit einem Skateboard unter dem Arm und einem Rucksack vorhatte. Erst an der Straßenecke schlüpfte sie in ihre Schuhe und stellte sich auf das Skateboard. Der Rucksack war zum Glück nicht so schwer, denn er enthielt außer ihrem Geldbeutel mit dem Schülerausweis und dem Hausschlüssel nur eine Taschenlampe und einen Regenschutz für alle Fälle.

Natürlich hatte Fanny schon über Lisas Hobby, das Skateboardfahren, gemosert. Das sei doch ein Sport für kleine Jungs, hatte sie gemeint. Aber Lisa war es ziemlich egal. Sie hatte sich das Fahren selber beigebracht, als sie ungefähr dreizehn Jahre alt gewesen war. Und nun, als sie mit wehendem Haar und in ihren Lieblings-Flickenjeans Richtung Tomsbridge School fuhr, fühlte sie sich tatsächlich ein bisschen wie Marty McFly. Immerhin war sie wie ihr Filmheld unterwegs zu einem mitternächtlichen Zeitreise-Experiment mit einem verrückten Wissenschaftler, und so langsam begann das Ganze doch Spaß zu machen.

Sie warf einen Blick Richtung Himmel. Zumindest hatten sich im Laufe des Tages tatsächlich Wolken aufgetürmt. Ein Gewitter war allerdings noch nicht in Sicht.

Dadurch, dass sie mit dem Skateboard eine Abkürzung nehmen konnte, die der Bus weitläufig umfahren musste, benötigte sie nur etwa zwanzig Minuten, um zur Schule zu gelangen.

Das Schulgebäude war nur spärlich von ein paar Straßenlaternen beleuchtet. Die Fenster waren alle dunkel, bis auf die kleinen Erkerfenster des Kellergeschosses. Lisa schauderte ein wenig, als sie daran dachte, dass Professor Ash mit großer Wahrscheinlichkeit da unten am Arbeiten war und vielleicht irgendwelche grausigen Dinge fabrizierte. Wenn er sie bloß nicht sehen würde! Bei ihm konnte man sich da nie sicher sein.

Sie stieg vorsichtshalber vom Skateboard, trat mit dem Fuß auf die hintere Kante und fing das Brett geschickt auf. Die letzten Meter legte sie zu Fuß zurück. In der Ferne hörte sie nun tatsächlich ein ganz leises Donnergrollen, und auch der Wind hatte zugenommen. Die Straße machte einen Bogen um die Schule herum und endete dann in einer Sackgasse.

Weiter vorne nach der Brücke hörte der Zaun zwar auf, doch Lisa hatte keine Lust auf einen Umweg und warf erst das Skateboard und dann den Rucksack hinüber. Dann steckte sie ihre Fußspitzen in die Maschen, die gerade groß genug dafür waren, und kletterte los. Zum Glück war sie darin immer gut gewesen. Nur ihr T-Shirt riss, als sie damit an der scharfen Kante des Maschendrahtzauns hängen blieb. *Super, wieder was zu meckern für Fanny.*

Lisa ließ sich auf der anderen Seite so lautlos wie möglich ins hohe Gras fallen. Bis auf das Zirpen der Grillen und das Rauschen des Windes war nichts weiter zu hören.

Etwas weiter vorne hätte sie bei Tageslicht eine wunderbare Sicht auf das kleine Tal gehabt. Wie sie wusste, wölbte sich dort die Tomsbridge mit ihrem perfekten Halbkreisbogen über den ungewöhnlich klaren und stillen Fluss. Aber der Kreis, den sie zusammen mit ihrem Spiegelbild formte, war in diesem schwachen Licht nicht auszumachen.

Lisa knipste die Taschenlampe an, um in dem hohen Gras nicht über irgendeine Wurzel oder sonst was zu stolpern. Sie ließ den Lichtkegel Richtung Flussufer schweifen und entdeckte unterhalb des Gefälles direkt vor der Brücke die Umrisse eines cremefarbenen Mercedes, der irgendwie seinen Weg den Hang hinunter und durch das Uferschilf gefunden hatte. War etwa Doc Silverman bei dem Experiment auch dabei? Lisa hatte gar nicht gewusst, dass Zacs Vater schon von seiner Geschäftsreise zurückgekehrt war. Er sollte doch erst nächste Woche kommen …

Doch als Lisa unten angelangt war, stellte sie schnell fest, dass Zac allein war. Er kniete im Gras und fummelte an seinem Apparat herum.

«Zac!» Sie lief durch das Schilfgras auf ihn zu.

«Lee. Da bist du ja. Super, dass du eine Taschenlampe dabei hast! Ich hab meine vergessen …»

Sie grinste und leuchtete ihm mit dem Lichtkegel direkt ins Gesicht.

«Ich hab schon alles vorbereitet. Muss nur den Zähler richtig einstellen und die Antennen montieren. Hoffen wir mal, dass wirklich ein Gewitter kommt.» Zac richtete seinen Blick gen Himmel, auch wenn er dort nichts sehen konnte. Doch es lag ein feuchter Geruch in der Luft, und der Wind hatte merklich aufgefrischt.

«Ich hab vorhin mal leises Donnergrollen gehört», meinte Lisa. «Aber sag mal, wie bist du mit dem Mercedes hierhergekommen? Hat dein Dad dich gefahren?»

Zac schüttelte den Kopf. «Ich bin einfach von der Straße abgebogen und vorne rum bei der Brücke den Hang runtergefahren. Das ging ganz leicht.»

«Äh, Zac, heißt das, du bist *allein* hierhergefahren?»

«Ja.» Zac guckte Lisa verwundert an, als wäre das das Normalste auf der Welt. «Warum?»

Lisa schüttelte den Kopf. Manchmal hatte Zac wirklich einen an der Waffel und kapierte es nicht mal.

«Du kannst doch nicht einfach ohne Führerschein mit dem Auto deines Dads rumfahren», bemerkte sie.

«Ach so. Du meinst ...» Zac hob seine Schultern. «Tja, irgendwie musste ich doch den Time Transmitter hertransportieren. Er ist doch ein bisschen zu schwer, um ihn so weit zu tragen. Immerhin ist da ein ganzer Rechner mit Batterie drin.»

Das leuchtete ein. Außerdem hätte es etwas komisch ausgesehen, wenn sich Zac mitten in der Nacht mit seinem ultraschweren Ghettoblaster, der ja keiner war, durch die Straßen geschleppt oder sich in einen Bus gesetzt hätte.

Es war wieder einmal typisch Zac: Er tat keiner Fliege etwas zuleide, doch wenn er sich etwas in den Kopf gesetzt hatte, dann war es ihm egal, ob links oder rechts irgendwelche Verbote herrschten. Die rannte er dann einfach über den Haufen.

«Und wie gehen wir nun vor?»

«Wir stellen den Time Transmitter dort beim Felsvorsprung gegenüber der Brücke auf. Ich hab die Stelle bereits exakt berechnet, so dass der Photonenstrahler, also der Zeitstrahl, unter der Brücke ganz genau die Mitte des Kreises treffen wird, den der Brückenbogen mit seinem Spiegelbild formt. Komm mit, ich zeig's dir.»

Zac hievte sich den Apparat auf die Schultern und reichte Lisa die zusammengeklappten Antennen, die er nachher festschrauben wollte. Lisa folgte Zac und leuchtete mit der Taschenlampe durch den kleinen Trampelpfad, der vorhin aufgrund ihrer Schritte durch das Gestrüpp entstanden war.

Es waren etwa zwanzig Meter bis zu dem von Uferpflanzen und kleinen Büschen bewachsenen Felsen, der bis über die Hälfte des Flusses ragte. Von der Vorderseite her konnte man gut hinaufklettern, der Fels war dort nicht sehr hoch, während er dagegen auf der Rückseite etwas steiler abfiel.

Zac hatte mit seinen langen Armen und Beinen keine Mühe, den Felsen zu erklimmen. Als er oben war, musste Lisa ihm die Apparatur hinaufreichen, die allerdings tatsächlich recht schwer war. Danach bezwang sie den Felsen ebenfalls. Zac stellte den Time Transmitter in eine Kuhle, die er offensichtlich extra dafür in den sandigen Boden gegraben hatte, und begann, ihn von allen Seiten mit Plastikfolien abzudecken.

«Er darf nicht allzu nass werden», erklärte Zac, während er sich einen seiner Schnürsenkel aus dem Turnschuh zog. Er zerrte die

Zweige eines Busches ein wenig näher heran und band sie mit dem Schnürsenkel fest, um den Apparat noch etwas mehr abzuschirmen.

«Du hast ja wirklich alles exakt berechnet», stellte Lisa fest.

«Sag ich doch. Ich arbeite ja schon seit Monaten daran», meinte Zac. «Es muss alles bis zum letzten Nanoteilchen stimmen. Wenn nicht, dann landest du unter Umständen in der falschen Zeit.»

«Erklär mir das noch etwas genauer, bitte. Wie willst du jetzt genau ein Wurmloch herstellen?»

Statt einer Antwort drückte Zac auf einen Knopf am Time Transmitter, und bläuliches Licht leuchtete aus den Dioden, die er hinter der Projektorlinse eingebaut hatte. Der zehn Zentimeter breite Strahl fiel genau in der Mitte auf die Wasseroberfläche unter dem Brückenbogen, so dass das Szenario von weitem fast wie die Pupille eines Auges aussah. Es ähnelte jedenfalls sehr dem Modell, das Zac in seinem Labor aufgebaut hatte. Feine Spiralen kräuselten sich in sanften Bewegungen in der Luft und im Wasser.

«Siehst du die Wirbel? Die werden von den Photonen, die aufleuchten, erzeugt. Wenn ich jetzt genug Energie hätte, nämlich die Energie eines Blitzes, dann würden sich diese Spiralen ausdehnen, und das Wurmloch würde geöffnet werden. Aber dafür ist die gewöhnliche Batterie zu schwach. Das ist so ein ganz seltenes Gravitationsfeld, das hier herrscht. Masse und Energie ziehen sich zusammen, so dass die Raumzeit gekrümmt wird. Hast du nie von diesem Phänomen gelesen, dass hier unten im Tomsbridge Valley schon mehrere Menschen spurlos verschwunden sind?»

Ja, natürlich Lisa hatte von diesem Phänomen gehört. Einerseits, dass das Tomsbridge Valley ständig das Zentrum von Gewittern war. Und andererseits gab es eben diese Legenden, dass es Menschen gegeben haben sollte, die durch die Brücke in eine andere Zeit katapultiert worden waren. Aber ob das stimmte oder einfach nur Gerüchte waren, wusste niemand und hatte bisher auch noch niemand beweisen können. Jedenfalls gab es genug Gründe, warum es verboten war, die Brücke zu überqueren.

«Glaubst du denn wirklich, dass das mit diesen Legenden stimmt, Zac? Dass es Zeitreisende gegeben hat?»

«Ob es stimmt, kann ich nicht sagen. Aber es sind Leute verschwunden. Natürlich können sie auch einfach nur ertrunken sein, aber man hat ihre Leichen nie gefunden. Es ist also möglich, dass hier tatsächlich in seltenen Fällen von selbst Wurmlöcher entstehen. Aber ob das so ist und ob diese Leute wirklich in eine andere Zeit katapultiert worden sind, kann ich dir nicht sagen. Sie können ja rein theoretisch Millionen von Jahren in die Zukunft transportiert worden sein.»

«Oder in die Vergangenheit?»

Zac schüttelte den Kopf. «Gemäß meinen Berechnungen laufen die Strömungen der Gravitationskräfte hier so, dass nur Reisen in die Zukunft möglich sind.»

«Aha. Aber wie hast du das überhaupt herausgefunden? Dass man hier ein Zeitportal erstellen kann?»

«Ich habe einfach nach einer Möglichkeit gesucht, durch die Zeit reisen zu können. Und dann hatte ich plötzlich eine Eingebung. Ich dachte auf einmal, wenn ich so eine Art Zeitportal öffnen und mit einem Zeitsender stabilisieren kann, dann sollte es möglich sein, und dann bin ich eben auf diese Legenden gekommen, dass es hier bei der Brücke die merkwürdigen Phänomene gibt. Ich weiß, dass schon viele Wissenschaftler dran rumgeforscht haben. Aber sie sind nicht drauf gekommen ...»

Lisa sah Zacs Augen im Schein der Taschenlampe glänzen. Irgendwas an dem, was er eben erzählt hatte, ließ bei ihr Gänsehaut entstehen. Ein leichtes Kribbeln, das ihr mitteilte, dass sie hier Teil von etwas ganz Außergewöhnlichem war. Plötzlich war sie felsenfest davon überzeugt, dass Zac wirklich wusste, wovon er sprach. Nicht nur, weil er schon mehrere Preise für junge Forscher gewonnen hatte und tatsächlich eine Menge auf dem Kasten hatte. Nein, das war nicht der Grund. Es ging um viel mehr.

Es ging darum, dass Zac tatsächlich eine Eingebung gehabt haben musste, die nicht jedem zugänglich war. Dass ihm vielleicht etwas ganz Besonderes geschenkt worden war. Und dass das vielleicht sogar mit einer Aufgabe verbunden war ...

«Alles, was wir jetzt brauchen, ist ein Gewitter ...» Zac sah im Schein von Lisas Taschenlampe auf seine Armbanduhr.

«Aber wie kommen wir denn durch das Zeitportal? Müssen wir da unter der Brücke durchschwimmen?»

«Oh nein, nein, das wäre viel zu gefährlich. Im Zentrum des Wurmlochs ist der Sog viel zu stark. Das würde dich zerquetschen oder an die Brückenpfeiler schleudern und dich am Ende drei Millionen Jahre in die Zukunft senden. Aber ich kann das Wurmloch so stabilisieren und einstellen, dass du nur über die Brücke zu gehen brauchst. Je nachdem, wie ich den Zeitstrahl einstelle, kann ich dich mehr oder weniger weit in die Zukunft senden. Der Rechner ist so präzise, dass ich sogar die Sekunden einstellen kann, wenn ich will.»

Lisa gab es auf, die physikalischen Details verstehen zu wollen, an denen Zac jahrelang herumgetüftelt hatte. Sie musste ihm entweder einfach glauben oder es sein lassen.

«Na ja, solange wir auf das Gewitter warten, zeig ich dir mal, wie das oben auf der Brücke funktioniert», meinte er und schaltete den Apparat wieder aus. «Dann weißt du schon mal Bescheid.»

Zac begann, den Felsen wieder runterzuklettern, und hieß Lisa, ihm zu folgen. Durch das Dickicht stapften sie zurück zum Auto und weiter zur Brücke, deren Zugang jedoch abgesperrt war. Lisa leuchtete mit der Taschenlampe auf die Barrikade aus Holzlatten. Ein auffälliges Warnschild wies Besucher darauf hin, dass das Betreten der Brücke wegen Lebensgefahr verboten war. Doch Zac kletterte einfach über die Absperrung, als wäre das Schild gar nicht vorhanden. Vermutlich bemerkte er es nicht einmal. Lisa blieb nichts anderes übrig, als sich ihm anzuschließen.

Zugegeben, sie fand es etwas unheimlich, einfach über diese Schranke zu klettern. Es gab ja genug Gründe, warum die Brücke abgesperrt war. Nicht nur, dass sie seit Jahrzehnten nicht mehr restauriert worden war und die Brückenpfeiler ziemlich einsturzgefährdet waren, nein, je weiter sie zum höchsten Punkt der Brücke hinaufgingen, umso mehr fühlte Lisa einen eigenartigen Sog. Es fühlte sich tatsächlich so an, als würden hier verschiedene Gravitationskräfte aufeinandertreffen. Und das kam nicht nur vom Wind. Es waren seltsame Kräfte, die sie umhüllten und an ihr zerrten, so dass sie sich richtig anstrengen musste, das Gleichgewicht zu behalten.

«Das ist wirklich extrem!», stellte sie fest.

«Sag ich ja. Pass auf, ganz oben wird es gleich noch stärker.»

«Aber was, wenn wir nun auf einmal durch ein Wurmloch gesogen werden, das von selbst entsteht?», fragte sie ängstlich.

«Keine Angst. Die entstehen sehr, sehr selten von allein.» Zac streckte seine Hand in die Höhe, als wolle er damit die Windstärke oder sonst irgendwas messen. Lisa tat es ihm gleich. Es fühlte sich so an, als würde ihre Hand von einem merkwürdigen Sog verschluckt werden. Ein etwas schauerlicher Gedanke hatte sich seinen Weg in ihr Bewusstsein geschlängelt.

«Äh … Zac? Hast du irgendwie was davon gesagt, dass … *ich* in der Zeit reisen soll?»

Zac drehte sich zu ihr um und sah sie verlegen an.

«Nun ja … ich dachte, so wäre es am sichersten. Jemand muss nämlich den Zähler kontrollieren. Ich hab zwar einen automatischen Zeitstopper drin, aber man sollte so ein Gerät nie sich selbst überlassen, vor allem nicht beim ersten Versuch.»

«Also warte mal, soll das heißen, dass *ich* dein Versuchskaninchen sein soll? Davon hast du mir überhaupt nichts gesagt!»

«Öhm … sagen wir mal so: Falls irgendwas passiert oder so, könnte ich dann leichter Vorkehrungen treffen, dich wieder zurückzuholen.»

«Okay, verstehe. Das ist wundervoll, Zac. Wäre es nicht besser, wir würden das zuerst an was anderem testen? Einem richtigen Kaninchen oder so?»

«Ich hab kein Kaninchen», sagte Zac kleinlaut.

«Dann halt eine Maus. Oder ein Käfer. Oder … noch besser: ein Gegenstand.»

«Das wird alles viel zu leicht sein, um überhaupt durch das Wurmloch und durch die Zeit zu kommen. Wir brauchen eine gewisse Masse. Aber sieh es mal so rum: Wenn es klappt, wirst du die erste Zeitreisende der Welt sein. Na ja, die Erste halt, bei der wir *wirklich* wissen werden, dass sie in der Zeit gereist ist.»

Lisa rollte mit den Augen. Manchmal hatte Zac wirklich nicht mehr alle Tassen im Schrank.

«Ich meine, ich könnte dir ja beibringen, wie man den Time Transmitter bedient. Dann könnte ich an deiner Stelle durchs Wurmloch laufen. Aber es ist ziemlich kompliziert», meinte Zac verlegen. «Du musst sehr genau auf den Zähler achten. Und auf die Antennen. Weißt du, Lee … wenn wir es jetzt nicht versuchen, dann müssen wir unter Umständen mehrere Monate warten. Vielleicht ist das ja vorerst die letzte Möglichkeit, bei der wir diesen Monat ein brauchbares Gewitter kriegen.»

«Na schön. Und wie viele Jahre willst du mich in die Zukunft senden?»

«Keine Jahre. Ich dachte an fünf Minuten. Hey Lee … denkst du im Ernst, ich will, dass dir was passiert? Du bist doch meine beste Freundin! Aber außer dir und Dad glaubt mir ja keiner …»

Lisa war sich immer noch nicht sicher, ob sie wirklich daran glauben sollte, aber sie versuchte es zumindest.

«Gut. Aber falls dir irgendein Fehler unterlaufen sollte: Kann es dann passieren, dass ich dreihundert Jahre in der Zukunft lande?»

«Nein, das wird nicht passieren», versicherte Zac. «Das Kassettenband reicht höchstens bis dreißig Jahre.»

*«Kassettenband?»*

«Ja, äh, das … äh … Kassettenband. Ich muss damit den Zähler drehen. Der steuert dann den Zeitstrahl.»

«Okay. Ich muss es ja nicht verstehen.» Lisa winkte ab. Sie sah bereits die Schlagzeilen vor sich: *Junger Wissenschaftler bastelt Zeitmaschine aus Kassettenrekorder. Schülerin, 16, verschwindet durch ein Wurmloch in die Zukunft.*

Das konnte ja heiter werden!

«Aber jetzt mal hypothetisch: Falls ich *doch* dreißig Jahre in der Zukunft lande, habe ich nämlich ein Problem. Wie komme ich dann wieder zurück? Ich habe ja dann keinen Time Transmitter bei mir.»

«Sollte das wider alle meine Berechnungen passieren, dann kannst du einfach mit dem Time Transmitter zurückreisen, den mein Ich in der Zukunft besitzen wird.» Zac grinste ein wenig. «Ich werde schon dafür sorgen, dass auch in der Zukunft ein Time Transmitter bereitstehen wird.»

«Klingt gut, abgesehen von einem winzigen Detail: Du hast gesagt, man kann nicht zurück in die Vergangenheit reisen!»

«Noch nicht», gestand Zac. «Aber ich arbeite daran. Bis in dreißig Jahren hab ich das sicher rausgefunden.»

«Und wenn du dann nicht mehr lebst? Man weiß ja nie …»

«Ich habe nicht vor, so schnell zu sterben. Ich will doch den technischen Fortschritt sehen!»

Lisa wünschte sich wirklich manchmal, denselben unerschütterlichen Glauben zu haben wie Zac.

«Kannst du das Band denn nicht einfach zurückspulen, so dass der Zähler rückwärts läuft?», fragte sie einfältig.

«Daran hab ich noch gar nicht gedacht.» Zac kratzte sich am Schädel.

«Du bist ja lustig!», stöhnte sie. Zac war zwar ein Genie mit einem IQ von fast 180, aber manchmal kam er nicht auf die simpelsten Lösungen. Sein Gehirn war es einfach zu sehr gewohnt, in hochkomplexen Sphären zu arbeiten.

«Dann solltest du das vielleicht mal in Erwägung ziehen», meinte sie sarkastisch.

Statt einer Antwort bückte sich Zac und zog ein Metermaß aus der Tasche. Er begann, irgendwas am Boden auszumessen.

Währenddessen trat Lisa vorsichtig an die Brüstung, die nicht sehr hoch war. *Man muss hier eindeutig schwindelfrei sein,* dachte sie und leuchtete mit der Taschenlampe hinunter aufs Wasser. Ein leichter Dunst stieg zwischen den Brückenpfeilern hoch.

Bis zum Jahr 2000 sollte hier ein Forschungszentrum erbaut werden. Es hatte große Proteste ergeben, weil das Tomsbridge Valley eigentlich ein Naturschutzgebiet war. Aber das Projekt war durchgesetzt worden. Dieses Gelände hier bot ja immerhin die besten Voraussetzungen für Forschungen. Was sie wohl mit der Brücke anstellen würden?, überlegte Lisa. Würden sie sie so lassen, oder würde sie irgendwann abgerissen werden? Und überhaupt, wie würde es in Tomsborough in zwanzig oder dreißig Jahren mal aussehen?

«Stell dir vor, Lisa, wenn wir tatsächlich mal so dreißig Jahre in die Zukunft reisen könnten», sagte Zacs Stimme hinter ihr. «Ins Jahr 2019 oder so. Ich würde wirklich unheimlich gern den Fortschritt sehen. Du nicht?»

«Schon. Aber es ist irgendwie auch eine schaurige Vorstellung … wir wissen ja nicht, ob wir 2019 noch leben werden. Vielleicht sind wir dann tot oder die Welt ist nur noch eine Einöde wegen eines Atomkrieges oder weil alle Bäume vom sauren Regen zerstört worden sind.»

«Gemäß Dads Zukunftsberechnungen sollte das in dreißig Jahren noch nicht der Fall sein. Vielleicht in hundert Jahren oder so. Aber das Klima könnte sich bis in dreißig Jahren erwärmt haben.» Zac trat zu ihr an die Brüstung. «Okay, das mit dem Atomkrieg können wir natürlich nicht wissen …»

«Außerdem möchte ich mir nicht unbedingt selber als Sechsundvierzigjährige begegnen», meinte Lisa. «Wer weiß, wie viele Falten ich dann im Gesicht haben werde!»

«Hmm.» Zac zuckte mit den Schultern. Er war mit seinen Gedanken ganz woanders.

Lisa starrte weiter über das Wasser. Der Wind blies ihr das Haar aus dem Gesicht. Dreißig Jahre … Was würde bis in dreißig Jahren aus ihr geworden sein? Diese Frage hatte sie sich schon sehr oft gestellt. Und was würde aus Zac, Britt, Thomas, Fanny und all den anderen Leuten werden, die sie kannte? Und was aus Momo? Wie würde er dann aussehen? Was würde er machen? Was für einen Beruf würde er erlernen? Würde er eine Familie haben? Würde er glücklich sein?

Beim Gedanken an ihn fing dieses Kribbeln in ihrem Magen wieder an. Sie konnte ihn sich gar nicht als erwachsenen Mann vorstellen, genauso wenig, wie sie sich *sich selbst* als erwachsene, reife Frau vorstellen konnte. In dreißig Jahren würde sie sechsundvierzig sein. Wie würde *sie* dann aussehen? Würde sie schon ihre ersten grauen Haare haben? Würde sie einen Kurzhaarschnitt und eine dicke Brille tragen, so wie Tante Sally, die der Meinung war, dass eine Frau ab vierzig ihr Haar nur noch kurz tragen sollte? Mit was für Klamotten würde sie dann rumlaufen? Würde sie ihre Flickenjeans irgendwann ablegen und sich wie eine vernünftige Lady kleiden?

Aber noch viel mehr stand die Frage über allem, ob sie mit sechsundvierzig überhaupt noch leben würde. Immerhin konnte man das ja gar nicht wissen. Vielleicht würde sie vorher an einer Krankheit sterben oder irgendeinen Unfall haben. Doch daran wollte sie lieber gar nicht denken. Sie hatte ja noch Träume für ihre Zukunft. Aber würden sich die alle erfüllen? Würde sie eines Tages tatsächlich Informatik studieren und vielleicht sogar eigene Computerspiele erfinden können? Würde sie die Welt bereisen und später mal heiraten und Kinder haben? Und wenn ja, *wen* würde sie überhaupt heiraten?

Bei dieser Frage verweilte ihr Gedankenkarussell. Wenn sie eines Tages nicht *den* heiraten konnte, den sie ihr ganzes Leben lang geliebt hatte, wen konnte es dann noch geben?

Diese Aussicht verursachte ihr ein unangenehmes Drücken im Magen. Sie dachte an die Ehe von Tante Sally und Onkel Bob, die für sie das beste Beispiel von dem war, was sie unter *keinen Umständen* haben wollte. Die konnten kaum ein normales Wort miteinander reden, ohne sich gegenseitig anzuschnauzen.

Lisa hatte sich schon oft gefragt, ob die einander je geliebt hatten oder ob diese Ehe aus anderen Gründen als aus Liebe geschlossen worden war. Oder ob Tante Sally und Onkel Bob erst im Laufe der Zeit so bärbeißig geworden waren, weil sie keine eigenen Kinder bekommen hatten. War es der Zahn der Zeit, so wie Doc Silverman es oft nannte, der die Menschen so veränderte? Was würden dreißig Jahre mit all denen anstellen, mit denen Lisa ihr Leben jetzt teilte?

«Lee!»

Zacs Stimme weckte sie in ihrem Luftschloss. Sie trat einen Schritt zurück und wandte sich zu ihm um.

«Die Wolken haben sich verzogen.» Zac guckte ziemlich resigniert in den Himmel. Ein paar Sterne funkelten fröhlich auf sie runter, doch für Zac war das alles andere als erbauend.

«Es sieht nicht so aus, als ob das noch was wird mit dem Gewitter. Es sei denn, wir warten noch ein bisschen, vielleicht dreht sich ja der Wind … Ach, auf die Wettervorhersagen ist einfach kein Verlass!»

Lisa wollte eigentlich allmählich ins Bett kommen. Sie dachte wieder an die Party am nächsten Abend. Selbst wenn am nächsten Tag Samstag war, würde Thomas sie auf Fannys Geheiß sicher ziemlich pünktlich aus dem Bett holen, und Fanny würde, wenn sie später von der Arbeit nach Hause kommen würde, ihr gewiss noch ein paar Hausarbeiten aufbrummen, die sie nebst ihren Hausaufgaben für die Schule zu erledigen hatte. Und wenn sie eines nicht wollte, war es, müde und unausgeschlafen auf Stevens Party zu erscheinen.

«Ehrlich gesagt sollte ich langsam nach Hause», gab sie zu.

Das sah selbst Zac ein. Etwas niedergeschlagen nickte er. «Ich kann dich nach Hause fahren», bot er an.

«Nein, Zac, ich schaff das schon. Sind nur zwanzig Minuten mit dem Skateboard.» Sie wollte auf keinen Fall, dass Zac sich noch in Schwierigkeiten brachte, weil er ohne Führerschein mit dem Auto seines Vaters ihretwegen einen Umweg machte.

Vorsichtig kletterten sie wieder über die Schranke von der Brücke runter und stapften zurück zum Felsen, um den Time Transmitter abzubauen. Der Wind hatte vorhin eine der Antennen umgeknickt.

«Die musst du nächstes Mal aber besser festmachen», meinte Lisa entschieden.

«Sieht so aus», brummte Zac, ärgerlich über sich selbst. «Ich hab vergessen, die Windstärke einzuberechnen, die die Antennen krümmen könnte. Das ist natürlich ein fataler Fehler, gerade wenn man die Energie eines Blitzes effektiv auffangen will.»

«Ach, Zac, Fehler sind doch menschlich …»

«Tja, ich fürchte, ich muss so oder so erst eine Wetterstation erfinden, die mir die bevorstehenden Witterungsverhältnisse auf die Sekunde genau ausrechnen kann», seufzte er. «Aber dafür brauch ich wohl noch ein paar weitere Jahre. Sieht so aus, als ob das mit dem Zeitreisen doch nicht so schnell was wird …»

Beide schwiegen, als Zac das Auto später wieder den Hang hinaufmanövrierte. Lisa hätte ihren Freund gern getröstet, aber sie wusste nicht, womit man einen Wissenschaftler trösten konnte, der sich eine Idee derart fest in den Kopf gesetzt hatte.

«Wenn nächstes Mal ein Gewitter kommt, müssen wir eben auf der Stelle losfahren», sagte sie.

«Wenn die Zeit dann reicht …»

Zac ließ Lisa oben an der Straße aus dem Wagen steigen. Sie schulterte ihren Rucksack und stellte ihren Fuß aufs Skateboard. Dann winkte sie Zac noch einmal zu, bevor sie Anlauf nahm und sich in einer perfekten Kurve der Straße entlang Richtung East River bewegte.

Es war fast zwei Uhr nachts, als sie endlich todmüde in ihr Bett sank.

## Kapitel 8
# «If I could turn back time …»

Lisa spürte noch die halbe Nacht diesen komischen Sog an sich, und es fühlte sich tatsächlich irgendwie so an, als würde sie durch ein Wurmloch gezogen werden. Es hätte sie nicht gewundert, wenn sie tatsächlich dreißig Jahre später aufgewacht wäre. Doch ihr Digitalwecker zeigte den 2. September 1989, als sie aufwachte, und sie war beruhigt. Steven Kendalls Party würde stattfinden, und sie war nicht in einer anderen Zeit gelandet.

Fannys Liste mit Hausarbeiten hielt sich zum Glück in Grenzen, so dass Lisa genug Zeit blieb, ihren Kleiderschrank zu durchwühlen. Das mit den Disco-Klamotten war nämlich ein ziemliches Problem. Sie hatte nichts, was cool genug aussah, um auf so einer Party aufzukreuzen. Obwohl sie, was die Musik-Charts anging, ziemlich auf dem Laufenden war, hatte sie sich nie groß für Discobesuche interessiert. Sie hatte zwar auf Schulpartys immer gern getanzt, aber dort hatten ihre Flickenjeans genügt. Doch Steven und Morgan würden sich bestimmt in ihre Markenklamotten schmeißen, und die Leute, die sie eingeladen hatten, gehörten sicher fast alle zum Westhill. Sie musste also irgendwas finden, mit dem sie dort aufkreuzen konnte, ohne ins Fettnäpfchen zu treten.

Fanny trat gerade in ihr Zimmer mit einem Stapel Schuluniformen, die sie für Lisa gebügelt hatte.

«Hier», sagte sie. «Aber hey, was machst du da?»

«Ich bin heute Abend zu einer Party eingeladen», murmelte Lisa aus dem Kleiderschrank heraus. «Sieht nur grad so aus, als ob ich gar nichts zum Anziehen hab …»

«Wie schön», sagte Fanny. «Was ist denn das für eine Party?»

«Äh … ein alter Schulfreund von mir», sagte Lisa.

«Oh, dann musst du aber etwas besonders Hübsches anziehen.» Fanny schien ganz entzückt zu sein. «Hast du kein nettes Partykleid oder so was?»

«Leider nicht», gestand Lisa kleinlaut.

«Warte, ich sehe rasch in meinem Schrank nach.» Fanny eilte in ihr Schlafzimmer und kam etwas später mit einem kleinen schwarzen Glitzerkleidchen zurück.

«Es ist dir vielleicht etwas zu kurz», meinte sie. «Du bist ja viel länger und dünner als ich. Aber probier es mal an. Mir ist es nämlich ein kleines bisschen zu lang.»

Gehorsam schlüpfte Lisa in das Kleid. Fanny machte ihr den Reißverschluss hinten zu.

«Es passt …», murmelte Lisa überrascht.

«Zeig dich mal.»

Zweifelnd drehte Lisa sich um.

«Das ist fantastisch, Lisa. Es ist gar nicht mal so kurz, wie ich befürchtet habe. Du machst darin eine wahnsinnig gute Figur. Und hast vor allem schöne lange Beine. Wie ein richtiges Model. Sieh dich mal an.» Sie schob Lisa vor den Spiegel am Wandschrank, und Lisa ließ es sich ausnahmsweise gefallen.

Erstaunt blickte sie ihr eigenes Spiegelbild an. Sie bemerkte tatsächlich zum ersten Mal, dass sie wirklich schöne Beine hatte. Sie hatte sich bis jetzt nie darum geschert. Es war ihr eigentlich ziemlich egal gewesen. Aber sie konnte es durchaus mit Carol aufnehmen, die sich selbst wegen ihrer Größe schon als zukünftiges Model sah. Ob sie tatsächlich mehr solche Kleider anziehen sollte?

«Du kannst es gerne ausleihen, wenn du möchtest», sagte Fanny.

«Danke», sagte Lisa, überrascht über sich selbst.

Auch Thomas wunderte sich, dass seine Schwester, die sonst nie lange vor dem Spiegel stand, den ganzen Nachmittag brauchte, um sich herzurichten. Aber Lisa hatte beschlossen, ausnahmsweise mal etwas mit ihren Haaren anzustellen. Sie wollte nicht, dass wieder irgendjemand etwas zu lästern hatte. Immerhin hatte Thomas sich gefreut, als sie ihm erzählt hatte, dass sie bei Kendalls zu einer Party eingeladen war. Natürlich wusste er nichts darüber, dass Stevens Partys als ziemlich berüchtigt galten …

«Schon lange nichts mehr von denen gehört», sagte er. «Grüß Steven von mir.»

Thomas und Steven waren ebenfalls beide gleich alt und hatten oft zusammen Fußball gespielt, wenn Lisa und Momo sich in den Wäldern getummelt hatten.

Schließlich war Lisa einigermaßen zufrieden mit ihrem Look. Sie hatte ihren Haaren mit Fannys Kreppeisen zu etwas mehr Volumen verholfen und sich ein schwarzes Haarband in die nun entstandene Mähne gebunden. Nur das Make-up hatte sie ausgelassen, weil sie einfach nicht wusste, wie man damit umging.

Die Kette ihrer Mutter mit dem grüngoldenen Uhren-Anhänger passte wunderbar zum Ausschnitt des schwarzen Kleides, und ausnahmsweise konnte sie sie nicht hinter einem T-Shirt oder einer Bluse verstecken. Aber das brauchte sie ja auch nicht. Fanny war sogar noch extra für sie in ein Geschäft geeilt und hatte ihr ein paar Netzstrumpfhosen gekauft. Sie lieh ihr auch noch ihr kleines Handtäschchen. Sie war so aus dem Häuschen, dass Lisa endlich mal ausging, dass sie alles dazu beitragen wollte, ihr den Abend so schön wie möglich zu machen. Und Lisa musste sich eingestehen, dass das ziemlich nett war von Fanny.

Thomas gab ihr sogar Geld für das Taxi nach Hause, falls es nach Mitternacht werden sollte.

«Amüsier dich gut», wünschten ihr beide.

Die Luft war warm und mild, als Lisa auf die Straße trat. Das Einzige, was nicht so ganz mit ihrem Outfit zusammenpasste, war die Jeansjacke, aber die würde sie ausziehen, bevor sie sich dem Haus der Kendalls näherte. Sie hatte die Zeit so berechnet, dass sie erst gegen halb neun Uhr eintrudeln und nicht Gefahr laufen würde, die Erste zu sein.

Das Haus, in dem die Kendalls wohnten, lag, wie Morgan beschrieben hatte, am Rande des Bonzenhügels. Lisa war nur ein einziges Mal hier gewesen, kurz nachdem die Kendalls von ihrem alten Haus weggezogen waren. Da hatte sie Momo noch ein letztes Mal in seinem neuen Zimmer besucht, bevor die Freundschaft dann im Sand verlaufen war.

Sie hatte damals schon das schicke weiße Haus mit den zwei Stockwerken und dem Swimmingpool bewundert. Und den perfekt gepflegten Garten. Und die beiden teuren Luxusschlitten, die auf dem weitläufigen Vorplatz vor der Garage standen. Allerdings hatte es damals nicht so den Anschein gemacht, als sei Momo besonders glücklich gewesen, hierher gezogen zu sein …

Obwohl die Sonne immer noch ihre letzten Strahlen in den Vorgarten warf, waren die zwei Lampen, die bei Dunkelheit die Eingangstür beleuchten sollten, schon an. Ein schweres, ziemlich teuer aussehendes Messingschild hing an der Eingangstür, auf dem in eingravierten Buchstaben KENDALL stand.

Musik und Stimmengewirr drang aus der offenen Terrassentür hinter dem Haus. Lisas Nervositätspegel stieg an, als sie sich langsam der Haustür näherte. Sie war sich nicht sicher, ob sie durch den Garten und um das Haus herum direkt zur Terrasse gehen oder besser an der Haustür klingeln sollte, und entschied sich für die Haustür.

Sie war nicht nur nervös wegen Morgan, nein, auch wegen Steven, den sie schon seit Jahren nicht mehr gesehen hatte. Sie hatte immer ziemlich viel Respekt vor ihm gehabt, weil er überall so beliebt war. Er war schon mit elf Jahren Klassensprecher, Mannschaftskapitän und dazu noch Klassenbester gewesen. Zudem hatte er schon eine Menge Mädchen und sein erstes Mal mit zwölf gehabt, wenn man glauben wollte, was der Gerüchteküche von Carol und Beatrice entstieg. Es hieß allerdings auch, dass er heimlich mit Partydrogen handelte.

Lisa hielt die Luft an, als sie klingelte. Anhand des schon recht lauten Stimmengewirrs war davon auszugehen, dass doch schon einige da waren. Sie zog rasch ihre Jeansjacke aus und hängte sie sich lässig über den Arm. Hoffte sie.

Es dauerte ziemlich lange, bis die Tür endlich geöffnet wurde. Ein großgewachsener, gut aussehender junger Mann stand im Eingang und blickte auf Lisa runter. Er trug ein blaues Benetton-T-Shirt und Designerjeans mit einem braunen Gürtel. Wie Morgan hatte er ein spitzes Kinn, doch seine Augen hatten nicht dasselbe warme Braun, sondern eher eine undefinierbare Farbe, die weder braun noch blau war. Und auch sein Haar war heller und kürzer. Dennoch konnte Lisa die Ähnlichkeit mit Morgan sofort ausmachen, wenn auch Morgan ihrer Meinung nach viel hübscher war.

Es war niemand anderes als der Gastgeber höchstpersönlich, der ihr geöffnet hatte.

«Hi, wen haben wir denn da?»

Lisa starrte zu Steven hoch. Er war immer viel größer als Momo gewesen, aber dass er *so* groß geworden war, hätte sie nun echt nicht gedacht. Es kam recht selten vor, dass sie zu einem Jungen derart hochschauen musste – abgesehen von Zac –, aber Steven war ja genaugenommen vier Jahre älter als sie.

«Lisa Lambridge. Kennst du mich nicht mehr?»

«Lisa – nein, warte? Die kleine Lee, mit der mein Bruder immer gespielt hat?»

«Genau die.»

«Wow. Von klein kann allerdings nun nicht mehr die Rede sein.» Steven grinste und entblößte eine Reihe perfekter, schneeweißer Zähne. «Scharfe Beine. Junge, Junge! Stimmt, du gehst ja in seine Klasse. Er hat mir davon erzählt.»

«Danke», stotterte Lisa und runzelte die Stirn. Konnte der gefälligst aufhören, auf ihre Beine zu stieren? Und wie war das? Morgan hatte was von ihr erzählt?

«Komm schon rein. Heiße Mädels sind hier immer willkommen.» Steven nahm ihr die Jacke ab, legte ihr den Arm um den Rücken und führte sie galant ins Haus. «Unsere Alten sind das ganze Wochenende auf Geschäftsreise. Wir sind hier also *total* ungestört.»

Lisa gefiel der süffisante Unterton in seiner Stimme nicht so ganz. Sie ließ sich von ihm ins Wohnzimmer geleiten, das bereits voll mit Partygästen war. Lisa wusste noch aus ihrer Erinnerung, dass das Wohnzimmer riesig war, und sie hatte sich nicht geirrt. Sie schätzte, dass es mindestens dreimal so groß sein musste wie die bescheidene Stube, die sie mit Thomas und Fanny teilte.

Der Raum war direkt mit einer supermodernen offenen Küche verbunden, die durch eine Theke mit Marmorplatte abgetrennt war, und konnte dadurch perfekt als Partyraum genutzt werden. Auf der Theke standen eine Kompaktstereoanlage plus ein zusätzlicher CD-Player. Außerdem machte Lisa zwei ansehnliche Schachteln randvoll mit CDs aus – und zwar mit so vielen, das ihr fast die Augen aus dem Kopf fielen – sowie eine stattliche Anzahl Flaschen mit alkoholischen Getränken.

Der CD-Player dudelte gerade eine Maxi-Version eines Hits vom Vorjahr, Sabrina mit ihrem Song «Boys – Summertime Love». Manche der Partygäste bewegten sich im Takt dazu, während andere sich auf der edlen Ledercouch fläzten, wobei einige auf anderer Leute Schoß saßen, so dass alle Platz hatten. Wieder andere hielten sich draußen auf der Terrasse beim Swimmingpool auf und rauchten oder standen in Grüppchen beisammen und tratschten. Die meisten hielten irgendeinen Drink in der Hand, entweder eine Dose Bier oder ein Glas mit irgendwas Hochprozentigem drin. Lisa wunderte sich, wie man es überhaupt anstellte, so viele Leute zu kennen.

*Boys, boys, boys*
*I'm looking for a good time*
*Boys, boys, boys*
*Get ready for my love*

Diesen Refrain quakte Sabrinas Stimme durch den Raum. Lisa sah sich weiter um. Jungs gab es hier zwar jede Menge, aber derjenige, nach dem sie Ausschau hielt, war nirgends zu sehen.

Sie folgte Steven, der ihr gutgelaunt zuwinkte, zur Theke.

«Hey, möchtest du was trinken? Ich kann dir was mixen!» Steven lachte Lisa mit seinen schneeweißen Zähnen an und wies mit ausschweifender Handbewegung auf die unzähligen Flaschen vor ihm. Im Gegensatz zu Morgan war er jedenfalls nicht auf den Mund gefallen, sondern sah aus wie einer, der gern viel redete und den Leuten dabei offen und selbstbewusst ins Gesicht lachte.

«Am liebsten Wasser … oder vielleicht Cola light?»

«Wasser? Aber nicht doch, Mädchen. Komm schon! Du brauchst was Richtiges!» Steven begann, galant und mit schwingenden Hüften mit den Flaschen zu hantieren, während er nebenbei die nächste Single-CD einlegte, «Dressed For Success» von Roxette.

Während er am Mixen war, ließ Lisa ihre Augen weiter über die Menge schweifen. Wo waren denn all die Leute aus ihrer Klasse? Sie erblickte weder Morgan noch Nathan oder Paul, geschweige denn das Blondie-Trio. Auch von Carol und Beatrice war keine Spur zu sehen. Doch dann, nur einen Augenblick später, traten Nathan und Paul von draußen herein, doch Morgan war nicht bei ihnen. Trotzdem war Lisa froh, überhaupt jemanden zu sehen, den sie kannte.

Steven winkte ihr mit einem Glas in der Hand. Lisa hatte in ihrem Leben bisher nur sehr wenig Alkohol konsumiert und wusste kaum, wie sie darauf reagieren würde. Wenn es etwas gab, was sie nun absolut *nicht* wollte, war es, sich zu blamieren und den Überblick darüber zu verlieren, was hier abging. Doch ehe sie sich versah, drückte Steven ihr den fertigen Drink in die Hand, der zwar wie Wasser aussah, jedoch vor Sprit nur so zu strotzen schien.

Lisa roch daran. Musste man das hier trinken, um cool zu sein? Eins war sicher: Wenn sie sich das Ding hinter die Binde kippte, würde sie hinterher vermutlich Sternchen sehen. Sie grinste Steven zu und entschuldigte sich damit, zur Toilette zu müssen. Sie erinnerte sich sogar noch daran, wo die Toilette war, und hatte Glück, dass sie gerade frei war.

Lisa fischte die Eiswürfel und das Pfefferminzblatt heraus, schüttete den Drink in den Ausguss des Waschbeckens, füllte das Glas mit frischem Wasser, legte die Eiswürfel und das Blatt wieder rein und ging damit zurück ins Wohnzimmer zu den anderen. Steven grinste zufrieden und prostete ihr zu, als sie vor seinen Augen einen herzhaften Schluck nahm.

Das Timing war perfekt gewesen, denn eben betraten Carol und Beatrice mit ihren beiden Männern den Raum. Carol wäre mit ihrer Größe und ihrer Pudelmähne schon genug aufgefallen, doch sie hatte ihrer Erscheinung noch die Krone aufgesetzt, indem sie ein ultrakurzes schwarzes Miniröckchen mit einem breiten Glitzergürtel trug und dazu neonpinkfarbene Leggins. Obenrum trug sie einen Bustier und darüber ein netzartiges T-Shirt. Dazu eine Unmenge Glitzerketten um den Hals, Strass-Ohrringe und fingerlose Netz-Handschuhe. Sie hätte Madonna definitiv Konkurrenz gemacht.

Ihr Freund Sam Bingley, der mit seinem breiten Hintern und seinem dürren, langen Hals mit dem vorstehenden Adamsapfel gewisse Ähnlichkeiten mit einem Kranich hatte, folgte ihr auf Schritt und Tritt. Lisa hatte sich schon ein paarmal gefragt, wie man sich in so einen uncharmanten Typen verlieben konnte, aber Sam war einer der wenigen Jungen an der Schule, der größer war als Carol.

Beatrice steckte im Gegensatz zu Carol in Jeans und einer langen weiten Bluse mit Rennautos drauf. Ihre Mähne wurde mit dem üblichen Haarband, nur diesmal neongelb, zusammengehalten. Dazu trug sie dreieckige, silberne Ohrringe, die ihr fast bis auf die Schultern baumelten.

Ihr Freund Ross hatte sich an die Theke gelehnt und beobachtete das Treiben mit eher gelangweilter Miene, fast so, als sei er schon zu alt für solche Partys. Sein oberster Hemdknopf war offen, und Lisa wunderte sich über das viele Haar, das ihm auf der Brust, dem Kinn, den Wangen und auf der Oberlippe wucherte. Sie wartete nur darauf, dass Carol und Beatrice sie entdecken und ihrer Empörung darüber, dass sie auf diese Party eingeladen war, freien Lauf lassen würden. Immerhin war das ja etwas, was Carols Kontrolle entgangen war. Zu Lisas Verwunderung jedoch blieb das erst mal aus.

Immer noch etwas verloren, begann Lisa schließlich im Wohnzimmer herumzuwandern. Wo sollte sie sich dazugesellen? Sie kannte ja niemanden sonst. Und wo zum Geier steckte Morgan? Wenn er nicht auftauchen würde, konnte sie ebenso gut wieder heimgehen. Fast wünschte sie sich, Carol würde sie endlich entdecken, dann hätte sie das wenigstens hinter sich.

Beim Umherstreifen entdeckte sie auf dem Kaminsims ein paar Familienfotos der Kendalls. Endlich etwas, womit sie sich beschäftigen konnte. Sie trat näher, um die Bilder ausgiebig zu studieren. Das Hochzeitsfoto von Morgans Eltern war wohl das älteste von allen. Darauf war William Kendall, ein sehr selbstbewusst wirkender Mann, mit langen Koteletten an den Wangen und einem schwarzen Anzug zu sehen, und seine erste Ehefrau, Stevens und Morgans Mutter, stand neben ihm, einen ganzen Kopf kleiner als er und sehr zierlich, mit hochtoupierten braunen Locken und einem weißen Schleier.

Gleich neben dem ersten stand das zweite Hochzeitsfoto von William Kendall, etliche Jahre später, aus der Zeit, in der er sich bereits die ersten Ansätze eines Wohlstandsbauches und einer Glatze zugelegt hatte. Unglaublich, wie Menschen sich verändern konnten! Die neue, diesmal blonde Frau neben ihm schien um einiges jünger zu sein und hatte ein ziemlich hartes Gesicht. Lisa hatte Morgans und Stevens Stiefmutter nie kennen gelernt, doch sie sah nicht besonders nett aus, darum bedauerte sie das auch keineswegs.

Und dann gab es noch ein paar Kinderfotos von Morgan und Steven, und Lisa hätte fast alles darum gegeben, nur eins davon als Souvenir mit nach Hause nehmen zu dürfen. Es zeigte den kleinen Momo, wie sie ihn gekannt hatte, mit seinem herrlichen Lachen, das eine Reihe niedlicher kleiner Milchzähne entblößte. Stevens Lächeln hingegen wirkte eher beherrscht, und sein Haar war auch nicht so lockig wie das von Momo. Es war ziemlich eindeutig, wer von den beiden Jungs nach dem Vater und wer nach der Mutter gekommen war.

«So eine schöne Lady einfach allein?» Lisa fühlte eine Hand auf ihrer Schulter, und als sie sich umdrehte, sah sie direkt in Stevens Gesicht. «Schaust du dir unsere Familienfotos an?»

«Ja …»

«Wo ist denn mein kleiner verpennter Bruder?» Steven sah sich um. «Ich suche den jetzt mal. Der soll sich mal ein bisschen um dich kümmern.» Steven zog seine Hand wieder von ihrer Schulter weg. Genau im selben Moment trat Morgan mit dem Blondie-Trio im Schlepptau ins Wohnzimmer.

«Ja, hallo, da ist ja der werte Herr. Hey, Morris, hier ist eine einsame schöne Lady. Kümmer dich mal ein bisschen um sie!»

Lisa wäre am liebsten im Erdboden versunken, als Morgan seinen Blick auf sie richtete. Er trug ein blauweiß gestreiftes T-Shirt und seine teuren Lieblingsjeans, dazu einen braunen Ledergürtel mit einer modischen Schnalle. Um den Hals hatte er ein blaues Cowboytuch gebunden, mit der Spitze nach hinten. Seine widerspenstigen Locken hatte er mit Gel etwas in Form gebracht.

«Lee-Lee!», brüllte er aufgedreht, und seine Stimme klang völlig anders als sonst. Er ließ das Blondie-Trio einfach stehen und rannte auf sie zu. Lisa versuchte, ein einigermaßen beherrschtes Lächeln aufzusetzen, doch ihr Versuch wurde zunichtegemacht, als Morgan ihr zu ihrer größten Überraschung stürmisch um den Hals fiel und sie beinahe mit sich zu Boden riss. Sie taumelten beide und hielten sich aneinander fest, um die Balance zu halten. «Du bist hiiiiier! Bin soooo froooooh, dich zu sehen.»

Lisa war sofort klar, dass wohl ein gewisser Alkoholpegel an Morgans außergewöhnlich aufgedrehtem Verhalten schuld war. Sie konnte es auch riechen. Trotzdem gefiel es ihr irgendwie, dass er sich so an sie klammerte.

Als sie beide wieder aufrecht standen, kam der schon lange gefürchtete Moment: Carol hatte sie entdeckt.

«Was? Die ist auch hier?» Carol sah aus, als könne sie ihren Augen nicht trauen. Ihr Gesicht wurde lang und noch viel länger, als sie durch den Raum stakste und auf Lisas Beine blickte, die ihren eigenen ziemlich Konkurrenz machten.

«Hi Carol», sagte Lisa, die immer noch von Morgan festgehalten wurde.

Carol sah von Lisa zu Morgan und wieder zurück. «Wie … wer hat dich eingeladen?»

«Morgan», sagte Lisa.

«Stimmt genau», sagte Morgan und presste Lisa immer noch mit beiden Armen fest an sich, als wäre sie etwas, das er verloren und wiedergefunden hatte.

«Ach ja?» Carols Gesicht wurde noch eine Spur länger, und Lisa fand, dass sie mit dieser mauligen Miene einem Papagei noch ähnlicher sah.

«Was hast *du* denn mit deinen Haaren gemacht?»

«Kreppeisen», sagte Lisa und hielt die Luft an, als sie den muffigen Rauchgestank aus Carols Mund roch.

Steven rannte zur Stereoanlage, als müsse er eine wichtige Mission erfüllen.

«Kuschelsong!», rief er und legte «Sealed With A Kiss» von Jason Donovan auf. Allerdings folgte niemand seiner Aufforderung. Dazu war der Abend wohl noch zu jung.

«Komm schon, Lee-Lee», sagte Morgan. Er entließ sie aus seiner Umklammerung und legte ihr stattdessen den Arm um die Schultern. Lisa holte tief Luft und wünschte, dass er sie nicht so schnell wieder loslassen würde, und glücklicherweise machte er auch keine Anstalten dazu. Er führte sie zur Theke. Sie hörte nur, wie Carol irgendetwas Unverständliches zischte, was Beatrice mit einem spöttischen Lachen quittierte. Wo das Blondie-Trio abgeblieben war, wollte sie gar nicht erst wissen.

«Hat dir jemand was zu trinken gegeben?», fragte Morgan, als sie bei der Theke waren.

Lisa nickte. «Dein Bruder.»

«Du kannst hier alles haben, was du willst», sagte er. «Einfach alles.»

Das hatte Lisa schon festgestellt. Allerdings auch, dass Morgans Zunge beim Sprechen ziemlich stark anstieß.

«Soll ich einen Song für dich auflegen, Lee-Lee?», fragte er jetzt und begann mit seiner freien Hand in den Jewelcases zu wühlen. Den anderen Arm hatte er immer noch fest um Lisa geschlungen. «Wünschst du dir was? Ah, warte, ich weiß was …»

Er fischte die CD mit dem Song «If I Could Turn Back Time» von Cher heraus.

«Das passt doch zu meinem Zeitreisemädchen.»

Lisa schaute Morgan an und konnte kaum glauben, was er eben gesagt hatte. Flirtete er tatsächlich mit ihr?

«Ja, manchmal wäre es echt toll, die Zeit zurückdrehen zu können», murmelte Lisa und fragte sich, ob er verstand, was sie damit meinte.

«Dann machen wir das doch.» Morgan trat zum CD-Player und zog Lisa mit sich. Er brach Jason Donovan ab, was ihm sogleich von den zwei, drei Pärchen, die sich doch an einen Kuscheltanz gewagt hatten, ein paar empörte Blicke einbrachte.

«He!»

«Nur ein schönes Lied für ein schönes Mädchen», rief Morgan in die Menge.

Lisa konnte es kaum glauben. So hatte sie Morgan nun wirklich noch nicht erlebt. Höchstens früher, als er noch mit ihr gespielt und gelacht hatte. War er einfach ein ganz anderer Mensch in seiner Freizeit als in der Schule, oder war das alles wirklich nur dem Alkohol zuzuschreiben?

Während das Stereogerät den Song von Cher dudelte, hängte sich Morgan wieder an Lisa. Sie konnte es immer noch nicht fassen, dass er einfach bei ihr blieb, wo es doch hier eine Menge anderer Mädels gab. Er sang leise die Worte des Songs mit und schlang dabei seine Arme fest um Lisas Taille.

*If I could reach the stars*
*I'd give 'em all to you*
*Then you'd love me, love me, like you used to do*
*If I could turn back time*

«Ach, wie niedlich», spottete Beatrice, die gerade an ihnen vorbeikam. «Der Kleine muss sich ja auf die Zehenspitzen stellen, wenn er sie küssen will.»

Lisa legte vorsichtig ihre Hände auf Morgans Schultern. Blöde Gans! Von wegen! So viel waren die fünf Zentimeter doch auch nicht!

«Also, das käme für mich *nie im Leben* in Frage. Ein Freund, der kleiner ist als ich!» Carols Stimme klang, als könne sie sich nichts vorstellen, was unmöglicher war. «Da kann man sich ja gar nicht an seine Brust lehnen!»

Dann konnte sie ja froh sein, so einen Kranich wie Sam gefunden zu haben, dachte Lisa bei sich. Morgan reagierte überhaupt nicht auf die blöden Sprüche, sondern wog Lisa immer noch leicht im Takt mit sich und war ganz in den Songtext vertieft. Schließlich traute sie sich, ihre Arme ganz um seinen Hals zu schlingen. Sie ging dabei extra ein wenig in die Knie, damit der Größenunterschied nicht so sehr auffiel.

Steven hatte den CD-Player übernommen und ließ nun einen Hit von Duran Duran mit etwas mehr Beat laufen. «Na los, Morris!», rief er. «Schwing dein Mädchen rum!»

Morgan zog Lisa etwas weiter in die Mitte des Raums und nahm ihre Hand, um sie herumzuwirbeln. Lisa, die seiner Aufforderung nicht so schnell folgen konnte, stolperte prompt über seine Füße. Morgan, der selber nicht ganz sicher auf den Beinen stand, verlor ebenfalls das Gleichgewicht, und sie klammerten sich wieder aneinander, um sich gegenseitig vor dem Sturz zu retten.

«Halt mich lieber fest, Zeitreisemädchen», murmelte Morgan in ihr Ohr. «Sonst fall ich um.»

Da kam Steven hinter der Stereoanlage hervor und gab Morgan und Lisa einen leichten Schubs Richtung Ausgang.

«Na los. Zeig ihr dein Zimmer, Morris», zwinkerte er. «Ich halt hier schon die Stellung.»

«Möchtest du mein Zimmer sehen, Lee-Lee …?» Morgans Gesicht war jetzt nah an ihrem, und sie konnte gelbe Flecken in seinen braunen Augen sehen.

«Ja, gern», sagte sie, obwohl sie nicht ganz sicher war, was hier nun ablief. Was immer er vorhatte, sie war jedenfalls nicht bereit, auch nur einen einzigen Schritt weiterzugehen, als es ihrer Meinung nach dem Stadium ihrer Freundschaft entsprach.

«Hier. Vergiss das nicht. Das brauchst du!» Steven drückte Morgan eine Flasche Gin in die Hand. Morgan nahm die Flasche, legte den anderen Arm wieder um Lisas Schultern und führte sie raus aus dem Wohnzimmer, den Flur entlang zu einer Treppe und dann hinauf in den ersten Stock. Vor der Zimmertür, an der verschiedene Poster von Duran Duran, den Simple Minds und den New Kids on the Block hingen, machte er Halt und stieß die Tür auf.

## Kapitel 9
# Lisa und Momo

«Das ist mein Zimmer», sagte Morgan und führte Lisa hinein.

Ja, daran erinnerte sich Lisa. Und auch daran, dass es mindestens doppelt so groß war wie ihr eigenes. Ein breites, zerwühltes Bett stand in der Ecke, und gegenüber befand sich ein ansehnliches Regal mit einem Fernseher, einem supermodernen Videorekorder und einer Menge Videokassetten. Eine Stereoanlage mit riesigen Boxen thronte auf einem kleinen Sockel auf der anderen Seite des Zimmers. Lisa sah sehnsüchtig auf das mehrstöckige Ungetüm mit dem Doppeldeck-Kassettengerät, dem Verstärker, dem Plattenspieler und sogar einem CD-Player.

Morgan hatte ja echt alles, was man sich wünschen konnte! Sie selbst musste sich ihre wenigen Schallplatten im Wohnzimmer auf Thomas' Plattenspieler anhören. Von CDs war schon gar keine Rede. So eine eigene Stereoanlage war etwas, wovon sie nur vage träumen konnte.

In einer Kiste am Boden entdeckte sie eine Menge kleiner Computer-Spielgeräte und sogar mehrere Gameboys. Etliche zerfledderte Ausgaben von Smash Hits und anderen Musikmagazinen lagen überall im Zimmer verstreut herum, und die Zimmerwände waren fast vollständig mit Postern zugekleistert. Depeche Mode, Madonna, Cyndi Lauper, Billy Idol, Dire Straits, Michael Jackson, Kim Wilde – beinahe alles, was in der Musikbranche Rang und Namen hatte, war hier vertreten.

«Wow», konnte Lisa nur sagen. Das Einzige, was Morgan noch fehlte, war ein eigener Computer.

«Wo wohnst du denn?» Morgan stieß die Tür mit seinem Fuß zu.

«Das weißt du doch. East River. Na ja ... nicht die beste Gegend halt.»

«Mach dir nichts draus ...», murmelte er. Lisa nahm ihm sehr vorsichtig die Ginflasche aus der Hand.

«Das lassen wir mal lieber sein, okay?» Sie stellte die Flasche in die Ecke bei der Tür, gut versteckt hinter ein paar Klamotten, die dort rumlagen. Morgan wehrte sich nicht dagegen. Lisa entdeckte seine legendäre Jeansjacke mit den vielen Buttons, die an einem Bügel an der Tür hing. Endlich hatte sie Gelegenheit, all die Buttons eingehender zu betrachten! Sie hatte immer wissen wollen, was er da alles auf der Jacke hatte.

Neben diversen Emblemen für RIFLE, Route 66, Jack & Jones, Rockabilly, einem Smiley und verschiedenen Ranger-Abzeichen fand sie auch ein siebenzackiges Blatt.

«Ist das ein Cannabisblatt?», wollte sie wissen.

«Ach. Die Jacke hat Stevie gehört, aber sie ist ihm zu klein.» Morgan schlurfte langsam zu seinem Bett und ließ sich drauffallen. «Ich weiß nicht mal, was das alles für Buttons sind.»

Lisa war überrascht. Diese Jacke hatte Steven gehört? Das hatte sie nicht mal gewusst! Sie ließ die Jacke los und schaute sich weiter im Zimmer um. Durfte sie sich nun einfach zu Morgan aufs Bett setzen? Wartete er auf sie? Er lag da, starrte an die Decke und summte im Takt zu der Musik, die dumpf aus dem Wohnzimmer drang.

Sie beschloss, dass sie nicht gleich am Anfang ins Fettnäpfchen treten wollte. Etwas unsicher kniete sie sich stattdessen vor die Kiste mit den Computerspielen.

«Darf ich mir mal deinen Gameboy ansehen?»

«Sicher.»

Sie fischte das Gameboy-Modell aus der Kiste, das ihrer Meinung nach am modernsten aussah. Sie war überzeugt, dass Kimberley nie so zaghaft gewesen wäre, sondern sich einfach zu Morgan aufs Bett gestürzt hätte. Sie wollte sich lieber nicht vorstellen, was vorhin mit dem Blondie-Trio in seinem Zimmer abgegangen war!

«Ist das da das neueste Modell?» Sie hielt den Gameboy hoch und hätte sich selber dafür in den Hintern treten können, dass sie in romantischen Dingen so furchtbar unbeholfen war.

«Ich glaub schon, ja», antwortete er vom Bett aus.

«Ich hätte gern mal so einen», sagte sie und drehte ihn fasziniert in ihren Händen.

«Möchtest du ihn haben?»

«Nein, bist du verrückt?» Er machte ja wohl Witze.

«Nein, ehrlich. Ich spiel gar nicht mehr damit. Ein paar Spiele dafür liegen auch noch rum … Nimm sie dir, wenn du magst.» Seine Zunge stieß immer noch ziemlich arg an, und Lisa fragte sich, wie klar er wirklich im Kopf war. Er konnte ihr doch nicht einfach seinen Gameboy schenken!

«Quatsch. Das kann ich nicht annehmen.» Sie legte den Gameboy sorgfältig wieder in die Kiste zurück und sah sich weiter im Zimmer um, immer noch unschlüssig, ob sie sich zu ihm gesellen durfte. Ihr

Blick fiel dabei auf die Discokugel, die vor der Stereoanlage am Boden lag.

«Willst du die denn nicht aufhängen?» Sie krabbelte auf allen vieren in die gegenüberliegende Zimmerecke und hob die Kugel auf.

«Doch, schon. Sie ist bloß da runtergefallen.» Er deutete mit dem Finger auf das kleine Loch in der Mitte der Zimmerdecke. «Damit kann man Schneeflocken an die Wand zaubern.» Er richtete seine Augen auf Lisa und grinste ein wenig.

«Wollen wir sie zusammen wieder aufhängen?», fragte sie.

«Alright.» Er richtete sich auf und tappte zu ihr rüber. Sie übergab ihm die Kugel. Er nahm sie und schaute sich suchend um.

«Da müsste irgendwo noch der Haken rumliegen …»

«Dann suchen wir ihn doch.» Lisa begann, unter sämtliche Regale zu gucken. Morgan tat es ihr gleich. Er kroch schließlich mit seinem ganzen Körper unters Bett und fand den Haken dort.

«Hier ist er.» Er streckte seine Hand unter dem Bett hervor. Lisa nahm den Haken an sich und zog Morgan an der Hand wieder unter dem Bett hervor. Dabei musste er auf einmal lachen, und es war das erste Lachen, das sie seit einer Ewigkeit von ihm hörte. Es war ansteckend, und sie prustete ebenfalls los. Der Bann schien gebrochen zu sein …

Sie sahen sich nach etwas um, auf das sie steigen konnten. Der Schreibtischstuhl hatte Rollen. Der fiel also schon mal weg. Als hätten sie sich abgesprochen, begannen sie beide gleichzeitig, das Bett in die Mitte des Raumes zu ziehen. Wieder mussten beide wie auf Kommando loskichern. Er stieg auf das Bett und streckte ihr lächelnd die Hand entgegen. Sie umschloss seine warmen Finger und ließ sich von ihm aufs Bett ziehen. Er stellte sich auf die Zehenspitzen und versuchte, den Haken wieder in das kleine Loch in der Decke zu schrauben. Doch es fehlten ihm ein paar Zentimeter, damit seine Finger das Loch hätten erreichen können. Etwas verlegen sah er Lisa an.

«Gib schon her!» Lisa nahm ihm den Haken aus der Hand. Er schaute ihr zu, wie sie gerade eben das Loch mit ihren Fingern erreichen und den Haken wieder hineindrehen konnte.

Zusammen hängten sie die Kugel an den Haken, als hätten sie ihr Leben lang nichts anderes gemacht. Ihre Fingerspitzen berührten sich dabei. Es war wie damals, als sie noch stundenlang miteinander spielen konnten, ohne einander überhaupt erst das Spiel erklären zu müssen.

«Das hätten wir», grinste Morgan, als die Kugel hing. Er wollte wieder vom Bett steigen, doch sein Fuß hatte sich in dem zerwühlten Bettlaken verfangen. Ehe er sich versah, verlor er das Gleichgewicht und stolperte. Seine letzte Rettung war, sich an Lisas Arm festzukrallen, was zur Folge hatte, dass sie beide taumelten und übereinander aufs Bett purzelten.

Und dann fing er wieder an, aus vollem Hals loszulachen, als hätte er in seinem ganzen Leben noch nie so etwas Lustiges erlebt. So, wie er früher jeden Tag gelacht hatte. Lisa fiel glücklich in sein Lachen ein, und zum ersten Mal hatte sie das Gefühl, ein Stück ihres Momo zurückzuhaben. Sie packte ein Kissen und warf es ihm neckisch über den Kopf. Er lachte noch mehr und packte Lisa spielerisch am Bein.

«Nicht», quiekte sie ausgelassen.

Und schon waren sie mitten in einer Kissenschlacht. Wie zwei wildgewordene Kinder rasten sie durchs Zimmer und bewarfen sich gegenseitig mit Kissen, bis die Federn herausquollen und sich im ganzen Zimmer verteilten.

«Mist. Meine Kissen!», giggelte Morgan. Wieder prusteten sie los und plumpsten übereinander aufs Bett, um sich gegenseitig durchzukitzeln. Dabei lachte er so heftig, dass er schließlich einen Schluckauf bekam.

«Hör auf, ich kann nicht mehr», japste er und packte ihre Hände.

«Warte! Lass mich ein Licht anmachen, so dass wir Schneeflocken haben.» Lisa entzog sich seinem Griff und beugte sich über ihn, um die Nachttischlampe einzuschalten. Sofort spiegelte die Kugel tausende kleine Lichtreflexe an die Wand.

«Schön», hickste er.

Lisa ließ sich zurück aufs Bett fallen, und er warf ein inzwischen viel dünner gewordenes Kissen über sie.

«Wegen dir hab ich jetzt Schluckauf!», stöhnte er.

Lisa wand sich unter dem Kissen hervor und sah ihn an. Die Schneeflocken, die die Kugel im ganzen Zimmer an die Wände projizierte, tanzten sogar in seinen Augen. Ihre Gesichter waren einander nun so nah, dass sich ihre Nasenspitzen berührten. Immer, wenn er wieder hicksen musste, kicherten sie beide.

«Du musst die Luft anhalten», sagte sie.

«Hatte ich nicht eine Flasche Gin oder so mitgenommen?» Er richtete sich auf und sah sich suchend im Zimmer um.

«Nein», log Lisa und schielte in die Ecke, wo sie die Ginflasche versteckt hatte. Sie war zum Glück hinter dem Klamottenberg kaum sichtbar.

Er ließ sich wieder aufs Bett fallen und sah sie an.

«Wenn du noch zehnmal hicksen kannst, kriegst du was von mir», sagte sie und legte ihren Zeigefinger auf seine Nasenspitze. Wieder gluckste er los und wartete dann auf den nächsten Stoß, doch er blieb aus.

«Weg!» Er grinste.

«Gratuliere!»

«Du hast da was!» Er berührte sachte ihr Haar und nahm eine Feder weg, die sich darin verfangen hatte.

«Weißt du eigentlich, dass du nach Tannenzapfen riechst?», fragte sie.

«Tue ich das?»

«Ja. Und nach was rieche ich?»

Er schnupperte an ihr. «Nach … Schmetterlingen.»

«Nach Schmetterlingen? Seit wann riechen Schmetterlinge?»

«Weiß nicht.» Er begann schon wieder zu kichern.

«Schafskopf!» Sie tippte vorsichtig auf den Leberfleck auf seiner linken Wange und umkreiste ihn zärtlich mit ihrem Finger.

«He! Das kitzelt», prustete er, wehrte sich jedoch nicht dagegen. Es fehlte nicht viel, und ihre Lippen hätten sich berührt. Zum allerersten Mal.

Sie hätte ihm so gerne so vieles gesagt. Dass sie ihn und ihre gemeinsamen Spiele in all den Jahren so unendlich vermisst hatte. Dass sie ihn vom allerersten Tag an innig geliebt hatte und es immer noch tat, und dass sie keinen einzigen Tag aufgehört hatte, an ihn zu denken.

Doch sie sagte nichts von alldem. Stattdessen strich sie ihm zärtlich eine Locke aus dem Gesicht. Er blinzelte, doch seine Augen wichen nicht von ihr. Sie wirkten erstaunlich klar. Lisa fragte sich, was er wohl gerade dachte und ob er vielleicht doch nüchterner war, als sie angenommen hatte.

Nun begann auch er, sachte mit ihren Haaren zu spielen und sie durch seine Finger gleiten zu lassen.

«Du bist so schön», hauchte er. «Und du hast wahnsinnig schöne Augen.»

Sie hatte noch nie so ein Kompliment von ihm bekommen und konnte ihr Glück kaum fassen.

«Danke. Du hast aber auch extrem schöne Augen», gab sie zurück. «Wie Schokolade.»

«Hör auf. Ich bin doch kein Mädchen», protestierte er.

«Aber es stimmt. Jungs können doch auch schöne Augen haben!»

«Mhmm.» Er drehte sich lächelnd eine ihrer vom Kreppeisen gewellten Haarsträhnen um den Zeigefinger. Sie tat dasselbe mit einer seiner Locken und streichelte dann liebevoll über seine Wange. Sie fühlte, wie zart seine Haut war und dass er noch keinen Bartwuchs hatte. Sie hätte ihn für ihr Leben gern geküsst, doch sie brachte den Mut dazu noch nicht auf. Außerdem war sie der Meinung, dass der Junge den Anfang machen musste.

Er schloss die Augen und legte sein Gesicht an ihre Schulter, den Arm fest um sie geschlungen. Eine Weile lagen sie so ineinander verschlungen da, und er schien ihre Liebkosungen sichtlich zu genießen.

«Momo?»

«Ja?»

«Du schläfst doch nicht ein?»

«Natürlich nicht.» Er öffnete die Augen wieder und lachte sie an.

«Was ist denn so witzig?»

«Du hast eine Menge Federn im Haar!»

«Oh.» Sie wurde ein wenig verlegen. «Warum sagst du das erst jetzt?»

«Weil ich es lustig finde.» Er richtete seinen Oberkörper auf und blickte auf sie runter. «Das haben wir gleich!»

Er begann, eine Feder nach der anderen aus ihrer Frisur zu pflücken und ihre zerzausten Haare wieder glattzustreichen.

«So. Jetzt ist alles wieder in Ordnung», grinste er.

«Magst du es eigentlich, wenn ich dich Momo nenne?»

«Weiß nicht …» Er legte sich wieder hin und verschränkte die Arme hinter seinem Kopf.

«Soll ich dich lieber *nicht* so nennen?»

«Hm. Ich bin ja kein Kind mehr. Andererseits mag ich meinen Namen sowieso nicht. Es hat mich immer angegurkt, mit einem Mädchen verwechselt zu werden.»

«Wieso?»

«A, weil ich immer so klein war, und B, weil *Morgan* sowohl für ein Mädchen wie auch für einen Jungen stehen kann.»

«Ach so.» Daran hatte sie noch nie gedacht. «Tja, ich hatte dafür immer mit den drei L in meinem Namen zu kämpfen. Du weißt ja, ich heiße mit vollem Namen Lisa Leonor Lambridge.»

«Stimmt.» Nun war es an ihm, ihr mit seinem Zeigefinger auf die Nasenspitze zu tippen. «Aber das finde ich süß … Lee-Lee.»

«Ja, schon, wenn mich nur Maddox nicht dauernd ‹Miss Lollipop› nennen würde …»

«Ach der! Maddox. Die wohnen übrigens gar nicht so weit weg von hier, ganz oben auf dem Hügel nämlich. Denen ihre Mutter ist ganz schön neurotisch. So wie eine Glucke mit ihren Küken. Abartig. Kein Wunder, dass der so spinnt.»

Sie kicherte.

«Also, du darfst mich schon Momo nennen, wenn du möchtest», sagte er unvermittelt. «Bei dir stört mich das nicht. Wir kennen uns ja schon so lange.»

«Warum hast du in der Schule eigentlich nie mit mir geredet?», fragte sie sehr vorsichtig.

«Hm. Ich weiß es nicht. Die Dinge waren irgendwie nicht einfach …»

«Du hast auch aufgehört zu lachen», stellte sie fest.

«Mag sein. Nachdem meine Mutter weggegangen ist, da war ich lange krank und hatte irgendwie keine Lust mehr zu lachen. Ich weiß nicht, warum. Und jetzt hab ich's halt verlernt, nehm ich an.»

«Nein, hast du nicht. Du hast ja vorhin die ganze Zeit gelacht.»

«Ach.» Er wirkte verlegen. «Das war wohl eine Ausnahme.»

«Deine Mutter ist einfach abgehauen?»

Diese Version der Geschichte hatte Lisa zuvor noch nicht gehört. Ihre Tante hatte ihr damals nur erzählt, dass Momos Eltern sich scheiden ließen und dass Momo deswegen ein paar Wochen lang nicht mehr zu ihr kommen konnte. Doch sie hatte gespürt, dass er in der Zeit danach nicht mehr so viel Energie zum Spielen gehabt hatte und oft traurig gewesen war.

«Ja. Sie hat eines Nachts einfach ihre Sachen gepackt und ist verschwunden.»

«Einfach so? Ohne sich zu verabschieden?»

«Mhmm.» Er zuckte mit den Schultern.

«Aber wieso denn das? Man haut doch nicht einfach ab und lässt seine Kinder im Stich?»

«Nein, tut man nicht. Aber sie hat's getan. Sie war immer ziemlich … stressig. Hatte Depressionen und so. Und das zwischen ihr und meinem Dad hat schon lange nicht mehr geklappt.»

«Und jetzt? Hast du gar keinen Kontakt mit ihr?»

«Nein. Ich will auch nicht.»

«Wieso nicht?»

«Phh. Einfach so halt. Ich weiß es nicht. Fühl mich einfach nicht danach. Stevie will auch nicht.»

«Vermisst du sie denn nicht?»

«Nah … weiß nicht.» Er legte den Arm unter Lisas Nacken. «Lass uns von was anderem reden, Lee-Lee.» Er zog sachte ihren Kopf an seine Brust.

«Na gut …»

«Du kannst hier bei mir schlafen, wenn du magst», sagte er leise. «Es ist so schön, dich wiederzuhaben.» Er ließ seine Finger liebevoll durch ihr Haar gleiten. In Lisas Bauch breitete sich eine wohlige Wärme aus. Es gäbe nichts, was sie lieber getan hätte …

«Ich müsste vielleicht meinen Bruder anrufen …», sagte sie vage und hoffte, dass er ihr aufgeregt klopfendes Herz nicht vernahm. Dafür hörte sie seines, da sie immer noch an seiner Brust lag, und es klopfte ziemlich schnell.

«Ah, du lebst jetzt bei deinem Bruder. Stimmt», sagte er und ringelte ihr zärtlich eine Haarsträhne hinters Ohr.

«Ja. Du weißt ja, dass ich keine Eltern mehr hab.»

«Weiß ich, ja. Was ist eigentlich mit ihnen passiert?»

«Hmm.» Ihr wurde immer mehr klar, dass er gar nicht so verpennt war, wie er in der Schule immer vorgab zu sein. Er nahm viel mehr auf, als er zeigte. Und ihr wurde bewusst, dass sie in all ihren gemeinsamen unschuldigen Kinderjahren nie über solche schwerwiegenden Themen geredet hatten. Sie hatten einander auch nie gefragt, wie es bei ihnen zuhause war.

«Sie sind in Vietnam verunglückt, als ich zwei Jahre alt war. Sie waren kurz nach dem Krieg als Missionare dort. Aber dann sind sie in ein ungesichertes Minenfeld geraten …»

«Ui …»

«Deswegen wollte ich als Kind immer eine Zeitmaschine haben.» Sie lächelte ein wenig. «Ich dachte, ich könnte in der Zeit zurückreisen und sie davor warnen, nach Vietnam zu gehen.»

Er schwieg und begann mit ihrer Halskette zu spielen, während er ihr zuhörte. Er drehte den kleinen Uhren-Anhänger andächtig zwischen seinen Fingern. Im inneren Kreis des grünen Zifferblattes war mit kleiner Schrift ein Vers eingraviert. Morgan versuchte ihn zu entziffern, doch es war zu dunkel im Zimmer, um diese winzigen Buchstaben lesen zu können.

«Was steht da eigentlich drauf?», fragte er.

*«Meine Zeit steht in deinen Händen»,* zitierte sie. «Das stammt aus der Bibel. Der Spruch bedeutet: Was die Zeit auch bringen mag, es liegt in Gottes Hand, was mit einem passiert.»

«Hm. Und woher hast du die Kette?»

«Sie hat meiner Mutter gehört. Sie haben sie ihr abgenommen, nachdem sie gestorben ist. Ich bekam sie, als ich zwölf Jahre alt war.»

«Uh. Heftig.»

«Es ist das einzige Andenken, das ich an sie habe. Bis auf ein paar Fotos.»

Er betrachtete den Uhren-Anhänger noch eine ganze Weile lang und ließ ihn dann vorsichtig wieder in Lisas Ausschnitt gleiten. Ein paar Minuten herrschte Stille zwischen ihnen.

«Es ist an einem Donnerstag passiert. Deswegen hasse ich Donnerstage», sagte sie schließlich, um das Schweigen zu brechen.

«Hmm. Kann ich verstehen. Ich hasse Donnerstage auch.»

«Wegen Professor Ash, was?»

«Ja-ha … schon ein bisschen deswegen, ja.»

«Also, ich finde es so gemein, wie er dich immer runterputzt», sagte sie leise. «Ich verstehe nicht, warum er dauernd auf dich losgehen muss.»

«Er geht doch auch auf die anderen los», meinte er.

«Aber auf dich am allermeisten!»

«Mag sein. Weiß nicht. Ich versuch einfach nicht hinzuhören.»

Sie wusste nicht, ob sie ihm das wirklich abkaufen sollte. Außerdem wirkte sein Sprechen immer noch so, als hätte er etwas zu viel Alkohol im Blut. Er hatte nach wie vor Mühe, seine Zunge zu kontrollieren. Komisch, dachte sie. Sein Blick war doch so klar, er müsste doch eigentlich wieder fast nüchtern sein …

«Du bist aber ganz schön schlau in Physik», redete er weiter und fing wieder an, ihr Haar zu streicheln.

«Es geht so. Ehrlich gesagt kann ich das alles auch nur, weil Zac und sein Vater mir das erklärt haben.»

«Ja, Zac ist echt ein Genie.»

«Hast du gewusst, dass er tatsächlich an einer Zeitmaschine baut? Ohne Witz jetzt.»

«Ah, die Sache mit dem Wurmloch? Die wir in Physik hatten?»

«Ja.» Lisa fühlte sich immer noch elend, weil Morgan wegen diesem blöden Wurmloch von Professor Ash so arg in die Mangel genommen worden war, und sie sagte es ihm.

«Mach dir nichts draus», sagte Morgan nur. «So, Zac baut also wirklich eine Zeitmaschine?»

«Ja.»

«Witzig ...»

«Glaubst du, dass man durch die Zeit reisen kann, Momo?»

«Hm. Eigentlich nicht. Glaubst *du* denn daran?»

«Als Kind hab ich daran geglaubt, aber als ich älter wurde, habe ich eingesehen, dass das nur Science Fiction ist. Trotzdem ... weißt du, Zac trau ich das tatsächlich zu.»

«Hm. Kann sein, ja.» Es klang nicht sehr überzeugt.

«Er hat nämlich herausgefunden, dass man bei der Tomsbridge Wurmlöcher herstellen kann, so eine Art Zeitportale, und dass es möglich ist, mit Hilfe eines Time Transmitters durch die Zeit zu reisen.»

Noch während sie dies sagte, war ihr bewusst, wie verrückt sich das in seinen Ohren anhören musste.

«Wirklich?» Es klang ziemlich zweifelnd, und sie bereute fast, ihm davon erzählt zu haben. Doch er machte sich nicht lustig über sie, sondern wirkte eher etwas nachdenklich.

«Sollte ich also eines Tages verschwinden, dann bin ich tatsächlich durch die Zeit gereist», versuchte sie das Ganze mit einem kleinen Scherz abzuwiegeln.

Eine Weile sagte keiner von ihnen etwas. Sie drückte ihr Gesicht fest an seine Brust. Sein Arm lag immer noch unter ihrem Kopf. Er machte keine Anstalten, sich irgendwie zu bewegen. Nur sein Fuß wippte zum Takt der Musik, die unten im Wohnzimmer in voller Lautstärke rumpelte. Der Digitalwecker neben seinem Bett zeigte Viertel vor elf.

«Du, Momo?»

«Ja?»

«Warum redest du eigentlich in der Schule so wenig?»

Er zog den Arm unter ihrem Kopf hervor und drehte sich von ihr weg. Eine Weile blieb er so liegen, sein Rücken ihr zugewandt. Dann drehte er sich wieder um und sah sie an.

«Ich hab einen Sprachfehler. Das weißt du doch.»

«Sprachfehler?»

«Ja? Hörst du das denn nicht?»

«Ich dachte, das sei vom Alkohol», sagte sie.

Er schüttelte stumm den Kopf.

Stimmt! Jetzt, da er es gesagt hatte, konnte Lisa sich daran erinnern, dass er als Kind die Buchstaben nie richtig ausgesprochen hatte. Wie hatte sie das nur vergessen können?! Aber sie hatte sich mit der Zeit wohl so daran gewöhnt, dass sie überhaupt nicht mehr weiter darüber nachgedacht hatte. Mit den Jahren war es dann ja auch besser geworden, so dass sie wohl davon ausging, dass es inzwischen ganz weg war. Dem war offenbar nicht so.

«Aber in der Schule hört man nie …?»

«Ich kann mich beherrschen, wenn ich mich extrem konzentriere und langsam spreche», sagte er und starrte an die Decke. «Aber es macht mich müde, darum sag ich nicht viel.»

«Das habe ich nicht gewusst», sagte sie leise. Dies erklärte nun einiges.

«Das weiß auch fast keiner außer dir.»

«Hat man dich deswegen mal gehänselt?» Sie streckte ihre Hand aus und wischte ihm sanft eine Locke aus den Augen. «Ich meine … hier an unserer Schule?»

«Beatrice hat am Anfang mal eine doofe Bemerkung gemacht. Da hab ich dann gedacht, ich halt besser die Klappe.»

«Verstehe … Und früher? Als Kind?»

«Hm. Früher bin ich ziemlich gehänselt worden, ja. Halt auch, weil ich zu der Zeit so klein war. Ich war ja immer der Kleinste überall …»

Lisa war überrascht. Und sie hatte damals geglaubt, ihn in- und auswendig zu kennen.

«Und ich war dagegen immer zu groß. Größer als fast alle Jungs. Das war, bevor ich Carol kennen lernte …» Sie verzog ihr Gesicht. «Es sollte umgekehrt sein, was?»

«Ja. Aber nun ist es halt so …»

Eine Weile lang schauten sie stumm den Schneeflocken aus Licht zu, die immer noch über die Wände und durch das ganze Zimmer tanzten. Unten im Wohnzimmer lief gerade der Song «I Drove All Night» von Cyndi Lauper.

«Mit wem gehst du eigentlich zum Herbstball?», fragte Morgan plötzlich und wandte ihr sein Gesicht wieder zu.

Lisas Herz klopfte schneller.

«Mich hat noch keiner gefragt …» Das war ihr peinlich, doch leider war es die Wahrheit. Die Einladung von Maddox zählte nicht. Die war ja eh nur ein Witz gewesen, um an ihre Physikaufgaben zu kommen.

«Okay.» Er rollte sich auf die Seite, so dass sein Körper dem ihren wieder zugewandt war, und schloss die Augen. Er summte die Melodie und den Text mit, den er offenbar auswendig kannte.

*What in this world*
*Keeps us from tearing apart*
*No matter where I go I hear*
*The beating of your heart*

Die Worte der letzten Zeile betonte er besonders deutlich und öffnete die Augen wieder, fast so, als könnte er ihr Herzklopfen tatsächlich vernehmen.

Lisas Puls ging noch heftiger. Hatte er etwa vor, sie zum Ball zu bitten? Doch stattdessen summte er weiter, und seine Stimme klang warm und sanft. Vor allen Dingen konnte er beim Singen seinen Sprachfehler besser vertuschen.

*I think about you*
*When the night is cold and dark*
*No one can move me*
*The way that you do*
*Nothing erases this feeling between me and you*

«Mit wem gehst *du* denn hin?», wollte sie wissen.

«Weiß ich noch nicht so genau.»

Sie war drauf und dran, ihn einfach zu fragen. Hier und jetzt. Sie waren so nah beieinander, und er blieb hier mit ihr auf seinem Zimmer, obwohl da unten die Party in voller Lautstärke abging. Sie hätte ihn nun einfach fragen können: «Momo, darf ich mit dir hingehen?»

Aber sie brachte es nicht über die Lippen. Außerdem gab es ja dieses ungeschriebene Gesetz, dass der Junge das Mädchen zuerst fragen musste …

Und so sagte wieder lange Zeit keiner etwas.

«Ist Zac dein Freund?», unterbrach Morgan die Stille.

«Ja, aber nicht so, wie du vielleicht denkst. Wir gehen nicht miteinander. Er ist einfach mein bester Freund.»

Sie hätte ihm gern gesagt, dass Zac eigentlich ihn, Momo, ersetzt hatte. Aber sie tat es nicht. Außerdem war es gemein. Zac sollte kein Lückenbüßer sein. Und als das sah sie ihn auch nicht.

«Hast *du* denn eine feste Freundin?» Sie fürchtete sich eigentlich davor, Momo diese Frage zu stellen. Es hatte eine Menge Gerüchte über ihn und Kimberley gegeben … Andererseits warf sich Kimberley so ziemlich jedem Jungen an den Hals. Aber da waren ja noch Sandy und Camilla …

Doch er schüttelte den Kopf. «Zurzeit nicht.»

«Aber du hattest mal eine?» Sie wusste nur, dass er vor einem halben Jahr mal mit einer hübschen Brünetten, die Jennifer hieß und in die Parallelklasse ging, zusammen gewesen war.

«Ich hatte zwei. Eine, als ich vierzehn war, und die andere vor einem halben Jahr.»

«Und mit beiden ist Schluss?»

«Ja.»

«Und warum?»

«Weiß nicht. Sie haben beide mit mir Schluss gemacht und sich in einen anderen verliebt.»

«Hmm.» Das war etwas, das Lisa einfach nicht verstehen konnte.

Wenn man jemanden wirklich liebte, dann hörte man doch nicht plötzlich damit auf? Und genau das sprach sie nun aus.

«Tja, dann haben sie mich eben *nicht* wirklich geliebt», sagte er nur. «Spielt ja auch keine Rolle. Es gibt noch genug andere.»

Genug andere …

«Aber was ist, wenn …» Sie rang um die richtige Worte.

Seine Augen wichen nicht von ihr, während er geduldig darauf wartete, dass sie den Satz zu Ende sprach.

«Was ist, wenn es die richtige Person nur einmal auf der ganzen Welt gibt?»

«Ach, das glaube ich nicht … und wenn, wie soll man die denn finden?»

«Ich weiß nicht. Vielleicht … muss man auf sie warten?»

Doch er schien offensichtlich nicht zu kapieren, was sie ihm damit *wirklich* sagen wollte.

«Hm. So romantisch sehe ich das alles gar nicht, fürchte ich», meinte er. «Ich glaub, man muss einfach jemanden finden, der einigermaßen zu einem passt. Sie muss einfach nett sein. Und hübsch. Und dann muss man eben zusehen, dass es klappt.»

Sie war ein wenig enttäuscht, dass er so eine armselige Vorstellung von Liebe hatte.

«Aber was ist, wenn man die falsche Person wählt?»

Er zuckte mit den Schultern. «Dann hat man eben Pech gehabt! Man kann ja auch nicht ewig warten …»

Irgendwie gingen ihre Vorstellungen da ganz arg auseinander, musste Lisa zu ihrer Ernüchterung feststellen. Ganz vage kam ihr der Verdacht, dass Morgan vielleicht doch nicht das für sie empfand, was sie im Laufe des Abends angefangen hatte zu hoffen.

Etwas verwirrt blickte sie ihn an. Was ging denn eigentlich in ihm ab? Und wie würde es jetzt nach diesem Abend zwischen ihnen weitergehen?

## Kapitel 10
# Missglückter Moonwalk

Auf einmal wurde die Tür aufgestoßen, und Steven polterte herein.

«Da bist du ja, Morris. Die fragen schon alle nach dir. Wir brauchen unbedingt Stimmung! Es wird Zeit für deinen Moonwalk!»

«Keine Lust!» Morgan verdrehte die Augen.

Steven grinste Lisa an. «Na? Habt ihr's schön gehabt miteinander? Wow. Hier ist ja was abgegangen.» Er schaute grinsend auf die zerstreuten Federn im Zimmer.

Lisa wusste nicht, was er für eine Antwort erwartete, aber er schien eine ziemlich falsche Auffassung davon zu haben, was hier im Zimmer passiert war.

«Der Kleine hier braucht mal wieder 'nen Kick. Kommt schon. Let's party!» Steven klatschte in die Hände.

«Na schön.» Morgan rappelte sich auf. Er drehte sich nach Lisa um und streckte ihr die Hand entgegen. «Kommst du?»

Prompt entdeckte Steven die Ginflasche hinter den Klamotten. «Junge, das geht aber gar nicht. Du bist ja schon fast wieder nüchtern», tadelte er und hielt seinem Bruder die Flasche hin. Morgan zuckte mit den Schultern und nahm einen kräftigen Schluck.

«Bah, ist das eklig.»

«Ich mix dir was Leckeres. Kommt jetzt.»

Lisa hätte Steven am liebsten mit einem wütenden Blick erschossen. Das hier fand sie alles andere als cool. Außerdem hatte er ihren intimen Moment kaputt gemacht.

Als Steven Morgan ins Wohnzimmer schob, applaudierten alle. Es war kochend heiß im Raum von all den schwitzenden Leuten, und der Alkoholpegel war deutlich gestiegen.

«Eeeeeeeendlich! Los, Kendall! Wir wollen deinen Moonwalk sehen.»

Einige der Mädchen hatten sich im Spalier aufgestellt. Steven gab seinem kleinen Bruder einen Schubs, und die Mädchen fingen ihn lachend auf. Lisa wollte sich dicht bei ihm halten, wurde jedoch von Kimberley zurückgedrängt. Diese warf sich Morgan einfach an den Hals und riss ihn mit sich. Und schon war er wieder Teil der Menge, und Lisa ahnte, dass er sich für den Rest des Abends nicht mehr um sie kümmern würde.

Aber sie trug es mit Fassung. Sie hatte mehr bekommen, als sie je zu träumen gewagt hatte. Er war bei ihr geblieben. Er hatte sich ganz offensichtlich wohlgefühlt in ihrer Gegenwart und wäre vermutlich gar nicht mehr zu den anderen zurückgegangen, wenn nicht Steven einfach reingeplatzt wäre.

Sie brauchte einen Moment Ruhe für sich, um all diese Eindrücke zu verdauen, und huschte auf die Toilette.

Auf dem Klo war das totale Chaos ausgebrochen. Jemand hatte neben die Toilette gekotzt, und die Klo-Rolle war auch leer. Stattdessen lag das Klopapier in einer undefinierbaren Lache, die verdächtig nach Urin und Bier stank, und sah aus, als wäre es von einer Katze zerfetzt worden. Jemand hatte einen lippenstiftverschmierten Kussmund auf den Spiegel gedrückt, und im Waschbecken lagen vergammelte Zigarettenstummel.

Lisa verzog den Mund. Sie hätte ihr Gesicht gern mit kaltem Wasser gewaschen, weil ihre Wangen so glühten, aber die Sauerei hier ekelte sie zu sehr an. Sie zupfte sich ihr Haar zurecht, das trotz Morgans gut gemeintem Rettungsversuch ziemlich aus der Form geraten war.

Ach, wenn sie sich doch nur getraut hätte, ihn zu küssen. Sie waren sich so nah gewesen. Aber er hatte ja auch keine Anstalten dazu gemacht. War es ihm ähnlich ergangen wie ihr, dass er den Mut dazu nicht aufgebracht hatte? Oder hatte er schlicht und einfach nicht gewollt?

Als sie zurück ins Wohnzimmer kam, waren fast alle wild am Tanzen. Steven hatte «Simply The Best» von Tina Turner aufgelegt. Lisa hielt nach Morgan Ausschau, doch der war irgendwo in der Meute verschwunden. Ihr blieb nicht viel anderes übrig, als einfach mitzutanzen. Das war das, was sie auf Schulpartys immer am liebsten gemacht hatte: einfach tanzen und hoffen, dass ihre Lieblingssongs aufgelegt wurden.

Ab und zu entdeckte sie Morgan wieder in der Menge, meistens umgeben von Mädchen. Manchmal versuchte sie einen Blick mit ihm zu wechseln, doch seine glasigen Augen verrieten ihr, dass er schon wieder einen gewissen Alkoholpegel vorweisen konnte. Dafür hatte Steven wohl gesorgt, indem er ihm einen Bacardi Cola mit ordentlichem Rum-Anteil gemixt hatte.

Steven selbst war in seinem Element. Er stand hinter der Stereoanlage und spielte DJ, während er zwischendrin Drinks mixte, sie verteilte und mit seinen Kommentaren die Leute anheizte.

Nathan kam zu Lisa und forderte sie zum Tanzen auf. Sie willigte ein und stellte bald fest, dass er einer der wenigen war, die noch einigermaßen klare Augen hatten. Während sie sich von ihm zu Paula Abduls Superhit «Straight Up» herumschwingen ließ, entdeckte sie Kimberley, die in einer Ecke saß und mit einem anderen Jungen knutschte. Von Sandy und Camilla war keine Spur mehr zu sehen. Ob die nach Hause gegangen waren? Auch Carol, Sam, Beatrice und Ross waren nicht mehr im Wohnzimmer, doch Lisa entdeckte Carols Pudelschopf schließlich draußen beim Swimmingpool.

Die Party schien langsam aber sicher aus den Fugen zu geraten. Das Wohnzimmer der Kendalls sah mittlerweile ziemlich ruiniert aus. Die teure Ledercouch war übersät mit Chipskrümeln, und ein großer, brauner Fleck war offenbar tief in das Leder eingedrungen. Die Familienfotos standen auch nicht mehr alle auf dem Kamin, sondern lagen teilweise in zerbrochenen Bilderrahmen und mit zersplitterten Glasscheiben auf dem Boden. Zwischen dem ganzen Müll an leeren Flaschen, Bierdosen, Gläsern und Chipstüten wälzten sich auch einige Leute auf dem Fußboden rum, die es nicht mehr schafften, sich auf den Beinen zu halten.

Lisa tanzte immer noch mit Nathan, versuchte jedoch, in Morgans Nähe zu bleiben. Sie hatte den festen Verdacht, dass sie langsam aber sicher auf ihn aufpassen musste, da Steven ihm schon wieder einen Drink in die Hand drückte. Das würde gar nicht gut enden!

Steven legte «Send Me an Angel» von der Band Real Life auf, und ganz kurz traf Lisas Blick den von Morgan. Aber seine Augen wirkten nun ganz stumpf und fast nicht mehr wie von dieser Welt. Er hielt inzwischen ein fremdes Mädchen im Arm, das natürlich klein genug war, um das Gesicht beim Tanzen an seine Brust lehnen zu können.

*Do you believe in heaven above*
*Do you believe in love*
*Don't tell a lie, don't be false and untrue*
*It all comes back to you*

Diesmal war es Lisa, die den Text leise mitsummte. Sie tröstete sich einzig und allein mit dem Gedanken, dass Morgan inzwischen zu betrunken war, um noch eine klare Übersicht zu haben, mit wem er gerade flirtete, und dass er dieses fremde Mädchen in nüchternem Zustand hoffentlich nicht so nah an sich rangelassen hätte.

*Empty dreams can only disappoint*
*In a room behind your smile*
*But don't give up*
*Don't give up*
*You can be lucky in love*

Tja, mit dieser Einstellung würde er sicher nicht glücklich werden in der Liebe, dachte sie bei sich. Seine Stirn war mittlerweile ganz in Schweiß gebadet, und seine sonst so warmen Schokoladenaugen wirkten leer und orientierungslos.

Endlich löste sich das Mädchen von ihm, doch ohne Halt stolperte er nur noch ziemlich verloren in der Gegend herum. Kimberley, die nun wieder neben ihm stand, lachte schrill, als er seine Rum-Cola in einem Zug leer trank und das Glas einfach in eine

Ecke schmiss, so dass es in tausend Splitter zerdepperte. Einige Leute sprangen erschrocken zur Seite.

*Mist,* dachte Lisa. Morgan war nicht mehr er selbst. Alles andere als das.

«Wow», schrie Steven vergnügt in die Menge. «Jetzt geht aber die Post ab!»

*Send me an angel*
*Right now …*
*Right now …*

Der Song ging über zu Michael Jacksons Billie Jean, den Steven bereits im anderen CD-Player eingelegt hatte und sich wohl absichtlich bis zu diesem Moment aufgehoben hatte.

«Na los jetzt, Bruder! Wir wollen endlich deinen Moonwalk sehen!», brüllte er gutgelaunt, und einige Leute ergriffen Morgan und hoben ihn auf den Wohnzimmertisch.

«Nein!», schrie Lisa, doch niemand hörte auf sie.

Nathan war plötzlich auch nicht mehr bei ihr.

Sie boxte sich einen Weg durch die Gäste frei. Sah denn niemand, dass Momo sich kaum noch auf den Beinen halten konnte und eigentlich dringend ins Bett gehörte?

Die Menge brüllte vor Vergnügen, als Morgan ein paar Schritte machte und dabei versuchte, Michael Jacksons Moonwalk zu imitieren. Er hätte ihn vermutlich sogar ziemlich gut hingekriegt, wenn er nicht so sturzbetrunken gewesen wäre und das Gleichgewicht hätte halten können. Aber schon nach ein paar Schritten strauchelte er und ruderte wild mit den Armen, um nicht vom Tisch zu fallen.

«Pass auf, Momo!», rief Lisa, doch ihre Stimme wurde von der anfeuernden Menge verschluckt.

Und dann passierte es: Momo machte den Backslide zu nah an die Tischkante heran. Sein Fuß rutschte ab, und dieses Mal half auch das Rudern mit den Armen nichts mehr. Lisa musste mit ansehen, wie er rückwärts ins Leere trat und sich dabei verzweifelt an der Tischkante abzufangen versuchte. Sie wollte zu ihm, doch wieder war ihr Kimberley im Weg. Sie boxte das Mädchen grimmig zur Seite, doch es war zu spät.

Momo schlug sich im Fallen den Kopf an der Tischkante an und sackte benommen zu Boden. Ross Gallagher und Lisa waren gerade noch rechtzeitig zur Stelle, um ein zweites Aufschlagen des Kopfes auf dem harten Parkett zu verhindern. Einige der Mädchen wichen wie eine Schar aufgescheuchter Hühner zur Seite.

«Macht mal die Musik aus, da ist einer verletzt», schrie Ross mit seiner tiefen Männerstimme.

«Stevie!!!», brüllte Lisa aus Leibeskräften und drehte Momo vorsichtig um.

Da verstummte die Musik, und Steven kam hinter der Theke hervorgerannt.

«Dein Bruder hat sich verletzt!» Lisa feuerte einen zornigen Blick auf Steven ab.

«Du meine Güte.» Stevens Augen wurden groß, als er seinen ohnmächtigen kleinen Bruder sah. Momo lag regungslos halb auf dem Fußboden und halb über Lisas Beinen und blutete aus der Stirn. Das Blut rann über sein ganzes Gesicht und tropfte auf Lisas Strumpfhose.

«Hilfe, was muss man da tun?», rief ein Mädchen, während die meisten nur ratlos auf die am Boden kauernde Lisa und den verletzten Jungen hinabschauten.

«Versucht es mal mit Beatmung.» Ross beugte sich über Morgan und tätschelte seine Wange. «He Junge! Alles klar mit dir?»

«Ruf doch mal einen Krankenwagen, du Depp!», brüllte Lisa Steven an.

«Jaja, ist ja schon gut», sagte Steven. «Okay, Leute, wir haben einen Unfall. Die Party ist vorbei, ja? Geht nach Hause. Nehmt eure Sachen und geht einfach. Keine Sorge. Wir regeln das, okay?»

Einer nach dem anderen trollte sich. Einige schauten mitleidig auf Morgan, andere wirkten eher gleichgültig. So oder so, die meisten waren wohl selber zu betrunken, um wirklich zu kapieren, was hier abging.

Während Steven zum Telefon raste, zog Lisa Momos Kopf noch näher an sich heran und untersuchte sorgfältig seine Wunde. Sie schien zum Glück nicht so tief zu sein, wie sie auf den ersten Blick aussah. Allerdings war seine Stirn glühend heiß.

«Gibt es hier irgendwas zum Desinfizieren und Verbinden?» Sie sah sich um. Ihr Blick traf Nathan.

«Ich seh mal im Bad nach!» Der Junge entfernte sich mit raschen Schritten Richtung Badezimmer. Lisa war froh, dass außer ihr wenigstens noch einer einigermaßen nüchtern war.

Endlich bewegte Momo sich ein bisschen und stöhnte auf. Ein Blubbern kam aus seiner Kehle, und ehe Lisa es sich versah, neigte er seinen Kopf zur Seite und übergab sich direkt auf ihren Schoß und über Fannys Kleid.

*Na wunderbar,* dachte sie. *Fanny wird sich freuen.* Momo hing über ihrem Arm und kotzte sich ein zweites Mal aus, danach sank er wieder in sich zusammen.

Trotz der Bescherung war Lisa unendlich erleichtert, dass er sich überhaupt gerührt hatte. Sie merkte erst jetzt, dass sie vor Schock richtig zitterte.

Nathan kam mit Desinfektionsmittel, Watte und Verbandszeug zurück. Zusammen begannen sie, Momos Stirn zu reinigen und mit Verband und Pflastern zuzukleistern. Sein Haar war von dem Blut ganz verklebt.

Das Wohnzimmer hatte sich in Sekundenschnelle geleert. Lisa stellte bald fest, dass sie und Nathan die Einzigen waren, die noch da waren.

«Das war so bescheuert», schimpfte sie. «Ihr habt ihn einfach abgefüllt.»

Nathan biss sich auf die Lippen. «Ich fand es ja auch nicht gut.»

Steven kam zurück, gefolgt von Paul, der ebenfalls noch geblieben war.

«Der Krankenwagen kommt gleich. Wie geht's ihm denn?» Steven kniete sich nieder und tätschelte Morgans Wange.

«Nicht gut. Siehst du ja.» Lisa wusste nicht, ob sie Steven eine leere Bierflasche oder lieber gleich eine Moralpredigt à la Fanny an den Kopf schmeißen sollte.

«Der wird schon wieder.» Stevens Grinsen war allerdings etwas verzerrt. «Gehört doch zu 'ner guten Party. Der Kleine kommt ja sonst nie aus sich raus. Ist so schüchtern und verklemmt. Schämt sich wegen seines Sprachfehlers. Muss doch mal abfeiern. Der hängt ja sonst nur vor der Glotze rum.»

«Du bist so was von verantwortungslos», herrschte sie ihn an. «Du bist sein großer Bruder. Er ist doch erst sechzehn. Genaugenommen noch nicht mal ganz! Weißt du was, ich könnte dich anzeigen. Verführung Minderjähriger zum Alkoholkonsum.»

«Jaja. Komm runter, Mädchen. Wir regeln das. Hey, ich wollte das doch nicht. Ist aber auch schlimm, der Kleine verträgt halt nichts. Und ist ständig krank. Wegen jedem Mist wird der gleich krank. Ich versuch ihn ja nur etwas abzuhärten. Er langweilt sich sonst die ganze Zeit. Ich will ihm einfach ein bisschen helfen.»

«Aber doch nicht so.»

«Okay, Mädchen, jetzt hör mal auf, mich so vorwurfsvoll anzugucken. Der kommt schon wieder auf die Beine!»

Einen Augenblick später klingelte es an der Haustür. Die Sanitäter waren da. Steven ging öffnen, und die Männer kamen mit einer Tragbahre ins Wohnzimmer.

«Meine Güte, was für eine Bescherung», bemerkte der eine, als er einen Blick in das vor Müll nur so strotzende Wohnzimmer warf. Sie ließen die Trage neben Morgan nieder und untersuchten ihn kurz. Lisa trat zur Seite, um die Männer ranzulassen.

«Tja, das sieht nach einer Alkoholvergiftung aus. Wir nehmen ihn mit auf die Station und lassen ihn dort über Nacht, bis er seinen Rausch ausgeschlafen hat.»

«Und die Wunde am Kopf?», fragte Lisa.

«Nicht sehr tief. Da hat wohl jemand Glück gehabt. Die kriegt man mit ein paar Stichen wieder hin. Hoffen wir mal, dass er keine Gehirnerschütterung hat.»

Steven musste ein Formular ausfüllen.

«Sie sind der Bruder?», fragte einer der Männer.

Steven nickte.

«Volljährig?»

Steven nickte wieder.

«Und die Eltern?»

«Geschäftsreise.» Steven wirkte ein bisschen kleinlaut.

«Sehen Sie sich vor. Sie müssen besser auf Ihren kleinen Bruder aufpassen. Alkoholausschank an Minderjährige ist verboten.»

Steven konnte nicht anders, als schon wieder zu nicken. Lisa sah zu, wie sie Momo auf der Bahre nach draußen trugen. Sie war immer noch stinksauer auf Steven. Zum Glück funktionierte auch ihr Verstand einwandfrei, sonst hätte sie sich wohl geradezu in einen Zombie verwandelt.

Nachdem Steven die Sanitäter verabschiedet hatte, sah sie sich im Wohnzimmer um. Es sah wirklich wüst aus hier.

«Vielleicht sollten wir hier mal saubermachen», schlug sie vor. Nathan und Paul nickten. Gemeinsam gingen sie hinter die Theke zur Abstellkammer neben der Küche, um nach Eimer, Lappen und Müllsäcken zu suchen. Lisa säuberte erst ihr Kleid notdürftig mit einem feuchten Lappen, aber der üble Geruch nach Galle und Erbrochenem ließ sich nicht so einfach beseitigen. Sie gab schließlich auf und ging zurück ins Wohnzimmer, um den beiden Jungs zu helfen.

«Oh, vielen Dank, das ist nett von euch», sagte Steven, als er zurückkam und Lisa, Nathan und Paul beim Aufräumen sah. «Und dir einen ganz besonderen Dank, Lee. Gut, dass wenigstens noch ein Mädchen da ist, das auf uns dumme Jungs aufpassen kann.» Er versuchte ihr versöhnlich zuzulächeln, doch Lisa erwiderte sein Lächeln nicht.

«Dumm ist untertrieben», knurrte sie.

«He, bist du jetzt eigentlich Morris' Freundin?» Steven grinste ein bisschen.

«Ich weiß es nicht.»

«Ihr wart ja ganz doll lang in seinem Zimmer. Komm schon, Mädchen, da ist was im Busch. Sei ruhig ehrlich. Wäre doch süß, ihr beide wieder vereint.»

Lisa richtete sich auf. Der Grund, warum sie Steven keine Antwort geben konnte, war, dass sie schlicht und einfach nicht wusste, wie es zwischen Morgan und ihr stand. Irgendetwas in ihr wollte noch nicht so richtig glauben, dass er wirklich ernsthaft an einer tieferen Beziehung interessiert war.

«Hey, ich meine, du bist verflixt heiß. Eine der schärfsten Bräute hier. Ich werde meinem Bruder nahelegen, dich öfters zu treffen.»

Lisa zog es vor, gar nicht mehr zu antworten. Außerdem wollte sie nicht, dass sich überhaupt irgendjemand in diese Sache einmischte.

«Falls du hier übernachten möchtest …»

Steven zwinkerte.

«Nein. Danke.» Lisa sah auf die Uhr. Es war schon nach zwölf. Der letzte Bus war längst gefahren. Sie musste wohl ein Taxi rufen. «Wenn ich schnell telefonieren dürfte?»

«Sicher. Der Apparat ist in der Diele.» Steven wies Richtung Tür.

«Wir werden dich begleiten», sagte Nathan zu Lisa. Paul nickte. «Immerhin bist du die Einzige, die geblieben ist und geholfen hat.»

«Lasst das restliche Zeug ruhig stehen», sagte Steven mit einem Blick auf das Wohnzimmer. «Ich kümmere mich schon drum.»

«Was werden eure Eltern dazu sagen?», fragte Lisa.

Steven kratzte sich am Kopf. «Die kommen erst Montag wieder. Bis dahin hab ich hier klar Schiff gemacht.»

«Ich meine nicht nur das. Was ist mit Morgan?»

«Ach, denen verkauf ich das schon irgendwie. Ich sag einfach, er hat sich mal wieder eine Grippe aufgelesen und irgendwo den Kopf angeschlagen. Die schlucken das schon.»

Lisa sagte nichts mehr und ging zum Telefon, um das Taxi zu rufen. Eine Viertelstunde später klingelte es schon an der Haustür.

«Komm uns bald wieder besuchen, Lee», sagte Steven, und Lisa sah ihm an, dass er es ehrlich meinte. «Ich werde Morris bitten, dich wieder einzuladen. Ich glaub, du würdest ihm guttun.»

«Okay», presste sie hervor.

«Ohne dich wär es wahrscheinlich wirklich ziemlich dumm gelaufen», gestand Steven. «Ich fürchte, ich hab ein wenig die Kontrolle verloren …»

Nathan, Paul und Lisa zogen ihre Jacken an und verließen das Haus. Das Taxi wartete bereits in der Auffahrt.

«Was haltet ihr eigentlich von Steven?», fragte Lisa die beiden Jungs, als sie alle zusammen im Auto saßen.

«Tja. Er ist halt *der* Steven Kendall.» Nathan zuckte mit den Schultern. «Ziemlicher Playboy. Seine Partys sind berüchtigt. Er hat auch schon mindestens zehn Freundinnen oder so gehabt.»

«Hmm.» Lisa wusste nicht, was sie dazu sagen sollte.

«Aber du, ich finde eigentlich auch, du und Morgan, ihr würdet ein echt gutes Paar abgeben», meinte Nathan. «Ich glaub, er mag dich. Bleib dran. Kennt ihr euch nicht aus der Kindheit?»

«Doch», sagte Lisa.

«Leute, hier drin riecht es aber grässlich», sagte nun der Taxifahrer durchs Schiebeglas. «Wenn ihr auf meine Polster kotzt, kriegt ihr so richtig Probleme. Ich warne euch!»

Als Lisa später nach Hause kam, zog sie schnell das Kleid aus und huschte als Erstes ins Bad. Fanny und Thomas hatten extra für sie das Licht im Flur brennen lassen. Sie gab sich Mühe, besonders leise zu sein und niemanden zu wecken, als sie die Stelle, wo Momo sich übergeben hatte, unter kaltem Wasser und mit einer großen Portion Waschmittel nochmals auswusch. Wenigstens war der Fleck auf dem schwarzen Stoff nicht sichtbar, und vermutlich würde sich das Missgeschick nach einem Waschgang ganz beseitigen lassen.

Als sie in ihr Bett sank, fühlte sie das Herz in ihrer Brust hämmern und das Blut in ihrem Kopf rauschen. Sie schaute die Planeten an, die über ihrem Kopf im kühlen Windhauch, der vom offenen Fenster hereinwehte, hin und her schaukelten.

Sie hatte keine Ahnung, wie sich die Geschichte zwischen Momo und ihr weiterentwickeln würde. Sein hübsches Gesicht und seine schönen Augen, die ihr so nah gewesen waren, tauchten immer wieder vor ihr auf, doch sie traute sich nicht, erneut in all diese Emotionen einzutauchen, die sie an diesem Abend erlebt hatte. Im Moment blieb ihr nur zu hoffen, dass er bald wieder auf den Beinen war.

## Kapitel 11
# Geschichtsunterricht mal anders

Am Montag wurde von nichts anderem als von der Party geredet, und die Geschichte, dass Morgan beim Moonwalk sturzbesoffen vom Tisch gefallen war, machte fleißig die Runde. Er selbst fehlte natürlich, und es war anzunehmen, dass er sich noch nicht von seinem Sturz erholt hatte.

«Ihr hättet den sehen sollen!», quakte Carols schrille Stimme durch den Unterrichtsraum. «Der konnte überhaupt nicht mehr gerade auf den Beinen stehen. Der muss sich mindestens zwei Flaschen Gin hinter die Binde gekippt haben.»

Das war vermutlich übertrieben, aber Carol neigte ja immer zu Übertreibungen.

«Typisch. So ein Kindskopf!» Beatrice hatte natürlich nur Spott dafür übrig. «Der kann mal froh sein, dass Ross da war. Der hat ihn gerade noch aufgefangen, als er vom Tisch gestürzt ist, sonst hätte der sich wahrscheinlich den ganzen Schädel zertrümmert.»

Lisa fand, dass Beatrice maßlos übertrieb. Sie selbst war ja schließlich auch an Ort und Stelle gewesen und hatte sich mehr um ihn gekümmert als alle anderen. Aber sie hielt lieber ihren Mund.

«Pah! Weichei!», mischte sich Maddox ein. «Der hätte mich eben einladen sollen. Geschieht dem ganz recht.»

Carol lehnte sich neugierig rüber zu Kimberley. «Hey Kim, stimmt es, dass du und Kendall fast zwei Stunden lang in seinem Zimmer geknutscht habt?»

Kimberley grinste selbstgefällig und warf den Kopf zurück.

«Er hat dich aber nicht gefragt wegen dem Ball, oder?», erkundigte sich Sandy argwöhnisch und sah aus, als würde sie Kimberley am liebsten die Augen auskratzen. «Ich musste leider schon um halb elf nach Hause gehen.» Sie spitzte schmollend die Lippen.

Lisa hörte den Kommentaren weiter schweigend zu. Sie behielt ihr kostbares Geheimnis wohlweislich für sich, nämlich dass Morgan nicht mit Kimberley, sondern mit ihr den Abend auf seinem Zimmer verbracht hatte. Nicht einmal Britt hatte sie es anvertraut. Sie hatte ihrer besten Freundin lediglich erzählt, dass die Party ganz okay gewesen, jedoch am Schluss etwas ausgeartet war.

Nur Nathan zwinkerte Lisa verschwörerisch zu, und sie war froh, dass er den Mund hielt.

Als Lisa, Britt und Zac dann in der Mittagspause auf dem Weg zur Kantine waren, wurden sie von Nathan und Paul gestoppt.

«Lee! Warte mal!» Nathan hielt Lisa an der Schulter fest.

«Ja?»

«Ich dachte, du möchtest vielleicht wissen … also, Morgan geht es wieder besser. Er ist am Sonntag aus dem Krankenhaus entlassen worden und kommt morgen zur Schule. Die Wunde am Kopf war zum Glück nicht tief. Ich hab ihm erzählt, dass du mitgeholfen hast und so. Ich dachte, vielleicht möchtest du das wissen.»

«Danke.» Lisa sah Nathan etwas verlegen an. Für ihn schien es fast eine ausgemachte Sache zu sein, dass Lisa und Morgan nun zusammen waren. Aber Lisa war immer noch sehr vorsichtig mit ihren Gefühlen. Außerdem war sie sich nicht ganz sicher, wie nüchtern Morgan während ihrer Unterhaltung überhaupt gewesen war.

Britt schürzte ihre Lippen. Sie schaute ziemlich finster zwischen Nathan und Lisa hin und her. Als die Jungs sich entfernt hatten, nahm sie ihre Freundin in die Mangel.

«Sag mal, hast du mir *irgendwas* von der Party *nicht* erzählt?» Sie hatte forsch ihre Hände in die Hüften gestemmt und blickte zu Lisa hoch.

«Tja ...» Lisa schämte sich schon ein bisschen, dass sie so etwas Wichtiges vor ihrer Freundin geheim gehalten hatte, aber andererseits war Britt ja nicht unbedingt die beste Expertin in Liebesfragen.

Hastig gab Lisa eine Kurzversion der Geschehnisse wieder. Zac stand daneben und starrte Löcher in die Luft. Lisa war sich ziemlich sicher, dass er kaum ein Wort davon mitkriegte, sondern im Geist wieder mit seinen Erfindungen beschäftigt war.

«Ich fass es ja nicht», seufzte Britt, nachdem sie die Geschichte zu Ende gehört hatte. «Und du hast tatsächlich auch noch Morgans Babysitterin gespielt?»

«Na ja.» Lisa wurde rot. Sie hatte schon befürchtet, dass Britt zynisch reagieren würde, doch das war nun fast zu viel.

«Ich mein' ja nur. Vorher hat er dich nicht mal mit dem Hintern angeguckt, und jetzt auf einmal lässt er sich volllaufen, nimmt dich mit auf sein Zimmer und tut so, als wärst du wieder seine beste Freundin. Tut mir leid, meine Liebe, aber das kaufe ich ihm nicht ab.»

Täuschte Lisa sich, oder hörte sie einen leisen Unterton von Eifersucht in Britts Stimme? Britt hatte mit Momo nie viel anfangen können und hatte sich damals auch nie an ihren gemeinsamen Spielen beteiligen wollen, wenn Lisa hin und wieder versucht hatte, sie dazu einzuladen. Zeitreisen und Raumschiffe waren nie ihr Ding gewesen. Trotzdem hätte Lisa auf ein kleines bisschen mehr Verständnis seitens ihrer besten Freundin gehofft.

So oder so, es war am klügsten, die Details der Party für sich zu behalten, entschied sie. Auch Thomas brauchte nicht zu wissen, dass die Party bei Kendalls ziemlich ausgeartet war.

Am Dienstagmorgen stand Lisa nach der Englischstunde an ihrem Spind und verstaute die zwei Kassetten, die sich beide auf der Hinfahrt wieder mal im Walkman verheddert hatten. Sie würde sich in der großen Pause Zeit nehmen müssen, das Band wieder aufzurollen. Sie machte sich Sorgen, weil Morgan heute früh wider alles Erwarten noch immer nicht im Bus gewesen war. Der Sturz hatte ihn wohl doch mehr mitgenommen, als sie befürchtet hatte.

Gerade als sie den Spind schließen wollte, rempelte Maddox sie absichtlich an.

«He, Miss Lollipop!»

Lisa schoss herum. Was wollte denn *der* schon wieder?

«Äh ...» Maddox strich sich sein von Gel durchzogenes Haar nach hinten. Er trug heute einen langen Ohrhänger mit einem Würfel dran.

«Äh ... ich meinte das letzte Woche wirklich ernst, Miss Lollipop. Das mit dem Ball. Ich finde, du bist eines der süßesten Mädchen hier, und ich wollte dich fragen, ob du mir die Ehre erweisen würdest, mit mir …»

«Nein danke, Maddox Cox», sagte Lisa und machte das Schloss an ihrem Spind zu. «Ich habe definitiv kein Interesse.» Sie wollte an ihm vorbeigehen, doch er hielt sie fest.

«Och. Wieso nicht? Ich mein', ich bin doch ein ganz gutaussehender Typ, und ich bin auch größer als du, und … wir würden doch ganz hübsch zusammen aussehen. Meinst du nicht?»

«Definitiv nicht.» Lisa schob ihn zur Seite. Na gut, Maddox sah, abgesehen von seiner dämlichen Frisur und seinen affektierten Designerklamotten, zwar tatsächlich nicht so übel aus, aber lieber wäre sie aus irgendeinem Fenster gehüpft, als mit dem einfältigsten Hampelmann der Klasse beim Ball zu erscheinen.

Sie wollte an ihm vorbei Richtung Geschichtszimmer eilen, als sie mit einer Lehrerin zusammenprallte, die just in diesem Augenblick die Treppe heraufkam.

«Hoppla», murmelte Lisa. «'tschuldigung.»

«Nicht so schlimm. Ich hätte ja auch auf den Weg achten können.»

Irgendwas in der Stimme der Lehrerin ließ Lisa aufhorchen. Es kam ihr so vor, als hätte sie die Stimme schon mal irgendwo gehört. Sie wandte sich um und musterte die Dame, mit der sie eben zusammengeprallt war. Die hatte sie hier noch nie zuvor angetroffen, aber der Brille und dem altbackenen mahagonibraunen Pagenschnitt nach *musste* es sich ja um eine Lehrerin handeln. Nur die Klamotten waren etwas unüblich für eine Lehrperson, sie trug nämlich einen Jeansrock mit Stiefeln. Und dazu eine Tonne Make-up.

Das Merkwürdigste an der ganzen Sache jedoch war, dass ihr diese Frau seltsam vertraut vorkam, und sie vergaß einen Moment lang, dass es vielleicht nicht sehr höflich war, sie so unverwandt anzustarren.

«Alles in Ordnung mit dir?», fragte die unbekannte Dame jetzt.

«Ah ja. Entschuldigung, Misses … äh?»

«Whitfield.»

«Ich … bin nur etwas … verwirrt, Misses Whitfield, fürchte ich.» Lisa errötete und wusste auf einmal nicht mehr, wo sie ihre Augen hinwenden sollte. Außerdem war ihr wie aus heiterem Himmel furchtbar schwindlig. Es war, als würde der Boden unter ihren Füßen schwanken.

«Das sind wir alle manchmal», sagte Mrs. Whitfield freundlich. «Ich bin heute eure Vertretung in Geschichte. Und du bist Lisa Lambridge, nicht wahr? Los, du musst in den Lehrsaal. Die Stunde fängt gleich an.»

Während Lisa noch immer versuchte, ihr Schwindelgefühl in den Griff zu kriegen, schlurfte Morgan die Treppe herauf und zwängte sich wortlos an ihr vorbei. Er hatte die Kopfhörer seines Walkmans auf den Ohren und summte gedankenverloren vor sich hin. Er schenkte weder Lisa noch der neuen Lehrerin die geringste Beachtung.

Lisa sah ihm nach und bemerkte, dass Mrs. Whitfield dasselbe tat. Fast im Gleichschritt gingen sie hinter Morgan her ins Unterrichtszimmer.

Britt wartete schon bei der Tür auf sie. «Da bist du ja.»

«Hast du gewusst, dass wir heute eine Vertretung bekommen?», fragte Lisa.

Britt schüttelte den Kopf. «Absolut nicht. Hast du gesehen, dein Pennbruder ist auch eingetroffen. Scheint die erste Stunde geschwänzt zu haben.»

«Du bist fies», sagte Lisa.

«Ist doch wahr.» Britt schnaubte und warf einen verächtlichen Blick in Morgans Richtung, der von dem Blondie-Trio bereits mit einem Riesenhallo in Empfang genommen worden war. Er ließ sich von Kimberley einen dicken Schmatzer auf die Wange drücken und streichelte nebenbei Camillas Haar, während Sandy besorgt seine Stirn befühlte.

Lisa musste wegschauen. Nicht nur ihre beste Freundin litt gerade unter einem Eifersuchtsanfall, sondern auch sie …

Mrs. Whitfield schritt inzwischen zum Lehrerpult und stellte ihre Tasche ab.

«Hallo, alle miteinander», grüßte sie und klang dabei überhaupt nicht so formell, wie man es von einer Lehrerin erwartete. «Ich bin Misses Whitfield, eure Vertretung in Geschichte.»

«Hallo Ma'am», grüßte Maddox zurück. «Scharfe Beine!»

Louie gab seinem Zwillingsbruder einen Klaps an den Hinterkopf. «He, spinnst du? Aufwachen, Bruder. Das ist eine *Lehrerin.*»

«Echt jetzt?»

«Also manchmal frag ich mich wirklich, ob wir zwei eigentlich miteinander verwandt sind», brummte Louie.

Mrs. Whitfield wartete geduldig, bis alle sich beruhigt hatten.

«Wie gesagt, ich bin eure Vertretung. Mr. Teuber hat sich ein Bein gebrochen, und deswegen bin ich heute hier.»

«Ich hoffe, *Sie* brechen sich kein Bein!» Maddox strahlte Mrs.

Whitfield mit seinen schneeweißen Zähnen an. «Wäre schade um Ihre schönen Haxen.»

Louie gab ihm einen weiteren Schlag auf den Hinterkopf. «Benimm dich jetzt, Bruder!»

«Das ist wirklich charmant von dir, Maddox Cox, aber ich möchte mich jetzt gern dem Unterricht widmen, wenn ich darf», sagte Mrs. Whitfield freundlich.

«Hä? Woher kennen Sie meinen Namen?»

«Eure Fotos hängen im Lehrerzimmer. Besser gesagt, eine Kopie davon. Du mit deinem vielen Gel in den Haaren bist ja nicht zu übersehen. Also, wartet mal, hier hab ich die Klassenliste.»

«Ihnen gefällt meine Frisur, ja?» Maddox strahlte.

«Genaugenommen: Nein», sagte Mrs. Whitfield ruhig.

Lisa musste sich zusammenreißen, um nicht laut loszulachen. Das war das Beste, was sie seit langem gehört hatte.

«Mensch, Maddox, jetzt halt doch mal die Klappe», stöhnte Carol.

«Carol Sanders», sagte Mrs. Whitfield. «Du bist die Klassensprecherin, nicht wahr?»

«Stimmt genau.» Carol nickte eifrig und schüttelte ihre Pudelmähne.

«Also, dann lasst mal sehen: Maddox und Louie Cox, Camilla Ericsson, Beatrice Evans, Nathan Fletcher, Kimberley Hanson, Sandra Hudgens ...» Mrs. Whitfield las einen Namen nach dem anderen vor und hakte zur grenzenlosen Überraschung mühelos mit ihrem Kugelschreiber alle Anwesenden auf der Liste ab, als würde sie sie schon ewig kennen.

«Und hier haben wir Morgan Kendall», sagte sie sanft, und ihr Blick verweilte lange auf ihm.

Morgan hob seine Augen und erwiderte den Blick der Lehrerin. Er sah immer noch ziemlich mitgenommen aus, fand Lisa. Ein Wunder, dass er überhaupt zur Schule kam, aber es blieb ihm ja auch nicht viel anderes übrig, wenn er seine Versetzung überhaupt schaffen wollte. Er hatte immer noch ein Pflaster an der Stirn, welches jedoch von seinen Haaren fast vollständig verdeckt wurde.

«Falls Sie sich gerade fragen, woher der die Beule an seiner Birne hat: Er ist am Samstag vom Tisch gefallen, Ma'am», quakte Maddox schon wieder dazwischen. «Weil er sich die Rübe gefüllt hat.»

«Hast du's jetzt endlich?», fuhr Lisa ihn unvermittelt an, während Louie ihm ein weiteres Mal auf den Schädel haute. Dass Maddox nicht schon eine ausgewachsene Beule am Hinterkopf hatte, war ein Wunder!

«Oh je», sagte Mrs. Whitfield und übersah Maddox geflissentlich. «Ich hoffe, sonst ist alles okay mit dir, Morgan?»

«Ja-ha», brummte Morgan und sah aus, als wolle er einfach nur in Ruhe gelassen werden. Mrs. Whitfield wandte sich nun an Lisa.

«Und du bist Lisa Leonor Lambridge. Wir haben uns ja schon vorher bei der Treppe kennen gelernt.»

«Mit drei L, wohlbemerkt.» Maddox wollte einfach nicht still sein.

«Halt den Rand!» Louie holte wieder zum Schlag aus, doch dieses Mal war Maddox auf der Hut und duckte sich.

Mrs. Whitfield ließ sich von den zappeligen Zwillingsbrüdern nicht beirren.

«Von dir habe ich schon gehört», sagte sie zu Lisa. «Von dir und Zachary Silverman. Ihr seid ziemliche Genies in Physik und Informatik, richtig?»

«Zac ist ein Genie. Ich überhaupt nicht», wehrte Lisa ab. «Ich hab's nur gut erklärt gekriegt.» Sie schielte zu Zac rüber, der wieder mal irgendwas in seinem Heft ausrechnete. Vermutlich hatte er noch nicht einmal mitgekriegt, dass eine neue Lehrerin da war.

«Streber!», murmelte Carol.

«Nach etwas zu streben muss nicht unbedingt negativ sein, Carol Sanders», sagte Mrs. Whitfield. «Lasst uns mal anfangen. Wo seid ihr stehen geblieben?»

«Beim Zweiten Weltkrieg», sagte Beatrice sofort.

«Schon seit hundert Jahren», ergänzte Maddox.

«Wusste gar nicht, dass du schon *so* alt bist», grinste Louie.

«Na klar. Unser Professor dort hat doch ein Wurmloch erfunden!» Maddox zeigte auf Zac.

«Jetzt seid doch endlich mal ruhig», sagte Beatrice genervt.

Mrs. Whitfields Mundwinkel zuckten leicht, und es sah aus, als müsse sie sich beherrschen, um nicht gleich loszulachen.

«Der Zweite Weltkrieg also», sagte sie und räusperte sich.

«Ja. Und die Berliner Mauer», ergänzte Beatrice. «Was uns eigentlich herzlich wenig interessiert, da wir ja schließlich in England und nicht in Deutschland leben. Wir lernen überhaupt nichts Vernünftiges mehr hier. Ich habe mich schon beim Rektor beschwert, aber es nutzt nichts. Ich meine, wir bezahlen hier teures Schulgeld.»

«Verstehe», sagte Mrs. Whitfield. «Nun ja, die Berliner Mauer ist sowieso bald Geschichte.»

«Wie meinen Sie das?» Beatrice blickte die Lehrerin kritisch an.

«Was ich damit meine? Dass wir, anstatt ständig in der Vergangenheit herumzugraben, mal einen Blick in die Zukunft werfen sollten. Sozusagen eine kleine Zeitreise unternehmen. Was haltet ihr davon?» Mrs. Whitfield schaute in die Runde.

Bei dem Wort «Zeitreise» sah sogar Zac von seinem Heft hoch.

«Zeitreise, hähä!» Maddox grinste und warf Beatrice einen triumphierenden Blick zu. «Also doch Wurmloch!»

«Kannst du jetzt mal die Schnauze halten, Bruder?» Louie war langsam am Verzweifeln und sah die Lehrerin mit schuldbewusster Miene an. «Es tut mir wirklich leid, Misses Whitfield, aber mein Bruder hat einen an der Waffel. Kann leider nix machen.»

«Verstehe. Aufmerksamkeitsdefizit-Hyperaktivitätsstörung heißt das in der Fachsprache», sagte Mrs. Whitfield.

«Hä?» Maddox schaute die Lehrerin mit kariertem Blick an.

«Ich würde sagen, Maddox, wenn du dich so gerne aktiv im Unterricht beteiligst, schicken wir dich doch gleich als Erstes durch ein Wurmloch in die Zukunft.»

«Muss es denn schon wieder ein Wurmloch sein?», stöhnte Carol. «Das hatten wir in Physik schon.»

«Keine Angst, ich frage euch keine physikalischen Formeln ab. Also, Maddox, wir schicken dich, sagen wir mal – nur in der Theorie natürlich – dreißig Jahre in die Zukunft.»

«Mich?»

«Ja, oder gibt es denn sonst noch jemanden, der hier Maddox heißt?» Mrs. Whitfield hatte offenbar ziemlich schnell den Bogen raus, wie sie mit dem Störenfried umgehen musste.

«Nehmen wir an, wir senden dich in das Jahr 2019. Dann bist du – nach Adam Riese – sechsundvierzig Jahre alt.»

«Sechsundvierzig?», stotterte Maddox.

«Du bist doch Jahrgang 1973, oder etwa nicht?»

«Äh …»

«Ja, Bruder, wir sind 1973 geboren», half Louie ihm grinsend auf die Sprünge.

«Aber wir haben doch jetzt Geschichtsunterricht?», bemerkte Beatrice.

«Ich weiß. Nur reisen wir eben vorwärts in der Geschichte. Ich denke, einige von euch hier drin täten gut daran, mal einen Blick auf ihre eigene Zukunft zu werfen. So was wird ja sonst an Schulen nicht gelehrt!»

Beatrice rollte nur mit den Augen. Die anderen hingegen schauten Mrs. Whitfield gespannt an. Ihren konzentrierten Mienen zu entnehmen, versuchten sie rauszufinden, worauf die Lehrerin hinauswollte.

«Viele vergessen nämlich in eurem Alter, dass sie irgendwann erwachsen und eines Tages auch alt sein werden. Dreißig Jahre erscheinen euch nun als eine lange Zeit, doch irgendwann werdet ihr aufwachen und euch im Spiegel ansehen und feststellen, dass euch die Zeit davongelaufen ist. Wenn ihr nicht ab und zu kurz innehaltet und einen Blick auf euer Leben werft, könnte es irgendwann zu spät sein.»

Jetzt war sogar Maddox ruhig.

Mrs. Whitfield ging im Zimmer auf und ab und schien einen Moment in Gedanken versunken zu sein.

«Als ich in eurem Alter war», fuhr sie fort, «habe ich mir oft die Frage gestellt, was ich mal mit Mitte vierzig machen werde. Ich habe mich hingesetzt und mir die Welt in dreißig Jahren vorgestellt. Einiges davon ist eingetroffen, anderes nicht, aber …» Sie überlegte kurz. «Ich hatte immer eine Vorstellung davon, wer ich im Leben sein wollte.»

«Wie alt sind Sie überhaupt?», meldete sich Maddox wieder zu Wort.

«Das tut jetzt nichts zur Sache. Wir sind immer noch bei deiner Zukunft, Maddox Cox.»

«Ähm …»

«Na, komm schon. Du hast doch so eine blühende Fantasie.»

«Tja … wenn Sie meinen. Also, wann soll das genau sein? 2019? Ich schätze, ich mach dann Urlaub auf dem Mars und besitze ein Raumschiff oder so. Und heirate eine Roboterfrau!»

Einige lachten. Lisa fragte sich, ob Maddox nachts wach lag, um sich so einen Blödsinn auszudenken, oder ob er einfach ein Naturtalent war.

«Urlaub auf dem Mars!», brummte Louie. «Ich fürchte, dass der hier eher mit Wampe und Glatze enden wird.»

Jetzt war es Maddox, der seinem Zwillingsbruder einen Schlag auf den Hinterkopf verpasste. Beatrice verdrehte schon wieder die Augen.

«Mensch, jetzt benehmt euch doch mal wie erwachsene Menschen!»

«Erwachsen! Das ist es!» Maddox grinste Beatrice an und schnippte mit den Fingern. «Im Jahr 2019 werde ich erwachsen sein!»

«Das glaub ich erst, wenn ich's sehe», murmelte Beatrice.

«Nun, ich hoffe, dass ihr ein paar mehr Pläne für eure Zukunft habt, als euch dicke Bäuche und Glatzen zuzulegen», sagte Mrs. Whitfield. «Was ist mit dir, Louie?»

«Ich? Ich werde dann die Geschäfte meines werten Herrn Bruders auf dem Mars leiten.»

«Nein, warten Sie, ich hab's mir doch anders überlegt: Ich werde Premierminister!» Maddox schnippte wild mit seinen Fingern.

«Ja, reden kannst du jedenfalls», meinte Mrs. Whitfield trocken und hatte die Lacher auf ihrer Seite.

Nur Morgan lachte nicht. Lisa stellte fest, dass er ziemlich blass um die Nasenspitze war. Aber wenn man soeben eine Alkoholvergiftung auskuriert hatte, konnte man ja auch nicht gerade bester Laune sein.

Mrs. Whitfield begann nun, die Schüler der Reihe nach aufzurufen. Sie fing mit dem hinteren Flügel der in Hufeisenform angeordneten Tische an. Der nächste neben Maddox und Louie war Joey Logan, dessen Zeigefinger wieder mal tief in einem Nasenloch steckte.

«Joey Logan? Was siehst du, wenn du an deine Zukunft denkst?»

«Einen Popel», gackerte Maddox.

«Rockstar!», strahlte Joey sofort. «Ich bin dann ein Rockstar und werde in der ganzen Welt Konzerte geben, und alle Leute werden meine Platten kaufen.» Er schüttelte seine lange, fusselige Mähne.

«Übst du denn fleißig auf deiner E-Gitarre?», wollte Mrs. Whitfield wissen.

«Ach was, der kann noch nicht mal singen», antwortete Maddox an Joeys Stelle. «Der singt wie ein heulender Wolf mit Erkältung.»

Mrs. Whitfield legte ihren Kopf schief und trat einen Schritt auf Maddox zu. «Wenn du jetzt nicht augenblicklich den Mund hältst, Cox, dann setz ich dich vor die Tür!»

«Hehe», grinste Louie vergnügt. «Nur zu, Misses. Nehmen Sie kein Blatt vor den Mund!»

Die nächste in der Reihe war Sandy. Sie räkelte sich mit wichtiger Miene auf ihrem Stuhl und spitzte ihr Mündchen.

«Also, ich möchte sicher einmal viele Babys haben und einen Hund und eine Katze», sagte sie mit ihrer piepsigen Stimme. «Und ich hoffe, dass bis dahin auf der ganzen Welt Friede herrschen wird ... und dass die Armen alle zu essen haben ... und dass wir lernen, einander mit mehr Respekt zu begegnen.» Sie schien nachzudenken, aber es fiel ihr offenbar nichts mehr ein.

«Ach, wie niedlich», spottete Beatrice. «Schöne heile Welt.»

Nun war die Reihe an Camilla.

«Hm, ich habe mal gelesen, dass es bis in dreißig Jahren gar keine Bäume mehr geben wird. Weil sie alle wegen dem sauren Regen kaputt sein werden», meinte sie langsam.

Jetzt hob Paul auf einmal die Hand.

«Ja?»

«Wahrscheinlich wird es bis in dreißig Jahren auch fast kein Erdöl mehr geben. Und der Regenwald wird wahrscheinlich verschwunden sein. Vielleicht können wir bis dahin ja gar keine Luft mehr einatmen.»

«Oder es gibt einen Atomkrieg», meinte Kimberley.

«Oder es kommen Außerirdische!» Das war wieder Maddox.

«Vermutlich wird so ziemlich alles computergesteuert sein», meldete sich Nathan zu Wort.

«Genau», bekräftigte Paul. «Wir werden dann sogar vom Computer geweckt werden und über den Computer einkaufen.»

Plötzlich schossen mehrere Hände in die Höhe.

«Wir gehen vielleicht auch gar nicht mehr zu Fuß, sondern laufen auf so einem Förderband.»

«Und die Autos sehen aus wie Raketen und sind automatisch gesteuert. Man braucht nur einzugeben, wo es hinfahren soll, und dann fährt es von selbst dahin.»

«Vielleicht können sie bis dahin sogar fliegen.»

«Und wir haben Roboter, die den Haushalt machen!»

«Und die Fernseher werden so groß sein wie Kinoleinwände!»

«Wir brauchen auch nicht mehr zur Schule zu gehen, weil wir einfach den Computer anschalten können und von zuhause aus dem Lehrer zuhören können.»

«Wahrscheinlich wird der Lehrer sogar zu uns ins Wohnzimmer gebeamt!»

«Sowieso wird jeder Computer einen Haushalt haben», sagte Maddox.

«Du meinst, jeder Haushalt einen Computer?»

«Sag ich doch!»

«Unsere Computer werden so klein wie Taschenrechner sein», meldete sich Lisa. «Wir werden sie in unsere Hosentasche stecken und damit sogar telefonieren können!»

«Blödsinn», höhnte Beatrice. «Ein Taschenrechner, mit dem man telefonieren kann. Das ist das Dümmste, was ich je gehört habe.»

«Ich glaube nicht, dass Lisa damit so danebenliegt», schmunzelte Mrs. Whitfield. «Das ist durchaus im Bereich des Realistischen.»

Fast alle beteiligten sich an der Diskussion. Es hagelte von allen Seiten Zukunftsvisionen und Träume. Carol wollte natürlich unbedingt mit ihrem Freund zusammenziehen und später auch einmal eine Familie haben. Kimberley wollte Kleinkinderzieherin werden und ganz viele eigene Kinder bekommen.

Camilla hatte noch keine großen Vorstellungen und wollte einfach erst mal die Schule abschließen und danach in einem guten

Beruf arbeiten. Britt dachte ähnlich. Sie wollte auf alle Fälle studieren, entweder Rechtswissenschaft oder Medizin.

Für Zac war natürlich klar, dass er in die Fußstapfen seines Vaters treten und Physik studieren würde. Nathan wollte Sportlehrer werden und Paul Arzt. Beatrice wollte sogar schon nächstes Jahr mit Ross zusammenziehen und später mit ihrem Bruder zusammen das Restaurant ihrer Eltern übernehmen.

Selbst Maddox schaffte es daraufhin, ausnahmsweise eine vernünftige Antwort zu geben, und meinte, dass er und Louie wohl tatsächlich mal die Modefirma ihres Vaters weiterführen würden. Und Lisa träumte natürlich davon, Informatik zu studieren und eines Tages eigene Computerspiele zu produzieren, was ihr einmal mehr ein spöttisches Augenrollen von Carol und Beatrice einbrachte.

Fast alle hatten nun ihre Zukunftswünsche zum Besten gegeben. Mrs. Whitfield war es tatsächlich gelungen, die Klasse mit diesem Thema auf Trab zu halten. Nur Morgan starrte mit leerem Blick vor sich hin.

«Morgan», sagte die Lehrerin nun mit sanfter Stimme. «Was ist mit dir? Du hast bis jetzt noch gar nichts gesagt.»

«Den brauchen Sie auch gar nicht zu fragen», kommentierte Maddox. «Der ist doch zu faul zum Reden!»

Lisa griff nach ihrem Radiergummi, um ihn Maddox anzuschmeißen, doch Mrs. Whitfield war schneller. Ehe Maddox sich versah, hatte der Tafel-Schwamm ihn genau zwischen den Augenbrauen getroffen.

«Hey!» Maddox zuckte zusammen. Lisa starrte verblüfft von Maddox zu Mrs. Whitfield und legte ihr eigenes Geschoss zurück auf den Tisch.

«Du bist jetzt einfach einmal ruhig, Maddox Cox», sagte die Lehrerin mit grimmiger Stimme. «Ich bin sicher, dass Morgan gar nicht so faul ist, wie du behauptest.»

«Da wäre ich mir nicht so sicher», meldete sich Beatrice. «Das ist immer so. Der sagt nie mehr als zwei Sätze pro Tag. Fordern Sie den ruhig mal ein bisschen raus!»

«Na los, Kendall, mach mal den Mund auf», drängte Carol. «Tu doch nicht immer so obercool. Wir haben schließlich auch alle gesagt, was wir mal werden wollen. Was ist mit dir?»

Morgan rollte nur mit den Augen. Jetzt, da Lisa den Grund kannte, warum er nicht gern in der Schule sprach, sah sie ihm mehr denn je an, wie sehr er es hasste, der Mittelpunkt des Gesprächs zu sein. Sie hätte ihm gern einen aufmunternden Blick zugeworfen, doch er sah überhaupt nicht in ihre Richtung.

«Ich denke ...» Mrs. Whitfield nahm Morgan ins Visier und schien nach Worten zu suchen. «Ich möchte in meinem Unterricht niemanden zu etwas zwingen oder zu etwas auffordern, das er nicht will, und wenn Morgan nicht antworten möchte, dann braucht er das auch nicht. Das müssen wir einfach respektieren. Er wird seine Gründe haben. Und sehr oft steckt ja in denen, die nicht viel sagen, das größte Potenzial.»

Morgan sah die Lehrerin schweigend an und spielte mit der Playtaste seines Walkmans. Dann legte er das Gerät beiseite und stützte seinen Kopf auf. Lisa versuchte immer noch einen Blick von ihm zu erhaschen, doch er wollte einfach nicht zu ihr hingucken.

Mrs. Whitfield fing an, im Raum auf und ab zu gehen.

«Ich möchte euch gerne etwas ans Herz legen», begann sie und machte eine Pause, in der sie wieder um die richtigen Worte zu ringen schien. «Ihr mögt vielleicht verschiedene Dinge gehört haben. Ihr mögt gehört haben, dass ihr fleißig lernen und einen Beruf wählen sollt, dank dem ihr viel verdienen werdet. Ihr mögt gehört haben, dass ihr im Hier und Jetzt leben und noch nicht zu sehr an die Zukunft denken sollt. Beides ist sowohl richtig als auch falsch. Wer nur für einen guten Lohn lebt, wird innerlich zugrunde gehen, und wer sich nur auf die Gegenwart konzentriert, ohne an die Zukunft zu denken, wird seinen Weg irgendwo verlieren. Die Zukunft kommt schneller, als ihr denkt. Irgendwann wird sie zu eurer Gegenwart und schon bald danach zu eurer Vergangenheit. Vergesst nicht: Es gibt Entscheidungen, die ihr nur einmal im Leben treffen könnt.»

In der Klasse war es still. Mrs. Whitfield legte eine weitere Pause ein und sah die Schüler der Reihe nach an.

«Ihr habt auf dieser Erde alle nur dieses eine Leben vor euch. Überlegt euch gut, wie ihr es gestaltet. Werft es nicht weg. Ihr könnt es nicht zurückholen. Macht Fehler, aber lernt daraus. Findet heraus, was euch wirklich wichtig ist. Was euch am meisten bedeutet. Ich hätte euch noch so vieles zu sagen, aber leider habe ich nur diese eine Stunde Zeit mit euch.»

Lisa hörte Mrs. Whitfield interessiert zu. Sie hatte noch nie jemanden außer Doc Silverman solche Sachen sagen hören, und doch hatte sie gleichzeitig das Gefühl, dass diese Worte von ihr selbst hätten stammen können und dass sie einfach nur ganz tief in ihrem Herzen geschlummert hatten. Ob Mrs. Whitfields Worte dieselbe Wirkung auf ihre Klassenkameraden hatten, konnte sie allerdings schwer beurteilen. Die meisten saßen mit eher unschlüssigen Mienen da.

Schließlich hob Beatrice die Hand.

«Entschuldigen Sie bitte. Wieso erzählen Sie uns all diesen Quark? Haben wir hier Geschichtsunterricht, oder wollen Sie uns so eine Art Predigt halten?»

«Wir haben durchaus Geschichtsunterricht», antwortete Mrs. Whitfield ruhig. «Aber leider wird ja an Schulen nicht gelehrt, wie man sein Leben richtig gestaltet.»

Beatrice rümpfte die Nase. «Das ist doch Humbug.»

«Humbug oder nicht, doch eure Zukunft wird ein Teil der Geschichte von morgen sein.»

«Also, ich für meinen Teil möchte einen guten Schulabschluss hinkriegen und wäre daher froh, wenn Sie uns was Vernünftiges beibringen könnten.» Beatrice lehnte sich zurück und verschränkte demonstrativ die Arme über ihrer Brust.

«Gut. Wenn dir das hier nicht vernünftig genug ist, dann schlage ich vor, wir treffen uns in dreißig Jahren wieder», sagte Mrs. Whitfield. «Spätestens dann wirst du mir in einigen Punkten recht geben.»

Sie setzte sich auf das Lehrerpult und warf einen Blick auf die Uhr. Leider war die Stunde schon fast vorbei.

«Ich möchte euch zum Schluss noch eine Geschichte erzählen», sagte sie. «All das, was ich euch jetzt gesagt habe, mag euch vielleicht noch etwas früh erscheinen. Mit sechzehn steht man ganz woanders als mit sechsundvierzig. Und ich habe absolut nicht im Sinn, euch irgendwas zu predigen. Aber das Leben wird seinen Tribut fordern, von jedem von euch. Bei den einen früher, bei den anderen später. Auch wenn das Leben vor einigen von euch gerade noch den roten Teppich ausrollen mag – irgendwann wird jeder von euch in ein Alter kommen, in dem diejenigen, die ihr liebt, anfangen werden zu sterben: erst eure Großeltern, dann eure Eltern. Und schließlich einer nach dem anderen. Eure Freunde. Vielleicht sogar eure Kinder. Wer weiß. Und das wird jeden von euch treffen. Dem kann sich keiner entziehen. Und wer dann nicht irgendetwas hat, wofür es sich zu leben lohnt …» Sie brach ab und schüttelte den Kopf.

«Und wofür soll man dann leben?», fragte Carol vage.

«Geht, findet es raus. Fragt nach dem Sinn, fragt nach dem Warum, fragt nach Gott, fragt nach dem Anfang und nach dem Ende. Stellt eure Fragen. Denkt nach. Forscht. Gebt euch nicht nur mit vorgefassten Meinungen zufrieden! Da draußen gibt es mehr!»

Sämtliche Augenpaare waren auf sie gerichtet. Einige blickten verwirrt und unschlüssig, andere neugierig. Es war so still, dass man die berühmte Stecknadel hätte fallen hören können.

«Ich habe einen guten Freund …» Mrs. Whitfield holte tief Luft. «Ich *hatte* einen guten Freund. Er ist vor einigen Wochen gestorben.»

Etwas in der Stimme der Lehrerin traf Lisa mitten ins Herz. Sie beugte ihren Oberkörper vor, um ja keines der folgenden Worte zu verpassen.

«Er hatte nie eine Vorstellung davon, was er aus seinem Leben machen wollte. Er hat einfach alles hingenommen. Er hat hingenommen, dass man ihn nicht für besonders intelligent hielt. Er hat hingenommen, dass man ihn ungerecht behandelte. Nach außen hin wirkte er sehr hübsch und cool, und alle glaubten, er sei sehr beliebt. Aber das war er nicht. Er war allein.»

Sie machte eine Pause, um tief Luft zu holen, und Lisa konnte fast an ihrem eigenen Leib spüren, wie die Erinnerung an diese Geschichte Mrs. Whitfield zutiefst aufwühlte.

«Niemand hat gewusst, dass er innerlich immer mehr und mehr abrutschte. Niemand bekam mit, dass er immer stärker alkoholabhängig wurde, weil er sonst nicht wusste, wie er diese innere Leere füllen sollte. Er hat mit niemandem darüber gesprochen. Er hat sein Leben still und leise gelebt, nachdem alle ihn verlassen hatten, weil sie nichts mehr mit ihm anzufangen wussten. Eines Nachts, er war noch nicht ganz fünfundvierzig Jahre alt, wollte er aus dem Pub nach Hause gehen. Er hatte zu viel getrunken, wie so oft, und dann ...»

Ihr letzter Satz ging in dem schrillen Klingeln der Schulglocke unter. Sofort sprangen die meisten von ihren Plätzen auf und packten ihre Sachen zusammen. Lisa hätte zu gern diesen letzten Satz noch gehört und ärgerte sich darüber, dass die anderen nicht mal eine Minute länger als nötig stillsitzen konnten.

Sie wartete extra, bis das Zimmer sich geleert hatte. Diese Geschichte musste man doch unbedingt noch zu Ende hören! Außerdem hatte sie sich die ganze Stunde lang den Kopf zerbrochen, warum ihr diese Frau so vertraut vorkam. Es war schon richtig unheimlich. Fast, als wäre sie mit ihr verwandt. Darauf musste sie nun dringend eine Antwort haben.

Zac saß immer noch an seinem Platz und brütete über seinem Heft. Er hatte offenbar noch nicht mal mitgekriegt, dass die Stunde zu Ende war. Britt hatte sich mit den knappen Worten verabschiedet, dass sie noch auf einen Sprung in die Bibliothek wollte, bevor die Sportstunde anfing. Lisa vermutete, dass ihre Freundin immer noch Mühe hatte wegen der Sache mit Morgan.

Mrs. Whitfield selbst hatte sich ebenfalls nicht beeilt. Sie saß am Lehrerpult und überflog einen Zettel. Fast schien es, als hätte auch sie auf etwas gewartet. Lisa ging sehr vorsichtig zu ihr hin.

«Äh … Misses Whitfield?»

«Ja, Lisa?»

«Ich …» Lisa wurde auf halbem Weg zum Lehrerpult auf einmal wieder schwarz vor Augen. Fast, als wäre sie zu schnell aufgestanden. Das war nun schon das zweite Mal heute. Was war denn nur los mit ihr? Wurde sie etwa krank? Oder bekam sie ihre Tage? Aber die waren doch noch gar nicht fällig!

«Alles klar mit dir?»

«Mir ist plötzlich so schwindlig …», stöhnte Lisa und setzte sich auf den erstbesten Stuhl.

«Oh. Bleib ruhig sitzen. Das geht vorbei. Mir war auch ein bisschen übel heute. Das liegt vielleicht am Wetter.»

«Meinen Sie?»

«Ich vermute es. Was möchtest du mich fragen?»

«Was ist mit Ihrem Freund passiert? Sie sagen, er ist betrunken aus dem Pub gekommen, und dann hat die Schulglocke geklingelt.»

«Du bist die Einzige, die sich für diese Geschichte interessiert», stellte Mrs. Whitfield leise fest und sah Lisa mit einem durchdringenden Blick an.

«Ich möchte es wirklich gerne wissen», sagte Lisa.

«Es ist keine schöne Geschichte. Er wurde von einem Auto angefahren und … Er starb noch in derselben Nacht im Krankenhaus an seinen Verletzungen.»

Wieder konnte Lisa fühlen, wie sehr diese tragische Begebenheit das Herz von Mrs. Whitfield anrührte.

«Das ist aber wirklich traurig», meinte sie. «Ich fand es richtig gut, dass Sie uns all diese Sachen sagten. Es ist wirklich wichtig, sich Gedanken über seine Zukunft zu machen und so.»

«Ich kann es euch nur wärmstens empfehlen. Übrigens …» Mrs. Whitfield erhob sich langsam und ging hinüber zu Zac, der immer noch tief über sein Heft gebeugt war und hektisch kritzelte und skizzierte.

«Es würde mich sehr interessieren, was du da ausbrütest, Zac Silverman», sagte sie freundlich. «Ich verstehe ein bisschen was von Physik.»

«Hä?» Zac hielt inne und hob verwirrt seinen Kopf.

«Darf ich einen Blick auf deine Zeichnungen werfen? Oder sind die geheim?»

«Äh … nein. Es ist nur … es sind nur Pläne für eine Wetterstation.»

«Eine Wetterstation? Das klingt sehr interessant.» Mrs. Whitfield stand nun direkt vor Zac. «Darf ich es sehen?»

Zac starrte die Lehrerin mit offenem Mund an und gab dann vorsichtig die Sicht auf sein Heft frei. Mrs. Whitfield streckte die Hand danach aus und drehte das Heft zu sich um. Sehr aufmerksam studierte sie die Zeichnungen und lächelte dabei.

«Ich verstehe», sagte sie langsam. «Du möchtest eine Wetterstation erfinden, die dir exakt vorausberechnen kann, wann es an einem bestimmten Ort Gewitter geben wird?»

«Ja, genau», sagte Zac.

«Und wofür möchtest du das so genau berechnen?»

«Oh, äh …» Zac wurde ein bisschen rot. «Für eine … äh … Zeitmaschine.»

Lisa wollte etwas einwerfen, doch ihr war immer noch speiübel.

«Hochinteressant», sagte Mrs. Whitfield, und sie hörte sich überhaupt nicht an, als würde sie diese Idee verkehrt finden. «Zeitreisen finde ich wahnsinnig spannend. Vielleicht … könnte ich dir ein wenig dabei helfen.»

«Sie?», krächzte Lisa heiser. Mrs. Whitfield drehte sich zu ihr um und sah sie an.

«Warum nicht? Ich habe mich sogar selber mit der Möglichkeit des Zeitreisens befasst. Ich sehe nicht ein, warum das nicht funktionieren soll.»

«Ja, nicht wahr?» Zac war offensichtlich ganz begeistert, in Mrs. Whitfield eine Verbündete gefunden zu haben. «Wenn ich doch nur Gewitter präzise im Voraus berechnen könnte, dann könnte ich das alles viel einfacher testen.»

«Das heißt, du hast die Zeitmaschine bereits erfunden, seh ich das richtig?» Mrs. Whitfield wandte sich wieder Zac zu.

«Genau. Ich hab nämlich erforscht … wissen Sie, im Tomsbridge Valley gibt es ganz seltene Phänomene – ich weiß nicht, ob Sie schon von Wurmlöchern gehört haben?»

«Natürlich habe ich das.»

Zac strahlte. Es folgte eine umfangreiche Erklärung über seine Forschungsarbeit und den Time Transmitter, der in der Lage war, mit Hilfe eines Zeitstrahls ein Wurmloch zu öffnen. Mrs. Whitfield hörte aufmerksam zu und nickte immer wieder, als wüsste sie ganz genau, wovon Zac sprach.

«Der Time Transmitter sollte eigentlich auch funktionieren, aber das Dumme ist, dass ich eben nie genau weiß, wann es im Tomsbridge Valley zu Gewittern kommen wird. Leider wird es vermutlich noch Jahre dauern, bis ich eine wirklich mir dienende, funktionsfähige Wetterstation erfunden hab», schloss Zac seinen Bericht.

«Hm. Ich sehe das Problem.» Mrs. Whitfield richtete sich auf und warf wieder einen Blick zu Lisa.

«Ist dir immer noch übel, Lisa?»

«Ein bisschen ...», gestand sie.

«Trink einen Schluck Wasser. Das hilft. Hört her, ich habe eine Idee, aber ihr müsst mir versprechen, Stillschweigen zu bewahren.»

«Eine Idee?», fragten Lisa und Zac gleichzeitig. Wie kam denn diese wildfremde Lehrerin dazu, sich so für ihr Zeitreiseprojekt zu interessieren?

«Ich bin Meisterin darin, Stillschweigen zu bewahren», sagte Lisa etwas sarkastisch. «Was ist denn das für eine Idee?»

«Ich könnte euch vermutlich ein paar Informationen über das kommende Wetter beschaffen», sagte Mrs. Whitfield. «Ich habe Zugang zu geheimen Informationsquellen, was Wetterprognosen betrifft.»

«Ja?» Lisa runzelte skeptisch die Stirn. Die nahm sie doch hier nicht auf den Arm?

«Vertrau mir, Lisa», sagte Mrs. Whitfield, die ihre Gedanken offensichtlich erriet. «Ich erlaube mir keine Scherze mit euch. Ich habe mich ziemlich eingehend mit Physik und Informatik beschäftigt. Ich kann ein bisschen was über diese Dinge sagen. Und ich möchte euch sehr gern helfen. Das Projekt interessiert mich, und ich kann euch wirklich ein paar Angaben liefern.»

«Aber wie denn?», fragte Zac und fuchtelte aufgeregt mit den Händen. «So eine genaue Berechnung des Wetters ist mit der heutigen Technologie doch noch gar nicht möglich. Ich hacke mich ja dauernd in das System der Wetterforschung ein, doch ich kriege dort nicht mal annähernd die Informationen, die ich brauche.»

«Fragt nicht nach dem Wie und Warum. – Das heißt: Doch, stellt Fragen, wann immer ihr könnt, aber dieses eine Mal vertraut mir einfach. Ich habe Informationen aus der Zukunft. Wie gesagt, auch ich habe mich mit einem Experiment befasst.»

«Wie das?», fragte Zac mit weit aufgerissenen Augen. «Sind Sie denn etwa schon in der Zeit gereist? Ist Ihnen das gelungen?»

«Sagen wir mal so: Ich hatte die Möglichkeit, einen kleinen Blick in die Zukunft zu werfen», sagte Mrs. Whitfield ernst. «Ich war an einem Forschungsprojekt beteiligt. Aber – deine Idee, Zac Silverman, ist die weitaus effektivere. Ich kann dir nur ein paar kleine Informationen liefern und dir ein bisschen unter die Arme greifen, wenn du mir das erlaubst.»

Lisa hatte sich inzwischen aufgerafft und war zum Wasserhahn gewankt. Nach einigen Schlucken Wasser fühlte sie sich tatsächlich besser. Sie rang immer noch mit sich selbst, ob sie dieser Mrs. Whitfield wirklich trauen sollte. So eine außergewöhnliche Person war ihr im ganzen Leben noch nicht begegnet. Irgendwas an dieser Frau löste in Lisa ein Gefühl von Sicherheit aus. Sie hatte den Eindruck, dass sie jemand war, dem man alles sagen konnte und die ähnlich tickte wie sie. Ob da am Ende doch irgendeine Blutsverwandtschaft vorhanden war? Sogar ihre Bewegungen fühlten sich vertraut an; die Art, wie sie ging, wie sie mit den Händen gestikulierte und wie sie beim Sprechen ihren Kopf leicht neigte.

«Gibt es sonst noch jemanden, der von eurem Projekt weiß?», fragte Mrs. Whitfield unvermittelt.

«Mein Dad», sagte Zac.

«Es kann sein, dass unser Physiklehrer ...»

«Professor Ash?» Mrs. Whitfield sah Lisa durchdringend an.

«Sie kennen ihn?»

«Wenn man sich irgendwie mit Physik befasst hat, dann kennt man ihn», seufzte sie. «Was weiß er davon?»

«Tja, ich fürchte, er hat Zacs Formeln gesehen. Er hat unsere Hefte eingesammelt, und ich hab nicht aufgepasst. Aber – er hat dem Ganzen keinen großen Glauben geschenkt und Zac deswegen ziemlich runtergeputzt. Er ist der Meinung, dass Zeitreisen in der Praxis unmöglich sind.»

«Da wäre ich mir nicht so sicher», meinte Mrs. Whitfield. «Hütet euch auf alle Fälle vor ihm! Gebt ihm unter keinen Umständen weitere Informationen preis. Was immer auch passiert! Er könnte es sonst gegen euch verwenden. Lasst dieses Projekt euer sorgfältig gehütetes Geheimnis sein.»

Lisa nickte und schalt sich innerlich, dass sie nicht besser auf Zacs Heft achtgegeben hatte.

«Nun muss ich leider los. Ich werde mich aber wieder bei euch melden, wenn ich die nötigen Informationen habe.» Mrs. Whitfield ging zum Pult, um ihre Sachen in ihre Tasche zu packen.

«Ähm ... darf ich Sie noch was fragen, Misses Whitfield?»

«Natürlich, Lisa.»

«Kenne ich Sie von irgendwoher?»

«Wer weiß? Kann sein, dass wir uns schon mal begegnet sind. Manchmal gibt es auch so eine Art von Déjà-vu, die wir uns nicht erklären können. Oder vielleicht sind wir auch einfach nur ... seelenverwandt.» Mrs. Whitfield lächelte ein wenig, nahm ihre Mappe unter den Arm und ging zum Ausgang. Sie wandte sich noch ein letztes Mal um.

«Passt auf euch auf. Und auf das Projekt. Wir sehen uns! Habt einen schönen Tag.»

Und da war sie auch schon verschwunden.

Eine eigenartige Idee war Lisa gekommen. Etwas, das eigentlich überhaupt nicht sein konnte, aber dennoch eine mögliche Erklärung für all das war ...

Auf dem Weg zur Turnhalle machte sie einen Abstecher zu ihrem Spind, während Zac sich auf die Suche nach Britt machte. Sie wollte unbedingt noch die beiden Kassetten mit dem Bandsalat wieder aufrollen, damit sie später auf dem Heimweg Musik hören konnte. Schade, dass ihr Geburtstag gerade erst im August gewesen war. Jetzt musste sie sich fast ein Jahr gedulden, bis sie sich einen neuen Walkman wünschen konnte. Oder ihre Hoffnungen auf Weihnachten setzen. Aber auch bis dahin waren es noch fast vier Monate ...

Sie war so in Gedanken versunken, dass sie Morgan kaum bemerkte, der an ihr vorbeiging. Erst als er ihr auf die Schulter tippte, wurde sie sich seiner Gegenwart bewusst.

«Äh ... Lee-Lee?»

«Ja?» Lisa war so schockiert darüber, dass er auf einmal so dicht neben ihr stand und sie ansprach, dass sie vor Schreck das Vorhängeschloss fallen ließ. Morgan bückte sich und hob es für sie auf.

«Danke», stotterte sie, als er ihr das Schloss in die Hand drückte. Sie hoffte, dass er dabei nicht gesehen hatte, dass das Schloss genau auf 279, also seinem Geburtstagsdatum, stand. Das wäre ihr nun doch etwas unangenehm gewesen.

«Ich wollte nur ... Nathan hat gemeint, dass ...» Er zögerte, und

Lisa nahm zum ersten Mal so richtig wahr, wie extrem er sich anstrengen musste, beim Sprechen nicht zu lispeln. Dass ihr das vorher nie aufgefallen war …

«Dass du beim Aufräumen geholfen hast und mir … überhaupt geholfen hast, als ich vom Tisch gefallen bin.» Sie fühlte, wie peinlich ihm das alles war.

«Ach so … keine Ursache …»

«Danke. Wollte ich nur sagen.»

«Ist … gern geschehen.» Lisa wollte die Kassetten mit dem verwickelten Band wieder im Spind verstauen. Sie musste diese Aktion auf später verschieben.

«Zeig her.» Morgan nahm ihr eine der Kassetten sachte aus der Hand. «Hast du einen Stift?»

«Ach, ich mach das nachher schon. Ich hab Übung darin.»

«Nein. Gib her.» Er schien ihr unbedingt helfen zu wollen. Sie reichte ihm einen Kugelschreiber, und er rollte vorsichtig das Band wieder auf.

«Die andere auch.»

Sie reichte ihm auch die zweite Kassette, und er kriegte auch die wieder hin.

«Vielen Dank, Momo. Das ist nett von dir.»

Er lächelte leicht. «Schon okay. Ich muss los. Der Bus geht gleich.»

«Du gehst nach Hause?»

«Ja. Wir haben doch jetzt Sport. Ich bin ja immer noch suspendiert. Weil ich im Sommer so lange krank war.»

Stimmt. Lisa hatte mitgekriegt, dass Morgan fast während der ganzen Sommerferien das Pfeiffer'sche Drüsenfieber gehabt hatte und sich deswegen eigentlich immer noch schonen musste.

«Verstehe», sagte sie.

«Also dann, bis morgen», sagte er.

«Warte mal, Momo …» Sie hielt ihn an der Schulter fest.

«Ja?» Seine braunen Augen verweilten auf ihr.

«Du solltest dich nicht … äh … von Steven so mit Alkohol abfüllen lassen. Das war ziemlich verantwortungslos.»

Das warme Braun in Morgans Augen erblasste förmlich, und er zog seine Augenbrauen zusammen.

«Sag nichts gegen Stevie», sagte er scharf. «Er ist der Einzige, den ich hab.»

«Ich meine nur.»

Doch sein Blick sagte ihr, dass sie das hier nichts anging. Er zog seine Jeansjacke über die Schuluniform, nickte ihr mit kühler Miene zu und entfernte sich ohne ein weiteres Wort von ihr.

Lisa schaute ihm nach, wie er davonschlurfte und sich im Gehen die Kopfhörer seines Walkmans aufsetzte. Würde sie je wieder ganz an ihn herankommen – so wie früher? Sie wusste immer noch nicht so richtig, in welchem Stadium ihre Freundschaft sich befand und ob sie überhaupt wieder so richtig Freunde wurden wie damals.

## Kapitel 12

# Verzwickter Telefonanruf

Am Mittwochabend, als Lisa in ihrem Zimmer wieder mal über den Fotos ihrer Eltern brütete, klopfte Thomas an ihre Tür.

«Lee, da ist eine Lehrerin für dich am Telefon», meinte er. Lisa klappte das Fotoalbum zu und folgte Thomas in die Diele.

«Du hast aber nicht schon wieder etwas ausgefressen?» Thomas drehte sich zu seiner Schwester um und sah sie mit gerunzelter Stirn misstrauisch an.

«Nicht, dass ich wüsste.» Lisa grabschte nach dem Hörer. Thomas hatte ihn auf den Tisch neben den Telefonapparat gelegt. Sie sah ihren Bruder in der Küche verschwinden, und nur ein paar Sekunden später trat Fanny raus in die Diele.

«Lisa Lambridge», meldete sie sich und verfolgte Fanny mit ihrem Blick, während diese zum Wandschrank neben dem Telefontisch ging und anfing, darin zu wühlen.

«Hier ist Whitfield», sagte die Stimme am anderen Ende, und wenn Lisa es nicht besser gewusst hätte, hätte sie geglaubt, die Stimme gehöre ihr. So ähnlich klang sie jedenfalls, wenn sie sich selbst auf Kassettenaufnahmen hörte.

«Kannst du gerade ungestört sprechen?»

«Äh ... so halb.» Lisa starrte auf Fannys Hinterteil. Warum zum Geier musste die ausgerechnet jetzt in diesem Schrank herumwursteln! Die wollte garantiert lauschen, da war sich Lisa fast sicher. Eigentlich wäre das Timing für den Anruf ja perfekt gewesen, wenn Thomas und Fanny wie üblich in ihrem gemeinsamen Badminton-Kurs und hinterher bei ihren Freunden zum Abendessen gewesen wären. Aber ausgerechnet heute war der Kurs ausgefallen. Und den Wunsch nach einem Telefon mit längerem Kabel hatte ihr Thomas bis jetzt auch immer ausgeschlagen. Wenn sie telefonieren wollte, musste sie hier stehen bleiben, daran war nichts zu ändern.

Sie hörte, dass Mrs. Whitfield etwas zögerte, bevor sie weitersprach.

«Also, hör gut zu, was ich dir sage. Ich habe wie versprochen etwas über die näheren Wetterdaten herausgefunden. Wenn Zac seine Zeitmaschine testen will, dann muss er es unbedingt heute Nacht tun. Ziemlich genau um Mitternacht werden die Bedingungen nämlich dafür ideal sein. Die Blitze werden nah genug sein, um angezogen werden zu können.»

«*Heute* Nacht?» Lisa merkte erst zu spät, dass sie das besser nicht gesagt hätte. Fanny hob fast unmerklich ihren Kopf.

«Korrekt. Eine bessere Gelegenheit werdet ihr fast nicht mehr bekommen.»

Lisa hätte gerade gerne mindestens tausend Fragen gestellt, aber Fannys Hinterteil hielt sie davon ab. Abgesehen davon war für heute Nacht überhaupt kein Gewitter gemeldet.

«Hast du das verstanden?» Mrs. Whitfields Stimme klang sehr nachdrücklich.

«Ja», sagte Lisa, obwohl sie eigentlich überhaupt nichts verstand.

Am liebsten hätte sie Fanny einen Tritt in den Hintern gegeben, so dass sie endlich ihre Fragen hätte loswerden können.

«Das ist vermutlich eine der letzten Gelegenheiten dieses Jahr», fügte Mrs. Whitfield hinzu. «Wenn ihr die jetzt nicht nutzt, müsst ihr womöglich mehrere Monate lang warten. Und denkt daran, was ich euch gesagt habe: Hütet euch unter allen Umständen vor Professor Ash. Ich meine das wirklich ernst! Er ist mehr an eurem Projekt interessiert, als ihr glaubt. Seht zu, dass er euch nicht beobachtet!»

«Okay.» Und ehe Lisa noch einmal Luft holen und eine weitere Frage stellen konnte, hatte Mrs. Whitfield schon aufgelegt.

Die Sache wurde immer rätselhafter.

Just in dem Moment machte Fanny den Schrank wieder zu und drehte sich zu Lisa um. «War das eure neue Lehrerin?»

«Ja … Na ja, die Vertretung für Geschichte.»

«Was wollte sie denn von dir?»

«Es … äh… geht um eine Hausaufgabe, die ich … äh … abliefern muss», sagte Lisa rasch.

«Aber wieso bis heute Nacht?» Fanny hatte genau aufgepasst.

«Äh … nein, es … äh … wir müssen nur … äh … Arbeitsgruppen bilden und uns bis heute Nacht entscheiden, mit wem wir zusammenarbeiten wollen. Tja, ich weiß auch nicht, warum sie gerade heute Nacht sagte. Wahrscheinlich, weil sie es bis morgen früh wissen muss», rettete sie sich schnell aus der Affäre.

«Oh. Hmm.» Fanny zuckte mit den Schultern. Lisa hoffte, dass sie endlich verschwinden würde. Sie musste dringend Zac anrufen und sich mit ihm für später bei der Tomsbridge verabreden. Erst danach konnte sie sich all den Fragen widmen, die in ihrem Kopf nach einer Antwort schrien. Aber wie sollte sie Zac mitteilen, dass sie heute

Nacht einen neuen Zeitreiseversuch starten mussten, während Fanny dabei war, den halben Schrank umzuräumen? Allzu lange konnte sie den Anruf auch nicht hinauszögern. Es war schon nach neun, und womöglich würde Zac ja noch etwas Zeit brauchen, um den Time Transmitter vorzubereiten und dorthin zu transportieren. Wieder wünschte sich Lisa, dass das Telefonkabel länger gewesen wäre und sie mit dem Apparat einfach in ihr Zimmer hätte verschwinden können …

«Ich muss rasch Zac anrufen und ihm das wegen der Gruppenarbeit mitteilen», verkündete sie.

«Aber selbstverständlich», sagte Fanny fröhlich und machte den Schrank wieder auf, um nun auch die andere Seite in Angriff zu nehmen.

*Blöde Kuh,* dachte Lisa, während sie Zacs Nummer wählte. Am anderen Ende meldete sich Doc Silverman.

«Lee», sagte er mit seiner tiefen Stimme. «Wie schön. Wir haben uns eine Weile nicht mehr gesehen. Ich bin erst Sonntagabend von meiner Reise zurückgekehrt.»

«Hi Doc. Ja, stimmt.» Lisa hätte sich gern noch weiter mit ihm unterhalten, doch das ging unmöglich mit einer Zuhörerin.

«Möchtest du Zac sprechen?» Doc Silverman schien offenbar zu spüren, dass Lisa zögerte.

«Ja, gern», sagte sie.

Eine Weile später war Zac am Apparat. «Hallo Lee. Ich bastle gerade an der Wetterstation. Mein Dad ist begeistert von der Sache, er glaubt, dass das Ganze wirklich funktionieren könnte …»

«Das trifft sich gut. Misses Whitfield hat mich nämlich grad angerufen. Wir … äh … müssen uns bis heute Nacht entschieden haben.» Sie hoffte, dass Zac den geheimen Code in ihren Worten entschlüsseln konnte.

«Was entschieden haben?»

Dummerweise war Zac zwar ein Genie in Physik, aber nicht der Hellste, wenn es galt, zwischen den Zeilen zu lesen. Er hatte ja auch ihre Spiele damals nie verstanden.

«Du weißt doch, das mit den Gewitterdaten!»

«Ja?» Jetzt war Zac auf einmal ganz Ohr.

«Das äh … ist heute Nacht.» Lisa sah, wie Fannys Bewegungen immer bedächtiger wurden und sie ihre Ohren immer mehr spitzte.

«Heute Nacht?» Jetzt hatte Zac es begriffen, und seine Stimme überschlug sich fast vor Begeisterung. «Dann müssen wir unbedingt loslegen. Hat sie dir eine Uhrzeit angegeben, wann das Gewitter auf dem Höhepunkt sein wird?»

«Punkt zwölf Uhr», sagte Lisa auf gut Glück und hoffte, dass sie das Fanny hinterher irgendwie verklickern konnte.

«Aber warte mal … heute ist doch überhaupt kein Gewitter gemeldet?» Zacs Stimme war immer noch gefährlich laut, und Lisa hoffte, dass Fanny seine Worte nicht durch den Hörer hindurch verstehen konnte.

«Misses Whitfield sagt, dass es so sei», meinte Lisa. «Ich denke, wir müssen einfach auf sie hören.»

«Okay. Kannst du um elf Uhr bei der Brücke sein?»

«Besser halb zwölf», sagte Lisa. Wenn sie Pech hatte, legten sich Fanny und Thomas erst kurz vor elf schlafen.

«Gut. Dann mach ich den Time Transmitter bis dahin klar. Dieses Mal wird es klappen! Ach, Lee, kannst du einen Schraubenzieher mitbringen? Ich find meinen nicht mehr.»

«Einen Schraubenzieher?» Lisa bemerkte zu spät, dass sie das besser auch wieder nicht laut ausgesprochen hätte. Fanny räumte gerade sehr sorgfältig ein Nahkästchen aus der hinterletzten Ecke des Schranks auf, das Lisas Meinung nach überhaupt nicht aufgeräumt werden musste.

«Ja. Ich muss die Antennen dieses Mal unbedingt besser festmachen.»

«Okay, alles klar, Zac, aber ich muss nun los, ich hab noch zu tun.» Lisa wollte nicht, dass Zac in noch mehr Begeisterungsstürme ausbrach. Fanny hatte schon genug mitgekriegt.

Nachdem Lisa den Hörer aufgelegt hatte, wurden Fannys Bewegungen wieder rascher, und wie durch Zauberhand schloss sie nun fröhlich die Schranktür.

«So, hätten wir mal wieder Ordnung gemacht», meinte sie gut gelaunt.

«Wie schön», sagte Lisa.

«Ja, was ist denn das nun für eine Hausaufgabe, die ihr bis heute um halb zwölf erledigt haben müsst? Ich hörte was von Gewitterdaten. Es wundert mich einfach?»

«Also, äh … es geht um … äh … Daten, die wir im Geschichtsbuch auswendig lernen müssen … die Tage, an denen es … äh … in Tomsborough gewittert hat. Dazu müssen wir … äh, eben Gruppen bilden. Bis morgen um halb zwölf.»

«Ich dachte, bis heute Nacht?» Fanny ließ nicht locker.

«Wir müssen uns bis heute Nacht entschieden haben und Misses Whitfield das bis morgen um halb zwölf mitteilen. Es geht eben um diese *Arbeitsgruppen.*» Sie hoffte, dass sie Fanny mit dem Zauberwort «Arbeitsgruppen» ablenken konnte.

Prompt reagierte Fanny auch darauf. «Arbeitsgruppen? Wie schön! Mit wem wirst du dich denn zusammentun?»

«Mit Zac und Britt …»

«Ach. Wie wäre es denn, wenn du mal jemand anders fragen würdest? Zum Beispiel die Mädchen aus deiner Klasse? Das wäre doch jetzt eine fabelhafte Gelegenheit, meinst du nicht?»

«Lieber nicht.» Lisa hoffte, dass Fanny endlich aufhören würde zu fragen. Sie wollte dringend zurück in ihr Zimmer.

«Schade. Aber Gewitterdaten aus dem Geschichtsbuch auswendig lernen? Lernt man so was in Geschichte? Und für was brauchst du einen Schraubenzieher?»

*Mist.*

«Weil wir … äh … wir … äh … ein Wetterexperiment machen. In Geschichte. Ja, die Geschichte des Wetters halt. Das nehmen wir eben grad durch.»

Jetzt kam Thomas aus der Küche. «Seltsamer Unterricht», bemerkte er. «Das klingt ziemlich unkonventionell. So was haben wir in Geschichte nicht gelernt. Höchstens in Erdkunde.»

«Ja, wir haben neuerdings Geschichte und Erdkunde zusammen.»

«Lee, du heckst nicht wieder irgendwas aus, oder? Und wer ist eigentlich diese Misses Whitfield?»

«Unsere Vertretung in Geschichte. Jaaaa, sie hat eine etwas merkwürdige Art zu unterrichten, aber … es ist wirklich lehrreich und … überhaupt … nicht langweilig.» Lisa drückte sich rasch an Thomas vorbei zum Wandschrank und holte einen Schraubenzieher raus.

«Hmm.» Thomas folgte ihr mit seinem Blick. «Was willst du denn mit dem Schraubenzieher?»

«Ich muss ihn morgen früh Zac mitbringen. Er will … etwas … äh … anschrauben.»

Fanny und Thomas waren nun komplett verwirrt.

«Er hat seinen eigenen Schraubenzieher verlegt. Ihr kennt doch Zac. Er ist manchmal etwas chaotisch.»

«Eben hast du noch gesagt, es sei für ein Wetterexperiment?»

«Ja, das auch.» Lisa hatte längst bemerkt, dass sie sich in ihrer Geschichte total verheddert hatte. «Aber Zac hat seinen eben verlegt. Deswegen.»

Thomas zog die Augenbrauen so weit hoch, dass seine Brille wieder nach vorne rutschte. «Es gefällt mir ganz und gar nicht, dass du ständig mit diesem verrückten Wissenschaftler rumhängst, Lee», sagte er. «Fanny hat wirklich recht: Wir müssen daran unbedingt etwas ändern. Du solltest mehr mit Mädchen zusammen sein. Das täte dir besser.»

Lisa wollte endlich mit diesem blöden Schraubenzieher in ihr Zimmer zurück. Doch da fiel ihr ein, was sie Thomas unbedingt noch fragen musste, auch wenn jetzt eindeutig der falsche Augenblick dafür war.

«Unsere Mutter ist definitiv gestorben damals in Vietnam, nicht wahr?»

«Selbstverständlich. Was soll denn diese Frage? Lee, ist alles in Ordnung mit dir?»

«Klar. Ich meine nur. Und sie hat auch nicht irgendwie eine Zwillingsschwester gehabt? Oder sonst eine Schwester?»

«Was ist denn das jetzt wieder für ein neues Hirngespinst? Stell dich doch endlich mal der Realität, Lisa.»

«Ich hab nur jemanden getroffen, der ihr sehr ähnlich sieht. Deswegen frag ich.»

«Lisa», sagte Thomas energisch. «Wenn das nicht endlich aufhört, müssen wir dich doch noch zum Psychiater schicken. Unsere Eltern sind tot. Beide. Punkt. Basta.»

«Sei doch nicht so hart, Thomas», beschwichtigte ihn Fanny. «Sie leidet darunter.»

«Trotzdem. Irgendwann muss man doch mal darüber hinweg sein.» Thomas schob seine Brille wieder hoch.

«Okay. Alles klar. Vergiss es. Dann geh ich jetzt mal an meine Hausaufgaben.» Lisa wollte an Thomas vorbei, doch der stellte sich ihr in den Weg und blickte streng auf sie runter. «Lee, irgendwas gefällt mir hier ganz und gar nicht. Was heckt ihr hier aus, du und Zac?»

«Ich sagte es doch: ein Wetterexperiment.»

«Da werde ich mich morgen aber mal in der Schule danach erkundigen», drohte Thomas. «Und ich werde auch Professor Ash anrufen und mit ihm darüber reden. Ihr habt doch morgen wieder Physik, nicht wahr? Er versteht sicher eine Menge von Wetterexperimenten.»

*Ach, du grüne Neune,* dachte Lisa. Gerade *das* musste sie doch unbedingt vermeiden!

«Nein! Tu das bloß nicht!», rief sie entsetzt.

«Aha? Verbergen wir da *doch* irgendwas?» Thomas sah seine Schwester durch seine funkelnden Brillengläser an.

«Nein, aber … du weißt doch, dass ich schon … genug Ärger hab und dass er … alles, was er nur findet, gegen mich verwenden wird

… also, ich möchte ja nicht noch einen weiteren Verweis kriegen oder so …»

«Wenn du dich korrekt verhältst, dann wird es keinen Grund für einen Verweis geben.» Thomas stemmte seine Hände in die Hüfte. «Ich werde mich auf *alle Fälle* mal bei ihm über dieses Projekt erkundigen.»

Lisa knirschte nervös mit den Zähnen. Verflixt noch mal! Jetzt war der Ärger definitiv vorprogrammiert. Und sie konnte nicht mal was dagegen tun. Mrs. Whitfield hatte sie nun schon zweimal vor Professor Ash gewarnt, und sie fühlte, dass sie diese Warnung ernst nehmen musste. Doch um dieses Dilemma würde sie sich wohl frühestens am nächsten Tag kümmern können. Jetzt musste sie es erst mal schaffen, um elf Uhr wieder unbemerkt zu verschwinden.

Als sie endlich in ihrem Zimmer war, packte sie rasch den Schraubenzieher und ihre Schuhe in den Rucksack, so dass sie nachher gleich losdüsen konnte. Wenn sich Fanny und Thomas bloß pünktlich schlafen legen würden!

Sie griff das Fotoalbum wieder auf und blätterte erneut darin. Sie suchte weiter nach einer Bestätigung für den Verdacht – oder noch besser gesag: für das Wunschdenken, das sich da so vage in ihre Gedanken geschlängelt hatte. Nämlich dass Mrs. Whitfield ihre Mutter sein könnte, die irgendwie doch überlebt hatte und einfach nur heimlich untergetaucht war. Zugegeben, sie hatte das selbst ziemlich absurd gefunden, aber wie hätte sie sich sonst diese verblüffende Ähnlichkeit erklären können?

Die andere Version war die, dass ihre Mutter noch irgendwo eine verschollene Schwester hatte. Aber dann wäre sie gleichzeitig auch die verschollene Schwester von Tante Sally gewesen …

Eins war jedenfalls klar: Mrs. Whitfield sah Lisas Mutter wirklich enorm ähnlich. Sogar das Alter mochte stimmen. Ihre Mutter wäre nun etwa fünfundvierzig gewesen. Lisa wusste zwar nicht, wie alt Mrs. Whitfield war, aber es konnte durchaus in diesem Bereich sein. Sie hatte sogar dieselben mahagonibraunen Haare. Allerdings gab es dabei einen Haken. Wenn Mrs. Whitfield – entgegen aller Wahrscheinlichkeit natürlich – tatsächlich ihre Mutter war: Wann hatte sie sich denn je mit Informatik und Physik beschäftigt? Und würde ihre Mutter wirklich mit so einer abartigen Frisur rumlaufen, die aussah wie eine angeklebte Perücke? Und dazu mit so einer hässlichen Hornbrille? Aber wissen konnte man das natürlich nicht, außerdem hatte ihre Mutter auf den Fotos, die noch aus den Sechziger- und Siebzigerjahren stammten, wirklich eine ziemlich affige Frisur gehabt!

Lisa gab es auf, das Rätsel lösen zu wollen. Vielleicht würde Mrs. Whitfield ihr eines Tages ja selbst sagen, wer sie wirklich war.

Sie ging zum Fenster und spähte hinaus. Der Himmel war sternenklar. Von einem Gewitter keine Spur. Eins war sicher: Sollte es in dieser Nacht wirklich gewittern, war diese Mrs. Whitfield das geheimnisvollste Wesen, das ihr je begegnet war.

Kapitel 13

# Mehr Zeit als geplant

Lisa stand an der Tür und lauschte, als Fanny und Thomas endlich ins Bett gingen. Sie hoffte, dass sie wegen des Telefonats vorhin nicht irgendwelche Pläne geschmiedet hatten, sie zu beschatten, aber sie machten keine Anstalten, länger aufzubleiben als nötig.

Dieses Mal musste Lisa besonders leise sein. Sie hatte ja nicht die Zeit, abzuwarten, bis Thomas und Fanny sicher eingeschlafen waren. Zum Glück hatte sie alles gut vorbereitet, und es regte sich auch nichts im Haus, als sie sich davonschlich.

Als sie auf dem Skateboard Richtung Tomsbridge Valley fuhr, fühlte sie einen ziemlich starken Gegenwind, der sie fast vom Skateboard pustete. Sie schaute kurz gen Himmel und stellte fest, dass sich tatsächlich Wolken gebildet hatten. Und als sie später mit dem Skateboard unter den Arm die Auffahrt zur Schule hochging, fielen die ersten Regentropfen.

Mist, an einen Regenschirm oder Regenschutz hatte sie dieses Mal natürlich nicht gedacht! Aber wenn sie ganz ehrlich war, hatte sie insgeheim auch nicht so richtig an dieses Gewitter geglaubt.

Sie rannte durch das Dickicht und kletterte wie letztes Mal über den Maschendrahtzaun. Während sie die Böschung zum Fluss hinunterkraxelte, pfiff ihr der Wind um die Ohren und am Himmel zuckten die ersten Blitze, in deren Licht der Mercedes von Silvermans unten beim Ufer deutlich zu sehen war.

Zac war schon auf dem Felsen. Sie sah ihn mit der Taschenlampe herumfuchteln und an den Antennen werkeln. Als sie auf den Felsen zulief, stellte sich ihr auf einmal ein großer Mann in den Weg.

«Lee, bist du das?»

Lisa erschrak zutiefst, doch dann erkannte sie die warme, beruhigende Stimme von Doc Silverman und atmete erleichtert auf.

«Ja, ich bin's. Hallo Doc. Schön, Sie zu sehen.»

«Ich musste mir natürlich unbedingt ansehen, was mein Sohn da erfunden hat», sagte Doc Silverman. «Wenn das tatsächlich funktioniert, ist das ja ein absoluter Durchbruch für die Wissenschaft.»

Lisa konnte in der Dunkelheit nur die Umrisse von Doc Silverman sehen. Er sah genauso aus wie Zac, nur etwa fünfunddreißig Jahre älter und ein paar Zentimeter kleiner, und wenn Lisa die beiden nebeneinander betrachtete, konnte sie schon mit ziemlicher Gewissheit voraussagen, wie Zac einmal in dreißig Jahren aussehen würde. Sogar die stahlblauen Augen waren dieselben, nur dass die von Doc Silverman hinter Brillengläsern waren.

«Dad!», rief Zac von oben. «Ich glaub, wir müssen uns langsam beeilen! Wo ist Lee?»

«Sie ist hier!»

«Ich brauch unbedingt den Schraubenzieher!»

Beide, Lisa und Doc Silverman, kletterten zu Zac hinauf. Lisa überreichte ihm den Schraubenzieher. Während er sich an dem Apparat zu schaffen machte, blickte Doc Silverman zu der Brücke rüber. Der Wind wirbelte das Wasser des Flusses bei den Brückenpfeilern auf.

«Ich habe ja schon lange mit der Theorie von einem Wurmloch oder einem Zeitportal bei der Brücke geliebäugelt», gestand er. «Jetzt bin ich wirklich gespannt. Auf wie viele Minuten stellst du den Time Transmitter ein, Zac?»

«Hier», sagte Zac und leuchtete mit der Taschenlampe auf die beiden Zähler. «Ich werde die Uhr auf fünf nach zwölf stellen. Wenn das Gewitter tatsächlich um Mitternacht auf seinem Höhepunkt sein wird, dann sollte es möglich sein, die Zeitversetzung Punkt zwölf zu starten. Dann wird Lisa genau fünf Minuten in die Zukunft versetzt werden.»

«Mal eine Frage», unterbrach Lisa. «Falls ich fünf Minuten in die Zukunft springe, werde ich dann nicht plötzlich zweimal hier sein? Einmal als die Lisa von jetzt und ein zweites Mal als die Lisa, die ich in fünf Minuten sein werde?»

«Das ist eine gute Frage», meinte Doc Silverman. «Ich hab ja schon gesagt, Zachary, dass du das Ganze eigentlich mit etwas anderem testen solltest. Wir können nicht einfach unsere Lisa auf ein so waghalsiges Experiment schicken.»

«Ich weiß nicht, mit was ich sonst testen könnte», gestand Zac. «Ein Hund oder sonst ein Tier wäre zu leicht. Ich brauche ein gewisses Körpergewicht und eine gewisse Geschwindigkeit.»

«Wie wär's mit einem Pferd?»

«Woher soll ich denn ein Pferd kriegen, Dad?»

«Ach, das hätte man schon auftreiben können. Aber gut. Ich bin sowieso kein Freund von Tierversuchen. Ein Gegenstand wäre ja eigentlich am besten.»

«Das geht nicht. Wie gesagt, ich brauche eine gewisse Masse und Geschwindigkeit. Jemand muss sich durch dieses Wurmloch hindurchbewegen können. Mir bleibt ja fast nichts anderes übrig, als es an einem Menschen zu testen …»

«Zachary, solche Sachen musst du dir wirklich im Vorfeld besser überlegen. Das gehört zur Wissenschaft. Dann hätte man irgendwas austüfteln können.»

«Sorry, Dad …»

«Wie wär's mit dem Auto?», schlug Doc Silverman vor, verwarf die Idee jedoch gleich wieder. «Ach nein, diese alte Steinbrücke würde das Gewicht des Wagens natürlich nicht aushalten. Und jemand muss den Wagen ja auch fahren …»

«Das hab ich mir doch alles auch schon überlegt!», beteuerte Zac.

«Aber dann teste es lieber an mir», meinte der Doc. «Ich kann nicht zulassen, dass wir Lisa in Gefahr bringen.»

«Nein, dich brauche ich hier, Dad! Du musst die Antennen festhalten. Die biegen sich sonst immer durch.»

«Warum hast du keine Vorrichtung erstellt, mit der du sie vernünftig stützen kannst, Zachary?»

«Ich hatte doch gar keine Zeit mehr. Ich wusste ja nicht, dass wir das schon so schnell wieder testen können. Außerdem hab ich den Schraubenzieher nicht mehr gefunden. Ich versuch ja hier eine Notvorrichtung anzubringen, aber ich weiß nicht genau, ob es klappt.»

«Dabei hatten wir bestimmt mal mindestens hundert Schraubenzieher zuhause …», murmelte der Doc. «Bin ja gespannt, wo die irgendwann alle mal wieder zum Vorschein kommen. Übrigens, Lee, wer ist denn diese Misses Whitfield überhaupt, die so viel über das Wetter weiß?»

«Unsere neue Geschichtslehrerin.» Lisa blickte nachdenklich zu der Brücke rüber. Sie glaubte sowieso immer noch nicht richtig daran, dass das wirklich klappen würde. So wackelig, wie Zacs Apparat aussah, würde der doch niemals in der Lage sein, sie auch nur eine Sekunde in die Zukunft zu versetzen.

«Ich dachte nur. Ich würde mich gern mal mit ihr unterhalten. Sie scheint über einiges Wissen zu verfügen.» Er holte tief Luft und sah dann Lisa an.

«Lee, es ist mir wirklich nicht geheuer, dich an einem derartigen Experiment teilhaben zu lassen», sagte er. «So etwas müsste man viel gründlicher erforschen und zuerst an einem Gegenstand testen.»

«Aber es geht nicht anders», sagte Lisa, die genau wusste, wie enttäuscht Zac sein würde, wenn es dieses Mal wieder nicht klappen würde. «Außerdem hat Zac ja schon so lange daran rumgeforscht. Mir wird bestimmt nichts passieren …» Es war seltsam, aber sie hatte durch Mrs. Whitfields Enthusiasmus für das Thema Zeitreisen tatsächlich selbst Mut geschöpft. Aus irgendeinem ihr unerklärlichen Grund vertraute sie dieser Lehrerin.

Doc Silverman blickte zu seinem Sohn, der verbissen mit dem Schraubenzieher an den Antennen herumhantierte.

«Ich weiß nicht so recht. Mein Sohn mag zwar ein Genie sein, aber manchmal sieht er das Gefahrenpotenzial nicht», meinte er zweifelnd.

«Keine Angst, Dad, ihr wird nichts passieren!» Zac hob beschwichtigend eine Hand. «Wenn der Blitz von der Antenne eingefangen wird, wird die Energie gesammelt und von den Dioden als gebündelter Zeitstrahl präzise durch den Brückenbogen gesendet, sobald ich den Knopf drücke. Und das Band wird den Zähler dann genau bei 00:05 stoppen. Wenn Lisa über die Brücke läuft, wird sie höchstens einen Sog merken, mehr nicht.»

«Hoffen wir es!» Doc Silvermans Miene wirkte sehr bekümmert. Lisa fühlte, dass er stark zwischen seiner Neugier für dieses Experiment und seinem Verantwortungsbewusstsein hin- und herschwankte.

Lisa schaute zum Himmel empor. Der Regen wurde stärker und begann auf ihr Gesicht zu prasseln. Das Rumpeln des Donners wurde lauter. Das Gewitter kam tatsächlich näher. Ein bisschen komisch war ihr nun schon zumute.

«Ich bin dafür, dass ich an deiner Stelle gehe», entschied Doc Silverman. «Ich kann das nicht zulassen. Ich bin ein verantwortungsbewusster Wissenschaftler. Ich kann nicht einfach ein sechzehnjähriges Mädchen durch ein nicht wirklich erforschtes Zeitportal laufen lassen.»

«Dad», jammerte Zac. «Ich will doch auch nicht, dass Lee was passiert. Aber – es ist noch viel gefährlicher, die Antennen festzuhalten. Wegen möglichem Stromschlag. Und jemand *muss* sie festhalten.»

Doc Silverman seufzte kopfschüttelnd auf. Aber er und Zac waren trotz allem zu sehr mit Leib und Seele Wissenschaftler, um so ein Experiment einfach sausenzulassen.

«Ach, Doc …» Lisa zuckte mit den Schultern. «Lassen Sie es uns doch einfach probieren. Es wird schon klappen.» Sie wollte Zac diese Freude so gerne gönnen. Und sie fühlte einfach, dass es wichtig war …

«Genau! Dieses Mal wird es garantiert klappen!», strahlte Zac, während der Wind ihm das lange Haar um die Ohren blies.

Doc Silverman war immer noch kritisch. Doch schließlich schien seine Neugier zu gewinnen. Er trat zu Lisa und legte ihr seinen Parka um die Schultern.

«Nimm wenigstens meinen Regenschutz. Sonst wirst du ja ganz nass.»

«Das bin ich eh schon, aber danke.» Schnell schlüpfte Lisa in die Ärmel, die ihr natürlich viel zu lang waren. «Keine Angst. Mir wird schon nichts passieren.» Sie fürchtete sich viel mehr vor dem Ärger, der vermutlich am nächsten Tag auf sie warten würde, als davor, über die Brücke zu laufen. In dem viel zu großen Parka gesellte sie sich zu Zac, der sich an dem Zähler zu schaffen machte, und blickte ihm über die Schulter.

«Also, wir haben heute den 6. September 1989», murmelte er und stellte auf dem oberen Zähler die Zahl 19890906 ein. Auf dem unteren Zähler stellte er 00050000 ein. «Null Uhr nullfünf und null Sekunden und null Zehntelsekunden», strahlte er.

«Super, Zac, aber … wäre das dann nicht der 7. September? Gesetzt den Fall, ich reise um Mitternacht ab und komme fünf Minuten nach Mitternacht an, müsste das doch der 7. September sein?»

«Oh. Stimmt!» Zac wirkte verlegen und schob die letzte Ziffer des oberen Zählers auf 7.

«Ich meine ja nur. Sonst reise ich am Ende einen ganzen Tag zurück in der Zeit.»

«Das geht eben leider noch nicht», murmelte Zac. «Uff, da hätten wir fast ein Paradoxon ausgelöst.» Er blickte auf seine Armbanduhr. «Noch fünf Minuten! Los, Lee, du musst sofort rüber zur Brücke, damit du dann bereit bist. Ich versuch Punkt zwölf Uhr das Wurmloch zu öffnen. Dad, du musst jetzt langsam die Antennen festhalten!»

Doc Silverman machte sich bereit. Er zog Isolierhandschuhe an, die er zu diesem Zweck mitgebracht hatte.

Zac rückte den Time Transmitter zurecht, so dass er stabil in der Sandkuhle stand. Genau in dieser Sekunde zuckte ein Blitz am Himmel auf, dem nur zwei Sekunden später ein krachender Donner folgte.

Doc Silverman legte seine großen Hände um die beiden Antennen. Er rüttelte ein bisschen daran und prüfte, ob sie fest genug saßen.

«Ich bete wirklich, dass das gut geht», murmelte er. «Lee ... ob das wirklich eine gute Idee ist? Ich glaube, wir sollten wirklich nicht ...»

«Ach was, ich geh jetzt!» Lisa hatte keine Lust mehr auf weitere Diskussionen. Sie wollte es endlich hinter sich bringen, damit sie dann auch rechtzeitig wieder ins Bett konnte. An einem Donnerstag unausgeschlafen in der Schule zu erscheinen, war keine gute Idee. Ehe Doc Silverman sie aufhalten konnte, begann sie hastig vom Felsen zu klettern. Sie hörte, wie Zac währenddessen den Time Transmitter anschaltete, der mit einem lauten Surren zum Leben erwachte.

«Lisa!» Zacs eindringliche Stimme ließ sie einen Augenblick innehalten. «Fast hätte ich's vergessen: Ich hab oben auf der Brücke einen weißen runden Stein als Markierung hingelegt! Beim ersten Pfeiler. Du startest von dort aus. Ich geb dir mit der Taschenlampe ein Zeichen, wann du anfangen musst zu laufen!»

«Alles klar!», rief Lisa durch den Wind.

«Nein! Lee! Lisa! Komm zurück!» Doc Silverman winkte ihr plötzlich zu. «Lass uns das abbrechen! Ich bitte dich! Ich kann das nicht verantworten!»

«I wo! Ich schaffe das! Machen Sie sich keine Sorgen, Doc!» Lisa wusste selbst immer noch nicht so genau, was sie dermaßen vorwärts trieb, sich freiwillig in Gefahr zu begeben. Aber aus irgendeinem Grund wollte sie das Experiment um jeden Preis durchführen. Es war fast so, als würde sie es für sich selbst tun. Und ehe Doc Silverman sie aufhalten konnte, hatte sie sich bereits wieder umgedreht, bereit, vorwärtszustreben.

Es war gar nicht so einfach, sich durch den immer stärker werdenden Sturm einen Weg hinüber zur Brücke zu bahnen, zumal auch das hohe Schilfgras sich im Wind neigte und ihr ständig ins Gesicht peitschte. Dabei kam ihr zudem der große Parka von Doc Silverman in die Quere. Sie zog ihn kurzerhand aus und klemmte ihn unter den Arm. Ihre Kleider waren eh schon so nass, dass sie an ihrem Körper klebten. Sie fror, doch beschloss, nicht darauf zu achten. In fünf Minuten würde das Experiment sowieso vorbei sein, und dann würde Doc Silverman sie bestimmt mit dem Auto nach Hause fahren …

Ihr war nun doch ziemlich bange zumute, als sie dieses Mal so ganz allein über die Absperrung der Brücke klettern musste. Je weiter sie hinaufging, umso stärker fühlte sie wieder diesen merkwürdigen Sog, der sich anfühlte, als würden irgendwelche Gravitationskräfte gegeneinander zu einem Duell antreten. Sie fand den weißen runden Stein, den Zac als Markierung aufgestellt hatte und stellte sich genau dort bereit. Den Parka warf sie kurz entschlossen auf den Boden, damit er sie beim Laufen nicht behindern würde. Ihre

Haare trieften vor Nässe und hingen ihr wirr ins Gesicht. Sie musste sie zur Seite streichen, um überhaupt etwas sehen zu können.

Mehrere Blitze durchzuckten den Himmel, begleitet von einem fast permanenten Donnergrollen, und Lisa konnte von weitem erkennen, wie die Blitze die Luft um den Time Transmitter zum Leuchten brachten und dass zwischen den beiden Antennen Mini-Blitze hin- und hersprangen. Ein blauer Strahl schoss nun aus der Linse des Projektors und hüllte die Brücke in bläuliches Licht. Die Dioden hatten sich in Gang gesetzt. Fast gleichzeitig fühlte es sich an, als würde sich eine unsichtbare Wand vor ihr aufbauen. Feine Wellen wurden nun in der bläulichen Luft sichtbar.

Lisa wartete auf das Zeichen, und da leuchtete Zacs Taschenlampe auf. Einmal, zweimal, dreimal. Sie begann zu rennen. Das Letzte, woran sie denken konnte, war, dass sie komplett verrückt sein musste, so was zu tun, ehe ein unsichtbarer Strudel sie erfasste und erst regelrecht zu zerquetschen und dann wieder auseinanderzureißen drohte. Sie versuchte verzweifelt, das Gleichgewicht zu halten und weiterzulaufen, als sie auf einmal wie durch ein unsichtbares Loch gesogen wurde. Plötzlich schienen ihre Füße nicht mehr auf dem Boden zu sein, sondern in der Luft, obwohl sie immer noch die Steine unter ihren Schuhsohlen spüren konnte. Sie fühlte, wie immens stark der Wind auf einmal war, und sie hatte einen Augenblick lang Angst, er würde sie irgendwie über die Brücke werfen.

Und auf einmal war ihr, als würde sie wieder aus dem Loch ausgespuckt werden. Sie landete durch den Stoß unsanft auf dem Boden und schlug sich dabei das Knie an. Vorsichtig rappelte sie sich wieder auf und blickte sich um. Das blaue Licht vom Time Transmitter war aus. Und seltsamerweise hatte es auch aufgehört zu regnen und zu donnern und zu blitzen. Nur ein paar vereinzelte Wolken hingen am Himmel, angestrahlt von einem schönen Halbmond.

Lisa blickte an sich runter und sah, dass die Jeans an ihrem linken Knie gerissen und ihr Knie aufgeschürft war. Sie würde einen weiteren Sticker draufnähen müssen. Schwankend tappte sie ein paar Schritte zurück. Der Sog hatte aufgehört, und alles um sie herum wirkte schon beinahe gespenstisch still. Sie suchte den Parka, den sie vorhin auf den Boden geschmissen hatte, doch der war weg. Vermutlich hatte der Wind ihn über die Brücke geblasen. Das war die einzige Erklärung, die sie dafür hatte. Sie warf einen Blick hinunter auf den Fluss, doch dort war nirgendwo etwas von einem Parka zu erkennen. In dieser Dunkelheit sowieso nicht. Etwas ratlos beeilte sie sich, wieder von der Brücke zu kommen und zu Zac und Doc Silverman zurückzukehren.

Sie kämpfte sich durch die Gräser und das Gestrüpp zurück zum Felsen. Doch je näher sie kam, umso mehr verstärkte sich das Gefühl in ihr, dass sie hier ganz allein im Valley war.

«Zac? Doc?», rief sie, doch ihre Befürchtungen bestätigten sich: Sie erhielt keine Antwort.

Ziemlich erschöpft erreichte sie schließlich den Felsen und krabbelte daran hoch.

«Zac! Doc?»

Doch nur dunkle, schwarze Stille umgab sie. Es war, als wären Zac und Doc Silverman überhaupt nie da gewesen.

«Zac? Zac, bist du hier?»

Sie erreichte die Stelle, an der eigentlich der Time Transmitter hätte stehen sollen, doch hier stand rein gar nichts. Nur die verlassene Kuhle.

«Zac?»

Das konnte doch nicht sein! Lisa schob die Zweige der paar wenigen Büsche auf dem Felsen auseinander. Zac und Doc Silverman würden sich doch nicht einfach versteckt haben?

Sie wagte einen Blick auf ihre Armbanduhr. Die zeigte zehn Minuten nach Mitternacht. So viel Zeit war doch gar nicht vergangen? Doch gleichzeitig wurde ihr klar, dass, wenn tatsächlich *mehr* Zeit als angenommen vergangen war, dies auf ihrer Armbanduhr nicht ersichtlich sein würde. Denn dass irgendeine Zeitverschiebung stattgefunden hatte, wurde Lisa je länger je mehr klar. Das mochte auch die Erklärung dafür sein, dass das Gewitter so plötzlich verschwunden war.

Alle Fragen in ihrem Kopf schrumpften allmählich nur noch zu einer einzigen zusammen: *Wann* war sie?

Doc Silverman und Zac waren weg, auch das Auto war weg, und als sie wieder unten im Gras stand und sich ihr Skateboard und ihren Rucksack schnappen wollte, stellte sie fest, dass auch diese weg waren.

Langsam aber sicher bekam sie es mit der Angst zu tun. Sie war in der Zeit gereist, so viel war ihr klar, aber sie hatte keinen Schimmer, wie weit sie gereist war. Einen Tag, eine Woche, ein Jahr oder gar hundert Jahre?

Mittlerweile doch recht durchgefroren in den nassen Klamotten, kletterte sie den Hang hoch und kämpfte sich über den Maschendrahtzaun zurück auf die Straße. Ihr fiel ein Stein vom Herzen, als sie das Schulgebäude ziemlich unverändert vorfand. Der Zeitsprung konnte zumindest nicht Jahrzehnte betragen haben. Es sah alles noch genau so aus, wie sie es kannte.

Schnell lief sie zur Einfahrt. Da entdeckte sie ein großes Plakat über dem Haupteingang des Schulgebäudes. Die schwachen Straßenlaternen beleuchteten es gerade so weit, dass sie es entziffern konnte: GROSSER HERBSTBALL, stand darauf, und darunter das Datum: FREITAG, 15. SEPTEMBER. Wenigstens reduzierte sich damit die Wahrscheinlichkeit, dass sie mehrere Jahre in die Zukunft gereist war, nochmals um ein Vielfaches. Zumindest würde dieses Jahr der 15. September auf den Freitag fallen, so viel wusste sie. Allerdings wäre sie froh gewesen, wenn der Depp, der das Plakat gemalt hatte, auch die Jahreszahl dazu geschrieben hätte! Dann wäre sie ganz sicher gewesen, noch im Jahr 1989 zu sein. Sie konnte sich jedoch nicht daran erinnern, dass das Plakat gestern Vormittag schon dagewesen war. Entweder hatten sie es im Laufe des Abends aufgehängt, oder aber …

Auf einmal hörte sie Schritte hinter sich. Sie wirbelte herum und wurde von einer Taschenlampe ziemlich brutal geblendet. Eine Sekunde lang glaubte sie, dass es Doc Silverman war, weil sie die Umrisse eines großen Mannes hinter dem Lichtkegel erblickte, doch als sich ihre Augen ein wenig den Lichtverhältnissen angepasst hatten, erkannte sie, dass es zwei Männer in Uniform waren. Sie hielt sich die Hand vor ihr Gesicht, um sich vor dem grellen Licht zu schützen.

«Sind Sie Miss Lambridge?»

«Ja …», stammelte sie und zog die Hand wieder weg. Einer der Wachmänner, der Große, den sie für Doc Silverman gehalten hatte, hielt sie am Arm fest.

«Wir suchen Sie schon seit einer ganzen Weile! Die Beschreibung des vermissten Mädchens trifft genau auf Sie zu.»

«Vermisst?» Lisa runzelte die Stirn.

«Natürlich. Sie waren besorgniserregend lange verschwunden. Man hat angenommen, Sie seien im Fluss ertrunken. Wir haben das ganze Gelände nach Ihnen abgesucht.» Der Polizist sah an ihr runter und bemerkte offenbar die nassen Klamotten.

«Ich …» Lisa wusste nicht, was sie sagen sollte.

Der Wachtmeister wechselte einen Blick mit seinem Kollegen. «Es scheint, wir haben sie gefunden.»

«Warten Sie … was …?»

«Ist alles in Ordnung mit Ihnen?» Der große Wachmann beugte sich besorgt zu ihr vor. «Sie sind ja völlig durchnässt. Sind Sie durch den Fluss geschwommen?»

Lisa hatte immer noch keinen blassen Schimmer, was sie ihm antworten sollte.

«Nein, Sir … es hat geregnet …»

Der Beamte blickte zum Himmel und dann wieder auf Lisa runter. «Also, soweit mir bekannt ist, hatten wir heute ausnahmslos trockenes Wetter.» Er leuchtete ihr wieder mit der Taschenlampe ins Gesicht, als müsste er sie genauer untersuchen.

«Wissen Sie, was heute für ein Tag ist, Miss?»

Nein, eben *genau das* wusste Lisa nicht. Das war so ziemlich *die* Frage, die sie selbst am allermeisten interessierte. Sie versuchte es auf gut Glück: «Der … 7. September?»

«Hmm.» Die beiden Polizisten wechselten wieder einen vielsagenden Blick. Lisa begann zu ahnen, dass sie ziemlich in der Klemme steckte.

«Stimmt das etwa nicht?», fragte sie kleinlaut.

«Wir haben den 9. September», sagte der Wachmann ernst.

«9. September … wie viel?»

«Was wie viel?»

«Das Jahr …?»

«1989 natürlich.» Der Polizist runzelte kritisch die Stirn. «Sagen Sie mal, Miss, Sie haben doch nicht etwa irgendwelche Drogen genommen?»

«Nein …» Lisa war trotz dieses ganzen Dilemmas erst mal erleichtert. Sie war immerhin nur zwei Tage in der Zukunft gelandet und nicht mehrere Jahre. Allein das war schon heftig genug, aber damit konnte man fertigwerden.

Doch erst mal musste sie zusehen, wie sie sich wieder aus dieser Situation hinausmanövrierte.

«Also … dann haben Sie mich ja gefunden. Dann kann ich jetzt nach Hause gehen, oder?», sagte sie so heiter wie möglich.

Doch so einfach, wie sie sich das vorgestellt hatte, war es nicht.

«Einen Moment, bitte.» Der Wachtmeister legte ihr seine große Pranke auf die Schulter. «Das geht nicht. Sie müssen erst mal mitkommen. Wir müssen Sie zuallererst in die Ambulanz bringen, damit wir feststellen können, ob mit Ihnen alles in Ordnung ist. Und danach müssen wir ein paar Sachen fürs Protokoll wissen.»

Lisa blieb nichts anderes übrig, als mit den Polizisten ins Auto zu steigen. Dabei wünschte sie sich doch nichts sehnlicher, als sich endlich aus diesen nassen Klamotten befreien zu können und einfach nur ins warme Bett zu kommen.

Auf der Fahrt ins Stadtzentrum versuchte sie in ihrem Kopf zu rekapitulieren, was wirklich geschehen war. Erst einmal war da die Tatsache, dass das Zeitreiseexperiment offenbar funktioniert hatte! Allerdings wusste sie noch nicht so richtig, ob sie darüber begeistert sein sollte oder nicht. Wenn das nun weitere solche tollkühnen Experimente nach sich ziehen würde, dann wusste sie nicht, ob sie da noch weiter mitmachen wollte.

Die zweite Tatsache war, dass trotz des Gelingens irgendetwas ziemlich arg schiefgelaufen sein musste, da sie nicht fünf Minuten, sondern zwei Tage in die Zukunft versetzt worden war. Das bestätigte ihr auch das Datum auf der Leuchtreklame des «Tomsborough Telegraph», das auf dessen Tower in roten Lichtbuchstaben abwechselnd mit der Uhrzeit aufblinkte:

**SAMSTAG, 9. SEPTEMBER 1989**

**1:34 AM.**

Lisa verglich die Uhrzeit der Anzeige mit ihrer Armbanduhr. Diese zeigte erst halb eins. Die Zeitversetzung musste also ziemlich planlos verlaufen sein. Sie war nicht exakt zwei Tage, sondern zwei Tage plus ungefähr eine Stunde in die Zukunft versetzt worden. Fast wirkte es so, als hätte Zac aus irgendeinem Grund den Zähler nicht mehr stoppen können.

Sie gähnte müde. Das Warum und Wieso würde sie wohl erst später erfahren. Sie rollte sich erschöpft auf dem Sitz zusammen und schloss die Augen, um schon mal eine Mütze voll Schlaf zu kriegen. Wer wusste, was die noch alles von ihr wollten, bevor sie endlich ins Bett durfte!

Im Halbschlaf vernahm sie, wie der Beamte am Steuer via Funkanlage mit der Polizeiwache sprach.

«Sie ist wohlauf, aber sie scheint unter Gedächtnisschwund zu leiden. Sie konnte sich nicht erinnern, welchen Tag wir heute haben. Sie scheint auch ziemlich verwirrt bezüglich der vergangenen beiden Tage zu sein und hatte offenbar keine Ahnung, dass sie vermisst wurde. Ihre Kleider sind ganz durchnässt, wir gehen also davon aus, dass sie aus irgendeinem Grund im Fluss gewesen ist. Wir bringen sie jetzt in die Ambulanz zur Untersuchung. Sie können schon mal die Verwandten benachrichtigen, dass wir sie gefunden haben.»

Lisa riss die Augen wieder auf und schoss vom Sitz hoch. Mit Schrecken dachte sie an Thomas und Fanny. Und an Zac und Doc Silverman. Und an Britt. Sie alle mussten sich ja entsetzliche Sorgen gemacht haben! Erst jetzt wurde ihr das volle Ausmaß der Katastrophe bewusst, in die sie da geschlittert war!

Das Polizeiauto hielt vor dem Saint Claire's Hospital. Der große Beamte öffnete Lisa die Tür und packte sie gleich am Arm, nachdem sie ausgestiegen war. Doch Lisa hatte nicht mal im Sinn gehabt, wegzulaufen. Sie sehnte sich so sehr danach, endlich ins Trockene und Warme zu kommen, dass sie keinen Aufstand machen wollte. Außerdem war ihr sowieso klar, dass das nichts bringen würde.

Sie ließ sich von dem Wachtmeister in das Gebäude und zum Empfang schieben und wartete geduldig, bis die Nachtwache hinter der Theke alle Angaben zu Protokoll gebracht hatte. Danach wurde sie von einer Krankenschwester in einen Raum geführt, in dem sie sich erst mal duschen und trockene Klamotten anziehen durfte. Wenigstens etwas. Die warme Dusche war eine Wohltat, und als sie später in das weiße und trockene Nachthemd stieg, das man ihr bereitgelegt hatte, fühlte sich ihr Kopf wieder etwas klarer an.

Nachdem sie fertig war, brachte die Krankenschwester sie in einen anderen Raum, in dem bereits ein Arzt auf sie wartete.

Lisa musste sich auf eine Liege legen. Der Arzt begann, ihr mit einer lästig hellen Lampe in die Augen zu leuchten und sie von Kopf bis Fuß gründlich zu untersuchen. Er nahm ihr Blut ab und schickte sie zur Toilette, um Wasser zu lassen. Lisa erledigte mechanisch alles, was er ihr auftrug, und hoffte, dass er endlich fertig würde mit seinen Untersuchungen.

«Also, Miss Lambridge, man sagt mir, Sie können sich nicht an die letzten beiden Tage erinnern?»

«Doch», sagte Lisa schnell. «Ich … ich war draußen.»

«Was haben Sie draußen gemacht?» Der Arzt schrieb sich etwas in seinem Notizblock auf.

«Ich …» Lisas Kopf arbeitete fieberhaft. Ihr war klar, dass sie eine ziemlich gute Erklärung für ihr Verschwinden liefern musste und dass Zeitreisen bestimmt *nicht* die geeignete Erklärung war.

«Ich habe … ich wollte … campieren.»

«Campieren? Dort unten? Und wieso waren Sie nass? Sie müssen entweder im Fluss gebadet haben oder reingefallen sein.»

«Ja … ich … äh … habe ein kurzes Bad genommen.»

«In Ihren Kleidern?»

«Ehm …» Mist. Wieso musste sie sich dauernd aus irgendeiner verworrenen Sache herausreden? Das war schon das zweite Mal in dieser Nacht. Jedenfalls aus ihrer Sicht, für alle anderen lagen ja zwei Tage dazwischen.

«Miss Lambridge.» Der Arzt sah sie mit einem freundlichen, aber zugleich auch sehr besorgten Blick an. «Sagen Sie mir einfach, wie es war. Ich werde nicht mit Ihnen schimpfen. Wir werden es eh im Blut und im Urin feststellen können. War es LSD? Kokain? Oder sonst irgendwas?»

«Nein. Keine Drogen.»

Der Arzt seufzte. Er stand auf und ging zum Telefon. Er wählte eine Nummer und wartete.

«Sind die Ergebnisse schon da? Ja? Keine Spuren … nein? Nun gut.

Ich versuche, der Sache auf den Grund zu kommen. Danke.» Er legte auf und wandte sich Lisa wieder zu.

«Also gut. Anscheinend keine Drogen.» Er setzte sich wieder. «Was immer es auch war, die genaue Ursache zu ermitteln wird Sache der Polizei sein. Ich bin lediglich für Ihre Gesundheit verantwortlich. Da Ihnen offenbar körperlich nichts fehlt, muss die Sache psychischer Natur sein. Gibt es irgendetwas, wovor Sie sich verstecken wollten? Etwas, das Sie niemandem sagen möchten?»

Lisa überlegte, ob sie nicht doch einfach die Wahrheit sagen sollte. Ihr wurde zusehends klar, dass sie Gefahr lief, in die Psychiatrie gesteckt zu werden. Aber die Wahrheit hörte sich ja noch viel verrückter an. Das wäre dann endgültig der Gratiseintritt für die Nervenheilanstalt. Ach, wenn man ihr doch nur Zeit geben würde, sich eine glaubwürdige Geschichte auszudenken …

«Ich bin furchtbar müde. Kann ich mich nicht endlich schlafen legen? Am Morgen bin ich vielleicht klarer im Kopf und kann … die Sache besser erklären.»

Das leuchtete dem Arzt offenbar ein. «Nun gut. Lassen wir die Sache erst mal auf sich beruhen. Körperlich fehlt Ihnen offenbar nichts. Allerdings bestätigt sich mir mehr und mehr der Verdacht eines Gedächtnisschwunds. Sie werden morgen um zehn zu der Polizeiwache gebracht. Dort wird man Sie um weitere Auskünfte bitten.»

«Warten Sie, was heißt das? Kann ich jetzt nicht nach Hause?»

«Wir müssen Sie vorsichtshalber hierbehalten für eine Nacht. Nur zur Sicherheit. Da Sie sich an nichts erinnern, besteht immerhin die Möglichkeit, dass Sie zwei Tage lang ohnmächtig bei dem Fluss gelegen haben, an dem sie zuletzt gesehen wurden. Wie auch immer Sie das überlebt haben, ist mir ein Rätsel, aber Wunder gibt es ja. Wir müssen aber ganz sicher sein, dass Sie keine Schäden davontragen.»

Der Arzt ging wieder zum Telefon und rief die Nachtwache an. Lisa beschloss, dass es ihr fürs Erste ziemlich egal war, was jetzt geschehen würde. Immerhin bekam sie endlich ein Bett und etwas Zeit, um nachzudenken. Bald darauf erschien wieder die Nachtschwester, um sie abzuholen.

«Lassen Sie es langsam angehen, Miss Lambridge», riet der Arzt freundlich. «Schlafen Sie jetzt erst mal schön.»

Lisa nickte schläfrig und folgte der Krankenschwester, die sie durch zahlreiche ellenlange, schwach beleuchtete Korridore zu einem weiten Gang mit Aufzügen lotste. Sie fuhren mit dem Lift nach Lisas Empfinden mindestens hundert Stockwerke hoch und mussten dann nochmals durch mehrere düstere Korridore laufen, bis die Krankenschwester endlich eine Tür aufmachte.

«So. Das hier ist eigentlich eines unserer Ausnüchterungszimmer. Da kommen die betrunkenen Fälle rein, die ihren Rausch ausschlafen müssen. Wir haben leider grad kein anderes Bett frei. Schlafen Sie wohl. Wenn Sie was brauchen, drücken Sie einfach die Klingel.»

Während Lisa ins Bett kletterte, waren ihre letzten Gedanken, ob Morgan wohl in demselben Zimmer gelegen hatte, als er seine Alkoholvergiftung hatte auskurieren müssen. Und ob er sich Sorgen um sie gemacht hatte, weil sie einfach zwei Tage verschwunden war?

Etwas Gutes hatte die Sache immerhin: Sie hatte den vermaledeiten Donnerstag übersprungen! Wie sie es sich immer gewünscht hatte …

## Kapitel 14

# Verheerende Entscheidungen

Am nächsten Morgen wurde sie von niemand anderem als von Fanny höchstpersönlich geweckt. Ironischerweise war sie fast froh, ein vertrautes Gesicht zu sehen, selbst wenn es nur Fannys stupsnasiges Gesicht mit dem besserwisserischen Lächeln war.

«Lisa?» Fanny tätschelte ihre Wange. «Du musst aufwachen. Du hast um zehn einen Termin auf der Polizeiwache.»

«Wie spät ist es?», murmelte Lisa schlaftrunken.

«Halb neun.» Fanny zog geschäftig die Jalousien hoch. «Ich habe dir Frühstück gebracht. Man hat mir mitgeteilt, dass du hier auf der Ausnüchterungsabteilung liegst, und da passte es doch prima, dass ich immer noch Frühdienst habe!»

Der Duft nach Tee und frischem Toast drang in Lisas Nase, und mit einem Mal merkte sie, wie sehr ihr Magen knurrte. Sie setzte sich im Bett auf und griff hungrig nach dem Toast. Sie hätte sich gern noch ein paar Gedanken über eine plausible Erklärung gemacht, doch sie war gestern einfach eingeschlummert. Oder besser gesagt, heute früh. Oder wann auch immer … ach, mit der verflixten Zeit hatte sie nun so oder so ein heilloses Durcheinander!

Fanny rückte etwas auf dem Nachttisch gerade und setzte sich dann auf einen Stuhl.

«Wir haben uns ganz furchtbare Sorgen gemacht, Lisa», sagte sie mit sehr ernster Miene. Ihre Stimme hörte sich an, als würde sie mit einer Schwerkranken sprechen. «Du musst verstehen, dass das, was du getan hast, uns alle wirklich in einen Schockzustand versetzt hat. Hörst du mich?»

«Jaha», mampfte Lisa und versuchte, Fannys besorgtes Gesicht nicht anzusehen.

«Tante Sally und Onkel Bob werden heute vorbeikommen. Wir haben in den letzten Tagen einiges besprochen. Thomas wird dich nachher mit Onkel Bobs Auto abholen und zur Wache bringen, und danach werdet ihr nach Hause fahren und auf die beiden warten. Ich bin um halb zwölf hier fertig und komme dann ebenfalls. Wir werden alle miteinander reden.»

*Na wunderbar,* dachte Lisa und verschluckte einige Brotkrümel, die sich so dermaßen in ihrem Hals verirrten, dass sie husten musste.

«Alles in Ordnung?» Fanny beugte sich vor und suchte Lisas Blick. «Streich mal deine Haare etwas weg. Ich möchte gerne deine Augen sehen.»

Lisa gehorchte und verzichtete auf ein Augenrollen, zu dem Fannys Worte sie normalerweise provoziert hätten. Ihr wurde bewusst, dass ihre Haare von der durchnässten Nacht ganz verfilzt waren. Sie hatte sie vor dem Schlafengehen beim Duschen nicht gewaschen, weil sie zu müde gewesen war.

«Wir müssen dich unbedingt etwas kämmen», meinte Fanny. «So kannst du nicht bei der Polizei erscheinen.»

Nun konnte Lisa doch nicht anders, als die Augen zu verdrehen. Der nachdrückliche Unterton, der in Fannys zarter Stimme lag und der so klang, als würde sie zu einem Kleinkind sprechen, zerrte an ihren Nerven.

«Nein, nun hilft alles Rebellieren nichts, Lisa. Du musst dich jetzt wie eine Erwachsene benehmen und der Polizei erklären, warum du zwei Tage verschwunden warst und was ihr da draußen für ein komisches Experiment gemacht habt!»

Lisa zuckte zusammen. Die wussten also doch davon? Dann musste sie ja die Geschichte, die sie der Polizei erzählen sollte, in ihrem Kopf wieder umändern.

Etwas später stand Thomas im Zimmer. Er hatte ihr frische Kleider mitgebracht und ein Paar trockener Schuhe. Die verschmutzten und nassen Sachen hatte Fanny säuberlich in eine Plastiktüte gepackt und neben das Bett gestellt.

«Lee, was denkst du dir eigentlich bei der ganzen Sache? Du hast uns in eine furchtbare Aufregung versetzt», zeterte Thomas los. «Was war das nur für eine Dummheit, die ihr da draußen beim Fluss gemacht habt? Wie kommst du überhaupt dazu, einfach mitten in der Nacht mit diesem Silverman in die Wildnis zu gehen?»

Lisa gab erst mal keine Antwort. Ihr Hirn arbeitete fieberhaft. Vermutlich hatte Doc Silverman Thomas und Fanny berichtet, dass sie, Lisa, bei einem Experiment verschwunden war. Doc Silverman war ein ehrlicher Mann, der bestimmt alles versucht hatte, ihrer Familie so viel von der Wahrheit wie möglich zu erzählen. Allerdings bezweifelte sie, dass er etwas von einem Zeitreiseversuch gesagt hatte. So klug war er natürlich, um so eine brisante Sache nicht an die Öffentlichkeit zu tragen.

Auf der Fahrt zur Polizeiwache fuhr Thomas mit seiner Standpauke fort. Lisa musste zu ihrem Bedauern feststellen, dass er sich immer mehr wie Tante Sally anhörte. Dass Thomas sich Sorgen gemacht hatte, war ja verständlich. Sie wusste einfach bloß immer noch nicht, was für eine Erklärung sie für all das liefern konnte.

«Kannst du eigentlich auch mal etwas sagen?», wetterte Thomas.

«Wenn du mich mal zu Wort kommen lässt», murmelte Lisa. Ihr Bruder hatte ja nun ununterbrochen wie ein Wasserfall geredet.

Sie fuhren wieder am Tower des «Tomsborough Telegraph» vorbei, und der 9. September lachte Lisa erneut an und erinnerte sie daran, dass sie nun tatsächlich die erste Zeitreisende der Welt geworden war. Davon ging sie jedenfalls aus …

Auf der Polizeiwache wurde sie wieder in einen Raum geführt, während Thomas draußen warten musste. Ein hagerer älterer Beamter mit gerunzelter Stirn setzte sich ihr gegenüber und begann, sie auszufragen.

«Also, Miss Lambridge. Uns wurde mittlerweile gesagt, dass Sie bei einem Experiment verschwunden sind. Nun möchten wir gern noch wissen, was für eine Art Experiment das war. Sie wissen ja, dass so was ohne Genehmigung verboten ist? Und irgendwas muss da ja passiert sein, das Sie dazu gebracht hat, zwei Tage lang zu verschwinden?»

Lisa hatte sich während Thomas' Maßregelung im Auto ein paar vage Erklärungen zurechtlegen können.

«Es war … ein Wetterexperiment. Wir … haben … äh … Blitze … in Physik durchgenommen, und mein Freund Zac, der sich für Wissenschaft begeistert, wollte das ausprobieren, und so haben wir einen Blitzableiter gebaut und haben ihn bei der Tomsbridge getestet.

Sie wissen ja, dort ist so ein Anziehungspunkt für Gewitter. Und dann … ja, ich fürchte, der Blitz hat ganz bei uns in der Nähe eingeschlagen, und ich muss ohnmächtig geworden sein.» Sie gratulierte sich innerlich zu dieser Antwort, die ihr eben noch in der allerletzten Sekunde eingefallen war. Das hörte sich irgendwie noch ein klein wenig glaubwürdig an.

«Hmmm.» Der Beamte strich sich über seinen spärlichen Kinnbart.

«Ich hab dadurch wohl mein Gedächtnis verloren, aber mittlerweile … nachdem ich geschlafen habe, erinnere ich mich wieder. Ja, ich muss zwei Tage lang ohnmächtig gewesen sein und irgendwo im Schilf gelegen haben, weiß Gott, wie ich das überlebt habe, aber ich hab's anscheinend überlebt.» Sie hoffte, dass diese Antwort sie zumindest vor der Einweisung in eine psychiatrische Einrichtung retten würde.

«Hmmmmmmmm», machte der Beamte nochmals, diesmal gedehnter. «Gut. Mich wundert nur, warum man Sie dann nicht gefunden hat. Zumindest Ihr Freund hätte wenigstens eine Ahnung haben müssen, wo Sie hingefallen sind, als Sie ohnmächtig wurden. Und warum Sie so nass waren. Das ganze Gelände wurde mehrmals abgesucht. Sie müssen wohl ziemlich gut versteckt im Schilf gelegen haben?»

«Ja … ich kann es mir selbst nicht ganz erklären, aber genau so muss es gewesen sein.»

«Nun, da haben Sie großes Glück gehabt. Allerdings ist Ihnen schon klar, dass solche Experimente gefährlich und verboten sind? Gerade wenn es um Blitze geht, ist man da in höchster Lebensgefahr.»

«Ja», murmelte Lisa kleinlaut.

«Wir werden von einer Anzeige absehen, da Sie beide noch minderjährig sind. Für Doktor Levi Silverman wird es allerdings ein Nachspiel haben. Und wir werden die Schule benachrichtigen und vor allen Dingen Ihren Physiklehrer in Kenntnis setzen, dass solche Experimente in Zukunft strenger kontrolliert werden müssen.»

*Au weia,* dachte Lisa. Warum wollten denn alle unbedingt Professor Ash in diese Geschichte mit hineinziehen? Ihr fiel ein, dass sie zwar den Donnerstag übersprungen haben mochte, aber nicht die Konsequenzen. Das würde noch ziemlichen Ärger geben …

«Es war jedenfalls äußerst leichtsinnig. Sie hätten wirklich tot sein können. Nun gut. Ich bin froh, dass sich der Fall so weit aufgeklärt hat. Mit Doktor Silverman werden wir allerdings noch ein paar Worte reden müssen. Sein Sohn war ganz verstört wegen dieser Sache.»

*Armer Zac,* dachte Lisa. Sie musste ihn unbedingt anrufen und ihm mitteilen, dass sie wohlauf war. Er musste wirklich total durcheinander sein!

Der Beamte kritzelte mehrere Zeilen auf seinen Rapportblock und ließ sie dann gehen.

Thomas wartete draußen auf sie. Er trat schon ungeduldig von einem Bein aufs andere und war immer noch ziemlich ungenießbarer Laune.

«Onkel Bob und Tante Sally kommen gegen halb zwölf», teilte er mit. «Sie wollen mit dir reden. So kann das nicht weitergehen! Ständig gibt es wegen dir irgendwelchen Ärger.»

Lisa wünschte sich, ihr Bruder würde mal ein wenig die Luft anhalten. Aber Thomas schimpfte die ganze Fahrt nach Hause über in allen Tonlagen weiter und vertiefte sich in sämtliche Möglichkeiten, was alles hätte schiefgehen können. Lisa wurde traurig, wenn sie daran dachte, dass ihr Bruder in dreißig Jahren vermutlich mal ein verbitterter und pessimistischer Griesgram sein würde.

Zuhause lief Lisa als Erstes in ihr Zimmer und versteckte die Tüte mit den verschmutzten Klamotten unter ihrem Bett. Sie wollte nicht, dass Fanny noch auf die dumme Idee kam, ihre Lieblingsjeans wegzuschmeißen. Bestimmt wartete die nämlich nur auf diese Gelegenheit.

Lisa wunderte sich immer noch, wo ihr Skateboard und der Rucksack abgeblieben waren. Ob Zac und Doc Silverman die mit ins Labor genommen hatten?

«Kann ich Zac anrufen?» Lisa trat in die Diele und wollte nach dem Telefon greifen, doch Thomas stellte sich ihr in den Weg.

«Nein. Nicht jetzt. Gleich kommen Onkel Bob und Tante Sally.»

Bald darauf hörte sie den Wagen draußen vorfahren. Fast im selben Moment fiel ihr der Zeitungsausschnitt des «Tomsborough Telegraph» auf der Kommode im Flur ins Auge.

«16-jährige Schülerin vermisst!» Sie nahm den Ausschnitt in die Hand und schaffte es gerade noch, die ersten Zeilen zu überfliegen. «Die 16-jährige Lisa Leonor Lambridge wird seit Mittwochnacht vermisst. Gemäß Aussage ihres besten Freundes Zachary Silverman ist sie während eines Experiments im Tomsbridge Valley verschwunden …»

Da klingelte es auch schon an der Tür, und nur wenige Augenblicke später traten Tante Sally und Onkel Bob in die Wohnung. Tante Sally war wie immer sorgfältig zurechtgemacht mit ihrem übergroßen und schultergepolsterten Blazer und dem Kleid mit dem breiten

Taillengürtel. Wie Fanny trug sie ihr Haar in einem perfekt toupierten Kurzhaarschnitt mit goldenen Strähnchen. Onkel Bob hingegen wirkte in seinem Flanellhemd und seinen Hosenträgern wie ein Holzfäller neben ihr.

Tante Sally packte Lisa an der Schulter.

«Was machst du nur für furchtbare Sachen!», zeterte sie los. «Du hast uns ja allen so einen gewaltigen Schreck eingejagt! Die ganze Nachbarschaft war in Aufruhr deswegen. Ich habe mich schon regelrecht geschämt, überhaupt nur auf die Straße zu gehen!»

Anstatt glücklich zu sein, dass Lisa wohlauf war, machte sich Tante Sally lieber Sorgen, was die Nachbarschaft denken könnte.

«Du hängst mir nicht mehr mit diesem Wissenschaftlerjungen herum, Lisa. Damit das ein für alle Mal klar ist.» Sie fuchtelte mit ihrem lackierten Zeigefinger vor Lisas Nase herum. Onkel Bob brummte irgendetwas Unverständliches und Zustimmendes.

Lisa hätte alles dafür gegeben, Zac oder Britt anrufen zu können, um ihnen zu sagen, dass sie noch am Leben war und um wenigstens ein paar erfreute Stimmen zu hören. Doch sie musste wohl erst mal diese Litanei hier über sich ergehen lassen. Warum war das mit dem Zeitreisen nur so kompliziert? Und etliche ihrer Fragen waren immer noch nicht beantwortet.

Ein wenig später kam auch Fanny nach Hause. Sie strahlte Tante Sally und Onkel Bob mit einem geschäftigen Lächeln an und hantierte geschickt in der Küche, um Tee für alle zuzubereiten.

«Schenk du doch bitte schnell mal ein, Lisa», bat sie kurz darauf.

Lisa nahm den Krug mit dem heißen Tee, doch ihr Körper war immer noch müde von all der Aufregung. Ihre Hände zitterten, und prompt ging der Tee daneben.

«Nein, nicht so. Komm, ich zeig's dir.» Fanny nahm Lisa den Krug wieder aus der Hand. «Schau, man hält ihn so, dann kann überhaupt gar nichts passieren.»

Lisa hätte ihr am liebsten eine Ohrfeige verpasst. Hatte die denn wirklich nichts Besseres zu tun, als ihr *jetzt* beizubringen, wie man einen Teekrug richtig hielt? Sie befand sich eindeutig im falschen Film. Oder eben: In der falschen Zeit ...

Etwas später hatten alle im Wohnzimmer Platz genommen. Lisa in der Mitte, und rechts und links von ihr Thomas und Fanny. Tante Sally und Onkel Bob saßen auf dem zweiten, etwas kleineren Sofa. So oder so, es war recht eng, und Lisa war es unangenehm, dass ihre und Fannys Schultern sich berührten. Überhaupt fand sie es daneben, dass die anwesend sein durfte. Sie gehörte doch gar nicht zur Familie! Noch nicht jedenfalls.

Thomas saß mit verkniffener Miene und Falten in der Stirn da und sah aus, als wäre er bereits fünfunddreißig und trüge die ganze Last der Welt auf seinen Schultern.

«Wir würden jetzt gern mal deine Erklärung hören, Lisa», sagte Tante Sally streng. «Wir waren wirklich *entsetzt,* als die Polizei uns angerufen hat. Die Polizei! Wir dachten erst, du hättest eine Bank überfallen oder so was in der Art! Was hast du dir dabei gedacht?»

Lisa versuchte, Tante Sallys hysterischen Anfall wie so oft einfach zu ignorieren und wiederholte dieselbe Geschichte, die sie auch dem Polizisten aufgetischt hatte: dass bei einem Wetterexperiment ein Blitz in ihrer Nähe eingeschlagen und sie zwei Tage ohnmächtig im Schilf gelegen hatte.

«Das ist doch einfach nicht zu fassen!» Tante Sally rang ihre Hände. «Was um alles in der Welt war das denn schon wieder für ein dummes Experiment?»

«Eine Physikhausaufgabe …» Obwohl Lisa wusste, dass sie sich und Zac mit dieser Antwort enormen Ärger einhandeln würde, konnte sie leider nicht mehr von der Version abweichen.

«Das glaube ich einfach nicht!» Thomas beugte sich vor. «Professor Ash würde euch doch niemals so eine Hausaufgabe geben. Er ist ein sehr kompetenter, vernünftiger Lehrer, der euch niemals mitten in der Nacht auf verbotenes Gelände schicken würde. Er mag ein etwas … nun ja, unfreundlicher, barscher Mensch sein, aber wenn man sich anpasst und fleißig lernt, hat man keine Probleme mit ihm!»

«Das meinen wir aber auch», sagte Tante Sally. «Ein so äußerst kompetenter Lehrer wie Professor Ash würde euch niemals so eine Aufgabe geben!»

«Ich persönlich glaube, dass der Sohn von diesem Doc Silverman wieder mal was ausgeheckt hat», redete Thomas weiter, bevor Lisa überhaupt den Mund aufmachen konnte. «Dieses Telefonat an dem Abend, bevor sie verschwunden ist, ist mir gleich ziemlich suspekt vorgekommen. Erst war von einem Wetterexperiment in Geschichte die Rede, und danach war es auf einmal in Physik. Ich hab ja schon immer gesagt, dass dieser Zac Silverman kein guter Umgang für sie ist.»

«Ist das wahr, Lisa? Verkehrst du immer noch mit diesen verrückten Silvermans?» Tante Sally sah Lisa mit scharfem Blick an.

Lisa nickte ergeben.

«Ich finde, das muss aufhören», sagte Thomas. «Ich bin ziemlich überzeugt, dass ihr diese Leute viel Unfug in den Kopf setzen. Dazu kommen diese realitätsfernen Glaubensüberzeugungen an einen Gott oder irgendwas Höheres, die dieser Silverman vertritt. Das ist doch alles Humbug.»

Onkel Bob brummte zustimmend.

«Ach du!», schnauzte Tante Sally ihren Mann an. «Mach doch mal richtig den Mund auf, anstatt immer nur vor dich hin zu brummeln!»

«Ja, was soll ich denn sagen?», polterte Onkel Bob zurück. «Du redest ja die ganze Zeit!»

«Deine Meinung!», keifte Tante Sally.

«Meinung! Meinung! Was soll ich dazu schon sagen? Diesem Doktor Silverman habe ich sowieso nie über den Weg getraut! Dieser Mann hat schon einiges in die Luft gejagt!»

«Das stimmt überhaupt nicht», wehrte sich Lisa. «Die Zeitungen haben oft gelogen. Doc Silverman hat immerhin einen Nobelpreis in Physik …»

«Das ist uns egal, was dieser geistesgestörte Doc Silverman alles gewonnen hat oder nicht. Das ist ein Spinner mit verrückten Ideen im Kopf», sagte Thomas streng.

«Wir hatten dieses furchtbare Problem mit diesen irren Experimenten ja schon früher», jammerte Tante Sally. «Seit die Kendalls weggezogen sind, hat Lisa sich ja mit diesem Wissenschaftlerjungen angefreundet. Wenn ich an dieses entsetzliche Experiment mit dem Karussell denke oder dass uns dieser Silverman einmal fast das Wohnzimmer abgebrannt hat!»

Lisa schluckte. Nun ja, die Experimente mit der Zentrifugalkraft und der Steckdose im Wohnzimmer waren damals ziemlich danebengegangen, das musste sie zugeben. Aber da waren sie ja noch

Kinder gewesen und hatten noch nicht so genau wissen können, was passierte, wenn man mit einer dieser Karussellscheiben auf dem Spielplatz die Zentrifugalkraft testen wollte und sich dabei so lange im Kreis herumdrehte, bis man mit einem «Schleudertrauma» ins Krankenhaus eingeliefert werden musste. Oder dass es eben keine so gute Idee war, eine Steckdose im Wohnzimmer auseinanderzunehmen.

«Also, ich bin der Meinung, dass das ein für alle Mal aufhören muss», ereiferte sich Thomas. «Ich wäre dafür, ihr den Umgang mit Silvermans zu verbieten! Und diesen Doc Silverman wegen grober Fahrlässigkeit anzuzeigen!»

«Aber Zac ist mein bester Freund», protestierte Lisa.

«Das ist es ja», mischte Fanny sich ein. «Sie hat gar nicht viele Freunde.»

«Ist das so?» Tante Sally sah Lisa an. Doch ehe Lisa antworten konnte, ergriff schon wieder Fanny das Wort.

«Es ist nicht nur das. Lisa fehlen vor allem *Freundinnen.* Sie hat ja keine Schwester und keine Cousine oder sonst was. Ich glaube, deswegen ist sie so verwildert.»

*Oha, verwildert,* dachte Lisa. Nannte Fanny es verwildert, nur weil sie sich für Computer interessierte und gern Skateboard fuhr?

«Ich habe Britt», sagte sie. «Sie ist meine beste Freundin.»

«Deine *einzige* Freundin», korrigierte Fanny.

«Stimmt, sie hatte nie eine andere», bestätigte Tante Sally. «Ihr einziger Spielgefährte war dieser Kendall-Junge aus der Nachbarschaft. Aber dagegen habe ich nie etwas gehabt. Diese Buben waren doch immer *so* liebe und wohlerzogene Kinder! Ich kannte auch Misses Kendall recht gut. Und ihr Vater besitzt ja die ‹Kendall Automotive Company›. Ich habe es wirklich äußerst bedauert, als sie weggezogen sind. Und dann hat sie sich leider mit diesem gefährlichen und geistesgestörten Zachary Silverman befreundet.»

«Sehen Sie? Ihr fehlt einfach der Umgang mit weiblichen Personen. Zum Glück bin ich jetzt da. Ich kann sicher eine Menge helfen», sagte Fanny eifrig.

«Ja, Gott sei Dank.» Tante Sally verzog ihre dünnen Lippen zu einem wohlwollenden Lächeln. «Was war denn das noch mal für ein wundervolles Internat, von dem du gesprochen hast?»

«Das Kensington-Internat in Cornwall. Das ist die Schule, die meine Schwester besucht hat. Sie war sehr glücklich dort. Es ist ein reines Mädcheninternat mit einem ausgezeichneten Ruf. Vielleicht wäre das etwas für Lisa? Mit ihren Noten vor allem in den wissenschaftlichen Fächern bekommt sie bestimmt ein Stipendium – leisten können wir uns das ja leider nicht.»

Lisa fiel die Kinnlade runter. Sie starrte Fanny mit einem fassungslosen Blick an, als hätte diese ihr soeben gesagt, dass sie die nächsten Jahre hinter Gitter müsse.

«Das hört sich wirklich vielversprechend an», sagte Tante Sally und wechselte einen Blick mit Onkel Bob.

«Jetzt sag doch auch mal wieder was, du knurriger alter Kerl!», keifte sie.

«Ja, warum soll ich denn dauernd etwas sagen? Du bestimmst ja hier sowieso alles!», donnerte Onkel Bob zurück.

«Natürlich muss ich hier alles bestimmen, wenn du dich nie um die Dinge kümmerst!», fauchte Tante Sally.

Fanny räusperte sich.

«Wie gesagt, meine Schwester war *sehr* zufrieden», betonte sie nochmals, um die Streithähne zur Ruhe zu bringen. «Es hat ihr auch sehr geholfen bei der Berufswahl. Man kann dort selbstverständlich den A-Level-Abschluss machen. Die Regeln sind zwar sehr streng, aber genau das wäre ja sicher das Richtige für Lisa.»

Lisa hatte wieder einmal gute Lust, Fanny irgendetwas an den Hals zu wünschen. Mit Entsetzen hörte sie zu, wie das Gespräch eine Richtung einschlug, in die sie absolut nicht einlenken wollte.

«Das hört sich wirklich ganz, ganz entzückend an», meinte Tante Sally und sah Lisa erwartungsvoll an. «Was meinst du, Lisa?»

«Nie im Leben», presste sie hervor.

«Nun sei doch nicht gleich wieder so bockig», schimpfte ihre Tante. «Mir gefällt diese Lösung wirklich. Es wäre absolut perfekt und würde uns alle sehr erleichtern. Vor allen Dingen auch Thomas und Fanny, die ja eine enorme Verantwortung für dich übernommen haben.»

«Oh, wenn ihr mich loswerden wollt, dann braucht ihr es nur zu sagen», meinte Lisa. «Ich kann mir gern eine eigene Wohnung mieten. Das ist überhaupt kein Problem. Ich kann gut für mich selbst sorgen.»

«Aber du bist doch erst sechzehn!», rief Tante Sally. «Wie willst du denn die Miete bezahlen? Wir können nicht noch mehr Finanzen dafür aufbieten.»

Das war eine glatte Lüge. Tante Sally und Onkel Bob waren gar nicht so knapp bei Kasse, wie sie immer behaupteten. Immerhin lebten sie in einer recht guten Gegend und konnten sich sogar zwei Autos leisten. Lisa durchschaute sehr wohl, was hier ablief: Man wollte sich schlicht und einfach nicht mehr mit ihr als Problemfall herumschlagen müssen und sie lieber aus dem Weg haben.

«Ich kann mir einen Job suchen», sagte sie deshalb.

«Das kommt doch überhaupt nicht in Frage. Erst machst du die Schule zu Ende!»

«Genau deswegen: Ich möchte die Schule *hier* zu Ende machen. Ich will nicht in dieses Internat oder sonst wohin.»

«Sie hat bereits sieben Verweise von Professor Ash», warf Thomas ein. «Ich glaube, es wäre wirklich eine gute Sache, wenn sie …»

«Siehst du?» Tante Sally zog ihre perfekt gezupften Augenbrauen hoch. «Wenn du dich an dieser Schule nicht anpassen kannst, dann macht es auch überhaupt keinen Sinn, sie zu Ende zu machen. Immerhin haben wir dir die Tomsbridge School von dem Erbe deiner Eltern bezahlt, und die wären sicher sehr betrübt, wenn sie wüssten, wie du dich mitunter hier aufführst!»

Das reichte! Lisa musste ihren Körper regelrecht anspannen, um sich selbst vor einem Wutausbruch zu schützen. Sie wusste, dass das alles nur schlimmer gemacht hätte, und deswegen begann sie in Gedanken auf zehn zu zählen, während sie Tante Sallys Schelte über sich ergehen ließ. Allerdings meldete sich nun wieder Fanny zu Wort, und das war kein bisschen besser.

«Wie gesagt, in dem Internat bekommt man auch sehr solide Unterstützung bei der Berufswahl», meinte sie beflissen. «Ich denke, auch das wäre äußerst wichtig für Lisa.»

«Ich brauche keine solide Unterstützung bei der Berufswahl. Ich weiß, was ich machen will. Ich will Informatik studieren. Basta!» Lisa verschränkte ihre Arme vor der Brust.

«Aber Lisa, über dieses Thema haben wir doch nun schon so oft gesprochen», stöhnte Tante Sally. «Informatik zu studieren ist doch überhaupt nicht das Richtige für dich. Da hast du doch später absolut keine Berufschancen als Frau.»

«Doc Silverman sagt, dass in spätestens zehn Jahren jeder einen Computer besitzen wird», wehrte sich Lisa. «Und dann wird es ebenso viele Frauen wie Männer in der Informatikbranche geben.»

«Was dieser Doc Silverman sagt, ist für uns nicht von Bedeutung! Wie schon erwähnt, wir möchten unter keinen Umständen, dass du weiterhin mit diesem Spinner verkehrst. Und wir finden, du solltest dir einen soliden und realistischen Beruf aussuchen. Das mit dem Internat ist wirklich eine sehr lobenswerte Idee, Fanny.»

«Ja, nicht wahr?» Fanny strahlte. «Da lernt man eben auch eine Menge nützlicher Dinge. Bei einem späteren Informatikstudium wäre Lisa ja doch wieder nur mit männlichen Personen zusammen. Und gerade das möchten wir doch vermeiden. Außerdem wäre es so *wichtig*, dass Lisa zuerst geschickter im Umgang mit praktischen Dingen wird. Sie kann ja nicht einmal richtig Tee einschenken. Ich meine das nicht böse, aber all die nützlichen Fertigkeiten fehlen ihr komplett.»

«Ja, sie war immer äußerst ungeschickt», stimmte Tante Sally zu. «Sie hat zwar viel im Kopf, aber dafür zwei linke Hände. Das hat uns immer furchtbare Sorgen gemacht. Man konnte sie ja nie zu einem Dinner mitnehmen, ohne dass sie irgendetwas umschmiss oder verkleckerte. Das war so schrecklich *peinlich*.»

Lisa schloss die Lider, damit niemand sah, wie sie dahinter ihre Augen verdrehte.

«Ich kann mich gern mal erkundigen, ob sie im Internat noch freie Plätze haben und ob das mit dem Stipendium klappt, wovon ich ausgehe. Möglicherweise könnte sie sogar schon nächsten Monat – also im Oktober – anfangen. Meine Schwester konnte auch mitten im Schuljahr eintreten.»

«Ja, bitte tu das, Fanny. Das wäre wirklich liebenswürdig!» Tante Sally und Fanny strahlten sich regelrecht um die Wette an.

«Und ich werde nicht gefragt, ja?», sagte Lisa.

«Nun, es wäre uns selbstverständlich recht, wenn du dazu Ja sagen würdest. Wir möchten dich natürlich höchst ungern zwingen. Aber wir haben immer noch das Sorgerecht und dürfen somit eine verbindliche Entscheidung in deinem Sinne fällen.»

Dem pflichtete Onkel Bob mit einem Brummen bei.

Lisa kochte.

«Kann es denn nicht wenigstens ein normales Internat sein? Mit Mädchen *und* Jungs?», wagte sie einen verzweifelten Vorstoß. «Ich halte das nicht aus, nur mit Mädchen …»

«Gerade *deswegen,* Lisa!» Fanny nahm ihre Hand und tätschelte sie. «Da könntest du eben genau dies *lernen.*»

Lisa zog schnaubend die Hand weg.

«Schau, Lisa, manchmal sehen andere besser, was gut für uns ist, als wir es selbst sehen können. Du musst uns wirklich vertrauen, dass wir es nur gut mit dir meinen!», sagte Fanny salbungsvoll und warf ein Beifall heischendes Lächeln in die Runde.

Lisa stöhnte.

Alle Blicke waren voller Erwartung auf sie gerichtet. Eine Erwartung, die voraussetzte, dass sie sich fügen und anstandslos Ja und Amen zu dem Plan sagen würde, den man für sie ausgeheckt hatte. Doch Lisa fand überhaupt keine Worte mehr, besonders weil sie einsah, dass das hier eine bereits beschlossene Sache war. Sie fühlte sich nicht nur gegen ihren Willen zu etwas gezwungen, sondern auch wie ein Problem, das man schlicht und einfach abschieben wollte.

*Nicht mit mir,* dachte sie. Sie musste sich dringend was einfallen lassen …

«Vielen, vielen Dank, meine liebe Fanny», sagte Tante Sally überschwänglich, als sie sich später verabschiedeten. «Du hast uns so geholfen. Toll, wie du mit beiden Beinen im Leben stehst. Und das mit achtzehn.»

«Nun ja, ich musste auf drei jüngere Geschwister aufpassen», lächelte Fanny bescheiden. «Da bleibt einem halt nicht viel Zeit für Träumereien. Außerdem komme ich aus einer intakten Familie. Ich habe es natürlich viel leichter gehabt als Lisa.»

Lisa bekam es so langsam mit der Angst zu tun, sich gleich übergeben zu müssen, wenn die nicht bald gingen.

«Und der Umgang mit diesem Zac Silverman ist ein für alle Mal gestrichen», fügte Tante Sally noch hinzu, als sie sich ein letztes Mal umdrehte. Thomas nickte bekräftigend.

«Darf ich ihn denn wenigstens noch anrufen und ihm erklären, dass ich …»

«Nein.» Thomas stellte sich wie ein Wachhund neben den Apparat. «Du kannst später deine Freundin Britt anrufen und ihr ausrichten, dass du wohlauf bist. Das mit Silvermans können *wir* übernehmen. Aber der Umgang mit diesen Leuten ist nun endgültig *gestrichen,* Lee.»

Na gut, dachte sie, aber Thomas konnte ihr ja nicht verbieten, am Montag in die Schule zu gehen. Dort würde sie Zac ja unweigerlich treffen …

Als Lisa viel später im Bett lag und versuchte, nach all dem Trubel noch eine Mütze voll Schlaf zu kriegen, konnte sie kein Auge zumachen. Stattdessen lag sie auf dem Rücken und starrte ihr Planeten-Mobile an, das sich sachte über ihrem Kopf drehte.

Als sie sich schließlich auf die Seite wälzte, hatte sie das Foto ihrer Eltern im Blick, die ihr so heiter zulächelten wie jeden Tag, fast als wollten sie ihr sagen, dass schon alles gut werden würde. Ach, Mum und Dad hatten ja keine Ahnung …

Wieder einmal dachte sie, dass ihre Mutter und ihr Vater, wenn sie noch gelebt hätten, sicher glücklich gewesen wären, sie nach diesem gefahrvollen Experiment gesund wiederzuhaben. Sie hätten sie bestimmt nicht so behandelt, geschweige denn in ein Internat gesteckt. Die Vorstellung, die nächsten Jahre mit lauter solchen Zicken wie Carol, Beatrice und dem Blondie-Trio unter einem Dach leben zu müssen, jagte ihr einen Schauer nach dem anderen über den Rücken. Und das Schlimmste war: weg von Britt und von Zac. Und auch weg von Momo …

Beim Gedanken an ihn wurde es Lisa ganz warm im Bauch. In ihrer Vorstellung zog sie seinen Kopf an ihre Brust und streichelte sanft sein schönes Haar und seine zarten Wangen. Doch gleichzeitig fühlte sie einen ganz fürchterlichen Riss in ihrem Herzen, weil sie tief drin ahnte, dass ihre Sehnsucht nach seiner Nähe und seiner Freundschaft vermutlich nie ganz gestillt werden würde.

Etwas später kam Thomas zu ihr ins Zimmer. Er wirkte ziemlich verlegen.

«Tut mir wirklich leid, Lee. Du weißt … das alles ist nicht einfach. Tante und Onkel fragen mich ständig, was du machst, und du … und ich muss … das ist alles ziemlich kompliziert. Ich kann wohl einfach zu wenig gut auf dich aufpassen. Deswegen halt ... die Sache mit dem Internat.»

Zum ersten Mal sah Thomas wieder aus wie ein kleiner, unsicherer Schuljunge. So, wie sie ihn früher geliebt hatte.

«Aber ich bin sicher, es wird dir gefallen, Lee. Ganz bestimmt. Es wird schon gut werden.»

Lisa fühlte einen Kloß im Hals. Sie weinte sonst nicht sehr oft, aber dieses Mal hätte sie gern ein paar Tränen freien Lauf gelassen. Doch sie kamen nicht. Sie fühlte sich wie blockiert.

Als Thomas wieder draußen war, nahm sie den Anhänger ihrer Kette und drehte die kleine Uhr zwischen ihren Fingern.

*Meine Zeit steht in deinen Händen.*

Wenn damit Gott gemeint war, dann fühlte sich das im Moment jedenfalls nicht so an. Es fühlte sich eher so an, als ob ihre Zeit und ihre Zukunft in den Händen von anderen Menschen lagen, die ihre eigenen, egoistischen Pläne damit verfolgten.

Etwas später nickte sie endlich ein, und sie schlief den ganzen restlichen Nachmittag und die ganze Nacht.

Als der Morgen dämmerte, warf das Spiel der ersten Sonnenstrahlen mit dem sich sanft hin- und herbewegenden Planeten-Mobile seine Schattenspiele auf ihr Gesicht.

# Kapitel 15
# Carols Komitee

Lisa durfte erst am Mittwoch wieder zur Schule gehen. Fanny hatte es für sicherer befunden, sie sowohl am Montag als auch am Dienstag noch zuhause zu behalten. Wer wusste schon, was so ein Blitzschlag mit Lisas Körper alles angestellt haben konnte! Lisa war keine andere Wahl geblieben, als sich zu fügen, obwohl sie es kaum erwarten konnte, endlich mit Britt und Zac über alles reden zu können.

Sie hatte zwar am Wochenende kurz mit Britt telefonieren dürfen, doch da Fanny leider frei gehabt hatte (und seltsamerweise ständig etwas am Wandschrank im Flur zu tun gewesen war), hatte Lisa keine ungestörte Minute gefunden, um Britt tiefer in das ganze Geschehen einzuweihen.

So war es nicht verwunderlich, dass ihre beste Freundin sie am Mittwoch früh voller Ungeduld beim Schultor erwartete. Sie fielen einander in die Arme, und die kleine Britt drückte sie so heftig an sich, wie sie nur konnte. Vergessen war der kleine Konflikt, der wegen Morgan zwischen ihnen entstanden war. Britt war einfach nur heilfroh, ihre beste Freundin lebendig wiederzuhaben.

«Mensch, Lee, was machst du nur für Sachen?!», stöhnte sie. «Zac hat mir alles erzählt, aber das kann ich einfach nicht glauben! Dass du tatsächlich *in der Zeit gereist* sein sollst? Das ist doch Nonsens, nicht wahr?»

«Leider nein», sagte Lisa. «Es ist tatsächlich passiert.»

Britt starrte ungläubig zu ihrer Freundin hoch und schüttelte nur den Kopf. «Also, wirklich glauben kann ich das nicht, aber … es spielt ja keine Rolle. Hauptsache, du bist wieder da.»

Gerade als Lisa ansetzen wollte, Britt noch mehr von ihrem Erlebnis zu erzählen, fuhr der berüchtigte schwarze Mercedes vor. Oh nein! Auf die Cox-Zwillinge hatte sie nun wirklich keinen Bock.

«Warum müssen die immer im falschen Moment auftauchen?!» Lisa hätte sich gewünscht, dass Britt etwas größer gewesen wäre, so dass sie sich hinter ihr hätte verbergen können. Aber das war leider nicht möglich, und kaum war Maddox dem Wagen entstiegen, hatte er sie auch schon entdeckt.

«Liiiiiiiiiiisaaaaaa!» Er stürmte auf sie zu. «Meine kleine Miss Lollipop ist wieder daaaaaaa!»

«Ach, du meine Güte», stöhnte Lisa und sah sich nach einem Fluchtweg um. «Was ist bloß in den gefahren?»

«Ach! Maddox hat die letzten Tage von nichts anderem mehr geredet als davon, dass du durch ein Wurmloch verschwunden bist!» Britt verdrehte die Augen himmelwärts.

«So abwegig ist das gar nicht, Britt. Eigentlich ist genau das passiert.»

Britt sah Lisa durch ihre Brillengläser skeptisch an. Im selben Moment wurde Lisa von dem aufgedrehten Maddox buchstäblich über den Haufen gerannt.

«Oh Miss Lollipop! Ich hab dich ja soooo vermisst!» Er umarmte Lisa stürmisch, und es fehlte nur noch, dass er ihr einen Schmatzer auf die Wange gedrückt hätte. Lisa wand sich angewidert in seinen Armen und versuchte sich zu befreien.

«Hör doch endlich auf mit diesem Blödsinn!»

«Tja, du siehst, mein Bruder spürt eben den Frühling in sich», grinste Louie, der um einiges gesitteter aus dem Wagen gestiegen war.

«Frühling? Habt ihr denn einen Knall? Es ist Herbst!» Lisa schaffte es endlich, den liebestollen Maddox abzuschütteln, von dem sie immer noch nicht wusste, ob er das wirklich ernst meinte oder sie nur veräppelte.

«Mein ich ja! Herbst! Ich bin nämlich immer noch frei für den *Herbstball,* Miss Lollipop!» Maddox strich sich kokett durch sein Gelhaar. «Du hast die Ehre, mit dem bestaussehendsten …»

«Nein, danke! Wie oft muss ich das noch sagen?» Konnte der nicht endlich mal einen Korb wegstecken? Schließlich kam ihr Louie zu Hilfe und zog seinen zappeligen Zwillingsbruder von ihr weg.

Als die Mädchen wieder unter sich waren, traute sich Lisa endlich, die Frage zu stellen, die sie die vergangenen Tage immer wieder beschäftigt hatte.

«Hat … mich sonst noch jemand vermisst? Ich meine, ich hab ja immerhin vier Tage gefehlt, und es stand in der Zeitung, dass ich …»

«Ach!» Britt winkte ab. «Ich habe fast gehofft, du würdest diese Frage gar nicht stellen.»

«Warum?»

Britt zögerte.

«Also, du warst ja nicht da am Donnerstag. Wir haben die Hausaufgaben in Physik zurückerhalten, und … tja, also Morgan muss wohl definitiv eine Ehrenrunde drehen. Er hat zwei ‹Ungenügend› bekommen, eine für die Hausaufgabe und eine für eure Strafarbeit, weil du ihm dabei ganz offensichtlich geholfen hast. Das kann er nicht mehr wettmachen. Ich meine, da müsste er sich schon gewaltig anstrengen, aber das schafft der nicht.»

Lisa starrte Britt schockiert an, als hätte ihr jemand in die Magengrube geboxt. «Aber … aber ich dachte …»

«Sorry, das ist leider noch nicht alles. Er war leider nicht der Einzige, der schlechte Noten gekriegt hat. Die halbe Klasse hat ein ‹Ungenügend›. Und nun sind alle der Meinung, dass *du* daran schuld bist, weil du Professor Ash dauernd reizt und ihm widersprichst. Die Wahrheit ist, sie haben regelrecht nach einem Schuldigen gesucht. Das ging natürlich alles von Carol aus, wie du dir ja denken kannst. Und tja … nun sind alle ziemlich sauer auf dich, fürchte ich.»

«Oh nein!»

«Die haben nicht mal mitbekommen, dass du als vermisst gegolten hast, um es mal so zu sagen. Carol setzt sich jetzt mit aller Kraft dafür ein, dass du für eine ganze Woche von der Klasse geschnitten werden sollst zur Strafe, und … ach, es ist alles so kindisch und dumm!» Britt winkte ab.

«Und Morgan?» Das war das, was Lisa am meisten zu schaffen machte. Was Carol und die anderen dachten, war ihr eigentlich ziemlich egal. «Ist er … ist er nun auch sauer auf mich? Denkt er auch, dass *ich* schuld daran bin, dass er zwei ‹Ungenügend› bekommen hat?»

Allein der Gedanke daran fühlte sich an wie ein eisiger Griff um ihr Herz. Morgan hatte ihr vorhin im Bus nicht einen einzigen Augenaufschlag gegönnt, obwohl er sie eindeutig gesehen haben musste. Nicht, dass das bei ihm so außergewöhnlich war, aber nach vier Fehltagen in der Schule und nach ihrer «Wiedervereinigung» hätte sie sich eigentlich ein bisschen mehr von ihm erhofft …

«Keine Ahnung. Er sagt ja nie viel. Du kennst ihn doch. Er hat auch keine Miene verzogen, als Professor Ash ihn letzten Donnerstag wegen den zwei Us runtergeputzt hat. Es war so schlimm, dass sogar Camilla angefangen hat zu heulen vor Schreck. Nathan und Paul sind danach zur Schuldirektion gegangen und haben sich beschwert, aber ich glaube nicht, dass das was genutzt hat.»

Der Schock über Britts Neuigkeiten saß Lisa zutiefst in den Knochen. Sie wusste nicht, was sie dazu sagen sollte. In der Tat schien es, als hätte die ganze Welt sich gegen sie verschworen. Erst das mit dem Internat, und nun noch diese Hiobsbotschaft!

«Dabei wollte ich ihm doch nur helfen», seufzte sie.

«Weiß ich doch», sagte Britt. «Aber ich habe dir ja immer gesagt, dass du dich da besser nicht einmischst. Der Schuss ging jetzt nach hinten los. Aber mach dir nicht allzu viel draus. Momentan sind sie alle noch mit einem anderen Drama beschäftigt.»

«*Noch* ein Drama?» Lisa starrte ihre Freundin an.

«Ach! Es hat zu allem Überfluss auch noch ein Theater gegeben wegen diesem blöden Herbstball. Ein Riesentheater! Ich übertreibe nicht. Es war wirklich gut, dass du nicht da warst.»

«Erzähl!»

«Uhh, es ist so lächerlich: Carol hat zuerst ein furchtbares Gezeter gemacht, weil Morgan sich immer noch nicht entschieden hat, mit welchem Mädchen er zum Ball gehen will. Alle Jungs haben sich nun entschieden, nur eben er noch nicht. Ich verstehe nicht, warum das so ein Riesenproblem sein soll, zumal es ja seine Sache ist, aber offenbar beschäftigt es jetzt die ganze Klasse. Jedenfalls ist die Sache richtig ausgeartet, und es hat einen fürchterlichen Streit gegeben. Die haben sich gegenseitig nur noch angekeift. Zum Schluss hat Sandy geheult, Camilla hat geheult und Kimberley hat seither kein Wort mehr mit Morgan geredet. Es war furchtbar. Ich hab mich in den Pausen immer in die Bibliothek verzogen, weil mir dieser Zickenkrieg so auf die Nerven gegangen ist.»

Lisa konnte sich nicht dagegen wehren, dass ihr das Herz bis in den Hals hinauf klopfte.

«Und nun?», fragte sie ängstlich. «Hat er sich … zu guter Letzt entschieden?»

«Ich fürchte nicht.» Lisa hörte den leichten Sarkasmus in Britts Stimme. «Ich vermute, das ist ihm eh alles ziemlich egal.»

Ein Lehrer, der neben der Eingangstür stand, wedelte heftig mit seinen Armen. «Los, rein mit euch, meine Damen! Es hat längst geklingelt!»

Erst jetzt fiel Lisa auf, dass sie und Britt ganz allein hier vor dem Eingang standen und die Klingel im Eifer des Gefechts überhört hatten. Und dass von Zac überhaupt keine Spur zu sehen war.

«Wo ist denn Zac?», fragte sie, als sie die Treppe in den ersten Stock zum Unterrichtszimmer hinaufliefen.

«Ich fürchte, der ist immer noch krank. Der war nach deinem Verschwinden so geschockt, dass er die letzten zwei Tage ebenfalls nicht zur Schule gekommen ist. Ich hab ihn ja erst am Wochenende angerufen, nachdem du mit mir telefoniert hast. Ich vermute, der muss sich von seinem Schock erst mal erholen.»

«Hmm.» Lisa hielt vor der Tür zum Klassenraum inne. Ihr war auf einmal noch etwas Wichtiges in den Sinn gekommen. «Was ist eigentlich mit Zacs Heft und den Formeln passiert?» In all dem Trubel hatte sie das fast vergessen.

«Das hat er wieder erhalten», sagte Britt. «Wir haben die Hefte in Physik ja wieder zurückbekommen. Aber Professor Ash …»

Was Professor Ash getan hatte, erfuhr Lisa leider nicht mehr, denn ein weiterer, ziemlich ungeduldiger Lehrer schob sie energisch ins Zimmer. «Rein mit euch. Die Stunde hat längst angefangen!»

Britt und Lisa kamen tatsächlich zu spät und erhielten von Mrs. Smith, der Englischlehrerin, einen mündlichen Verweis. Lisa kam es merkwürdig vor, dass nun schon wieder Mittwoch war. Für sie war die letzte Woche ja nur halb so lang gewesen wie für alle anderen Menschen. Sie dachte daran, dass sie Britt in der großen Pause noch eine Menge zu erzählen hatte.

Im Laufe der nächsten Stunden hatte sie genug Gelegenheit, die Konflikte zu beobachten, die, genau wie Britt es ihr geschildert hatte, die Klasse beschäftigten. Die ganze Zeit bekam sie böse Blicke von Carol zugeworfen, und einige tuschelten hinter vorgehaltener Hand.

Das Hauptthema des Vormittags war momentan jedoch der Ball und Morgans unausweichlicher Austritt aus der Klasse.

«Und? Endlich entschieden, Kendall?» Carol lehnte sich in der kurzen Pause zwischen den zwei Englischlektionen über ihren Tisch und stupste Morgan an. «Schließlich sind es nur noch zwei Tage!»

«Jaja, ich regle das schon», brummte Morgan nur, sichtlich genervt von diesem Zickenterror.

«Und bis wann?», keifte Carol.

«Ist doch meine Sache.» Morgan ließ sich nicht beirren.

«Wow», foppte ihn Beatrice. «Das waren insgesamt schon ganze neun Wörter heute, Kendall.»

«Hähä, Wochenrekord!», feixte Maddox.

«Boah, ich wär froh, *du* würdest mal nur neun Wörter am Tag labern, Bruder», stöhnte Louie.

Als endlich die große Pause da war, wollten Lisa und Britt so schnell wie möglich aus der Schusslinie verschwinden, doch weit gefehlt. Die lange Carol baute sich breitbeinig vor ihnen auf und versperrte ihnen den Weg.

«Mit euch muss ich noch ein Hühnchen rupfen», sagte sie und stemmte ihre Hände in die Hüften.

«Mit uns?», fragte Britt unschuldig.

«Eigentlich mit Lisa. Und zwar möchten wir gern in der Mittagspause in der Kantine mit dir *reden!* Wir müssen eine Krisensitzung abhalten wegen der Sache, die in Physik passiert ist.»

«Krisensitzung?» Britt starrte Carol an, als hätte die nicht mehr alle Tassen im Schrank.

«Richtig», entgegnete Carol mit wichtiger Miene. «Krisensitzung.»

«Wenn ihr meint.» Britt verdrehte die Augen.

«Also, dann erwarte ich euch um Punkt zwölf in der Kantine am hinteren Tisch. Ich habe ihn extra für uns reserviert.»

Britt lachte laut auf, als sie außer Hörweite waren. «Krisensitzung! Pah! Das ist ja wirklich das Lächerlichste, was ich seit langem gehört habe.»

«Vor allen Dingen *schon wieder* eine Sitzung», stöhnte Lisa. Davon hatte sie in letzter Zeit echt eine Überdosis gehabt.

«Ach!» Britt winkte ab. «Wir lassen die einfach labern. Es kann uns doch eigentlich ziemlich egal sein, wenn sie dich für eine Woche schneiden wollen. Ich glaube, da gibt es wirklich Schlimmeres.» Sie schmunzelte.

Lisa zuckte mit den Schultern. In der Tat, es war ihr wirklich ziemlich egal.

Britt hatte die Idee, sich am Kiosk in der Kantine einen kleinen Pausenimbiss zu kaufen und sich damit an einen verborgenen Ort zu verziehen.

«Wie wär's mit der Dachterrasse auf der Turnhalle?», schlug sie vor.

«Aber das ist doch verboten …?» Lisa hatte jetzt gerade genug Verbotenes hinter sich, so dass sie sich von jeglichem weiteren Ärger fernhalten wollte.

«Und wenn schon», grinste Britt. «Da kontrolliert doch eh niemand.»

Es gab allerdings noch einen anderen Grund, warum Lisa nicht unbedingt auf die Dachterrasse wollte: Sie war einer der beliebtesten Aufenthaltsorte von Morgan, Nathan und Paul. Und wenn Morgan wirklich nicht gut auf sie zu sprechen war, dann wollte sie sich nicht unbedingt in seiner Nähe aufhalten …

Doch Britt zog sie schon mit sich, und Lisa wollte nicht mehr widersprechen. Sie stoben rüber zur Turnhalle, die etwas abseits vom Schulgebäude lag, und vergewisserten sich, dass die Luft rein war, ehe sie über die Absperrung kletterten und die Treppe hochrannten. Lisa fand, dass das Klettern über Absperrungen langsam ihr neues Hobby wurde.

Glücklicherweise war niemand dort. Lisa und Britt setzten sich auf die Mauer hinter einem Schornstein, der sie im schlimmsten Fall vor unerwünschten Blicken abschirmen würde. Während sie ihre Sandwiches vom Kiosk auspackten, fing Lisa an zu erzählen. Zuerst einmal etwas ausführlicher von dem Experiment und ihrer Zeitreise und schließlich von dem für sie so plötzlichen Entschluss ihrer Familie, sie in ein Mädcheninternat zu verfrachten.

Britt hörte fassungslos zu und unterbrach Lisa nur ein paar wenige Male, um Fragen zu stellen. Als Lisa fertig war, musste Britt erst mal alles verdauen. Allerdings wühlte sie mehr das auf, was Lisas Familie beschlossen hatte, als dass Lisa tatsächlich eine Zeitreise hinter sich hatte. Daran zu glauben, weigerte sie sich nach wie vor hartnäckig.

«Ich fass das ja nicht», stöhnte sie. «Die schicken dich wirklich ins Internat?»

«Ja. Fanny hat sich erkundigt, ob sie mich noch im Oktober aufnehmen können.»

«Und?» Britt starrte Lisa mit offenem Mund an.

«Ich fürchte, ja!»

«Das können die doch nicht machen! Wie lange denn?»

«Weiß nicht. Die nächsten Jahre.» Lisa seufzte schwer.

«Und du wirst nicht mal gefragt? Du darfst nicht mal die Schule hier fertigmachen?»

«Sieht nicht so aus. Ich soll den Schulabschluss stattdessen dort machen.»

Britt schwieg und starrte mit stinkwütendem Gesicht in die Luft.

«Mensch, Lee, du bist meine beste Freundin!»

«Du auch. Meine *einzige* Freundin …»

«Können wir das nicht irgendwie verhindern?»

Lisa zuckte mit den Schultern. Sie hatte sich schon eine Menge überlegt, ja sogar, ob sie einfach weglaufen sollte. Aber das hätte sie ja auch von ihren Freunden getrennt.

«Kann dir Doc Silverman vielleicht helfen?» Britt sah ihre Freundin hoffnungsvoll an.

«Nein. Das ist es ja gerade: Ich darf überhaupt keinen Kontakt mehr zu Silvermans haben. Nicht mit Doc Silverman und auch nicht mit Zac.»

«Wie bitte?»

«Na klar. Meine Familie glaubt doch, Doc Silverman sei schuld daran, dass ich sozusagen vom Blitz getroffen wurde. Sie halten ihn sowieso für einen Spinner und Zac für geistesgestört. Wie auch immer, sie meinen, dass der Umgang mit ihnen gefährlich sei.»

«Das ist das Dümmste, was ich je gehört habe.» Britt schnaubte.

«Ich weiß. Deswegen durfte ich Zac ja nicht mal anrufen. Dabei würde ich so gerne mit ihm und seinem Vater sprechen. Ich möchte auch unbedingt wissen, was mit dem Time Transmitter schiefgelaufen ist. Aber ich darf ja unter keinen Umständen mehr ins Labor.»

«Oh, da fällt mir schon was ein.» Britts Augen blitzten schelmisch durch die Brillengläser. «Ich lade dich einfach bei mir zum Abendessen ein. Du weißt ja, ich wohne gar nicht so weit weg von Doc Silvermans Labor.» Sie zwinkerte. «Und ich werde dann diese besserwisserische Fanny schon anrufen und ihr sagen, dass du bei mir bist und wir *gemeinsam* Hausaufgaben machen.»

Lisa strahlte Britt erleichtert an.

«Sag mir einfach, wann es dir am besten passt! Außer Donnerstag, da hab ich Klavierunterricht und muss hinterher meiner Mutter im Schrebergarten helfen. Aber sonst …»

«In der Regel wäre das ja heute. Fanny und Thomas hätten eigentlich ihren Badmintonkurs, aber es sieht so aus, als ob sie den meinetwegen wieder ausfallen lassen wollen …»

«Überleg es dir. Ich regle den Rest!» Britt grinste zufrieden.

«Britt, um noch mal auf die Sache mit dem Zeitreisen zurückzukommen …»

«Lee … was immer es auch war, ich glaube eher an die Version, dass du indirekt vom Blitz getroffen wurdest, als dass du tatsächlich in der Zeit gereist bist. Das klingt für mich einfach plausibler.»

Der Gedanke ans Zeitreisen war für die nüchterne Britt eben doch zu viel.

Ein paar Minuten lang mampften sie gedankenversunken ihre Sandwiches. Lisa wusste gar nicht, in welcher Reihenfolge sie ihre vielen Fragen überhaupt stellen sollte, und versuchte es mit der nächsten.

«Was ist eigentlich in den Geschichtsstunden passiert? Ist Misses Whitfield wieder gekommen?»

«Nein. Das war ja auch reichlich merkwürdig», sagte Britt zwischen zwei Bissen. «Wir haben weder was von ihr gehört noch gesehen. Stattdessen mussten wir an einer sinnlosen Aufgabe arbeiten, weil sie immer noch keinen Ersatz gefunden haben.»

Lisa schüttelte nur den Kopf. Sie wollte die Vermutungen, die sie über Mrs. Whitfield gehegt hatte, nicht auch noch vor ihrer Freundin ausbreiten. Britt hatte schon mehr als genug zu verdauen, und überhaupt hatte Lisa das Gefühl, selbst schon fast den Überblick verloren zu haben.

Sie wollte eben zu der Frage ansetzen, ob Professor Ash sich noch ausführlicher zu der Strafaufgabe und ihrem Verschwinden geäußert hatte, als sie auf einmal Stimmen hörten.

«Mensch, Morgan, das können die doch echt nicht machen! Wir werden dich hier vermissen. Kannst du denn nicht mal mit deinem Vater reden? Der müsste doch sicher was bei der Schulleitung erreichen können, mit seinem Einfluss!»

Das war eindeutig Nathans Stimme. Lisa hielt die Luft an. Wo Nathan war, da waren auch Morgan und Paul nicht weit.

«Nah. Mein Alter ist eh der Meinung, dass ich ein fauler Sack bin.» Tatsächlich, das war Morgans Stimme, und sie hörte, wie die drei Jungs genau auf der anderen Seite des Schornsteins Platz nahmen. Sie wechselte einen Blick mit Britt und legte ihren Zeigefinger auf die Lippen. Britt gehorchte Lisas Aufforderung und schwieg.

«Hehe, ganz unrecht hat er ja nicht, aber es war trotzdem nicht fair», wandte Nathan ein. «Ich meine, es kann doch einfach nicht sein, dass Cox, der seine Aufgaben nicht mal gemacht hat, ein ‹Ausreichend› kriegt und du ein ‹Ungenügend›?»

«Wenn schon. Ich will eh weg von dieser doofen Schule. Hier gibt's sowieso keine coolen Chicks.»

Lisa zuckte zusammen. War das wirklich Momo, der das eben gesagt hatte? Oder hatte sie sich verhört?

Nathan und Paul lachten laut los und klopften sich auf die Schenkel.

«Mann, Junge, du hast vielleicht Probleme! *Du* hast ja mehr als genug Auswahl. Du machst ja mit deinen *süßen Schokoaugen* alle Weiber verrückt.»

«Hör doch auf, Nate!», knurrte Morgan. «Lass das mit den *süßen Schokoaugen!* Das ist albern.»

Doch Nathan und Paul johlten nur noch mehr.

«He, he, Morgan! Sei doch nicht so grantig. Läuft da jetzt nicht was zwischen Cam und dir?» Das war Pauls Stimme.

Lisa hielt den Atem an. Cam – damit war sicher Camilla gemeint.

Morgan murmelte etwas Unverständliches.

«Und was ist mit Lisa?» Das war wieder Nathan. «Die kennst du doch schon so lange. Und die hat doch zumindest echt scharfe Beine!»

Paul murmelte zustimmend.

Lisa wurde es vor lauter Luftanhalten ganz schwindlig. Leider konnte sie Morgans Antwort wieder nicht verstehen, doch sie glaubte die Worte «kleiner» und «zu groß» zu vernehmen.

«Tja, Mann, aber wenigstens solltest du dich echt mal entscheiden, wen du zum Ball mitnimmst», lachte Nathan. «Du hast nur noch zwei Tage. Mach doch die armen Chicks nicht noch ganz verrückt. Die sabbern ja schon fast!»

«Pah! Dieser Stress mit dem blöden Herbstball aber auch!», schnaubte Morgan.

Lisa krallte die Finger in ihre Handballen. Sie musste irgendwas tun, um sich abzulenken, weil das, was sie hier hörte, sich zu schmerzhaft anfühlte, um wirklich wahr zu sein. Just in diesem Moment klingelte die Schulglocke. Lisa und Britt blieb nichts anderes übrig, als aus ihrem Versteck hervorzukommen und in das Sichtfeld der Jungs zu treten. Die Jungs machten allerdings keine Anstalten, sich zu rühren. Offenbar hatten sie vor, die nächste Stunde zu schwänzen.

«Sieh an», hörten sie Nathan murmeln, als sie an den Jungs vorbeigingen. Britt packte Lisa am Arm und zog sie einfach mit sich. Lisa warf den Kopf in den Nacken. Wie blöd war sie denn gewesen, auch nur im Entferntesten zu hoffen, dass Morgan noch irgendwas für sie und ihre Freundschaft übriggehabt hatte. Er war also tatsächlich zu hochnäsig geworden, um sich mit «einfachem Volk» wie ihr abzugeben!

Sie hätte gern gewusst, ob er ihr hinterherstarrte, als sie mit Britt quer über die Terrasse zur Treppe stolzierte, doch sie wollte sich nicht nach ihm umdrehen.

«Sag mal, hat Morgan etwas getrunken?», fragte Britt mit leicht bissigem Tonfall, während sie die Treppe runtereilten.

«Ich denke nicht. Wieso?»

«Ach. Es kam mir nur so vor, als hätte er ein bisschen gelallt beim Reden. Seine Zunge stieß die ganze Zeit an!»

Lisa überlegte, ob sie Britt etwas von Morgans Sprachfehler sagen sollte. Sie war sich nämlich ziemlich sicher, dass Britt das gar nicht wusste. Sie hatte gerade gute Lust dazu. Es war das erste Mal, dass sie so richtig zornig auf Momo war. Doch sie ließ es sein. Es wäre nicht fair gewesen, trotz allem.

«Keine Ahnung», schwindelte sie. «Ist mir gar nicht aufgefallen.»

Die Mädchen sprangen über die Absperrung, stoben über die Ausfahrt hinüber zum Schulgebäude und durch die Pforte und gelangten bald darauf zum Unterrichtszimmer.

Auch wenn es beiden widerstrebte, marschierten sie dennoch pünktlich um zwölf Uhr zur Kantine. Einerseits, weil sie ja sowieso was essen mussten, und andererseits, weil sie genau wussten, dass Carol sonst so lange Theater machen würde, bis sie bekam, was sie wollte.

Carol hatte bereits den hintersten Esstisch in Beschlag genommen und einen Stapel Blätter vor sich ausgebreitet. Beatrice und das Blondie-Trio saßen links von ihr, während Morgan, Nathan und Paul auf der rechten Seite Platz genommen hatten. Die Jungs hatten ihre Beine unter dem Tisch lang ausgestreckt, und Morgan hatte wie üblich seine gelangweilte Miene aufgesetzt.

Maddox, Louie und Joey bummelten ebenfalls heran.

«Was gibt's denn Schönes zu besprechen?», fragte Maddox fröhlich. «Werde ich zum neuen Klassensprecher gewählt, oder wie?»

«Ach, halt doch die Klappe!», fauchte Carol. Sie wartete, bis Lisa und Britt sich einen Stuhl herangezogen hatten und ebenfalls in der Runde saßen.

«Sind wir nun vollzählig?» Carol blickte alle nacheinander an und zählte nach, und es fehlte nach Lisas Meinung nur noch, dass sie die Anwesenheitsliste heruntergelesen hätte.

«Einer fehlt!», stellte Carol empört fest, nachdem sie dreimal durchgezählt hatte.

«Zac ist krank», teilte Britt ihr ungeduldig mit. «Schon seit ein paar Tagen, falls das dir ach so aufmerksamen Klassensprecherin entgangen sein sollte.»

«Spiel dich hier nicht so auf!» Carol feuerte einen zornigen Blick auf Britt ab und schrieb sich etwas auf.

«Können wir endlich anfangen? Ich habe Hunger», jammerte Maddox und schaute sehnsüchtig auf die Menschenschlange, die sich vor der Essensausgabe gebildet hatte.

«Das hier ist *wichtig*», verteidigte sich Carol schrill.

«Ja. Mein Magen aber auch!»

Nathan und Paul grinsten. Louie brachte seinen Bruder wieder mal mit einem Klaps auf den Hinterkopf zum Schweigen.

«Ich habe dem Küchenchef mitgeteilt, dass sie uns das Essen bis halb eins reservieren sollen. So lange musst du halt jetzt warten! Die Sache, warum wir hier zusammenkommen, ist nämlich sehr ernst, und ich kann nicht zulassen, dass die ganze Klasse deswegen leidet», sagte Carol und raschelte emsig mit ihren Blättern. «Ich *muss* hier als Klassensprecherin einfach eingreifen.»

«Hört, hört», murmelte Britt.

«Und zwar geht es darum, dass Lisa mit ihrem Verhalten uns alle in große Schwierigkeiten gebracht hat.»

«Moment mal!» Britt schoss von ihrem Stuhl hoch.

«Darf ich vielleicht erst mal die Punkte runterlesen?», fragte Carol bissig.

«Punkte?»

«Richtig. Punkte. Es gab da nämlich ein paar Dinge.»

«Das glaub ich ja nicht», zischte Britt, als sie sich wieder setzte.

Lisa war es nach wie vor ziemlich egal, was Carol alles für Punkte runterzulesen hatte. Von ihr aus konnte man sie auch gleich von der Schule verweisen. Es spielte eh alles keine Rolle mehr. Ihr Schicksal war ja so oder so besiegelt. Ihre Aufmerksamkeit galt viel mehr Morgan und dem, was er vorhin oben auf der Dachterrasse von sich gegeben hatte.

«Also!» Carol blickte hoheitsvoll in die Runde und legte eine dramatische Pause ein. Maddox gähnte. Joey popelte in der Nase. Und Nathan schaute heimlich auf die Uhr. Nur Camilla, Sandy und Kimberley saßen aufrecht da und hingen andächtig an Carols Lippen.

«Punkt eins ist natürlich, dass Lisa uns immer wieder in Schwierigkeiten bringt bei Professor Ash», las Carol vor.

«Punkt zwei …»

«Augenblick!», unterbrach Britt schon wieder. «Habt ihr in Betracht gezogen, dass …»

«Darf ich bitte zu Ende lesen?» Carol bedachte sie mit einem giftigen Blick.

«Lass sie doch einfach mal lesen», warf Beatrice ein. «Du kannst ja deine Fragen nachher stellen, Britt. Sonst werden wir hier nie fertig!»

Das war ein triftiges Argument, und Britt hielt den Mund.

Es folgten noch etwa fünf, sechs Punkte darüber, was Lisa alles im vergangenen Halbjahr und davor verbrochen hatte, angefangen von einer Auseinandersetzung mit Kimberley, an die sie sich schon gar nicht mehr erinnern konnte, bis hin zu dem Tag, an dem Lisa Streit mit der Turnlehrerin gehabt hatte, weil sie Beatrice nach einem Foul gegen Morgan nicht vom Platz verwiesen hatte.

Während Carol das alles vortrug, ließ Lisa Morgan nicht aus den Augen. Er saß mit unbeteiligter Miene da und scharrte mit dem Fuß gelangweilt auf dem Boden herum.

«Ihr seht, da ist so einiges zusammengekommen», fasste Carol ihre Vorlesung zusammen. Sie musste mittlerweile schon lauter sprechen, da der Lärm in der Kantine durch das Stimmengewirr und Geschirrgeklapper der übrigen Schüler zugenommen hatte. «Und aus diesem Grund hat das Komitee einstimmig beschlossen, Lisa für die nächsten zwei Wochen zu schneiden. Das heißt, ganze zwei Wochen lang hat niemand Erlaubnis, mit ihr zu reden. Erst dann, wenn ich es wieder sage. Punkt. Basta. Und danach hoffe ich, dass sich diese Missstände bessern werden.»

Damit war die Sitzung offenbar beendet. Carol machte dabei eine so wichtige Miene, dass Lisa nicht mal wusste, ob sie lachen oder protestieren sollte.

«Entschuldigt bitte, aber das ist doch lächerlich», wandte Britt ein.

«Lächerlich?» Carol warf ihr erneut einen vernichtenden Blick zu. «Du findest es lächerlich, dass wir alle in Physik ein ‹Ungenügend› bekommen haben?»

«Moment mal!» Britt war noch nicht fertig. «Vielleicht ist dir der Umstand entgangen, dass Lisa sich lediglich für gewisse Leute in der Klasse eingesetzt hat», hier wanderte ihr Blick zu Morgan, «die grundlos von Professor Ash fertiggemacht werden und wo keiner von euch sich getraut hat, den Mund aufzumachen. Das einfach nur nebenbei. Und außerdem: Was kann Lisa dafür, wenn ihr eure Physik-Hausaufgaben nicht ordentlich gemacht habt?»

«Genau», murmelte Nathan leise.

Lisa hoffte, dass auch Morgan etwas zu ihrer Verteidigung sagen würde, doch er rührte sich nicht. Seine Augen fixierten irgendeinen unsichtbaren Punkt auf dem gekachelten Boden. Von ihm war offenbar kein Beistand zu erwarten. Der Riss in Lisas Herzen vergrößerte sich um einen weiteren Millimeter.

Carol rümpfte unschlüssig die Nase und gab ein schnaubendes Geräusch von sich.

«Wir werden schließlich alle von Professor Ash ab und zu mal runtergeputzt, und da soll keiner bevorzugt werden. Wenn alle sich anpassen würden, dann würde Professor Ash uns bestimmt in Ruhe lassen. Die anderen Klassen haben diese Probleme nämlich nicht.»

«Und jetzt glaubst du, das Problem lösen zu können, indem ihr nicht mehr mit Lisa redet?» Britt war heute wirklich gut in Form. «Sind wir hier eigentlich im Kindergarten, oder wie?»

Carol verschränkte unerbittlich die Arme vor der Brust. «Wir, das Komitee, haben das heute früh jedenfalls einstimmig beschlossen.»

«Und wer ist dieses Komitee?»

«Ich, Beatrice, Kim, Camilla, Sandy und Morgan.»

«Soso», meinte Britt und sah in die Runde, während Lisa einfach nur sprachlos war. Morgan? Ihr Momo war mit von der Partie in diesem absurden Komitee? Und das, obwohl sie sich immer für ihn eingesetzt hatte? Das konnte doch einfach nicht wahr sein! Das war eindeutig der Todesstoß für ihre Freundschaft.

«Nur noch ein winzig kleiner Einwand», ergriff Britt nochmals das Wort. «Falls euer schrulliger Verein überhaupt in der Lage ist, zwei und zwei zusammenzuzählen: Lisa war mehrere Tage lang verschwunden. Sie war in Lebensgefahr. Habt ihr das überhaupt mitgekriegt? Und ihr behandelt sie nun *so?*»

Carol starrte Britt verständnislos an.

«Lebensgefahr? Blödsinn», höhnte Beatrice. «Und selbst wenn: Man macht halt keine gefährlichen Experimente im Wald, oder wo auch immer das war.»

«Aber da kann sie doch gar nichts dafür», warf Maddox, der bis jetzt erstaunlicherweise die Klappe gehalten hatte, zu aller Überraschung ein. «Da ist halt was mit dem Wurmloch schiefgelaufen.»

«Du mit deinem ollen Wurmloch», fauchte Carol. «Steck dir dein blödes Wurmloch ein für alle Mal an den Hut!»

Louie gab ein grunzendes Geräusch von sich.

Da stand Britt auf. «War's das jetzt? Sind wir fertig? Können wir gehen? Ich werde mich selbstverständlich nicht an euer Verbot halten, nur damit ihr das wisst. Und Zac gewiss auch nicht.»

«Wie ihr wollt. Damit werdet aber auch ihr aus der Klassengemeinschaft ausgeschlossen», bestimmte Carol.

«Wunderbar. Das hab ich mir schon immer gewünscht.» Britt

nickte der Gruppe zu. «Dann werden wir uns jetzt mal was zu essen holen. Wir sprechen uns in zwei Wochen wieder. Und du, Morgan Kendall, könntest dich ruhig mal bei Lee bedanken, dass sie sich dauernd für dich einsetzt. Wäre vielleicht mal angebracht, ja?»

Morgan hob seinen Blick und schaute Britt mit zusammengezogenen Augenbrauen an. Lisa schien es kurz, als wolle er etwas sagen, doch dann schloss er den Mund wieder.

«Lass uns gehen!» Britt zog sie mit sich. Als sie bei der Essensausgabe anstanden, konnte Lisa nicht mehr an sich halten.

«Ich kann es einfach nicht glauben, dass er auch ein Teil des Komitees sein soll.» Sie hatte das Thema eigentlich nicht in Britts Gegenwart anschneiden wollen, doch es blubberte einfach aus ihr raus.

«Tja, was erwartest du denn von ihm? Er hat doch gar keine eigene Meinung. Der schwimmt da einfach mit. Deswegen sage ich ja die ganze Zeit: Such dir jemanden mit Rückgrat. Jemanden, der zu dir steht.»

«Ich glaub, ich geh gar nicht zu diesem Ball», murmelte Lisa. «Ich hab ja nicht mal einen Tanzpartner …»

«Wir finden schon was für dich», murmelte Britt, auf einmal abweisend.

«Hast du denn …?»

«Lass uns kurz beim Spind vorbeischauen», unterbrach Britt, und Lisa sah, dass ihre Freundin scharlachrot angelaufen war. Nanu? Was war denn da im Busch? Bislang hatte der Ball Britt nicht sonderlich interessiert.

Als die Freundinnen ein wenig später ihre Spinde aufschlossen, fiel Lisa in ihrem Fach ein Umschlag auf. Sie nahm ihn und drehte ihn nach allen Seiten. In einer ihr bekannt vorkommenden Handschrift stand ihr Name darauf. *Lisa Leonor Lambridge.* Komisch. Wer legte ihr denn einen Brief in den Spind? Und noch viel mehr: Wer kannte die Zahlenkombination ihres Schlosses? Nicht einmal Britt wusste davon.

Die einzigen beiden Personen, die Lisa einfielen, waren Morgan und Professor Ash. Morgan konnte damals, als er ihr am Spind die Kassetten aufgerollt hatte, vielleicht doch einen Blick darauf erhascht haben.

Doch dann fiel ihr ein, dass die Handschrift viel zu schön war, um die eines Jungen zu sein. Sie sah eindeutig wie die Handschrift einer erwachsenen Frau aus. Das schloss auch Professor Ash aus, dem sie es durchaus zugetraut hätte, dass er die Zahlenkombination ihres Schlosses hätte erraten können, zumal sie ihre Sympathie für Morgan offenbar nicht vor ihm hatte verstecken können. Doch Professor Ash verließ den Keller ja so gut wie nie. Und warum sollte er ihr überhaupt einen Brief schreiben? Das kam also erst recht nicht in Frage.

Die einzige Möglichkeit, das Rätsel zu lüften, war, den Umschlag zu öffnen.

Die Notiz, die darin lag, war nur kurz.

*Liebe Lisa, bitte triff mich heute, Mittwoch, nach der Schule*
*im Cinnamon Coffee House am Tomsborough Square.*
*Ich muss ganz dringend mit dir reden. Gruß, L. Whitfield*

Das war alles. Lisa drehte den Zettel um, doch auf der Rückseite stand nichts.

«Was ist das?» Britt reckte neugierig den Hals.

«Misses Whitfield. Ich soll sie jetzt treffen. Sie will mit mir reden.»

«Oh! Interessant.»

«Ich frage mich nur, woher sie meine Zahlenkombination kennt», grübelte Lisa.

«Das wird sie dir sicher erzählen. Vielleicht erhältst du ja nun ein paar Antworten?»

Das hoffte Lisa mehr als alles andere.

«Ich weiß nur nicht, wie …»

«Ich schon! Wir setzen meinen Plan nun eben *heute* in die Tat um! Ich lade dich jetzt ganz spontan und offiziell zu mir zum Abendessen ein, und wir müssen vorher noch ganz viel zusammen lernen. Und ich rufe die liebe Fanny an und säusle ihr ein paar schöne Worte ins Ohr.»

Lisa sah ihre Freundin dankbar an. «Das würdest du wirklich tun?»

«Aber klar.» Britt rieb sich die Hände. «Es ist mir sogar ein Vergnügen!»

Kapitel 16

# Informationen aus der Zukunft

Wenn Britt eins gut konnte, dann war das, sich gewählt und professionell auszudrücken, wenn es drauf ankam. Gleich nach der Schule fuhren sie zu ihr nach Hause, und Britt rief Fanny an und machte ihr klar, dass sie Lisa zum Teekränzchen und Abendessen eingeladen hatte und dass sie unbedingt ein wichtiges Frauengespräch führen und gemeinsam an den Hausaufgaben arbeiten wollten, weil sie der Meinung waren, dass man sich nur durch gemeinsames Lernen wirklich genug einprägen konnte. Lisa musste sich das Kichern verbeißen, als sie mitzählte, wie oft Britt das Wort gemeinsam benutzte.

«Sie hat's geschluckt», grinste Britt, als sie auflegte. «Sie war sogar *entzückt,* um es mal so auszudrücken.»

«Ich glaube, das Wort *Frauengespräch* muss sie in Ekstase versetzt haben», kicherte Lisa.

Das Einzige, was Fanny angeordnet hatte, war, dass Lisa spätestens um acht Uhr zuhause sein sollte.

Etwas später saß Lisa im Bus Richtung Stadtzentrum. Das Cinnamon Coffee House lag direkt beim öffentlichen Platz Tomsborough Square gegenüber dem Tower, dort, wo die meisten Buslinien sich kreuzten. Der Square erstreckte sich in einer weiten Fläche vor dem

Tower und wurde in der Mitte von einem kleinen Rondell mit einer Grünanlage und einer Statue geteilt. Große Litfaßsäulen verteilten sich in regelmäßigen Abständen über den Platz. Ringsherum luden Teehäuser und Imbissbuden mit ihren Wimpeln und Baldachinen zum Verweilen ein. Auch die Einkaufsstraße begann hier. Sie gehörte zu den angesagtesten Meilen in der ganzen Gegend mit ihren Modeläden wie Benetton, Calvin Klein und Hugo Boss und natürlich mit dem Tomsborough Record Store – dem größten Platten- und CD-Laden der Stadt und *dem* Treffpunkt der Jugendlichen.

Lisa lief auf das Cinnamon Coffee House zu. Der ziemlich veraltete und verwitterte Schriftzug auf dem hässlich orangen Schild wirkte zwar nicht sehr einladend, doch das Cinnamon Coffee House gehörte zu den kultigsten Stätten, da es direkt neben dem Record Store lag. Lisa wusste, dass auch Morgan, Nathan und Paul sich da oft mit anderen Freunden trafen, und hoffte, dass nicht ausgerechnet jetzt einer von ihnen auftauchen würde.

Sie warf einen Blick durch die Glastür, ehe sie eintrat. Das Coffee House war um diese Uhrzeit natürlich ziemlich voll, und die meisten Schüler würden erst noch kommen. Lisa wünschte sich, Mrs. Whitfield hätte sich einen anderen Ort ausgesucht, doch als sie den mahagonibraunen Haarschopf der Lehrerin ganz hinten in einer Ecke am Fenster sah, wurde ihr schnell klar, dass das Cinnamon Coffee House trotz seiner Popularität einiges an verborgenen Nischen zu bieten hatte.

Lisa sah von weitem, dass die Lehrerin angestrengt auf ein komisches, silbriges flaches Gerät in ihrer Hand starrte, das in einem schwarzen Etui steckte. Dann streichelte sie mit dem Daumen ein paar Mal über das Gerät. Seltsam, was mochte das für ein Ding sein? War das eine Art supermoderner Gameboy oder Taschenrechner?

Schnell hastete Lisa auf die Lehrerin zu und ließ sich auf den freien Stuhl ihr gegenüber plumpsen.

«Hi. Sie wollten mich sprechen?»

Mrs. Whitfield steckte das Gerät sofort weg und lächelte Lisa an. «Gut, dass du kommen konntest.»

«Was haben Sie da in der Hand gehabt?» Lisa konnte sich ihre Neugierde nicht verkneifen.

«Oh, nichts weiter. Nur einen ... kleinen Fernseher.»

«So klein? Darf ich das mal sehen? Wo kann man so was kaufen?»

«Später. Ich hab ihn aus Japan. Wir haben nicht viel Zeit. Ich hab dir Zimtrollen und Orange Tea bestellt.»

«Wieso wissen Sie, dass das mein Lieblingsnachtisch ist?» Lisa beugte sich neugierig zu Mrs. Whitfield vor und merkte auf einmal, dass ihr wieder unwohl wurde.

«Alles klar bei dir?» Mrs. Whitfield rutschte mit ihrem Stuhl ein Stück zurück, als hätte Lisa eine ansteckende Krankheit.

«Ja ... mir ist nur schwindlig ...»

«Vielleicht bist du zu schnell gerannt», sagte Mrs. Whitfield. «Deswegen ist es gut, wenn du etwas isst.»

Eine Angestellte kam und brachte die Zimtrollen und den Tee. Lisa griff sofort danach und merkte nach ein paar Bissen, dass es ihr wieder besser ging. Merkwürdig. Ob sie sich vielleicht einmal von einem Arzt untersuchen lassen musste? Wobei, eine gründliche Untersuchung hatte sie ja eben erst hinter sich ... Oder kam das vielleicht doch von der Zeitverschiebung? Immerhin hatte dieser

Sog auf der Brücke sie ja ziemlich herumgewirbelt. Ja, das musste es sein … das waren bestimmt die Nachwirkungen …

«Bitte erzähl mir, was in den letzten Tagen geschehen ist.» Mrs. Whitfield wollte offenbar nicht warten, bis Lisa fertig gegessen hatte. Sie wirkte sichtlich nervös.

Lisa wusste nicht so recht, wie sie anfangen sollte und was die Lehrerin, die sie ja eigentlich kaum kannte und die ihr trotzdem so vertraut vorkam, hören wollte.

«Wie konnte es passieren, dass du bei dem Zeitreiseversuch zwei Tage in die Zukunft versetzt wurdest?», half Mrs. Whitfield ihr auf die Sprünge.

«Woher … wissen Sie das?»

«Erzähl mir zuerst, wie es dazu gekommen ist!»

«Ich hab keine Ahnung, was schiefgelaufen ist», sagte Lisa. «Zac wollte mich nur fünf Minuten in die Zukunft versetzen, und daraus sind aber zwei Tage geworden. Es muss irgendein technischer Defekt gewesen sein.»

«Verstehe.» Mrs. Whitfield rutschte mit dem Stuhl noch ein Stückchen von Lisa weg.

«Was machen Sie da? Sie tun, als hätte ich eine ansteckende Krankheit», beschwerte sich Lisa, der dieses Stuhlgeruckel gehörig auf den Geist ging.

«Keineswegs. Ich tue das, um *dich* zu schützen.»

«Wie bitte?» Konnte die mal aufhören, in Rätseln zu sprechen?

«Ich dürfte nämlich genaugenommen gar nicht hier sein», sagte Mrs. Whitfield ernst und sah Lisa durch ihre Brillengläser hindurch an.

«Warum nicht?»

«Was glaubst du, Lisa, wer *ich* bin?»

Ja, das wollte Lisa wirklich auch wahnsinnig gern wissen. Die Version mit ihrer Mutter hatte sie abgehakt, denn nachdem Zacs Time Transmitter tatsächlich funktioniert hatte, hatte sie angefangen, eine neue Theorie in Erwägung zu ziehen.

«Sie sind eine Zeitreisende. Sie kommen aus der Zukunft, hab ich recht? Daher wussten Sie auch über das Gewitter Bescheid.»

«Korrekt. Dadurch, dass es dir selber gelungen ist, in die Zukunft zu reisen, kannst du das nun glauben, nicht wahr?» Mrs. Whitfield beugte sich wieder ein wenig vor und nahm ihre Brille ab. Zwei blaue Augen funkelten Lisa an, blaue Augen, die ihr so vertraut waren, dass sie fast glaubte, in Mrs. Whitfields Inneres sehen zu können.

«Erkennst du es nun?»

Lisa schüttelte zaghaft den Kopf. Selbst wenn sie es sehen konnte, so kam sie nun doch langsam an die Grenzen ihres Vorstellungsvermögens.

Mrs. Whitfield setzte sich die Brille wieder auf und nestelte in ihrem Halsausschnitt. Zum Vorschein kam eine Halskette mit einem grüngoldenen Uhren-Anhänger – und zwar bis zum allerletzten Detail die exakt gleiche, die Lisa auch trug.

Lisa beugte sich mit offenem Mund vor. Das konnte doch nicht sein! Sie wusste doch, dass diese kleine Uhr eine Einzelanfertigung gewesen war, die ihre Mutter extra hatte machen lassen, und dass es sie daher bestimmt nur ein einziges Mal auf der Welt gab.

Sie wollte die Hand ausstrecken und den Anhänger berühren, doch es war, als würde ihre Hand wie von einem Magneten abgestoßen werden.

«Was ist hier los?», japste sie erschrocken.

Lisa konnte sehen, dass auch der Schriftzug auf dem Ziffernblatt bis zum haarkleinsten Detail genau mit dem ihren übereinstimmte. Nur, dass der Anhänger irgendwie älter aussah … die Goldfassung wirkte dunkler und abgenutzter.

Lisa schaute wieder auf, und ihr Blick traf den von Mrs. Whitfield. Sie schluckte leer.

«Sie sind *ich»,* sagte sie leise. «Sie sind … mein Ich aus der Zukunft, hab ich recht? Wir sind ein und dieselbe Person.»

Mrs. Whitfield ließ die Kette wieder in ihren Ausschnitt gleiten. «Ganz richtig.»

«Aus … aus welchem Jahr?»

«2018.»

«2018?» Lisa lehnte sich zurück und starrte Mrs. Whitfield – oder besser gesagt, ihr älteres Ich – fassungslos an. Blitzschnell begann ihr Hirn zu rechnen. Das waren neunundzwanzig Jahre von nun an, und dann war Mrs. Whitfield …

«Dann sind Sie jetzt etwa fünfundvierzig Jahre alt? Oder … besser gesagt, ich bin fünfundvierzig Jahre alt?»

«So ist es. Ziemlich genau sogar.»

Lisa wusste nicht so richtig, ob sie beglückt oder schockiert sein sollte. Vorsichtig beäugte sie die Frau, die vor ihr saß. Diese erwachsene Frau, die sie selbst in neunundzwanzig Jahren sein würde. Dieselben Wangenknochen und dieselben wohlgeformten Lippen, nur ein wenig schmaler und reifer. Das identische ebenmäßige Kinn und die lebhaften Augen, nur größer und runder und noch ausdrucksstärker. Erstaunlicherweise waren kaum Falten in dem fast fünfundvierzigjährigen Gesicht zu sehen, und jedenfalls das war etwas, das Lisa ziemlich erfreute. Allerdings gab es da auch Details, die sie ziemlich schockierten.

«Entschuldigung, trage ich in der Zukunft wirklich so einen furchtbaren Haarschnitt und diese hässliche Brille?»

«Aber nein!» Ihr älteres Ich lachte laut, und Lisa fragte sich, ob sich ihr Lachen wirklich so bescheuert anhörte. «Das ist nur Maskerade. Auch die Brille. Ich wollte nicht, dass du mich auf Anhieb erkennst.» Sie zog die Brille wieder aus und klappte sie auf dem Tisch zusammen, dann sah sie sich nach allen Seiten um, um sich zu vergewissern, dass niemand zusah, und zog an ihren Haaren. Da sah Lisa, dass das, was wie eine angeklebte Perücke ausgesehen hatte, tatsächlich eine war, und dass darunter die wohlbekannten, schulterlangen blonden Haare zum Vorschein kamen. Nur dass sie etwas heller waren als ihre eigenen und die Spitzen korrekter gestutzt.

«In einem kann ich dich beruhigen: Dauerwellen und toupierte Löwenmähnen sind out im Jahr 2018. Keine Pudelhaare und Soufflés mehr.» Mrs. Whitfield schmunzelte.

«Oh, super.» Lisa war immer noch fassungslos. Sie hatte sich ja schon oft vorgestellt, wie sie mal in der Zukunft aussehen würde. Aber irgendwie hatte sie nicht geglaubt, dass sie sich selbst immer noch so ähnlich sehen würde.

«Das ist übrigens der Grund für deine Übelkeit», sagte ihr älteres Ich nun.

«Was meinen Sie damit? Oder … du?», fragte Lisa, die erst jetzt auf die Idee kam, dass sie ihr eigenes Ich vielleicht besser mit Du ansprechen sollte.

«Wir können eigentlich nicht in derselben Zeit existieren. Eigentlich gibt es dich ja nur einmal, und nun bist du zweimal da. Damit hat die Zeitlinie ein Problem. Unsere Massen stoßen sich gegenseitig ab, wenn wir uns näher als einen Meter kommen. Das verursacht uns beiden ein Schwindelgefühl.»

«Ah, fühlen Sie … fühlst du das auch?»

«Selbstverständlich.»

«Ich kann das immer noch nicht glauben …» Lisa schüttelte den Kopf. Es war so merkwürdig, sich selbst beim Reden zuzusehen und zuzuhören. Verzog sie den Mund beim Sprechen wirklich so komisch?

Mrs. Whitfield holte etwas aus ihrer Tasche und legte es auf den Tisch. Es war das kleine rechteckige schwarze Etui, das sie vorhin in der Hand gehalten hatte. Sie öffnete es, und Lisa erkannte wieder dieses seltsame silberne Gerät, das sie erst für einen Gameboy oder einen Taschenrechner gehalten hatte. Aber als sie genauer auf den schwarzen Bildschirm schaute, sah es wirklich einem winzigen Fernsehgerät ähnlich. Aber so flach? Und wo waren die Knöpfe zum Anschalten? Da war nur ein einziger ovaler Knopf, mehr nicht.

«Was ist das?»

«Das ist ein Mobiltelefon aus dem einundzwanzigsten Jahrhundert. Wir nennen es Smartphone. Ich möchte dir gern etwas zeigen.»

Lisa schaute fasziniert zu, wie Mrs. Whitfield auf den Knopf drückte und wie auf dem Bildschirm auf einmal ein gestochen scharfes Bild von einem Sternenhimmel mit der Uhrzeit darauf erschien. Das Bild war so ruhig und klar wie auf einem Hochglanzmagazin, da war kein Flimmern wie bei einem Fernseher.

Mrs. Whitfield wischte mit dem Daumen über das Bild, und die Uhrzeit verschwand. Stattdessen erschienen nun runde Felder mit Ziffern über dem Sternenhimmel. Blitzschnell tippte sie ein paar

Zahlen an, und wie von Zauberhand wich der ganze Sternenhimmel zur Seite und machte einer Ansammlung bunter, viereckiger Symbole Platz.

Lisa starrte mit offenem Mund darauf und neigte sich näher über den kleinen Bildschirm, um sich die Symbole genauer anzusehen. Ihre Bedeutung ließ sich nicht so ohne Weiteres entschlüsseln. War das so was Ähnliches wie diese kleinen Fenster auf dem Computerbildschirm, mit denen man bei modernen Betriebssystemen Programme starten konnte?

Tatsächlich tippte Mrs. Whitfield auf eines dieser Symbole, und ein Bild öffnete sich. Es war ein gestochen scharfes Foto von einer schönen Frau, die Lisa gleich als Mrs. Whitfield und somit als sich selbst erkannte. Sie war verblüfft über die kräftigen Farben dieser Fotografie.

«Du staunst wohl ziemlich, was?», lächelte Mrs. Whitfield. «Das ist die Art und Weise, wie wir im Jahr 2018 fotografieren werden …»

«Mit *diesem* Gerät?»

«Selbstverständlich. Im Jahr 2018 sind wir im Begriff, unser ganzes Leben mit diesem Gerät zu verwalten. So gut wie jeder Mensch wird so ein Smartphone besitzen, und wir machen damit nicht nur Fotos, sondern drehen auch Filme, telefonieren damit, schreiben einander Nachrichten, chatten, kaufen ein, holen uns Informationen, lesen ganze Bücher, navigieren uns von Ort zu Ort, sehen uns die Wettervorhersagen an …»

«Das *alles* kann dieses Gerät?»

«Das und noch viel, viel mehr. Es ist eigentlich ein Taschencomputer.»

«Wahnsinn! Genau wie Doc Silverman immer vorausgesagt hat! Darf ich es mir ansehen?»

Mrs. Whitfield nickte, und Lisa nahm das Gerät sehr behutsam in die Hände.

«Wie kann ich das Bild wieder wegmachen?», fragte sie.

«Einfach auf den Knopf unten drücken, dann verschwindet es wieder. Wenn du eine neue App öffnen willst, tippst du einfach mit dem Finger drauf.»

«App?»

«So nennt man diese Symbole. Eine App ist eine Applikation, also eigentlich ein Computerprogramm.»

Lisa stupste mit dem Finger etwas unbeholfen den Bildschirm an und war erstaunt, wie leicht die Symbole ihren Fingerspitzen gehorchten und jedes Mal etwas Neues öffneten. Sie hatte keine Ahnung, was das alles für Programme waren, aber schon allein das Öffnen und Schließen war aufregend genug.

«Das ist unglaublich! Aber … habt ihr denn gar keine richtigen Fotos mehr in der Zukunft? Ich meine, solche, die man in einem Labor entwickeln lässt und in Fotoalben einklebt?»

«Eher selten. Und wenn, dann drucken wir sie selbst aus, direkt von diesem Gerät oder vom Computer. Aber wir bringen sie nicht mehr zum Fotofachgeschäft. Siehst du, die meisten Science-Fiction-Filme haben ziemlich übertrieben, was Zukunftsvorhersagen angeht, aber das hier … nun ja, das hat wirklich unser ganzes Leben verändert.»

«Erzähl mir von der Zukunft! Wie … sieht die Zukunft aus? Was wird aus mir? Und warum werde ich überhaupt Whitfield heißen?»

«Langsam», mahnte Mrs. Whitfield und steckte das Smartphone

wieder weg. «Ich bin eigentlich nicht gekommen, um dir allzu viel über *deine* Zukunft zu erzählen. Wir haben nicht viel Zeit. Wer weiß, wie lange die Zeitlinie unsere doppelte Anwesenheit in dieser Zeit erträgt. Nein, ich bin aus einem anderen Grund gekommen.»

«Aus welchem denn?»

Mrs. Whitfield lehnte sich zurück und sah ihr jüngeres Ich lange an. Es schien ihr nicht leichtzufallen, den Grund ihres Aufenthaltes zu nennen.

«Momo», sprach sie es schließlich aus.

«Momo?» Lisa zog die Augenbrauen hoch. «Mein … Momo?»

«Ganz recht. Dein Momo. Morgan Kendall, den du seit deiner Kindheit liebst.»

Lisa fühlte, dass sie rot wurde. Es war ihr immer peinlich, wenn dieses Thema angeschnitten wurde. Doch dann fiel ihr ein, dass sie ja im Grunde genommen sich selbst gegenübersaß.

«Warum? Was ist mit ihm? Oder …» Lisa begann etwas zu dämmern. «Was wird mit ihm in der Zukunft geschehen?»

Ihr zukünftiges Ich richtete ihren Blick zum Fenster hinaus auf die Straße, als würde das bunte Treiben da draußen sie zu einer Antwort stimulieren. Lisa wartete gespannt.

«Die Sache mit Momo ist die … nun, du hast ja mittlerweile erfahren, dass er seine Versetzung nicht schaffen wird. Dies ist erst der Anfang einer Kettenreaktion, die nach und nach sein ganzes Leben ruinieren wird.»

«Wie das? Sprich schon weiter», drängte Lisa, weil ihr älteres Ich wieder eine Pause einlegen wollte.

«Ich weiß leider nicht alles, und ich habe mir lange überlegt, ob ich wirklich diese Reise in die Vergangenheit wagen soll, um dir, meinem jüngeren Ich, davon zu erzählen. Aber die Verlockung, wenn man eine Zeitmaschine besitzt, ist einfach zu groß, und dann dachte ich … wenn es nur eine einzige Möglichkeit gibt, etwas daran zu ändern … dann bist *du* diejenige, die sie hat.»

«Was ist denn geschehen? Oder … was *wird* geschehen?» Lisa wurde immer ungeduldiger. Konnte die endlich auf den Punkt kommen?

«Also, das meiste, was ich dir hier wiedergebe, weiß ich von Steven. Ich hatte die ganzen vergangenen Jahre nicht viel Kontakt mit Momo.»

«Wieso denn nicht?» Lisa, die wirklich fast vor Neugier platzte, musste sich an der Tischkante festklammern, um ihr älteres Ich nicht vor Ungeduld zu schütteln. Sie wollte endlich hören, was das für eine Kettenreaktion war, die Momos Leben ruinieren sollte!

Endlich fing ihr Gegenüber an zu erzählen: «Na gut: Weil Momo die Versetzung nicht schaffen wird, wird Steven seinem Vater vorschlagen, ihn ganz von der Schule zu nehmen und stattdessen nach Amerika zu schicken. In der Hoffnung, dass sein kleiner Bruder dort einen Highschool-Abschluss machen und vor allen Dingen mal ein bisschen mehr aus sich herauskommen kann. Du kennst ja Steven!

Momo wird in Amerika zuerst ziemlich aufblühen, weil sein Sprachfehler dort nicht so auffallen wird. Er kann endlich eine Menge nachholen, Dinge, die er sich vorher wegen seines Handicaps nie getraut hat. Aber weil er kein richtiges Ziel hat, wird er schnell in die falschen Kreise geraten. Er wird sich ziemlich heftig ins Partyleben stürzen und deswegen auch den Highschool-Abschluss wieder vermasseln. Wenn er zwei Jahre später nach England zurückkommt, wird er nicht mehr derselbe sein. Das wilde Leben in den Staaten wird ihn ziemlich zeichnen.»

Sie unterbrach wieder, um einen Blick ihres jüngeren Ichs aufzufangen, das gespannt an ihren Lippen hing.

«Stevie hat mir gesagt, dass er seinen kleinen Bruder kaum noch wiedererkannt habe», fuhr sie fort. «Der Glanz sei total aus seinen Augen gewichen. Er sei völlig aufgedreht gewesen und habe rumgepöbelt, etwas, das Morgan sonst nie getan hat. Stevie sei selbst richtig erschrocken. Und der Vater sei erzürnt gewesen, weil Morgan immer noch keinen Schulabschluss hatte. Sie wurden zuhause nicht mehr fertig mit ihm. Er habe sich einfach nur noch danebenbenommen, und keiner konnte erklären, was mit ihm geschehen war. Wir vermuten, dass er nach seiner Rückkehr aus den USA in ein tiefes Loch gestürzt ist, weil ihm das Leben in England nur noch trist und leer erschien.»

Sie machte eine weitere Pause und musterte Lisa.

«Weiter!», forderte Lisa. «Was wird dann geschehen?»

«Nun, der weitere Absturz war vorprogrammiert. Sein Vater gab ihn immer mehr auf. Nur Stevie unterstützte ihn weiter und versuchte, seinen Bruder dazu zu bewegen, doch noch irgendeinen Abschluss hinzukriegen. Aber es ging nicht mehr. Irgendwas funktionierte nicht mehr mit Momo. Irgendwas war kaputt. Wie eine Batterie, die plötzlich leer ist. Oder ein Ball, bei dem die Luft raus ist.

Er versuchte, seine innere Leere mit irgendwas zu füllen – aber da er nicht viel mit sich anzufangen wusste, landete er wieder auf derselben Schiene wie in den USA. Partys, Alkohol, Frauen. Er kehrte sogar für ein weiteres Jahr in die Staaten zurück, in der Hoffnung, vielleicht dort seinen Platz im Leben zu finden, doch es gelang ihm nicht, wieder Fuß zu fassen. Das Selbstbewusstsein, sich irgendwie aufzuraffen und etwas aus sich zu machen, fehlte ihm gänzlich. Und so ging es immer weiter abwärts mit ihm.

Während sein älterer Bruder Steven Karriere machte, eine Familie gründete und vor Erfolg und Geld nur so strotzte, verschanzte sich Momo immer mehr in seinen vier Wänden und sprach kaum noch mit jemandem … Stevie unterstützte ihn finanziell, aber … das half ja auch nicht. Ich habe ihn während der letzten Jahre – genaugenommen, nachdem er die Schule verlassen hat – nur etwa zwei-, dreimal gesehen …» Sie holte tief Luft, und Lisa spürte, dass nun der schwierige Part kam.

«Er wollte mich unbedingt treffen, kurz nachdem er aus den USA zurückgekehrt ist. Aber ich hab ihn abgewiesen.» Sie senkte ihre Augen. «Ich war zu dem Zeitpunkt sauer auf ihn, weil er mir meine Briefe, die ich ihm während seiner Zeit in Amerika geschrieben hatte, nie beantwortet hat. Ich wollte deswegen mit ihm abschließen. Ich wollte ihn vergessen. Und dann, viel, viel später … als ich dann doch wieder auf ihn zugehen wollte, war es zu spät …»

«Warum zu spät?» Lisa wagte kaum, Luft zu holen.

«Weil es … ihm im Jahr 2018 … viel zu schlecht ging, um noch irgendwas unternehmen zu können.»

«Zu schlecht? Inwiefern denn?», hauchte Lisa entsetzt. «War er krank … oder … ich meine, wird er krank sein?»

«Du musst keine Details wissen. Was zählt, ist, es gar nicht erst so weit kommen zu lassen. Du darfst deine Freundschaft mit ihm nicht aufgeben. Unter keinen Umständen. Du darfst ihn nicht abweisen, wenn er dich treffen möchte! Das ist es, was ich dir dringend mitgeben will!»

«Aber warum hast *du* ihn denn abgewiesen?» Lisa sah ihr älteres Ich streng an. «Warum wolltest du ihn nicht mehr sehen, nachdem er aus den USA zurückgekommen ist?»

«Ich habe es dir ja gesagt. Ich war wütend auf ihn, weil er meine Briefe nicht beantwortet hat. Und überhaupt ...» Die ältere Lisa ließ matt ihre Schultern sinken. «Das ist es ja: Ich habe ... ein paar dumme Fehler gemacht und hoffe, dass du sie ausbügeln kannst.»

«Was denn für Fehler? Jetzt red doch nicht dauernd um den heißen Brei herum!» Lisa haute mit der Faust auf den Tisch. Würde sie in Zukunft wirklich so eine lahme Ente werden?

Mrs. Whitfield konnte ein leichtes Schmunzeln nicht verbergen, wurde dann aber wieder ernst.

«Schau, ich habe ja zuerst so verzweifelt versucht, die Freundschaft mit ihm aufrechtzuerhalten. Du weißt es ja selbst.

Ich war in ihn verliebt, aber er war es nicht in mich. Doch wir hatten zumindest unsere Freundschaft, auch wenn unsere Interessen auseinandergingen. Und dann, als er eben in Amerika war, habe ich ihm lange Briefe geschrieben, ellenlange Briefe, doch er hat keinen einzigen beantwortet. Und ich war enttäuscht. Ich war furchtbar enttäuscht und auch wütend, weil er mich nicht wollte und sich stattdessen in andere Mädchen verliebte. Und ich habe auf Leute gehört, die mir rieten, den Kontakt zu ihm abzubrechen und ihn zu vergessen. Und das habe ich dann getan.

Ich dachte, wenn er mich nicht will, suche ich mir eben jemand anderen. Ich habe dann schließlich ... Carter kennen gelernt.»

«Carter?»

«Meinen ... Ex-Mann.»

«Ich werde *heiraten?*» Lisa riss ihre Augen auf.

«Ja …»

«Aber warte, du sagst … Ex-Mann?»

«Nun ja, die Ehe wird leider nur ein paar Jahre halten. Ich bin schon seit einiger Zeit wieder geschieden.»

«Warte mal – ich werde heiraten und mich dann wieder scheiden lassen? Und wer ist dieser Carter?» Lisa beugte sich vor und sah ihrem älteren Ich eindringlich in die Augen.

Mrs. Whitfield seufzte. «Eigentlich wollte ich nicht …»

«Bitte!», flehte Lisa. «Du kannst mich nun nicht einfach in diesem Wissen hier sitzen lassen, dass ich in der Zukunft eine gescheiterte Ehe haben werde!»

«Oh, das Thema hat sich nun sowieso erledigt. Ziemlich unerwartet, aber …» Mrs. Whitfield winkte ab. Doch so leicht ließ Lisa ihr zukünftiges Ich nicht davonkommen!

«Wie erledigt? Warum?»

«Weil sich deine Zeitlinie bereits geändert hat. Du wirst diesen Carter Whitfield gar nicht heiraten.»

«Und woher willst du das jetzt wissen? Immerhin liegt das Ganze doch noch in der Zukunft für mich!»

«Na schön. Ich zeig's dir.» Mrs. Whitfield legte das Smartphone wieder vor Lisa auf den Tisch, klappte den Deckel auf und schaltete den Bildschirm ein. Sie tippte mehrmals darauf herum und wischte dann mit dem Finger mehrere Bilder zur Seite, die einfach verschwanden und an deren Stelle jeweils ein neues Bild trat. Lisa sah immer noch fasziniert zu. Dass man auf diesem Gerät einfach so viele Fotos aufbewahren konnte! Sie konnte es kaum mehr erwarten, in der Zukunft auch ein solches «Smartphone» zu besitzen.

Schließlich schob Mrs. Whitfield das Gerät näher zu Lisa. Lisa beugte sich darüber und erkannte die Fotografie einer Urkunde.

«Sieh mal. Diese Urkunde für mein abgeschlossenes Informatikstudium ist im Jahr 2000 ausgestellt worden, und sie lautet auf den Namen Lisa Leonor Lambridge. Ich habe aber in Wirklichkeit das Studium zwei Jahre früher abgeschlossen und während des Studiums Carter geheiratet. Das heißt, das Originaldokument aus meiner eigenen Zeit lautete auf den Namen Lisa Leonor Whitfield und ist ursprünglich 1998 ausgestellt worden.»

«Und?» Lisa runzelte die Stirn. Bei ihr klingelte es noch nicht ganz.

«Irgendetwas hat sich geändert in deiner Zeitlinie. Die Bilder auf meinem Smartphone passen sich dem an, was geschehen wird, wenn gewisse Ereignisse ihren Lauf nehmen werden oder wenn Entscheidungen getroffen werden.»

«Das heißt?»

«Das heißt, dass etwas passieren wird oder bereits passiert ist, das mein – sprich: *dein* zukünftiges Studium – um zwei Jahre verschieben wird.»

«Das Mädcheninternat!» Jetzt ging Lisa plötzlich ein ganzer Kronleuchter auf. «Natürlich! Ich muss doch ins Mädcheninternat, und dort muss mich irgendetwas dazu bringen, das Studium später aufzunehmen, und das ist …»

«… alles durch den missglückten Zeitreiseversuch ins Rollen geraten, der in meiner Zeitlinie gar nicht stattgefunden hat», vollendete Mrs. Whitfield den Satz. «Deswegen bin ich ja auch drauf gekommen, dass bei eurem Zeitreiseversuch etwas schiefgelaufen sein muss! Meine Erinnerungen haben sich angefangen zu verändern. Ich hatte nämlich auf einmal eine vage Erinnerung an diesen missglückten Zeitreiseversuch im Kopf, die vorher nicht da war, und das hat mich stutzig gemacht.

Frag mich übrigens nicht, wie das gehen kann, denn es gibt so viele Paradoxien, wenn man sich mal mit dem Thema ‹Zeitreise› beschäftigt …

Dann habe ich anhand dieser Fotos herausgefunden, dass irgendwas passiert sein muss, das mein Studium um zwei Jahre verschoben hat, nur wusste ich nicht, was … Na, jetzt hab ich darauf wenigstens eine Antwort!»

«Stimmt. Genau wegen diesem vermasselten Experiment hat Fanny Tante Sally und Onkel Bob nämlich den Floh mit dem Mädcheninternat ins Ohr gesetzt. Ach, du Schreck!» Lisa schlug sich entsetzt auf den Mund.

«Nun», schmunzelte ihr älteres Ich, «vielleicht ist das ja gar nicht mal so schlecht.»

«Warum? Jetzt hab ich deine … meine Zukunft vermasselt.»

«Erstens: Nein! Laut dem Abschlusszertifikat auf dem Foto wirst du nach wie vor Informatik studieren. Einfach zwei Jahre später. Und zweitens … war Carter Whitfield nicht unbedingt die beste Wahl.»

«Ach …?»

«Tja, das war eben dieser gravierende Fehler, den ich gemacht habe: Ich habe ihn eigentlich nur geheiratet, weil ich Momo vergessen wollte. Weil ich sauer auf ihn war, habe ich beschlossen, innerlich mit ihm abzuschließen und mich anderen Dingen zuzuwenden – eben einer neuen Liebe. So pflegt man das ja zu tun.

Aber man kann das Herz nicht einfach auf der Strecke lassen. Ich habe mir vorgemacht, Carter sei meine neue Liebe, aber in Wirklichkeit war er das nicht. Denn im Grunde genommen hab ich nie aufgehört, Momo zu lieben. Stevie hatte mich während der Zeit meiner Ehe ein paarmal verzweifelt angerufen, weil er Hilfe brauchte für seinen Bruder, der so völlig aus der Bahn geraten war. Er dachte, ich sei vielleicht die Einzige, die ihm helfen könnte.

Aber ich konnte nicht. Carter ließ mich nicht gehen. Er war eifersüchtig, und wir haben uns deswegen dauernd gestritten. Ich sagte dir ja, dass ich mich nach einigen Jahren wieder von Carter hab scheiden lassen. Ich konnte einfach kein Leben in einer Lüge leben und mir ständig etwas vormachen. Den Namen Whitfield habe ich nur behalten, um nicht ständig auf meine drei L im Namen angesprochen zu werden ...»

Lisa hatte mit offenem Mund zugehört. Sie konnte kaum fassen, was sie da hörte. «Ich werde also nur *heiraten,* um Momo zu vergessen?», fragte sie entsetzt.

Wie verrückt war das denn? Sie würde doch niemals jemanden heiraten wollen, den sie gar nicht liebte! Schlummerte tatsächlich so viel selbstzerstörerisches Potenzial in ihr?

«Diesen Fehler brauchst du ja nun nicht mehr zu begehen, Lee», sagte Mrs. Whitfield – die nun also streng genommen gar nicht mehr Whitfield hieß – mit warmer Stimme. «Wie gesagt, das hat sich ja nun erledigt, du wirst Carter Whitfield vermutlich nicht mal kennen lernen und bist frei, deine Zukunft ganz neu zu planen. Und ... du kannst deinem Herzen treu bleiben und Momo treffen, wenn er aus Amerika zurückkommt ... Wer weiß, vielleicht gibt es für euch eine Möglichkeit, ganz neu anzufangen. Vielleicht hat er seine Meinung geändert und möchte dir eine Chance geben. Ich weiß es nicht. Ich habe es leider nie erfahren. Aber selbst wenn es nur bei einer

Freundschaft bleibt, so denke ich … es würde ihm guttun. Stevie sagte mir, Momo habe sehr gelitten, weil ich ihn nicht mehr sehen wollte.»

Lisa schluckte leer. Sie hatte den Schock über ihr eigenes Versagen in der Zukunft immer noch nicht verdaut, auch wenn es gemäß ihrem älteren Ich ja gar nicht mehr dazu kommen musste. Sie starrte immer noch auf das Bild mit der Urkunde. Sie konnte einfach nicht glauben, dass sie so einen massiven Fehler in ihrem Leben begehen sollte … und einen Mann heiraten würde, den sie nicht liebte … und Momo im Stich lassen würde …

«Wir machen alle Fehler im Leben, Lee», tröstete sie die ältere Lisa, die offenbar genau spürte, was sie dachte. «Sieh es so rum: Einer deiner größten Wünsche wird dafür in Erfüllung gehen: Du wirst tatsächlich Informatik studieren und enorm viel Erfolg im Beruf haben …» Sie nahm ihr sanft das Smartphone weg und wischte mit dem Finger mehrmals darüber, ehe sie es wieder vor Lisas Nase legte.

«Und – ja, sieh mal, daran hat sich trotz verschobener Zeitlinie auch gar nichts geändert: Du wirst im Jahr 2013 dein erstes Computerspiel produzieren. Es heißt ‹Time Travel Girl› und ist eine Art Adventure-Game, bei dem ein Mädchen durch verschiedene Zeiten reisen und Rätsel lösen muss. Mit sechzehn Millionen Farben und mehreren Levels. Na? Was sagst du jetzt? Es hat eben etwas länger gedauert, bis du am Ziel deines Traumes warst, aber immerhin …»

Lisa starrte ungläubig auf das Foto, das ein Regal in einem Warenhaus zeigte, auf dem mehrere CD-Boxen eines Computerspiels standen. Das Mädchen auf dem Cover der Box hatte eine gewisse Ähnlichkeit mit ihr selbst, fand sie.

«In dem Computerspiel kommt auch ein Junge vor, der sie begleitet, und sein Name ist Kylian Kendall … das nur so nebenbei.»

«Kylian *Kendall?*»

«Tja, du siehst … deine Liebe zu Momo wird dich dein Leben lang begleiten. Eigentlich wollte ich dir das alles ja gar nicht erzählen, aber … ich kann dich ja nicht in dem Glauben hier sitzen lassen, dass deine Zukunft nur düster aussehen wird. Denn das tut sie nicht. Alles andere als das! Eben darum ist es umso wichtiger, dass du nicht aufhörst, deinem Herzen zu folgen …»

Lisa konnte nicht davon ablassen, das Foto anzustarren. Hier war er, ihr wahr gewordener Traum, direkt vor ihren Augen, aber es erschien ihr so wundersam und fantastisch, wie ein Bild aus einer anderen Welt. Doch obwohl das hier kein Traum war, obwohl sie hellwach war und es mit ihren eigenen Augen sah, konnte sie das im Moment wenig trösten. Die hässliche Nachricht aus ihrer Zukunft überwog zu sehr, und sie musste erst noch diese Dinge klarstellen, bevor sie sich wirklich über die Erfüllung dieses Herzenswunsches freuen konnte.

Da sich seit einigen Minuten wieder dieses lästige Ziehen in ihrer Magengegend breitgemacht hatte – das durch den heißen Tee und die Zimtrollen für eine Weile fast verschwunden gewesen war –, wusste sie, dass sie vermutlich nicht mehr viel Zeit hatte.

«Bitte beantworte mir noch ein paar wenige Fragen», bat sie.

Ihr älteres Ich nickte zögernd.

«Die Sache mit Carter Whitfield … hatte ich Kinder mit ihm? Das heißt, werde ich Kinder haben? Ich meine … wenn ich ihn nun nicht heirate, dann …»

«Nein. Ich kann dich beruhigen: Ihr werdet keine Kinder haben.»

«Gut.» Lisa hatte insgeheim schon befürchtet, dass sie vielleicht die Geburt ihrer zukünftigen Kinder verhinderte, indem sie Carter Whitfield nun *nicht* heiratete. Das hätte sich irgendwie miserabel angefühlt und ihr Gewissen extrem belastet.

«Aber – warte mal: Anhand deines Fotos werde ich nun ja gar nicht heiraten, da ich … da du … ja nun wieder *Lambridge* heißt. A-also … demzufolge … wird definitiv auch nie etwas … zwischen Momo und mir sein … denn sonst würdest du ja nun Kendall heißen?»

Lisa fühlte einen schmerzhaften Klumpen in ihrem Hals wachsen, als diese ernüchternde Erkenntnis langsam in ihr Bewusstsein drang. Momo würde nie mit ihr zusammen sein wollen …

Es war, als hätte man ihr in dem Moment endgültig etwas aus dem Herzen gerissen, was immer zu ihr gehört hatte und ein Teil von ihr gewesen war, nämlich das letzte bisschen Hoffnung.

«Aber nein», lächelte ihr älteres Ich. «Dieses Bild zeigt nur, dass ich im Jahr 2000 noch Lambridge heiße. Was nachher kommt, sehen wir hier ja nicht. Vergiss nicht: Ich komme aus dem Jahr 2018. Ich könnte nun rein theoretisch auch noch nach dem Jahr 2000 geheiratet haben. Doch egal, was die Fotos jetzt gerade zeigen: Die Zukunft ist noch nicht geschrieben! Deine nicht und die von Momo nicht. Ihr habt immer noch alles in der Hand! Ich kann dir nicht versprechen, dass ihr ein Paar werdet, aber … immerhin steht euch die Möglichkeit offen.»

«Aber wenn die Zukunft noch gar nicht geschrieben ist, warum zeigt dann dieses Bild trotzdem, was passieren wird?»

Lisa war hartnäckig. Das Ganze ging für sie einfach nicht auf, egal, wie sie es drehte und wendete. «Denn dann liegt es doch eigentlich gar nicht in unserer Hand? Dann ist doch alles schon vorherbestimmt?»

Ihr zukünftiges Ich seufzte. «Du kannst einen aber wirklich löchern. Hör zu, ich kann dir auch nicht alles sagen. Doc Silverman kann so was besser erklären. Meine Theorie ist, dass die Fotos einfach die Ereignisse zeigen, die zum jetzigen Zeitpunkt bereits beschlossen oder absehbar sind. Also, dass die Realität, die uns umgibt, eben nicht unabhängig von uns existiert. Sollte deine Familie zum Beispiel übermorgen ihren Entschluss ändern, dich ins Internat zu schicken, dann wird sich auch das Bild erneut verändern. Aber wie gesagt, es ist nur eine Theorie, eine Vermutung. Ich denke, letzten Endes bleibt es ein Mysterium, das wir nicht genau erforschen können.»

«Hmm.» Lisa runzelte angestrengt die Stirn. «Aber kannst du dich denn nicht erinnern? So, wie du dich plötzlich an den missglückten Zeitreiseversuch erinnern konntest, der in deiner Zeitlinie noch gar nicht dagewesen ist? Du müsstest doch eigentlich inzwischen ganz frische Erinnerungen daran haben, ob du nun im Jahr 2018 mit Momo verheiratet bist oder nicht?»

«Leider nein, Lisa», sagte ihr älteres Ich traurig. «Das habe ich nicht. Wenn ich wieder in meine Zeit zurückkomme, werde ich vermutlich selber vor einigen Überraschungen stehen. Ich denke, mit meinen Erinnerungen funktioniert es ähnlich wie mit den Fotos.»

«Wie denn?»

«Dass sie sich dem anpassen, was in *deiner* Zeitlinie bereits geändert oder beschlossen worden ist. Alles andere bleibt …»

«Aber wenn du wieder zurück in deiner eigenen Zeit bist, und gewisse Dinge in meiner Zeit noch nicht beschlossen sind – was passiert dann damit? Dann … hast du ja … irgendwelche Lücken in deinem Leben?»

«Um Himmels willen, versuch nicht, die Details des Zeitreisens zu verstehen», stöhnte ihr älteres Ich. «Zeitreisen sind verwirrend und paradox, und sie werden vermutlich für immer ein unerklärbares Phänomen bleiben. Ich weiß, du bist ein analytisch denkender Mensch, aber vergiss nicht: Wir sind ein- und dieselbe Person. Vermutlich werden unsere beiden Zeitlinien wieder zu einer Linie verschmelzen, wenn ich zurück bin.

Wie ich bereits sagte: All das, was ich dir versuche zu erklären, ist eine Vermutung; ob es tatsächlich so funktioniert, weiß ich nicht. Wichtig ist, dass du dir meinen Rat zu Herzen nimmst und dir treu bleibst und nicht auf andere hörst.»

«Okay. Aber ich will trotzdem noch etwas wissen … Du sagtest, es sei im Jahr 2018 zu spät gewesen, mit Momo nochmals neu anzufangen … warum?»

Lisa lehnte sich zurück und musterte ihr älteres Ich. Sie hatte inzwischen den festen Verdacht, dass sie ihr irgendwas verheimlichte.

«Na schön», seufzte die ältere Lisa. «Nun, ich habe den Kontakt mit Momo etwa zwei Jahre nach meiner Scheidung wieder aufgenommen. Mir war klar, dass ich ihn nicht einfach vergessen konnte. Aber ich brauchte Zeit, um meine Scheidung zu verdauen und um meine tief vergrabenen Gefühle für Momo überhaupt erst wieder zuzulassen. Es war ein langer und schmerzvoller Prozess.

Doch als ich dann den Anlauf gewagt habe, hat er schon niemanden mehr an sich rangelassen. Mich nicht, seinen Bruder Steven nicht, gar niemanden. Er lebte völlig zurückgezogen und hat mit kaum jemandem überhaupt gesprochen. Er war schon richtig in einer Midlife-Crisis. Dazu kommt, dass er sich über Jahre hinweg immer tiefer in eine ziemlich schwere Alkoholabhängigkeit hineinmanövriert hatte, von der kaum jemand wusste.

Wir haben uns ein einziges Mal getroffen, aber ich war richtig schockiert. Er hatte sich so verändert … und nicht zum Guten. Ich habe ihn kaum noch wiedererkannt. Wir haben zwar miteinander geredet, aber … er hat so gut wie keinen ganzen Satz mehr herausgebracht. Sein Sprachfehler hatte sich sogar wieder verschlimmert … er hat nur noch gestottert.»

Sie schüttelte bekümmert den Kopf. «Ich wollte danach mit ihm in Kontakt bleiben, wollte ihm irgendwie helfen, aber er hat nach unserem Treffen weder auf meine Anrufe reagiert noch meine Nachrichten beantwortet, rein gar nichts. Vermutlich hat er sich geschämt, weil sein Leben so den Bach runter ist.»

Lisa schloss bekümmert die Augen. Sie durfte sich das gar nicht vorstellen – das war zu deprimierend.

«Und was ist mit Paul und Nathan?», fragte sie leise und öffnete die Augen wieder. «Sie sind doch seine besten Freunde! Hatten die auch keinen Kontakt mehr zu ihm? Oder – werden keinen Kontakt mehr zu ihm haben in der Zukunft?»

«Wenig. Außerdem hatten die selbst irgendwann Familie und waren mit ihrem eigenen Leben ziemlich beschäftigt. Oder werden beschäftigt sein. Tut mir leid, für mich liegt das Ganze halt bereits in der Vergangenheit!»

Eine Weile war es still, und die beiden Lisas sahen einander in die Augen. Es war so surreal, seinem eigenen Ich gegenüberzusitzen, eine exakte Kopie seiner eigenen Person zu sehen, nur neunundzwanzig Jahre älter. Lisa fasste sich an die Stirn und befühlte ihre

Haut, um sich zu vergewissern, dass sie wirklich da war und das nicht alles nur träumte.

«Wenn ich mir etwas wünschen dürfte», sagte die ältere Lisa mit veränderter Stimme, die sich nun auf einmal nicht mehr anhörte wie die Stimme einer fünfundvierzigjährigen Frau, sondern wie die einer unsicheren Sechzehnjährigen, «dann ist es dies, dass ich Momo gerne wenigstens ein einziges Mal in meinem Leben gesagt hätte, wie sehr ich ihn liebe. Und wie viel er mir bedeutet hat.

Ich habe ihm zwar meterlange Briefe geschrieben, aber das, was ich ihm *wirklich* sagen wollte, habe ich ihm nie gesagt. Dabei hat er meine Kindheit gerettet. Ohne ihn wäre es manchmal ziemlich düster gewesen. Das weißt du ja …»

Ihre Stimme bebte. «Schau, Lee …», sie wischte sich nun verstohlen über die Augen, «ich weiß ja, wie arrogant und abweisend Momo sich die vergangenen Jahre dir gegenüber manchmal verhalten hat. Du brauchst mir überhaupt nichts zu erzählen. Aber trotzdem … er ist ein guter Junge.»

Lisas Gedanken schweiften zu dem, was heute in der Schule vorgefallen war. An Momos arrogante Bemerkungen auf der Dachterrasse und an dieses Komitee, das beschlossen hatte, sie zu schneiden. Und daran, dass Momo ein Teil dieses Komitees gewesen sein sollte. Wenn sie daran dachte, war sie tatsächlich wütend auf ihn, und der Schritt, die Freundschaft mit ihm einfach auf Eis zu legen, war in der Tat erschreckend nah. Bei dem Gedanken erschauderte sie. Und die Sache mit den Briefen fand sie auch ziemlich daneben, obwohl das natürlich noch in der Zukunft lag. Und genau das sprach sie auch aus.

«Insgesamt sieht es ja so aus, als ob ich ihm erst dann wieder gut genug sein werde, wenn er aus Amerika zurückkommt und in ein tiefes Loch fällt und sonst nichts anderes mehr mit sich anzufangen weiß, oder?», schloss sie etwas sarkastisch. «Dann bin ich sozusagen wieder der Lückenbüßer für ihn?»

«Aber nein», sagte die ältere Lisa sehr ernst. «So darfst du das nicht sehen. Genau das waren ja auch meine Gedanken, doch die neunundzwanzig Jahre, die zwischen uns beiden liegen, haben mich inzwischen einiges gelehrt. Ja, Momo hat dir gegenüber Fehler gemacht, aber manchmal müssen wir eben auch ein bisschen Zurückweisung ertragen. Unseren Stolz aufgeben und … anderen Böses nicht zurechnen. Verzeihen können.»

Lisa runzelte die Stirn. «Verzeihen können?»

«Liebst du Momo?»

Ihr älteres Ich blickte sie sanft, aber bestimmt an, und ihr Blick drang ihr durch Mark und Bein.

Lisa senkte den Blick, während ihre Wangen flammend rot wurden. Was sollte diese Frage jetzt? Sie hatten doch nun die längste Zeit über nichts anderes geredet. Natürlich liebte sie ihn. Sie wäre für ihn sogar durchs Feuer gegangen …

«Dann sei bereit, für deine Liebe auch ein wenig zu leiden!»

«Leiden? Für die Liebe *leiden?*» Lisa kam nun nicht mehr ganz mit. «Wie meinst du das? Soll Liebe denn nicht etwas Schönes sein?»

«Natürlich. Sie ist das Schönste überhaupt, aber erst durch Hingabe kann sie in die Tiefe wachsen. Erinnerst du dich an den Vers, den Doc Silverman gern zitiert? Liebe ist geduldig und gütig. Liebe lässt sich nicht erbittern. Sie rechnet Böses nicht zu. Sie erträgt alles. Sie glaubt alles. Sie hofft alles. Sie erduldet alles. Die Liebe vergeht niemals.»

«Hm …» Natürlich, Lisa erinnerte sich sehr gut an den Vers. Er stand auch im Fotoalbum ihrer Eltern. Aber so richtig hatte sie ihn in seiner Tiefe noch nie begriffen … Ja, was bedeutete Liebe eigentlich? Bedeutete es vielleicht, einen Schritt weiter zu gehen als das, was die meisten anderen unter Liebe verstanden?

«Es gab mal jemanden, der sich für die Liebe sogar durchbohren und an ein Kreuz nageln ließ, und zwar nicht einmal für seine Freunde, sondern sogar für seine Feinde. Das, würde ich meinen, war der größte Akt der Liebe, den es im ganzen Universum je gegeben hat», sagte ihr älteres Ich nun. «Das ist eine Dimension der Liebe, von der in unserer selbstsüchtigen Welt keiner mehr spricht.»

Lisa schwieg und kaute auf ihrer Unterlippe herum. Ja, auch davon hatte Doc Silverman oft gesprochen. Über den Herrn der Zeit, der alles geschaffen hatte: die Welt, das Universum; Chronos, die Zeitlinie, und Äon, die Ewigkeit. Und ja, auch über diesen größten Akt der Liebe, den es im Universum je gegeben hat. All diese Mysterien, die so schwierig zu verstehen waren …

«Siehst du, wären die Leute öfter bereit, für die Liebe auch ein paar Opfer zu bringen, würden manche Beziehungen länger halten. Aber die meisten laufen ja weg, wenn es schwierig wird. Wir wollen, dass Liebe Spaß macht, und das soll sie auch. Aber Liebe ist mehr als Spaß.»

«Okay … ich verstehe …», sagte Lisa leise.

«Dann wirf deine Liebe für Momo nicht einfach weg, ja? Sie ist viel zu kostbar, um sie einfach wegzuwerfen, Lee.»

Ihr älteres Ich schaute ihr wieder tief in die Augen. Es war einfach unmöglich, der Frau etwas vorzumachen. Sich selbst etwas vorzumachen …

«Nicht viele besitzen eine solche Liebe. Momo kann sich wirklich glücklich schätzen, und glaub mir: Er weiß es. Ganz tief in seinem Innern weiß er es. Schau, seine größte Schwäche mag sein, dass er seinen Hintern nicht immer hochkriegt. Weil er sich unsicher fühlt. Und dass er noch nicht herausgefunden hat, wer er ist und wo er hineinpasst. Er ist doch erst sechzehn – in deiner Zeit jedenfalls. Also gib ihm bitte Zeit.

Und gib ihn nicht auf. Bedenke: Er leidet viel mehr unter seinem Sprachfehler, als er zugeben will.

Also, sieh nicht nur auf das Negative. Sieh dir auch das Positive an! Hat er dich nicht auf seine Party eingeladen? Hat er nicht fast den ganzen Abend nur mit dir verbracht? Hat er dir nicht geholfen, den Bandsalat wieder aufzurollen? Das hätte er alles nicht gemacht, wenn er dich nicht mögen würde. Er ist nämlich in Wahrheit ein extrem gutmütiger Mensch, nur sieht das leider keiner. Vielleicht ist er schon fast *zu* großzügig, wenn man bedenkt, wie viele Frauen ihn später nur ausnützen werden. Wenn ich den Geschichten, die mir Stevie erzählt hat, Glauben schenken will …»

Lisa nickte zögernd. Es war schon unheimlich, wie ihr älteres Ich jeden einzelnen Gedanken aus ihr hervorholen konnte, ohne dass sie ihn überhaupt auszusprechen brauchte. Aber verwunderlich war es ja nicht.

«Sei für ihn da, wenn er aus Amerika zurückkommt. Gib ihm wenigstens diese eine Chance noch. Wenn er dich dann später wirklich weiterhin partout zurückweisen wird – ja, dann wird die Zeit kommen, ihn loszulassen. Aber dann hast du wenigstens alles versucht. Sehr oft ist unser Rückzug nämlich nur eine Schutzreaktion unseres verletzten Stolzes. Wir geben auf, weil wir aufhören, an etwas zu glauben.»

«Ist ja gut, ich hab's jetzt begriffen.» Lisa fand so viel Weisheit auf einem Haufen langsam doch ziemlich anstrengend. Sollte sie in der Zukunft wirklich so eine Besserwisserin wie Fanny werden und andere dauernd belehren?

«Ich sage dir das nur so eindringlich, weil ich weiß, dass deine Geduld noch auf eine harte Probe gestellt werden wird.»

Einmal mehr hatte ihr älteres Ich sie genau durchschaut.

«Nicht, um dich zu belehren. Keine Angst, du wirst keine zweite Fanny werden.»

Lisa atmete erleichtert auf. Wenigstens das …

«Weißt du, in der Zukunft werden wir sogar noch extremer werden im Aufgeben», fuhr ihr älteres Ich fort. «Immerhin werden wir ja durch diese ganze neue Technologie sehr schnell per Knopfdruck neue Partner und neue Freunde finden können, wenn die alten nicht mehr passen …»

«Im Ernst? Wie denn das?»

«Dating-Apps.»

«Was ist das?»

«Vergiss es. Denk noch nicht daran! Das kommt dann früh genug. Aber halte an dem fest, was ich dir gesagt habe. Momos Leben könnte davon abhängen, weißt du.»

«Kann ich noch eine Frage stellen?»

«Lee …» Ihr älteres Ich hob abwehrend die Hände.

«Doch. Ich werde den Eindruck nicht los, dass du mir irgendwas *nicht* sagen willst. Irgendwas über Momos Zukunft. Es gibt nämlich noch irgendwas, ja? Was hat dich dazu bewogen, zurück ins Jahr

1989 zu kommen? Es muss doch einen ganz bestimmten Grund dafür gegeben haben! Sonst würdest du nämlich immer noch im Jahr 2018 sein und das tun, was du mir nun gepredigt hast: nämlich nicht aufgeben! Aber aus irgendeinem Grund wird deine Ich-rette-Morgan-Mission im Jahr 2018 zu Ende sein …»

«Lee, ich hab dir gesagt, was du wissen musst, okay?» Die Stimme ihres älteren Ichs klang nun so bestimmt, dass Lisa sich nicht mal traute, sich selbst zu widersprechen. «Du weißt nun mehr über deine und Momos Zukunft, als du eigentlich wissen solltest. Das genügt! Und wir haben nicht mehr viel Zeit. Ich warte eigentlich nur darauf, dass uns die Zeitlinie irgendwann auseinandertreiben wird. Wir sitzen schon erstaunlich lange beieinander.»

Lisa hatte schon eine Weile gespürt, wie das Ziehen in ihrer Magengegend stärker geworden war. Wie magnetische Wellen, die vom Boden ausgestrahlt wurden und durch ihr Inneres flossen. Doch sie schaffte es nach wie vor, diesen Kräften standzuhalten.

«Ich muss nämlich ganz dringend noch was anderes mit dir besprechen. Ich brauche gewissermaßen eure Hilfe, um wieder zurück in die Zukunft zu gelangen.»

«Zurück in die Zukunft?»

«Wohin denn sonst? Ich muss doch wieder zurück in meine eigene Zeit. Deswegen wollte ich unbedingt, dass du und Zac die Zeitmaschine testet. Ihr müsst mich nämlich am kommenden Freitag, den 15. September, wieder zurückschicken. In der Nacht findet das nächste große Gewitter statt.»

«Freitagnacht? Aber da ist doch der Ball!» Lisa fiel gerade ein, dass sie immer noch keinen Tanzpartner hatte.

«Ich weiß. Aber ich habe keine andere Wahl. Ich brauche euren

Time Transmitter, und am kommenden Freitag ist die allerletzte Gelegenheit. Danach ist der Sommer endgültig vorbei und damit auch die Gewittersaison. Dann müsste ich wieder mehrere Monate warten.»

«Warte mal!» Jetzt klingelte bei Lisa etwas. «Wie bist du denn überhaupt in die Vergangenheit gekommen? Also – ich meine, in die Gegenwart?»

«Auf demselben Weg, wie du in die Zukunft gereist bist. Durch ein Wurmloch bei der Tomsbridge. Mit dem Time Transmitter, den Zac im Jahr 2018 gebaut hat. Bauen wird, besser gesagt. Das Blöde ist halt, dass der Time Transmitter in der Zeit bleibt, in der man abgereist ist. Darum benötige ich nun den von euch.»

«Verstehe. Aber warte mal – Reisen in die Vergangenheit sind doch gar nicht möglich?»

«1989 noch nicht, nein. Aber bis im Jahr 2005 wird Zac die Lösung gefunden haben. Wir mussten das Projekt jahrelang vor Professor Ash verstecken. Durch Zacs vergessene Notizen im Physikheft ist der nämlich ziemlich neugierig auf den Time Transmitter geworden. Er hat sich sogar heimlich eine Kopie von Zacs Aufzeichnungen angefertigt.

Aber weil wir die Zeitmaschine ja nie richtig testen konnten, da wir keine präzisen Informationen über ein bevorstehendes Gewitter hatten, hat das Projekt jahrelang brachgelegen. Erst im Jahr 2001 hat Zac eine funktionstüchtige Wetterstation gebaut, die recht exakte Angaben liefern konnte. So hatten wir die Möglichkeit für ein paar Tests. Und der Time Transmitter, den Zac im Jahr 2018 fertigstellen wird und mit dem ich hierher nach 1989 gereist bin, ist natürlich eine noch viel modernere und ausgeklügeltere Version als euer klobiger Prototyp. Aber das wirst du dann schon noch sehen.»

Sie lächelte. «Wichtig ist jetzt nur, dass ich am 15. September wieder zurück in meine eigene Zeit reisen kann.»

«Okay, verstehe. Und was müssen wir tun?»

«Du musst mit Zac und Doc Silverman reden. Sie müssen dringend den Time Transmitter vorbereiten. Ich hoffe, sie konnten den technischen Fehler ausbügeln. Das Gewitter wird um kurz vor eins nach dem Ball seinen Höhepunkt erreichen. So steht es zumindest in den Wetteraufzeichnungen von 1989. Spätestens um Mitternacht, wenn Ballkönig und Ballkönigin gekürt werden, müsst ihr verschwinden und den Time Transmitter dort beim Felsen aufstellen.»

«Okay ...»

«Es sollte eigentlich kein Problem darstellen für Zac. Ich weiß, dass er mit Britt zum Ball gehen wird, aber Britt wird früh nach Hause gehen wollen. Dann hat Zac genug Zeit, den Time Transmitter bei der Brücke vorzubereiten. Es wäre mir lieb, wenn Doc Silverman dabei sein könnte. Zwei Paar Wissenschaftleraugen sehen mehr als eins! Immerhin muss Zac den Time Transmitter auf fast dreißig Jahre einstellen.»

«Alles klar ... aber ... warte mal: Zac wird mit Britt auf die Party gehen?!» Lisa starrte ihr älteres Ich perplex an. Jetzt war ihr klar, warum Britt so rot geworden war ...

«Nun ja ...» Die ältere Lisa wich ihrem Blick aus. «Das Leben bietet manchmal Überraschungen, nicht wahr?»

«Allerdings ...» Die jüngere Lisa öffnete den Mund, um zu der nächsten Frage anzusetzen, doch die ältere Lisa kam ihr zuvor.

«Nein! Frag nicht!»

«Warum nicht?»

«Weil du es gar nicht wissen willst.»

«Doch. Genau das will ich jetzt wissen!»

«Willst du nicht!»

Die jüngere Lisa sprang empört auf. «Du wirst mir doch wohl noch sagen können, mit wem *ich* denn zum Ball gehen werde?»

«Nein, das werde ich nicht!» Die ältere Lisa verschränkte demonstrativ die Arme vor der Brust.

«Sei doch nicht so stur!»

«Und du sei nicht so kindisch! Setz dich wieder! Nein, ich werde dir *nicht* sagen, mit wem du zum Ball gehen wirst. Das musst du schon selber herausfinden. Außerdem, vergiss nicht, dass sich deine Zeitlinie seit dem Experiment verändert hat. Du bist zwei Tage verschwunden, ich nicht. Das könnte einiges ändern.»

«Na schön.» Lisa knurrte und plumpste wieder auf den Stuhl. Es fühlte sich ziemlich merkwürdig an, ein Wortduell gegen sich selbst zu verlieren.

«Also, wie ist das: Kannst du das für mich organisieren? Kannst du mit Zac und Doc Silverman reden?»

«Nein, kann ich nicht», sagte Lisa, noch immer trotzig. «Ich darf ja keinen Kontakt mit ihnen haben.»

«Oh.» Die ältere Lisa sah sie erstaunt an. «Das ist neu.»

«Tja, eben: meine veränderte Zeitlinie», entgegnete Lisa schnippisch.

«Verstehe. Na gut, dann müsst ihr euch halt was einfallen lassen. Ich bin sicher, Britt kann dir helfen. Immerhin hängt deine eigene Zukunft davon ab. Ich bin ja du, und du bist ich.»

Ein gewaltiger Ruck ging auf einmal durch Lisas Magen. Auch ihr älteres Ich schwankte unter der mysteriösen Krafteinwirkung.

«Oha. Ich glaube, wir müssen uns nun wirklich bald trennen. Lass uns an die frische Luft gehen. Schnell.»

Beide Lisas sprangen gleichzeitig auf und schlugen sich das Knie am Tischbein an. «Autsch», riefen sie wie aus einem Munde, und einige Leute drehten sich nach ihnen um.

«Schnell!» Die ältere Lisa lief voraus, und die jüngere war ihr dicht auf den Fersen. Als sie draußen auf der Straße an der frischen Luft standen, hörte der Boden auf zu schwanken, und beide fühlten sich wieder fester auf den Beinen. Die ältere Lisa sah sich um und richtete ihren Blick zum Tower des «Tomsborough Telegraph» mit der Datumsanzeige.

«Wirklich faszinierend, wieder an diesem Ort zu sein», sagte sie. «Ich hatte schon fast vergessen, wie es 1989 hier aussah. Dieser Tower da steht ja schon lange nicht mehr. Ich muss direkt noch ein paar Fotos machen. Nur als persönliches Souvenir ...» Sie zückte das Smartphone und hielt es sich zwanzig Zentimeter vors Gesicht.

Die jüngere Lisa, die darauf achtete, sich nicht mehr als einen Meter ihrem älteren Gegenüber zu nähern, sah fasziniert, wie auf dem Bildschirm jeweils eine exakte Voranzeige des Fotos erschien, das man schießen wollte. Das war so viel einfacher, als immer mühsam mit zusammengekniffenen Augen durch das Guckloch der Kamera zu gucken und dann am Ende doch nicht zu wissen, ob das Foto gut würde. Das erfuhr sie frühestens eine Woche später, wenn die Fotos entwickelt waren. Diese neue Technik war wirklich atemberaubend!

Ihr älteres Ich schoss gleich mehrere Fotos hintereinander, ohne sich Gedanken über die Verschwendung des Films machen zu müssen. Allerdings musste sie das Smartphone kurz wegstecken, als ein paar junge Männer neugierig in ihre Richtung schielten und sich wohl fragten, was das für ein wundersames Gerät war.

«Du sagtest, dass der Tower 2018 nicht mehr stehen wird?»

«Ganz richtig», erwiderte die 2018er-Lisa. «Er wird komplett abgerissen und durch einen noch viel höheren Tower ersetzt, in dem auch ein Shoppingcenter und diverse Messe-Ausstellungen Platz finden werden. Es wird hier nicht mehr so aussehen wie jetzt.» Sie deutete auf die Flaniermeile mit den vielen Shops. «Fast alle dieser Läden werden verschwinden. Benetton, der Bücherladen, ja, sogar der Record Store.»

«Der Plattenladen wird verschwinden?» Lisa riss entsetzt die Augen auf. Der Record Store war ja fast nicht wegzudenken.

«Kauft man denn in der Zukunft keine Schallplatten und CDs mehr? Und wo treffen sich dann die Jugendlichen, wenn nicht im Record Store?»

«Oh, die werden andere Interessen entwickeln. Außerdem werden sie die Grünanlage hier in der Mitte des Platzes vergrößern. Viele werden sich dann hier treffen oder eben oben im Shoppingcenter.»

Lisa konnte sich das kaum vorstellen. «Erzähl mir noch ein bisschen mehr über die Zukunft», bat sie. «Wie wird die Welt im Jahr 2018 aussehen? Bitte. Nur ein paar wenige Dinge. Ich werde es niemandem weitererzählen.»

Die ältere Lisa schwieg und richtete ihren Blick wieder zum Tower empor.

«Na gut. In fast genau zwei Monaten wird sich der Osten öffnen und die Berliner Mauer wird fallen. Der Kalte Krieg wird zu Ende sein. Grenzen werden aufgetan, eine europäische Union wird entstehen und immer mehr Völker werden sich untereinander vermischen. Das wird ganz Europa und die Welt verändern.»

«Machst du Witze?» Lisa dachte an Mr. Teubers Unterricht, in dem sie mehr als genug von dieser Berliner Mauer gehört hatten.

«Nein. Ich mache keine Witze. Die ganze Gesellschaft wird sich ziemlich wandeln in der Zukunft.» Die ältere Lisa begann, noch ein paar Fotos von der anderen Seite des Tomsborough Square und auch des Record Stores zu schießen.

«Inwiefern?»

«Die Millennials – so nennt man die Kinder, die um die Jahrtausendwende geboren werden – werden mit einem ganz neuen Selbstbewusstsein aufwachsen. Sie werden in einer sehr schnelllebigen Zeit groß werden, in der alles per Knopfdruck verfügbar sein wird. Sie werden verlernen, auf etwas warten zu müssen, und sie können fast alles tun, was sie wollen. Das wird man ihnen auch schon im Kindergarten eintrichtern.

Man wird ihnen sagen, dass sie alles sein und alles erreichen können, was sie nur wollen. Und trotzdem, oder gerade deshalb, werden sie mehr und mehr die Fähigkeit verlieren, zu träumen. Für etwas zu kämpfen. Geduld zu haben und nicht aufzugeben. Denn mit dem Internet werden ihnen fast alle Möglichkeiten offenstehen ...»

«Internet?»

«Ein weltweites Computernetzwerk. Alle Computer der Welt werden ein riesiges Netzwerk bilden, und das ganze Wissen der Welt wird ...»

«... mit einem Knopfdruck abrufbar sein? So wie Doc Silverman immer gesagt hat?» Lisa strahlte.

Die ältere Lisa lächelte. «Stimmt. Und es ist durchaus ein Segen, wenn man es sinnvoll einsetzt.»

«Wow!» Lisa begann sich allmählich wirklich auf die Zukunft zu freuen. «Wir werden also nicht von einem Atomkrieg vernichtet werden? Und die Wälder, die stehen alle noch? Sind die Bäume denn nicht alle völlig kaputt vom sauren Regen?»

«Vom sauren Regen redet man längst nicht mehr im Jahr 2018. Dafür bereitet uns ein anderes Thema Sorgen, und das ist die Klimaerwärmung. Und eine Menge anderer Dinge … aber das brauchst du jetzt nicht alles zu wissen.»

«Kann ich noch mehr fragen? Wie werden wir denn leben? Wohnen? Arbeiten?»

«Wie ich dir bereits sagte: Dieses Smartphone wird unser ganzes Leben verändern. Du wirst zum Beispiel kaum mehr zur Post gehen müssen oder zur Bank. Das meiste wirst du online erledigen können.»

«Was heißt ‹online›?»

«Via Internet.»

«Was kann man denn mit diesem Internet alles machen?»

«Alles. Ich sagte ja: Die Möglichkeiten sind beinahe unbegrenzt. Du kannst auch auf die ganze Musik der Welt zugreifen und dir jeden Song übers Internet anhören. Per Knopfdruck, ohne eine einzige Schallplatte oder CD kaufen zu müssen.»

«Ohne Scherz jetzt?»

«Ohne Scherz.» Die ältere Lisa tippte auf ihrem Smartphone rum und zeigte Lisa etwas, das aussah wie eine Liste. «Das ist eine meiner hundert Musik-Playlisten.» Sie berührte eines der Fenster, und leise Musik dudelte aus dem Smartphone. Es war ein Song, den Lisa nicht kannte und der etwas anders klang als die Musik, die zurzeit bei «Top of the Pops» lief.

«Hier auf diesem Gerät befinden sich mindestens tausend Songs, wenn nicht mehr», erklärte die ältere Lisa. «Kein Computer von 1989 hat diese Rechenleistung. Und du kannst dir fast alles, was du hören willst, aus dem Internet downloaden.»

«Downloaden?» Lisa begriff, dass sie in der Zukunft noch eine Menge neuer Ausdrücke würde lernen müssen. «Das heißt, ich muss dann nicht mehr jeden Sonntag vor dem Radio sitzen und auf die Hitlisten warten?»

«Ganz recht. Das wird der Vergangenheit angehören. Und Bandsalate ebenfalls! Kassetten und Schallplatten werden immer mehr verschwinden, sogar die CD, die jetzt noch topmodern ist, wird 2018 immer mehr der Vergangenheit angehören. Das ist der Grund, warum auch der Record Store verschwinden wird. Es wird zwar ein Revival der Schallplatte geben, aber nicht genug für einen Laden in der City. Die Jugendlichen hören ihre Musik fast nur noch über den Computer.»

Lisa konnte nicht mehr aufhören zu staunen. «Und *all das* hat Platz in diesem kleinen Gerät? Darf ich es mir nochmals ansehen?»

«Na gut. Aber sei vorsichtig.» Behutsam reichte die ältere Lisa der jüngeren das Smartphone. Dabei achtete sie sehr darauf, die Finger ihres jüngeren Ichs nicht zu berühren. Die jüngere Lisa konnte sofort die magnetisch abstoßende Wirkung spüren, und beinahe wäre ihr das Gerät deswegen aus den Händen gefallen. Sie konnte es gerade noch auffangen.

«Pass auf. Ich glaub, unsere Zeitlinien treiben nun wirklich bald auseinander.»

«Was ist das denn?» Lisa ignorierte ihr älteres Ich und zeigte auf ein blaues Symbol mit einem weißen F.

«Ach ja, man nennt es die Welt der sozialen Medien», seufzte ihr älteres Ich. «Facebook, Twitter, Instagram – ich erspare dir all die Erklärungen. Das wirst du alles noch früh genug entdecken.»

«Soziale Medien?» Noch so ein merkwürdiger Ausdruck. «Was kann man denn damit machen?»

«Der ganzen Welt mitteilen, was du gerade denkst und machst und wo du gerade bist.» Eine Prise Ironie lag in der Stimme der älteren Lisa. «Die Leute werden ganz wild darauf sein, ihr Essen und ihre Hunde und Katzen und ihre Babys und ihre Socken und vor allen Dingen *sich selbst* in allen möglichen Posen zu fotografieren und im Internet auszustellen, so dass alle es sehen können. Manchmal legen sie sogar noch Filter darüber, damit alles noch bunter und schöner aussieht, als es in Wirklichkeit ist.»

«Im Ernst? So was macht man in der Zukunft?» Lisa runzelte die Stirn. Das hörte sich ja reichlich albern an. Die Leute der Zukunft schienen wohl ein bisschen plemplem zu sein.

«Ich kann es dir nun leider nicht vorführen, weil 1989 noch kein WLAN und kein Mobilfunk existieren. Aber …»

Auf einmal war es, als ob es einen Ruck geben würde. Lisa wurde wie von einer unsichtbaren Welle zurückgestoßen und stolperte nach hinten.

Die ältere Lisa taumelte ebenfalls.

Eine grauhaarige Passantin lief kopfschüttelnd an ihnen vorbei und murmelte: «… die heutige Jugend … typisch! Am helllichten Tag betrunken hier rumtorkeln! …»

Die 2018er-Lisa ignorierte sie. «Ich glaube, wir müssen uns jetzt trennen. Sonst entsteht vielleicht wirklich noch ein größerer Defekt im Raum-Zeit-Kontinuum. Lass uns gehen. Gib mir das Mobiltelefon zurück, aber komm mir nicht zu nah!»

Doch gerade in dem Moment, als die jüngere Lisa den Arm ausstreckte, um ihrem älteren Ich das Gerät wiederzugeben, wurde sie von so einer starken Welle erfasst, dass sie sich nicht mehr gegen sie wehren konnte. Sie wurde direkt an eine Litfaßsäule geschleudert und blieb benommen dort sitzen. Die ältere Lisa unternahm einen letzten Versuch, sich ihrem jüngeren Ich zu nähern, doch es war, als ob sich eine unsichtbare Wand zwischen ihnen aufrichtete. Es war ihnen nicht mehr möglich, sich näher zu kommen als bis auf drei Meter Distanz.

«Pass gut auf das Smartphone auf!», rief die ältere Lisa der jüngeren schließlich zu. «Und lass es ja nicht fallen!»

Die jüngere Lisa hielt es fest umklammert.

Ihr älteres Ich schaffte es gerade noch, ihr letzte Anweisungen zu geben, bevor die unsichtbaren Wellen sie ganz auseinandertrieben: «Zeig das Smartphone niemandem. Versteck es irgendwo und bring es mir übermorgen wieder mit. Vergiss nicht, Zac auszurichten, dass der Time Transmitter übermorgen, am 15. September, genau um 0:56 Uhr bereitstehen muss. Und spiel nicht zu sehr mit dem Smartphone rum, damit du nicht zu viel Batterie verbrauchst. Ich brauch noch was davon auf meiner Rückreise!»

Die jüngere Lisa nickte und versuchte sich all das zu merken. Ihr wurde immer schummriger im Kopf und schließlich ein paar Sekunden lang sogar ganz schwarz vor Augen.

Als sie etwas später wieder zu sich kam und klar sehen konnte, war ihr älteres Ich verschwunden. Sie wollte sich aufrappeln, doch ihre Beine sackten einfach wieder zusammen. Diese Zeitreise-Geschichten fingen langsam echt an, anstrengend zu werden!

Doch plötzlich beruhigten sich die unsichtbaren Kräfte um sie herum, und auf einmal war alles wieder normal.

«Alles klar mit dir?», hörte sie eine Stimme neben sich. Sie versuchte erneut auf die Beine zu kommen und erblickte einen Mann, der ihr die Hand hinstreckte, um ihr zu helfen. Schnell verstaute Lisa das Smartphone in ihrer Jackentasche, erhob sich und trat einen Schritt zur Seite.

«Danke. Ich glaube, ich bin nur ein wenig unterzuckert.»

«Soll ich dich vielleicht zu einem Arzt begleiten?»

«Nein, es geht schon, danke. Ich … ich hab bloß einen niedrigen Blutdruck …»

Als Lisa später im Bus nach Hause saß, holte sie das Smartphone wieder aus ihrer Jackentasche hervor und betrachtete es eingehend. Sie tippte vorsichtig auf den ovalen Knopf und sah sich den Sternenhimmel an. Die Uhrzeit stimmte nicht ganz mit der ihren überein. Dann strich sie über den Bildschirm, und die Ziffern in den runden Feldern erschienen. Das alles kam ihr immer noch fast vor wie Magie. Wenn sie doch nur hätte sehen können, was für einen Code ihr älteres Ich eingetippt hatte, um das Smartphone zu entschlüsseln und zu der Seite mit den Symbolen zu gelangen. Aber so blieb ihr der Zugang leider versperrt …

Lisa fühlte sich wie in Trance, als sie in die Wohnung trat. Thomas und Fanny waren beide da und hatten schon auf sie gewartet. Es war fast acht Uhr – die Uhrzeit, die Fanny mit Britt abgemacht hatte. Lisa hatte gar nicht bemerkt, wie die Zeit verronnen war, während sie mit ihrem Ich aus der Zukunft geredet hatte.

«Na, habt ihr schön gelernt zusammen?», fragte Fanny mit ihrem zuckersüßen Lächeln, und Lisa musste sich erst mal auf die Wirklichkeit besinnen. Sie nickte nur und wollte in ihr Zimmer gehen, doch Fanny hatte Neuigkeiten für sie.

«Ich habe heute einen Anruf vom Kensington-Internat erhalten!» Das Strahlen auf Fannys Gesicht war Lisa nicht geheuer, und sie ahnte, dass Fannys Neuigkeiten schlechte News für sie sein würden.

«Du kannst bereits am 20. September eintreten. Nächsten Mittwoch. In genau einer Woche also. Es ist wundersamerweise ein Platz frei geworden, weil eine Schülerin krankheitsbedingt wieder austreten musste, und das mit dem Stipendium haut auch hin. Na, was sagst du? So verpasst du nicht allzu viel vom neuen Schuljahr und findest bestimmt schnell Anschluss in der Klasse!

Thomas und ich werden dich sogar fahren. Wir können den Badminton-Kurs problemlos nochmals ausfallen lassen. Dann hast du nun schön eine Woche Zeit, alles zu packen. Aber viel wirst du nicht brauchen, das Internat wird dir alles zur Verfügung stellen, weißt du, es ist ja so ein hervorragendes Internat, du wirst wirklich begeistert sein …»

Lisa hörte Fannys Redefluss nur mit halbem Ohr zu. Sie klaubte vorsichtig das Smartphone aus ihrer Jackentasche, als Fanny ihr kurz den Rücken zudrehte, und ging damit auf ihr Zimmer. Fanny war offensichtlich so von ihrer Euphorie erfasst, dass sie Lisa nicht einmal maßregelte, weil sie sich ohne ein weiteres Wort verzog.

Lisa schloss die Tür und ließ sich auf ihr Bett fallen. All die Worte, die Fanny da vorgetragen hatte, prallten irgendwie einfach an ihr ab, als würden sie sie überhaupt nichts mehr angehen. Sie nahm das

Smartphone vorsichtig aus seiner schwarzen Schutzhülle und drehte und wendete es in ihren Fingern. Sie konnte immer noch kaum glauben, dass sie ein Gerät aus der Zukunft in ihren Händen hielt!

Doch bald erinnerte sie sich daran, was ihr älteres Ich ihr geraten hatte: Dass sie nicht zu viel damit spielen sollte, um Batterie zu sparen. Schweren Herzens verstaute sie es schließlich in der Schublade ihres Nachttischs. Je länger, je mehr begann sie sich nach dieser Zukunft zu sehnen, in der einfach alles, was sie sich je erträumt hatte, möglich sein würde. Aber bis dahin musste sie wohl oder übel noch fast dreißig Jahre warten …

Und zuvor sollte das Leben sie ja noch vor eine wichtige Aufgabe stellen …

Kapitel 17

# Professor Ashs Drohung

Lisa hatte immer noch ein Durcheinander mit den Wochentagen. Als sie am nächsten Tag erwachte, fiel ihr mit Entsetzen ein, dass ja Donnerstag war. Daran hatte sie schon beinahe nicht mehr gedacht!

Weil Geschichte immer noch ausfiel und die Schüler zu Eigenarbeit verknurrt waren, war morgens der halbe Bus leer. Carol als pflichtbewusste Klassensprecherin war natürlich anwesend, ebenso Beatrice, Sandy und Camilla. Morgan, Nathan und Paul ließen es sich jedoch nicht nehmen, eine Stunde länger zu schlafen.

Britt war natürlich begierig, alles über das Treffen mit Mrs. Whitfield zu hören. Doch es war gar nicht so einfach, der Freundin zu verklickern, dass Mrs. Whitfield ihr zukünftiges Ich war. So bedingungslos Britt auch zu ihr halten würde – solche Dinge überstiegen einfach die Grenzen ihrer Vorstellungskraft. Trotzdem blieb Lisa nicht viel anderes übrig, als ihr die Wahrheit zu sagen. Nur die Sache mit Momos Zukunft behielt sie, so gut es ging, für sich. Als sie fertig war, schüttelte Britt, die Lisa kein einziges Mal unterbrochen hatte, den Kopf. «Lee, ich …»

«Hör zu, ich erwarte nicht, dass du mir glaubst», wehrte Lisa ab.

«Ich brauche einfach nur deine Hilfe. Ich muss nämlich ganz dringend zu Silvermans ins Labor. Und zwar noch vor Freitagabend.»

«Das geht nicht», seufzte Britt. «Heute Abend muss ich doch meiner Mutter im Schrebergarten helfen, und vorher hab ich Klavierunterricht, und außerdem glaube ich kaum, dass wir Fanny ein zweites Mal an der Nase herumführen können. Sie würde Verdacht schöpfen.»

«Du hast recht», murmelte Lisa. Ach, warum war das alles nur so verzwickt!

«Es sei denn … also, hör mal: Wenn sie dich eh schon nächste Woche ins Internat schicken, dann spielt es doch gar keine Rolle mehr, ob du zur Schule gehst, oder? Warum schwänzt du nicht einfach morgen früh und gehst stattdessen zu Silvermans ins Labor?»

«Das ist es!», rief Lisa erleichtert. «Na klar! Das mach ich!»

«Ich kann Zac heute Abend schon mal anrufen und ihm mitteilen, dass du morgen kommen wirst», sagte Britt und war auf einmal hochrot im Gesicht.

«Äh, Britt?»

«Ja?»

«Stimmt es, dass du mit Zac zum Ball gehen wirst?»

«Woher weißt du denn das jetzt schon wieder?» Britt lief noch eine Spur röter an.

«Tja, mein zukünftiges Ich weiß eben alles. Läuft etwas zwischen euch beiden?»

«Ach, ich hab keine Ahnung», murmelte Britt. «Um ehrlich zu sein, weiß ich nicht mal, ob Zac überhaupt schnallt, was romantische Gefühle sind.»

«Hat *er* dich denn für den Ball gefragt?»

«Ja …»

Lisa schwieg. Sie wusste nicht so richtig, wie sie das finden sollte. Zac und Britt, einerseits war das ja süß, andererseits … Lisa begann auf einmal zu ahnen, was Britt durchgemacht haben musste, als sie erfahren hatte, dass Lisa und Morgan sich wieder nähergekommen waren. Sie fühlte nun ähnlich. Immerhin war sie ja eigentlich Zacs beste Freundin, nicht Britt. Warum hatte er denn nicht *sie* zum Ball gebeten?

«Na, dann seid ihr ja beide bestens versorgt für den Ball.» Sie konnte eine Prise Sarkasmus in ihrer Stimme nicht verhindern. Ausgerechnet Britt, die sich absolut nichts aus Feierlichkeiten machte, hatte nun vor ihr einen Begleiter gefunden!

«Ach, Lee, wir finden schon noch jemanden für dich», versuchte Britt sie zu trösten. «Wir können ja mal in der Parallelklasse nachfragen.»

«Nein, danke», knurrte Lisa. Sich irgendwo bei jemandem anbiedern? Das kam nicht in Frage. Wenn schon, dann wollte *sie* von einem Jungen eingeladen werden.

Da fiel ihr ein, dass sie ja tatsächlich eingeladen worden war, nämlich von Maddox. Auch wenn sie sich geschworen hatte, niemals so tief zu sinken, dass sie mit dem Klassenidioten zum Herbstball gehen würde, kam sie nun doch ins Schwanken. Es wurmte sie nämlich mehr, dass Britt einen Tanzpartner hatte und sie nicht, als sie zugeben wollte. Immerhin würde das bis auf Weiteres ihr erster und letzter Ball sein. Danach würde sie ja ihr Dasein für die nächsten Jahre in einem Mädcheninternat fristen müssen, in dem es ohne Jungs wahrscheinlich auch keine Bälle geben würde.

«Weißt du, was? Lass uns in der Mittagspause nach einer Lösung suchen», beschloss Britt. «Jetzt müssen wir erst mal Physik überleben!»

In der Tat, dachte Lisa. Doch gerade da fiel ihr ein, dass das ja vermutlich auch ihre letzte Physikstunde bei Professor Ash sein würde! Wenigstens ein Lichtblick.

Zu ihrer Verwunderung begegneten die beiden Mädchen Morgan, Nathan und Paul auf dem Weg in den Keller, und die drei Jungs nickten ihnen sogar zu, wenn auch stumm.

«Dass der noch zur Schule kommt, wundert mich aber», meinte Britt und deutete mit dem Kinn Richtung Morgan. «Wenn ich er wäre, würde ich Physik ab jetzt nur noch schwänzen. Wenn er ja nun vermutlich eh von der Schule geht …»

«Hmm.» Britt hatte eigentlich recht. Wieso tat Morgan sich das überhaupt noch an? Aber Lisa vermutete, dass sein Vater ihm wohl ziemlich den Marsch geblasen hatte, und sie wusste ja genau, dass Professor Ash bei jedem noch so kleinen Verstoß einen Verweis erteilte und die Eltern benachrichtigte. Außerdem sah Morgans finsterer Gesichtsausdruck wirklich nicht danach aus, als hätte er sich freiwillig aus dem Bett gequält, nur um Professor Ashs Psychoterror über sich ergehen zu lassen.

«Zweiergruppen, bitte!», kommandierte Professor Ash gleich als Erstes und haute mit seinem Lineal auf den Tisch. «Leider muss ich mit euch den elektrischen Schaltkreis nochmals wiederholen, da ihr ja eine Ansammlung von lauter Idioten seid. Eigentlich ist das ja Anfängerstoff, aber da eure Noten eindeutig weit unter dem Durchschnitt liegen, bleibt mir nichts anderes übrig.»

«Hört, hört», murmelte Britt.

«Na, wird's bald?», blaffte Professor Ash, als niemand sich rührte. «Marsch, rüber ins Labor. Herrschaft noch mal, was seid ihr für ein lahmer Haufen!»

Die Schüler trabten lustlos und müde rüber zu der anderen Hälfte des Raumes, wo vier lange Tische mit je zwei Laborplätzen aufgestellt waren. Lisa tat sich natürlich mit Britt zusammen. Morgan war genau am Tisch gegenüber, und er bildete mit Camilla eine Gruppe. Camilla … lief da was mit ihr? Lisa erinnerte sich an das Gespräch auf der Dachterrasse, doch sie hatte nicht viel Zeit, allzu lange in ihren Überlegungen zu verweilen.

Vor ihnen auf dem Tisch war ein langer Kasten aufgestellt, mit verschiedenen Bauteilen wie Glühbirnen, Batterien, Schaltern, Krokodilklemmen und lauter verschiedenen Kabeln.

«Ihr werdet mir einen Stromkreis mit einem Schalter und einem Energiewandler aufbauen. Ziel ist natürlich, dass ihr die Glühbirne mit Hilfe des Schalters zum Leuchten bringt. Sollte eigentlich auch der Dümmste von euch hinkriegen!» Professor Ash blickte natürlich unverhohlen in Richtung Morgan.

«Na schön», stöhnte Britt. «Dann mal los. Kannst du das mal machen? Du bist besser bewandert in technischen Angelegenheiten.»

Lisa begann mit den Kabeln und den Krokodilklemmen zu hantieren, während Britt, die dafür besser mit Stricknadeln und Nähmaschinen umgehen konnte, ihr zuschaute.

Professor Ash ging mit seinem Lineal in der Hand zwischen den Tischen und Schülern auf und ab, schlug das Lineal mal hierhin und mal dorthin, sah ihnen über die Schultern und hielt nicht mit vernichtenden Bemerkungen zurück. Lob verteilte er natürlich so gut wie gar keins. Schließlich kam er zu Britt und Lisa und blieb sehr lange hinter Lisa stehen.

«Soso, unsere Miss Lambridge ist also auch wieder da», schnarrte er ihr ins Ohr. «Das ist ja sehr erfreulich. Wie ist denn Ihr Zeitreiseversuch verlaufen?»

Lisa zuckte zusammen. Woher wusste er das?

«Glauben Sie etwa, ich wüsste nicht Bescheid?», flüsterte er ihr sehr leise ins Ohr und tätschelte ein paar Mal mit der Hand und dem Lineal neben ihr die Tischkante. Lisa schob die Unterlippe vor und arbeitete schweigend daran, eine Klemme an der Batterie anzuschließen. Allerdings rutschte sie ständig ab, weil ihre Hand so zitterte. Britt stellte sich demonstrativ zwischen sie und Professor Ash, um sie abzuschirmen.

Zum Glück ging Professor Ash bald weiter, doch Lisa ahnte, dass die Geschichte noch nicht ganz ausgestanden war. Professor Ash betrat den nächsten Gang, wo Morgan und Camilla arbeiteten.

«Kendall!» Das laute Peitschen von Professor Ashs berüchtigtem Lineal ließ nicht nur Morgan, sondern auch Lisa zusammenfahren. Sie hielt inne und hob ihren Kopf.

«Haben Sie denn *immer noch nicht* begriffen, dass der Energiewandler zur Stromquelle gehört und nicht zum Verbraucher?»

«D-doch …», stammelte Morgan.

«Und warum machen Sie es dann schon wieder falsch?»

«Ich …»

«Jetzt seht euch diesen Dummkopf mal an!», rief Professor Ash durch den Saal. «Jeder Erstklässler weiß doch, dass der Energiewandler zur Stromquelle gehört. Das ist doch vollkommen logisch! Der Energiewandler muss doch den Stromfluss von der Stromquelle zum Verbraucher steuern und nicht umgekehrt! Nur diese Schlafmütze hier hat es wieder mal nicht begriffen. Ich bin wirklich froh, dass ich Sie bald los bin, Kendall!»

Morgan senkte den Blick und baute den Wandler wieder aus dem Schaltkreis aus, doch seine Hände zitterten dabei sichtlich. Lisa, die ihm genau gegenüberstand, konnte jede seiner Regungen verfolgen.

Gerade als Professor Ash zu einer weiteren Schimpftirade ansetzen wollte, gab es bei Maddox einen lauten Knall. Seine Glühbirne war explodiert.

«Zum Donnerwetter noch mal! Kriegt denn hier keiner von euch auch nur die einfachste Aufgabe auf die Reihe?» Professor Ash eilte hinüber zu Maddox, der mit ziemlich erschrockenem Blick auf seine zersplitterte Glühbirne starrte.

«Wie haben Sie denn das jetzt wieder hingekriegt, Cox? Wenn Sie genauso leidenschaftlich arbeiten würden, wie Sie dummes Zeug schwätzen, könnten Sie einiges auf die Beine stellen. Aber leider verlieren Sie Ihre Energie in Dummheiten. Wischen Sie die Bescherung weg und holen Sie sich eine neue Glühbirne!»

Während Professor Ash noch ein paar weitere Hiebe nach links und rechts austeilte, beugte sich Lisa zu Morgan rüber.

«Momo!», sagte sie leise, ohne sich darum zu scheren, dass man sie ja genau wegen solcher Aktionen schneiden wollte.

Morgan hob den Blick und sah sie stumm an.

«Nimm das kurze blaue Kabel», wisperte sie. «Da ist ein dicker Draht drin. Da fließt mehr Strom durch als durch das lange dünne!»

Morgan hörte ihr zu und wechselte dann einen Blick mit Camilla, und diese nickte zustimmend.

«Danke», antwortete er leise und baute den Energiewandler neu ein, aber dieses Mal auf der richtigen Seite. Er betätigte den Schalter, und die Glühbirne leuchtete auf.

«Super», sagte Camilla erleichtert.

Doch auch jetzt ließ Professor Ash kein gutes Haar an Morgan. Wieder kam er herübergehechtet und baute sich hinter ihm und Camilla auf.

«So, und Sie wollen mir weismachen, Sie hätten das allein hingekriegt, Kendall?», schnaubte er. «Sie haben am Ende doch nicht etwa Hilfe von *nebenan* bekommen?» Er drehte sein Gesicht Richtung Lisa und funkelte sie durch seine dicken Brillengläser an.

Morgan presste die Lippen fest zusammen und sagte kein Wort.

«Wenn Sie nun denken, dass Sie so schlau sind – warum nennen Sie mir nicht gleich die fünf Elemente, die Strom am besten leiten?» Das Lineal sauste neben Morgan auf den Tisch und ließ ihn erneut zusammenzucken.

«Ich habe Sie was gefragt!», bellte Professor Ash, als Morgan nicht unmittelbar antwortete.

Jetzt, aus allernächster Nähe, konnte Lisa sehen, dass Momo am ganzen Leib zitterte. Und dass er Angst hatte. Richtige Panik. Seine Augen flackerten nervös. Doch er versuchte sich immer noch zu beherrschen und sich nichts anmerken zu lassen. Lisa hingegen begann schon wieder innerlich zu kochen. Das ging doch einfach nicht, dass ein Lehrer so gemein sein durfte! Jetzt, da Morgan so oder so von der Schule gehen würde, konnte Ash doch wirklich aufhören, ihn zu quälen!

«Wird's bald? Ich habe nicht den ganzen Tag Zeit.» Noch ein Peitschenschlag mit dem Lineal. Camilla wich erschrocken einen Schritt zurück.

«G-gold, Metall, Kuns-Kunst-stoff ...» Morgan geriet ins Stottern. Er schaffte es nicht mehr, seine Zunge zu kontrollieren. «Ich ... ich weiß es nicht ...»

«Kunststoff! Habt ihr das gehört?» Ein fieses Lächeln zeichnete sich auf Professor Ashs Lippen ab, als er sich an die Klasse wandte. Alle blickten eingeschüchtert von ihren Arbeiten auf. «Thomas Edison würde sich ja im Grab umdrehen! Haben Sie schon jemals gesehen, dass Kunststoff Elektrizität leiten kann, Kendall?»

«Nein, S-sir, ich ... ich ... meinte ... Ku-kupferdraht ...»

Morgan verstummte sofort wieder, als hätte er Angst, dass ihm noch ein weiteres Wort entschlüpfen könnte. Sein Blick war ganz starr, und seine Hände fummelten unwillkürlich an einem Glas herum, das mit Steckern gefüllt war. Professor Ash beugte sich zu ihm vor, und sein Lächeln wurde noch eine Spur boshafter.

«Therapieren Sie endlich mal Ihren Sprachfehler, Kendall. Kein Wunder, dass Sie sich nicht trauen, den Mund aufzumachen. Sie hören sich aber auch wirklich an wie der letzte Idiot, wenn Sie sprechen. Wofür gibt es Logopäden?»

Das reichte. Lisa konnte förmlich sehen, wie etwas in Momo zerbrach. Seine Augen waren ganz feucht. Seine Hände ließen das Glas fallen, das mit einem lauten Klirren am Boden zerdepperte. Er stand mit bebendem Körper da und gab einen erstickten Laut von sich. Schließlich ging Nathan zu ihm und klopfte ihm beruhigend auf die Schulter.

Und dann, als würde etwas in ihm explodieren, rannte Momo aus dem Raum und knallte die Tür mit solcher Wucht zu, dass die Regale erzitterten und noch mehr Gläser zu Boden schepperten. Sie klirrten in allen Tonlagen, und es hörte nicht auf, Glasscherben zu regnen.

Die ganze Klasse hatte den Atem angehalten.

«Du lieber Scholli», brummte Maddox, als das letzte Klirren zur Ruhe gekommen war. Sogar Professor Ash wirkte einen Augenblick schockiert. Dass Morgan Kendall, sein schläfrigster Schüler, mit so einem Wutausbruch reagieren konnte, schien selbst ihn zu verblüffen.

«Oha. Jetzt gibt's Ärger!», sagte Beatrice leise.

Lisa war hinter ihrem Tisch hervorgekommen und hatte die Fäuste geballt. Britt wollte sie zurückhalten, doch ehe sie selbst die Worte wiederfand, war Lisa schon davongestürmt.

«Bleiben Sie hier, Lambridge!», bellte Professor Ash ihr hinterher, doch es war zu spät. Die Glasscherben knirschten unter ihren Schuhen, als sie quer durch den Raum hetzte und durch die Tür verschwand, Morgan hinterher.

Draußen im Flur sah sie ihn gerade noch um eine Ecke biegen. Sie hetzte ihm nach, doch da verschwand er auch schon in der Jungentoilette und schlug die Tür zu. Sie trat in den Vorraum mit den Waschbecken und sah sich um.

«Momo? Momo, bist du da drin?»

Doch es blieb still. Lisa konnte sehen, dass nur eine der Kabinen abgeschlossen war. Sie trat auf leisen Sohlen hinzu und klopfte vorsichtig an die Tür.

«Momo?»

Keine Antwort. Nur ein paar leise, hektische Atemstöße. Im selben Moment betraten Nathan und Paul den Vorraum.

«Ah, hier bist du, Lee!»

«Morgan ist da drin, glaub ich.»

«Ist schon gut. Wir kümmern uns um ihn.» Nathan lächelte sie dankbar an. «Mach dir keine Sorgen. Der wird schon wieder.»

«Okay.» Lisa verstand, dass sie hier nicht mehr gebraucht wurde und dass es angebracht war, zu verschwinden. Sie nickte den Jungs zu und trollte sich.

Lisa ging nicht mehr zurück in die Physikstunde. Sie setzte sich draußen beim Biotop auf eine der Bänke und wartete auf Britt. Während dieser Zeit ließ sie ihr Gespräch mit ihrem zukünftigen Ich nochmals Revue passieren und erinnerte sich an alles, was die ältere Lisa ihr über Momo gesagt hatte.

Etwas später stieß Britt zu ihr, Lisas Schultasche und ihre eigene über der Schulter.

«Hast du ihn gefunden?», erkundigte sie sich.

«Ja. Er hat sich auf der Toilette eingeschlossen. Nathan und Paul haben sich um ihn gekümmert.»

«Das ist gut. Ich hab leider ein paar schlechte Neuigkeiten für dich: Du sollst dich umgehend bei Professor Ash im Arbeitszimmer melden. Wegen der Strafaufgabe. Und zwar ziemlich rasch.»

«Oh nein!» Lisa stöhnte auf.

«Bring es am besten sofort hinter dich», riet Britt.

Lisa war der Freundin unendlich dankbar dafür, dass sie nicht allein in das dunkle Kellergeschoss zurückgehen musste. Britt hatte sich angeboten, sie zu begleiten, auch wenn das bedeutete, dass sie den Anfang der nächsten Stunde verpassen würde. Lisa war sich nicht mal sicher, ob sie das ohne ihre Freundin überhaupt überlebt hätte. Ihr Magen fühlte sich an wie eine einzige matschige Soße, als sie nervös an Professor Ashs Arbeitszimmer klopfte. Es dauerte gar nicht lange, da wurde die Tür auch schon aufgerissen, und Professor Ashs Totenkopfgesicht beugte sich durch den offenen Spalt.

«Aha. Lambridge und Webster. Sie waren aber erstaunlich schnell. Wie reizend, dass Sie Ihre Freundin begleiten, Webster. Mit Ihnen möchte ich gern ein Wörtchen sprechen, Lambridge. Kommen Sie rein.»

Lisa hielt die Luft an, als sie in das schummrige Büro trat. Sie wollte den modrigen Geruch dieses ungelüfteten Raumes, der beinahe noch schlimmer als der Physikraum stank, nicht einatmen. Als Britt ebenfalls ihren Fuß in das Büro setzen wollte, wies Professor Ash sie barsch ab.

«Sie warten draußen, Webster!»

Lisa schaute Britt hilfesuchend an, doch Professor Ash stieß die Tür gnadenlos zu und blickte sie an, als wäre sie ein Tier, das in der Falle saß.

«Keine Angst, ich werde Sie nicht lange aufhalten. Wie geht es denn mit dem armen kleinen Kendall? Sie haben ihn doch sicher gefunden, oder?» Seine Stimme triefte vor Hohn.

Lisa überlegte, ob sie etwas Provokatives erwidern sollte, doch sie hielt besser den Mund. Sie würde ja doch den Kürzeren ziehen.

Mit einem hämischen Grinsen nahm Professor Ash ein bekritzeltes Blatt Papier von seinem Schreibtisch und händigte es ihr aus. Lisa erkannte ihre Strafaufgabe.

«Gerade noch genügend», säuselte er ihr ins Ohr. «Ich weiß, Sie hätten es besser gekonnt, wenn Sie nicht so ein furchtbar gutes Herz hätten.» Sein Atem stank regelrecht nach Arglist. Unwillkürlich wich sie einen Schritt zurück.

«Aber ich weiß genau, dass Sie eine Schwäche für Kendall haben. Glauben Sie mir: Das können Sie nicht vor mir verbergen.»

Ein paar stille Sekunden verrannen, während Professor Ash Lisa mit seinen Augen fixierte. In Lisas Magen krampfte sich alles zusammen.

«Sie würden für diesen Dummkopf sogar durchs Feuer gehen, hab ich recht?»

Lisa biss sich fest auf die Zunge, bis sie Blut schmeckte. Manchmal war es richtig unheimlich, wie präzise Professor Ash ihre Gedanken erraten konnte.

«Keine Antwort ist auch eine Antwort.» Professor Ash begann sie zu umkreisen wie ein Geier. Der gefährlich triumphierende Ton in seiner Stimme ließ sie vermuten, dass die Falle längst zugeschnappt war.

«Bedauerlicherweise muss ich Ihnen das Herz brechen. Kendall wird seine Versetzung leider nicht schaffen. Das ist jetzt schon klar. Sie haben es ja bestimmt mitbekommen. Tja. Das ist schade. Wirklich sehr, sehr schade.» Es klang überhaupt nicht, als sei Professor Ash traurig darüber. Ganz im Gegenteil.

«Es sei denn …» Sein Gesicht kam wieder an ihr Ohr heran. Eisige Schauer jagten wie Stromstöße durch ihre Glieder. Sie spannte ihren Körper, bereit, wegzulaufen, falls er sie auch nur ein kleines bisschen berühren würde.

«Es sei denn, Sie verraten mir eine klitzekleine Kleinigkeit, und ich werde Kendalls Note von einem ‹Ungenügend› zu einem ‹Genügend› aufbessern!»

Lisa schnappte nach Luft.

«Sie wissen *genau,* von was ich rede.»

Sie schüttelte den Kopf. Nein, sie wusste es nicht ... aber sie begann es zu ahnen.

«Time Transmitter.» Der Professor ließ sich das Wort genüsslich auf der Zunge zergehen und küsste dabei fast Lisas Ohr. Sie wich angewidert einen Schritt zurück.

«Was für eine glückliche Fügung, dass der junge Silverman töricht genug war, mir seine Notizen einfach so zu überlassen. Und Sie, Lambridge, konnten ja so kinderleicht durch diese lächerliche Tatsache abgelenkt werden, dass Sie mit Kendall zusammen zum Nachsitzen erscheinen durften, so dass Sie beim Einsammeln der Hausaufgaben überhaupt nicht darauf geachtet haben, auf den zerstreuten jungen Professor Silverman aufzupassen, der mir seine Notizen quasi direkt in die Hand gespielt hat!

Wie gut, dass Sie meine Taktik nicht durchschaut haben. Denn sonst hätten Sie sicher heldenhaft versucht zu verhindern, dass ich das Heft überhaupt in die Hände bekomme. Aber nein, Ihre Aufmerksamkeit galt voll und ganz dem lieben Mr. Kendall. – Einfach köstlich, dass Sie so leicht hinters Licht zu führen sind.

Ich konnte mir sogar den Spaß erlauben und Silvermans Heft zuoberst auf den Stapel legen, als Sie in meinem Büro beim Nachsitzen waren. Tja, und Sie haben nicht mal Anstalten gemacht, es wieder zurückzunehmen oder die Seiten herauszureißen, weil Sie ja so sehr mit Ihrer herzallerliebsten Rettungsaktion von Mr. Kendall beschäftigt waren. Aber es hätte Ihnen eh nichts genützt, da ich längst eine Kopie davon besaß. Oder dachten Sie im Ernst, ich hätte nicht das Potenzial in Silvermans Erfindung gesehen?»

Wieder gab er sein schnarrendes Lachen zum Besten, während Lisa immer noch fest die Lippen aufeinanderpresste.

«Und nun, da ich Sie und Kendall wiedervereinigt habe – obwohl ich ja nicht weiß, ob ich Ihnen damit wirklich einen Gefallen getan habe –, dürften Sie mir zumindest ein wenig Dankbarkeit erweisen, finden Sie nicht auch? Ich wäre wirklich äußerst stark an dieser wunderbaren Erfindung von diesem genialen jungen Silverman interessiert.»

«Nie im Leben!» Lisa wirbelte herum und funkelte den Professor zornig an.

«Aber, aber. Haben Sie mir denn vorhin nicht zugehört, Miss Lambridge?» Professor Ash zog das unvermeidbare Lineal vom Tisch und durch seine Handfläche.

«Wenn Sie mir nämlich zugehört hätten, dann würden Sie jetzt nicht so bockig reagieren. Falls Ihnen Kendalls Schicksal wirklich am Herzen liegt ...»

Lisa zitterte von Kopf bis Fuß. Woher wusste Professor Ash das alles? Wie konnte er sie so genau durchschauen? Das war richtig unheimlich, ja geradezu gespenstisch.

«Sie fragen sich, woher ich das alles weiß? Nun, Ihr Bruder hat mich angerufen und mir schön brav von Ihrem Experiment im Tomsbridge Valley erzählt. Guter Thomas Theodor Lambridge. Er war immer ein erfreulicher Schüler, der mir nie Sorgen bereitet hat. Leider ist er ein bisschen *zu* vernünftig, um an die fantastischen Möglichkeiten des Zeitreisens zu glauben. Oder glauben Sie, mir war nicht gleich klar, warum Sie bei diesem sogenannten ‹Wetterexperiment› auf einmal ach so spurlos verschwunden waren?

Leider hat man mich ja darum gebeten, jegliche weiteren Experimente zu unterbinden. Jammerschade, aber durchaus verständlich, dass man zwei sechzehnjährige Teenager nicht solchen gefährlichen

Versuchen aussetzen darf. Eben deswegen trete ich umso lieber Ihre und Silvermans Nachfolge an und kümmere mich um die Weiterentwicklung des Time Transmitters. Mir als Fachperson kann man so etwas getrost in die Hände legen.»

So ein elender Lügner, dachte Lisa erbost und ballte im Geist die Fäuste. Sie konnte diese abgrundtiefe Niederträchtigkeit einfach nicht mehr länger über sich ergehen lassen und hoffte, dass er sie bald gehen lassen würde.

Tatsächlich legte der Professor das Lineal zurück auf den Tisch.

«Angesichts der Tatsache, dass es bald zur nächsten Stunde klingeln wird, gehe ich davon aus, dass Sie mein Angebot verstanden haben: Sie und Silverman übergeben mir den Time Transmitter, und ich werde Kendall mit einem blauen Auge davonkommen lassen. Überlegen Sie es sich gut. Seine Zukunft könnte von Ihnen abhängen. Wobei, diesem notorischen Versager können Sie wahrscheinlich so oder so nicht helfen, aber ich weiß, dass Sie es nicht übers Herz bringen werden, ihn im Stich zu lassen!»

Lisa taumelte, als sie diesen furchterregenden Raum endlich wieder verlassen durfte und zu Britt in den düsteren Flur hinaustrat. Diese hatte sich in eine Ecke am Boden gesetzt und fröstelnd die Beine angezogen. Lisa rechnete es ihrer Freundin hoch an, dass sie trotz dieser scheußlichen Kälte hier unten auf sie gewartet hatte.

«Und?», fragte Britt und sprang auf.

«Ich glaub, ich muss mich gleich übergeben …», murmelte Lisa nur.

«Lass uns mal ans Tageslicht gehen», schlug Britt vernünftigerweise vor. «Hier unten muss einem ja schlecht werden.»

Lisa fühlte sich schon viel besser, als sie wieder unter freiem Himmel waren und ein paar warme, freundliche Sonnenstrahlen auf ihrer Haut spürten. Sie drehten eine Runde um das Biotop, und Lisa zwang sich, wieder ruhig zu atmen. Obwohl es längst zur nächsten Stunde geklingelt hatte, machten die Mädchen keine Anstalten, ins Gebäude zu gehen.

«Wenn Morgan und seine Jungs zwischendurch schwänzen können, können wir das auch mal», bestimmte Britt. «Ich glaub, es ist wichtiger, dass du mir das hier erzählst.»

Und das tat Lisa. Und es war ihr völlig egal, was Britt davon glauben konnte und was nicht.

Doch Britt glaubte ihr offenbar. «Lee, der ist kriminell. Das geht doch nicht. Das musst du der Polizei melden!»

«Wie denn? Zac und ich haben ja eine Verwarnung von der Polizei gekriegt. Die werden mir doch gar nicht glauben. Im Gegenteil. Die sind auf Professor Ashs Seite.»

«Lee, du gehst morgen früh unbedingt zu Silvermans und sprichst mit dem Doc! Und auf keinen Fall! – hörst du? Auf *keinen* Fall – darfst du jetzt wieder dein Herz verlieren und irgendeine Dummheit machen. Vergiss Morgan jetzt einfach mal! Kümmere dich zuerst um *dein* Leben und um *deine* Zukunft und um Zac! Und übergib Professor Ash unter keinen Umständen diese Erfindung! Sonst kriegst du Ärger mit mir!»

Lisa nickte ergeben. Das war allerdings gar nicht so einfach angesichts dessen, was ihr älteres Ich ihr über Momos Zukunft erzählt hatte.

## Kapitel 18

# Schockierende Entdeckung

Lisa hatte Britt gebeten, sie allein zu lassen, und sich in die hinterste Ecke der Bibliothek verzogen. Es war die erste Stunde nach der Mittagspause, und Lisa musste diese Mission heute unbedingt noch erfüllen, koste es, was es wolle. Sie hatte Britt nicht gesagt, was sie vorhatte, und Britt hatte auch nicht gefragt, sondern ihr lediglich versprochen, sie bei der Englischlehrerin zu entschuldigen.

Lisa riss ein Blatt aus einem ihrer Hefte und schraubte den Füllfederhalter auf. Sie kaute eine Weile darauf herum und begann dann langsam und sorgfältig in ihrer schönsten Handschrift zu schreiben.

*Lieber Momo*

*Es tut mir wahnsinnig leid, was in letzter Zeit alles geschehen ist. Es scheint, als habe Professor Ash es besonders auf Dich abgesehen, um mich zu ärgern, weil er weiß, dass ich viel für Dich empfinde. Es geht um eine Sache zwischen ihm und mir, die ich Dir momentan nicht nennen kann. Doch ich fühle, dass ich irgendwie schuld daran bin, dass Du Deine Versetzung nicht schaffst, obwohl ich Dir doch eigentlich immer nur helfen wollte.*

*Du hast mir immer unheimlich viel bedeutet und tust es immer noch, auch wenn unsere Freundschaft nicht mehr das ist, was ich mir gewünscht hätte. Doch manchmal muss man eben Freunde ihre Wege gehen lassen, und ich möchte respektieren, dass du andere Wege gehst als ich.*

*Ich möchte Dir aber sagen, dass Du Dich auf keinen Fall von Professor Ashs Worten runterziehen lassen solltest. Du weißt genau wie ich, dass er gemein ist und dass seine Worte nicht der Wahrheit entsprechen. Ich kenne Dich doch schon so lange und weiß, dass Du alles andere als dumm und unfähig bist. Ganz im Gegenteil, mit Dir konnte man so wundervoll spielen wie mit niemandem sonst, und Du hast mir damit ein ewig schönes Andenken an meine Kindheit gegeben.*

*Du warst immer mein Lichtblick in meinen dunklen Tagen, wenn ich meine Eltern vermisst habe und mich mit meiner neurotischen Tante Sally herumschlagen musste. Dein Lachen hat mich immer aufgeheitert, und Dein Sprachfehler hat mich nie gestört und wird mich auch nie stören. Du hast meine nicht immer so einfache Kindheit gerettet, um es mal so auszudrücken.*

*Ich muss bald weg in ein Internat, wir werden also beide nicht mehr lange auf dieser Schule sein und uns wahrscheinlich für eine sehr lange Zeit nicht mehr sehen.*

*Wenigstens ein einziges Mal in meinem Leben möchte ich Dir noch sagen, dass ich keinen Tag aufgehört habe, an Dich zu denken. Ich werde nie den Tag vergessen, an dem Du zum ersten Mal vor mir gestanden und mich mit Deinem herrlichen Lachen angestrahlt hast. Ich vermisse dieses Lachen und hoffe, Du wirst es eines Tages wiederfinden. Ich war traurig, als Du erwachsen wurdest und aufgehört hast, mit mir zu spielen. Manchmal wünschte ich, wir würden noch heute als Captain Kendall und Captain Lambridge durch das Weltall und durch die Zeit düsen. Aber mit sechzehn sind wir wohl nun tatsächlich zu alt dazu …*

*Wenn ich einen einzigen Wunsch frei hätte, dann wüsste ich, was ich mir wünschen würde, aber ich glaube nicht, dass Du ihn mir erfüllen würdest. Was immer auch passieren wird, Du wirst immer fest in meinem Herzen sein. Pass bitte auf Dich auf.*

*Deine Lisa*

Sie las den Brief mehrmals durch. Sie wünschte sich, sie wäre noch besser darin gewesen, zu formulieren, was sie für ihn empfand, aber es schien, als würden die Worte nicht ausreichen. Sie hätte ihm einfach schreiben können, dass sie ihn liebte, ja, dass sie ihn von ganzem Herzen liebte und alles dafür gegeben hätte, mit ihm zusammen sein zu dürfen, aber es erschien ihr immer noch zu gewagt.

Schließlich faltete sie den Brief sorgfältig zusammen und schrieb in ihrer schönsten Schnörkelschrift *MOMO* darauf. Er sollte gleich wissen, dass der Brief von ihr war. Wie sie ihm den allerdings zukommen lassen sollte, war immer noch eine ungeklärte Frage. Sollte sie ihn einfach in seine Schultasche stecken? Nein, dort würde er vermutlich zwischen Büchern und Heften verloren gehen. Wenn sie doch nur den Code von seinem Spind gewusst hätte … Aber selbst wenn, wäre auch das zu gefährlich gewesen, da er ja ständig umringt war von anderen Mädchen.

Die Hilfe kam in Form von Nathan, dem sie auf dem Weg zur nächsten Stunde zufällig im Flur begegnete. Nathan war allein und sagte sogar «Hi» zu ihr, obwohl Carol ja das strikte Verbot über die

Klasse verhängt hatte, mit ihr zu sprechen. Das veranlasste Lisa, stehenzubleiben. Wenn ihr jemand helfen konnte, dann war es eindeutig Nathan!

«Entschuldige, Nate … Kann ich dich kurz sprechen?» Sie hoffte, dass Nathan nicht allzu sehr darauf erpicht war, sich an Carols dumme Anordnungen zu halten.

«Ich weiß, dass ihr ja nicht mit mir reden dürft, aber …»

«Ach was», winkte Nathan ab. «Ich lass mir doch hier nichts verbieten! Was gibt's denn?»

«Ich wollte dich um einen Gefallen bitten. Nichts Riesiges …»

«Klar doch.» Nathan sah ihr neugierig zu, wie sie den Brief aus der Tasche ihres Blazers hervorkramte.

«Kannst du den Morgan übergeben? Es ist ein Brief, den ich ihm geschrieben habe. Etwas Persönliches. Ich möchte nicht, dass das sonst jemand mitkriegt.»

«Ich gebe ihn Morgan. Kannst dich auf mich verlassen.» Nathan lächelte. «Überhaupt kein Problem.» Er nahm den Brief an sich und steckte ihn in seine Tasche.

«Danke.»

«Keine Ursache. Mach ich sehr gern.»

Zufrieden lief Lisa weiter zum Unterrichtszimmer, um Britt zu suchen. Ihre Mission war fürs Erste erfüllt, und nun blieb ihr nur, abzuwarten, wie sich die Dinge entwickelten.

Lisa saß zuhause und tippte auf ihrem Computer rum, ohne recht zu wissen, was sie eigentlich machte. Ihre Gedanken kreisten in allen Richtungen herum. Britt hatte ihr versprochen, Doc Silverman und Zac ihren Besuch am nächsten Morgen anzukündigen und ihnen schon mal auszurichten, dass sie den Time Transmitter für den nächsten Abend vorbereiten sollten, damit sie genug Zeit hätten.

Fanny hatte Lisa in den Ohren gelegen, so schnell wie möglich mit dem Packen anzufangen, und ihr einen Koffer ins Zimmer gestellt, den Lisa allerdings nicht anrührte.

Dass sie schon nächste Woche hier abreisen sollte, war einfach noch nicht in ihrer Vorstellung angekommen. Damit würde sie sich frühestens am Wochenende befassen, nachdem der Ball und die Zeitversetzung ihres zukünftigen Ichs stattgefunden hatten.

Lisa schüttelte den Kopf, wenn sie an diese Begegnung zurückdachte. Immer, wenn es ihr so vorkam, als hätte sie das alles nur geträumt, warf sie einen Blick in ihre Nachttischschublade, um festzustellen, dass das Smartphone aus der Zukunft wirklich und wahrhaftig darin lag.

Sie hatte mittlerweile beschlossen, nicht zu diesem Herbstball zu gehen. Sie hatte keine Lust, als Einzige ohne Tanzpartner zu erscheinen und das fünfte Rad am Wagen zu sein, wenn Britt mit Zac zusammen hinging. Doch noch viel weniger Lust hatte sie, auf Maddox' Angebot einzugehen. Außerdem hatte der ja bestimmt längst eine andere gefragt. Und wen hätte sie auch sonst anhauen sollen? Sie kannte ja kaum jemanden. Nein, sie würde stattdessen lieber Doc Silverman mit dem Time Transmitter zur Hand gehen und dafür sorgen, dass alles vorbereitet war, wenn ihr älteres Ich wieder zurück in die Zukunft geschickt werden sollte. Für sie würde es halt keinen romantischen Abend geben.

Aber was machte das schon? Gemäß ihrem zukünftigen Ich würde sie ja vermutlich eh relativ wenig Glück in der Liebe haben, dafür aber umso mehr im Beruf. Vielleicht war ihre Lebensaufgabe eben eine andere, als eines Tages eine Familie zu gründen …

Lisa beschloss gerade, sich ein wenig mit einem Computerspiel abzulenken, als es an der Tür klingelte. Sie wusste nicht, wen Thomas und Fanny erwarteten, aber sie vermutete, dass es entweder Fannys Schwester war oder einer von Thomas' Arbeitskollegen. Etwas später hörte sie Stimmen im Flur, einen überraschten Ausruf von Thomas und dann, wie Stimmen näher kamen, bis sie direkt vor ihrer Tür waren. «Sie ist da. Grüß Steven von mir.»

Sie hörte ein undeutliches Gemurmel, und im selben Moment klopfte jemand an ihre Tür.

«Lee? Es ist jemand für dich da», rief Thomas.

Lisa öffnete sachte die Zimmertür und fiel aus allen Wolken, als sie Morgan im Flur stehen sah. Er lächelte sie schüchtern an.

«Hi …», sagte er unsicher und packte seinen Walkman weg.

«Hi.» Auch Lisa war um Worte verlegen. «Was … was machst du hier?»

«Ich dachte … ich sollte mit dir reden.» Da Lisa nicht reagierte, bückte er sich schließlich vor lauter Verlegenheit, um seine Schuhe aufzuknoten. Er hatte sich die langen Schnürsenkel seiner weißen Nike-Turnschuhe etwa dreimal um die Knöchel gebunden. Lisa sah, dass er schon wieder neue Levi's-Jeans plus ein weißes Lacoste-Hemd anhatte, und kam sich ziemlich abgerissen vor mit ihren billigen Klamotten. Immerhin trug er auch seine alte Jeansjacke mit den vielen Buttons, die er ja von Steven geerbt hatte, und das blaue Cowboy-Halstuch, das er offensichtlich gern umhatte.

Er stellte seine Turnschuhe sorgfältig neben die Tür und strich sich seine braunen Locken aus den Augen, die schon fast wieder zu lang waren. Er sah Lisa erwartungsvoll an.

Lisa besann sich erst zu spät, dass sie ihr Zimmer gar nicht aufgeräumt hatte. Hätte sie gewusst, dass er sie besuchen würde, hätte sie hier ein wenig klar Schiff gemacht und auch ein bisschen was mit ihrem Äußeren angestellt. Aber nun musste es halt so gehen. Er folgte ihr vorsichtig.

Als er eintrat, fiel sein Blick als Erstes auf das eindrucksvolle Planeten-Mobile, das von der Decke herunterhing. Ein leiser Laut des Erstaunens kam von seinen Lippen. Er ging etwas näher und berührte es vorsichtig, und Lisa konnte ein kleines Lächeln in seinem Gesicht aufleuchten sehen.

«Hast du das immer noch? Das ist das Mobile, das wir mal zusammen gemacht haben, stimmt's?»

«Ja», nickte sie. «Ich habe es aufbewahrt.»

Er stellte sich auf die Zehenspitzen, um dem größten Planeten, der zuoberst hing, einen kleinen Schubs zu geben. Die Styroporkugel fing an, hin und her zu baumeln, und zog schließlich das ganze Mobile mit sich, so dass es zu schwanken und sich zu drehen begann.

«Willkommen zuhause, Captain Kendall», sagte Lisa mit unverhohlener Wehmut.

Momo lächelte und tippte den nächsten Planeten an, so dass dieser direkt auf Lisa zuschaukelte. «Hi, Captain Lambridge», sagte er leise und verfolgte mit seinen Augen, wie sie den Planeten auffing und ihm wieder einen Stoß in die entgegengesetzte Richtung gab.

«Wie war denn Ihr Flug, Captain Kendall?», fragte sie zurück. «Mussten Sie gegen … böse Außerirdische kämpfen?»

Er lächelte noch mehr und legte seine Hände sachte um den Planeten, um seinen Flug sanft zum Stoppen zu bringen. «Ja. Gegen sehr böse Außerirdische sogar. Es war ein furchtbares Wesen. Es hatte einen Totenkopf und war schon halb verwest, und es hat fürchterlich gestunken.» Er rümpfte seine Nase. «Und Sie, Captain Lambridge?»

«Ach, mir ging es ähnlich», antwortete sie. «Ein großes Wesen, das halb Pferd und halb Papagei ist und einen gekrausten Pelz auf dem Kopf hat, hat sich mir in den Weg gestellt und mir jegliches Reden untersagt.»

Momo gluckste, und es war, als wollte sich ein Lachen den Weg aus seiner Kehle bahnen.

«Ja, dieses gekrauste Wesen ist mir auch schon ein paarmal erschienen», prustete er. «Es tyrannisiert den ganzen Planeten. Alle unterwerfen sich seiner Herrschaft. Wirklich schlimme Zustände sind das, das habe ich auch schon festgestellt.»

Er machte sich nicht die Mühe, seinen Sprachfehler vor ihr zu verbergen, und Lisa war froh darum. Sie wollte, dass er sich bei ihr einfach frei fühlen konnte.

«Wenn man nur wüsste, ob dieses Wesen ein Pferd oder ein Pudel oder ein Papagei ist», sagte sie mit gespielt ernster Stimme. «Ich fürchte, es ist eine Kreuzung aus allem.»

Da konnte Momo nicht mehr an sich halten. Das Lachen überkam ihn so stark, dass er sich einfach auf Lisas Bett warf und sich den Bauch halten musste, weil er nicht mehr aufhören konnte zu lachen. Lisa ließ sich nur zu gern davon anstecken. Eine ganze Weile lang lachten sie einfach um die Wette, und es fühlte sich so gut an wie schon lange nichts mehr.

Doch dann auf einmal verstummte Momo. Er richtete sich wieder auf und sah Lisa an.

«Ich … hatte deine Telefonnummer nicht, und außerdem … na ja, ich hoffe, ich hab dich nicht gestört?»

«Aber natürlich nicht.» Ganz im Gegenteil, dachte Lisa. Er hätte nicht willkommener sein können.

*«Maybe I should have called you first, but I was dying to get to you …»*, trällerte er leise. «In der Schule darf ich ja nicht mit dir reden, also …» Er zuckte mit den Schultern und legte seinen Kopf leicht schief. *«I drove all night… Is that alright?»*

Lisa schenkte ihm als Antwort ein Lächeln. Das war mehr als *alright.* «Aber ich dachte … du warst auch mit im Komitee, als sie das beschlossen haben?»

«Ich? So ein Quatsch.» Er winkte ab. «Das ist doch lächerlich. Das erzählen die nur so. Ich hab einfach nichts gesagt, weil ich … na ja, du weißt ja, warum ich in der Schule nicht gern rede.» Er senkte seinen Blick.

«Dann bist du mir also nicht böse?» Sie setzte sich vorsichtig neben ihn auf die Bettkante.

«Wieso sollte ich dir böse sein?» Er sah sie mit seinen braunen Augen ehrlich erstaunt an.

«Weil es doch meine Schuld ist, dass Professor Ash dir zwei ‹Ungenügend› gegeben hat und du nun deswegen deine Versetzung nicht schaffen wirst.»

Er schüttelte den Kopf. «Das ist doch nicht deine Schuld. Im Gegenteil – du wolltest mir doch helfen. Ich … ich war ja ziemlich faul in der letzten Zeit. Keinen Bock auf Schule und Lernen und so. Weiß auch nicht, warum. Und dann bin ich ständig krank …» Wieder zuckte er mit den Schultern, wie er es oft zu tun pflegte, wenn er nicht mehr weiterwusste.

«Bedrückt dich … irgendwas?», fragte sie behutsam.

«Nah. Nicht wirklich. Bloß, dass ich manchmal nicht so richtig weiß, was ich mit meinem Leben machen soll. Es ist alles so sinnlos irgendwie.» Er stand auf und ging ein paar Schritte rüber zu Lisas Schreibtisch, wo neben dem Computer wieder mal eine Kassette mit abgewickeltem Band lag.

«Schon wieder Bandsalat?» Er grinste ein wenig und nahm die Kassette, griff nach dem Bleistift, der daneben auf dem Pult lag, und begann das Band sorgfältig wieder aufzuwickeln. Seine Bewegungen waren bedächtig und sanft, und Lisa empfand so viel Vertrautes beim Anblick von ihnen. So oder so, sie fühlte sich geborgen in seiner Gegenwart.

«Ach. Mein Walkman spinnt einfach. Ich muss mir zu Weihnachten einen neuen wünschen. Oder dafür sparen.» Sie dachte an das futuristische Gerät, das in ihrer Schublade im Nachttisch lag und daran, dass Bandsalate in der Zukunft der Vergangenheit angehören würden.

Wortlos zog Momo seinen Walkman aus der Jackentasche und nahm den Kopfhörer von seinem Hals weg.

«Nimm meinen», sagte er und legte ihn auf den Tisch.

«Was? Du kannst doch nicht …»

«Doch, kann ich. Ich hab noch zwei zuhause rumliegen. Plus einen Discman. Komm schon. Du brauchst ihn dringender als ich. Ich krieg ja von Stevie so ziemlich alles, was ich will.»

«Aber …»

«Jetzt nimm ihn schon. Die Kassette da drin kannst du auch

gleich haben. Ich kann sie mir wieder neu mixen, ich hab ja diese Super-Stereoanlage, die Stevie nicht mehr haben wollte.» Er rollte mit den Augen.

Lisa wusste gar nicht, was sie sagen sollte. «Danke», brachte sie einfach nur über die Lippen.

«Nichts zu danken.» Er ging rüber zum Regal und griff nach einer der Schallplatten, die Lisa dort in Reih und Glied aufgestellt hatte.

«Sind das alle Schallplatten, die du hast?», fragte er erstaunt.

«Ja», sagte Lisa beschämt und dachte an die mindestens fünfhundert – wenn nicht noch mehr! – Schallplatten, die bei Kendalls im Wohnzimmer rumstanden und die nach und nach durch CDs ersetzt wurden. «Ich ... hab leider nicht so viel Taschengeld. Muss mir immer die Top-Ten auf Kassette aufnehmen ...»

Er zog schweigend «Never Ending Story» von Limahl aus dem Regal und schaute sich das Cover an.

«Ich weiß, die Songs sind ziemlich alt und äh ... etwas kitschig.» Lisa hatte dauernd das Gefühl, dass sie sich für ihren Musikgeschmack entschuldigen musste.

«Wieso? Ist doch ein schönes Lied. Ich mochte es auch. Wann war es denn in den Charts? 1984?»

«Ja.»

«Damals waren wir elf.» Leise begann er den Songtext zu trällern:

*Turn around*
*Look at what you see*
*In her face*
*The mirror of your dreams*

*Make believe I'm everywhere*
*Given in the light*
*Written on the pages*
*Is the answer*
*to a never ending story*

«Sag mal, kannst du eigentlich sämtliche Songtexte auswendig?», fragte sie verblüfft.

«Nein.» Er lächelte und summte weiter:

*Reach the stars*
*Fly a fantasy*
*Dream a dream*
*And what you see will be*

«Doch, klar kannst du die alle auswendig», meinte Lisa. «Du trällerst ja jeden Song vor dich hin, der dir gerade einfällt.»

«Das ist nur, weil ich die ganze Zeit Musik laufen hab.»

«Trotzdem. Ich glaub, du hast ein echt gutes Gedächtnis. Dir müsste doch das Auswendiglernen in der Schule eigentlich leichtfallen.»

Er schüttelte nur den Kopf und stellte die Schallplatte wieder zurück.

«Okay. Lass es mich testen. Sing den nächsten Song hier.» Sie deutete von ihrem Bett aus auf die nächste Schallplatte. Er zog sie heraus. «I want to know what love is. Foreigner. 1985, stimmt's? Du magst die alten Songs, was?»

«Stimmt ...»

Er dachte kurz nach, summte die Melodie, bis er sie in seinem Ohr hatte, und begann dann:

*I've gotta take a little time*
*A little time to think things over*
*I better read between the lines*
*In case I need it when I'm older*

Die letzten Zeilen veranlassten Lisa, an das zu denken, was ihr älteres Ich ihr über Momos Zukunft gesagt hatte. Sie sah ihn an, während er Zeile für Zeile korrekt wiedergab, und der furchtbare Gedanke überkam sie, dass er mit diesem Songtext im Grunde genommen seine eigene düstere Zukunft prophezeite:

*In my life there's been heartache and pain*
*I don't know if I can face it again*
*Can't stop now, I've traveled so far*
*To change this lonely life*

*I wanna know what love is*
*I want you to show me*
*I wanna feel what love is*
*I know you can show me*

Lisa konnte ein tiefes Aufseufzen nicht verhindern. Hier stand nun ihr geliebter Momo nach all den Jahren endlich wieder in ihrem Zimmer, etwas, das sie kaum je für möglich gehalten hätte, und hatte noch keine Ahnung, wohin sein Leben steuern würde. Nur sie wusste es, und vielleicht war sie die Einzige, die ihn davon abhalten konnte, den falschen Pfad zu wählen. Vielleicht … vielleicht aber auch nicht.

Die aufwühlenden Gefühle veranlassten sie, vom Bett aufzustehen und hinüber zu ihm zu gehen.

Er grinste ein wenig und stellte die Schallplatte wieder zurück, wo sie hingehörte. Lisa verspürte das heftige Verlangen, ihn einfach in den Arm zu nehmen und fest an sich zu drücken. Er schaute sie an, schien die Regungen in ihrem Innern spüren zu können, legte ihr die Hand auf die Schulter und massierte ganz sanft ihren Nacken.

«Lee-Lee», sagte er nur. «Ich bin froh, dich zu kennen. Wenn ich nur fünf Zentimeter größer wäre …» Er brach ab.

«Was wäre dann?» Sie hielt den Atem an.

«Vergiss es.» Er schüttelte den Kopf und nahm den Zauberwürfel, der neben den Schallplatten auf dem Regal stand. Er schraubte daran herum und hatte ihn mit ein paar Handgriffen wieder in Ordnung gebracht.

«Mich würde es nicht stören …», sagte sie leise. Er antwortete nicht darauf und legte den Würfel wieder zurück.

«Mach mir eine Liste mit all den Songs, die du haben möchtest», meinte er. «Ich nehm sie dir zuhause auf Kassette auf. Ich glaub, wir haben so ziemlich alles.»

«Danke …», murmelte sie verlegen.

Er drehte seinen Kopf zu ihr und musterte sie von der Seite.

«Ich hab nicht gewusst, dass du traurig warst, als ich aufgehört hab, zu dir zu kommen», sagte er leise.

«Doch, war ich. Wir haben so schön gespielt.»

«Ich weiß. Aber …»

«Du wolltest damals auf einmal nicht mehr mit mir spielen. Als wir ungefähr zehn waren, da …» Sie bemühte sich, ihrer Stimme einen ruhigen Klang zu geben, konnte jedoch nicht vermeiden, dass sie ein wenig bebte. Sie erinnerte sich noch so gut daran, als wäre es erst gestern gewesen. Als Momo immer öfters weggeblieben war und eine große Leere in ihr hinterlassen hatte …

«Ja, ich weiß. Es war …» Er zuckte mit den Schultern. «Ich wollte halt irgendwann erwachsen werden und aufhören zu spielen … mein Bruder fand auch immer, dass ich nun zu alt dafür sei und endlich mal ein Mann werden sollte …»

«Du bist doch trotzdem ein Mann», sagte Lisa. «Wir hätten noch so viele Abenteuer erleben können …»

«Tut mir leid, Lee.» Er ging rüber zu ihrem Bett, und sie folgte ihm.

«Ich meine nur. Es ist schade, dass die Freundschaft zerbrach. Ich weiß, ich habe das schon mal gesagt, aber …»

«Schau, ich kann eh nicht mehr so spielen wie früher … das ist vorbei. Irgendwann müssen wir alle aufhören zu träumen.» Er ließ sich auf der Bettkante nieder. Sie setzte sich neben ihn.

«Aber du hast vorhin endlich wieder einmal so richtig herzhaft gelacht», bemerkte sie. «Es hat dir anscheinend Spaß gemacht.»

«Ach, es ist ganz lustig, sich daran zu erinnern. Aber nun sind wir doch sechzehn. Oder willst du im Ernst immer noch Captain Kendall und Captain Lambridge spielen?»

«Nun ja, so meine ich das ja nicht. Aber es gäbe doch noch andere Möglichkeiten … ach, warum muss man denn mit sechzehn überhaupt aufhören zu spielen? Wer bestimmt das denn eigentlich?»

«Ich weiß nicht … Ach, Lee-Lee, das ist halt einfach so …» Er lächelte sie mit einem etwas wehmütigen Lächeln an und tippte mit dem Finger leicht auf ihre Nasenspitze.

«Ich mag dich wirklich gern, Lee-Lee, sehr gern sogar, aber ich kann diese Spiele nicht mehr mit dir teilen. Es ist halt irgendwann vorbei. Wir können nicht ewig in einer Fantasy-Welt leben.»

«Aber ohne ein bisschen Fantasie ist das Leben öd und leer ...»

«Ja. Dann ist das halt einfach so.»

Nun war es an ihr, resigniert die Schultern zu heben. Momo sah sie an.

«Sei nicht traurig, Lee-Lee ... Ich möchte nicht, dass du traurig bist.» Er streichelte ihr liebevoll über die Wange. «Du wirst ins Internat gehen, hast du mir in deinem Brief geschrieben?»

«Ja. Ich muss ins Mädcheninternat», sagte sie düster. «Wegen diesem ... schiefgelaufenen Experiment. Ich weiß nicht, ob du davon was mitbekommen hast.»

«Hmm», sagte er nur. «Wo liegt denn dieses Internat?»

«In Cornwall.»

«Okay.» Er legte seinen Kopf leicht schief und schien über etwas nachzudenken. «Ich werde vermutlich auch weggehen Ende Trimester», sagte er schließlich.

«Ja?»

«Ja. Nach Amerika wahrscheinlich.»

«Nein», entfuhr es Lisa.

«Nah, nicht für immer», wiegelte er ab. «Nur so zwei Jahre. Vielleicht kann ich dort den Highschool-Abschluss machen. Stevie findet, dass ich das unbedingt machen soll. Danach komm ich sicher wieder zurück.»

Es war irgendwie trotz allem verblüffend, von ihm nun genau das zu hören, was ihr älteres Ich ihr bereits angekündigt hatte. Wie eine

Prophetie, die sich erfüllte. Aber genau das würde der Anfang vom Ende sein …

«Ich … ich glaube nicht, dass das eine gute Idee ist», brachte sie hervor.

«Und warum nicht?» Momo runzelte die Stirn. Lisa warf einen Blick auf die Schramme an seiner Stirn, die er sich bei seinem Alkoholexzess zugezogen hatte.

«Ich … glaube, es ist nicht gut für dich.»

Momo sah sie mit einem befremdeten Blick an. «Und wieso nicht? Es ist doch tausendmal besser, als wenn ich nur zuhause vor der Glotze rumhänge und nie so richtig weiß, was ich mit mir anfangen soll. Dort kann ich wenigstens mal richtig was erleben. Vielleicht find ich dann auch endlich mal raus, was ich mit meiner Zukunft anstellen soll und so.»

Zukunft …

«Wie auch immer … also, vielleicht solltest du dann dort lieber andere Dinge unternehmen, als auf Partys zu gehen. Vielleicht … etwas mehr für die Schule lernen. Und … und halt dich vom Alkohol fern», sagte sie.

Momo kniff seine Augen zusammen und sah Lisa mit einem trotzigen Blick an.

«Willst du mir etwa schon wieder vorschreiben, was ich zu tun habe?»

«Nein. Entschuldige … ich möchte einfach nur, dass du auf dich aufpasst, und …»

«Also, ich bin alt genug, um auf mich aufzupassen. Sonst noch was?»

Lisa hätte ihm noch einiges zu sagen gehabt. Aber sie wusste, dass sie diese Dinge für sich behalten musste. Außerdem war er nun vermutlich böse auf sie, weil sie sich in sein Leben einmischen wollte. Aber was hätte sie tun sollen? Wie konnte sie ihn denn vor seinen falschen Entscheidungen warnen? Sie konnte ihm ja nicht einfach sagen, dass ihr Ich aus der Zukunft ihr erschienen war und ihr das alles erzählt hatte. Das hätte er ihr doch niemals abgekauft.

Er streckte versöhnlich die Hand nach ihr aus.

«Du schriebst, du wünschst dir was von mir?», fragte er sanft.

«Ja. Aber ich glaube nicht … dass ich mir das wünschen darf.»

«Sag doch einfach mal.»

Lisa zögerte. Dann holte sie tief Luft: «Siehst du, ich werde nächsten Mittwoch abreisen müssen. Dies hier wird vermutlich mein erster und letzter Schülerball sein, und … ich … nun ja … ich wäre wahnsinnig gern mit dir hingegangen.»

«Alright», sagte er sofort, ohne mit der Wimper zu zucken.

«Du gehst mit mir hin?»

«Wenn du dir das so wünschst.»

«Na ja … ich dachte, dass du inzwischen schon längst ein anderes Mädchen gefragt hast. Der Ball ist ja schon morgen …»

Er schüttelte den Kopf. «Nein, ich wollte das erst im allerletzten Moment regeln, um mir dieses Drama zu ersparen. Aber nun ist das geregelt.» Er stand auf, als wäre das alles, was es zu besprechen gab.

Lisa starrte ihn fassungslos an. Von wegen, dass Momo sich nicht für ein Mädchen entscheiden konnte! Er konnte sich *sehr wohl* entscheiden, wenn er wollte. Er hatte einfach bewusst gewartet.

«Willst du schon gehen?»

«Ja. Ich muss nach Hause.»

«Könntest du nicht noch ein bisschen hierbleiben?»

«Sorry … ich hab noch was vor.» Die Bestimmtheit, mit der er das sagte, ließ keine weiteren Fragen zu.

«Hm. Okay. Aber können wir … können wir uns noch einmal treffen, bevor ich abreisen muss? Irgendwann Anfang nächste Woche. Und uns auf Wiedersehen sagen und so?»

«Klar doch.» Er lächelte sie an, und sie stellte wieder einmal fest, wie freundlich er war. Ihr älteres Ich hatte recht: Momo war freundlich und sehr, sehr gutmütig.

«Ich wünsche mir jedenfalls so, dass wir trotzdem Freunde bleiben! Auch wenn wir beide nun weggehen und uns vielleicht für eine lange Zeit nicht sehen werden …»

«Wieso sollten wir denn keine Freunde bleiben?», meinte er etwas verwundert.

«Der Kontakt bricht sehr schnell ab, wenn man sich nicht mehr regelmäßig sieht», meinte sie. Das war etwas, das sie aus ihrer früheren Erfahrung mit ihm ja zur Genüge wusste. «Aber wir könnten uns regelmäßig schreiben?», fragte sie hoffnungsvoll. Vielleicht konnte sie ja sogar verhindern, dass sie überhaupt wütend auf ihn werden müsste in der Zukunft …?

«Hm.» Sein Blick richtete sich auf einen der Planeten, der über seinem Kopf pendelte. Leise begann er zu singen:

*'Though we've got to say*
*Goodbye for the summer*
*Darling, I promise you this*
*I'll send you all my love*
*Every day in a letter*
*Sealed with a kiss*

Lisa schöpfte tatsächlich schon Hoffnung, doch er brach den Song ab und meinte: «Ehrlich gesagt bin ich nicht so gut im Briefeschreiben. Wir werden sehen.» Er ging hinaus in den Flur, um sich die Schuhe anzuziehen.

Lisa folgte ihm. Egal, was sie anstellte, egal, wie sehr sie sich seine Freundschaft wünschte, sie fühlte, dass er bewusst oder unbewusst immer eine gewisse Distanz zwischen ihnen schuf.

Immerhin drückte er sie zum Abschied sehr lange und fest an sich und streichelte ihren Nacken.

«Bis morgen in der Schule», sagte er leise.

«Ich komme morgen nicht», meinte sie. «Ich muss was anderes erledigen.»

«Dann eben bis zum Ball. Ich warte um halb acht vor dem Eingang auf dich, alright?»

«Okay. Danke. Und danke, Momo, dass du gekommen bist.»

Er lächelte. «Aber klar doch.»

Als er gegangen war, ging sie zurück in ihr Zimmer, wo eine fürchterliche Leere sie erwartete. Momos kurze Präsenz hatte ihr so viel innige Nähe vermittelt, wie sie es selten erlebt hatte. Umso scheußlicher fühlte sich nun dieses Alleinsein an. Nur seinen Tannenzapfen-Geruch hatte er hinterlassen. Und seinen Walkman. Lisa nahm das kleine Kassettengerät in die Hände. Es war ein ziemlich teures Modell von Sony, wahrscheinlich das Beste, das es auf dem Markt gab. Und er schenkte es ihr einfach so. Und er hatte ihr einmal mehr das Kassettenband aufgewickelt. Und er hatte nicht gelacht über ihre Lieblingsmusik. Und er war sogar bereit, mit ihr zum Ball zu gehen, obwohl das vermutlich ein Riesendrama bei den anderen Mädchen verursachen würde.

Einen Moment lang konnte sie es fast nicht glauben: Sie würde tatsächlich mit Morgan Kendall zum Ball gehen. Nicht in ihren wildesten Träumen hatte sie sich das ausgemalt.

Allerdings hatte das Ganze einen bitteren Beigeschmack: Er hätte sich vermutlich nicht sie als Ballpartnerin ausgesucht, wenn sie ihn nicht gefragt hätte. Er tat es wahrscheinlich hauptsächlich, um ihr einen Gefallen zu tun. Und sie hatte sich dazu herabgelassen, entgegen ihrem Stolz zu handeln und einen Jungen zu bitten, mit ihr zum Ball zu gehen. Doch nun war es geschehen, und trotz allem erfüllte es sie mit einer wilden Vorfreude. Nun musste sie nur noch die Sache mit dem Time Transmitter und ihrem zukünftigen Ich organisieren.

In dieser Nacht hatte Lisa zwei Träume. Im ersten Traum wurde Momo in ein Unglück verwickelt. Er war nach einer Party betrunken über die Straße getorkelt und von einem Auto angefahren worden. Lisa versuchte verzweifelt, ein Taxi zu kriegen, um zur Unfallstelle fahren zu können, doch es wollte einfach keins auftauchen. Mitten im Traum schrie sie auf und erwachte mit klopfendem Herzen.

Etwas später schlummerte sie wieder ein, und erneut wurde ihr Unterbewusstsein von merkwürdigen Eindrücken heimgesucht.

Im nächsten Traum saß sie mit Momo in einem Autokino. Es war mitten in der Nacht. Ganze sechs Filme sollten sie sich hintereinander anschauen. Der Morgen dämmerte schon langsam, als es die letzte Pause zwischen den beiden letzten Filmen gab. Die Pause war lang, und Lisa wartete ungeduldig darauf, dass es endlich weitergehen würde.

Plötzlich merkte sie, dass sie irgendwann in der Zukunft waren und beide ein Smartphone hatten. Lisa wartete auf einen Anruf von einer Freundin, die aber nicht Britt war. Momo saß neben ihr und hielt sie fest in seinen Armen. Doch dann verschwand er plötzlich und ließ Lisa ewig lange warten. Als er zurückkam, hatte er zwei Mädchen bei sich. Eine war Camilla, und die andere hieß auch Lisa, wie sie, doch sie hatte dieses Mädchen noch nie zuvor gesehen. Er unterhielt sich mit den beiden und beachtete sie nicht mehr.

«Soll ich gehen? Willst du lieber mit denen reden als mit mir?», fragte sie etwas schnippisch.

«Ja, vielleicht gehst du am besten wieder in dein Zimmer zurück und spielst allein weiter», sagte Morgan und drehte sich von ihr weg. «Ich muss hier warten. Immerhin bin ich bald fünfundvierzig.»

Während des Aufwachens spukte Lisa ständig die Zahl Fünfundvierzig im Kopf herum. Fünfundvierzig … fünfundvierzig … fünfundvierzig …

Und mit einem Mal war sie hellwach. Sie richtete sich auf und sah auf ihrem Digitalwecker, dass es erst kurz nach drei Uhr früh war. Was waren denn das für merkwürdige, bescheuerte, sinnlose Träume gewesen? Ihr Herz hämmerte immer noch wild gegen ihre Brust. Und was war denn mit dieser Zahl Fünfundvierzig? Sie spürte, dass diese Zahl nur in entfernter Form mit dem Alter ihres zukünftigen Ichs zu tun hatte … und noch etwas anderes beinhaltete …

Und da dämmerte es ihr!

Das war die Geschichte, die Mrs. Whitfield in der Unterrichtsstunde erzählt hatte. Natürlich! Glasklar stand es auf einmal vor ihren Augen. Die Geschichte von diesem Freund, der mit fast fünfundvierzig betrunken auf die Straße gegangen, von einem Auto angefahren und noch in derselben Nacht an seinen Verletzungen gestorben war!

Ein paar Sekunden lang saß sie wie erstarrt da, während ihr Hirn zwei und zwei zusammenzählte. Das war diese eine Sache gewesen, die ihr zukünftiges Ich ihr nicht hatte mitteilen wollen! Sie hatte ihr nicht sagen wollen, dass dieser Freund niemand anderes als Momo war, der mit fast fünfundvierzig …

Lisa wagte nicht mehr, den Gedanken zu Ende zu denken. Diese Erkenntnis hatte sie regelrecht in einen Schockzustand versetzt. Es war, als ob sich ihr Herz in ihrer Brust umdrehte, und sie musste einen Aufschrei unterdrücken.

Momo … ihr geliebter Momo … würde im Jahr 2018 gar nicht mehr leben! Ihr zukünftiges Ich hatte keine Möglichkeit mehr gehabt, weiter um ihn zu kämpfen, weil es ihn im Jahr 2018 schlicht und einfach nicht mehr geben würde. Die Mission würde dort zu Ende sein, der Point of no Return würde erreicht sein, es sei denn … ja, es sei denn, man reist zurück in der Zeit, um alles anders zu machen … Lisa hielt bei dieser Erkenntnis den Atem an.

Vor ihrem inneren Auge tauchte die schreckliche Szene auf, die sich erst in einer fernen Zukunft abspielen würde … doch mit so einer eindringlichen Deutlichkeit, als würde es bereits hier und jetzt geschehen … Sie sah ihn vor sich, fast dreißig Jahre später, schwer verletzt auf der Straße liegen … ein Krankenwagen, der ihn abholte und ihn ins Krankenhaus brachte, doch es war zu spät … er starb, noch keine fünfundvierzig Jahre alt … und einsam … sehr einsam … Lisa ballte ihre Fäuste … niemals, nein, niemals durfte Momo so einen Tod sterben!

Eben war er doch noch in ihrem Zimmer gewesen, eben noch hatte er mit ihr gesprochen, mit ihr gelacht, ihr das Kassettenband aufgewickelt, ihre Lieblingssongs gesungen und versprochen, mit ihr zum Ball zu gehen …

Sie sprang aus dem Bett und hielt sich die Hände vors Gesicht, doch der Schock saß zu tief in ihren Knochen, als dass sie hätte weinen können. Sie fühlte sich zwar nach Heulen, aber sie konnte jetzt ganz einfach nicht … Außerdem arbeitete ihr Hirn fieberhaft weiter und setzte ein Teil nach dem anderen zusammen …

Und auf einmal war sie sicher, dass das Smartphone noch eine weitere Information für sie bereithielt. Sie warf einen Blick rüber zu ihrem Bett, wo es unschuldig im Nachttisch ruhte. Vorsichtig öffnete sie die Schublade und fischte es heraus.

Da lag es nun in ihrer Hand, elegant und leicht. Wirklich ein unglaubliches Ding! Sie tippte zaghaft auf den Einschaltknopf. Die glasklaren Farben des Bildschirms warfen ihr schimmerndes Licht auf ihren Pyjama. Sie wischte die Uhrzeit weg und hatte wieder das Bild mit den Ziffernkreisen vor sich.

Ach, wenn sie diesen Code doch nur knacken könnte! Dann könnte sie vielleicht die letzte Antwort finden.

Sie drehte und wendete das Gerät in ihren Händen.

Und dann fiel es ihr wie Schuppen von den Augen.

Natürlich. *Sie selbst* würde doch in der Zukunft diesen Code setzen! Dass ihr das nicht vorher eingefallen war! Jedenfalls nahm sie mal an, dass ihr zukünftiges Ich diesen Code selbst gesetzt hatte, so, wie sie ihn an ihrem Vorhängeschloss beim Spind auch selbst hatte wählen können.

Und wenn sie sich diesen Code in der Zukunft selbst aussuchen konnte, dann gab es eigentlich nur *eine einzige* Möglichkeit.

Alles andere war ausgeschlossen …

Der Code hatte genau vier Ziffern, so viel hatte sie gesehen. Sehr langsam und sachte tippte sie 2–7–0–9 ein, und mit einem klickenden Geräusch verschwanden die Nummern, und das Bild mit den vielen Symbolen wurde sichtbar. Obwohl sie damit gerechnet hatte, hätte sie vor Überraschung doch beinahe das Smartphone fallenlassen. Hatte ihr älteres Ich also tatsächlich Momos Geburtstag als Verschlüsselung genommen! Gewisse Dinge änderten sich einfach nicht …

Und nun stand da sogar noch zusätzlich das Datum unter der Uhrzeit: 12. August 2018. Das Smartphone folgte offenbar immer noch dem Kalender der Zukunft, und es war sogar genau ein Tag nach ihrem fünfundvierzigsten Geburtstag!

Lisas Hände bebten vor Aufregung. Sie war sich fast hundertprozentig sicher, dass sich auf diesem Gerät ein Foto befand, das ihr noch etwas mehr über Momos Schicksal offenbaren würde. Hatte ihr älteres Ich etwa tatsächlich geglaubt, sie könne sich selbst was vormachen?

Sie tippte das Symbol der Fotogalerie an und öffnete das erste Bild. Es war eines der Schnappschüsse vom «Tomsborough Telegraph»-Tower, das ihr älteres Ich am Mittwochnachmittag gemacht hatte. Lisa wischte ein Bild nach dem anderen zur Seite. Es folgten mehrere Aufnahmen vom Tomsborough Square, vom Record Store, dann von der Schule, der Kantine, dem Biotop, der Bibliothek und sogar von einigen Unterrichtszimmern.

Ja, richtig, das passte zu ihr, sich von allem und jedem ein Andenken zu machen. Offenbar würde sich auch dies in der Zukunft nicht ändern …

Bei jedem Streichen wartete sie voller Herzklopfen darauf, dass das folgende Bild irgendwas Schockierendes für sie bereithalten würde. Sie wusste gar nicht, ob sie überhaupt den Mut hatte, weiterzumachen. Was, wenn sie auf einmal eine neunundzwanzig Jahre ältere Ausgabe aller ihrer Leute zu sehen bekommen würde? Oder noch schlimmer: eine neunundzwanzig Jahre ältere Ausgabe von Momo?

Sie fragte sich, ob sie das verkraften konnte. Wer wusste, wie er in der Zukunft aussehen würde? … Vermutlich nicht mehr so gut. Doch außer dem Foto von ihr selbst, das sie zum Glück bereits gesehen hatte, folgten lediglich Fotos von einem Wohnzimmer und von ein paar Dokumenten. Schließlich gelangte sie zu dem Bild mit dem Abschlusszertifikat ihres Informatikstudiums, das sie ja bereits gesehen hatte.

Hier machte sie Halt. Ihr Finger zögerte auf einmal. Sie war sich ziemlich sicher, dass das ausschlaggebende Bild nicht mehr so weit entfernt war. Sehr langsam und zaghaft strich sie schließlich das Bild mit dem Zertifikat weg.

Auf dem nächsten Bild war ein Grabstein zu sehen. Und da begann ihr Herz zu rasen. Allerdings war das Bild zu klein, um die Inschrift lesen zu können. Sie ging mit ihren Augen näher heran und drehte das Smartphone dabei in ihren Händen. Prompt drehte sich das Bild mit, so dass es nun quer lag, und jetzt konnte sie es besser lesen.

Und da sah sie es. Da stand es, deutlich und unmissverständlich eingraviert in einen Marmorstein:

*R.I.P*
*MORGAN WILLIAM KENDALL*
*27.09.1973 bis 07.06.2018*
*In Liebe und ewiger Erinnerung*
*Steven James Kendall, William Kendall*
*und Melissa Kendall-Porter*

Das war es also! Lisa unterdrückte erneut einen Aufschrei. Ihr Herz blieb fast stehen, obwohl sie es längst geahnt hatte.

Der 7. Juni 2018.

Momo würde am 7. Juni 2018 ums Leben kommen. Das Foto war der unmissverständliche Beweis für dieses tragische zukünftige Ereignis.

Ihre Hände zitterten heftiger. Was auch immer passierte: Momo durfte am 7. Juni 2018 auf keinen Fall auf die Straße gehen!

Halt – nein!, ermahnte sie sich. Man musste ja viel früher damit ansetzen. In seinem Leben mussten die Weichen gestellt werden, lange noch bevor er in diese Depressionen und in die Alkoholabhängigkeit fallen würde. Dann würde es am 7. Juni 2018 auch gar keinen Grund für ihn geben, sich zu betrinken und von einem Auto angefahren zu werden. Dann würde sein Leben anders verlaufen, besser, stabiler, und er würde vielleicht heiraten und eine Familie gründen und nicht vereinsamen …

Lisa starrte das Bild an, bis es langsam vor ihren Augen zu verblassen begann und der Bildschirm wieder dunkel wurde. Sie legte das Gerät behutsam in die Schublade zurück. Morgen würde sie es ihrem zukünftigen Ich zurückgeben müssen. Aber sie wusste bereits so oder so, dass sich dieses Bild für immer und ewig in ihr Gedächtnis gebrannt hatte. Jedenfalls für die nächsten neunundzwanzig Jahre …

Und dann fuhr es ihr eiskalt den Rücken runter, als ihr auf einmal eine weitere Erkenntnis kam.

Konnte sie am Ende Momos falschen Lebensweg und damit auch seinen frühen Tod verhindern, indem sie Professor Ash den Time Transmitter aushändigte? Würde Momo vielleicht nicht nach Amerika gehen, wenn er an der Schule bleiben könnte, und bliebe so vor vielem bewahrt?

Sie schaffte es nicht mehr, über all diesen schwerwiegenden Entscheidungen einzuschlafen, und als der Tag anbrach, ahnte sie, dass er nicht nur über Momos, sondern auch über ihre eigene Zukunft und vielleicht sogar über Leben und Tod entscheiden würde.

# Kapitel 19
# Doc Silverman kennt die Vergangenheit

Lisa ging zur gewohnten Zeit aus dem Haus, so dass weder Thomas noch Fanny Verdacht schöpften. Sie hatte sogar ihre Schuluniform angezogen.

Doch statt wie gewöhnlich die Buslinie 16 zu nehmen, fuhr sie mit einem anderen Bus ins Zentrum und stieg dort um. Sie hasste diese Lügen und dieses Versteckspiel, und noch mehr hasste sie es, dass sie durch ihre Umstände dazu gezwungen war. Sie war immer ein ehrliches Mädchen gewesen, hatte lieber die Wahrheit gesagt und sich dafür ein paar Probleme eingehandelt, anstatt sich mit Lügen durchzumogeln. Aber hier ging es um ihr Leben und um ihre Zukunft, und womöglich auch um die Zukunft anderer …

Lisa stand kaum vor der Tür der Villa Silverman, da wurde sie auch schon geöffnet. Zac und Doc Silverman standen vor ihr, beide in aufgewühlter Stimmung.

«Lee!» Zac fiel ihr sofort um den Hals, und Lisa versank buchstäblich in seinen langen Armen. «Es tut mir so leid, dass das passiert ist. Ich hab's vermasselt … das Band der Kassette hat sich verfangen … und dann konnte ich es nicht mehr stoppen … und du bist zwei Tage in die Zukunft gereist statt nur fünf Minuten … und …»

Zac sprudelte drauflos, während Lisa sich wieder aus seinen Armen zu befreien versuchte.

«Wir sind so froh, dich wieder bei uns zu haben, Lee», sagte Doc Silverman mit seiner warmen Stimme und legte Lisa seine große Hand auf die Schulter. «Ich habe mir enorme Vorwürfe gemacht. Und ich nehme die Schuld an dieser Misere voll und ganz auf mich. Aber du musst jetzt reinkommen und uns alles erzählen.»

Etwas später saßen sie auf dem alten Sofa zwischen Kabeln und Computern, und Rachel, die schon fleißig am Herumwirbeln war, brachte ihnen Kaffee und Frühstück. Im Hintergrund lief klassische Musik, die Doc Silverman fast rund um die Uhr laufen ließ, weil sie seiner Meinung nach eine stimulierende Wirkung auf seinen Verstand hatte. Die Lampenschirme leuchteten in allen Farben und zeichneten bunte Muster auf ihre Gesichter. Doc Silverman hatte Lisa den Rucksack und das Skateboard gebracht, die sie während des Zeitreise-Experiments verloren hatte.

Zac war immer noch völlig außer sich und ruderte wild mit seinen langen Armen herum, während er wie ein Wasserfall redete und den technischen Defekt des Time Transmitters in allen Facetten zu erklären versuchte.

«Nun beruhig dich doch, Zachary. Lee ist ja wieder da», sagte sein Vater. «Wir waren natürlich in großer Sorge, als der Time Transmitter sich nicht mehr stoppen ließ. Zachary sagte mir, das Band reiche für dreißig Jahre, und ich hatte wirklich riesige Angst, dass du nun irgendwo im Jahr 2019 gelandet bist.»

«So schlecht wäre das nicht mal gewesen», murmelte Lisa. Jetzt, da sie wusste, dass die Zukunft gar nicht so übel aussah und vor allen Dingen, was für technische Möglichkeiten mit dem Internet und diesen Smartphones auf sie warten würde, fand sie diesen Gedanken gar nicht mehr so fürchterlich. Allerdings wäre sie dann lieber ein wenig vorher gelandet, um vielleicht noch Momo vor seinem Tod bewahren zu können …

«Aber sagt bloß: Das war wegen eines *Bandsalates,* dass sich der Time Transmitter nicht mehr stoppen ließ?» Sie schaute abwechselnd Doc Silverman und Zac an.

«Richtig», sagte der Doc. «Das Band hat sich irgendwie verheddert.»

«Ohne Scherz?» Dass ausgerechnet ein simpler Bandsalat – ein Übel, das ihr so ziemlich täglich begegnete – für diesen Defekt verantwortlich gewesen sein sollte, erschien ihr fast wie ein Witz.

«Nun ja, wir haben es jetzt repariert. Zachary hat einen neuen Kassettenrekorder eingebaut, nachdem deine Freundin Britt uns mitgeteilt hat, dass wir den Time Transmitter heute Abend brauchen werden. Dieses Mal müsste es also funktionieren. Wir müssen nur noch ein paar Sachen abchecken.» Er wies mit einem Kopfnicken nach hinten, wo der Time Transmitter mit einem Tuch abgedeckt in einer Ecke stand.

«Super», sagte Lisa.

Doc Silverman nahm einen Schluck von seinem Kaffee und sah Lisa über den Rand der Tasse mit seinen stahlblauen Augen an. Sein cremefarbenes Haar war ebenso lang wie das von Zac, nur dass es oben auf dem Kopf schon fast vollständig licht war. Seine buschigen Augenbrauen verliefen oben zu spitzen Zipfeln. Lisa fragte sich, warum Wissenschaftler eigentlich meistens so zerrupft aussahen. Vielleicht, weil sie so viel anderes im Kopf hatten, so dass sie sich nicht sehr um Banalitäten wie Haare schneiden und Augenbrauen zupfen scherten.

«Aber nun, Lee, musst du uns einiges erzählen. Deine Freundin Britt hat uns ja schon ein bisschen vorinformiert. Darüber war ich sehr froh, denn ich habe mir wirklich ganz große Sorgen und schwere Vorwürfe gemacht. Ich hörte, dass du zu keinem von uns mehr Kontakt haben darfst? Ist das wahr?»

Lisa nickte bedröselt und erzählte Doc Silverman und Zac, was ihr in den letzten Tagen alles widerfahren war und was ihre Familie alles beschlossen hatte. Zac war ganz außer sich, als er erfuhr, dass Lisa schon am Mittwoch abreisen würde.

«Was?», rief er. «Davon weiß ich ja gar nichts! Was mach ich denn ohne dich?»

Von wegen Zac hatte kein Gefühlsleben … Lisa stellte soeben fest, dass Zac weitaus emotionaler auf ihr Weggehen reagierte, als Morgan es getan hatte.

«Britt ist ja auch noch da», meinte sie, um ihn zu beruhigen. Bei der Erwähnung von Britts Namen wurde Zac puterrot im Gesicht.

«Das tut mir sehr leid», seufzte Doc Silverman. «Das alles ist absolut meine Schuld. Ich hätte dich noch viel vehementer von diesem Experiment abhalten sollen. Es hat mir ja schon von Anfang an nicht gefallen, dass du das Versuchskaninchen sein solltest. Aber leider hat meine wissenschaftliche Neugier gesiegt. Die Versuchung, eine Zeitmaschine zu besitzen, war einfach zu groß. Nun gut. Ich werde für diese Fahrlässigkeit wohl geradestehen müssen.»

«Wie meinen Sie das?» Lisa schaute den Doc besorgt an.

«Nicht so wichtig, Lee. Lass das mal meine Sorge sein. Kümmern wir uns erst mal um dich … Wenn du mir verzeihst?»

«Wieso verzeihen? Sie haben doch nichts falsch gemacht?»

«Oh doch, Lee, das habe ich. Ich habe schon einige Fehlentscheidungen in meinem Leben getroffen zugunsten der Wissenschaft.» Er warf einen seufzenden Blick zu seinem Sohn. «Doch … das ist eine andere Geschichte.»

«Aber wir haben ja keine andere Wahl», erinnerte ihn Lisa. «Außerdem … manchmal muss man für seine Träume eben Opfer bringen …»

«Wie wahr. Du bist ein sehr kluges Mädchen, Lee.» Doc Silverman kratzte sich nachdenklich am Kinn.

«Mädcheninternat also. Nun gut, das können wir wohl leider nicht mehr ungeschehen machen, auch wenn wir eine Zeitmaschine besitzen. Vielleicht ist es auch eine Chance für dich, Lee.»

Lisa nickte zustimmend. Sie hatte mittlerweile angefangen, sich mit der Sache abzufinden und ihr durchaus auch ein paar positive Seiten abzugewinnen. Immerhin würde sie das davor bewahren, Carter Whitfield kennen zu lernen, und davor, später aus falschen Motiven eine Ehe einzugehen.

«Nun müssen wir uns erst mal auf die bevorstehende Aufgabe konzentrieren. Rachel, können wir noch mehr Kaffee haben?» Doc Silverman winkte Rachel zu, und sie kam und füllte die Tassen mit frischem, heißem Kaffee.

«Also erstmal meine herzliche Gratulation zu eurer gelungenen Erfindung», sagte Doc Silverman nun mit einem Lächeln. «Ihr habt sage und schreibe eine Zeitmaschine erfunden. Das ist bislang nicht mal den renommiertesten Wissenschaftlern gelungen, obwohl so manche davon träumen. In dem Forschungslabor, in dem ich arbeite, versucht man alles Erdenkliche, um ein schwarzes Loch hinzukriegen. Teilchenbeschleuniger und enorme Mengen an Energie sind nur marginale Teile dieser umfangreichen Forschung. Was euch beiden hier gelungen ist, muss man schlicht und einfach als Wunder bezeichnen.»

«Das Wunder ist ganz allein Zac zuzuschreiben. Ich habe dazu nichts beigetragen», wehrte Lisa ab. «Ich verstehe nicht mal einen Bruchteil davon.»

Doch Doc Silverman beugte sich vor und sah Lisa mit einem warmen väterlichen Blick an. «Aber natürlich hast du was dazu beigetragen. Du hast meinen Sohn so oft beschützt und ihm Rückendeckung gegeben. Glaubst du, das ist mir verborgen geblieben? Ich mag zwar oft auf Reisen sein, weil mein Beruf das von mir fordert, aber ich bekomme sehr wohl mit, was du alles für meinen Sohn tust. Ohne dich hätte er das alles nicht geschafft. Nur gemeinsam konntet ihr dieses Wunder auf die Beine stellen.»

*Gemeinsam.* Dieses Wort hörte sich aus Doc Silvermans Mund so anders an als bei Fanny. Nicht provozierend und aufgesetzt, sondern stark und mutig. Und echt.

Lisa wechselte einen Blick mit Zac. Auch er sah sehr glücklich und stolz aus.

«Nun bin ich allerdings sehr gespannt auf deine Geschichte», sagte der Doc ernst. «Der Time Transmitter muss also bis heute Abend klar sein? Warum? Deine Freundin hatte keine Ahnung, als ich sie fragte. Sie meinte nur, dass es furchtbar wichtig sei.»

«So ist es …»

«Und weshalb?» Der Doc beugte sich vor und sah Lisa ernst in die Augen. «Ich hoffe, dass du wenigstens *mich* einweihst, wenn schon deine Freundin offenbar nichts wissen darf.»

«Das hat nichts damit zu tun. Es ist nur ziemlich schwierig, ihr das glaubhaft zu verklickern. Es ist auch ziemlich ... abgefahren. Sie werden mir vielleicht auch nicht glauben», druckste Lisa herum. «Aber ... ich habe einen Beweis mitgebracht.»

«Lass hören!»

«Ich weiß nun, wer diese Misses Whitfield tatsächlich ist», sagte sie und griff in ihre Jackentasche. Doc Silverman und Zac beugten sich gespannt über den kleinen Couchtisch, als Lisa das Smartphone aus der Zukunft vor sie hinlegte.

«Was ist denn *das?*», stammelte Zac, und seine Kinnlade klappte runter.

«Das sieht nach etwas aus, das unserer Technologie weit voraus ist.» Vorsichtig griff Doc Silverman nach dem Gerät und drehte es fasziniert in seinen Händen.

«Es ist ein Smartphone aus der Zukunft. Ein kleiner Computer eigentlich. Genauer gesagt, aus dem Jahr 2018», sagte Lisa feierlich.

«Aus der Zukunft?» Doc Silvermans skeptischer Tonfall ließ erahnen, dass er mindestens ebenso viele Fragen hatte wie sie selbst vor kurzem noch. «Aber du warst doch gar nicht so weit in der Zukunft?»

«Nein. Aber ich werde eines Tages *aus* der Zukunft kommen.» Lisa machte eine Pause und überlegte, wie sie Doc Silverman dazu bringen konnte, ihr das zu glauben.

«Mit fast fünfundvierzig werde ich eine Zeitreise in die Vergangenheit unternehmen. Ins Jahr 1989. Also in unsere Gegenwart. Mit dem Time Transmitter, den Zac in der Zukunft bauen wird und mit dem wir dann auch in die Vergangenheit reisen können. Und ... tja ... diese Misses Whitfield, das bin eben ich. Das ist mein älteres Ich aus der Zukunft.»

Zac fiel der Unterkiefer noch weiter runter, falls das überhaupt noch möglich war. Doc Silverman reagierte ein wenig gefasster, doch Lisa konnte ihm ansehen, dass auch er das Ganze erst mal verdauen musste.

«Das erklärt natürlich einiges», resümierte er, nachdem er eine Weile nachgedacht hatte. «Ich habe mich wirklich schon gewundert, woher sie diese präzisen Wettervorhersagen hatte.»

«Sie glauben mir also?»

«Natürlich. Das ist ja nun nicht mehr so schwierig, nachdem wir dich zwei Tage in die Zukunft geschickt haben.» Doc Silverman hob das Smartphone erneut vom Tisch auf und drückte vorsichtig auf den ovalen Knopf. Er zuckte regelrecht zusammen vor Erstaunen, als das kristallklare Bild des Sternenhimmels vor seinen Augen aufleuchtete.

«Grundgütiger! Was für ein Bild! So ruhig und absolut ohne Flimmern. Ist das *wirklich* ein Computer?»

Lisa nickte.

«Unglaublich. Wirklich absolut unfassbar. Das hätte ich mir ja selbst in meinen kühnsten Träumen nicht ausgemalt … aus dem Jahr 2018, sagst du?»

Lisa genoss es, ausnahmsweise Doc Silverman mit einer technischen Errungenschaft verblüffen zu können. Sie beugte sich vor, strich mit dem Finger über das Bild und tippte dann den Code ein, so dass die Symbole erschienen.

«Meine Herren!» Der Doc kam anscheinend aus dem Staunen nicht mehr heraus. «Ha, da steht es ja sogar: 12. August 2018!»

«Sie haben mir doch selbst immer von dem Taschencomputer der

Zukunft erzählt», schmunzelte Lisa. «Nun, wie Sie sehen, ist es wahr geworden.»

«Aber wirklich. Und dazu ein Bildschirm, den man mit dem Finger steuern kann ...» Doc Silverman versuchte es Lisa gleichzutun und klopfte mit seinem großen Zeigefinger wahllos auf dem Bildschirm herum.

«Warum passiert jetzt nichts?»

«Sie müssen die Symbole berühren. Und Sie brauchen auch nicht so fest auf den Bildschirm zu poltern. Es reicht, wenn Sie nur ganz sanft tippen.» Lisa musste sich das Lachen verkneifen.

«Ach so. Mir scheint, ich muss da noch einiges lernen ...» Doch nach ein paar Versuchen hatte Doc Silverman das Prinzip begriffen. «Wirklich ein tolles Gerät! Darauf freue ich mich jetzt schon», sagte er erfreut.

Zac starrte das Gerät ebenso fasziniert an, doch seine Gedanken schienen zudem noch mit etwas ganz anderem beschäftigt zu sein.

«Ich werde also einen Time Transmitter erfinden, mit dem man in die *Vergangenheit* reisen kann? Hab ich das wirklich richtig gehört?», sprudelte es schließlich aufgeregt aus ihm hervor.

«Ja, das wirst du! Im Jahr 2005 wirst du den großen Durchbruch haben.» Lisa freute sich richtig darüber, Zac mit dieser Information so glücklich machen zu können.

«Hast du das gehört, Dad?» Zac schoss begeistert vom Sofa hoch, um einen Luftsprung zu machen, wobei er sich allerdings den Kopf an einem Lampenschirm anschlug. «Ich werde es tatsächlich schaffen! Wenn Einstein das wüsste!»

«Das ist wundervoll, mein Junge», lächelte Doc Silverman warm. «Es scheint, als ob der Schöpfer dir etwas gelingen lassen wird, was er bis jetzt noch keinem Menschen anvertraut hat. Dir ist aber klar, dass damit auch eine große Verantwortung einhergeht?»

Lisa und Zac wechselten einen Blick. Lisa konnte in Zacs Augen lesen, dass er ebenso wenig wusste, was sein Vater genau damit meinte, wie sie.

«Stellt euch mal vor, ihr besitzt sämtliches Wissen aus der Zukunft. Ihr könnt damit die Geschichte beeinflussen, verändern, sowohl zum Guten als aber auch zum Schlechten. Ja, ihr könnt sogar Menschenleben retten und dem Tod ein Schnippchen schlagen, doch ihr könnt auch Menschenleben auslöschen oder gar verhindern, dass jemand geboren wird.»

Lisa spielte mit der kleinen Uhr, die sie um den Hals trug, während sie Doc Silvermans Worten lauschte. Sie dachte sofort an Momo. Und an ihre Eltern.

«Ihr müsst also sehr, sehr weise damit umgehen.»

«Verstehe», sagte Lisa langsam, während sie immer noch zu erfassen versuchte, was der Doc alles damit meinte.

«Und nun ist also dein älteres Ich aus der Zukunft gekommen», nahm er den Faden wieder auf. «Was wollte sie dir denn mitteilen?»

«Dad!», unterbrach Zac. «Wir müssen dringend mit dem Time Transmitter weitermachen. Wir haben noch einiges zu testen bis heute Abend!»

«Ja, mein Sohn, aber ich möchte gern zuerst von Lisa hören …»

«Aber ich muss wissen, wozu wir ihn brauchen. Auf welche Zeit ich ihn einstellen muss. Ich muss testen, ob das Band dieses Mal wirklich funktioniert.» Zacs Hände waren ganz fahrig. Lisa sah ihm an, dass er am liebsten sofort ans Werk gehen wollte.

Doc Silverman seufzte. Wenn sein Sohn etwas im Kopf hatte, war er einfach nicht davon abzubringen.

«Ganz einfach: Wir müssen mein älteres Ich wieder zurück in die Zukunft schicken. Zurück nach 2018», erklärte Lisa schlicht.

«Ah», sagte Doc Silverman. «Gibt es denn in der Zukunft keinen portablen Time Transmitter?»

«Nein, Dad. Das geht ja nicht. Ich muss ja damit das Wurmloch öffnen und steuern», erklärte Zac. «Man kann den Time Transmitter deshalb nicht mit in die Zeit nehmen, in die man reist.»

«Deswegen braucht sie unsere Hilfe, um wieder zurück in ihre Zeit zu kommen», ergänzte Lisa.

«Alles klar. Dann weißt du ja, was zu tun ist, Zachary», sagte Doc Silverman. Und zu Lisa gewandt: «Wo ist sie denn überhaupt? Dein zukünftiges Ich?»

«Ich weiß es nicht. Ich hab keine Ahnung, wo sie sich aufhält. Wir können anscheinend nicht länger als ein paar Stunden nebeneinander existieren. Wir wurden auseinandergetrieben. Wir haben uns sozusagen regelrecht wie zwei Magnete abgestoßen.»

«Das ist nachvollziehbar.» Der Doc strich sich nachdenklich über sein Kinn und versank für ein paar Minuten in einem Denkprozess.

«Es scheint, als ob die Zeitlinie versucht, sich selbst zu reparieren», meinte er, als er fertig gegrübelt hatte.

«Wie bitte?»

«Du kannst eigentlich nicht zweimal am selben Ort und zur selben Zeit existieren, Lee. Die Zeitlinie merkt wahrscheinlich, dass etwas nicht stimmt. Es ist wie eine Wunde im Raum-Zeit-Kontinuum. Schwierig zu erklären, aber …»

«Ich habe mich schon die ganze Zeit gefragt, warum ich eigentlich nicht zweimal vorhanden war, als ich zwei Tage in die Zukunft gereist bin», überlegte Lisa. «Wäre ich nun dreißig Jahre in die Zukunft gereist statt zwei Tage – wäre ich mir dann nicht selber als meine ältere Ausgabe begegnet? Oder hätte ich dann einfach nur die Zeit übersprungen?»

«Das ist eine sehr gute Überlegung, und diese Frage lässt sich auch nicht leicht beantworten. Allerdings: Als du zwei Tage in die Zukunft gereist bist, hast du tatsächlich die Zeit übersprungen, da du ja nicht mehr in die Vergangenheit respektive deine Gegenwart zurückgereist bist. Du warst somit tatsächlich verschwunden. Würdest du nun dreißig Jahre in die Zukunft reisen, aber nicht mehr zurück in die Gegenwart reisen, würde vermutlich das Gleiche passieren: Du wärst tatsächlich ab dem Zeitpunkt, ab dem du in die Zukunft gereist bist, verschwunden.

Würdest du in der Zukunft nun deinem älteren Ich begegnen, würde das bedeuten, dass du irgendwann auch aus der Zukunft wieder zurück in die Gegenwart gekommen bist und dein Leben von dem Zeitpunkt an weitergeführt hast. Allerdings kann ich dir nicht genau sagen, was wirklich passieren würde, da Zeitreisen bis jetzt nur in der Theorie existiert haben. Die Schöpfung und damit auch das Raum-Zeit-Kontinuum bergen noch eine Menge ungelöster Rätsel sowie scheinbare und echte Paradoxien, die wir nicht so leicht verstehen können.

Vielleicht musst du dir das Raum-Zeit-Kontinuum als eine Art organisches System vorstellen – im bildlichen Sinn gesprochen natürlich. Ich vermute, dass es kleinere Störungen in der Zeitlinie selbst wieder ausbügeln kann. So, wie unser Körper eine kleine Wunde auch selbst heilen kann.

Nehmen wir deine zweitägige Zeitreise: Zwischen deinem Molekularsystem von Mittwoch um vierundzwanzig Uhr und dem von Samstag um zehn Minuten nach Mitternacht hat sich während zwei Tagen Zeitverschiebung nichts groß verändert. Aber in dreißig Jahren passiert einiges mit einem Körper. Zellstrukturen verändern sich, unterliegen dem Alterungsprozess. Die Abweichung, der Riss im ganzen System, ist somit viel größer. Da ist dann die sogenannte ‹Wundheilung› weitaus aufwändiger und komplizierter. Wenn man dir ein Bein amputieren würde, wächst es auch nicht von selbst wieder nach.

Ich frage mich sogar, ob die Zeitlinie nicht gar versuchen würde, dein biologisches Alter der Zeit, in der du dich gerade befindest, anzupassen. Sprich: Wärst du als Sechzehnjährige an einem Zeitpunkt in der Zukunft, an dem du eigentlich fünfundvierzig sein müsstest, könnte sogar die Möglichkeit bestehen, dass du schneller altern würdest, um deine biologische Struktur dem des Zeitpunkts in der Zukunft anzupassen, in der du dich nun fälschlicherweise befindest. Vielleicht würdest du nach einer gewissen Zeit sogar irgendwie mit deinem zukünftigen Ich verschmelzen, da du eigentlich nicht zweimal existieren kannst. Das hier ist aber meine ganz persönliche Überlegung, ich habe das aus keinem Lehrbuch. Vielleicht liege ich auch komplett daneben.

Wie auch immer: Wir müssen dein älteres Ich unbedingt heute zurück nach 2018 schicken, um die Zeitlinie wieder heil zu machen. Koste es, was es wolle.»

Lisa nickte, während sie das alles logisch zu erfassen versuchte. Ihr Kopf schwirrte allmählich.

«Also, was genau müssen wir heute Abend tun? Wann müssen wir wo sein? Die andere Frage kann ich ja nachher noch stellen.»

«Mein älteres Ich sagte mir, dass um Punkt 0:56 Uhr das Gewitter auf seinem Höhepunkt sein wird. Bis dahin muss alles bereit sein.»

«Null Uhr sechsundfünfzig?»

«Genau. Wir müssen also spätestens um zwölf den Ball verlassen, Zac und ich.»

«Ach ja, stimmt, ihr habt ja diesen Ball.» Doc Silverman sah seinen Sohn schmunzelnd an, der bis zu seinen großen Ohren errötete, während er an dem Kassettenrekorder des Time Transmitters herumfummelte. «Na, da müsst ihr aber unbedingt auch hingehen. Ich werde mich inzwischen um den Time Transmitter kümmern und ihn zum Felsen transportieren. Wo sollen wir denn dein zukünftiges Ich treffen?»

«Ich nehme an, sie wird direkt zu der Brücke kommen.»

«Na gut, gehen wir mal davon aus, dass es so sein wird. Auf welchen Tag müssen wir den Transmitter einstellen?»

«Das hat sie mir nicht gesagt.»

«Es wäre aber gut, wenn wir das schon hier vorbereiten könnten. Ach, warte mal, wir können ja das Datum von diesem kleinen Computer ablesen. Der Datumzähler hat ja bestimmt von ihrem Abreisetag aus automatisch weitergezählt, und ich als verantwortungsbewusster Wissenschaftler würde vorschlagen, wir schicken sie genau auf den Tag zurück, den dieses Gerät hier anzeigt. Dann bringen wir ihr biologisches Alter und ihr Molekularsystem nicht durcheinander – und somit auch nicht die Zeitlinie. Sie hat dann genauso viele Tage in ihrer Zeit gefehlt, wie sie in unserer Zeit verbracht hat.»

«Ah, okay. Sie sind ja der Doc …» Lisa zuckte mit den Schultern.

Doc Silverman lehnte sich zurück und musterte sie mit fürsorglichem Blick.

«Mit wem gehst *du* denn eigentlich zum Ball, Lee? Hat dich ein Junge gebeten?»

Lisa wurde es bei der Frage ganz warm im Bauch.

«Mit … Morgan Kendall.»

Zac sah verblüfft von seiner Arbeit hoch. «Morgan Kendall? Mit *dem?*»

Lisa schaute Zac an. Es war wirklich selten, dass Zac etwas von seiner Umwelt mitbekam, wenn er am Werkeln war. Ob er mit sechzehn doch so langsam seine aufkeimenden Hormone spürte?

Der Doc legte die Stirn in Falten, wohl um sich besser erinnern zu können. «Ah, der kleine braunlockige Junge, mit dem du früher gespielt hast. Mit diesem einzigartigen Lachen. Ein Jammer, dass es so ganz verschwunden ist.»

«Sie erinnern sich?»

«Ein bisschen, ja. Ich kenne doch seinen Vater. William Kendall, der diese Automobilfirma besitzt.»

«Sie kennen sogar seinen Vater?»

«Sozusagen, ja. Ich hatte mehrmals geschäftlich mit ihm zu tun. Er wollte von mir einen neuartigen Antriebsmotor erfunden haben. Aber er hatte nie die Geduld, um zu warten. Er ist, wie soll ich sagen, ein enorm beschäftigter und sehr einflussreicher Mann. Und ein absoluter Perfektionist. Sein älterer Sohn heißt Steven, nicht wahr?»

«Richtig.» Lisa nickte.

«Es scheint, dass er immer sehr stolz auf Steven war. Er hat mir damals in allen Tönen von seinem tüchtigen Sohn vorgeschwärmt, der überall nur gute Noten hatte und Klassensprecher und Kapitän von irgendwelchen Sportmannschaften war. Den kleinen Morgan hingegen hat er kaum erwähnt … Es schien mir, als würde sein jüngerer Sohn in seinen Gedanken gar nicht existieren.» Der Doc schüttelte leise den Kopf. «Aber soweit ich mich entsinne, hattest du eine sehr enge Freundschaft mit ihm. Nun, es ist schön, dass du mit ihm zum Ball gehst.»

«Doc, da ist noch etwas», sagte Lisa.

«Ach ja?» Doc Silverman beugte sich wieder vor, um Lisa mit aufmerksamer Miene zu studieren.

«Ich weiß nicht, wie ich es erklären soll. Sie wissen ja noch gar nicht, warum mein älteres Ich überhaupt aus der Zukunft gekommen ist.»

«Zu dieser Frage wollte ich eigentlich schon lange vordringen.»

«Es geht eben um Morgan Kendall. Um seine Zukunft.»

«Aha?»

«Ja. Mein Ich aus der Zukunft hat mir erzählt, dass er … mit seinem Leben nicht klarkommen wird und …»

Sie fasste kurz zusammen, was sie alles von ihrem zukünftigen Ich erfahren hatte. «Und dass er in der Zukunft …», sie musste tief Luft holen, «also genau am 7. Juni 2018 … bei einem Unglück sterben wird», schloss sie. Es fiel ihr alles andere als leicht, dieses furchtbare Datum auszusprechen.

«Hm.» Doc Silvermans Blick wich nicht von ihr. «Ist das allein der Grund, warum sie gekommen ist?»

«Ja. Ich meine … ich meine, das ist doch eigentlich Grund genug, oder …? Ich würde auch …»

«Du liebst den Jungen sehr, das sehe ich», stellte Doc Silverman fest. «Trotzdem erstaunlich, dass sie dir solche präzisen Informationen gibt. Solches Wissen aus der Zukunft kann hochgefährlich sein. Besonders das Todesdatum – kein Mensch sollte sein Todesdatum wissen!»

«Sie hat es mir ja nicht so direkt gesagt. Ich habe es selbst rausgefunden», gestand Lisa. «Ich habe den Code auf dem Smartphone geknackt. Es ist ja mein eigener Code. Und dann hab ich das Foto gefunden … sehen Sie!» Lisa griff nach dem Smartphone, schaltete es ein und suchte die Fotografie hervor, auch wenn es ihr alles andere als leichtfiel. Sie hielt dem Doc die Aufnahme von Morgans zukünftigem Grab unter die Nase.

Doc Silverman betrachtete das Bild eingehend. Sein Gesicht war weich und verständnisvoll und drückte ein gewisses Maß an Bestürzung aus.

«Vielleicht muss ich doch korrigieren, was ich vorhin gesagt habe», meinte er langsam. «Wenn der Schöpfer von Raum und Zeit euch dieses Werk hat gelingen lassen, dann verfolgt er womöglich damit eine Absicht. Vielleicht gibt es tatsächlich jemanden, der eine zweite Chance bekommen muss.»

«Meinen Sie?»

«Jetzt, da ich genauer darüber nachdenke, ja. Wenn dir diese Aufgabe anvertraut worden ist, Lee, dann musst du sie tatsächlich auch vollbringen. Wie gut kennst du Morgan wirklich?»

«Als Kind habe ich geglaubt, ihn in- und auswendig zu kennen, mit all seinen Facetten. Aber nun, da Sie mich fragen, weiß ich eigentlich nicht wirklich, was in ihm vorgeht. Er wirkt oft sehr distanziert und verschlossen …»

«Hm. Es ist natürlich schwierig, jemanden vor falschen Entscheidungen zu bewahren. Immerhin hat jeder Mensch einen freien Willen. Aber ja, ich glaube, der kleine Morgan könnte durchaus ein bisschen Aufwind gebrauchen. Er hat mir oft leidgetan, weil sein Vater so gar kein Wort des Lobes über ihn verloren hat. Im Gegenteil, es kam mir eher so vor, als sei sein Vater nicht sehr glücklich über ihn.»

Lisa nickte mit schwerem Herzen.

«Wie auch immer, diese Sache musst du wohl selbst zwischen dir und Morgan ausmachen», sagte Doc Silverman. «Da kann dir niemand wirklich helfen dabei. Frag dein Herz. Dort wirst du die Antwort finden. Da bin ich mir ziemlich sicher. Aber geh vorsichtig mit dieser Sache um.»

«Ich versuche es», seufzte Lisa.

«Doch was auch immer passiert: Ihr müsst jedenfalls sehr, sehr verantwortungsvoll mit eurem Time Transmitter umgehen. Euch ist wirklich etwas ganz Wertvolles anvertraut worden. Ihr müsst ganz arg aufpassen, dass es nicht in falsche Hände gerät.»

«Doc Silverman», sagte Lisa ängstlich. «Das ist es ja gerade. Das wollte ich Ihnen noch sagen! Professor Ash weiß davon, und er versucht mich zu erpressen!»

«Archibald Ash weiß davon?» Doc Silverman stand der Schock ins Gesicht geschrieben. «Wie kommt denn das?» Er wandte sich zu seinem Sohn, der hochkonzentriert in die Arbeit vertieft war.

«Zachary?»

«Hä?» Zac blickte auf.

«Wie kommt es, dass Professor Ash von eurem Time Transmitter weiß?»

«Oh, ich hab ihm das Physik-Heft abgeben müssen. Da waren die Blätter mit meinen Formeln drin. Ich glaub, deswegen ...» Zac war sich offenbar immer noch nicht bewusst, was er damit ausgelöst hatte.

«Oh, Zachary», seufzte Doc Silverman. «Nein, ich will nicht mit dir schimpfen. Es ist mein Fehler. Ich war nicht da, als du mich gebraucht hast. Und ich weiß ja, dass du viel anderes im Kopf hast. Aber das hier ist eine sehr ernste Sache.»

«Allerdings! Doc, hören Sie … genau das ist mein großes Dilemma. Professor Ash hat nämlich gesagt, dass er Morgans Note aufbessern will, so dass er die Versetzung schaffen kann, wenn wir ihm im Austausch dafür den Time Transmitter übergeben. Das heißt, wenn ich es nicht tue, bin ich doch schuld daran, dass Momos … Morgans Leben auf Abwege gerät? Ich … ich könnte ihn vielleicht retten, indem ich … aber das kann ich doch nicht tun, oder?»

«Auf keinen Fall, Lee, auf gar keinen Fall. Archibald Ash darf den Time Transmitter unter keinen Umständen in die Hände kriegen. Das wäre ganz verheerend. Er versucht schon sein halbes Leben lang, eine Form des Zeitreisens zu erfinden. Eure Erfindung käme ihm natürlich wie gerufen.»

«Woher wissen Sie das?» Lisa war total baff.

«Nun, wie du weißt, haben wir zusammen studiert, Archibald Ash und ich. Ich wollte euch eigentlich nie was über ihn erzählen, um nicht zu riskieren, dass ihr wegen eures Wissens über seine Vergangenheit noch mehr in Gefahr geratet. Er hätte vielleicht etwas unternommen, um euch aus der Schule zu vertreiben oder wäre noch gemeiner gewesen. Ich weiß es nicht, aber ich hielt es jedenfalls für klüger, darüber zu schweigen. Aber nun ist es vielleicht sinnvoll, dass ihr einige Fakten kennt.»

«Sie sagen, Sie kennen ihn seit dem Studium? Wie war er denn damals? War er dort schon so verbittert?»

«Nein. Damals war er ja noch jung und sah sogar recht gut aus. Er hatte sogar ein paar heimliche Verehrerinnen.

Allerdings war er schon damals sehr, sehr ehrgeizig. Er hatte, so wie dein Freund Morgan Kendall, einen Vater, der ihm viel abverlangte und ihn unter den Besten sehen wollte. Deswegen lernte er, was das Zeug hielt. Er saß Tag und Nacht wie besessen über seinen Studienaufgaben, ging selten aus, traf kaum Freunde und wurde dadurch sehr einsam. Doch er hatte sich in den Kopf gesetzt, der Beste in unserem Jahrgang zu sein, weil er wollte, dass sein Vater endlich stolz auf ihn war.

Aber leider war ich eine Spur besser als er, und er war eifersüchtig auf mich. Wir waren keine Freunde. Ich versuchte, kein Aufheben von meinen besseren Noten zu machen, um ihn nicht unnötig zu reizen.»

Der Doc machte eine Pause und sah Lisa an, die gebannt an seinen Lippen hing. «Archibald Ash lernte trotz allem seine wunderschöne zukünftige Frau Ann kennen, heiratete sie und bekam einen Sohn. Eine Zeitlang schien er glücklich zu sein.

Doch sein Ehrgeiz trieb ihn immer weiter zu Höchstleistungen, auch später im Beruf. Er versuchte mit Erfindungen den großen Durchbruch zu erzielen. Sein Traum war es, einen Nobelpreis in Physik zu bekommen. Er konzentrierte sich besonders auf das Gebiet des Zeitreisens und versuchte, ein künstliches Wurmloch herzustellen. Doch es gelang ihm nicht.

Tragischerweise kamen stattdessen bei einem seiner Versuche seine Frau und sein Sohn ums Leben.

Von da an war er nicht mehr derselbe. Die Bitterkeit über dieses tragische Unglück begann ihn innerlich mehr und mehr aufzufressen. Noch schlimmer wurde es, als *ich* später wider Erwarten den Nobelpreis erhielt.

Er gab seinen Beruf als Erfinder auf und trat die Stelle als Lehrer an eurer Schule an. Er ging quasi einen Deal mit der Schulleitung ein, dass er sich bereiterklärte, hier an der Oberstufe statt an der Universität zu unterrichten, wenn er die Räumlichkeiten im Keller zu seiner freien Verfügung haben kann. Sie haben es ihm gewährt, weil er mit seinem enormen Wissen ein fabelhaftes Aushängeschild ist – trotz seiner pädagogischen Unfähigkeit. Meiner Meinung nach ist das allerdings ein nicht ganz sauberer Deal eurer Schule, die in den letzten Jahren ja durch ein paar Fehlentscheidungen ziemlich an Ansehen eingebüßt hat. Das wollen sie natürlich mit aller Kraft wieder wettmachen.

Seit über zwanzig Jahren haust er nun dort unten im Keller und hat kein einziges Mal mehr Tageslicht gesehen. Die Schulkantine versorgt ihn mit Nahrung, er selbst weigert sich, auch nur einen Fuß in die oberen Stockwerke zu setzen. Was er außer dem Unterrichten sonst den ganzen Tag treibt, weiß niemand, aber ich könnte mir vorstellen, dass er immer noch nach einer Möglichkeit sucht, eine Zeitmaschine zu erfinden. Umso mehr, da er um jeden Preis zurück in die Vergangenheit reisen und das schlimme Unglück ungeschehen machen möchte.»

Doc Silverman machte wieder eine Pause, und Lisa musste unwillkürlich an das Foto von der schönen Frau denken, das sie auf dem Schreibtisch von Professor Ash gesehen hatte.

«Und er ist nie mehr aus dem Keller hervorgekommen, sagen Sie?»

«Nein. Seit über zwanzig Jahren nicht mehr.»

«Deswegen sieht sein Schädel fast aus wie ein Totenkopf ...» Lisa schauderte bei dem Gedanken daran, wie der Zahn der Zeit ein Gesicht dermaßen verformen konnte.

«Das ist so richtig unheimlich, Doc ... Manchmal scheint mir, er könne Gedanken lesen.»

«Das kann er wahrscheinlich nicht», beruhigte sie der Doc. «Er ist nur unglaublich gewitzt und verfügt über eine extrem scharfe Beobachtungsgabe. Leider benutzt er diese Fähigkeiten nicht nur, um Gutes zu tun. Das ist mir schon früher aufgefallen. Aber genau deswegen darf er euren Time Transmitter unter keinen Umständen in die Hände bekommen.»

«Auch nicht, wenn er damit nur seine Familie retten will?»

«Lee, wie ich dir gesagt habe, können die Folgen des Zeitreisens für das Raum-Zeit-Kontinuum verheerend sein. Das könnte eine ganze Kettenreaktion auslösen. Schau, wenn der Schöpfer der Zeit gewollt hätte, dass es Ash gelingt, den Unfall von damals ungeschehen zu machen, hätte er es ihm gelingen lassen. Aber das ist nicht passiert. *Dem Aufrichtigen lässt Gott es gelingen,* heißt es. Archibald Ashs Herz ist zu sehr von Bitterkeit zerfressen, als dass er verantwortungsvoll mit einer Zeitmaschine umgehen würde. Er würde sie vermutlich nicht ausschließlich dazu gebrauchen, seine Familie zu retten, sondern auch, um mehr Macht und Einfluss zu gewinnen. Wie ich sagte, ist er enorm von Ehrgeiz und Eifersucht besessen. Er würde die Zeitmaschine zu seinem eigenen Vorteil nutzen und keine Rücksicht darauf nehmen, was er damit vielleicht im Leben anderer zerstören könnte. Außerdem ist er geradezu machtbesessen. Er liebt es, andere unter seiner Knute zu haben.»

«Aber ich habe im Prinzip ja dasselbe getan. Oder werde es tun in der Zukunft», sagte Lisa leise. «Ich werde in die Vergangenheit reisen und … einiges durcheinanderbringen.»

«Nein. Das ist was anderes. Du hast ein weiches Herz und bist nicht verbittert. Dein Motiv ist reine Liebe für einen Jungen, der eigentlich eine bessere Zukunft verdient hat und dem viel Unrecht angetan worden ist.»

«Aber eines verstehe ich immer noch nicht: Warum ist denn Professor Ash dauernd so fies zu Momo? Sie können sich nicht vorstellen, wie grausam er ihn immer fertiggemacht hat … Das war schon von Anfang an so.»

«Schwierig zu sagen, Lee. Wie gesagt, ich nehme an, es ist pure Bitterkeit. Bitterkeit ist ein ganz, ganz übles Gift. Es zerfrisst Herzen, Familien, ja sogar ganze Leben. Vielleicht löst dein Freund Morgan in Professor Ash irgendwelche negativen Erinnerungen aus. Wir wissen es nicht. Vielleicht ist es ganz einfach der Umstand, dass Archibald Ash es genießt, ein Opfer gefunden zu haben, an dem er seine Macht ausüben kann. Ich weiß nicht, wie tief sein Herz gefallen ist, aber … vermutlich ziemlich tief. Doch wir müssen alle aufpassen, dass unser Herz nicht fällt … die Wissenschaft kann so verlockend sein …»

«Aber ich will nicht, dass Momos Leben wegen dieser schlechten Noten den Bach runtergeht …»

«Lee, ich bin mir sicher, es gibt noch andere Wege, um deinen Freund zu bewahren. Wenn Morgan sein Leben nur wegen dieser schlechten Noten den Bach runtergehen lässt, dann liegen seine Probleme viel, viel tiefer.»

Lisa wusste nicht, was sie darauf erwidern sollte. Sie war bis vor kurzem nie so richtig auf den Gedanken gekommen, dass ihr Momo vielleicht wirklich ernsthafte Probleme haben konnte. Er hatte doch alles, was sich ein Junge wünschen konnte, und wurde dazu noch von vielen Mädchen begehrt. Im Gegenteil, *sie selbst* hatte sich ihm gegenüber eher unzulänglich gefühlt.

Doch langsam begann sie zu ahnen, dass Momo vielleicht tiefere Verletzungen zugefügt worden waren, als sie es je geahnt hatte.

«Jetzt müssen wir aber erst mal zusehen, dass wir dein älteres Ich heute Nacht wieder zurückschicken können.» Doc Silverman erhob sich und ging zu seinem Sohn hinüber. «Wir kümmern uns um den Time Transmitter. Und du, Lee, genieß den Ball und kümmere dich um deinen Freund Morgan.»

## Kapitel 20
# Tanz durch Raum und Zeit

Lisa blieb bei Silvermans, bis die Schule aus gewesen wäre. Als sie zur gewohnten Zeit nach Hause kam, war Fanny da und schöpfte nicht im Geringsten Verdacht, dass Lisa statt in der Schule woanders gewesen war. Im Gegenteil, Fanny war richtig aufgekratzt und konnte nicht mehr aufhören, Lisa anzustrahlen.

«Na, Lisa? Freust du dich schon auf den Ball? Dieser Junge sieht so nett aus. Ich bin ja so glücklich für dich!»

Fanny hatte vor Entzückung fast einen Luftsprung gemacht, als Lisa ihr am Vorabend angekündigte, dass sie nun einen Jungen hatte, der mit ihr zum Ball gehen würde.

«Äh …» Lisa wollte sich schnell an Fanny vorbeidrücken. Wenn sie jetzt eins nicht gebrauchen konnte, war es, dass jemand um sie herumscharwenzelte und sie noch nervöser machte, als sie es eh schon war. Doch Fanny war ihr auf den Fersen.

«Was wirst du überhaupt anziehen, Lisa?»

Erst jetzt fiel Lisa mit Schrecken ein, dass sie weder ein Ballkleid besaß noch sich Gedanken darum gemacht hatte. Sie hatte das in ihrem Trubel komplett vergessen. Ach du Schande!

«Ich … ich weiß es nicht», stotterte sie, komplett überrumpelt von ihrer eigenen Vergesslichkeit. Ohne Ballkleid konnte sie natürlich einpacken! Die Schule war streng mit ihrem Dresscode.

«Aber Lisa! Darüber macht sich doch eine normale Frau im Vorfeld Gedanken.» Fanny rang verzweifelt die Hände.

«Ich bin eben nicht normal …», murmelte Lisa beschämt und ergänzte ihre Liste um Punkt achtzehn: Macht sich keine Gedanken um Ballkleider, stattdessen um Wurmlöcher und Zeitreisen.

Es blieb ihr wohl nichts anderes übrig, als Morgan anzurufen und ihm zu sagen, dass sie nicht zum Ball erscheinen konnte …

Mit hängendem Kopf schlich sie in ihr Zimmer. Hätte sie sich doch nur vorher Gedanken um ihr Ballkleid gemacht. Aber irgendwie hatte sie das im Hinterkopf immer vor sich hergeschoben. Das Zeitreisen hatte ihr Zeitempfinden wirklich komplett durcheinandergebracht. Allerdings hatte sie ja auch bis zum Abend zuvor nicht damit gerechnet, dass sie tatsächlich zum Ball gehen würde …

«Lisa?» Fanny klopfte an ihre Zimmertür.

Lisa stöhnte. Konnte die sie nicht endlich mal in Ruhe lassen? Doch Fanny wartete ihre Antwort gar nicht erst ab, sondern öffnete die Tür und trat zu ihr ins Zimmer.

«Ich möchte dir gern helfen. Wie lautet denn der Dresscode für euren Ball?»

«Ballkleid für die Mädchen. Bodenlang.»

«Was wird der Junge tragen?»

«Keine Ahnung. Ich nehme an, Smoking oder so. Das sind jedenfalls die Vorgaben.»

«Hm. Der Junge ist ein wenig kleiner als du, stimmt's?»

Lisa nickte betrübt. «Ja, leider.»

«Ach, das macht doch überhaupt nichts.» Fanny dachte kurz

nach. «Na gut.» Entschlossen drehte sie sich um und ging ins Schlafzimmer. Lisa hörte sie in ihrem Schrank rumoren. Zurück kam sie mit einem türkisfarbenen Prachtstück aus Seide und Tüll, das sie raschelnd auf Lisas Stuhl ausbreitete.

«Ich kann zwar nicht glauben, dass ein Mädchen in deinem Alter keine Kleider haben soll, aber was soll's. Ich rück das zwar nicht gern raus, aber …»

Lisa riss verblüfft die Augen auf.

«Immerhin musst du doch wie eine Prinzessin aussehen, wenn du schon mit diesem wunderschönen Jungen ausgehen darfst», lächelte Fanny bescheiden. «Ich wollte es eigentlich für eine besondere Gelegenheit aufsparen, aber … du brauchst es nun dringender als ich. Die Länge sollte passen, ich habe es unten noch nicht umnähen lassen. Du musst einfach flache Schuhe tragen, dann fällt auch der Größenunterschied zu dem Jungen nicht so auf.»

Lisa wusste nicht, was sie sagen sollte. Es beschämte sie, dass Fanny so nett zu ihr war und ihr schon zum zweiten Mal in Sachen Kleidung aus der Patsche half. Vielleicht musste sie ihre Einstellung zu ihr doch langsam ein wenig ändern. Wenn sie es sich richtig überlegte, tat Fanny ja eigentlich eine Menge für sie, wenn auch nicht immer auf die Art, die Lisa angenehm war …

«Na los, probier es schon an. Ich will sehen, wie du darin aussiehst.»

Nervös zog Lisa ihre Schuluniform aus und stieg in das Kleid. Fanny machte ihr wie letztes Mal hinten den Reißverschluss zu und schob sie dann vor den Spiegel.

«Guck dir das an», sagte sie. «Wie eine Prinzessin.»

Lisa schluckte leer. Fast ehrfürchtig drehte und wendete sie sich vor dem Spiegel. Das Kleid passte wie angegossen. Als wäre es extra für sie gemacht worden. Das Türkisblau harmonierte wunderbar mit ihrem blonden Haar und den blauen Augen. Sogar das smaragdgrüne Zifferblatt ihres Uhren-Anhängers passte dazu. Der Tüllstoff des Kleides raschelte bei jeder Bewegung, und die Seide fühlte sich geschmeidig weich auf ihrer Haut an.

«Du hast einfach die perfekte Figur für so was», stellte Fanny fest. «Das hab ich dir schon letztes Mal gesagt. Soll ich dir die Haare machen?»

Lisa mochte die Vorstellung zwar nicht, dass Fanny mit ihren Fingern auf ihrem Kopf herumfuhrwerkte, aber da sie wusste, dass sie allein vermutlich keine passende Frisur für einen Ball zustande bringen würde, nickte sie.

Hinterher musste sie sich eingestehen, dass sie es ohne Fannys Hilfe tatsächlich nicht geschafft hätte. Ihre Haare waren eigentlich viel zu fein, um damit eine Prinzessinnenfrisur hinzukriegen. Doch die so praktisch veranlagte Fanny wusste sich wie immer zu helfen. Sie wickelte Lisas Haare auf Lockenwickler und trug ihr sogar das Make-up auf, und eine Stunde später konnte Lisa sich selbst kaum wiedererkennen. Sie starrte ihrem Spiegelbild mit offenem Mund entgegen.

Was sie da anblickte, glich wirklich einer Prinzessin.

«Unglaublich …», konnte sie nur sagen.

«Na, was hab ich dir gesagt?» Lisa hatte Fanny noch nie so strahlen gesehen. Ihre Ratschläge konnten einem zwar manchmal fürchterlich auf die Nerven gehen, aber zum ersten Mal fühlte Lisa, dass Fanny es wirklich ernst meinte und sich von Herzen für sie freute.

«Du bist *wirklich* wunderschön, Lee. Ich sage das nicht nur so daher. Ich meine das ehrlich. Du bist eins der schönsten Mädchen, das ich je gesehen habe. Du und dieser nette Junge, ihr werdet ein Traumpaar abgeben.»

Lisa nahm einen tiefen Atemzug und konnte nicht aufhören, sich anzuschauen. Nicht, weil sie etwa so verliebt in ihr Spiegelbild war, sondern weil sie spürte, dass Momo und sie wirklich fantastisch zusammen aussehen würden.

Wie füreinander geschaffen.

Thomas und Fanny hatten sogar angeboten, sie im Auto hinzufahren. Thomas hatte sich extra das Auto von Onkel Bob ausgeliehen. Lisa fühlte, dass ihr Bruder ihr gegenüber ein schlechtes Gewissen hatte und irgendwas wiedergutmachen wollte.

Vor Aufregung konnte sie allerdings fast nicht mehr stillsitzen im Wagen. Ihre Nervosität hatte in der letzten Stunde um ein Vielfaches zugenommen. Nicht nur wegen des Balls und wegen Momo, sondern auch wegen dem, was hinterher passieren würde. Hoffentlich würde alles klappen mit dem Time Transmitter. Doch sie wusste ja, dass sie sich auf Doc Silverman verlassen konnte.

Sie hatte extra ihre Jeans, ein T-Shirt, Turnschuhe und eine etwas wärmere Jacke in einer Plastiktüte mitgenommen, damit sie Fannys Ballkleid nachher im Regen und im nassen Gestrüpp nicht ruinieren würde. Da in der Tat Gewitter gemeldet war, hatte sie Thomas und Fanny erklärt, dass sie später auf dem Nachhauseweg nicht mit dem schönen Kleid in den Regen kommen wolle. Genaugenommen war das ja nicht gelogen.

Thomas hielt direkt vor der Einfahrt und ließ seine Schwester aussteigen. Er wünschte ihr viel Spaß und ließ auch Morgan grüßen. Er drückte ihr sogar zwanzig Pfund in die Hände für einen Snack nach dem Ball und ein Taxi nach Hause.

Die unzähligen Fackeln bei der Eingangspforte und auf der Treppe hatten die oft so verhasste Schule regelrecht in ein Märchenschloss verwandelt. Wer immer auch dafür verantwortlich war, hatte sich wirklich größte Mühe gegeben. Es hätte nur noch gefehlt, dass die Queen mit Pferden und Kutsche hier vorgefahren wäre. Von allen Seiten strömten Mädchen und Jungen herbei, die sich alle in Schale geworfen hatten und aussahen wie kleine Prinzen und Prinzessinnen.

Lisa raffte ihr Tüllgewand, um die Treppe zum Eingang hochzusteigen, und passte dabei auf, nicht zu nah an eine der Fackeln zu kommen. Obwohl es ihr gegen den Strich ging, fühlte sie sich tatsächlich wie Cinderella. Sie war froh um die flachen Schuhe. Nicht nur wegen des Größenunterschieds zu Momo, sondern auch, weil sie so nicht Gefahr lief, auf die Nase zu fallen.

Sie sah den beigefarbenen Mercedes von Doc Silverman vorfahren, und Zac winkte ihr stürmisch aus dem Fenster. Sie wartete, bis er bei ihr war. Sein langes Haar war ungekämmt, sein Smoking zu kurz, und die Krawatte hing völlig schief herunter. Lisa schmunzelte. Darum würde sich Britt dann kümmern dürfen!

«Es ist alles klar, Lee», quasselte er drauflos. «Mein Dad fährt nun runter und versteckt den Time Transmitter. Hast du denn Misses Whitfield gesehen?»

«Nein. Die wird wohl kaum vor Mitternacht auftauchen.» Lisa fand es mittlerweile schon ziemlich komisch, von sich selbst in der dritten Person zu sprechen.

Im selben Moment kam Britt heran. Auch sie winkte schon von

weitem. Lisa hatte ihre Freundin am Vorabend ziemlich spät noch angerufen. Sie hatte unbedingt die Neuigkeit loswerden müssen, dass sie mit Morgan zum Ball gehen würde, und Britt hatte sich fast nicht mehr eingekriegt vor Verblüffung.

Britt steckte im Gegensatz zu Lisa in einem schlichten dunkelblauen Kleid, das ihr eine Spur zu lang war. Ihr widerspenstiges schwarzes Haar hatte sie mit einer Spange gebändigt, und sie trug die Brille mit Goldfassung, die sie immer zu besonderen Gelegenheiten aufsetzte.

«Oh Zac», seufzte Britt, als sie seine schiefe Krawatte sah. Sie streckte ihre Hände aus und richtete sie ihm. Dann holte sie einen Kamm aus ihrer Handtasche und begann, sein zerzaustes Haar zu bändigen, wobei sie sich allerdings auf die Zehenspitzen stellen musste.

Zac ließ alles geduldig über sich ergehen, während er Lisa noch mit etlichen Details zum Time Transmitter überschüttete.

«Wollen wir reingehen? Zac, du musst mich hineinführen. So was macht ein Gentleman», sagte Britt und streckte ihm ihren Arm entgegen. Zac hakte ihr linkisch seinen langen Arm unter und wusste nicht so richtig, was er anstellen sollte. Er war so groß, dass er sich richtig zu der klein gewachsenen Britt runterbeugen musste, um sie zu führen. Britt schien das nicht zu stören.

«Komm schon, du zerstreuter Professor. Wo ist denn dein Prinz, Lee?»

Lisas Magen drehte sich fast um seine eigene Achse vor lauter Lampenfieber. Ihre Wangen wurden glühend heiß, als sie sich nach Morgan umschaute.

Und dann entdeckte sie ihn neben dem Eingang im Schein einer

Laterne, in einem dunkelblauen Smoking, der perfekt zu seinen dunkelbraunen Locken passte. Er hatte sie mit einem Scheitel etwas aus dem Gesicht gekämmt und mit Gel gebändigt, so dass die Spitzen nicht nach allen Seiten abstanden. Nur dort, wo seine Schramme von dem Unfall war, hatte er ein paar Strähnen ins Gesicht fallen lassen.

Er sah so hübsch aus, dass Lisa sich zusammenreißen musste, um nicht noch nervöser zu werden. Er sah in der Tat aus wie ein kleiner Prinz. Und zum ersten Mal wurde ihr bewusst, dass sie noch nie im Leben mit einem Jungen ausgegangen war; etwas, das für ein Mädchen mit sechzehn eigentlich schon fast zum Alltag gehörte. Punkt neunzehn auf ihrer Liste …

Lisa versuchte, nicht über ihr langes Kleid zu stolpern und auch nicht an seine düstere Zukunft zu denken, als sie langsam und mit aufrechtem Gang auf ihn zuschritt. Wenn man mit so einem schönen Jungen ausgehen durfte, musste man doch unbedingt Haltung bewahren!

Als sie nur noch wenige Meter von ihm entfernt war, entdeckte auch er sie, und Erstaunen breitete sich auf seinem Gesicht aus. Er trat aus dem Schein der Laterne und kam langsam auf sie zu.

«Hi», sagte sie und blieb vor ihm stehen.

Er starrte sie an, als sei sie das achte Weltwunder.

«Du bist … unglaublich … schön.» Sie spürte, dass es ihm fast die Sprache verschlug.

«Danke.» Lisa stellte zu ihrer Freude fest, dass der Größenunterschied zwischen ihnen nicht so markant war wie sonst, da die Absätze an seinen Schuhen ein wenig höher waren als ihre.

Er reichte ihr vorsichtig den Arm, und sie hängte sich bei ihm ein.

Und während sie durch den Eingang gingen, der mit weiteren Hunderten von Kerzen und Fackeln geschmückt war, bekamen sie von vielen Seiten sprachlose Blicke zugeworfen.

Lisa musste für ein paar Sekunden die Augen schließen, um diesen Moment ganz bewusst zu erleben. Auch wenn sie wusste, dass er nur von kurzer Dauer sein würde, so war es doch einer der bisher größten Augenblicke ihres Lebens.

Als sie die Augen wieder öffnete, sah sie Britt, die ihr zuwinkte und mit dem Daumen anerkennend nach oben zeigte. Während Morgan wie ein richtiger Gentleman die Führung übernahm und Lisa galant in die Eingangshalle geleitete, musste Britt zusehen, dass Zac heil durch die Pforte kam, ohne über seine Riesenfüße zu stolpern. Doch sie nahm es gelassen und lachte, auch wenn einige der Umstehenden sich eindeutig über sie lustig machten.

Während sie ihre Plastiktüte mit der Ersatzkleidung an der Garderobe abgab und dafür ein Märkchen bekam, ging Maddox mit erhobener Nase an Lisa vorbei, ohne sie anzusehen. Er war verrückt genug, einen knallroten Designer-Smoking mit einer goldenen Gürtelschnalle zu tragen. In seinem Arm hielt er ein dunkelhaariges Mädchen aus der Parallelklasse.

Hinter ihm folgte Louie in einem dezenten schwarzen Anzug, und er hatte Sandy an seiner Seite, die starr geradeaus blickte und es ganz offensichtlich vermied, Lisa und Morgan anzusehen.

«Komm», sagte Morgan und führte Lisa sanft Richtung Aula, wo der Ball stattfinden und vorher zur Eröffnung der Feierlichkeiten eine Ansprache gehalten werden sollte.

«Schönes Paar. Wetten, die werden Ballkönig und Ballkönigin», sagte jemand hinter ihnen.

Daran hatte Lisa nicht mal im Traum zu denken gewagt.

«Kaum. Da müsste Kendall besser noch ein paar Zentimeter wachsen», spottete eine andere Stimme, und Lisa wusste, dass sie Beatrice gehörte. Sie drehte sich um und sah sie und Ross die Treppe zu ihnen heraufsteigen. Beatrice steckte in einem giftgrünen Kleid, das ihre breiten Schultern noch dominanter erscheinen ließ, während Ross seinen perfekt geschnittenen Vollbart stolz zur Schau stellte, auch wenn er so ziemlich der Einzige weit und breit mit Bart war, abgesehen von ein paar Lehrern.

Lisa fragte sich, ob Morgan diese Bemerkung von Beatrice auch mitbekommen hatte, doch wenn, dann ließ er sich jedenfalls nichts anmerken.

«Wo möchtest du denn sitzen?», fragte er, als sie die Aula betraten, die mit ihren pompösen Kronleuchtern und ihren Stuckornamenten eher einem Opernsaal glich. Eine Menge Tische und Stühle standen bereit, und die in der Mitte waren schon fast alle besetzt.

Lisa ließ ihren Blick über die Tische schweifen. Vorne am Podium sah man zwar mehr, aber hinten war man vor zu vielen Blicken geschützt, und das war ihr immer noch lieber.

«Hinten», sagte sie deshalb.

«Also, dann komm.» Er ließ ihren Arm los und nahm stattdessen ihre Hand. Er umschloss sie fest mit seinen Fingern, die ganz warm waren und leicht pulsierten, und führte Lisa zu einem der Tische ganz hinten. Zac und Britt saßen auch schon dort.

«He Kendall, hab gehört, es hat ein Riesendrama wegen dir gegeben», sagte ein Junge im Vorbeigehen grinsend. «Ein paar Mädchen heulen sich die Augen aus.»

Morgan zuckte nur mit den Schultern, wie er es oft tat, wenn er sich die Worte ersparen wollte. Die Tatsache, dass er Steven Kendalls Bruder war und zudem noch gut aussah, machte ihn zu oft zum Mittelpunkt. Es kamen noch mindestens zwei, drei andere Typen, die ihn wegen irgendetwas anhauten, alles Jungs, die Lisa nicht mal kannte oder höchstens vom Sehen her.

Mit Lisa redete keiner, auch wenn einige Jungs ganz offenbar mit leuchtenden Augen in ihre Richtung guckten. Doch das war ihr mehr als recht. Sie wollte gar nicht in irgendwelche Gespräche verwickelt werden. Sie umklammerte ihre Handtasche, wo sie das Smartphone drin verstaut hatte, das sie an diesem Abend ihrem zukünftigen Ich zurückgeben musste. Sie wusste, dass sie darauf aufpassen musste wie auf ihren Augapfel.

Lisa sah Carol mit ihrer Krausmähne, wie sie in ihren hochhackigen Schuhen herumstakste. Ihr Kleid war nicht lang genug, als dass es ihre Füße zu verdecken vermochte. Sie erinnerte mehr an ein Pferd als je zuvor. Ihr Freund Sam folgte ihr wie ein Hündchen und reckte seinen langen Hals, so dass der Adamsapfel hervorstach. Lisa war erleichtert, dass sie bis jetzt außer Sandy noch keine der Blondinen gesichtet hatte, aber das würde bestimmt noch kommen.

Sie bekam kaum mit, was die Schulleiterin da vorne alles schwafelte. Die Direktorin dankte für das vergangene Jahr und die gelungene Ballvorbereitung. Sie entschuldigte sich für einige Missstände in der letzten Zeit und hoffte natürlich, dass alle wie immer fleißig lernen und sich anstrengen würden, um später einen guten Schulabschluss zu erreichen. Das übliche Blabla eben, gefolgt von den Floskeln, dass die Tomsbridge School natürlich eine der besten Schulen von Tomsborough war und dass man daran arbeiten würde, dem Ruf wieder gerecht zu werden und dass das erstklassige

Lehrpersonal alles tat, was in seiner Macht stand, um den Schülern die Schulzeit so angenehm und lehrreich wie nur möglich zu gestalten.

An dieser Stelle sah Lisa, wie Morgan fast unbemerkt mit den Augen rollte und ziemlich finster dreinblickte. Sie fühlte seine warme Hand in ihrer. Er hatte sie zu ihrer Freude nicht losgelassen. Sie streichelte sachte seine Finger, und er reagierte darauf, indem auch er mit seinem Daumen zärtlich über ihren Handrücken strich.

Sie versuchte, sich wenigstens für fünf Minuten darauf zu konzentrieren, was da vorne auf der Bühne zum Ablauf des Abends gesagt wurde, und bekam immerhin mit, dass das Buffet den ganzen Abend offen sein würde, dass ab halb neun Klassenfotos gemacht würden und ab zehn Uhr die Tanzfläche eröffnet werden sollte. Und um Mitternacht sollten nach alter Tradition Ballkönig und Ballkönigin gewählt werden.

Nach der Rede mussten sie antreten zu diesem leidigen Fototermin, der Lisa ein Dorn im Auge war, zumal spätestens jetzt eine Begegnung mit dem Blondie-Trio unumgänglich sein würde. Gemäß den Gerüchten war das Drama ja nicht ausgeblieben.

Und kaum trat Morgan ins Sichtfeld der anderen, erntete er auch schon eine Reihe zorniger Blicke. Kimberley hatte ihren Kopf in den Nacken geworfen und stolzierte schmollend an ihm vorüber, während Sandy eine Schnute zog und sich an Louies Seite räkelte. Nur Camilla reagierte ziemlich gelassen und nickte Morgan sogar zu.

Doch mit noch mehr Verachtung wurde Lisa gestraft, und als sie sich zum Fotografieren aufstellen mussten, rempelte Kimberley sie absichtlich an.

«Zumindest werden sie sicher nicht Ballkönig und Ballkönigin», ließ sich Carols Stimme ziemlich laut vernehmen. «Dazu müsste der Junge nämlich schon größer sein als das Mädchen!»

Lisa hätte gern erwidert, dass ein Pferd und ein Kranich vermutlich auch keine besseren Chancen hatten, riss sich jedoch zusammen. Sie wollte jetzt keinen Streit anfangen. Sie stellte sich mit Morgan ganz hinten in die Reihe, doch das passte Carol natürlich nicht.

«Die Großen gehören nach hinten und die Kleinen nach vorne», kommandierte sie und zog Morgan am Arm in die erste Reihe.

«*So* klein ist er jetzt auch wieder nicht», brummte Nathan kopfschüttelnd. Lisa durchschaute sehr wohl, dass Carol ganz einfach verhindern wollte, dass sie neben Morgan auf dem Klassenfoto stehen durfte, weil sie sauer war, dass er sich nicht an ihr Verbot, mit Lisa zu sprechen, gehalten hatte.

«Möchtest du gern was essen, bevor wir tanzen?», fragte Morgan Lisa später, als die Prozedur überlebt war und sie das Buffet ansteuerten. Lisa war eigentlich nicht so hungrig. Ihr Magen war viel zu nervös, um überhaupt Hunger zu verspüren. Doch irgendwas musste sie ja essen, also nickte sie. Morgan reichte ihr wieder seinen Arm, und sie hängte sich bei ihm ein.

Sie fanden Britt und Zac beim Buffet. Zac hatte soeben Preiselbeersauce über seinen beigefarbenen Anzug gekleckert, und Britt versuchte lachend, die Bescherung zu beseitigen. Ihre Wangen waren vor Aufregung ganz gerötet. Britt war in ihrem ganzen Leben auch noch nie mit einem Jungen ausgegangen, geschweige denn je verliebt gewesen, so viel wusste Lisa.

«Zac ist ziemlich aufgeregt», erklärte Britt. «Hey, das wird schon klappen mit diesem Time Transmitter.»

Im selben Moment wurde ihr offenbar bewusst, dass Morgan bei

Lisa war und sie wohl besser nichts von dem geheimen Projekt vor seinen Ohren erwähnen sollte, und schlug sich schnell auf den Mund. «Oh.»

«Zac arbeitet immer noch an einem Experiment», erklärte Lisa Morgan. «Er muss es nachher testen gehen.»

«Okay», erwiderte er höflich, äußerte sich aber nicht ausführlicher dazu.

«Ihr seht wirklich wunderbar aus zusammen», sagte Britt und schenkte selbst Morgan ein wohlwollendes Lächeln. Lisa staunte, was so ein paar Hormone mit Britt anstellen konnten. Und Morgan lächelte sogar zurück.

Zu viert wanderten sie herum und schnappten sich hier und dort einen Bissen, bis sie schließlich wieder mit vollen Tellern zu ihrem Tisch zurückkehrten. Ab und zu kam jemand vorbei und wollte ein paar Worte mit Morgan wechseln, doch er blieb bei Lisa, Britt und Zac. Auch Nathan und Paul traten kurz hinzu, um Hallo zu sagen, und auch sie betonten, wie wunderschön sie beide zusammen aussahen. Lisa bekam vor Erregung wieder ganz heiße Wangen, während Morgan die Komplimente ziemlich gelassen entgegennahm.

Nicht nur, dass Morgan bei ihr blieb, er kümmerte sich auch wirklich um sie. Er erkundigte sich immer wieder, ob sie noch was essen wollte oder ob sie durstig war, und holte ihr sogar Wasser. Lisa hätte so glücklich sein können, doch ganz tief drin war sie sich nicht sicher, ob Morgan ihr damit wirklich seine Zuneigung ausdrücken oder einfach nur höflich sein wollte. Sie fühlte zwar diese innige Verbindung zu ihm, die so tief verknüpft war mit all den gemeinsamen Erinnerungen, aber gleichzeitig spürte sie auch die Kluft zwischen ihnen, und sie wusste nicht, welches dieser Gefühle das stärkere war.

Endlich wurde zum Tanz aufgerufen, und das Orchester begann mit seinem Auftakt.

Morgan reichte Lisa die Hand. «Komm!»

Lisa nahm seine Hand, die nun noch wärmer war als vorhin, fast so, als wäre auch er ein wenig aufgeregt. Er führte sie auf die Tanzfläche, und Lisa bekam auf einmal furchtbare Angst, sich zu blamieren, weil sie ja eigentlich gar nicht wusste, wie man Walzer und Tango und all den Kram tanzte.

Doch Morgan nahm nun ihre Hände fest in seine und führte sie mit sicheren Schritten in die Mitte der Tanzfläche. Lisa stellte zu ihrem Erstaunen schnell fest, dass er die Tanzschritte einwandfrei beherrschte. Er geleitete sie so sicher durch die Bewegungen und gab ihr den Takt vor, dass es gar nicht so schwierig war, ihm zu folgen. Als sie dennoch einmal ziemlich ungeschickt über seine Füße stolperte, musste er laut lachen. Er packte ihre Handgelenke fester, um sie vor dem Sturz zu bewahren.

«Entspann dich, Lee-Lee. Es ist nicht so schwierig. Du musst mir einfach folgen. Ich führe dich.»

«Woher kannst du das?», fragte sie erstaunt.

«Hatte mal einen Tanzkurs», meinte er. «Lange her.»

Doch Lisa verfügte glücklicherweise über ein ziemlich gutes Taktgefühl, und nach ein paar Drehungen hatte auch sie den Bogen raus. Ihre Schritte wurden immer sicherer.

Morgan lächelte zufrieden und begann, sie immer rascher herumzuwirbeln. Das Vertrauen, dass er sich nicht über sie lustig machte, wenn sie mal einen Fehltritt tun würde, half ihr tatsächlich, sich immer mehr fallenzulassen und sich seiner Führung voll und ganz hinzugeben.

Und auf einmal ging es wie von selbst. Immer mehr verschmolzen ihre Schritte miteinander und mit der Musik, und immer heftiger wirbelte Momo sie herum. Fast schwerelos fühlte sie sich, während sich alles um sie herum immer schneller drehte, der Raum, der Boden, die Wände, die Decke, die Kronleuchter.

Es kam ihr beinahe vor, als würden sie durch Raum und Zeit wirbeln und durch die Ewigkeit, wo es keinen Anfang und kein Ende gab. Sie sah nur Momos braune Augen, die fest auf ihr ruhten, und wenn es nur dieses eine einzige Mal in ihrem Leben gab, da sie alles um sich herum vergessen und sich einfach nur diesen Augen hingeben konnte – den allerschönsten Augen, die es für sie gab –, dann war dieser Moment bestimmt hier und jetzt.

Sie fühlte sich so mit ihm verbunden wie nie zuvor, ja, es war, als wären sie beide ein Teil voneinander, und für den Bruchteil einer Sekunde schien es, als könne sie durch diese braunen Augen hindurch zum ersten Mal direkt auf den Grund seiner Seele sehen, und dort, ganz tief verborgen, lagen die Splitter, die ihn in den künftigen Jahren immer mehr auf diese Abwärtsspirale bringen würden.

Erschrocken durch diese starken Eindrücke hielt sie die Luft an und geriet auf einmal aus dem Takt.

Eins war klar: Sie musste alles, wirklich *alles* tun, um ihn vor diesem traurigen Schicksal zu bewahren, und wenn sie sich dabei die Finger verbrennen würde!

Sie strauchelte und schaffte es nicht mehr, den Takt wiederzufinden. Momo fing sie behutsam auf und zog sie an sich.

«Alles klar mit dir?», fragte er leise.

Lisa nickte und wischte sich über die Wangen. Eine Träne hatte sich selbständig gemacht und war über ihre Wange gerollt.

«Weinst du?» Er sah sie besorgt an.

Lisa schüttelte schnell den Kopf. «Schon okay, ich …»

Er packte ihre Hand wieder fester und geleitete sie sanft zurück in den Takt. Sie atmete tief ein und ließ sich von ihm führen, bis sie wieder sicher auf den Füßen stand.

Als ein wenig später die letzten Takte verklangen, hielten sie einander immer noch fest. Ein paar Sekunden war es ganz still im Saal. Dann klatschte jemand neben ihnen Applaus.

«Wundervolles Paar.»

Ein paar weitere Hände fielen in den Applaus ein.

«So etwas Schönes habe ich selten gesehen.»

Momo ließ sie vorsichtig los. Lisa sah sich um. Es waren nicht mehr viele Paare auf der Tanzfläche, höchstens noch zwei oder drei, die dastanden und immer noch Beifall klatschten. Es war, als würde der ganze Saal nur ihnen zusehen.

«Hut ab, Kendall», sagte einer der älteren Schüler. «Wusste gar nicht, dass du so tanzen kannst.»

Ein anderer Schüler ergriff nun das Mikrofon.

«Das Orchester hat zwar Feierabend, aber wir machen weiter! Nun gibt es ein paar Kuschelsongs für alle Verliebten unter euch.» Der Junge grinste übers ganze Gesicht, als er hinüber zum Plattenspieler ging, und Lisa war es, als zwinkere er ihr kurz zu, während er eine Schallplatte auflegte.

Momo ergriff sanft ihre Arme und legte sie sich um die Schultern. Dann schlang er seine Arme fest um ihre Taille und zog sie ganz nah an sich, so dass ihre Körper sich berührten.

Lisa zögerte ein wenig, doch dann fasste sie Mut und legte den Kopf auf seine Schulter, auch wenn sie dabei ein klein wenig in die Knie gehen musste. Er wiegte sie leicht im Takt hin und her. Sie fühlte seine Haarspitzen, die ihre Wangen kitzelten, und hörte seine warme Stimme an ihrem Ohr, die den Song «Could've been» von Tiffany leise mitsang.

*The flowers you gave me*
*Are just about to die*
*When I think about*
*What could've been*
*It makes me want to cry*

*The sweet words you whispered*
*Didn't mean a thing*
*I guess our song is over*
*As we begin to sing*

*Could've been so beautiful*
*Could've been so right*
*Could've been my lover*
*Every day of my life*

Auch wenn er sie während des ganzen Songs festhielt und an seinen Körper presste, so wusste ihr Herz dennoch die Wahrheit. Es wusste, dass dieser intime Moment nur von kurzer Dauer war und dass er wieder vergehen würde und ihr nicht für immer gehörte. Es wusste, dass Momo ihr diesen Moment nur schenkte, weil er ihr damit einen Gefallen tun wollte.

Ja, ihr gemeinsamer Song war tatsächlich vorüber, längst vergraben in einer fernen Vergangenheit, verschwunden in einer anderen Zeit, die es nicht mehr gab. Auch wenn sie versuchte, es zu verdrängen, die Wahrheit sickerte in ihrem Herzen dennoch durch, und alles Verleugnen half nichts.

Sie wusste es einfach.

Es hätte so wunderschön sein können, wenn sie nur beide an diese Liebe geglaubt hätten. Sie hätten füreinander da sein können, einander stärken können und *gemeinsam* – ja, sie dachte tatsächlich das Wort *gemeinsam* – gegen die Widrigkeiten des Lebens kämpfen können.

Und es hätte ihn vielleicht vor seiner elenden Zukunft bewahren können …

Aber er glaubte nicht an diese Liebe. Und während der Song langsam zu Ende ging, konnte sie die Tränen nicht mehr unterdrücken, die sich nun endgültig losgelöst hatten und über ihre Wangen flossen und auf Momos Schultern tropften.

*How could I hold what could've been*
*On a cold and lonely night?*

Sie musste es ihm einfach sagen. Sie musste ihm die ganze Wahrheit sagen. Sie musste ihm endlich gestehen, dass sie ihn mit ihrem ganzen Herzen und ihrer ganzen Seele liebte und dass er alles tun musste, um seinen Tod im Jahr 2018 zu verhindern.

Auch wenn er ihre Liebe niemals erwidern würde, so musste er doch die Wahrheit wissen.

Als der Song ganz verstummt war, hatte Momo immer noch fest seine Arme um Lisas Taille geschlungen, und für eine Weile verharrten sie so. Fast glaubte Lisa, er würde sie gar nicht mehr loslassen. Doch dann löste er sich sachte ein wenig von ihr und sah sie an. Er schien etwas sagen zu wollen. Sie wartete. Ob er am Ende doch …? Jetzt *musste* er doch irgendwas tun, irgendwas sagen. Er musste doch diese intensive Verbindung zwischen ihnen auch gespürt haben.

Seine warmen schokobraunen Augen ruhten fest auf ihr.

«Geht es dir gut?», fragte er leise.

«Momo», sagte Lisa. «Es gibt etwas, das ich dir sagen muss …»

«Ja?» Er strich mit dem Daumen zärtlich über ihre feuchte Wange. Lisa schloss die Augen. Ihre Nasenspitzen berührten einander. Der Weg zu ihren Lippen war nicht mehr weit.

«Sag es mir», hauchte er.

«Ich … ich liebe dich», brachte sie es endlich hervor.

«Lee-Lee …» Er streichelte sanft ihren Rücken.

«Küss mich», bat sie.

Und er tat es. Seine weichen Lippen berührten die ihren. Es war ein langer, tiefer und intensiver Kuss, und einige um sie herum klatschten erneut Applaus. Sie schlang ihre Arme fester um ihn, und er zog sie noch mehr an sich.

Es war der erste Kuss in ihrem Leben, und ihr Herz bebte bei dem Gedanken, dass es Momo war, der ihn ihr schenkte. Und sie dachte auch daran, dass dieser Kuss in ihrer ersten, originalen Zeitlinie nicht stattgefunden hatte. Jedenfalls hatte ihr älteres Ich ihr nichts davon gesagt …

Noch einmal gaben sie sich einem sehr langen und innigen Kuss hin, und Lisa glaubte zu fühlen, dass sein Herz genauso klopfte wie ihr eigenes.

Und für einen klitzekleinen Augenblick begann sie doch wieder zu hoffen, dass er mehr für sie empfinden könnte, als er zugab, ja, dass ihr Traum vielleicht doch noch wahr werden würde.

«Woohoo, der kleine Kendall geht aber zur Sache!», hörten sie Carol von irgendwoher wiehern.

Morgan löste sich schließlich ganz von Lisa und senkte seinen Blick. Seine langen Wimpern flackerten ein wenig, als er auf seine Uhr sah.

«Ist es okay so für dich? Bist du … bist du glücklich?»

«Wieso?»

«Ich sollte los. Ich bin noch verabredet.»

«Wie bitte?» Sie fiel aus allen Wolken. «Ich dachte … bleibst du nicht mehr bis zum Schluss?»

«Der offizielle Teil ist ja nun vorbei.» Er sah sie mit einem Blick an, der Bedauern ausdrückte, aber auch Entschlossenheit. Entschlossenheit, wegzugehen …

«Aber …»

«Lee-Lee … schau, ich kann dir nicht mehr geben, okay? Bitte …» Er legte ihr sachte die Hand auf den Arm.

«Aber … ich dachte, du … und ich …?»

«Ich hab den Abend mit dir sehr genossen.» Er streichelte ihr über die Wange.

«Aber mehr ist nun mal nicht. Es tut mir leid.»

Lisa fühlte sich, als hätte ihr jemand in die Magengrube geboxt.

«Lee-Lee …?»

«Ich …»

«Ich begleite dich zum Tisch zurück, aber dann muss ich wirklich los.» Er wollte ihr den Arm reichen, doch sie wehrte ab.

«Nein. Nein, ich kann allein gehen …» Lisa taumelte Richtung Ausgang. Sie wollte nicht schon wieder von Neuem anfangen zu heulen. Alles, nur das nicht!

«Lee, warte doch!» Momo lief ihr nach und holte sie ein. Er wollte ihren Arm packen, doch sie schüttelte ihn ab und wankte von der Tanzfläche zurück zu ihrem Tisch.

Es tat so weh. Genaugenommen hatte noch nie in ihrem Leben etwas *so sehr* weh getan. Sie konnte kaum noch atmen. Es war, als hätte ihr jemand komplett die Luft abgedrückt. Sie torkelte auf den nächstbesten Stuhl zu und setzte sich.

«Lee?» Auf einmal stand Britt neben ihr. «Was ist los? Mensch, das war so klasse. Ihr seid so ein unbeschreiblich schönes Paar. Ich bin wirklich völlig erstaunt.»

Lisa konnte nicht antworten. Sie hielt sich an der Tischkante fest, und eine Träne nach der anderen begann aus ihren Augen zu tropfen. Sie konnte sie nicht aufhalten.

«Was ist denn passiert? Meine Güte, du heulst ja!» Britt war ganz aus dem Häuschen. Wenn Lisa heulte, dann war wirklich Alarmstufe Rot angesagt.

«Er … empfindet nichts für mich …»

«Was? Hat er dir das jetzt eben gesagt?»

«Ja …»

«Aber das kann doch gar nicht sein. Ihr habt so lange miteinander getanzt und euch sogar geküsst …»

«*Ich* hab ihn gebeten, mich zu küssen … das war ein Fehler …»

«Mag sein, aber so hingebungsvoll, wie der dich geküsst hat, hätte ich schwören können, dass er dich auch mag.»

«Das tut er ja … aber offenbar nur als Freund.»

«Das verstehe ich nicht. Ihr habt *so* eine Chemie zusammen. Als wärt ihr füreinander geschaffen! Wenn *ich* das sogar sage, musst du mir wirklich glauben! Und auch einige von den Umstehenden haben das gesagt.»

«Ja. Aber anscheinend bin ich nicht das, was er will.»

«Fragt sich, was er dann *überhaupt* will.» Britts neugewonnene wohlwollende Haltung Morgan gegenüber begann sich langsam wieder ins Negative zu verkehren.

«Was meinst du damit?»

«Dieser Feigling kann sich einfach nicht entscheiden», schnaubte sie.

«Wahrscheinlich macht es ihm was aus, dass ich ein paar Zentimeter größer bin als er.»

«Diese lächerlichen paar Zentimeter! Was soll *ich* denn sagen mit Zac …? Er ist ja ein Riese gegen mich! So was sollte doch überhaupt keine Rolle spielen.» Britt sah sich um. «Aber Lee … wir müssen auf der Hut sein. Es ist schon nach elf. Zac ist bereits losgegangen. Er trifft seinen Vater unten bei der Brücke. Du darfst nicht die Zeit vergessen.»

Die Zeit … Lisa war irgendwie ständig auf Kriegsfuß mit der blöden Zeit.

«Komm, lass uns erst mal ein wenig raus zum Biotop gehen, frische Luft schnappen», schlug Britt vor, zog Lisa vom Stuhl hoch und hakte sich bei ihr ein. «Das Spektakel ist eh fast vorüber.»

Als die Mädchen durch die Hintertür Richtung Flur liefen und den einsamen, schwach beleuchteten Gang zum Innenhof anstrebten, stellte sich ihnen auf einmal eine hoch aufgeschossene, dunkle Gestalt in den Weg.

Erschrocken wichen sie zurück.

Doch die Gestalt kam auf sie zu, und als sie in den Lichtschein der Neonlampen trat, konnten sie zwei funkelnde, dicke Brillengläser sehen.

«Sie wissen, warum ich hier bin, Miss Lambridge?», schnarrte eine wohlbekannte Stimme über ihren Köpfen.

Lisas Lippen bebten, als sie vorsichtig ihren Kopf hob.

Professor Ash, der sein Kellergefilde seit über zwanzig Jahren nicht verlassen hatte, stand zum allerersten Mal seit Menschengedenken hier oben in diesem Flur.

Lisa schnappte nach Luft wie ein Fisch und brachte keinen Ton heraus.

«Der Time Transmitter», sagte Professor Ash mit einem bösen Lächeln. «In einer Gewitternacht wie dieser wird der junge Silverman doch sicher einen Zeitreisetest machen!»

# Kapitel 21
# Geh heim, Zeitreisemädchen!

«Lauf!», schrie Britt und packte Lisa am Arm. So schnell ihre Beine sie trugen, rannten sie den Flur zurück. Sie mussten dabei ihre langen Kleider hochraffen, damit sie nicht stolperten.

In einer dunklen Ecke hielten sie inne und sahen sich um. Alles wirkte wie ausgestorben. Doch dann hörten sie auf einmal Schritte.

«Hinter die Säule», zischte Britt und zerrte Lisa mit sich. Ein kalter, modriger Geruch zog an ihnen vorüber, als Professor Ash mit langen, entschlossenen Schritten an ihnen vorbeimarschierte. Er hatte die Mädchen offenbar nicht gesehen, und Lisa und Britt atmeten erleichtert auf.

«Vielleicht sollten wir Zac und seinen Vater warnen», meinte Britt. «Es sieht so aus, als hecke Professor Ash etwas aus. Ich bin fast sicher, er will diesen Time Transmitter stehlen. Warum um alles in der Welt sollte er sonst den Keller verlassen?»

Lisa schluckte. Mist, Britt hatte recht! Ihr Hirn lief zurzeit nicht gerade auf Hochtouren. Der Schmerz in ihrem Herzen brannte zu stark …

Ganz vorsichtig lugten die Mädchen wieder aus ihrem Versteck hervor und vergewisserten sich, dass niemand mehr in der Nähe war, ehe sie den Schutz der Säule ganz verließen.

«Dann lass uns hier schleunigst die Fliege machen und runter zum Fluss gehen», schlug Britt vor. Lisa nickte. Nun hielt sie hier eh nichts mehr, und wer Ballkönigin und Ballkönig wurde, wollte sie schon gar nicht wissen …

Die Mädchen huschten bis zum Ende des Flurs und wollten eben um die Ecke biegen, als auf einmal erneut ein Schatten auf sie fiel.

Beide gaben einen entsetzen Schrei von sich, der im ganzen Flur widerhallte.

«Um Himmels willen, schreit doch nicht so!», rief eine Stimme, und sie erkannten im schummrigen Flurlicht die blonde Pomadenfrisur von Maddox. Er trat einen Schritt vor und stellte sich ganz ins Blickfeld der Mädchen. «Sorry, Girls. Wollte euch nicht ängstigen.»

«Wir haben dich für Professor Ash gehalten», schnaufte Britt atemlos. «Deswegen haben wir uns so erschrocken …»

«Was? Seh ich dem ähnlich?», japste Maddox empört.

«Nein. Nein, ganz und gar nicht … wir hatten nur gerade vorhin … eine Begegnung mit ihm.» Sowohl Britt als auch Lisa zitterten immer noch am ganzen Leib.

«Also wirklich», brummte Maddox. «Da will man lediglich auf die Toilette, und dann wird man von zwei Mädchen über den Haufen gerannt und dazu noch für den hässlichsten Lehrer aller Zeiten gehalten.» Er strich sich über seinen Gelkopf und richtete seine Augen auf Lisa.

«Äh, Lee?»

«Ja?» Lisa wunderte sich über den ernsten Tonfall in seiner Stimme. Zum ersten Mal nannte er sie nicht «Miss Lollipop».

«Du bist übrigens … wunderschön. Wollte ich dir schon den ganzen Abend sagen.»

«Danke», sagte Lisa, völlig überrascht. Zum ersten Mal klang etwas, das Maddox von sich gab, wirklich ehrlich und aufrichtig.

«Ähm … ich weiß nicht, ob du das wirklich wissen willst, aber falls du Kendall suchst …» Maddox räusperte sich.

Lisa riss die Augen auf. Was kam jetzt?

«Der sitzt beim Biotop und knutscht mit Camilla.»

Stille. Es dauerte ein paar Sekunden, bis die Botschaft in Lisas Hirn sickerte.

«Äh, bitte was?», stammelte sie, obwohl sie es genau verstanden hatte.

«Du hast schon richtig gehört, Lee», sagte Britt grimmig und packte ihre Hand.

«Also, wenn du möchtest, kann ich diesen bekloppten Vollpfosten gern vermöbeln», bot Maddox an. «Ich meine, man muss doch bekloppt sein, wenn man sich so ein schönes Mädchen wie dich einfach entgehen lässt. Nur dass du's weißt. Ich hab's wirklich ernst gemeint, als ich mit dir zum Ball wollte.»

«Danke, Maddox», sagte Lisa nochmals und musste einen dicken Kloß im Hals runterschlucken. «Ähm, ich denke … ich regle das selbst.»

«Wie du meinst. Aber solltest du mich brauchen: Ich stehe zu deinen Diensten!» Maddox verbeugte sich halb im Scherz, aber auch halb ernsthaft vor ihr. Lisa schaute ihm lange nach, als er sich durch den Flur von ihnen entfernte. Sie hatte von irgendwoher den vagen Verdacht, dass sie in ihrer ersten, originalen Zeitlinie tatsächlich mit Maddox zum Ball gegangen wäre.

«Und jetzt?», fragte Britt.

«Wie viel Zeit haben wir noch?», fragte Lisa zurück.

Britt schaute auf ihre Armbanduhr. «Fünfunddreißig Minuten.»

Lisa sah ihre Freundin an. «Kannst du …»

«Ist gut. Ich gehe runter zur Brücke und warne Zac und Doc Silverman. Geh du zum Biotop und regle dein Ding. Wir treffen uns dann am besten direkt beim Felsen. Aber vergiss nicht, dich vorher noch umzuziehen!»

Lisa war ihrer Freundin unendlich dankbar.

Sie trennten sich bei der großen Glastür, die hinaus zum Innenhof führte. Britt wünschte ihr viel Glück und verzog sich. Lisa öffnete die Glastür und trat an die frische Luft. Der Garten war nur sehr spärlich von einer Außenlichtanlage beleuchtet. Ein paar Schüler hatten sich heimlich hierher zum Rauchen verzogen, obwohl es natürlich verboten war.

In der Dunkelheit musste Lisa erst die Silhouette von Morgan und Camilla ausfindig machen, aber es war gar nicht so schwierig: Sie saßen sehr eng beisammen auf einer Bank und hatten die Köpfe sehr nah beieinander. Lisa schluckte einen weiteren Klumpen in ihrem Hals runter. Sehr vorsichtig schlich sie von hinten durch das Gras und gab dabei acht, dass ihr Seidenkleid so wenig wie möglich raschelte. Sie näherte sich so weit, bis sie ihre Stimmen vernehmen konnte. Und es war nicht schwer zu verstehen, was Morgan sagte, da er extrem langsam und konzentriert sprach und jede einzelne Silbe betonte.

«Ich hatte es ihr versprochen», sagte er. «Ich musste bei ihr etwas wiedergutmachen.»

«Hmm. Okay», machte Camilla nur. Morgan zog ihr Gesicht an

seines heran. Eine Weile waren sie in einen Kuss versunken, und Lisa wurde fast übel, als sie dabei das leichte Schmatzen ihrer Lippen hörte. Ihr Hals war komplett zugeschnürt, als hätte jemand einen Würgegriff um sie gelegt. Sie brauchte dringend irgendwas, um sich festzuhalten, und klammerte sich an den kleinen Jungbaum, den sie vor einiger Zeit im Biologieunterricht gepflanzt hatten.

Der Schmerz in ihrem Herzen hatte Ausmaße angenommen, wie sie es noch nie zuvor gekannt hatte. Beim Tod ihrer Eltern war sie noch zu klein gewesen, um so etwas bewusst empfinden zu können. Doch jetzt fühlte sie sich zum ersten Mal, als hätte ihr jemand einen Todesstoß versetzt.

Dass dieses langweilige, steife Mädchen gratis kriegte, wofür sie alles, aber auch wirklich *alles* gegeben hätte, wollte ihr einfach nicht in den Kopf. Sie war überzeugt, dass Camilla sich nicht halb so intensiv für Momos Leben interessierte, wie sie es tat. Sie war überzeugt, dass sie weder wusste, dass er alle Songtexte auswendig konnte, noch dass er aus vollem Hals lachen konnte, wenn er gut drauf war. Und dass man großartig mit ihm spielen konnte. Sie war sich sicher, dass sie noch nicht einmal den Leberfleck auf seiner Wange wirklich bemerkt hatte.

Und noch krasser: Wahrscheinlich schnallte sie nicht mal, dass er einen Sprachfehler hatte, weil sie sich kaum miteinander unterhielten, sondern nur rumknutschten! Doch Camilla durfte all die Stunden mit ihm verbringen, die sie, Lisa, sich gewünscht hätte, durfte in seinen Armen liegen, ihn jeden Tag sehen, ihn küssen, wann sie wollte, ihn streicheln, mit ihm reden, ihn anschauen, bei ihm sein, für ihn da sein, ihm zuhören, und überhaupt …

Und warum? Nur weil sie ein paar Zentimeter kleiner war als Lisa?

War es das? Diese lächerlichen paar Zentimeter? War es ihm so wichtig, dass er größer war als seine Partnerin? War das wichtiger als alles andere?

Lisa trat kurz entschlossen aus dem Schatten des Baumes und schritt auf die Sitzbank zu. Sie blieb direkt hinter den beiden stehen, deren Köpfe immer noch zusammenklebten.

«Hier bist du ja», sagte sie laut und deutlich und versuchte sich den Kloß in ihrem Hals nicht anmerken zu lassen. «Ich habe dich überall gesucht.»

«Lee ...» Morgan löste sich von Camilla und sah zu Lisa hoch. In dem schwachen Licht der Außenbeleuchtung wirkten seine Augen fast schwarz.

«Ich muss mit dir reden», sagte sie.

«Okay.» Morgan ließ Camilla sofort ganz los und stand auf. «Ich komme gleich wieder», sagte er zu ihr.

Camilla verzog widerwillig das Gesicht und warf Lisa einen misstrauischen Blick zu.

Lisa zog Morgan hinter sich her in eine Ecke, wo niemand sie belauschen konnte.

«Was gibt's denn, Lee? Ich dachte ...»

«Du hättest mir sagen können, dass du mit Camilla zusammen bist.» Lisa mochte nicht lange um den Brei herumreden.

«Tut mir leid. Ich dachte nicht, dass das wichtig wäre.» Morgan klang ehrlich erstaunt.

«Doch. Du ... du weißt, dass ich dich mag. Dass ich dich ... liebe.»

«Ja, das weiß ich. Lee ... es tut mir wirklich leid, wenn das nicht deutlich rüberkam. Ich dachte irgendwie, das Ding zwischen uns sei klar.» Er sprach nun hastiger, so dass es ihm nicht mehr möglich war, alle Silben und Buchstaben korrekt auszusprechen.

Lisa schüttelte den Kopf. «War es nicht.»

«Sorry, Lee. Ich wollte dich nicht verletzen. Echt nicht. Wenn ich es getan habe, dann tut es mir wahnsinnig leid. Schau, ich mag dich wirklich extrem gern. Du wirst immer eine gute Freundin bleiben. Und ich hab gern mit dir gespielt in der Vergangenheit. Aber … das war's halt. Da ist nicht mehr.»

«Das kann ich einfach nicht glauben. Du hast … du hast die ganze Zeit mit mir geflirtet. Du hast mit mir getanzt, mich in den Arm genommen. Du hast mich sogar geküsst. Für mich war es deutlich, dass du auch Gefühle für mich hast.»

«Das habe ich doch. Sehr sogar. Ich fühle enorm viel für dich. Aber als Freund. Außerdem wollte ich doch auch irgendwie wiedergutmachen, dass du traurig warst. Ich weiß ja, dass ich mich zu wenig um dich gekümmert hab. Ich hätte viel früher anfangen sollen, wieder mit dir zu reden. Aber die Dinge waren halt nicht so einfach bei mir …»

Lisa versuchte immer noch, ihren Kloß runterzuschlucken.

«Lee.» Er streckte die Hand nach ihr aus und streichelte ihr Haar. «Sei nicht traurig …»

«Was ist denn der Grund dafür, dass du nicht mehr für mich empfindest? Bin ich dir nicht gut genug? Ist es nur, weil ich ein paar Zentimeter größer bin als du? Ist es das?»

Er zögerte. «Ich weiß es nicht. Ich kann es dir nicht sagen … verschiedene Gründe vielleicht.»

«Zählt es denn gar nicht mehr, dass ich dich mein Leben lang geliebt habe? Was hat denn Camilla, was ich nicht hab? Kannst du mir wenigstens *das* erklären? Ich würde es zumindest gern verstehen.»

Doch Morgan war offensichtlich überfordert damit.

«Das ist so schwierig, Lee. Vielleicht sind wir einfach zu verschieden ...»

«Das glaube ich nicht.»

«Ich weiß die Antwort doch selbst nicht. Vielleicht bin ich einfach dabei, meine Erfahrungen zu machen. Schau, wenn ich gewusst hätte, dass es dich so durcheinanderbringt, dass ich mit Camilla zusammen bin, hätte ich es dir gesagt. Aber ich dachte wirklich, das Verhältnis sei klar.»

Lisa schwieg. Sie fand einfach keine Worte, die dazu passten. Morgan senkte seinen Blick und schien ebenfalls nach Worten zu suchen.

«Sieh mal, Lee, ich passe doch überhaupt nicht zu dir. Ich bin der langweiligste Typ, den es gibt. Mit mir ist nicht viel los. Alles, was ich zuhause mach, ist vor dem Fernseher rumhängen. Du könntest doch mit mir gar nichts anfangen. Und du weißt, dass ich eigentlich nicht gern rede. Du hingegen ...»

«Aber so sehe ich das gar nicht», sagte Lisa. «Ganz im Gegenteil. Ich habe dich nie als langweilig empfunden. Du hast enorm viel Fantasie, und du ... du ... bist auch sehr intelligent.»

«Nein. Das bin ich definitiv nicht.»

«Doch, das bist du.» Sie sprach jetzt mit fester Stimme. «Du kannst jeden Songtext auswendig. Du hast sogar meinen Zauberwürfel im Nu richtig gelöst. Und du weißt ganz genau, was läuft und was nicht.»

Doch er schüttelte nur den Kopf. «Das ist doch alles nichts. Den blöden Würfel hat Stevie mir mal beigebracht. Ich war immer sauschlecht in der Schule. Ich komme nie an Stevie ran. Und ich kann nicht mal ordentlich sprechen, höre mich an wie der letzte Idiot …» Er brach ab.

«Aber das stimmt alles gar nicht», sagte sie.

«Doch. Du kennst mich ja gar nicht wirklich. Du kennst mich aus der Kindheit, das ist alles. Du bist mir total überlegen. Du bist gescheit und wahnsinnig hübsch. Das bin ich alles nicht.»

«Quatsch. *Du* bist mir überlegen. Du bist beliebt und bekannt in der ganzen Schule, du siehst gut aus und hast eine Menge Verehrerinnen. Ich bin hier ein Niemand, ein Außenseiter, ein Freak, eine, die nicht richtig dazugehört. Auf mich stehen nur verrückte Typen wie Maddox. Du hingegen …»

«Das ist doch alles nur, weil ich der Bruder von Steven Kendall bin. Ohne ihn wäre ich gar nichts. Ich hab gar nicht so viele Freunde, wie du immer denkst. Ich hab Nathan und Paul, und das war's. Du hast Britt und Zac. Ich bin also keinen Deut cooler als du.»

«Das sehe ich alles ganz anders», sagte sie. «Wir haben doch so viel gemeinsam … und ich kenne dich trotz allem besser als jede andere hier. Und vor mir musst du auch deinen Sprachfehler nicht verstecken. Und ich …»

«Lee … du musst es einfach akzeptieren», sagte er bestimmt. «Ich passe nicht zu dir. Sieh mal, du weißt gar nicht, wie es ist, wenn man sich einfach nur grässlich langweilt. Nicht weiß, was man mit seinem Leben anstellen soll. Du hast Pläne, Träume, Ziele. Das habe ich nicht. Ich kann dir nichts bieten. Ich mag dich sehr, aber mehr als meine Freundschaft kann ich dir nicht geben. Manchmal muss man Dinge halt einfach hinnehmen.»

«Hinnehmen. Wenn Hinnehmen deine Lebenseinstellung ist, wirst du irgendwann sterben!» Sie hatte nicht beabsichtigt, das so deutlich zu sagen, aber die Worte sprudelten einfach aus ihr heraus.

«Natürlich werde ich sterben. Wir alle werden irgendwann sterben. Das Leben ist kurz. Deswegen möchte ich ja nach Amerika gehen. Um wenigstens noch ein bisschen was zu erleben und zu feiern, bevor ich in die Midlife-Crisis komme.»

«Genau! Das ist es! Midlife-Crisis! Eines Tages wirst du in so eine richtig heftige Midlife-Crisis fallen!»

Er starrte sie verständnislos an.

«Und zwar genau aus diesem Grund! Weil du in Amerika auf die falsche Spur kommen wirst! Und Camilla und du, das wird doch gar nicht funktionieren! Was verbindet euch denn? Gar nichts! Spätestens wenn du weg bist, wird sie mit dir Schluss machen, und du wirst die Nächste ausprobieren, eine nach der anderen wirst du ausprobieren, in der Hoffnung, wahre Liebe zu finden. Aber sie werden dich alle nur ausnutzen, weil du so gutmütig bist! Die Leere in deinem Herzen wird weiter zunehmen, bis du sterben wirst ... mit fast fünfundvierzig!»

Er starrte sie schockiert und verletzt an, und sie schlug sich auf den Mund. Sie war selbst vollkommen fassungslos über die Worte, die ihr da so unkontrolliert über die Lippen gekommen waren! Warum konnte sie ihr aufbrausendes Temperament nur so schlecht beherrschen! Sie hatte überhaupt nicht beabsichtigt, ihm von seinem zukünftigen Tod zu erzählen. Sie wusste, dass sie viel behutsamer damit hätte umgehen müssen. Sie bereute es sogleich zutiefst.

Sein Blick verfinsterte sich.

«Sag mal, was soll denn das jetzt?» Seine Stimme klang nun

schneidend böse, und es war das erste Mal, dass der sonst so sanftmütige Momo richtig zornig auf sie war.

«Tut mir leid, Momo …»

«Nein, ehrlich, Lisa. Das war ziemlich daneben.» Er stockte. Sie hatte ihn wirklich ernsthaft gekränkt. «Ist das jetzt so eine Masche, weil du mich nicht haben kannst? Denkst du dir jetzt deswegen solche Dinge aus? Ich meine, das war jetzt *richtig* fies. Mir solche Dinge über meine Zukunft zu erzählen. Es reicht schon, dass Professor Ash mich dauernd fertigmacht. Ich weiß selbst, dass ich nicht viel auf die Reihe kriege. Dass ich ein ziemlicher Versager bin. Aber das ausgerechnet von *dir* zu hören …»

«Nein. Nein, Momo! Das habe ich nicht so gemeint! Ich würde dich niemals einen Versager nennen.»

«Das hast du aber getan!»

«Nein! Nein! Es ist … okay, hör zu. Hör einfach zu und sag nichts, ja?»

«Ja. Okay. Ich hör zu. Ich hab aber nicht mehr so lange Zeit. Was willst du mir sagen?»

«Die Wahrheit! Nicht, um dich zu beleidigen, sondern um dich zu warnen. Du weißt, dass Zac und ich schon länger an einer Zeitmaschine basteln, ja? Ich habe es dir doch gesagt.»

«Ja. Und?» Lisa hörte die Ungeduld in seiner Stimme, und sie wusste, dass sie ihn wirklich extrem herausforderte. Wenn Momo die Geduld verlor, dann war wirklich Alarmstufe Rot angesagt. Sie spürte die ersten Regentropfen auf ihrer Stirn. Das Gewitter war im Anmarsch.

«Also: Die Zeitmaschine funktioniert! Ich bin damit zwei Tage in die Zukunft gereist. Deswegen galt ich als vermisst. Du hast nie wirklich nachgefragt, was eigentlich mit mir passiert ist. Nun, ich kann es dir sagen: Zac hat mich aus Versehen zwei Tage in die Zukunft versetzt.»

Sie sah im schwachen Lichtkegel, wie Morgan die Stirn runzelte.

«Und nicht nur das. Mein älteres Ich ist aus der Zukunft gekommen, mit Zacs Zeitmaschine, die er in der Zukunft noch ausbauen wird, und es hat mir eine Menge Dinge verraten. Weißt du, wer Misses Whitfield in Wirklichkeit ist? Hast du nicht bemerkt, dass sie mir ähnlich sieht? Sie ist *ich*. Sie ist die Lisa aus dem Jahr 2018. Und sie hat mir unter anderem etwas über *dich* erzählt. Über *deine* Zukunft.»

«Ach ja?» Es war das allererste Mal, dass sie eine Prise Spott in Momos Stimme hörte. Sich über jemanden lustig zu machen, war normalerweise so fern von ihm wie der Osten vom Westen.

«Das ist kein Witz! Sie sagte mir, dass du tatsächlich in eine Lebenskrise fallen wirst, und … dass du …» Sie stockte. Sollte sie das wirklich aussprechen? Sollte sie ihm wirklich das Datum seines Todes nennen? Es kam ihr ziemlich gemein vor. Sie war längst viel zu weit gegangen.

«Jetzt sag schon», forderte er gereizt.

«Sie sagte … nein, sie sagte es nicht … aber sie hat ein Gerät aus der Zukunft mitgebracht, einen Taschencomputer, und dort ist ein Bild drauf …» Wieder brach sie ab.

«Also, was ist denn jetzt? Lee?»

«Das Bild deines zukünftigen Grabes. Ein Foto aus der Zukunft. Siebter …»

Morgan stieß hörbar die Luft aus. Seine dunklen Augen funkelten

Lisa böse an. Der Wind begann stärker zu blasen und zerzauste sein Haar.

«Weißt du, was, Lisa, ich glaub, du bist wirklich irgendwie krank im Kopf. Du bist einfach nur verzweifelt, weil du mich nicht haben kannst. Jetzt erfindest du solche Geschichten. Richtig fiese Geschichten! Jetzt musst du aber wirklich mal langsam erwachsen werden. Das Spiel ist vorbei. Du bist doch kein Kind mehr, das an Science-Fiction-Kram glaubt! Weißt du, was? Es ist ganz gut, dass du in dieses Internat kommst. Das wird dir helfen, wieder normal zu werden. Dann kannst du mich vergessen und dich um andere Dinge kümmern.»

Autsch. Das tat weh.

«Dich vergessen? Als ob ich dich jemals vergessen könnte. Momo, ich …»

«Nein! Ich will nichts mehr hören! Akzeptier endlich, dass zwischen uns nichts läuft. Und es auch nie wird. Und hör endlich auf, von diesem Zeitreisequatsch zu träumen! Soll ich auch mal was Gemeines sagen? Ich glaub, du hast einen Schaden, weil du ohne Eltern aufgewachsen bist. Da kannst du nichts dafür, aber ich glaub, du hast wirklich einen Schaden, und den solltest du vielleicht mal therapieren lassen!»

Lisa wich entsetzt einen Schritt zurück. Sie starrte Momo an und konnte kaum glauben, was sie da eben gehört hatte. Nie hätte sie sich vorgestellt, dass er solche verbalen Hiebe austeilen konnte!

Doch gleichzeitig war ihr auch klar, dass er ihr ja unmöglich so eine Geschichte abkaufen konnte. Es war absolut nachvollziehbar, dass er sie für durchgeknallt hielt.

Sie zögerte. Was sollte sie jetzt tun? Sollte sie es einfach auf sich sitzen lassen und Leine ziehen? Ihn in Ruhe lassen? Aber das würde vermutlich das Ende ihrer Freundschaft bedeuten. Nächste Woche würde sie abreisen, und dann würde sie ihn wahrscheinlich für mehrere Jahre nicht mehr sehen. Diese unumstößliche Tatsache ließ sie einen Moment erschauern. Ihr Blick suchte den seinen, und als sie ihn fand, erwiderte er ihn. Er schaute betrübt die fünf Zentimeter zu ihr hoch, die zwischen ihnen standen, und in seinen Augen konnte sie ablesen, dass es ihm ebenso leid tat, sie gekränkt zu haben.

«Lee … es … es tut mir leid. Ich … wollte das nicht.» Er streckte ihr reumütig die Hand hin. «Nur … das, was du gesagt hast, war …»

Sie umfasste seine Finger, die auf einmal eiskalt waren. Sie schwankte zwischen der Möglichkeit, es einfach dabei zu belassen und einzuräumen, dass sie zu viele Fantasy-Träume hatte, oder ihren letzten Joker zu zücken, den Beweis aus der Zukunft, und ihn so von der Wahrheit zu überzeugen – auch auf die Gefahr hin, ihn ein weiteres Mal zu beleidigen.

Aber was, wenn sie damit die Chance hatte, dass er ihr diese unfassbare Geschichte doch noch glauben würde? Was, wenn sie damit die Möglichkeit hatte, seine Zukunft zu ändern, indem sie ihn wirklich dazu brachte, über sein Leben nachzudenken?

Schließlich öffnete sie kurz entschlossen ihre Handtasche und zog das Smartphone hervor. Sie klappte das Etui auf und hielt ihm das silberne Gerät unter die Nase.

«Was ist das?» Er beugte sich neugierig darüber.

«Der Taschencomputer aus der Zukunft.»

«Das da?»

Lisa schaltete das Gerät an und hielt den Arm ein wenig darüber, so dass keine Regentropfen auf den Bildschirm fielen.

Momo starrte schweigend auf das klare Bild, das da vor seinen Augen schimmerte. Lisa wischte mit dem Finger darüber, gab den Code ein und öffnete das Fotoalbum-Symbol. Momo verfolgte jede ihrer Fingerbewegungen mit angehaltenem Atem und schaute dann Lisa an.

«Woher hast du das?» Seine Stimme klang ganz verändert, beinahe ehrfürchtig.

«Ich hab es ja gesagt: Misses Whitfield, mein zukünftiges Ich, hat es aus der Zukunft gebracht. Aus dem Jahr 2018.»

«Okay. Und was willst du mir damit zeigen?» Sein Tonfall war tatsächlich wieder viel sanfter. Und auch Lisa beschloss, die Sache behutsamer anzupacken.

«Es wird dich zwar schockieren, aber es ist meine allerletzte Möglichkeit. Meine letzte Möglichkeit, dir zu beweisen, dass ich nicht verrückt bin und dass … du … dir wirklich gut überlegen musst, wohin du dein Leben steuern wirst. Okay?»

«Okay …»

«Sieh dir das an.»

Lisa strich ein Bild nach dem anderen zur Seite, bis das Bild von dem Grabstein sichtbar war. Sie drehte das Smartphone, so dass das Bild quer lag und dadurch größer wurde.

Momo schaute es an und sagte lange Zeit nichts. Sie hörte, wie er schwer atmete und dabei ein paarmal leer schluckte. Endlich hob er den Kopf.

«Okay, Lee … Das ist doch ein Fake, oder?»

«Ich wünschte, es wäre einer …»

«Dieser Wissenschaftler, mit dem du rumhängst, hat das Bild gefälscht. Und er hat auch dieses Gerät erfunden. Und du … du willst mir nun weismachen, dass ich im Jahr 2018 sterben werde, nur weil ich nicht so lebe, wie *du* es für richtig hältst.»

Sie hörte seiner Stimme deutlich an, dass er mit sich kämpfte. Und sie war enttäuscht, dass er ihr offensichtlich immer noch nicht glaubte.

«Also …», wagte sie einen neuen Versuch. «Wenn du glaubst, dass Zac Silverman oder sein Vater so ein technisch hochentwickeltes Gerät bauen könnten, warum glaubst du mir dann nicht einfach auch, dass sie tatsächlich eine Zeitmaschine erfinden können?»

Er schnappte nach Luft und stieß sie gleich danach wieder aus. Dann schob er sachte, aber sehr bestimmt Lisas Hand mit dem Gerät weg.

«Sorry, Lisa. Ich glaub diese Story nicht. Das ist Fantasy. Kein Mensch kann in der Zeit reisen. Und ich bin mir ziemlich sicher, dass das Bild gefälscht ist.»

«Dann kann ich dir leider auch nicht helfen …» Resigniert ließ sie ihre Hände sinken. «Ich wollte dich nur warnen und dich bitten, auf dich aufzupassen. Das ist alles.»

«Okay, aber das reicht nun wirklich. Sorry, aber ich will nicht mehr mit dir reden. Wenn du so ein Bild fälschst, nur um mich irgendwie zu manipulieren, dann ist unsere Freundschaft hiermit endgültig zu Ende.»

«Aber …» Sie packte verzweifelt seine Schulter.

«Geh heim, Zeitreisemädchen.» Er schüttelte ihre Hand ab und stieß sie grob von sich weg. «Geh zurück in deine Fantasy-Welt.

Finde jemand anderen, der mit dir spielt. Ich bin damit *endgültig* fertig, hast du das verstanden?»

«Momo ...»

Aber er hatte sich schon umgedreht und lief zu Camilla zurück.

Lisa stand betreten da und sah ein, dass es keinen Zweck mehr hatte, ihm nachzulaufen. Er würde ihr nicht glauben. Sie hatte es gründlich vermasselt. Ihre Mission war nicht nur gescheitert, sondern sie hatte auch gleich ihre Freundschaft ruiniert. Sie hatte noch keine Ahnung, wie sie mit dieser schrecklichen Gewissheit die nächsten paar Jahre überleben sollte.

Gerade als sie das Smartphone wieder zurück in die Tasche stecken wollte, kam Britt atemlos durch die Glastür geschossen.

«Lee! Du musst sofort kommen! Wir brauchen dich! Es gibt Probleme!»

Nicht nur Lisa drehte sich nach Britt um, auch Morgan blieb auf halbem Weg stehen und wandte seinen Kopf um. Lisa brauchte erst eine Weile, um wieder ganz zu sich zu kommen.

Britt hatte sich umgezogen und trug einen Schirm bei sich, weil es mittlerweile tatsächlich ziemlich heftig angefangen hatte zu regnen. Lisa hatte durch diese intensive Diskussion überhaupt nicht so richtig mitgekriegt, dass ihr Kleid und ihre Haare schon recht feucht waren.

«Lee! Jetzt komm schon! Professor Ash ist bei der Brücke. Mit einem ganzen Polizeiaufgebot! Sie wollen Doc Silverman und Zac daran hindern, das Zeitreiseprojekt durchzuführen, und wollen den Time Transmitter an sich reißen. Wir brauchen dringend deine Hilfe!»

«Wie bitte?» Jetzt schien Lisa erst aus ihrer Trance zu erwachen.

«Dein zukünftiges Ich ist da. Wenn sie festgenommen wird, hast *du* ein Problem!» Britt packte Lisa an der Hand. Lisa ließ das Smartphone zurück in ihre Tasche gleiten und folgte Britt. Die beiden Mädchen verschwanden durch die Glastür zurück ins Innere.

Morgan stand wie angewurzelt da und schaute ihnen nach.

Was hatte Britt eben gesagt? Zeitreiseprojekt? Wenn sogar die nüchterne Britt das glaubte …

«He, Morgan, wo bleibst du?» Camillas schlaffe Stimme war in dem immer stärker aufkommenden Wind kaum vernehmbar. Morgan warf kurz einen Blick zu der Sitzbank zurück, wo sie saß und schon ungeduldig unter einem Schirm auf ihn wartete.

Doch er wusste, dass er nicht zu ihr zurückkehren konnte.

Es gab nur einen Weg für ihn. Der Regen begann seine Kleider immer mehr zu durchnässen. Entschieden nahm er seine Beine in die Hand und rannte Richtung Glastür, den Mädchen nach.

# Kapitel 22
# Wettlauf gegen die Uhr

Lisa und Britt jagten durch die Aula. Lisa hatte zum Glück nicht lange an der Garderobe anstehen müssen, um ihr Märkchen wieder gegen die Tüte mit ihren Klamotten eintauschen zu können. Sie hatte sich in Windeseile umgezogen und das mittlerweile ziemlich feuchte Ballkleid kurzentschlossen in ihren Spind gestopft. Eine andere Wahl war ihr kaum geblieben. Die Uhr stand immerhin schon fast auf zwölf, und eben hielt jemand auf der Bühne eine Ansprache, um Ballkönigin und Ballkönig zu küren. Lisa verdrehte ihren Hals, um eventuell zu erfahren, wer es sein mochte, doch sie hatte keine Zeit, sich länger damit aufzuhalten.

Schon stoben sie Richtung Ausgang und durch die Vorhalle mit den Fackeln und schließlich Richtung Pforte. Sie manövrierten sich an Beatrice und Ross vorbei, die im Schutz des Torbogens standen und gerade ihre Zigaretten ausmachten.

Der Regen hatte noch um einiges zugenommen, und der erste Donner rumpelte in der Ferne. Lisa hatte zwar an ihre Jacke, aber wieder mal nicht an einen vernünftigen Regenschutz gedacht! Und Britt verzichtete darauf, den Schirm zu öffnen, damit er ihnen beim Rennen nicht in die Quere kam.

«He, wo wollt ihr denn hin?», drang Ross' tiefe Stimme an ihre Ohren. Doch darauf konnten Lisa und Britt keine Rücksicht nehmen. Die Zeit eilte, und wenn sie nicht rechtzeitig dort sein würden, war vermutlich das ganze Raum-Zeit-Kontinuum in Gefahr. Wenn sie Lisas älteres Ich nicht wieder in die Zukunft senden konnten, dann hatten sie ein ernsthaftes Problem!

Britt, die aus irgendeinem Grund ausnahmsweise einmal schneller lief als Lisa, schlug den Weg an der Einfahrt vorbei Richtung Fluss ein. Lisa fragte sich, wann Britt sich entschieden hatte, ihrer Geschichte mit den Zeitreisen zu glauben, aber ganz offenbar war diese innere Wandlung geschehen.

Weil Britt nicht so gut im Klettern war, umgingen die Mädchen dieses Mal den Maschendrahtzaun. Wenig später schlitterten sie den glitschigen Hang runter, indem sie sich an Grasbüscheln festhielten, um nicht ganz auszurutschen.

Lisa hatte das Smartphone zusammen mit dem Geldbeutel in die Jackentasche gesteckt, so dass sie beide Hände frei hatte. Sie versuchte mit aller Macht, das emotionale Gespräch, das sie eben mit Momo geführt hatte, aus ihrem Kopf zu verdrängen, um sich voll und ganz auf die bevorstehende Aufgabe konzentrieren zu können.

Obwohl sie im Dunkeln nicht viel sehen konnten, fand Britt die Stelle schnell wieder, wo, gut verborgen in einem Dickicht, der cremefarbene Mercedes von Doc Silverman stand. Dieses Mal hatten die beiden Wissenschaftler das Auto viel weiter weg vom Ufer geparkt. Zac und sein Vater standen in Regenanzügen daneben und hatten etwas bei sich, das in eine Zeltplane verpackt war. Das musste der Time Transmitter sein.

Daneben stand, ebenfalls in einen Regenschutz gehüllt, eine Gestalt, die der von Lisa sehr ähnlich sah.

«Da seid ihr ja», sagte Doc Silverman, als die Mädchen bei ihnen angelangt waren. Sofort fühlte Lisa wieder dieses Ziehen im Magen und krümmte sich zusammen. Ihr älteres Ich trat sofort ein paar Schritte zurück. Britt spannte den Schirm auf und nahm Lisa drunter, obwohl sie ohnehin schon nass waren.

«Ah, ich sehe. Das ist wieder das Problem mit den beiden Zeitlinien», stellte Doc Silverman fest, als die ältere Lisa noch ein paar Schritte zurücktrat. «Dann müsst ihr beide eben einen gewissen Abstand voneinander wahren. Doch wir haben nicht viel Zeit. Was wir jetzt ganz dringend brauchen, ist ein Plan.»

«Was ist denn überhaupt passiert?», wollte Lisa wissen.

«Professor Ash ist hier! Er steht dort drüben bei der Brücke.» Doc Silverman deutete mit dem Kinn Richtung Brücke, und Lisa folgte seinem Blick, doch es war zu weit weg, als dass sie Genaueres erkennen konnte.

«Er hat die Polizei gerufen. Zwei von ihnen bewachen den Aufgang zur Brücke und zwei kontrollieren den Felsen. Wir waren schon am Montieren der Antennen, da haben wir auf einmal diese Gruppe von Leuten die Hänge runterkommen gehört und haben uns fix zurückgezogen. Wir können also nicht mal auf den Felsen, um den Time Transmitter zu platzieren.»

«Oh, Mist!» Lisas Augen weiteten sich.

«Wie hat er denn überhaupt rausgefunden, dass wir heute hier ein Projekt haben?», fragte die ältere Lisa, die mittlerweile etwa ganze vier Meter abseits von der Gruppe stand.

«Du hast ihm ja nichts gesagt, oder?» Doc Silverman sah die jüngere Lisa ernst an.

«Nein!» Sie schüttelte den Kopf. «Aber es hieß in den Wetterprognosen, dass heute Gewitter angesagt sind.»

«Stimmt!» Der Doc wechselte einen Blick mit der älteren Lisa. «Dann lasst uns mal ganz scharf überlegen. Haben wir noch eine andere Möglichkeit als den Felsen?»

«Nein», sagte Zac. «Der Zeitstrahl muss ganz genau durch den Brückenbogen hindurch treffen. Der Abstand ist bis auf den letzten Millimeter präzise berechnet. Sonst kann ich das Wurmloch nicht öffnen.»

«Einleuchtend. Natürlich. Gibt es noch einen anderen Weg, um auf den Felsen zu kommen?»

«Es sieht so aus, als ob sie den Felsen nur von der Vorderseite bewachen», überlegte Britt.

«Richtig», bekräftigte die ältere Lisa. «Vielleicht können wir den Felsen umlaufen. Allerdings ist das Unterholz in dem Uferbereich bei der Rückseite des Felsens ziemlich dicht. Dort kommt man nie und nimmer hoch. Man wird es nicht vermeiden können, ein Stück flussabwärts in den Fluss zu steigen, um den Felsvorsprung vom Wasser aus zu erreichen. Du solltest eigentlich groß genug sein, um durch den Fluss waten zu können, Zac, so dass du den Apparat auf deiner Schulter durch das Wasser tragen kannst. Wäre das möglich?» Sie sah Zac fragend an.

«Ich glaub schon», meinte dieser. «Ich denke, ich könnte es schaffen. Ich bin ja groß genug, um …»

«Ich werde dir dabei helfen. Denn so, wie es aussieht, muss ich auch in den Fluss: Nur von der anderen Seite aus kann ich auf die

Brücke gelangen, den bisherigen Aufgang zur Brücke hat die Polizei ja im Visier», wandte die ältere Lisa ein. «Ich könnte dir helfen, zuerst den Time Transmitter auf den Felsen zu heben, und dann würde ich durch den Fluss schwimmen und so von der anderen Seite auf die Brücke gelangen. Und wenn jemand Professor Ash und die Wachen auf der Vorderseite ablenken könnte …» Die ältere Lisa sah Doc Silverman erwartungsvoll an.

«Durch den Fluss schwimmen?» Doc Silverman runzelte skeptisch die Stirn.

«Also, nass werde ich ja so oder so bei dem Regen, dann spielt es auch keine Rolle mehr», sagte die ältere Lisa. «Und ob ich nun nass oder trocken in der Zukunft ankomme …»

«So gesehen hört sich der Plan nicht schlecht an», murmelte der Doc und schaute zur Brücke hinüber. «Ich glaube, ich habe eine Idee, wie wir Professor Ash ablenken können.»

Er wandte sich an seinen Sohn. «Zachary, halten die Antennen dieses Mal?»

«Ja, Dad. Dieses Mal braucht sie keiner festzuhalten. Ich hab extra ein weiteres Verbindungsstück angebracht, mit dem ich …»

«Wir brauchen keine Details, mein Sohn», wehrte der Doc ab. «Solange das Ding hält, bin ich zufrieden. Denn so, wie es aussieht, kann dir dieses Mal keiner helfen.»

«Ist auch nicht nötig, Dad.»

«Gut. Du, Zachary, gehst also mit … äh … Misses Lambridge? Oder wie soll ich Sie überhaupt nennen?»

«Ich bin doch immer noch Lisa», erwiderte die ältere Lisa.

«Na gut. Also, ihr beide umrundet den Felsen an Land, dann schwimmt oder watet ihr durch den Fluss und bringt den Time

Transmitter auf der Rückseite den Felsen hinauf. Danach schwimmen Sie … also, ich meine, danach schwimmst du, Lisa Nummer zwei, rüber auf die andere Seite des Flusses und betrittst die Brücke von der Seite, auf der die Polizisten *nicht* stehen. Leider geht die Zeitreise aber nur von der anderen Seite aus. Oder Zac?»

«Ja, das ist extrem wichtig», sagte Zac und fuchtelte aufgeregt mit seinen langen Armen. «Wegen der Strömung der Gravitationskräfte muss sie von uns aus gesehen in die Richtung des anderen Ufers laufen. Auf keinen Fall umgekehrt, sonst geht das schief!»

«Okay, Lisa Nummer zwei, du musst die Brücke also überqueren. Sei bitte vorsichtig und laufe gebückt, so dass dich niemand sieht. Knie dich beim weißen Markierungs-Stein hin. Durch die Absperrung sehen dich die Polizisten hoffentlich nicht. Sobald der Strahl ausgelöst wird und den Brückenbogen trifft und Zachary dir mit der Taschenlampe ein Zeichen gibt, läufst du los …»

«Ich weiß doch, wie es funktioniert», lächelte die ältere Lisa. «Ich habe das ja alles schon mal gemacht.»

«Stimmt. Wie konnte ich das nur vergessen!» Doc Silverman schlug sich an die Stirn. «Dann ist ja von eurer Seite her alles klar. Zachary, du musst dann oben auf dem Felsen auch ganz gut aufpassen, dass dich keiner sieht und hört. Hast du verstanden?»

«Natürlich, Dad.»

«Hast du den Zeitzähler eingestellt?»

«Klar doch. Hier. 20180812. Sprich: 12. August 2018. Den zweiten Zähler hab ich auf dreiundzwanzig Uhr gestellt.»

«Stimmt das mit dem Smartphone überein?», wandte sich Doc Silverman jetzt an die jüngere Lisa. «Hast du es überhaupt dabei?»

«Na klar.» Lisa zog es aus der Jackentasche und schaltete den Bildschirm ein. Das Datum war korrekt, und die Uhrzeit zeigte 22:14.

«Nun gut, wir werden vermutlich ein paar Minuten abweichen, aber das dürfte Ihr – Entschuldigung! – *dein* biologisches Alter nicht allzu sehr durcheinanderbringen», sagte Doc Silverman, an die ältere Lisa gewandt.

«Wartet mal!», erhob diese unerwartet Einspruch. «Ich pfeife auf mein biologisches Alter. Ich möchte … bitte, schickt mich vorher zurück. Schickt mich … auf den 24. Februar 2018 zurück.»

«Und weshalb?»

«Ich …» Sie wechselte einen Blick mit ihrem jüngeren Ich. «Ich möchte zur Sicherheit … nun, es geht um eine wichtige Mission. Ich muss dringend noch eine Sache ausbügeln, die ich … während dieser Zeit falsch gemacht habe.»

«Aber ich kann nicht noch mehr solche Extra-Experimente erlauben», entgegnete Doc Silverman. «Wir haben schon mehr als genug Chaos verursacht. Das Raum-Zeit-Kontinuum …»

«Ich weiß. Ich stimme vollkommen damit überein, Doc! Ich nehme die Verantwortung dafür auch auf mich!»

«Und dann müssen Sie … ich meine, du natürlich … bedenken, dass du möglicherweise längerfristig gesundheitliche Schäden davontragen wirst, wenn dein Alter nicht mehr mit der Zeitlinie übereinstimmt. Ich weiß nicht, was für Schäden – das haben wir ja noch nicht erforscht.»

«Doc – mein Körper wurde durch die Zeitreise eh schon malträtiert. Es geht nicht spurlos an einem vorüber … Doch was immer auch mit mir passieren wird: Das Leben eines Freundes, der mir sehr viel bedeutet, hängt vielleicht davon ab … Ich muss es riskieren! Und ich bin bereit, diesen Preis zu zahlen.»

Der Doc seufzte. «Verstehe. Ich kann es zwar nicht gutheißen, aber für Diskussionen bleibt nun keine Zeit. Bloß … die Gefahr eines Zeitparadoxons wird damit immer größer.»

«Vertrauen wir darauf, dass die Zeitlinie diesen Fehler irgendwie korrigieren kann», sagte die ältere Lisa hoffnungsvoll. «Bitte. Es wäre mir wirklich sehr wichtig.»

«Na gut. Zac … dreh den Zeitzähler auf den 24. Februar zurück, ja?»

«Alles klar.» Zac machte sich an dem Zähler zu schaffen und stellte ihn auf das gewünschte Datum ein.

«Dann wäre Teil eins des Planes besprochen», sagte der Doc unter dem immer stärker prasselnden Regen. Lisa und Britt rückten unter dem Schirm enger zusammen. Ihre Füße begannen allmählich ungemütlich nass zu werden.

«Nun zu Teil zwei.» Doc Silvermans Augen richteten sich auf die Mädchen. «Ihr beide müsst mir helfen, die Wachen bei der Brücke abzulenken.»

«Und was ist mit denen beim Felsen?», wandte Britt ein.

«Die lassen wir jetzt erst mal schön weiter den Felsen bewachen. Wenn Zachary von der anderen Seite auf den Felsen klettern kann, ist er oben durchs Buschwerk genug vor ihren Blicken verborgen. Sie erwarten uns ja von dieser Seite hier, also werden sie hoffentlich gar nicht auf die Idee kommen, dass wir uns von der anderen Seite her anschleichen könnten. Ich hoffe einfach, dass sie die Antennen über dem Dickicht nicht sehen werden. Du musst einfach sehr leise sein, Zachary. Unsere wichtigste Aufgabe muss es sein, Lisa zwei wieder ins Jahr 2018 zu bringen. Um alle anderen Probleme kümmern wir uns nachher.»

«Und welche Aufgabe sollen Britt und ich übernehmen?», wollte Lisa eins wissen.

«Du, Lee, hilfst mir, die Wachen bei der Brücke abzulenken. Wir beide werden so tun, als würden wir den Time Transmitter vorne bei der Brücke testen wollen. Ich dachte, wir könnten die Autobatterie aus dem Wagen bauen und sie als Zeitmaschine tarnen.»

«Die Autobatterie? Aber ...» Lisa runzelte die Stirn. «Ich weiß nicht, ob Professor Ash darauf reinfällt. Er hat doch Zacs Aufzeichnungen gesehen, und Zac zeichnet so präzise, dass er ...»

«Ich verkaufe dem schon was! Ich sage einfach, wir hätten sie inzwischen weiterentwickelt und in eine Autobatterie eingebaut, weil es mit dem Kassettengerät immer Probleme gab.»

«Doc!» Die ältere Lisa trat vorsichtig einen Schritt näher zu der Gruppe. «Mir fällt gerade ein: Womit sollen wir den Time Transmitter überhaupt durch den Fluss transportieren? Falls Zac doch nicht groß genug ist, dass seine Schultern ganz aus dem Wasser ragen, haben wir nämlich ein Problem. Der Time Transmitter darf auf keinen Fall nass werden. Wir müssen ihn in irgendwas einpacken können. Aber mit dieser dicken und sperrigen Zeltplane kann er ihn unmöglich durch den Fluss transportieren, die verdeckt ihm nur die Sicht und dann stolpert er!»

«Tja, wir brauchen einen großen, wasserdichten Plastikbeutel.» Doc Silverman sah auf die Uhr. «Das ist eigentlich fast unser größtes Problem. Ich habe leider keinen, und wir haben nur noch etwa eine halbe Stunde Zeit.»

«Ich hole einen», bot sich Britt an. «Ich habe bis jetzt noch keine

Aufgabe. Ich laufe zurück in die Schule und treibe eine Rolle Müllbeutel auf.»

«Wunderbar, Britt. Schaffst du das in einer Viertelstunde? Dann haben wir noch etwa eine weitere Viertelstunde übrig, um den Time Transmitter übers Wasser zu transportieren und aufzubauen.»

«Ich versuch's!» Und schon hatte Britt Lisa den Schirm übergeben und war losgerannt.

«Jetzt bleibt uns nur zu warten», sagte der Doc und warf einen erneuten Blick auf die Uhr. «Ich hoffe, sie schafft es. Aber ich werde in der Zwischenzeit schon mal die Batterie ausbauen!»

Er ging zum Kofferraum und holte den Werkzeugkasten heraus. Ein wenig später steckte er seinen Kopf unter die Kühlerhaube und begann zu werkeln, während er zwischendurch immer wieder nervös auf die Uhr schaute. Offensichtlich hatte er gewisse Schwierigkeiten, denn er führte ein paar Zwiegespräche mit der hartnäckigen Batterie, die sich anscheinend nicht so leicht herausoperieren lassen wollte. Der strömende Regen machte es auch nicht besser. Lisa stellte sich schließlich mit dem Schirm hinter ihn, um das Wasser davon abzuhalten, in den Motorraum zu rinnen.

Doc Silverman musste mehrere Kabel abmontieren. Doch endlich hatte er es geschafft und hielt die Batterie wie ein neugeborenes Baby in seinen Händen. Zufrieden begutachtete er sie von allen Seiten.

«Hier haben wir sie. Na endlich! Mit ein bisschen Fantasie kann man die schon für eine Zeitmaschine halten.»

Beide Lisas grinsten. Sie standen immer noch mindestens vier Meter voneinander entfernt. Zac hatte inzwischen die Antennen wieder ineinandergeklappt und alles bereitgelegt.

Doc Silverman kontrollierte abermals die Zeit auf seiner Armbanduhr. «Ich hoffe, Britt taucht bald wieder auf! Die Zeit läuft uns langsam davon.»

Fast wie eine Antwort darauf zuckten die ersten Blitze vom Himmel, und der Donner folgte in beängstigend rascher Abfolge.

Dann, ein paar Minuten später, kam Britt endlich wieder den Hang heruntergestürmt. Sie brachte eine ganze Rolle Müllsacke von der größten Sorte mit und hatte sogar an einen Knäuel Extraschnur und an eine Schere gedacht, um den Sack auch wirklich wasserdicht verschnüren zu können. Sie riss einen der Säcke von der Rolle und hielt ihn auf, so dass Zac den Time Transmitter vorsichtig hineinlegen konnte. Er hatte knapp Platz darin. Britt verschloss die Öffnung, schnitt ein langes Stück Schnur ab und wickelte sie mehrmals von allen Seiten um das Paket.

«Ich glaub, da geht nichts mehr durch», sagte sie und steckte Zac die Schere in die Hosentasche. «Hier. Vergiss die nicht. Zum Durchschneiden der Schnüre später. Dann geht's schneller!»

«Dann mal los», drängte Doc Silverman.

Zac hievte sich das Paket wortlos auf seine Schulter und drehte sich zu der älteren Lisa um.

«Kommst du?»

Die ältere Lisa folgte ihm und wandte sich nochmals um. Zögernd winkte sie zum Abschied.

Doc Silverman und die jüngere Lisa winkten zurück. Es war ein wenig merkwürdig, sich von sich selbst zu verabschieden, fand Lisa. Vor allen Dingen spürte sie, dass ihr älteres Ich sie gern noch etwas gefragt hätte, und sie selbst hätte ihrem älteren Ich ebenso gern noch erzählt, was sie beim Ball mit Momo erlebt hatte. Doch eigentlich war es ja ziemlich unnötig, sich das selbst zu erzählen, fiel ihr ein.

Doc Silverman war nun mit den beiden Mädchen allein. «Okay. Ich schlage vor, dass du, Britt, beim Wagen bleibst, während Lisa und ich nun rüber zur Brücke gehen und Professor Ash einen Bären aufbinden werden.» Er schmunzelte ein wenig.

«Na gut», meinte Britt etwas missmutig. Lisa übergab ihrer mittlerweile patschnassen Freundin den Schirm wieder.

«Nur für den Fall, Britt», sagte Doc Silverman. «Man weiß ja nie. Vielleicht kommt auf einmal jemand, oder vielleicht entdecken die Wachen doch noch das Auto, und dann ist es gut, wenn ihnen jemand erst mal eine Erklärung liefern kann, damit wir Zeit gewinnen können.»

Das sah Britt ein.

«Im Auto liegt übrigens noch ein zweiter Schirm», bemerkte Doc Silverman. «Das hätte ich euch eigentlich schon längst sagen sollen ...»

Lisa krabbelte ins Innere des Wagens und holte den Schirm heraus, obwohl es gar nicht mehr so viel Sinn machte. Ihre Kleider klebten eh schon längst wie eine zweite Haut an ihr. Ach, warum waren diese Zeitreise-Experimente auch immer so *nass?*

Doc Silverman hatte die Autobatterie in einen der Müllbeutel gesteckt und war abmarschbereit. Er sah sich nach Lisa um.

«Kommst du, Lee?»

Zusammen stapften sie durch das Dickicht und das feuchte Gras hinüber zur Brücke. Als ein weiterer, ziemlich langgezogener Blitz das Gelände sekundenlang erhellte, konnte Lisa bei einem Blick über die Schulter erkennen, dass zwei uniformierte Männer beim Felsen standen.

Sie wartete auf das nächste Lichtspektakel und schaute währenddessen ein weiteres Mal zurück, um ausfindig zu machen, wie weit Zac und ihr zukünftiges Ich gekommen waren, doch sie hatten sich bereits zu weit vom Felsen entfernt, um etwas erkennen zu können. Sie hatte mal gehört, dass man sich bei Gewitter nicht im Wasser aufhalten durfte, und hoffte, dass damit nicht ihr zukünftiger Tod besiegelt wurde. Und vor allen Dingen nicht der von Zac! Aber was für eine andere Wahl hatten sie schon? Sie konnte nur ein Stoßgebet zum Himmel schicken, dass das alles gutgehen würde.

Als Lisa ihr Gesicht wieder nach vorne richtete, wurden sie jäh von einer Taschenlampe geblendet. Sie hatten die Brücke fast erreicht. Professor Ash sah in seinem Regenmantel wie ein graues Gespenst aus. Zwei uniformierte Wachmänner flankierten ihn wie zwei Säulen.

Doc Silverman straffte seinen Rücken und stapfte mit festen Schritten durch das matschige Gras auf Professor Ash und die Männer zu. Lisa hielt sich dicht hinter ihm und versuchte, ihre Angst zu verdrängen.

«Guten Abend, die Herren», sagte Doc Silverman so freundlich, wie es ihm nur irgend möglich war. «Was ist denn hier los? Ist jemandem etwas passiert?»

«Levi Silverman», erklang Professor Ashs furchteinflößende Stimme. «Auf Sie habe ich gewartet.»

«Archibald Ash. Die Freude ist ganz meinerseits. Wir möchten hier gern ein Experiment starten. Dazu brauchen wir Zugang zur Brücke.»

Lisa staunte, wie gut Doc Silverman schauspielern konnte, während sie selbst vor Aufregung am liebsten die Bäume hochgeklettert wäre.

«Haben Sie eine Genehmigung?», schnauzte Professor Ash unfreundlich.

«Ich bitte Sie. Wir haben über zwanzig Jahre nicht mehr miteinander kommuniziert, und Sie fahren mich an wie einen alten Feind? Außerdem, was geht es Sie an, ob ich eine Genehmigung habe? Sie sind doch nicht die Polizei!»

«Aber *wir* sind die Polizei», sagte einer der Beamten, und Lisa erkannte zu ihrem Schrecken, dass es derselbe Mann war, der sie letzte Woche nach dem ersten missglückten Versuch oben bei der Schule aufgegriffen hatte. Mist. Diese Möglichkeit hatte sie gar nicht in Erwägung gezogen. Ob das zu einem Problem ausarten würde? Sie hielt es jedenfalls für ratsam, sich ein wenig unter dem Schirm zu verbergen.

«Sie, Doktor Silverman, haben bereits eine Anzeige am Hals wegen fahrlässigen Ausführens eines Experiments vergangene Woche», fuhr der Polizist fort. «Deswegen möchten wir zuerst eine Genehmigung sehen. Wenn Sie keine haben, dann müssen wir das Projekt hier unterbinden. Was ist das da in dem Beutel?»

«Oh.» Doc Silverman setzte den falschen Time Transmitter in seiner Plastikumhüllung auf der feuchten Erde ab. «Nun, das gehört zum Experiment. Was wollen Sie denn jetzt zuerst sehen? Was da drin ist oder die Genehmigung?»

«Die Genehmigung», ordnete der Wachmann an und wechselte einen Blick mit Professor Ash, der ihm mit einem siegesgewissen

Lächeln zunickte. «Denn wenn Sie keine haben, dann müssen wir die Apparatur in dem Beutel leider beschlagnahmen.»

«Natürlich hab ich eine Genehmigung … warten Sie.» Doc Silverman kramte in seinem Mantel, während Lisa atemlos danebenstand. Was würde jetzt passieren? Doc Silverman hatte doch gar keine Genehmigung! Während sie dastand und unter dem Schirm vor sich hin schlotterte, streifte Professor Ash sie mit einem grimmigen Blick.

«Miss Lambridge? Sind Sie das?», schnarrte er.

«Miss Lambridge?» Der Wachmann wurde nun auf sie aufmerksam und trat einen Schritt auf sie zu. Lisa begann vor Schreck noch mehr zu beben.

«Wo hab ich denn …?» Doc Silverman war immer noch eifrig dabei, sämtliche Taschen seines Regenmantels zu durchforsten und nach der vermeintlichen Genehmigung zu suchen. Lisa erkannte endlich, dass er damit schlicht und einfach Zeit zu schinden versuchte. Der Wachmann ließ wieder von ihr ab und fixierte den Doktor.

Ein kräftiger Blitz ließ sie zusammenfahren. Er war hell genug, so dass Lisa aus dem Augenwinkel eine Bewegung oben beim Felsen erkennen konnte. Offenbar war es Zac gelungen, von der anderen Seite hinaufzukommen und den Time Transmitter aufzubauen. Wenn jetzt nur alles gutging! Sie hoffte, dass ein weiterer Blitz folgen würde, damit sie erkennen konnte, wo die ältere Lisa war, doch der Himmel blieb vorerst wieder dunkel. Hoffentlich schaffte ihr 2018er-Ich es, heil durch den Fluss ans andere Ufer zu gelangen. Die Zeit wurde immer knapper, und der Wind heulte immer stärker und fing an, ihren Regenschirm durchzubiegen. Sie hatte langsam aber sicher Mühe, ihn festzuhalten.

«Wo hab ich bloß … ah, hier! Endlich!» Doc Silverman förderte einen Zettel zutage. Professor Ash wollte ihn ihm sofort aus der Hand reißen, doch der Wind kam ihm zuvor. Das Papier flatterte aus Doc Silvermans Händen und blieb ein paar Meter weit entfernt im Matsch liegen.

Lisa begriff sofort, was sie zu tun hatte: Sie machte einen Hechtsprung vorwärts und stürzte sich auf den Zettel, bevor einer der Männer ihr zuvorkommen konnte. Sie musste einfach Doc Silvermans Strategie weiterverfolgen und möglichst viel Zeit gewinnen.

Sie täuschte ein Problem mit ihrem Regenschirm vor und ließ ihn absichtlich aus ihrer Hand gleiten. Der Wind trug den Schirm einige Meter davon, und als Lisa sich den Zettel gekrallt hatte, konnte sie noch ein paar weitere Sekunden dazugewinnen, um den verlorenen Schirm wieder einzufangen. Immerhin würde doch die Polizei nicht wollen, dass ein minderjähriges Mädchen hier ohne Schirm im Regen stehen musste …

Während des Laufens warf sie einen kurzen Blick auf den Zettel und sah, dass es eine alte Rechnung war, die der Doc offensichtlich in seinem Mantel vergessen hatte. Sie grinste. Auf dem Weg zurück tat sie absichtlich so, als würde sie über etwas stolpern und sorgte dafür, dass ihr dabei der Wind die Rechnung aus der Hand riss und in den Fluss trug. Just in dem Augenblick sah sie auf der gegenüberliegenden Seite einen Schatten zwischen dem Schilf den Fluss entlanghuschen. Das musste ihr älteres Ich sein, das es tatsächlich geschafft hatte, durch den Fluss zu schwimmen. Es hatte die Brücke schon fast erreicht. Lisa gratulierte sich selbst zu ihrem gelungenen

Ablenkungsmanöver. Atemlos kehrte sie wieder zu Doc Silverman, Professor Ash und den Wachmännern zurück.

«Ich habe … den Zettel … verloren …», japste sie, indem sie vortäuschte, ganz außer Atem zu sein.

«Wie tollpatschig», schimpfte Professor Ash mit unverblümtem Spott. Er stellte sich nun breitbeinig vor Doc Silverman auf. Lisa stellte fest, dass die beiden Männer fast gleich groß waren.

«In dem Fall, Levi Silverman, möchte ich nun gern einen Blick in diesen Beutel werfen!»

«Archibald Ash», sagte Doc Silverman. «Sie werden doch jetzt einem alten Kollegen nicht im Weg stehen wollen bei einem so wichtigen Experiment.»

«Das werden wir sehen. Zeigen Sie mir das Gerät», blaffte Professor Ash.

«Na schön.» Doc Silverman warf einen kurzen Blick hinauf zur Brücke, und Lisa folgte seinen Augen möglichst unauffällig. Ihr älteres Ich war soeben oben auf dem Brückenbogen angelangt.

Doc Silverman öffnete umständlich den Beutel und holte die Batterie heraus. Professor Ash beugte sich mit seiner spitzen Nase darüber.

«Das ist ja eine Autobatterie», schnaubte er.

«Ganz richtig.»

«Nun, ich dachte … es handle sich hier um eine Art … *Zeitmaschine*», lauerte er.

«Das *ist* eine Zeitmaschine. Wir haben sie neu in diese Batterie eingebaut. Die alte Apparatur, die mein Sohn erfunden hat, war viel zu schwach, wissen Sie, und das Kassettenband hat sich immer in dem Laufwerk verheddert. Nun haben wir diese Lösung mit der Batterie gefunden, die viel besser und effektiver ist, und zudem …»

Während Doc Silverman redete und redete und mit Fachausdrücken nur so um sich warf, linste Lisa vorsichtig zum Felsen hinüber. Sie sah, dass Zac soeben die Antennen auf dem Time Transmitter montierte. Schnell warf sie einen Blick auf die Uhr. Noch zwei Minuten bis 00.56 Uhr. Ja!, dachte sie triumphierend. Sie konnten es schaffen! Guter Zac!

«Genug mit dem Gefasel!», fauchte Professor Ash, der allmählich die Geduld verlor. «Ich möchte, dass Sie mir das Gerät vorführen!»

«Das kann ich doch nun gar nicht ohne Genehmigung», sagte Doc Silverman in dem freundlichsten Tonfall, der ihm zur Verfügung stand. «Sie ist uns ja durch den Wind abhandengekommen.»

«Nonsens!», geiferte der Professor. «Ich glaube, Sie wollen mich hier auf die Schippe nehmen. Das hier ist gar keine Zeitmaschine!» Er deutete mit seinem Zeigefinger auf die Batterie, die Doc Silverman immer noch in den Händen hielt.

Im nächsten Moment begannen drüben auf dem Felsen kleine Blitze zwischen den Antennen hin- und herzuspringen. Sie sprühten Funken nach allen Richtungen.

Dann gab es einen lauten Knall, und der blaue Strahl schoss aus der Linse und direkt durch die Brücke hindurch. Lisa und der Doc wandten gleichzeitig ihre Köpfe. Zac hatte den Time Transmitter in Gang gesetzt!

Und dann geschahen innerhalb weniger Sekunden mehrere Dinge gleichzeitig.

Professor Ash und die Wachmänner sahen erst zum Felsen und dann nach oben zur Brücke.

«Da oben ist jemand!», schrie einer der Wachmänner. Professor Ash klappte der Unterkiefer runter.

Lisa hingegen war ein anderer Gedanke durch den Kopf geschossen. «Das Smartphone», rief sie. «Ich hab vergessen, ihr das Smartphone zurückzugeben!»

«Vergiss das Smartphone, Lee!» Doc Silverman wollte sie an der Schulter packen. «Dafür ist es nun zu spät!»

Doch Lisa war schon losgerannt.

Gleichzeitig setzte sich auch Professor Ash in Bewegung. Lisa schaffte es, nur den Bruchteil einer Sekunde vor ihm über die Barrikade zu klettern. Sie stolperte über eine der Holzlatten und prallte mit den Handflächen arg auf dem nassen Gestein auf. Während sie versuchte, sich aufzurappeln, spürte sie, wie jemand ihren Fuß packte. Sie schrie auf und strampelte wild mit den Beinen, ohne zu wissen, wohin sie trat.

Sie hörte, wie hinter ihr Glas klirrte. Es war ihr, als ob eine Brille entzweigegangen war. Sie wollte sich umsehen, doch die nassen Haare verdeckten ihr völlig die Sicht. Irgendwie gelang es ihr, sich aus den Klauen zu befreien und wieder auf die Beine zu kommen. Ihr älteres Ich stand etwa fünf, sechs Meter von ihr entfernt bei der Markierung; jederzeit bereit, auf Zacs Befehl hin loszulaufen.

«Lisa!», brüllte Lisa ihren eigenen Namen.

Die ältere Lisa sah hinunter.

«Dein Smartph…», wollte Lisa ihr zurufen, doch der mittlerweile fast orkanartige Sturm erfasste sie und warf sie erneut auf die Knie. Mühsam krabbelte sie vorwärts und versuchte, gegen diesen enormen Gegenwind anzukämpfen. Sie konnte die sich auftürmenden

Gravitationskräfte bereits fühlen und ahnte, dass sie im Begriff war, sich in große Gefahr zu begeben.

«Lee! Pass auf!», hörte sie ihr älteres Ich rufen. Sie waren nun nicht mehr viel weiter als einen Meter voneinander entfernt. «Es geht gleich los! Vergiss das mit dem Smartphone …»

Aber Lisa war plötzlich alles egal. Auf einmal, hier oben auf der Brücke, mitten im Sturm, verließen sie ihre Kräfte. Ihre Seele, die so lange gekämpft hatte, ermattete in ihr. Es hatte doch alles überhaupt keinen Zweck mehr. Das, was ihr am allermeisten bedeutet hatte, nämlich die Freundschaft mit Momo, war nun eh zerbrochen. In ihr regennasses Gesicht mischten sich nun auch ein paar Tränen. Von ihr aus konnte ein Blitz sie erfassen und von der Brücke schleudern oder was auch immer – es ging plötzlich alles an ihr vorbei, prallte an ihrer Seele ab.

Das blaue Licht war auf einmal überall. Es hüllte ihren Körper ein und ließ ihn vibrieren, und es war viel stärker als beim letzten Mal. Sie musste die Augen schließen. Schritt für Schritt kroch sie vorwärts, wild entschlossen, wenigstens diese eine Mission noch auszuführen.

«Lee! Was machst du?» Die Stimme ihres älteren Ichs war nun direkt über ihr. Lisa hatte den weißen Markierungs-Stein erreicht.

«Dein Smartphone!» Mit letzter Anstrengung kramte Lisa das Smartphone aus ihrer Jackentasche. Sie versuchte aufzustehen, schaffte es jedoch nicht.

«Okay, gib es mir! Aber schnell!»

Lisa wollte die Hand ausstrecken, um ihrem zukünftigen Ich das Smartphone zu übergeben, als ein Sog ihren Arm erfasste. Sie versuchte verzweifelt, ihn zurückzuziehen, doch es war unmöglich. Sie brachte ihn nicht mehr aus dieser Strömung heraus.

«Hilfe!», rief sie voller Panik. «Mein Arm! Der Sog reißt mir den Arm aus!»

«Lee!», hörte sie ihr älteres Ich gleichzeitig schreien. «Lee, dein Arm ist weg!»

Und dann war auf einmal alles voller Blitze um sie herum. Sie wusste nicht, wie ihr geschah, und fühlte nur noch, wie sie durch einen Strudel gezogen wurde. Es war wie auf dem Drehkarussell, auf dem sie damals, als sie Kinder waren, die Zentrifugalkraft getestet hatten. Alles um sie herum rotierte wie in einem Wirbelsturm, und sie hatte längst den Überblick verloren, was oben und unten, links und rechts, vorne und hinten war.

Von allen Seiten zerrten unsichtbare Kräfte an ihr und schienen sie in Stücke reißen zu wollen. Die Luft um sie herum bestand ganz offensichtlich nur noch aus elektrischer Ladung. Sie hatte mittlerweile keine Ahnung mehr, ob alle ihre Körperteile noch an ihr dran waren oder nicht. Alles vibrierte, zitterte, bebte. Ein einziges Flimmern und Flackern, dazu eine dröhnende Geräusch-Kulisse ohne Anfang und Ende, ein Flirren ohne Unterlass. Katapultartige Schübe in immer neue Kraftfelder hinein. Fast zu viel für so eine kleine Menschenseele.

«Zac ...», presste sie hervor. «Zac ... Hilfe!»

Einen Moment lang fühlte sie sich komplett schwerelos.

Und dann, mit einem Mal, landete sie unsanft wieder auf dem Boden.

## Kapitel 23

# Ich will nicht sterben!

Morgan war durch die Aula gehetzt und hatte sich verzweifelt nach Lisa und Britt umgesehen, doch die beiden waren spurlos verschwunden. Eben waren Nathan und Beverly, ein Mädchen aus einer anderen Klasse, zu Ballkönig und Ballkönigin gekürt worden. Morgan freute sich für seinen Freund, doch er hatte keine Zeit zum Verweilen. Er musste ganz dringend die Mädchen finden.

Er hatte Camilla ziemlich barsch abgeschüttelt. Sie war ihm nachgerannt und hatte sich an ihn geklammert und weiterküssen wollen, doch dafür hatte er nun weder Zeit noch Nerven gehabt.

Er würde sich später mit ihr auseinandersetzen. Aber zuerst musste er diese Sache hier aufklären. Wenn Lisa nämlich tatsächlich die Wahrheit gesagt hatte, musste er unbedingt mit ihr reden, und zwar auf der Stelle.

Leider hatte er wegen Camilla einige wertvolle Minuten und damit auch Lisa und Britt völlig aus den Augen verloren. Nun rannte er verzweifelt von der Aula in die Vorhalle und wieder zurück, nachdem er sie auch dort nicht gefunden hatte. Er lehnte sich schließlich ermattet an eine Säule und schloss einen Moment die Augen, um gegen ein aufkommendes Schwindelgefühl zu kämpfen. Doch allzu lange durfte er hier nicht verweilen. Er musste die beiden unbedingt finden, koste es, was es wolle. Er löste sich wieder von der Säule und stürmte erneut in die Vorhalle.

Er stieß fast mit Ross und Beatrice zusammen, die eben von draußen hereinkamen.

«Na, wohin denn so eilig, Kleiner?», frotzelte Beatrice.

«Habt ihr … Lisa und Britt gesehen? Ich s-such die beiden dringend», keuchte er atemlos und achtete dabei nicht mal darauf, seine Zunge zu kontrollieren.

«Schon wieder zu viel Alkohol, Kendall?», fragte Beatrice spöttisch.

«Nein.» Morgan sah sie perplex an. Alkohol war nun so ziemlich das Letzte, woran er gedacht hatte, obwohl so ein Drink nun wirklich nicht schlecht gewesen wäre. So einen leckeren, den Stevie ihm immer mixte und von dem ihm immer so wohlig warm im Bauch wurde. Doch woher hätte er ihn auch auf diesem Fest nehmen sollen? Alkoholausschank war ja verboten.

Ross hielt ihn an der Schulter fest.

«He, Mann, alles klar mit dir? Du siehst ziemlich fertig aus.»

Morgan hatte keine Ahnung, wie er aussah. Er fühlte nur, dass er vor Aufregung schwitzte und ganz heiße Wangen hatte. Und dass sein Kopf auf einmal ganz furchtbar schmerzte. Und dass irgendwas in seinem Inneren zerrte, er es aber nicht einordnen konnte. Er wusste nur, dass hier etwas sehr Merkwürdiges im Gange war.

«Ich … ich … s-suche … L-lischa …», fing er wieder an.

«Willst du dich nicht besser mal setzen?» Ross hielt ihn immer noch fest. «Junge, du lallst ja. Von wegen kein Alkohol. Komm mit!»

Er hatte selbst keine Ahnung, warum er plötzlich so zitterte. Aber dieses seltsame Bild mit dem Grabstein und seinem Namen drauf hatte ihm irgendwie doch den Rest gegeben. Er hatte auf einmal das Gefühl, sich übergeben zu müssen.

«Ich bring dich besser zur Toilette», sagte Ross, der ihm offensichtlich ansah, dass ihm speiübel war. «Weiß der Himmel, wo du hier Alkohol aufgetrieben hast, aber wenn es raus muss, muss es eben raus.»

Ross und Beatrice nahmen Morgan in die Mitte und stützten ihn, während sie ihn zur Toilette begleiteten. Eine Lehrerin, die ihnen gerade entgegenkam, warf ihnen einen misstrauischen Blick zu.

«Er hat etwas Schlechtes gegessen», beeilte sich Ross zu erklären. «Wir bringen ihn zur Toilette.»

Die Lehrerin nickte und sah ihnen mit gerunzelter Stirn nach.

Drinnen auf der Jungentoilette übergab sich Morgan erst mal ordentlich und wurde so ziemlich alles los, was er an diesem Abend gegessen hatte. Sein Körper wurde auf einmal richtig heftig von Schüttelfrost gepackt. Die Wände der Klokabine schienen sich vor seinen Augen zu drehen, und es sah aus, als ob lauter grüne Ameisen daran hochklettern würden. Er wusste nicht, wie lange er so dasaß und die Klokabinen-Wand anstarrte. Er war etliche Minuten völlig unfähig, sich zu rühren. Es fühlte sich wirklich nicht viel anders an, als betrunken zu sein.

Irgendetwas Furchtbares, Gespenstisches, Unheimliches ging hier vor, doch er war sich immer noch nicht so ganz im Klaren darüber, was es war. Nach einer langen Weile rappelte er sich mühsam wieder auf und stellte sich auf seine Beine, die wie Espenlaub zitterten. Er öffnete die Tür und torkelte in den Flur hinaus. Draußen wartete Ross auf ihn, der offenbar überhaupt nicht in Eile war und gerade noch mit einem Lehrer ein Schwätzchen gehalten hatte.

«Besser?»

Morgan nickte.

«Ich kann dich nach Hause fahren, wenn du möchtest. Ich hab meinen Wagen hier.»

Doch Morgan schüttelte den Kopf und wankte den Flur entlang. Und im selben Moment sah er Britt in klatschnassen Kleidern und mit einer Rolle Müllbeutel in der Hand vorbeisausen.

Er wollte ihr nachrennen, doch Ross hielt ihn am Arm fest.

«Warte! Wo willst du hin?»

«Ich … ich muss mit Britt reden. L-lass mich …» Morgan riss sich irgendwie los und taumelte vorwärts. Britt war schon wieder um die Ecke verschwunden. Er riss sich zusammen und nahm seine Beine in die Hand. Im Laufen fühlte er, wie seine Schritte wieder fester und sicherer wurden. Immerhin kam er vorwärts. Er sah Britt eben noch durch die Vorhalle und den Ausgang verschwinden und hetzte ihr hinterher. Wo Ross blieb, wusste er nicht, und es kümmerte ihn auch nicht mehr.

Schließlich stand er draußen im strömenden Regen. Und da vorne war Britt. Sie rannte die Auffahrt hinunter und schlug den direkten Weg zum Fluss ein. Er keuchte und folgte ihr. Was wollte die da unten am Fluss, und dazu noch bei diesem Regen?

Innerhalb weniger Minuten war er bis auf die Knochen durchnässt. Das Haar begann an seiner Stirn zu kleben. Er sah Britt die Böschung hinunterrennen, folgte ihr und sah sie, unten angekommen, gerade noch in einem Gebüsch verschwinden. Er schlich hinterher und sah plötzlich, dass da im Dickicht ein Auto stand. Und dort unten waren auch Leute, und er erkannte Zac und einen großen Mann und eine Frau. Und schließlich entdeckte er auch Lisa, die mit einem Regenschirm wartend danebenstand. Zac und Britt verpackten gerade irgendetwas Großes, Rechteckiges in einem Müllbeutel.

Er krallte sich an einem Baum fest und traute sich nicht, auch nur einen Schritt weiterzugehen. Warum, konnte er selbst nicht sagen, aber er ahnte vage, dass er da drüben vermutlich nicht willkommen war.

Nicht willkommen zu sein – das war ein Gefühl, das ihm mehr als nur vertraut war. Es hatte ihn irgendwie sein ganzes Leben lang begleitet …

Und dennoch wollte er so gern wissen, was hier gerade geschah. Er beobachtete, wie Zac und die Frau mit dem Paket hinunter zum Fluss wateten und wie die Frau sich nochmals umdrehte und winkte. Aber Moment mal – war das nicht diese Mrs. Whitfield? Hatte nicht Lisa vorhin was von ihr gesagt, von wegen, dass sie eine Frau aus der Zukunft sei?

Die Zukunftsfrau folgte Zac hinunter zum Fluss, und zu Morgans größtem Erstaunen begannen die beiden, langsam und vorsichtig in das Wasser zu steigen. Hatten die etwa vor, rüberzuschwimmen? Gleichzeitig stand der große Mann immer noch mit Lisa und Britt beim Auto und schien ihnen etwas zu erklären. Lisa übergab den Schirm Britt und holte einen zweiten aus dem Mercedes, und dann trennten sich der Mann und Lisa von Britt und stapften auf die Brücke zu.

Minutenlang blieb Morgan stehen, während der Regen weiter auf ihn herunterschüttete. Seine Finger, die den Baum umklammerten, waren schon fast taub. Er fühlte sich hundeelend, doch er musste unbedingt wissen, was nun weiter passierte. Darum schlich er sich doch vorsichtig weiter, bis er von einem anderen Baum aus ein gutes Blickfeld hatte.

Bei der Brücke vorne schienen weitere Leute zu stehen. Er sah im Lichtschein der aufleuchtenden Blitze ein paar Gestalten hin- und hergehen, und als Lisa und der große Mann sich der Brücke näherten, traten sie aus dem Dickicht hervor. Morgan erkannte nur ihre Umrisse, doch er vernahm mit einem Mal eine Stimme, die ihm durch Mark und Bein fuhr.

Eine schnarrende Stimme, die ihm schon unzählige schlaflose Nächte und Albträume beschert hatte. Eine Stimme, die seine Beine erzittern und seinen ganzen Körper erschauern ließ. Obwohl sie relativ weit weg war, trug der Wind sie zu ihm herüber, und es war keine geringere Stimme als die vom schrecklichsten Lehrer der ganzen Schule, Professor Ash.

Morgan entfuhr ein Stöhnen. Es war eine glatte Lüge, wenn er behauptete, dass es ihm nichts ausmachte, dass Professor Ash ihn jedes Mal im Physikunterricht zur Schnecke machte!

Im Gegenteil. Er wachte manchmal nachts schweißgebadet auf und sah dieses schauerliche Totenkopfgesicht vor sich, das ihn bis in seine Träume verfolgte, ja bis in die allertiefsten und verborgenen Kammern seiner Seele. Ganz am Anfang hatte er versucht, die Physikstunden zu schwänzen oder genau an diesen Tagen krank zu sein, aber Professor Ash hatte natürlich ziemlich schnell seinem Vater Bescheid gegeben. Und der hatte ihm den Marsch geblasen und ihm gesagt, er solle gefälligst seinen Mann stehen und aufhören, so ein elender Feigling zu sein, schließlich tue ihm ein bisschen Abhärtung nur gut.

Und so hatte Momo sich angepasst und gelernt, das alles über sich ergehen zu lassen. Ja, er hatte sogar vor dem Spiegel geübt, sich eine möglichst gelassene, unbeteiligte Miene anzueignen. Er hatte es geschafft, seine Gesichtszüge so zu beherrschen, dass niemand auf die Idee kam, wie sehr er Donnerstag für Donnerstag unter dieser Folter litt.

Nur Lisa hatte ihm geholfen. Sie hatte sich sogar selbst in Probleme gebracht, um ihn in Schutz zu nehmen. Er wusste, dass er ihr schon längst eine Menge Dank geschuldet hätte, aber er hatte es nicht über sich gebracht. Er hatte es nicht geschafft, sich und ihr einzugestehen, dass er eine Memme war. Ein Feigling. Ein Versager.

Versager. Wie oft hatte er das von seinem Vater gehört. Morgan William Kendall, der notorische Versager. Eine Null. Nicht würdig, als zweiten Vornamen den seines Vaters zu tragen. Neben seinem mustergültigen Bruder Steven war er ein Nichtsnutz. Eine Fehlzündung, ein Waschlappen, ein Faulenzer. Er hätte sich eine Liste mit all diesen hässlichen Ausdrücken anfertigen können, die sein Vater ihm schon an den Kopf geworfen hatte.

Und dann hatte er auch noch diesen üblen Sprachfehler, um den sein Vater immer ein großes Aufheben gemacht hatte. Wegen dem er ihn sogar Missgeburt geschimpft hatte. Nur weil er das s und das l und das r nie richtig hatte aussprechen können. Sein Vater hatte ihn deswegen von einem Logopäden zum nächsten gehetzt. Es war dann mit der Zeit zwar besser geworden. Wenigstens konnte er endlich irgendwann das dumme l aussprechen. Mit dem Rest hatte er aber immer noch Mühe, und sein Vater war bis heute nicht zufrieden mit ihm.

«Jetzt reiß dich doch mal zusammen und lern vernünftig zu sprechen! Das kann doch nicht sein, dass mein Sohn nicht ordentlich sprechen kann! Ich will mich doch nicht schämen müssen für dich!», hatte sein Vater gewettert. Es sei ja schon genug, dass er eine psychisch kranke Frau habe, da müsse nicht auch der Sohn noch aus der Reihe tanzen!

Als ob er das mit Absicht gemacht hätte! Er gab sich ja Mühe, aber die Buchstaben entschlüpften ihm einfach gerade so, wie sie es wollten. Nur wenn er sich richtig beherrschte, schaffte er es, die Laute korrekt zu formen. Aber das war auf Dauer extrem anstrengend. Er musste sich ganz arg konzentrieren. Deswegen sagte er am besten gar nichts.

Manchmal, wenn ihn niemand gesehen hatte, hatte er sich heimlich in seinem Zimmer unter seine Decke verkrochen und still und leise vor sich hin geweint, weil er nicht so war wie alle anderen und weil an ihm einfach irgendwas defekt war und nicht so funktionierte, wie es sollte.

Erst als er älter wurde, hatte er gelernt, seine Tränen tapfer hinunterzuschlucken. Ein richtiger Mann weine schließlich nicht, hatte Stevie ihm beigebracht.

Immerhin konnte er sich später durch diese ganze Logopädie-Sache um einiges gewählter ausdrücken als manch anderer Junge in seinem Alter. Aber nicht mal das wollte sein Vater anerkennen. Er verbot ihm sogar, bei gesellschaftlichen Anlässen zu reden, damit ja keiner merken sollte, dass mit seinem Sohn etwas nicht stimmte.

Stevie hingegen konnte einfach alles, war intelligent, sportlich, selbstbewusst, erfolgreich und beliebt. Und er, Momo, war nichts von alledem. Sein Vater hätte sowieso lieber ein Mädchen gehabt. Ein ebenso perfektes Mädchen, wie Stevie ein perfekter Junge war. Doch er war nun mal kein Mädchen und wollte auch keins sein! Er wollte ein Junge sein, ein Mann, und er wollte vor allen Dingen eines nicht: ein Weichling sein!

Er hatte sich oft gefragt, ob er deswegen den Namen Morgan bekommen hatte. Ein Name, der ebenso gut auch ein Mädchenname sein konnte. Stevie hatte ihm zwar versichert, dass das nicht so sei, aber er wollte es ihm nicht so recht glauben. Seine Mutter hatte immer liebevoll «Momo» zu ihm gesagt. Weil er als Kind ja nicht mal seinen eigenen Namen richtig hatte aussprechen können. Doch das hatte Stevie affig gefunden und lieber «Morris» daraus gemacht.

Seine Mutter hatte ihn auch manchmal, wenn sie gerade mal wieder eine sehr gute Phase gehabt hatte, «meinen kleinen Sonnenschein mit den Schokoladenaugen und dem schönsten Lachen der Welt» genannt. Aber seine Mutter, die war irgendwann gegangen und hatte auch nichts mehr von ihm wissen wollen. Und er hatte beschlossen, ihr nicht nachzutrauern, weil Stevie meinte, dass sie sowieso krank gewesen sei, schizophren, manisch depressiv oder wie all diese schlauen Ausdrücke hießen, und dass es besser für ihn sei, keinen Kontakt mit ihr zu haben.

So hatte er sich immer mehr in sein Zimmer und vor den Fernseher verkrochen und sich meistens MTV via Kabelfernsehen reingezogen. Es gab ja sonst nicht viel anderes zu tun.

Und zum Lernen für die Schule hatte er auch keine Motivation. Es hieß ja eh immer, er sei dumm. Manchmal, wenn sein Vater und seine Stiefmutter geschäftlich unterwegs waren, klaute er die Whiskeyflasche aus Papas Hausbar und goss sich ein wenig davon in seine Limo. Damit konnte er sich vor dem Fernseher so richtig schön in seine Decke einmummeln und den Mix in langsamen Schlucken austrinken, bis ihm wohlig warm wurde im Bauch. Nur Stevie wusste davon, und der fand nichts Verkehrtes dabei. Zu einem richtigen Mann gehörte seiner Meinung nach schließlich, dass er ab und zu ein wenig Whiskey trank.

Das wenige Positive, das er zu hören bekam, war, dass er ziemlich gut aussah. Ein hübscher Kerl sei. Aber das war auch schon alles. Und daran hatte er sich dann auch geklammert. Immerhin standen ein paar attraktive Mädchen auf ihn. Und wenn er nicht allzu viel von sich gab und die Klappe hielt, fanden sie ihn sogar ziemlich cool. Klar, er war auch der Bruder von dem berühmten Steven Kendall. Logo. Das machte viel aus.

Blöd nur, dass er ein wenig zu kurz geraten war! Das begrenzte seine Auswahl an Mädchen ziemlich. Das hatte er leider von seiner Mutter geerbt, wie auch die widerspenstigen Locken. Er hätte viel dafür gegeben, fünf Zentimeter größer zu sein. Er wäre auch schon mit dreien zufrieden gewesen. Sogar mit zweien. Aber vielleicht würde er ja doch noch ein bisschen wachsen, immerhin war er noch nicht einmal ganz sechzehn …

Und nun hatte Stevie ihm den Vorschlag gemacht, für ein, zwei Jahre nach Amerika zu gehen. Seinem Vater war das sowieso recht. Der war nur froh, wenn sein jüngerer Sohn überhaupt mal seinen faulen Hintern hochkriegte. Geld war genug vorhanden, und in Amerika konnte er neue Erfahrungen sammeln. Und Morgan musste zugeben, dass er das gar nicht so schlecht fand. Endlich mal weg von hier und sich sein eigenes Leben aufbauen. Seine eigene

Identität finden. An einem Ort sein, wo niemand ihm vorschreiben würde, wie er zu sein hatte. Und wo vielleicht sogar sein Sprachfehler weniger auffallen würde, da er das dort ja seinem britischen Akzent in die Schuhe schieben konnte.

Er biss sich auf die Lippen, bis er Blut schmeckte. Er hielt sich immer noch am Baum fest. Sein Gesicht war nass vom Regen, und seine Augen brannten. Das waren doch nicht etwa Tränen? Verflixt noch mal, er wollte keine Tränen! Das letzte Mal hätte er beinahe im Physikunterricht die Kontrolle über seine Tränendrüsen verloren. Aber Weinen, das kam für ihn nicht in Frage. Er hatte es schließlich so oft unterdrückt, und so sollte es auch bleiben!

Nie wieder sollte jemand ihn ein Weichei nennen, nie wieder! Stevie hatte das oft zu ihm gesagt. Aber nicht, weil er es böse gemeint hatte. Nein, im Gegenteil. Stevie liebte ihn. Ja, er liebte ihn sogar fast abgöttisch und sorgte dafür, dass er alles bekam, was er sich wünschte.

Doch was Stevie am meisten wollte, war, dass sein kleiner zarter Bruder endlich ein rechter Mann wurde! Und er, Morgan, wollte unbedingt ein rechter Mann werden! Das hatte er sich geschworen. Und wenn er schon nicht Fußball spielen konnte, dann musste er es der Welt eben auf andere Weise zeigen.

Er hätte als kleiner Junge gerne Fußball gespielt, aber die anderen Jungs von der Straße hatten ihn nie mitspielen lassen. Weil er zu klein war und beim Reden so dumm lispelte. Was denn sonst! Er war eben nicht normal wie alle anderen, und deswegen war er nicht willkommen. Sie schickten ihn weg und lachten ihn aus und sagten, dass sie keine Krücke wie ihn in der Mannschaft haben wollten. Und Stevie, der ja ganze vier Jahre älter als er war, wollte ihn auch nicht dauernd bei seinen Aktivitäten mit den gleichaltrigen Freunden dabeihaben. Da wäre er als kleiner Bruder nur im Weg gewesen.

Nur Lisa, das Mädchen in der Nachbarschaft, hatte ihn nie weggeschickt. Im Gegenteil. Sie hatte sich jedes Mal gefreut, ihn zu sehen. Es hatte sie auch nicht im Geringsten gestört, dass er einen halben Kopf kleiner gewesen war als sie. Und dass er ein paar dumme Buchstaben nicht richtig aussprechen konnte.

Und er war gern zu ihr gegangen. Jeden Tag war er zu ihr gelaufen, hatte an ihrer Tür geklingelt und sie gefragt, ob sie zum Spielen rauskomme. Und nie hatte sie Nein gesagt. Sie hatte auch niemanden gehabt, der mit ihr spielte. Ihr Bruder war ja ebenfalls vier Jahre älter als sie und wollte sich, genau wie Stevie, nicht rund um die Uhr mit seinem jüngeren Geschwisterchen abgeben. Das hatten sie beide gemeinsam.

Bei ihr war er immer willkommen gewesen, ja, sie hatte sogar regelrecht auf ihn gewartet. Und er hatte sie immer zum Lachen bringen können. Ja, das war zu der Zeit gewesen, als er noch gelacht hatte. Er hatte richtig gern gelacht, und manchmal hatte er mit einem herzhaften Lachen sogar seinem Vater ein Schmunzeln entlocken können. Aber diese Momente waren sehr selten gewesen.

Und dann, als seine Mutter weggegangen war, wollte er nicht mehr lachen. Einfach so. Und er hatte von einem Tag auf den anderen damit aufgehört.

Und dann hatte er auch aufgehört, mit Lisa zu spielen. Weil Stevie eben gesagt hatte, dass er jetzt doch endlich mal erwachsen werden sollte.

Immerhin hatte er inzwischen Nathan und Paul kennen gelernt. Die hatten ihn nach der Schule mit in die Stadt genommen. Sie hatten zusammen im Zentrum abgehangen und versucht, ein paar Mädels kennen zu lernen. Nathan und Paul hatten überhaupt nie ein Wort über seinen Sprachfehler verloren, und er musste auch gar nicht so viel reden in ihrer Gegenwart.

Zum ersten Mal fühlte er sich wie ein ganzer Kerl, und irgendwann hatte er dann auch endlich seine erste Freundin. Claire hieß sie, und sie hatte wunderschönes, langes blondes Haar gehabt, das ihr bis zur Taille gereicht hatte. Es war für ihn eine aufregende, neue Erfahrung gewesen. Doch leider hatte diese erste Liebe nicht sehr lange angehalten. Claire hatte ziemlich bald an ihm auszusetzen gehabt, dass er langweilig sei und den Mund nicht aufkriege und sich nicht genug für sie einfallen lasse. Schließlich hatte sie sich einem anderen Typen zugewandt.

Gekränkt von dieser Erfahrung, hatte er es das nächste Mal bei Jennifer besser zu machen versucht. Doch abermals war diese Beziehung daran gescheitert, dass er den Mund zu wenig aufgemacht hatte.

Dabei hätte er eigentlich sehr viel zu sagen gehabt. Und er hätte sich wahnsinnig gerne mehr mit den Leuten unterhalten. Aber er fühlte sich wie hinter Gittern mit seinem Handicap; wie einer, der nicht wirklich am Leben teilnehmen durfte. Er hatte zwar alles, was er wollte, Fernseher, Videos, Klamotten ohne Ende, Computerspiele, Walkmans, Schallplatten und CDs, doch er fühlte sich dabei wie in einem goldenen Käfig gefangen.

So war er zu der Schlussfolgerung gekommen, dass er sich das nächste Mal ein Mädchen suchen musste, das nicht so viel reden wollte. Nun war er mit Camilla zusammen. Das war gut. Das war bequem. Die erwartete außer Küssen und zwischendurch Luftschnappen nicht viel mehr von ihm. So funktionierte es einigermaßen.

Ob er sie liebte, konnte er nicht sagen, aber er war sich schon lange nicht mehr sicher, wie sich Liebe überhaupt anfühlen musste. So lange es halbwegs harmonierte und er sich nicht zu sehr unterlegen fühlen musste, war er zufrieden.

Dass sich in ihm hin und wieder der Wunsch nach etwas mehr Liebe regte, versuchte er geflissentlich zu ignorieren. So etwas gab es ja sowieso selten, und seine Eltern hatten es auch nicht geschafft. Selbst Steven wechselte seine Mädchen alle paar Monate. Man musste einfach mit dem zufrieden sein, was man hatte, schlussfolgerte er.

Er hatte ganz vage ein, zwei Male darüber nachgedacht, ob er und Lisa vielleicht ein Paar hätten werden können. Immerhin war sie die Einzige, vor der er seinen Sprachfehler nie hatte verstecken müssen. Und sie wäre vermutlich jemand gewesen, mit dem er sich über vieles hätte unterhalten können. Und vor allem lachen. Er hatte sie wirklich immer gern gemocht, sehr gern sogar. Sie war genaugenommen der einzige Mensch in seinem Leben, zu dem er je richtig Vertrauen gehabt hatte, abgesehen von seiner Mutter, bevor sie ihn verlassen hatte.

Doch er hatte den Gedanken schnell wieder verworfen. Lisa und er, nein, das hätte nie funktioniert. Sie war viel zu intelligent und fantasievoll, und sie hätte vermutlich dasselbe von ihm erwartet. Er hätte sie nur enttäuschen müssen. Und dazu wäre es ihm trotz allem peinlich gewesen, fünf Zentimeter kleiner zu sein als sie. Er hätte sich unterlegen gefühlt. Und genau das wollte er nicht. Er wollte ein Mann mit Rückgrat sein, der sein Mädchen beschützen konnte!

Auf einmal wurde ihm bewusst, dass sich da drüben bei der Brücke ein merkwürdiges Szenario abspielte. Er war so sehr in seine Erinnerungen vertieft gewesen, dass er eine Weile lang kaum noch etwas von seiner Umgebung mitgekriegt hatte. Beinahe hatte er sogar vergessen, dass er immer noch bei strömendem Regen in der kalten Nachtluft stand und sich an einen Baum klammerte.

Umso aufmerksamer versuchte er nun in der Dunkelheit zu erkennen, was da bei der Brücke vor sich ging. Er sah Lisa, die ihrem Schirm hinterherjagte, und er sah Professor Ash und diesen großen Mann miteinander diskutieren. Und wie der große Mann etwas aus dem Müllbeutel holte, das allem Anschein nach eine Autobatterie war. Und er sah die Zukunftsfrau auf der Brücke stehen.

Der Wind hatte wieder gedreht, so dass er nicht mehr verstehen konnte, was geredet wurde. Die Böen warfen ihn fast um, und er musste seinen Griff um den Baumstamm verstärken, um nicht plötzlich das Ufer hinuntergeblasen zu werden. Er keuchte. Lange würde er sich mit seinen klammen Händen hier wohl nicht mehr festhalten können!

Er fuhr zusammen, als auf einmal mehrere Blitze am Himmel zuckten, gefolgt von einem lauten Knall, der sich anhörte wie eine Explosion. Er versuchte, ungefähr die Richtung auszumachen, aus der dieser Knall gekommen war, als jäh von dem Felsen gegenüber ein blauer Lichtstrahl direkt auf die Brücke zuschoss. Der Strahl ging direkt unter dem Brückenbogen durch und ließ diesen mit seinem Spiegelbild zu einem vollständigen Kreis verschmelzen. Kleine Spiralen begannen sich in dem Kreis zu drehen, schraubenförmige Spiralen, die sich immer weiter ausdehnten.

Er glaubte seinen Augen nicht zu trauen. So etwas hatte er in seinem ganzen Leben noch nicht gesehen!

Dann war es also tatsächlich wahr! Dieser Zac Silverman hatte eine Zeitmaschine erfunden und ein Wurmloch kreiert. Oder was immer das auch war.

Sein Atem stockte, als er plötzlich entdeckte, wie Lisa mit aller Kraft versuchte, auf die Brücke zu der Zukunftsfrau zu krabbeln. Was hatte sie vor? Warum tat sie das? Es sah jedenfalls ziemlich gefährlich aus, was sie da machte. Und da war auch Professor Ash, ihr dicht auf den Fersen! Er grabschte nach ihrem Bein!

Beinahe hätte er aufgeschrien, als Professor Ash Lisas Fuß tatsächlich zu fassen bekam. Auch Lisa entfuhr ein panischer Schrei. Zum Glück war sie aber nicht auf den Kopf gefallen, sie trat mit aller Kraft nach Professor Ash und wischte ihm mit dem Fuß die Brille vom Gesicht. Fast hätte Momo aufgelacht, doch gleich darauf setzte sein Herz einen Schlag lang aus, als er zusehen musste, wie Lisa mühsam gegen eine unsichtbare Strömung ankämpfte, die sie mit Gewalt zu Boden presste und dann wieder fast von der Brücke zu werfen drohte.

Momo krallte seine Hände fester in die Baumrinde und verlor das Gleichgewicht, als die Rinde plötzlich absplitterte und seine Hände dabei abrutschten. Verzweifelt versuchte er sich mit dem Fuß auf der Erde abzustützen, doch der Boden war viel zu matschig, und er glitt aus und fiel mitten in den Schlamm. Mist. Nun war der teure Smoking endgültig ruiniert, und er würde weitere Schelte von seinem Vater beziehen.

Er brauchte eine Weile, bis er sich wieder aufgerappelt hatte. Er konnte gerade noch sehen, wie Lisa drüben auf der Brücke ihren Arm ausstreckte und etwas in ihrer Faust festhielt. Und wie die Zukunftsfrau sich zu ihr niederbeugen wollte, jedoch wie von einer unsichtbaren Kraft ein ganzes Stück weit zurückgeworfen wurde.

Und dann geschah etwas Unglaubliches: Lisas Arm verschwand auf einmal in einem Luftwirbel – oder was das auch war. Fast, als würde er von einem unsichtbaren Loch verschluckt werden. Dort, wo vorher ihr Arm gewesen war, war einfach gar nichts mehr, aber der Rest an ihr war noch völlig intakt.

Momo konnte hören, wie die Zukunftsfrau ihr durch das Getöse etwas zubrüllte und wie Lisa etwas antwortete, und musste dann mitansehen, wie Lisa schließlich von einem gewaltigen Sog erfasst und in die Luft geschleudert wurde.

Unwillkürlich schrie er auf. Obwohl er zu weit entfernt war, verspürte er das brennende Verlangen, sich einfach den Hang hinüberzustürzen, und auf die Brücke zu laufen und Lee-Lee mit all seiner Kraft aus diesem Sog herauszuziehen. Er machte ein paar Schritte vorwärts, stolperte, fiel erneut vornüber in den Matsch und krabbelte schließlich auf allen vieren durchs Unterholz.

Und dann leuchtete ein gigantischer blauer Blitz auf, ein Blitz mit einer so enormen Helligkeit, wie er es noch nie zuvor in seinem Leben gesehen hatte. Ganze Salven aus Licht gingen von ihm aus und stoben nach allen Seiten, und es sah aus, als würde die Brücke geradezu explodieren. Die Wucht dieser Eruption erfasste sogar ihn und warf ihn wieder rücklings in den Schlamm. Einen Moment lang musste er die Augen schließen, weil diese immense Helligkeit ihn so blendete. Meine Güte! Diese Explosion musste Lee-Lee doch umgebracht haben!

Und dann war es auf einmal ruhig.

Und dunkel.

Sehr dunkel.

Das blaue Licht war verschwunden, nur der Regen prasselte erbarmungslos weiter.

Momo blieb ermattet im Schlamm sitzen und starrte weiter zu der Brücke hinüber. Seine Augen mussten sich erst wieder an die Dunkelheit gewöhnen, doch dann konnte er erkennen, wie die Zukunftsfrau sich umschaute und Lisas Namen rief und wie sie schließlich von der Brücke zu dem großen Mann runterlief, und wie ein paar Männer auf einmal anfingen, mit ihren Taschenlampen das Gelände nach etwas abzusuchen.

Doch so sehr er seine Augen auch anstrengte – er konnte Lisa nirgends entdecken! Und auch von Professor Ash fehlte jegliche Spur.

Was um alles in der Welt ging hier vor? Wo war Lisa? Wo? Oder … war das am Ende die falsche Frage?

Langsam rieselte die Erkenntnis immer deutlicher in sein Bewusstsein. Lisa hatte nicht gelogen. Sie war nicht verrückt gewesen.

Im Gegenteil. Sie war mehr bei Verstand gewesen als er, und sie hatte ihm erzählt … was war es genau gewesen? Was in der Zukunft mit ihm passieren würde … etwas von einer Midlife-Crisis hatte sie gesagt, und …

Und das Bild mit dem Grab. Das war echt gewesen. Sie hatte tatsächlich ein Bild aus der Zukunft gehabt, wie immer sie das auch angestellt hatte.

Und er, er hatte sie zutiefst gekränkt. Hatte sie verletzt. Hatte ihr

Dinge an den Kopf geworfen, die er eigentlich nicht so gemeint hatte. Dinge, die sie nicht verdient hatte. Sie war immer für ihn da gewesen, hatte sich immer nach ihm ausgestreckt. Sie hatte auf ihn gewartet, ihr halbes Leben lang. Sie hatte gelitten, weil er nicht mehr mit ihr spielen wollte. Und er hatte es gewusst, und dennoch hatte er sie einfach weggeschickt …

Zum ersten Mal ließ er sehr, sehr vorsichtig den Gedanken zu, dass er jetzt gern den Kopf an ihre Schulter gelegt hätte. Lee-Lee … so hatte er sie immer gern genannt, seit er das l endlich aussprechen konnte. Weil das liebevoller klang. Und weil «Lisa» sich bei ihm immer mehr wie «Lischa» anhörte. Er hätte ihr so gern gesagt, dass er sich in ihrer Gegenwart immer wohlgefühlt hatte. Dass ihr Brief ihm gutgetan hatte. Und dass er eigentlich gar nicht so viel für Camilla empfand …

Doch jetzt war Lee-Lee weg … verschwunden … vielleicht sogar tot … und er konnte nicht mal mehr zu ihr gehen und ihr sagen, dass es ihm leid tat. Er wusste nicht, was mit ihr passiert war. Ob der Sturm sie am Ende über die Brücke geworfen hatte. Ob sie Schmerzen litt. Oder ob sie …

Er konnte den Gedanken nicht mehr zu Ende spinnen.

Eine Träne löste sich aus seinem Auge und rann über seine Wange. Und dann noch eine. Und noch eine. Jegliche Versuche, sie zurückhalten zu wollen, zielten ins Leere. Sie kamen einfach, tropften auf seine Hand, seine Hose, seine Schuhe.

Verflixt noch mal! Er musste unbedingt von hier weg! Mit größter Anstrengung versuchte er, seine Beine zu bewegen, doch die Nässe und Kälte hatten seine Glieder steif gemacht.

Es war, als hätte ihn in dem Moment nicht nur seine Kraft, sondern auch sein Wille verlassen. Der Wille, sich dauernd beherrschen und kontrollieren zu müssen. Er gab es nicht gern zu, aber der Wunsch, sich einfach mal wieder richtig fallenzulassen und ohne Scheu loszuheulen, nahm immer stärkere Ausmaße an.

Völlig entkräftet sank er zusammen und ließ sich schließlich einfach die Böschung hinunterrollen. Direkt am Ufer wurde sein Fall von ein paar Felsen gestoppt. Er blieb einen Moment benommen auf dem Rücken liegen und ließ den Regen auf sein Gesicht plätschern.

Als er endlich vorsichtig seinen Kopf wieder anhob, sah er ein Paar Füße auf sich zukommen.

«Wer ist da?», hörte er eine Stimme, und er erkannte, dass sie Britt gehörte.

«Ich bin's … Morgan …», krächzte er.

«Morgan?» Sie beugte sich zu ihm nieder und hielt den Regenschirm über ihn. «Morgan Kendall?»

«Ja …» In seinem Hals steckte ein dicker Kloß.

«Meine Güte, was machst du denn hier?»

«Lisa …», brachte er mit Mühe und Not hervor.

Britt sah besorgt auf ihn runter und legte ihm die Hand auf die Stirn. Im selben Moment hörte er weitere Schritte herankommen. Im Lichtkegel einer Taschenlampe sah er den großen Mann und die Zukunftsfrau, und als sie noch ein wenig näher waren, konnte er erkennen, dass diese Zukunftsfrau tatsächlich Mrs. Whitfield war.

«Anders kann ich es mir nicht erklären», sagte der große Mann gerade. «Sie muss von der Gravitation erfasst worden und an Ihrer … äh … deiner Stelle ins Jahr 2018 transportiert worden sein. Du wurdest wahrscheinlich wegen der Abstoßung, die zwischen euch herrscht, nicht genügend stark vom Wurmloch angezogen.»

«Ich fürchte, Sie haben recht, Doc», sagte Mrs. Whitfield ziemlich aufgelöst.

Jahr 2018? Doc? Moment mal, war dieser Mann etwa Doc Silverman, der Vater von Zac Silverman? Na klar, die Ähnlichkeit mit ihm war ja unübersehbar. Morgan blinzelte. Das Bild seines zukünftigen Grabsteins tauchte wieder vor seinem inneren Auge auf. 7. Juni 2018 … das war sein Todesdatum … nicht mal ganz fünfundvierzig Jahre alt …

«Was ist hier los? Wer ist das?» Er sah Doc Silvermans Kopf, der sich über ihn beugte. «Was macht dieser Junge hier?»

«Ich …» Morgans Stimme versagte. Seine Zähne klapperten vor Kälte. Er rollte sich auf der Erde zusammen.

«Aber das ist ja … Momo! Ich meine … Morgan?» Jetzt neigte sich auch Mrs. Whitfield über ihn und sah ihn besorgt an. «Du lieber Himmel … der Junge ist ja ganz durchnässt.»

Warum klang ihre Stimme so vertraut? Und warum hatte sie ihn Momo genannt? Und warum wollte er auf einmal so dringend wieder losheulen?

«Bringt ihn sofort zum Auto, damit er sich aufwärmen kann. Britt, war da nicht irgendwo noch eine trockene Wolldecke?»

«Doch», sagte Britt und stapfte zurück zum Auto und dann zum Kofferraum.

«Morgan?» Mrs. Whitfield tätschelte sanft seine Wange. «Bist du okay?»

«Ich … will nicht sterben …», hörte er sich selbst wie von weit her stöhnen.

«Du stirbst nicht.» Mrs. Whitfield streichelte sanft und beruhigend sein Haar. Ihre Bewegungen … ihre Hände … sie fühlten sich so wohltuend an. So zärtlich … wie etwas, das er aus entfernten Kindheitstagen kannte … und das ihn irgendwie an seine Mutter erinnerte … und an Lisa …

«Lisa …», stammelte er. «Wo … wo ist Lisa? Ich will nicht sterben … bitte …!»

«Es wird alles gut, Momo.»

Aber da war sie doch, Lisa? Sie war doch bei ihm … Oder doch nicht? Diese Hände … sie waren so warm … sie waren über ihm … sie trösteten ihn … sie taten ihm gut … und er wollte am liebsten, dass sie nie aufhörten, ihn zu streicheln.

Und dann, endlich, brachen die letzten Dämme in ihm. Ein langgezogener Schluchzer entwich seiner Kehle; einer, der aus den tiefsten Kammern seiner Seele kam. Er hielt die Luft an und biss die Zähne zusammen, um es zu stoppen, doch er schaffte es nicht. Das Weinen, das er jahrelang zurückgehalten hatte, überkam ihn plötzlich mit aller Kraft.

Es war, als ob all die Tränen, die er in den vergangenen Jahren in sich eingesperrt hatte, sich auf einmal grausam rächten und sich mit Gewalt ihren Weg ins Freie bahnten.

Er rollte sich noch mehr zusammen und gab auch das letzte bisschen Widerstand auf. Sein Körper wurde vom Weinkrampf regelrecht geschüttelt.

«Schon gut, Momo», sagte eine leise Stimme über ihm. «Es ist keine Schande zu weinen. Du brauchst das. Du brauchst das jetzt ganz dringend. Lass es einfach raus.»

Und er ließ es raus. Ganze Sturzbäche an Tränen quollen aus ihm heraus. Er vermochte sich nicht vorzustellen, was Stevie gesagt hätte, wenn er ihn jetzt so gesehen hätte. Stevie wäre gewiss schockiert gewesen. Und sein Vater erzürnt. Aber weder Stevie noch sein Vater waren jetzt da und konnten irgendwas Verletzendes zu ihm sagen.

Im Moment hätte er alles dafür gegeben, wenn Lisa hier gewesen wäre, und ihre Arme um ihn gelegt hätte und er sich einfach an ihrer Schulter hätte ausweinen dürfen ... wie ein kleiner Junge ... auch wenn er sich dafür schämte ...

Aber sie war nicht da ... oder doch ... er kam irgendwie nicht mehr klar damit, was nun Wirklichkeit war und was nicht ...

Er fühlte schließlich, wie zwei große, starke Hände ihn behutsam aufrichteten und wieder auf die Beine stellten.

«Steh auf, mein Junge», sagte Doc Silvermans Stimme freundlich. «Du musst dich jetzt erst mal aufwärmen.»

Er ließ sich widerstandslos zum Wagen führen und wusste kaum, wie ihm geschah. Es kam nicht oft vor, dass jemand so gut zu ihm war.

«Britt, kannst du dich bitte um den Jungen kümmern?», sagte der Doc. «Er holt sich sonst noch den Tod in diesem Regen.»

Und Momo wurde von den großen Händen sanft ins Innere des Autos geschoben, wo Britt ihn in Empfang nahm und eine trockene Wolldecke über ihn legte.

«Du musst aus den nassen Sachen raus, Momo», sagte sie. «Du erkältest dich sonst.»

Er konnte nur nicken. Mit letzter Kraft schaffte er es, sich irgendwie aus seinen nassen Kleidern zu pellen, und Britt rubbelte ihm das Haar und das Gesicht mit einem Handtuch trocken. Dann stieg sie aus.

Etwas später saß er eingewickelt in zwei dicke Wolldecken auf dem Rücksitz des Autos und fühlte sich um einiges besser. Er konnte sogar wieder klarer denken. Und das Weinen hatte tatsächlich etwas in ihm gelöst. Es hatte ihm richtig gutgetan. Er durfte es bloß Stevie nicht sagen …

«Geht es dir besser, Momo?» Mrs. Whitfield beugte ihren Kopf zu ihm ins Auto.

Er nickte. Er musste sich richtig daran gewöhnen, dass so viele Leute auf einmal um ihn besorgt waren. Er schaute sie an, schaute in diese extrem schönen Augen, die er immer bewundert hatte … die er aber jünger in Erinnerung hatte … viel jünger …

«Was geschieht mit mir … im Jahr 2018?», fragte er leise.

«Nichts, Momo. Gar nichts. Mach dir keine Sorgen», sagte Mrs. Whitfield sanft.

«Ich … will aber nicht sterben … bitte …»

«Du wirst nicht sterben, Momo. Wenn du es nicht willst, dann wirst du nicht sterben. Deine Zukunft ist doch noch gar nicht geschrieben. Sie liegt zu einem großen Teil in deiner Hand. Du kannst entscheiden, was du daraus machen möchtest! Aber friss deine Probleme nicht in dich hinein. Such dir Hilfe, ja? Sonst kann es vielleicht doch böse enden.»

«Wo … ist Lisa?»

Mrs. Whitfield drehte ihren Kopf nach hinten und schien einen Blick mit Doc Silverman zu wechseln. Dann schaute sie wieder zu ihm ins Auto.

«Hab keine Angst. Wir werden sie wieder zurückbringen.»

Allmählich begann er zu erfassen, dass hier wirklich und wahrhaftig etwas ziemlich Ungewöhnliches vorgegangen war. Vielleicht fragte er besser nicht, wo Lisa war, sondern *wann* sie war …

Während die anderen draußen vor dem Auto diskutierten, was zu tun sei, mummelte er sich tief in die Wolldecken ein. Er schloss die Augen, um dem Gespräch zu folgen. Fast hatte er ein schlechtes Gewissen, dass die da draußen alle in der Nässe standen und er als Einziger im Trockenen sitzen durfte.

«Also? Was machen wir?» Das war Britt. «Ich möchte sie nämlich auch gern zurückhaben.»

«Hmm. Im Prinzip gibt es nur eine Möglichkeit», hörte er Doc Silverman sagen.

«Und die wäre?»

«Ganz einfach: Wir wissen ja nun, dass sie in neunundzwanzig Jahren, am 24. Februar 2018 um 23 Uhr, an genau dieser Stelle wieder auftauchen wird. Bis dahin haben wir Zeit, alles vorzubereiten und sie wieder zurück nach 1989 zu senden.»

«Neunundzwanzig Jahre?», entfuhr es Britt. «Heißt das, ich muss so lange auf sie warten?»

«Aber nein. Wenn wir sie in neunundzwanzig Jahren wieder zurück in unsere Zeit senden, dann müsste sie eigentlich …»

«… demnächst wieder auftauchen!», ergänzte Mrs. Whitfield den Satz.

«Präzise. Allerdings haben wir vermutlich schon längst ein Zeitparadoxon.»

«Zeitparadoxon?» Britts Stimme klang, als wäre sie ein wenig überfordert.

Morgan war froh, dass er nicht der Einzige war, der Physik nicht kapierte.

«Weil vermutlich die jüngsten Ereignisse die Zukunft bereits so weit verändert haben, dass die ältere Ausgabe von Lisa – also Misses Whitfield – gar nicht erst in die Vergangenheit reisen muss und somit das, was jetzt gerade passiert, eigentlich gar nicht stattfinden dürfte», erklärte der Doc. «Dann wäre ‹unsere› Lisa allerdings auch gar nicht erst in die Zukunft versetzt worden. Da beißt sich die Katze in den Schwanz!

Es ist ziemlich schwierig, das Ganze nachzuvollziehen, da kann einem schon ganz arg der Kopf rauchen. Ich weiß nicht, wie das Raum-Zeit-Kontinuum auf diesen Fehler reagieren wird. Aber gehen wir mal davon aus, dass wir Lisa im Jahr 2018 wieder zurück nach 1989 schicken werden und sie demnächst wieder hier erscheinen wird …»

«Aber dann müsste sie doch schon längst da sein?», fragte Britt.

«Das kommt nun allerdings drauf an», sagte Doc Silverman, der anscheinend plötzlich eine Erkenntnis hatte. «Wenn sie im Februar 2018 gelandet ist, dann befindet sie sich in der Zukunft im tiefsten Winter. Bis es dann wieder zu Gewittern kommen wird, wird es noch einige Monate dauern, also frühestens im Juni, nehme ich an. Das sind also mindestens vier Monate, die sie in der Zukunft warten muss.

Wenn unsere zukünftigen Ichs schlau genug sind, werden sie diese Zeit mit einkalkulieren, um Lisas biologisches Alter nicht zu sehr durcheinanderzubringen. Das heißt, sie schicken sie nicht zum heutigen Tag zurück, sondern addieren zum heutigen Datum mindestens noch vier Monate dazu. Demzufolge ist die Wahrscheinlichkeit groß, dass sie erst so Anfang 1990 wieder hier auftauchen könnte.»

«Uff», machte Britt.

«Gibt es irgendwelche Vorhersagen für Gewitter im Jahr 2018?», wandte sich der Doc an Mrs. Whitfield.

«Aber klar! Das Gewitter, mit dem ich hergereist bin. Erinnert euch: Ich wollte zwar, dass ihr mich in den Februar schickt, aber ich bin ursprünglich am 26. Juli 2018 abgereist. Somit wisst ihr jetzt, dass hier an diesem Tag ein Gewitter sein wird.

Wenn ihr also genau die Zeitdifferenz ausrechnet vom 24. Februar 2018, dem Tag also, an dem Lisa gerade an meiner Stelle in der Zukunft angekommen ist, bis zum 26. Juli 2018, an dem wieder ein passendes Gewitter für eine Zeitreise stattfindet, dann könnt ihr so ziemlich genau den Tag berechnen, an dem Lisa wieder ins Jahr 1990 zurückkehren wird – vorausgesetzt, ihr sendet sie wirklich gemäß ihres biologischen Alters zurück, lasst also auch in unserer Zeit die Monate verstreichen, die Lisa in der Zukunft älter geworden ist. Damit liegt ihr mit Anfang 1990 durchaus richtig.»

«Na gut. Dann bleibt uns wirklich nichts anderes übrig, als abzuwarten. Ich hoffe einfach, dass ich im Jahr 2018 noch leben werde», sagte Doc Silverman. «Ich werde ja dann immerhin einundachtzig Jahre alt sein.»

«Sie erfreuen sich bester Gesundheit», versicherte ihm Mrs. Whitfield. «Darüber müssen Sie sich erst mal keine Sorgen machen.»

«Schön zu wissen! Aber wie sollen wir vorgehen, wenn Lisa in der Zukunft ankommt? Sie wird wohl erst mal ziemlich verwirrt sein, wenn sie da plötzlich im Jahr 2018 landet. Und ordentlich frieren, denn es ist ja Winter.»

«Hört zu. Ich habe einen Plan», sagte Mrs. Whitfield. «Hat jemand etwas zu schreiben?»

«Im Auto liegt mein Notizblock. Britt, reichst du ihn mir?»

Britt steckte ihren Kopf wieder ins Auto und fischte den Notizblock aus dem Handschuhfach. Morgan öffnete die Augen ein wenig, und Britt warf ihm einen kurzen Blick zu.

«Wo bleibt denn Zac eigentlich?», hörte er sie hinterher fragen. «Der bleibt aber lange da oben auf dem Felsen.»

Als hätte sie diese Worte gehört, stapfte aus dem Dunkel eine große Gestalt auf sie zu.

«Da kommt er schon!» Das war wieder Doc Silverman. «Zac! Wo warst du so lange?»

«Ich musste doch warten, bis die Wachen weg waren. Ich wollte nicht nochmals durch den Fluss waten mit dem Time Transmitter. Ich hatte Angst, dass er sonst Schaden nimmt. Der Blitz hat ihn ja schon ziemlich mitgenommen, aber immerhin hat der Zähler genau bei dem richtigen Datum gestoppt. Die Zeitversetzung hat also geklappt!» Das war Zacs übliche, hektische Stimme. «Die suchen alle nach Professor Ash. Der ist irgendwie verschwunden. Aber sag mal, Dad, hab ich wirklich Lisa statt Mrs. Whitfield in die Zukunft gesendet?»

«Ja, es sieht ganz so aus. Aber wir haben bereits einen Plan, wie wir sie wieder zurückholen. Zac, du schreibst dir das am besten jetzt gleich alles auf, ja?»

«Okay, Dad.»

Morgan hörte das Rascheln von Notizpapier. Auf einmal fiel ihm auf, dass das Prasseln des Regens aufgehört hatte. Vorsichtig bewegte er sich und streckte schüchtern seinen Kopf aus dem Auto. Er wollte unbedingt mitkriegen, was die anderen hier für einen Plan ausheckten.

«Also», begann Mrs. Whitfield, «wenn alles gutgegangen ist, sollte Lisa das Smartphone immer noch bei sich haben. Ich hoffe mal, dass sie es nicht irgendwo im Zeitstrudel verloren hat. Wenn sie es nicht zu oft angemacht hat, sollte sie auch noch genug Saft im Akku haben. Ohne Mobilfunkverbindung hier im Jahr 1989 geht der zum Glück ja nicht so schnell auf null. Sobald sie in der Zukunft ankommt, wird sich das Smartphone automatisch mit einem Mobilfunknetz verbinden. Du, Zac, sendest ihr also genau zu dem Zeitpunkt, an dem sie in der Zukunft auftaucht, eine SMS. Alles klar?»

«Was ist eine SMS? Und was ist ein Mobilfunknetz?»

«Das erkläre ich dir später. Jetzt ist nur wichtig, dass du notierst: ‹Zac schreibt Lisa am 24. Februar 2018 um 23 Uhr, dass er vor der Schule mit dem Auto auf sie wartet.› Wenn sie nicht auftaucht, dann geh sie bei der Brücke suchen, aber pass auf, dass du dabei nicht gesehen wirst. Doch ich denke, sie wird das schon hinkriegen. Und bring ihr um Himmels willen warme und trockene Kleidung mit. Sie wird fürchterlich frieren in dem nassen Zeug, das sie anhat. Hast du verstanden, Zac?»

Zac nickte. «24. Februar 2018 … 23 Uhr … vor Schule mit Auto … suchen bei Brücke … trockene Kleidung.»

«Und warum sagtest du eben, dass Zac bei der Brücke nicht gesehen werden darf?», wollte Doc Silverman wissen.

«Das … äh … ist eine lange Geschichte. Das müsst ihr jetzt noch gar nicht alles im Detail wissen. Es hat auch in der Zukunft ein paar Konflikte mit der Polizei gegeben wegen den ganzen Zeitreisetests. Aber das werdet ihr im Laufe der Jahre schon herausfinden. Darum ist es besser, wenn Zac im Auto wartet. Wie auch immer: Lasst euch bis dahin etwas einfallen. Besorgt Lisa einen Platz zum Wohnen, kauft ihr etwas Kleidung, mit der sie im Jahr 2018 nicht so auffallen wird, und sendet sie am 26. Juli 2018 wieder nach Hause.»

«E-entschuldigung …» Morgan lugte noch etwas weiter aus dem Auto. «Darf ich etwas fragen?»

«Aber sicher», sagte Mrs. Whitfield weich.

«Ich … habe mich nur gefragt … kann es sein, dass sie durch irgendwelche Komplikationen ein paar Jahre älter sein wird, wenn sie zurückkommt?»

«Nein, sehr viel älter wird sie nicht sein. Jedenfalls nicht, wenn wir die Zeitdifferenz mit einkalkulieren, also die Tage, die sie in der Zukunft verbringen wird. Das ist ja eben genau der Grund, warum sie nicht gleich sofort wieder auftaucht.»

Momo runzelte die Stirn und versuchte das Ganze zu begreifen. Ach, wenn er doch nur eine Spur klüger wäre …

«Und … was ist, wenn sie das Gewitter am 26. Juli 2018 irgendwie verpasst? Und es dann erst im Jahr 2019 oder 2020 wieder so ein Gewitter geben wird? Bedeutet das, dass wir dann vielleicht sogar mehrere Jahre auf sie warten müssen?»

«Gute Frage», murmelte Britt.

«Das ist wirklich eine sehr kluge Frage, Morgan», sagte Doc Silverman. «Das wollen wir mal nicht hoffen. Wir müssen wirklich alles daransetzen, dass wir sie am 26. Juli 2018 zurücksenden können.»

Morgan starrte von Britt zu Doc Silverman und konnte kaum fassen, dass ihn jemand klug genannt hatte.

«Und wenn alles klappt, dann wird sie Anfang 1990 …?» Morgan hatte immer noch Mühe, sich all die Daten zu merken.

«14. Februar 1990», sagte Zac, der die Zeitdifferenz blitzschnell im Kopf ausgerechnet hatte. «Sie wird genau 152 Tage in der Zukunft verbringen, und wenn wir diese Zeitdifferenz berücksichtigen, wird sie am 14. Februar 1990 wieder hier auftauchen.»

«Danke, Zachary. Wie gut, dass ich einen wandelnden Taschenrechner als Sohn habe. Und nun, was passiert eigentlich mit Ihnen?» Der Doc wandte sich an Mrs. Whitfield. «Pardon – mit dir? Ich kann mich einfach immer noch nicht daran gewöhnen, dass du auch Lisa bist.»

«Nun ja … jemand muss hier wohl die Stellung halten, solange meine jüngere Ausgabe weg ist. Sofern die Zeitlinie es zulässt. Wir wissen ja nicht, was passieren wird, jetzt, da ich und mein jüngeres Ich quasi die Zeit getauscht haben. Vielleicht werde ich jünger oder löse mich auf einmal in Luft auf oder, wer weiß. Ziemlich unheimlicher Gedanke, aber …» Sie holte tief Luft. «Hoffen wir das Beste. Wir müssen dafür sorgen, dass sie nicht als vermisst gemeldet wird und keinen Ärger kriegt. Ich kann ja so oder so erst wieder in ein paar Monaten abreisen. Vorher wird es gar keine brauchbaren Gewitter geben hier. Das weiß ich aus den Wetteraufzeichnungen. So lange muss ich also hier in der Vergangenheit verweilen. Ich dachte mir …»

«Ja?» Doc Silverman zog gespannt seine Augenbrauen hoch.

«Nun ja, der Umstand, dass sie ins Internat soll, kommt uns ja gerade recht. Sie könnte so durchaus für ein paar Monate verschwinden, ohne dass es jemand merkt. Wenn ich nämlich auf Ihrer Schreibmaschine, Doc Silverman, einen Brief tippe, in dem Tante Sally Lisa offiziell wieder vom Internat abmeldet und diesen Brief dann mit Tante Sallys Unterschrift versehe – ich bin sicher, bei Thomas und Fanny zuhause liegt irgendwo noch ein Dokument rum, dessen Unterschrift wir kopieren können –, dann merkt niemand, dass sie gar nicht da ist. Das Internat glaubt, dass Tante Sally ihre Meinung geändert und sich doch für eine andere Schule entschieden hat, Thomas und Fanny hingegen werden in der Gewissheit ruhen, dass sie im Internat ist.»

«Aber wie wollen Sie denn auf Dauer vor ihrer Familie verheimlichen, dass sie gar nicht dort ist? Die werden Lisa doch sicher mal im Internat anrufen wollen? Und was passiert in den Weihnachtsferien?»

«Oh, ich werde ihnen regelmäßig Briefe schreiben und ihnen vorschwärmen, wie schön es im Internat ist. Mit etwas Übung kann ich schon wieder meine Handschrift von vor neunundzwanzig Jahren hinkriegen.» Mrs. Whitfield zwinkerte. «Sie ist ja immer noch dieselbe, nur dass sie damals noch etwas schöner war. In der Zukunft erledigen wir halt fast alles mit dem Computer, da verlernen viele das Schönschreiben. Und was die Ferien betrifft … nun gut, bis es so weit ist, fällt uns vielleicht eine Lösung dafür ein.»

«Hmm. Na gut, wir können es so versuchen», meinte Doc Silverman. «Aber wenn sie dann Anfang 1990 zurückkommt, wird die Sache ja doch auffliegen? Dann kann sie ja weder im Internat noch zuhause sein.»

«Dann werde ich dem Internat eben nicht schreiben, dass sie gar nicht eintritt, sondern dass sie erst im nächsten Halbjahr antreten kann. Mir wird irgendwas einfallen. Überlassen Sie das mir, Doc. Ich werde für mein jüngeres Ich schon ein Alibi schaffen.»

«Meinetwegen. Aber gesetzt den Fall, sie bleibt aus irgendeinem Grund doch länger weg: Bringen wir damit nicht ihre Ausbildung komplett durcheinander? Wenn sie zurückkommen wird, dann hat sie ja gar nichts in der Hand. Keinen Schulabschluss, nichts. Wie soll sie das dann ihrer Familie erklären? Vielleicht sollten wir es doch riskieren, lieber auf das biologische Alter pfeifen und sie einfach hierher zurückschicken, so dass sie nichts verpasst … dann ist sie zwar ein paar Monate älter, fehlt dafür aber keinen Tag hier im Jahr 1989. Vielleicht wäre das trotz allem die einfachere Lösung und würde uns eine Menge Komplikationen ersparen … aber …»

Er blickte auf seine Uhr. «Vermutlich werden wir uns doch dagegen entscheiden, sonst müsste sie doch schon längst wieder aufgetaucht sein. Eventuell wissen wir in der Zukunft mehr über die gesundheitlichen Folgen von Zeitreisen?»

«Hm, wie immer ihr euch in der Zukunft entscheiden werdet, wir werden gewiss auch für ihre Schulbildung eine Lösung finden», sagte Mrs. Whitfield. «Ich glaube, das Wichtigste ist erst mal, dass man sie nicht als vermisst melden muss. Damit vermeiden wir schon mal die schlimmsten Komplikationen. Aber jetzt kommt mir grad eine Idee – wie wär's, wenn ihr sie in der Zukunft in die Schule schicken würdet? Sie könnte dort sicher eine Menge über Informatik lernen und hätte dann im Jahr 1989 so einen Wissensvorsprung, dass sie sich dafür vielleicht sogar ein Jahr Studium ersparen könnte. Dann kann sie die verlorenen Monate aufholen.»

«Darüber können wir ja noch reden», meinte Doc Silverman mit einem Lächeln. «Das Gute am Zeitreisen ist, dass man alle Zeit der Welt hat.»

«Allerdings!»

«Wir müssen aber auch sehr aufpassen, dass wir nicht allzu viel in den Zeitlinien durcheinanderbringen», gab der Doc zu bedenken. «Nun sind Sie ja teilweise doppelt in der Zukunft und vermutlich auch doppelt hier, da eure beiden Abreisen ja nicht simultan stattfinden werden … herrje, ich darf gar nicht daran denken … was wir da für einen Salat anrichten!»

«Haben wir den nicht schon längst? Ich meine – immerhin schreibe ich jetzt meine Geschichte zum dritten Mal um», sagte Mrs. Whitfield grimmig und warf einen kurzen Blick auf Morgan. «Erst Studium und Heirat, dann gehe ich plötzlich doch ins Mädcheninternat und es gibt keine Heirat mehr, und jetzt … lande ich sogar als Sechzehnjährige in der Zukunft. Wenn man da nicht längst von einem Zeitsalat sprechen kann …»

«In der Tat», murmelte Doc Silverman. «In der Tat …»

«Apropos Zeitsalat», warf nun Britt ein. «Was um alles in der Welt ist denn nun tatsächlich mit Professor Ash passiert? Anscheinend suchen die das ganze Gelände nach ihm ab. Ist der in den Fluss gefallen, oder wie?»

Morgan hätte schwören können, dass in ihrem Gesicht so etwas wie ein Hoffnungsschimmer aufleuchtete. Er selbst hätte auch nichts gegen diese Variante gehabt …

«Das ist wieder mal eine sehr gute Frage. Ich fürchte fast, er ist ebenfalls irgendwie vom Wurmloch erfasst worden», sagte Doc Silverman ernst. «Ich hab gesehen, dass er direkt hinter Lisa war, doch sie konnte ihn abschütteln. Und dann … ja, dann ging alles so schnell …»

«Oh nein!», rief Britt. «Heißt das, dass Lee sich in der Zukunft auch noch mit *dem* rumschlagen muss?»

Doc Silverman warf seinem Sohn einen Blick zu. «Zachary, wenn du Lisa an dem vereinbarten Tag in der Zukunft vor der Schule abholen wirst … dann versuch rauszufinden, ob Professor Ash vielleicht auch in der Gegend herumgeistert. Wenn ja, dann könnten da noch ein paar gewaltige Herausforderungen auf uns zukommen.»

Morgan zog heftig die Luft ein, als er das hörte.

«Aber jetzt haben wir neunundzwanzig Jahre Zeit, uns darüber Gedanken zu machen», wiegelte Doc Silverman mit einem Augenzwinkern ab. «Schon eine merkwürdige Sache: Sie wird aus unserer jetzigen Sicht vorher wieder aus der Zukunft zurückkommen, bevor wir sie überhaupt von dort losschicken werden. Das ist, wie wenn man eine Reise unternimmt und ankommt, bevor man überhaupt abgereist ist.»

«Ja, wirklich merkwürdig», murmelte Britt.

Morgan hatte mittlerweile ganz aufgegeben, die Sache kapieren zu wollen. Das Einzige, was für ihn zählte, war, dass Lisa am 14. Februar 1990 wieder zurückkommen würde, alles andere kriegte er nicht wirklich in seine Vorstellung rein.

Er zuckte ein wenig zusammen, als Doc Silverman sich auf einmal zu ihm runterbeugte: «Wenn Professor Ash tatsächlich weg ist, dann können wir vielleicht etwas für dich erreichen wegen deiner Noten. Ich könnte mal mit der Schulleitung sprechen. Ich weiß, dass sie streng sind, aber einen Versuch ist es jedenfalls wert.»

«Ehrlich?» Morgan sah Doc Silverman mit großen Augen an. Er hätte es nie zugegeben, aber im Grunde genommen hätte er sich sehr gewünscht, das Schuljahr hier doch noch einigermaßen über die Runden zu kriegen. Er hatte es so satt, ständig alles zu vermasseln. Und dann könnte er vielleicht sogar auf Lisa warten und das mit Amerika um ein Jahr verschieben …

«Nun bleibt nur noch eine Frage offen», fuhr der Doc fort und schaute in die Runde. «Was machen wir jetzt bis zum nächsten Mittwoch? Wie können wir für Lisa ein Alibi schaffen und ihre Familie glauben lassen, dass sie am Mittwoch tatsächlich ins Internat abreisen wird?»

«Oh, da hätte ich schon eine Idee!» Britt schnippte mit den Fingern. «Ich werde Fanny verklickern, dass ich Lee die letzten paar Tage noch ein bisschen zu mir in die Ferien nehmen möchte und dass meine Eltern sie dann direkt ins Internat fahren werden. Immerhin werde ich sie doch nun gaaaaanz lange nicht sehen. Glauben Sie mir, Doc, wenn ich nur oft genug die Wörter *Frauengespräche* und *gemeinsam* verwenden werde, wird sie geradezu aus dem Häuschen sein.» Britt grinste.

«Wenn ihr meint», sagte der Doc. «Ich überlasse es euch. Doch falls es Schwierigkeiten geben sollte: Verweist sie auf mich. Ich habe eh schon die Polizei am Hals, und ich werde auch dies noch ausbaden. Es soll sich einfach keiner von euch noch mehr Ärger aufladen.»

Britt wandte sich an Mrs. Whitfield: «Wenn Sie und ich gemeinsam und so nach dem Motto ‹der letzte Modeschrei› mit Sonnenbrillen getarnt bei Lee zuhause aufkreuzen, um Ihre Sachen zu packen, dann werden die vermutlich gar nicht mal merken, dass Sie …» Britt holte tief Luft. «Na gut: Dass *du* einfach nur ein paar Jahre älter bist. Oh Mann, ich kann mich immer noch nicht daran gewöhnen … aber eigentlich muss ich sagen, siehst du immer noch extrem jung aus für fünfundvierzig, Lee! Hast dich echt gut gehalten!»

«Danke», grinste die ältere Lisa.

Morgan hatte atemlos zugehört. Es fiel ihm immer noch nicht leicht, wirklich zu glauben, was sich da vor seinen Augen abspielte.

Eins war jedenfalls klar: Er durfte Stevie auf keinen Fall etwas davon erzählen. Stevie würde sonst bestimmt glauben, dass er schizophren geworden sei – wie seine Mutter …

«Äh … Doc?», fragte er schüchtern.

«Ja, mein Junge?» Doc Silverman lächelte ihn warmherzig an.

«Kann ich … vielleicht irgendwas helfen oder so?»

«Nein, das ist schon okay. Du darfst einfach nur niemandem von dieser Sache erzählen, Morgan.»

Momo schüttelte den Kopf. «Das werde ich nicht.»

Alle nickten einander zu. Das hörte sich nun jedenfalls an wie ein Plan.

«Wird sie wirklich wieder zurückkommen?», fragte Momo leise. Sie *musste* einfach zurückkommen. Sonst würde er sich nie verzeihen können, dass er all diese verletzenden Dinge zu ihr gesagt hatte …

«Bestimmt», sagte Mrs. Whitfield. Dann jedoch zögerte sie. «Oder …?» Sie richtete ihren Blick in die weite Ferne.

«Was ist denn?», fragte er ängstlich.

«Ich weiß es nicht … es ist nur … da ist etwas, was vorher nicht da gewesen ist. Sie steht vor einer Entscheidung, glaube ich. Vor einer sehr großen Entscheidung … in der Zukunft …»

«Kannst du das fühlen?», fragte Doc Silverman erstaunt.

«Nur ganz verschwommen. Es sind meine Erinnerungen. Irgendwas ändert sich in meinen Erinnerungen, aber ich kann es nicht genau sagen …» Ihre Augen weiteten sich, und sie richtete ihren Blick wieder auf Momo.

«Ich hoffe es», sagte sie. «Ich hoffe, dass sie sich richtig entscheiden wird. Dass *ich* mich richtig entscheide …»

# Epilog

*24. Februar 2018*

Lisa rieb sich ihr Hinterteil nach dem harten Aufprall. Sie zitterte und bebte am ganzen Körper. Meine Güte, was war das bloß gewesen? Das hatte sich angefühlt wie ein nie enden wollender galaktischer Wirbelsturm! Ihr war ganz schlecht von dieser Rotation. Das war ja wie auf einem richtig irren Karussell gewesen. Einen angsterfüllten Augenblick lang hatte sie sogar richtiggehend geglaubt, sie sei gestorben. Und hätten ihre Glieder nicht so fürchterlich geschmerzt, wäre sie sich immer noch nicht so ganz sicher gewesen, wirklich am Leben zu sein. Sie hatte keine Ahnung, ob noch alles an ihr dran war.

Vorsichtig bewegte sie erst ihre Arme und dann die Beine. Ihre Knochen schienen jedenfalls noch intakt zu sein. Als sie sich jedoch vorsichtig auf ihre Füße zu stellen versuchte, rutschte sie aus und fiel vornüber auf die Nase. Und das nicht nur, weil sich ihre Beine so jämmerlich schwach anfühlten. Nein, da war noch etwas anderes … Ihre Handflächen berührten etwas Glitschiges, Kaltes.

Eis. Das war Eis! Der Weg über die Brücke war auf einmal mit Glatteis überzogen!

Sie wandte sich um und nahm erst jetzt wahr, dass sie aus irgendeinem unerfindlichen Grund mitten in einer Schneewehe gesessen hatte. Schnee und Eis, im September? Das konnte doch nicht sein!

Vorsichtig schaute sie sich um. Nicht nur die Brücke, nein, die ganze Landschaft um sie herum war auf einmal von Schnee bedeckt. Und wo eben noch Gewitter, Sturm und Regen getobt hatten, war nun alles klar und windstill.

Was war denn hier los? Träumte sie das alles? Oder war sie am Ende doch gestorben? Oder …

Sie kroch mühsam auf allen vieren vorwärts. Ihre Beine wollten sie einfach nicht tragen. Eigentlich hätte sie bei diesen eisigen Temperaturen und mit diesen nassen Klamotten, die langsam aber sicher hart und steif zu werden drohten, vor Kälte schlottern müssen. Doch aus ihrem Körper strahlte eine seltsame Hitze, die sie die Kälte gar nicht so richtig wahrnehmen ließ. Sie hatte keine Ahnung, was das für eine Hitze war, aber irgendwas ganz Eigenartiges schien in ihrem Körper vorzugehen. Es fühlte sich an wie Fieber, aber sie ahnte, dass es sich nicht um einen normalen Hitzeschub handelte.

Noch mehr als das drang ihr auf einmal ins Bewusstsein, dass niemand mehr bei ihr war. Wo waren denn auf einmal all die anderen geblieben? Wo waren Mrs. Whitfield, Zac, Doc Silverman und die Polizisten? Und wo war Professor Ash? Wieso war sie auf einmal mutterseelenallein an diesem Ort?

Und überhaupt, was war mit der Gegend hier passiert? Wo vor wenigen Minuten noch alles völlig dunkel gewesen war, war es nun auf einmal hell. Und das lag nicht nur am Schnee. Wo vorher ein

Hang mit einer Menge Buschwerk und hohem Gras gewesen war, stand nun ein großes, quadratisches Gebäude, das fast nur aus Glasfenstern zu bestehen schien. Es sah aus wie ein Forschungsinstitut oder so etwas in der Art. In den gut ausgeleuchteten Büros saßen ein paar Leute vor viereckigen Geräten, die wie ganz flache Fernseher aussahen. Die Bürofenster gaben so viel Schein ab, dass das ganze Gebiet um die Brücke herum dadurch sichtlich erhellt wurde.

Lisa krabbelte mit größter Anstrengung weiter. Warum hatte man sie einfach allein zurückgelassen? Sie musste schleunigst von dieser Brücke runter, bevor ihre nassen Kleider noch ganz gefroren. Denn so langsam kroch ihr die Kälte trotz der inneren Hitze doch in die Glieder.

Sie bemerkte, dass sie sich dieses Mal das rechte Knie aufgeschürft hatte und dass ihre Jeans um einen weiteren Riss reicher war. Zitternd unternahm sie einen neuen Versuch, sich auf die Beine zu stellen, und stützte sich dabei an der Brückenmauer ab. Doch die war zu niedrig, um aufrecht stehenbleiben zu können, und der Blick hinunter in den schwarzen Fluss verursachte in ihr ein solches Schwindelgefühl, dass sie es nicht mehr ertrug und wieder wegschauen musste.

Sie dachte gerade daran, sich einfach in den Schnee zu setzen und widerstandslos darauf zu warten, dass sie jämmerlich erfrieren würde, als ihr Blick auf etwas Schwarzes, Rechteckiges vor ihr auf dem Boden fiel. Sofort erkannte sie das Smartphone. Es musste ihr bei dem Sturz aus der Hand gefallen sein.

Ein Gefühl der Erleichterung durchströmte sie. Aus irgendeinem Grund verlieh ihr der Anblick dieses Geräts ein wenig Trost. Fast so, als wäre sie auf einmal nicht mehr so schrecklich allein …

Sie beugte sich vor und hob es auf. Es steckte zum Glück immer noch sicher in der Schutzhülle. Mit zitterigen Fingern klappte sie den Deckel auf. Ihre Hände waren von der Kälte fast steif. In dem Moment gab das Smartphone einen leisen Piepton von sich, und ein winzig kleines grünes Licht begann oberhalb des Bildschirms aufzublinken.

Na, so was! Da steckte ja irgendwie Leben in diesem Gerät …

Sie drückte vorsichtig auf den Knopf und war gleich darauf erleichtert, als der Bildschirm reagierte. Aber was war das? Auf dem Sternenhimmel war auf einmal ein rechteckiges Kästchen mit einem Text erschienen.

```
Liebe Lisa, wenn unsere Berechnungen stimmen, müsstest du
soeben im Jahr 2018 angekommen sein. Du bist wohl aus
Versehen anstelle deines älteren Ichs durch das Wurmloch
gezogen worden. Wir haben alles vorbereitet. Ich warte im
Auto auf dich vor der Schule. Wir werden dir helfen,
wieder ins Jahr 1989 zurückzukommen. Viele Grüße, Zac
```

Lisa musste die Meldung mehrmals lesen. Das Jahr 2018 …? Zac? Was ging hier vor? War das alles ein Traum? Aber das war irgendwie viel zu real, um ein Traum zu sein …

Was ihr bereits vage ins Bewusstsein gesickert war, nahm nun klarere Konturen an. Diese Winterlandschaft … das neue Gebäude … die flachen Fernseher … es war unglaublich, aber wahr: Sie war in der Zukunft angekommen! Sie war *tatsächlich* in der Zukunft gelandet! Im Jahr 2018, um genau zu sein. Ja, irgendwie musste sie durch dieses ominöse Wurmloch gezogen worden sein …

Die Gewissheit, dass Zac irgendwo in der Nähe war, verlieh ihr neue Kraft. Sie steckte das Smartphone in ihre Jackentasche, richtete sich wieder auf und wankte mit ungelenken Gliedern von der Brücke. Sie war froh, dass ihre Beine sich nun stabiler anfühlten und sie doch einigermaßen trugen.

Überrascht bemerkte sie, dass die Absperrung am Ende der Brücke gar nicht mehr vorhanden war. Was hatte sich hier denn sonst noch verändert? Wäre sie nicht so durchgefroren und geschwächt gewesen, hätte sie sich gerne noch ein wenig länger umgesehen. Das war ja trotz allem wahnsinnig faszinierend. Immerhin landete man nicht jeden Tag einfach so in der Zukunft!

Sehr vorsichtig stapfte sie in ihren dünnen Schuhen durch Schnee und Eis, glücklich, dass ihre Beine langsam wieder das taten, was sie sich von ihnen wünschte und was sie ihnen befahl. Ihr Atem dampfte, während ihre Augen immer noch vor Hitze brannten.

Sie fragte sich gerade, wie sie bloß angesichts von diesem Schnee den Hang hinaufkommen sollte, als sie neben dem Forschungszentrum eine Treppe erblickte. Erleichtert atmete sie auf und lief darauf zu. Indem sie sich am Geländer festklammerte, stieg sie Stufe für Stufe hinauf und fand sich wenig später auf einem großen Vorplatz wieder, der direkt mit der Schule verbunden war. Die Schule selbst war ebenfalls mit einer sehr viel helleren und moderneren Außenbeleuchtung ausgestattet, als Lisa es in Erinnerung hatte.

Was für ein Unterschied, dachte sie. Die hatten hier ja wirklich so richtig aufgefrischt! Das Abenteuer, in das sie geraten war, versprach jedenfalls ziemlich aufregend zu werden, und trotz ihres malträtierten Körpers erfasste sie nun eine wilde Neugier. Wie es wohl in der Stadt aussehen würde? Hoffentlich würde sie ein wenig Zeit haben, um sich ausgiebig umzusehen. Zumal sie es nicht sehr eilig hatte, wieder ins Jahr 1989 zurückzukehren …

Bei dem Gedanken wurde sie sofort wieder von einer tiefen Traurigkeit erfasst. Alles, was sie dort hinterlassen hatte, fühlte sich sowieso nur an wie ein einziger großer Scherbenhaufen. Sie hatte ja noch gar nicht richtig Zeit gehabt, sich wirklich damit auseinanderzusetzen. Alles hatte furchtbar schnell gehen müssen. Dabei wurde ihr erst jetzt so richtig klar, dass sie das Wertvollste verloren hatte, was sie je in ihrem Leben besessen hatte: Momos Freundschaft. Er hatte sie weggeschickt, ja, hatte ihr sogar deutlich gesagt, dass die Freundschaft ein für alle Mal zu Ende sei …

Wie ein Dolch drangen diese letzten Worte von ihm durch ihr Herz und hinterließen eine neue bittere Wunde.

Dabei hatte sie doch keinen anderen Menschen jemals mehr geliebt als ihn. Er hatte ihr in ihrer Kindheit so viel gegeben, und wie gern hätte auch sie ihm vieles zurückgegeben. Zumal er es gewiss gebraucht hätte, wie ihr in den letzten Tagen immer mehr klargeworden war.

Aber er hatte es nicht gewollt. Und auch ihre Familie hatte sie weggeschickt. Ach was, regelrecht abgeschoben hatte man sie! Alle, die sie immer so geliebt hatte, hatten sie plötzlich aus ihrem Leben verbannt …

Bei diesen düsteren Gedanken fühlte sie wieder Tränen in sich aufsteigen. Wem bedeutete sie denn überhaupt noch etwas? Wer wollte noch etwas von ihr wissen? Außer Britt, Zac und Doc Silverman fiel ihr niemand ein …

Es hielt sie also fast nichts mehr im Jahr 1989. Im Gegenteil, sie schien allen nur im Weg zu sein. Von ihr aus konnte sie also ruhig ein paar Tage oder sogar ein paar Wochen hier in der Zukunft verbringen!

Die Tränen, die aus ihren Augen tropften, fielen in den Schnee. Sie scharrte mit dem Fuß darüber, immer noch verblüfft. Dieser Schnee, der so sehr Wirklichkeit war, wie etwas nur Wirklichkeit sein konnte. Wie das Jahr 2018, in dem sie nun gelandet war …

Sie lief über die Ausfahrt und sah sich um. Auch von vorne sah die Schule viel moderner und freundlicher aus, als sie sie kannte. Und am Turm prangte sogar eine neue Uhr!

Aber Lisas Zähne klapperten mittlerweile vor Kälte, und sie musste sich nun wirklich beeilen, ins Warme zu kommen.

Als sie sich wieder zur Straße wandte, sah sie einen ihr bekannten cremefarbenen Mercedes dort warten. Und im schwachen Licht der Straßenlaterne erkannte sie einen großen Mann am Steuer.

Mit letzter Kraft beschleunigte sie ihre Schritte und steuerte auf das Auto zu, bereit, ihr neues Abenteuer in Angriff zu nehmen.

Was damals mit Momo Kendall zusammen in einer Kartonschachtel begonnen hatte, katapultierte Captain Lisa Leonor Lambridge durch ein Wurmloch mitten hinein ins Jahr 2018. Ja, sie war erschüttert. Und ja, sie war erschöpft. Die Zeitreise hatte ihre letzten Kräfte und Energien absorbiert, hatte den größtmöglichen Tribut von ihr gefordert. Opfer auch, Enttäuschungen, Liebesverlust. Aber war es das Ende?

Nein, es war erst der Anfang!

**Fortsetzung folgt …**

# Dank

Es gibt immer jemandem zu danken, wenn man ein Buch schreibt, denn ohne Inspiration würde man es nicht schaffen. Dieses Mal geht mein Dank an die vielen geistreichen Köpfe von Science-Fiction-Filmen und Sci-Fi-Literatur, insbesondere an die Macher von «Zurück in die Zukunft» («Back to the Future»). Es war der Film, der mich bis in meine Erwachsenenjahre hinein inspiriert und beeinflusst hat. Dank «Zurück in die Zukunft» hatte ich immer eine Vision vor Augen, wie ich im Jahr 2015 einmal sein wollte. «Deine Zukunft ist noch nicht geschrieben – die Zukunft ist das, was du daraus machst. So mach etwas Gutes draus» – dieser Satz von Doc Emmett Brown am Schluss der Filmtrilogie war der Satz, der mich oft begleitet hat.

Ein anderer Satz von Søren Kierkegaard, auf den ich durch einen Freund gestoßen bin, hat ebenfalls in jedem neu gelebten Jahr seine Wahrheit mehr und mehr entfaltet: «Man kann das Leben nur vorwärts leben. Aber man kann es nur rückwärts verstehen.» Wie wahr … Was würde man doch alles anders machen wollen, wenn man nochmals in der Zeit zurückreisen könnte. Was wäre zum Beispiel, wenn man mit all dem, was man inzwischen gelebt, beobachtet, gewichtet, gesucht, gefunden, verworfen und eben endlich auch verstanden hat, nochmals zurückgehen dürfte an bestimmte wichtige Wegkreuzungen des eigenen Lebens? Nämlich an die Wegmarken, an denen man sich früher vielleicht einmal falsch entschieden hat, das Falsche getan oder gesagt hat, den Falschen geliebt oder verlassen hat – weil man eben etwas sehr Entscheidendes noch nicht gewusst oder bedacht hatte. Aber ob mit mehr Wissen alles besser herausgekommen wäre? Vielleicht ja, vielleicht nein. Wir müssen wohl alle lernen, mit den Entscheidungen zu leben, die wir in der Vergangenheit getroffen haben, und das Beste daraus machen.

Lisa, Mrs. Whitfield, Zac, Doc Silverman, Momo und ein paar andere – sie sind diesen Geheimnissen auf der Spur. Mein Dank gilt auch ihnen. Denn wie so viele andere Schriftsteller erlebe auch ich beim Schreiben: «Ups, die Figuren machen sich ja teilweise selbständig und gehen ihre ganz eigenen Wege!» Und ich muss ihnen manchmal fast hilflos zusehen, wie sie ihre Entscheidungen wieder ausbaden müssen …

Ein weiterer Dank geht an all die Menschen, die mit mir stundenlang über die «Was wäre wenn?»-Möglichkeiten philosophiert haben. Nicht zuletzt haben mich all diese «What if?»-Diskussionen auch auf die Idee gebracht, eine Zeitreise-Geschichte zu schreiben. Denn wie immer stammt ein Großteil der Ideen in meinen Romanen aus meinem eigenen Leben und aus dem Erfahrungsschatz der Menschen um mich herum.

Danken möchte ich zuletzt auch jener gänzlich unbekannten Frau, die ich vor einiger Zeit in Norwegen auf einem meiner vielen Spaziergänge über Brücken getroffen hatte und von der ich sogleich dachte: «Oh, das könnte mein zukünftiges Ich in dreißig Jahren sein!» Sie gab mir die Steilvorlage für die Grundstruktur dieser Romantrilogie: Brücke, Frau, Time Portal, zukünftiges Ich, Zeitreise.